LOUISON
ou l'heure exquise

DU MÊME AUTEUR
Aux Éditions Albin Michel

Vous n'allez pas avaler ça !, 1971
Don Juan est-il français ?, 1973
Moi, un comédien (avec Jacques Charon), 1975
Croque-en-bouche, 1976
Monsieur Folies-Bergère, 1978
La Bougainvillée * Le Jardin du Roi, 1982
La Bougainvillée ** Quatre-Épices, 1982

Chez d'autres éditeurs

Ils parlent d'elles, Grasset, 1968
Journal d'une assistante sociale, Édition Spéciale, 1970

FANNY DESCHAMPS

LOUISON
ou
l'heure exquise

ROMAN

Albin Michel

© Éditions Albin Michel S.A., 1987
22, rue Huyghens, 75014 PARIS

ISBN 2-226-02861-7

Pour Albert

et

pour les lecteurs de *La Bougainvillée*
qui m'ont demandé une autre histoire.

I.

Le portrait de Greuze

1

La toile tomba. Dans la demi-pénombre de la bibliothèque le portrait découpa un grand carré de lumière d'été. Le marquis n'eut pas un mot, mais son émotion visuelle fut si vive qu'il demeura figé devant le tableau, à jouir longuement de son premier regard avant de ramasser la loupe posée sur une table. Le silence régnait autour de lui, si parfaitement qu'avec un peu d'attention il eût entendu le temps s'y écouler goutte à goutte. Mais il était tout à son enchantement, hors du temps.

L'abbé de Véri se gardait de parler. Emmitouflé dans une vaste bergère à oreilles, les mains blotties dans son manchon de zibeline, il attendait sans impatience le jugement du marquis.

— C'est exquis, soupira enfin Roquefeuille. Exquis. Monsieur Greuze a délicieusement travaillé.

— L'éloge du peintre n'est plus à faire, nous l'avons déjà rendu vaniteux comme un paon et hors de prix, dit l'abbé. Parlez-moi plutôt du modèle.

— A-t-il tout de bon ces yeux-là ?

— Je vous le promets. Louison a les yeux du prince... à ce qu'il paraît. Sa mère, en tout cas, ne permet à personne d'en douter !

— Je n'ai fait qu'entrevoir Conti deux ou trois fois dans ma vie mais, s'il avait vraiment ces yeux-là, il a bien fait de ne pas les emporter dans sa tombe.

Greuze avait peint deux grands yeux d'une clarté radieuse, peut-être bleue, peut-être grise, dont la couleur vous envahissait. « De l'eau soyeuse... Un homme doit pouvoir s'y noyer corps et âme en un rien de temps », pensa Roquefeuille, et l'abbé dit, comme en réponse à sa pensée :

— Ma filleule n'use pas de ce regard-là que pour y voir. Elle s'en sert aussi à merveille pour vous réduire à ce qu'elle veut !

— Oui, j'étais juste en train de m'imaginer ce danger, dit le marquis.

Sa loupe, dans un ralenti caressant, recommença de chercher les beaux détails du portrait. Elle accentua les éclats mordorés de la voluptueuse chevelure châtaigne, fit pétiller des racines d'or pur sur les tempes, s'attarda à suivre les frissons d'une mousseline dans laquelle se prenait le vent. Vêtue à la toute dernière mode venue des Îles, d'une robe « à la chemise » de gaze blanche, la jeune fille avait posé devant une fenêtre ouverte sur du ciel, une rose à la main. Et à l'évidence, le pinceau de Greuze s'était régalé en faisant jouer la transparence blanche du tissu sur le blanc bleuté des nuages et le blanc laiteux de la peau.

— Exquis, répéta le marquis. Quand Greuze consent à faire de la peinture plutôt que de la morale il sait atteindre à la perfection des plus grands.

— Notre cher Greuze est un moraliste de salon, dit l'abbé. Dieu merci, pour le bonheur de nos yeux il est sensuel dans son privé. Il aime sournoisement la chair en fleur, les ingénues sortent de ses mains fort tentantes. Soyez sûr que son sujet-là l'inspirait comme il faut, du meilleur côté de son talent, le côté paillard.

Il marqua un temps, lança :

— Alors, monsieur ? L'ingénue vous tente-t-elle autant qu'elle a tenté son peintre ?

Le marquis eut un rire bref :

— Ma foi, vous m'offrez là un bien beau poisson d'avril, mais je n'y mordrai point. D'abord, nous ne sommes qu'en mars, et ensuite pourquoi croirais-je que cette beauté dans l'enfance, et hors de pauvreté, voudrait d'un vieux provincial de quarante ans sonnés ?

— Elle veut un titre et un château.

— Et je serais donc pris dans le lot, pêle-mêle avec les communs et les serviteurs, sans avoir été trop regardé ?

Roquefeuille fit la moue :

— Je ne suis pas sûr que cela m'irait.

Pour se rapprocher de l'abbé il vint s'asseoir à demi sur le coin d'un bureau, reprit de sa voix paisible :

— Mon cher abbé, vous me semblez devenu tout à fait

parisien. Vous voilà réaliste en toutes choses, les pires idées claires ne vous font pas peur. Tandis que moi... J'ai comme une instinctive répulsion pour les idées claires. Mettez cela sur le compte du pays, dont les ciels sont souvent brouillés. Depuis bientôt trois lustres je n'ai guère quitté mon Berri, et c'est une terre qui nourrit des sorciers. Il se fait encore par ici une grosse dépense de magie autour des histoires d'amour et de haine. Notre air est plein de diableries et de folie douce. Le rêve s'attrape aussi bien que le rhume. Je ne suis pas un Parisien de 1782, monsieur. Au lieu d'être bourré de cynisme je suis bourré de rêve. Je suis un homme tout vicié de croyances.

— Pensez-vous décevoir un prêtre en lui révélant qu'un homme d'aujourd'hui croit encore à quelque chose ?

— C'est que je ne crois pas qu'en Dieu et au Roi. J'ai d'autres croyances moins inoffensives. Certaines de mes illusions ne seraient pas du tout bonnes à mettre en ménage.

— Par exemple ?

— Par exemple, je crois aux femmes d'hier, dit le marquis dans un bon sourire. Je crois à ma mère, à ma grand-mère, à mes tantes, à mes sœurs. Je crois aux femmes sages et douces, aimables, aimantes, un peu renfermées dans des occupations qui font mon bonheur. Franchement me voyez-vous, tel quel, propre à faire un mari pour une Parisienne d'aujourd'hui ? Je suis gothique, monsieur ! Offrirez-vous, sans gêne, un parti gothique à une demoiselle assez moderne pour se faire peindre en chemise ?

L'abbé secoua la tête :

— Ne faites point dépense de fausses peurs, marquis, je ne vous croirais pas. Vous craignez bien moins de passer pour démodé que d'avoir à ouvrir votre maison à un courant d'air frais. Vous êtes devenu un vieux garçon frileux, voilà le vrai. Vous m'avez demandé de vous marier, mais c'était pour rire. Votre neveu Chauvigné peut dormir sur ses deux oreilles : demain ou après-demain il chaussera vos souliers. Résignez-vous donc à dorloter vos bourgognes et vos chevaux pour qu'un jour il monte les uns et boive les autres, car je sens bien que vous ne prendrez pas la peine de vous faire un héritier mieux à votre goût.

13

— La peine...

Roquefeuille s'était levé, pour aller se replanter devant la belle image de Louison :

— La peine ! Vous usez là d'un mot qui ne convient guère à votre projet.

De nouveau il contemplait le portrait, et de nouveau un grand sourire intérieur le parcourait qui donnait, à son visage un peu gras, une expression de profonde beauté infiniment accueillante.

— Non, finit-il par dire très bas — c'était dit à lui-même.

— Non ? releva l'abbé. Ai-je entendu non ? Reculez-vous tout de bon devant ma pucelle ? Au temps du vieux marquis votre père, c'étaient les pucelles qui devaient courir, et vite, en passant devant le château ! La noblesse, décidément, n'est plus ce qu'elle était.

— J'aime trop la beauté, dit le marquis, tendrement, comme s'il en faisait l'aveu au portrait. Voyez-vous, si l'on m'acceptait, en plus d'épouser j'essaierais de plaire... et j'ai l'âge de déplaire. Je sais déjà que je ne supporterais pas sans douleur de déplaire à votre princesse.

— Monsieur, que diable, plaisez-lui !

Impulsivement, en dépit de la gêne que lui causa son élan de coquetterie, le marquis se retourna vers le trumeau en glace de la cheminée...

De taille médiocre, Louis-Aimé de Roquefeuille n'avait plus l'élégante sveltesse de ses vingt ans, mais son excellent cuisinier ne lui avait pas nui outre mesure. La marche, la chasse, les chevauchées à travers bois avaient conservé au quadragénaire une silhouette très présentable, et son tailleur faisait le reste — c'était le meilleur de Bourges, il coupait très bien le fraque * à l'anglaise, de ligne si allongeante, que Roquefeuille avait adopté. De tête le marquis avait été beau avec une grâce de page, un teint blanc de lis, et des cheveux, des sourcils, des yeux de cette merveilleuse couleur rousse mal éteinte que chérissaient les peintres italiens d'avant Raphaël. Au page vieilli il restait la chaleur câline de son regard roux, et un air d'affabilité qui mettait à l'aise jusqu'au

---

* Orthographe du temps.

bien-être, surtout dès qu'il parlait. Sa voix, particulièrement mélodieuse, créait autour de lui un climat de gentillesse. Jamais Roquefeuille ne se hâtait de dire les choses, et la touche d'ironie légère souvent présente dans sa conversation faisait vite comprendre que sa lenteur n'était pas le fait d'un esprit lambin mais le choix d'un esprit raffiné, soucieux de ne bousculer ni sa pensée ni le moment qui passe.

L'abbé de Véri, avec amusement, avait noté l'appel du marquis à son miroir.

— Vous n'êtes plus l'Adonis que vous avez été mais vous pouvez encore séduire, dit-il avec sincérité. Au reste, vous le savez. Chaque fois que je viens en Berri pour une session de l'Assemblée je vous vois entouré de veuves et de débutantes, toutes visiblement pressées de vous avoir. Par quel miracle d'entêtement n'êtes-vous point encore marié ?

Avant de répondre le marquis tira sur une sonnette pour réclamer le chocolat, qui tardait.

— Quand j'avais vingt ans, en me refusant la fille d'un notaire mon père m'a fabriqué un beau chagrin d'amour dont je ne me suis pas lassé, dit-il ensuite. On prend de plus en plus d'agrément à essayer de se consoler d'une femme perdue sans jamais tomber sur la consolatrice idéale, qui arrêterait vos plaisantes recherches.

— Hé oui, pourquoi guérir de son malheur quand on peut en faire l'alibi de ses plaisirs ? Mon ami, vous êtes diantrement français, dit l'abbé en se débarrassant de son manchon.

On sentait arriver le chocolat, que le marquis servit lui-même. L'abbé ferma les yeux à demi, huma, goûta à la cuillère, puis commença de savourer l'onctueux breuvage, à petites prises espacées de connaisseur.

— Votre chocolat est toujours parfait, dit-il entre deux gorgées. Bien fouetté, bien reposé... Vanillé sans excès... C'est un chocolat de religieuse.

— Mon cuisinier le fait comme pour lui, qui l'aime épais et velouté, dit en souriant le marquis.

Il s'occupait à tisonner le feu, pour laisser son hôte tout à sa gourmandise. L'abbé faisait durer son plaisir. La bibliothèque du château de Verte-Fontaine, chaudement revêtue d'une boiserie de chêne presque noire sculptée en rocaille, habitée par la lourde présence et la bonne odeur des reliures, était un lieu propice à la dégustation lente d'un petit bonheur. Le chocolat y prenait un renfort de charme : ce goût ajouté, revenu du plus doux de l'enfance, de récompense après l'étude.

— Un moment de chocolat est décidément un moment divin, dit l'abbé quand il reposa sa tasse vide.

Roquefeuille lâcha son feu pour s'installer dans un fauteuil, bien en face de l'abbé.

— S'il vous plaît, parlez-moi de mademoiselle Couperin, dit-il sans plus attendre.

Captant le coup d'œil aigu de son vis-à-vis, il ajouta aussitôt :

— J'aime rêver par l'oreille aussi.

— Bon. Eh bien, Louison a seize ans d'hier, commença l'abbé.

Il changea de ton brusquement :

— Avant de vous raconter la fille je dois, hélas, vous raconter la mère. Il vous faut bien savoir toute la vérité sur le parti que je vous propose, et je n'ai pas que du bon à vous en apprendre.

— Monsieur, connaissez-vous un homme qui veuille toute la vérité sur une femme désirable ?

— Bah ! la vérité a tant perdu de son mordant... De nos jours, ce qu'on sait de fâcheux sur le passé d'une jolie femme ou d'un homme en place s'oublie si bien ! Pour être dans le bon ton il faut l'avoir su et n'en plus tenir compte. La mère de Louison a été fort galante et jusqu'à vivre en courtisane, sachez-le comme tout le monde et n'en faites pas plus de cas que personne. La pécheresse d'hier est aujourd'hui l'épouse d'un financier, la meilleure société soupe chez elle de très bon cœur. Certains soirs, vous n'y côtoyez que ducs et dames de la Reine, ambassadeurs et cordons bleus*.

Le regard du marquis eut un éclair moqueur :

— Le duc le plus arrogant ne recule pas devant la fréquentation d'une compagnie de homards et de poulardes,

---

* Chevaliers du Saint-Esprit.

je l'ai remarqué, et on m'a dit qu'à Paris la table de la finance était devenue bien meilleure que celle de la noblesse.

— Dame! Tous les cuisiniers sont de l'humeur du maître Jacques de Molière, ils ne vous font bonne chère que si vous leur donnez bien de l'argent. Le sieur Marais mène un train de seigneur. L'an dernier il s'est transporté de la rue Neuve-des-Petits-Champs jusqu'au faubourg Saint-Honoré et, croyez-moi, un fermier général qui s'éloigne de la place des Victoires pour se rapprocher de la place Louis-XV* n'est déjà plus un roturier. Je prévois que Marais s'achètera bientôt un nom plus ronflant que celui de ses pères et il peut déjà sans ridicule, aussi bien qu'un gentilhomme, recevoir sous son toit les anciens amants de sa femme.

— En a-t-elle eu tant?

— Assez. De bien choisis. Elle a été à bonne école, c'est la Gourdan qui l'avait mise dans le métier. Cette damnée maquerelle sert le plus huppé de la cour et de la ville, pour s'approvisionner de chair fraîche elle court les boutiques de modes, et c'est dans la mercerie de son mari, rue Saint-Denis, qu'elle avait repéré Marianne Couperin. La belle s'est d'abord défendue, mais son mari est mort, alors la Gourdan a vendu la veuve au prince de Conti, pour commencer. Après, ma foi... La mercière avait pris le goût de la fête et comme, à l'époque, Lauraguais reprenait volontiers les couchers de Conti, Marianne a eu Lauraguais. Le comte l'a mise à la mode en l'exhibant partout, et tant et si bien qu'un soir, Choiseul lui a jeté le mouchoir. Le duc n'a fait que l'effleurer en passant, mais un caprice de Choiseul, vous pensez! La dame est montée à son plus haut prix. Toute la finance se l'est disputée aux enchères. On a vu les diamants pousser partout sur la belle Couperin, et son attelage paraître aux courses de Longchamp. Elle en était à quatre chevaux, et déjà fort bien installée du côté de la Chaussée-d'Antin, quand le richissime Marais s'est entiché d'elle au point de lui offrir sa main. Madame Marais vit depuis dans la plus grande vertu. Elle ne touche pas plus à l'amour qu'un ivrogne repenti ne touche au vin.

* Place de la Concorde.

— En somme, une carrière de jolie femme tout à fait exemplaire, ironisa le marquis. Et, au milieu de tout cela, sa fille ?

— On lui a donné plus de maîtres qu'à une vraie princesse, et de plus sévères. Une courtisane réussie connaît mieux qu'une autre mère l'importance d'une bonne éducation : elle-même a dû peiner pour parfaire la sienne chemin faisant. Quoique Marianne n'ait pas été mal élevée. Elle était née pour faire une honnête bourgeoise, le péché a été pour elle la trop belle occasion qui passait. La Gourdan offrait un prince. Prince : le mot grise. D'ailleurs, Marianne a toujours essayé de faire croire qu'au moins sa première faute, avec Conti, avait été une affaire de cœur.

— Pourquoi pas ?

— J'ai trop bien connu Conti pour n'en pas douter. Quand il a eu Marianne il était tombé dans la débauche la plus outrée. Elle n'aura été pour lui qu'une nuit parmi les autres, payée cent louis.

— Pour lui. Mais pour elle ?

M. de Véri demeura silencieux. Quand il répondit, sa voix, ralentie, s'interrogeait :

— Pour elle ? Après tout, qui sait ? Elle garde, du père de sa fille, un souvenir ébloui que je crois sincère. Je suis mauvais juge du charme de Conti, il ne m'a jamais charmé. Mais une femme doit savoir transformer en prince charmant même un vieux prince mal en point. Peut-être le vieux Conti a-t-il donné à Marianne l'heure exquise de sa vie, même sans le faire exprès ?

— Je retiens l'hypothèse, dit le marquis. J'aime que Louison soit le fruit d'une heure exquise. Ne ressemble-t-elle pas bien à un instant réussi de la création ?

— Oui. Mais sa beauté ne la console pas d'être une bâtarde. Depuis qu'elle est pubère elle se cherche un beau nom avec rage et passion... et j'ai presque promis de lui en trouver un, porté par un homme qui ne le lui ferait pas payer de son malheur. Les maris qu'on achète se croient tout permis. Ma filleule me plaît, je la voudrais heureuse. Je veux vous la donner pour la sauver de ceux qui ne la prendraient que pour fumer leurs terres avec les écus du beau-père. Je ne sais pas si vous l'aimerez, mais je sais au moins que vous avez des mains pieuses pour les beaux objets.

— Conti aussi raffolait des beaux objets. N'a-t-il jamais eu envie de s'attacher sa jolie fille en la reconnaissant ?

— Je l'ignore. Il ne l'a pas fait. Il n'a d'ailleurs connu que l'enfant.

— La voyait-il ?

— Il l'a vue quelquefois avant que la Dailly, sa dernière maîtresse, lui donne deux garçons. Le vieux prince jubilait d'avoir encore fait deux mâles alors que ces demoiselles de l'Opéra assuraient qu'on n'en pouvait plus rien tirer que du vent. Comme, de plus, la Dailly était maligne, deux jours avant sa mort Conti a reconnu ses deux bâtards, il les a titrés et rentés. Louise a été oubliée — elle n'était qu'une fille.

Il y eut une pause avant que l'abbé ne reprît :

— Par chance, Marais s'est toqué de sa belle-fille. Il ne lui refuse à peu près rien. Pour la faire marquise il ne lésinera pas. Je le pousserai bien jusqu'au demi-million, et le trousseau sera royal.

Le haut-le-corps qu'eut le marquis plut à l'abbé : il avait réussi son effet. M. de Véri tenait à faire ce mariage, il tenait à mener à bien les petites affaires dont il se chargeait, puisqu'on l'avait écarté des grandes. Naguère, alors qu'à Versailles il servait d'éminence grise au comte de Maurepas, M. de Véri se sentait à l'aise, bien calé dans sa puissance occulte, au centre de la France. Hélas, en mourant le vieux ministre avait ôté son emploi à son confident. Depuis un an Louis XVI n'avait consulté M. de Véri qu'une fois, pour rien d'important. Privé de pouvoir et d'intrigues l'abbé s'ennuyait, il avait tout le temps, vraiment, de faire le marieur.

Rendu muet par la fortune qu'on venait de lui jeter à la tête, Roquefeuille finit tout de même par s'extirper de son étourdissement et soupira, avant de dire en se moquant :

— Nous nous sommes décidément bâti un monde absurde ! Nos coutumes vont à rebours de nos instincts. Je vous le demande, un homme dans son naturel pourrait-il, sans en mourir de rire, s'entendre offrir la moitié d'un million pour mettre ce tendron dans son lit ?!

— Mon bon ami, si le tendron vous va, prenez sans

scrupule ce qu'on vous donnera avec. Monsieur Marais aime incroyablement dépenser. Avant de se fixer à Marianne il avait mangé dix-huit cent mille francs avec une demoiselle Beauval de l'Opéra, qui n'était même pas jolie. Voulez-vous une autre de ses folies, plus quotidienne? Pour avoir de la marée fraîche il a établi des relais depuis Dieppe jusqu'à Paris, si bien que chacun de ses dîners de carême lui coûte deux cents écus, rien que pour le port du poisson. La paroisse Saint-Roch s'enorgueillit de posséder le catholique le plus scrupuleux de la ville sur le chapitre du maigre.

Roquefeuille ébaucha un geste de désarroi :

— Monsieur, je ne trouve plus rien à vous répliquer. Ma réalité provinciale fond dans vos chiffres parisiens comme du sucre dans l'eau. Mais croyez-vous tout de bon qu'une jeune fille habituée à la table de la haute finance viendra s'asseoir à la mienne pour le simple contentement de se faire appeler « madame la marquise »? Paris et Versailles ne manquent pas de marquis désargentés, qui lui procureront ce bien-là dans un séjour plus gai que le fond du Berri.

L'abbé ne répondit que par un biais :

— La marquise de Roquefeuille ne serait pas obligée de vivre en Berri, pas toujours.

— Ah, fit simplement le marquis.

L'abbé le lorgna, vit qu'il attendrait la suite sans l'appeler, alors il dit :

— Louison a besoin d'un titre assez convaincant pour être présentée à la cour. Elle voudrait vivre un peu à Versailles, de temps en temps.

Le marquis haussa les sourcils :

— Versailles? N'est-ce pas bien démodé?

— Oui et non. La mode est d'avoir la tête frondeuse, tout en se flattant de la faveur royale. Louise suit la mode. Dans l'hôtel de son beau-père elle fréquente les philosophes et les francs-maçons les plus acharnés à mettre la monarchie en tutelle, mais elle aimerait danser aux bals de Marie-Antoinette. Les Conti sont ainsi faits. Jusqu'à sa mort le vieux prince n'a cessé d'agiter le Parlement contre le Roi, sans jamais non plus cesser de courtiser le Roi dans l'espoir d'attraper le ministère. Louison sait par cœur les chansons qu'on fait contre la Reine, mais elle se verrait très bien chez elle, dans un rôle de familière.

— Et vous, monsieur, ne l'y verriez-vous pas bien aussi ? demanda doucement le marquis.

— Moi ?

Roquefeuille sourit à la fausse surprise de l'abbé. Il se cala mieux dans son fauteuil, croisa ses jambes, pencha un peu la tête de côté et prit un air qui lui était coutumier, de fine raillerie aimable, pour poser sa question :

— Monsieur, m'avouerez-vous enfin votre intérêt dans une affaire où la mariée me semble un peu trop belle pour moi seul ?

L'abbé répondit au sourire par un sourire, à la question par une question :

— De quoi me soupçonnez-vous ?

— De vouloir vous mettre une alliée chez la Reine. Pourquoi ? La politique se ferait-elle chez la Reine plutôt que chez le Roi ?

— Je crains bien que la politique ne se fasse plus que de-ci de-là, au gré des vents ! Monsieur de Maurepas n'avait sans doute pas un grand génie, mais il avait de la finesse, et l'usage de la cour. Il ne tenait pas si mal contre les bourrasques. Hélas, il est mort et, depuis... Louis XVI n'a pas de fermeté. Il ne gouverne pas, il louvoie, et à force de louvoyer entre les caprices des autres il perd de vue sa propre volonté. Il ne sait que désirer le bien, il ne sait pas le vouloir. La Reine ferait peut-être mieux ? Si elle mûrissait bien... Elle pourrait aisément prendre sur son époux un ascendant durable. Encore faudrait-il qu'il fût de bon sens !

— Eh bien, dit le marquis, votre jeu s'éclaircit. Vous titrez votre Louison, vous la mettez chez la Reine et, une fois là, son charme aidant elle se gagne l'oreille royale pour y souffler vos bons conseils. Je suis toutefois surpris du choix que vous faites de la Reine pour agir sur le Roi : ne dit-on pas que sa tête est légère ?

— Elle est certes moins bonne que son cœur, mais une tête se peut former. Jusqu'ici on n'a guère travaillé qu'à la déformer. On trompe facilement une reine de vingt-sept ans que son mari ennuie et qui ne demande qu'à se laisser divertir. Les amuseurs abondent autour d'elle, ses conseillers sont des inconséquents soucieux de leurs seuls intérêts, et trop aveugles pour voir que leurs intérêts et celui de la couronne sont liés.

Le marquis décroisa ses jambes, allongea sa main sur un guéridon qu'il se mit à tapoter du bout des ongles :

— Je comprends bien, monsieur, votre souci de servir la couronne comme vous le pourriez, mais à vous parler franc, je n'aimerais pas faire une marquise de Roquefeuille pour qu'aussitôt vous me la jetiez dans les intrigues de la cour. L'air de Versailles ne me va pas. Je l'ai tâté dans ma jeunesse et ne l'ai pas supporté. Je n'ai pas envie de me marier pour que, demain, on m'en apporte le relent jusque chez moi.

— L'air de Marie-Antoinette n'est pas celui de Versailles, c'est celui de Trianon, dit l'abbé. La vie de la Reine est un songe. Il serait bon qu'on l'en sortît avant que le peuple ne la honnît tout à fait. À Paris les chansons contre « l'Autrichienne » vont bon train.

— Paris a toujours chansonné ses maîtres.

— C'est plus grave aujourd'hui qu'hier. Le trône vacille, et beaucoup de ceux qui le sentent n'en sont pas choqués, voire s'en amusent, c'est bien le plus inquiétant. Même dans notre province de Berri, pourtant docile et calme, j'entends de plus en plus de paroles à résonance républicaine.

Ils se turent un moment avant que le marquis ne réagît sur un ton de boutade :

— Après tout, monsieur, si la monarchie est usée, frappée d'impuissance, la république serait-elle encore plus mauvaise ?

— Je suis au moins sûr qu'elle ne serait pas plus juste que la royauté pour l'ensemble des hommes. Puisque les presque républicains sont désormais de tous les soupers en ville je les fréquente aussi bien que les monarchistes et ne les trouve pas moins imbus de leurs préjugés. Les conservateurs tiennent aux vieilles injustices, les révolutionnaires en voudraient de nouvelles, voilà leur différence. Ils racontent que leur France révolutionnée serait une nation paradisiaque, je la souhaite donc... à nos descendants ! Je ne suis point du tout curieux de vivre le moment du passage. L'aventure est surtout bonne en rêve, ou en souvenir.

Un nouveau silence s'établit, pendant lequel le marquis se leva pour aller jeter une bûche au feu.

— Je me demande, dit-il en revenant vers l'abbé, je me demande si la marquise de Roquefeuille, quand vous l'auriez poussée dans la politique, trouverait encore le temps de me faire un héritier, entre deux de vos complots ?

— Marquis, n'en doutez pas, dit l'abbé. Nous mettrons cet article-là dans le contrat.

Le bruit d'un cheval remontant à fond de train la grande allée du parc détourna l'attention du marquis de ce qu'il allait dire.

— Mon neveu, expliqua-t-il en réponse au regard interrogateur de l'abbé. Notre jeune baron ne va qu'au galop. Le trot le fatigue, le pas le tue. Il ne vit content que dans la presse. Faute d'avoir affaire il lui faut au moins crever ses chevaux.

— Il a grandi en Amérique, c'est presque un Américain, dit l'abbé en souriant. L'Amérique est trop vaste pour être parcourue au pas. J'ai remarqué qu'elle pouvait donner de la turbulence. Son air, sans doute ? Trop vif. Les poitrines françaises y puisent de la fièvre. Monsieur de La Fayette aussi nous est revenu de là-bas terriblement agité.

— Dès qu'un Français s'est américanisé plus de six mois il ne devrait jamais revenir, dit le marquis. Il a pris le ton huron, qui détonne ici. Mais, monsieur...

Il tira un fauteuil pour se rasseoir :

— ... laissons cela. Vous n'aviez pas fini de me raconter Louison.

2

Louison tourna sur elle-même, lentement, avec la complaisance d'un paon qui montre sa roue.

— Bon. Maintenant, faites quelques pas, je vous prie... Là. Tournez encore...

La robe bougeait dans le long murmure parcouru de crépitements du satin qu'on remue sur des jupons. Son éclat rose rayé de blanc, fleuri de minuscules bouquets polychromes, mettait les yeux de bonne humeur. Mlle Adélaïde hocha la tête :

— Pour moi, c'est parfait, dit-elle. Qu'en pense mademoiselle votre amie ?

— C'est parfait pour moi aussi, dit Solange de Raimbault. Louison, tu es adorable. Ton marquis prendra feu dès son premier regard. Tu vas faire un mariage d'amour.

— Ne rêvons pas, dit Louison. Monsieur de Roquefeuille a quarante ans.

— Oh ! s'exclama Mlle Adélaïde, mais on fait encore très bien l'amour à quarante ans ! Mademoiselle envoie au rebut de bonne heure. On voit bien qu'elle a seize ans.

— Seize et demi, corrigea Louison. J'ai déjà presque dix-sept ans. Mais n'allez surtout pas le dire à maman, elle ne me le pardonnerait pas !

— De toute manière, madame Marais passe mieux pour votre grande sœur que pour votre mère, dit poliment Mlle Adélaïde. Sa beauté est demeurée si fraîche...

Première vendeuse chez Mlle Bertin, la faiseuse de modes la plus courue de Paris, Mlle Adélaïde savait flatter son monde. Pour le plaisir de chiffonner encore un peu elle lissa un pli de la jupe, donna quelques pichenettes dans les volants des manches en point de Bruxelles :

— Parfait, répéta-t-elle. On a beau ne pas aimer les Anglais, il faut reconnaître que leur façon de couper les robes n'est pas à bouder. Asseyez-vous, s'il vous plaît... Bien. Relevez-vous. Bon. Encore une fois. Assise... Debout... Vraiment parfait. L'ampleur du dos se remet très bien en place. Votre faux cul s'oublie. C'est ce qu'il faut pour une jeune fille. Il ne vous gêne pas?

— Je m'y fais, dit Louison.

— On s'imagine qu'un faux cul se portera plus aisément qu'un panier, mais ce n'est pas vrai. Je vous conseille de vous y habituer dans votre chambre avant que de paraître au salon. Rien n'est plus disgracieux que d'avoir l'air encombrée de son cul.

— Nous voulons bien vous croire! dit Solange en riant.

Louison s'était remise devant son miroir, de face et puis de profil:

— Sincèrement, dit-elle, je ne suis pas mécontente de cette robe. Je serais plus contente encore si mademoiselle Bertin avait daigné venir voir elle-même comment je la porte. Il paraît qu'elle ne consent plus à se bouger que pour la Reine?

Mlle Adélaïde eut un gros soupir hypocrite, de victime comblée par le caprice royal:

— Mademoiselle, c'est que Sa Majesté nous exténue, nous tue de travail! Devinez combien de bonnets nouveaux nous avons dû lui présenter le mois dernier? Vingt-deux, mademoiselle! Vingt-deux bonnets, sans compter tout le reste. N'est-ce point de la folie?

— C'est de la folie, approuva Louison. La rue le chante sur les toits.

La vendeuse soupira encore:

— La rue est très méchante pour notre pauvre Reine. Et pourtant, en faisant aller le commerce des modes elle ne fait que son devoir. Tout le monde y gagne. Jamais nous n'avons tant vendu aux étrangères. En ce moment, nous sommes surchargées par les commandes de madame la comtesse du Nord*. Qui peut trouver mauvais que l'or russe se dépense en France?

— Il ne paye pas pour la Reine, remarqua Solange.

* La grande-duchesse de Russie, alors en voyage en France.

25

L'or que vous prodigue la Reine sort de la poche du Roi.

— Encore une fois, avec cet or la Reine fait aller le commerce, dit Mlle Adélaïde, d'un ton qui s'animait. La rue s'en prend à ma maîtresse, elle l'accuse d'aider la Reine à vider le Trésor, mais mademoiselle Bertin n'est pas la seule à profiter de l'allant des modes. C'est avec Beaulard que madame de Matignon vient de passer un marché de vingt-quatre mille livres l'an pour qu'il lui fasse, chaque matin, une tête selon l'actualité. Et les princesses et bien d'autres se ruinent *Aux Trois Pucelles*, plutôt que de payer le juste prix chez nous.

— N'allez pas me parler contre madame Prévoteau, j'adore sa boutique, dit Louison. On y tombe dans toutes les merveilles de l'Orient, on s'y dépayse à deux pas de chez soi.

Mlle Adélaïde pinça la bouche :

— En dépit de notre enseigne, *Au Grand Mogol* nous préférons faire travailler les métiers de Lyon. Nous nous flattons d'être des patriotes.

— Cela va de soi, ironisa Louison. Le patriotisme aussi est une mode de pointe, que ne saurait ignorer mademoiselle Bertin.

Elle ajouta sur un autre ton :

— Eh bien ? Notre essayage est-il terminé ?

— Ne ferez-vous point chercher madame Marais ? s'étonna Mlle Adélaïde.

— Ma mère est sortie.

— C'est fâcheux. Votre souper est pour demain, et nous n'avons encore rien prévu pour la coiffure. J'avais apporté quelques dessins...

Solange intervint, assez moqueuse :

— Pour son dîner de contrat, ma sœur Angélique portait deux tourterelles qui se becquetaient dans un nid en forme de cœur. La fine allusion du coiffeur a charmé son futur. Toi, puisque monsieur de Roquefeuille rêve d'un héritier, tu pourrais porter un joli berceau garni d'un poupon ?

— Quelle belle idée ! s'exclama Mlle Adélaïde, excitée comme toujours à la pensée de bâtir sur une tête une nouvelle extravagance. Voyons...

Elle se mit à crayonner :

— Nous aurions d'abord un chou bien léger, en gaze à bouillons...

— Je vous en prie, mademoiselle, n'imaginez pas plus avant, coupa Louison, presque fâchée. Je ne tiens pas à porter les enfants du marquis plus tôt que nécessaire. Trouvez-moi quelques petites plumes discrètes, du blanc et du rose. Suzanne me coiffera. Elle a beaucoup de talent pour tourner les boucles à l'anglaise.

La femme de chambre esquissa une petite révérence de remerciement, et s'approcha pour aider Mlle Adélaïde à sortir Louison de sa belle robe.

La demoiselle de modes partie, et Suzanne derrière elle, les deux jeunes filles se retrouvèrent seules dans le boudoir de Louison, une petite pièce aux angles arrondis tendue d'un taffetas strié bleu pervenche et blanc sur lequel se détachaient des courants de fleurs. La même soierie, rayonnante de fraîcheur et de gaieté, avait été utilisée pour la chambre voisine. Les sièges étaient peints en blanc rechampi de bleu, et pour le reste du mobilier, de facture très moderne, on avait choisi des bois en vogue : de l'acajou moucheté, de la loupe d'amboine, du citronnier clair.

Les fenêtres de Louison donnaient sur le jardin. Pour un jardin parisien celui de l'hôtel Marais était grand puisqu'il couvrait dix-sept cents toises carrées mais, pour un parc à l'anglaise, il était fort petit. On avait eu beau le faire dessiner par le célèbre Richard Mique, le créateur du paysage de la Reine à Trianon, et consulter le peintre Hubert Robert pardessus le marché pour qu'il y place, aux bons endroits, quelques menues ruines de l'Antiquité, le parc de M. Marais manquait d'espace et de surprises. Ce n'en était pas moins un coin de campagne en plein Paris — quoi de plus délicieux ? On était au cœur du quartier Saint-Honoré et pourtant on se promenait dans des allées sablées, le long de beaux greens sur lesquels poussait, par bouquets, toute une jeunesse d'arbres exotiques qu'il avait fallu se procurer par de grandes intrigues, et à grands frais, et grâce à M. Thouin, le jardinier en chef du Jardin du Roi. C'était alors la fin du mois de mai, les roses précoces commençaient d'éclore, et le parfum sucré des lilas blancs et mauves embaumait l'air qui pénétrait chez Louison par ses croisées grandes ouvertes.

— Le soleil chauffe déjà, dit-elle en lui offrant ses bras nus. L'odeur des lilas nous arrive toute tiède.

Elle s'en emplit à fond le nez et les poumons, l'expira, bizarrement, dans une phrase mélancolique :

— Solange, je ne suis pas sûre que j'aimerai l'été de cette année.

— Si, dit Solange. Monsieur de Véri t'a promis que tout était bon dans son marquis : le cœur et l'esprit, la figure et la santé. Et il n'est même pas vraiment pauvre.

— Oui...

Assise à l'abandon sur le canapé, Louison laissait rouler sa tête dans le soleil de midi qui mordorait le brun chaud de ses cheveux, rappelant que l'enfant avait été blonde.

— Solange, j'en voudrais tomber amoureuse, dit-elle d'une voix gourmande.

— Tu pourras toujours essayer, dit Solange en riant. Au jeu de l'amour il est recommandé d'essayer son mari en premier.

— Oh ! j'essaierai de bon cœur, mais... À ce qu'on voit, l'amour vous prend rarement à propos et pour s'assortir à vos projets honnêtes. Enfin, lui, au moins, m'aimera sans doute, ce sera toujours ça. Viens voir...

Levée d'un bond elle entraîna son amie dans sa chambre, s'installa devant sa coiffeuse, chiffonna du ruban rose et commença de promener le chou dans ses cheveux :

— Imagine que ce soit un chou de plumes : comment le poserais-tu ?

— Donne...

Au lieu de lui passer le nœud de ruban Louison le rejeta sur sa toilette, releva et tordit ses cheveux pour s'en faire un pouf indocile :

— Comment me trouves-tu ? Franchement. Regarde-moi sans m'aimer.

— Je te trouve aujourd'hui presque aussi bien qu'hier. Tu ne vieillis pas vite, dit Solange, blasée sur les fausses inquiétudes de Louison.

28

— Il n'empêche que si je continue à me passer mes fringales de crêpes à la frangipane je finirai comme maman, en Vénus trop potelée, dit Louison en suivant du doigt le contour moelleux de son visage. C'est rond, c'est rond, Dieu! que c'est déjà rond! Je ne mangerai plus une crêpe.

— Mademoiselle se vante, dit la femme de chambre, qui venait d'entrer. Mais qu'elle mange donc des crêpes à sa faim. C'est avec le rond qu'on plaît aux hommes. Ils s'y trompent. Ils prennent le rond pour du tendre.

— Il est vrai qu'à seulement te voir on ne devine pas ta nature emportée, dit Solange.

— Pour sûr, dit Suzanne. À vue, mademoiselle n'a pas une griffe dehors, elle fait toute chatte en velours.

Sa maîtresse lui lança un coup d'œil foncé :

— Suzanne, êtes-vous venue pour vous plaindre de mon caractère?

— Pardonnez-moi, dit Suzanne. Je suis venue pour annoncer une visite. Monsieur de Beaumarchais est en bas, qui demande à vous voir. Il est tout excité. Il remplit les deux antichambres à lui tout seul.

— Dieu merci, monsieur de Beaumarchais est toujours excité, dit Louison. Faites-le vite monter, Suzanne, c'est une heure de bonne humeur garantie que cet homme-là.

Elle s'aperçut que Solange s'en allait :

— Comment? Tu pars? Tu voudrais manquer la comédie?

— J'ai promis à ma tante de l'accompagner chez son perruquier. Et puis, ce n'est pas moi qu'on vient voir.

— Tu peux rester quand même. Beaumarchais n'a jamais trop de public. Il n'aime à se confier que sur un théâtre.

Solange secoua la tête :

— Non, je m'en vais. Je n'apprécie pas monsieur de Beaumarchais autant que toi. Il ment trop souvent.

— C'est qu'il ment si bien! s'exclama Louison. Il ment si bien, avec une si bonne mémoire, qu'on ne se lasse pas de le croire!

29

Caron de Beaumarchais visitait souvent Louison. Elle lui rappelait Conti, et que le prince avait abrité ses frasques et ses éclats de langage sous sa puissante amitié. Le nouveau prince de Conti, hélas, ne se souciait pas de continuer le mécénat de son père, il avait donné congé à ses favoris. C'était un Conti sans panache. Après avoir dispersé aux enchères les collections d'art de son héritage, il se contentait d'entretenir bourgeoisement Mlle Coraline, une actrice des Italiens.

Dédaigné par le fils, Beaumarchais avait courtisé la bâtarde. Sait-on jamais jusqu'où s'élèvera la bâtarde d'un grand seigneur, dont la mère s'est recasée dans le lit d'un financier en or massif? Faire partie des familiers de l'hôtel Marais était déjà une fort bonne chose : Marais nourrissait bien, chez lui on se retrouvait coude à coude avec une foule de pique-assiette plus ou moins huppés, donc utiles. Mme Marais, flattée dès qu'une célébrité recherchait sa maison, avait d'emblée promu Beaumarchais au rang de ses intimes. Brillant et sonore il meublait ses soirées à merveille. Rien que de le voir faire son entrée au salon mettait de la gaieté dans l'air. Un sourire au coin des lèvres, une pointe d'ironie dans son bel œil vif, de la prestance et de la désinvolture, parleur magique sachant tout et colportant tout en se raillant de tout, hâbleur plein de fantaisie, joueur, bretteur, danseur, chanteur, pinceur de harpe et gratteur de guitare, faiseur de charades et de parades et comédien de ses inventions, affairiste enthousiaste, prodigue avec brio et même avec l'or des autres, pamphlétaire impénitent toujours prêt à risquer la Bastille pour une belle insolence de trop, Beaumarchais était fait pour réussir dans un monde de plaisir et d'argent où se montrer frivole dans tous les talents est le tour le plus applaudi. Sa langue et sa plume l'auraient fait pendre ou brûler en place de Grève si, en 1782, on avait encore pendu et brûlé pour impertinence. Mais les temps et le roi avaient changé, si bien qu'à cinquante ans M. de Beaumarchais se portait toujours bien et beau, et discourant avec une audace révolutionnaire dont les privilégiés du régime raffolaient chaque jour davantage.

L'amitié d'un tel homme ne pouvait que ravir une jeune fille du très mondain faubourg Saint-Honoré. Elle l'appelait Ami Charmant. Lui, malin, donnait du « princesse » à la bâtarde, qui ne l'en aimait que mieux.

Ce matin-là, Beaumarchais entra dans le boudoir en agitant à bout de bras une jolie boîte de carton enrubannée, dont Louison tira une rose de chez Wentzell, couleur de nymphe émue, magnifique.

— Qu'elle est belle ! s'écria-t-elle, enchantée.

— J'ai eu du mérite à vous l'avoir, dit Beaumarchais. Depuis que vous voulez toutes des roses de Wentzell plutôt que des vraies, rue de l'Échiquier on ne peut plus garer.

— Ami Charmant, votre rose m'arrive à propos. Je m'en ferai demain un petit chapeau. Nous avons un souper, demain.

— Je sais. Jusqu'ici je n'en suis pas, mais j'aimerais en être en sortant d'ici. S'il vous plaît, princesse, invitez-moi.

— C'est ma mère, monsieur le sans-gêne, qui invite. Elle n'aura pas voulu d'un grand bavard. Elle a ses raisons, j'imagine.

Beaumarchais se pencha à l'oreille de la jeune fille :

— Je suis dans le secret. Le marquis de Roquefeuille ?

— Ami Charmant, vous feriez un merveilleux mouchard pour le lieutenant de Police, dit Louison. Et donc, vous avez envie de voir mon marquis ?

— J'ai envie de voir toute la compagnie. Je sais qui sera là. C'est juste le public qu'il faut à ma comédie. Je voudrais la lui lire au dessert.

— Lire votre *Mariage de Figaro* ? Une pièce interdite, vous n'y songez pas ? Belle idée que vous avez là, de proposer du scandaleux pour la première soirée que monsieur de Roquefeuille passera chez nous !

— Pensez-vous qu'il se guinderait ? Ce serait à savoir. Tenez, princesse, pour votre sûreté présentez-moi à votre futur. Je lui jouerai tous les rôles de ma comédie et, si je lui déplais, ne l'épousez pas : vous n'auriez qu'un sot dans votre lit.

Louison sourit du mot, mais secoua la tête :

— Je ne me mêlerai pas de vous arranger une lecture,

n'y comptez pas. Nous aurons des gens qui ne goûteraient pas tous les insolences qu'on dit que vous avez mises dans la bouche de votre Figaro.

— Non ? En êtes-vous sûre ? Je suis un auteur gai. C'est contre les auteurs dangereux qu'on se fâche, et les auteurs gais ne sont pas dangereux. D'ailleurs mon Figaro est un Espagnol, c'est aux grands d'Espagne qu'il en a. Chez la princesse de Lamballe, où je viens de lire, tout le monde a ri de très bon cœur. La Reine l'a su, si bien qu'elle veut m'entendre, et son beau-frère Artois veut qu'on me joue.

— Mais le Roi ne le veut pas.

— Bah ! si le Roi reste seul à ne point vouloir, je serai joué.

Il jeta un carreau de velours bleu sur le parquet pour s'installer aux pieds de Louison, aussi lestement que s'il avait encore l'âge d'un troubadour. Sa voix naturellement passionnée se fit pressante :

— Douce amie, laissez-moi vous confier la cause de ma comédie : sa défense vous appartient par héritage. Je l'avais écrite pour amuser au Temple*, et sur le conseil du Prince. Il est mort trop tôt pour l'entendre, mais elle lui plairait, il la soutiendrait. Il y reconnaîtrait le langage joyeux et moqueur qu'on parlait chez lui. Sur ma foi, princesse, mon Figaro sort tout droit de la cour de monseigneur votre père.

— Mentir à perdre haleine ne vous gêne jamais, dit Louison en lui donnant une tape.

— Je ne mens pas. Mon Figaro est un rieur impertinent doté d'une bonne cervelle. Est-ce moi ? Si c'est moi ce n'est pas grâce à moi. Je suis né rue Saint-Denis, dans une boutique où se parlait le français sans grâce des artisans, et ce ne sont pas les cuistres de l'école d'Alfort où l'on m'avait mis qui m'ont pu enseigner le style léger qu'a mon barbier ? Non, non. Figaro s'est affiné la langue au palais du Temple, il est, en somme, un de vos parents. Aurez-vous le cœur d'abandonner un orphelin de votre père à la cabale sans vous mettre de son parti ?

---

* Le palais du Temple, demeure du prince de Conti.

Du bout des pétales de sa rose Louison promena un chatouillement sur le visage de Beaumarchais :

— Il y a beaucoup de malice sous votre large front, monsieur de Beaumarchais. Vous me faites là un petit frère qui vous arrange bien.

Comme il allait parler, vivement elle lui posa sa rose sur les lèvres :

— Bon, bon ! Ne plaidez pas plus avant. La dernière fois que vous avez plaidé l'une de vos causes vous avez tenu les magistrats d'Aix assis pendant cinq heures. Je préfère vous céder plus vite. Je verrai à donner l'envie d'une lecture de votre *Mariage* à ma mère. Mais pas pour demain.

— Après-demain me suffira, dit Beaumarchais en baisant voracement les deux mains de la jeune fille.

— Maintenant que vous avez eu ce que vous vouliez, racontez-moi vos ennemis du jour, dit Louison. Sont-ils drôles ? Voyons. Ouvrez-moi vos tiroirs.

— Oh ! mes tiroirs sont sens dessus dessous ! C'est la cohue dans mon crâne, les ennuis s'y bousculent. Par fortune, je suis léger, les soucis ne me tuent pas. Mais ils me ruinent.

— N'êtes-vous plus millionnaire ?

— Je suis millionnaire, mais pas dans mes poches ! Les Américains oublient de me payer les armes que je leur ai livrées, il y en a pour cinq millions, et j'ai tant aimé ces gens-là qu'ils se croient en droit de faire leurs États-Unis à mes frais. J'ai mis cent mille écus dans la machine de Chaillot qui doit alimenter Paris en eau de Seine, et les Parisiens, qui voulaient l'eau, ne veulent plus de la machine dans leur campagne de Chaillot. À Bordeaux j'ai deux millions bloqués dans cinq cargaisons, empêchées de prendre la mer par un corsaire anglais qui les guette au large. En vérité oui, je suis millionnaire, partout ailleurs que chez moi ! Mais, baste ! C'est assez pleurer sur mes malheurs, pressons-nous d'en rire, je ne suis pas bon dans le genre sérieux. Qu'on me joue mon *Mariage* et je serai consolé de tout.

— Le censeur, décidément, demeure intraitable ?

— Buté comme une mule. On l'a voulu. On a nommé Suard, un homme qui me hait.

— Qui vous hait?

— Passionnément : j'ai le talent qui lui manque. Il refusera le visa à du Beaumarchais aussi obstinément que le public refuse le succès à du Suard.

— Lauraguais peut lui parler pour vous. Il est votre ami, et il a du poids sur les censeurs.

Beaumarchais fit la grimace :

— Ces jours-ci Lauraguais ne m'aime pas. Je viens de ne lui point prêter six cent mille francs qu'il me demandait pour s'en aller les perdre dans l'agriculture. Le retour à la terre est à la mode, lui voulait faire pousser des légumes à la nouvelle façon chimique, je l'ai privé de ses choux et de ses carottes, il ne me le pardonne pas.

— Lauraguais est aussi mobile qu'une girouette. Ma mère lui commandera de vous aimer de nouveau, dit Louison. Il ne lui obéit pas mal.

— Qu'il oublie seulement de me dénigrer et je serai content, persuadé qu'un grand nous fait assez de bien quand il ne nous fait pas de mal.

Il se releva pour aller à la harpe, égrena un accord perlé qui fit surgir la femme de chambre, émoustillée, sur le seuil de la porte. Beaumarchais partagea un grand sourire de charme entre la soubrette et la maîtresse, demanda gaiement :

— Maintenant que vous voilà du parti de mon Figaro, en attendant sa victoire ne voulez-vous pas, princesse, entendre déjà ma chanson de Chérubin?

C'était une douce plainte amoureuse, qu'il entama piano :

> *Auprès d'une fontaine,*
> *(Que mon cœur, mon cœur a de peine !)*
> *Songeant à ma marraine,*
> *Sentais mes pleurs couler.*
> *Sentais mes pleurs couler,*
> *Prêt à me désoler,*
>
> *Je gravai sur un frêne,*
> *(Que mon cœur, mon cœur a de peine !)*
> *Sa lettre sans la mienne...*

La mélodie se déroulait, simple et calme, embuée de nostalgie tendre, fraîche à l'oreille. Elle avait la juste cadence que prend le cœur d'un jeune garçon tourmenté de désirs qu'il ne sait encore où poser. Dans le cœur de la fille de seize ans qui l'écoutait elle trouvait une résonance toute prête.

Pour se rapprocher du chanteur Louison s'était assise sur le rebord de la fenêtre ouverte, là où se mêlaient, dans le soleil, la claire musique de la romance et le parfum suave des lilas. Elle était bien. Depuis quelque temps, elle vivait de merveilleux instants d'accord avec la vie. Sa pensée s'effilochait, son cœur se gonflait de tendresse pour le monde jusqu'à lui mettre les larmes aux yeux. L'âme envolée, le corps à l'abandon, elle se sentait devenir aussi molle qu'une soie, prête comme une soie à ronronner sous des mains caressantes. Pour l'instant, c'était la voix de l'Ami Charmant qui la câlinait, très agréablement. L'âge n'avait pas encore vieilli sa belle voix chaude aux filés sirupeux, tout à fait propre à cajoler les dames.

Il coula ses derniers vers, languido, dans un ralenti mourant :

> *Je veux traînant ma chaîne,*
> *(Que mon cœur, mon cœur a de peine !)*
> *Mourir de cette peine,*
> *Mais non m'en consoler.*

Suzanne explosa en bravos.

Louison sursauta, rouvrit à regret ses yeux clos :

— Ami Charmant, votre chanson m'a régalée. Elle vaut un baiser. En aurai-je copie ?

— Voudriez-vous la chanter demain ?

— Vous seriez mal servi. Je la veux pour l'avoir. Pour l'avoir la première. N'est-ce pas déjà trop tard ?

— Non, mentit Beaumarchais. Vous l'aurez demain. Et maintenant, permettez que je vous quitte. J'ai laissé quelqu'un à m'attendre dans votre jardin, qui doit s'impatienter.

Louison jeta un coup d'œil au-dehors :

— Oh ! Mais c'est un enturbanné ! C'est un Turc ?

— C'est un Persan.

— Comment, s'écria Louison, vous promenez un Persan et n'alliez pas me le montrer ? Courez me le chercher, je vous prie !

— Il n'aimerait pas cela. Il déteste que je le mène faire le Persan chez les dames.

— C'est un prince en incognito ?

— Non. C'est un marchand de Chirâz. Je voudrais commercer avec lui.

— Oh ! Ce n'est donc qu'un marchand de tapis, fit Louison, déçue.

— Seigneur ! gronda Beaumarchais. Combien d'années faudra-t-il que je m'offre en modèle à mes compatriotes pour leur prouver que le négoce ne gâte pas un homme ? Mon marchand de tapis est de fort bonne compagnie, je vous assure. Pour le bonheur de vendre il vendrait sa chemise, mais ses manières n'en sont pas moins courtoises, ses goûts délicats... et ses poèmes fort bons. Et il siffle à miracle, au point de tromper les rossignols : j'en ai entendu un qui lui répondait !

Suzanne s'était éclipsée, soudain très pressée d'aller demander un bouquet au jardinier.

Le grand regard enjôleur de Louison capta celui de Beaumarchais :

— Ami Charmant, prêtez-moi votre Persan pour une heure, pria-t-elle à voix de sirène. Oubliez-le dans le jardin. Je lui dirai que c'est ma faute, et je vous le renverrai dans la belle calèche de maman. Comment s'appelle-t-il ?

— Fath-Ali Khazem.

— Fath-Ali Khazem... Ce n'est pas du tout si beau que Haroun al-Rachid, le nom du sultan des *Mille et Une Nuits*. A-t-il amené ses femmes avec lui ?

— Que nenni ! Ces gens-là ne sont pas si fous que nous, ils traitent leurs femmes comme il faut. Quand ils ont affaire au-dehors ils les enferment dans la maison, mettent la clé dans leur poche et s'en vont d'un pied léger. Qu'aurait-il besoin de ses Persanes ici ? Les Parisiennes ne sont pas inhumaines.

— Le seraient-elles que vous êtes un si bon entremetteur... L'avez-vous fourni d'une maîtresse de qualité ?

— Je viens de vous dire que les Persans étaient des sages. Ils aiment la volupté paisible. Le mien s'en tient aux grisettes. On y va plus gaiement et on en sort plus facilement.

— Peuh ! fit Louison, il n'a donc pas le goût si bon que vous le dites. N'importe. Prêtez-le-moi une heure. Mon beau-père m'a donné une robe de chambre à la sultane, un soupirant en turban ne s'y assortirait pas mal. Ne regarde-t-il que les grisettes, vraiment ?

— Princesse, vous n'avez plus le temps de jouer avec mon Persan. Qu'en dirait demain votre marquis ?

— Justement, mon marquis n'est que pour demain. Aujourd'hui je n'ai personne et, ces derniers temps, je n'aime plus m'aimer toute seule. Son français est-il assez bon ?

— Assurément meilleur que celui du Pont-Neuf. Il a fait ses études au collège de Plessis-Sorbonne.

Louison fronça le nez :

— Ah oui ? N'y a-t-il pas trop perdu de son exotisme ? Enfin, je verrai bien...

Elle passa un instant dans sa chambre pour y prendre un flacon, revint vers Beaumarchais en s'inondant le cou, les bras et les mains d'une capiteuse odeur :

— C'est une eau de giroflée de Florence, dit-elle en lui offrant sa peau à respirer. Je l'ai chipée à maman. Elle assure que pas un homme n'y reste insensible. Quel effet vous fait-elle ?

Il leva les yeux au ciel :

— Femme, femme, femme ! jamais vous ne cesserez de tricher pour nous vaincre, dit-il en riant. Mais princesse, attention ! Mon Persan n'est pas inoffensif. Il a sa beauté, et la langue persane est fleurie, son miel est une glu, les dames s'y prennent facilement.

Louison lui lança un regard amusé :

— Ami Charmant, êtes-vous en train de me dire que je pourrais tomber amoureuse d'un marchand de tapis ?

Du bout des doigts elle lui souffla un baiser, et sortit.

Beaumarchais fixa la porte un moment, et puis éclata de rire. Les bouffées de morgue de « la princesse » le réjouissaient, et d'autant plus qu'il la savait, par ailleurs, très flattée d'avoir pour ami charmant un homme qu'à vingt ans on pouvait voir en montre rue Saint-Denis, réparant des horloges entre quatre vitrages.

3

Fath-Ali s'arrêta de marcher pour regarder le jardinier couper du lilas. Le tableau était gai à voir. Une blondine en pierrot* jaune brillait dans le soleil en attendant son bouquet. Le jardinier taillait dans ses lilas en hésitant, choisissait des grappes du côté le moins en vue en veillant à ne pas gâter la forme des arbustes. La blondine allongeait les branches une à une dans le retroussis de son tablier, sans cesser de faire aller son petit œil curieux des fleurs au Persan.

Celui-ci ne s'était pas mis sur son trente et un persan comme le féerique envoyé du Shâh que M. de Véri avait amené un soir de l'an dernier chez les Marais, mais lui, au moins, était jeune et mince, et joliment plus attirant que le vieil ambassadeur obèse de Karim Khan. Son fraque très court et très ajusté, en fin drap isabelle garni de glands d'or, lui convenait mieux qu'à beaucoup des élégants de Paris qui le portaient. Une grosse turquoise, montée en épingle, ornait son volumineux turban de soie noire. L'ensemble ne faisait pas disparate, formait, au contraire, une tenue d'une harmonieuse sobriété. L'homme était d'ailleurs racé, tirait sur l'aryen plus que sur l'arabe. Avec son regard de gazelle largement fendu et souligné de deux arcs noirs parfaits, son long nez droit, sa bouche sanguine et charnue, sa barbe de jais taillée en fin collier bouclé, son teint d'ivoire clair, il ne ressemblait pas du tout aux diplomates de la Sublime Porte qui débarquaient à Paris de temps en temps. Le plus souvent les Turcs avaient l'air de pirates parvenus, engraissés de ripailles et clinquants sur toutes leurs coutures. Tandis que ce marchand-là... Suzanne, qui avait le goût sûr, lui trouvait beaucoup de grâce aristocratique.

* Négligé constitué par une jupe et un corsage aux basques retroussées.

— Ambroise, vous me couperez une rose aussi, dit-elle au jardinier.

— Ça non, mademoiselle Suzanne ! Je ne coupe jamais mes premières roses, vous le savez bien.

— Ambroise, soyez généreux.

Elle baissa le ton :

— Vous souvenez-vous du Persan qui a soupé chez nous quand nous demeurions encore à la place des Victoires ?

— Si je m'en souviens ! Je ne l'oublierai pas de sitôt ! Un si beau fakir, on n'en voit jamais à la foire.

— Il avait dit à Madame que, dans son pays, on offre toujours une rose à son visiteur. Pendant la saison des roses, évidemment. S'il vous plaît, Ambroise, coupez-moi une rose.

— On n'est pas en Perse, ronchonna Ambroise.

Il lui cueillit pourtant une cent-feuilles bien mousseuse, d'un beau blanc rosé à peine carné. Suzanne, sans gêne, s'approcha du Persan et lui tendit la rose dans une preste révérence, en lui souriant à pleines fossettes. Le Persan sourit lui aussi, s'inclina légèrement :

— Je souhaite à vos mains aimables une éternelle santé, dit-il d'une douce voix basse, sans une ombre d'accent, en prenant la rose.

Surprise par la forme du remerciement de l'étranger Suzanne faillit en rire, ce que Fath-Ali vit très bien. Le manque de souplesse des oreilles françaises l'amusait. Les tournures dont elles n'avaient pas l'habitude semblaient rebondir sur leurs tympans au lieu de les pénétrer, elles s'en ébahissaient au lieu de les savourer. Fath-Ali, d'ailleurs, aurait très bien pu ne jamais surprendre les oreilles françaises. Il savait dire merci tout court comme un barbare, possédait à fond l'idiome sec et plat des Francs. Mais il faut bien faire le Persan de temps en temps pour plaire à ses hôtes ? Gentiment, Fath-Ali redonna encore un peu de sucrerie persane à la blondine :

— Depuis que je respire votre rose mon cœur devient vert, dit-il.

Cette fois, Suzanne laissa fuser son rire :

— Chez nous, monsieur, le cœur se porte plutôt rouge, dit-elle joyeusement. Le vert serait-il meilleur à vivre ?

— C'est la couleur de la fraîcheur, dit Fath-Ali. Qui n'aime à se sentir le cœur frais ?

Il la vit un peu perdue et qui cherchait une réplique, et se hâta de changer de propos. La soubrette était mignonne, mais les mignonnes sont faites pour tout autre chose que la conversation. Il l'interrogea :

— Savez-vous si monsieur de Beaumarchais est encore chez vos maîtres ? Je commence à craindre qu'il ne m'ait oublié.

— Je ne crois pas qu'il vous ait oublié sans recours, dit Suzanne, qui venait de regarder vers la maison.

Fath-Ali tourna lui aussi la tête, juste à temps pour voir une jeune personne en robe de simplicité blanche descendre les deux marches du perron...

Les premiers mots échangés, ils s'étaient mis à vagabonder dans les allées que l'architecte avait voulues capricieuses, faufilées à travers le décor trop savamment « naturel ». Louison racontait l'histoire du jardin, et lui écoutait la voix de la jeune fille, souriait à sa beauté, s'embaumait de son odeur. Elle ne sentait pas bon comme une demoiselle sage, elle sentait bon agressivement, comme une houri. La brise lui arrachait d'épaisses bouffées d'un parfum sucré très fleuri, que Fath-Ali trouvait aussi savoureuses que les meilleures chirines *. Quatre ou cinq fois déjà le tour du propriétaire avait fini et recommencé. La suite des allées semblait s'étirer sans fin sous leurs pas comme un jeu de labyrinthe. Depuis longtemps Louison n'avait plus rien à dire sur le jardin, elle ne parlait plus que pour parler, avec de longues pauses et une grandissante envie de se taire. Quand le Persan lui prit la main elle tressaillit mais ne la lui ôta pas, et alors ils continuèrent leur promenade en laissant tout à fait la parole aux oiseaux. Leur tapage printanier s'engouffrait dans les oreilles de Louison, lui remplissait la tête de toute la gaieté du jour. Les yeux grands ouverts au bleu et à l'or de la lumière, béate, elle se laissait mener par la main vers nulle

* Friandises persanes.

part, où il ferait sûrement très beau, toujours plus beau...

Ce fut un rameau de chèvrefeuille exubérant qui la réveilla de son bien-être animal. La liane râpeuse avait accroché sa manche de mousseline. Pour s'en défaire Louison dégagea sa main de celle du Persan et, du même coup, se rendit compte qu'elle la lui avait laissée. Vexée, elle s'écarta de lui, renoua la conversation sur un ton léger :

— Eh bien, monsieur, que dites-vous de notre parc à l'anglaise ? Donnez votre avis. On sait que l'avis d'un Persan est celui d'un connaisseur de jardins.

Fath-Ali soupira mentalement. Depuis longtemps il pensait que les Francs ne comprennent rien aux jardins. Ils ont des jardins pour y collectionner la nature des quatre coins du monde, des jardins sans intimité, pleins de trouées envahies par l'horizon, et qu'ils achèvent de rendre inconfortables en les meublant avec des bancs de pierre sans coussins. Mais, bien sûr, Fath-Ali répondit poliment à son hôtesse, par un détour persan :

— On ne juge pas du paradis, dit-il. Pour un Persan, tous les jardins sont des paradis *.

— À Chirâz, bien sûr, vous en avez un ?

— À Chirâz, le jardin est le salon préféré de la maison. Notre été est long.

Ils passaient devant la charmille, elle l'y fit entrer. Fath-Ali s'avorta une grimace en arrivant devant le faux vieux banc de pierre nue — encore un ! Il s'y posa d'une fesse frileuse aussi légère que possible, en pensant une nouvelle fois que le Frangistan devrait pouvoir faire un excellent marché pour les tapis : les Francs en manquaient si cruellement !

— Vous ne m'avez qu'à peine parlé de votre pays, disait Louison. Aurez-vous encore un peu de temps pour me le raconter ?

— Mademoiselle, j'ai tout votre temps, dit Fath-Ali de sa douce voix basse. Quand Allah m'envoie le meilleur de la vie : une belle jeune fille embaumée prête à m'écouter, je n'ai plus rien d'autre à faire.

---

* En persan, jardin se dit paradeisos — paradis.

Elle eut un petit rire, de fausse confusion :

— Monsieur de Beaumarchais m'a prévenue que vous aviez une langue de miel.

— C'est qu'en Perse on ne vit pas bien sans une bonne langue, dit-il en souriant. On n'y fait pas fortune à bouche close, la parole y est le travail le plus lucratif. Chez nous, les conteurs ont le nez gras *. Les mollahs aussi — ce sont nos prêtres.

— Et les marchands ?

— Les marchands sont heureux. Tous les Persans naissent marchands. Suivre son penchant naturel rend heureux.

Qu'un homme fait comme un prince trouvât son bonheur à vendre des tapis décevait si fort la fille de Conti qu'elle lui chercha une marchandise plus relevée :

— Mis à part les tapis, que vend-on à Chirâz ? Qu'y vend-on de plus beau ?

— Je vous l'ai dit : des contes.

Voyant que le regard de Louison se portait sur la magnifique pierre bleue enchâssée dans la soie noire de son turban, il ajouta aussitôt :

— Nous avons aussi les plus belles turquoises du monde, des turquoises de vieille roche, merveilleusement pures.

— Le bleu de la turquoise est une couleur qui vous remplit de plaisir, murmura-t-elle.

— Il ne s'assortira pas mal à un autre bleu qui vous remplit aussi de plaisir : celui de vos yeux, dit-il.

Il avait détaché la pierre de sa coiffure et la lui présentait :

— Faites-moi la grâce de l'accepter.

— Dieu, non ! s'exclama-t-elle en se reculant de lui précipitamment.

Accentuant son sourire il demeura la paume tendue, sur laquelle la turquoise embellissait encore en se satinant, s'opalisant au soleil :

— J'ai pris la rose de votre chambrière, vous me devez

* Sont prospères.

43

de prendre ma turquoise. La turquoise est plus commune en Perse que la rose ne l'est ici, et ainsi donc, nous n'aurons fait qu'échanger des politesses.

Il saisit la main de Louison pour y enfermer la pierre, et Louison la garda sans rien dire parce qu'elle ne sut, ni que dire, ni comment refuser avec esprit, ni comment même avoir envie de refuser. Le climat de l'instant la rendait sotte. Ses joues la brûlaient, sa main se crispait sur la turquoise, elle demeurait muette et les yeux baissés, à contempler le bout de son soulier blanc qui dessinait des ronds sur le sable de la charmille. Fath-Ali vint à son secours :

— Je croyais, dit-il, que vous aviez cent questions sur mon pays à me poser ?

Elle réussit à se secouer de sa sottise pour lui répondre avec à-propos :

— Justement ! C'est quand on a cent questions à poser que la première ne vous vient pas.

— Si vous voulez, je parlerai tout seul, dit-il gaiement. Le monologue aussi est une spécialité persane. Nous sommes des bavards insatiables. Vous devrez me demander grâce.

Ses grands yeux noirs riaient, et il balançait doucement devant son nez la rose de Suzanne.

— Commencez toujours, dit Louison. Parlez-moi d'abord de Chirâz. Les voyageurs racontent que c'est une ville merveilleuse, une ville rose.

— Rose quand on y vit, parce qu'elle est bâtie de boue rose. Vue du dehors, Chirâz est bleue. Quand on l'aperçoit de la campagne on ne prête pas attention à ses murs roses, on ne voit que le scintillement de ses dômes et de ses minarets de faïence bleue qui cuisent au soleil. On dirait une ville céleste, tombée par miracle au milieu d'un champ de pavots blancs.

— Mmmmm..., soupira longuement Louison. Votre ville rose et bleue, monsieur, vous me donnez l'envie d'y goûter. Elle me fait penser à un gros gâteau de fête. Nos pâtissiers adorent laquer leurs chefs-d'œuvre de rose et de bleu.

— Les nôtres aussi, dit Fath-Ali. Et nous mettons du rose et du bleu partout ailleurs aussi. Vous ne pouvez imaginer avec quelle passion nous aimons ces couleurs, au point, je crois, d'en écœurer les étrangers. Chez mes parents les tapis étaient bleus, les coussins bleus, la vaisselle bleue, et dans les assiettes bleues on servait des confitures de roses et des biscuits roses.

— Et ne vous ennuyez-vous pas un peu de tout cela ?

— Pas du tout ! Pas encore. Paris n'est pas une ville où l'on s'ennuie vite. Je n'ai pas envie d'y mourir, voilà tout.

— Mourir ici ou là... Est-il vraiment plus plaisant de mourir à Chirâz ?

— Il faut mourir à Chirâz, dit Fath-Ali avec une gravité soudaine et un grand air d'y croire.

Il marqua une longue pause et se mit à sourire à sa pensée avant d'ajouter :

— Si je meurs à Chirâz on fera l'amour sur ma tombe, et de ma poussière renaîtront des roses et du vin. C'est la promesse qu'un de nos poètes a faite aux Chirâzi : elle me tente.

— Bon ! fit Louison. Dois-je donc croire, monsieur, que les amants de Chirâz vont faire l'amour dans les cimetières ?

Fath-Ali secoua son turban :

— Il n'y a pas de cimetières à Chirâz. Il y a des jardins. Des jardins bien clos, pleins de roses et d'oiseaux, et pavés çà et là de vieilles pierres. Les vendredis d'été ils se peuplent d'amoureux. Les couples y apportent leurs guitares et leurs flûtes, du vin et des douceurs, et ils s'aiment en musique au bord des tombes. À l'ombre des cyprès de Chirâz la sérénité de la mort doit être infiniment plus voluptueuse qu'ailleurs. Et tellement moins silencieuse... Certes les amants s'en vont souvent mais les rossignols jamais, et comme les rossignols persans font l'amour aussi bruyamment que les amants...

Elle l'interrompit vivement :

— À propos de rossignols, est-il vrai, monsieur, que vous sachiez les imiter ? Votre ami Beaumarchais le prétend.

Sans attendre de se faire prier Fath-Ali arrondit sa bouche et se mit à siffler... Les oiseaux étonnés se turent et le jardinier, ébahi, s'arrêta d'écheniller les arbustes et tendit le cou, doutant de ses oreilles. Et c'était vrai ! Roulades et trilles s'envolaient bel et bien du gosier de l'homme au turban, avec la même aisance brillante que si l'homme eût été une poignée de plumes perchée sur un ormeau. Beaumarchais n'avait pas menti à Louison : le chant du Persan était celui du plus mélodieux, du plus savant, du plus énamouré des rossignols auquel prend l'envie de caresser sa rossignole du bec par une nuit d'été. Un plaisir sensuel aigu inonda Louison et lui coula le long du dos en ruisseau de petits frissons pressés, chauds, exquis.

Tout en fignolant son chant, Fath-Ali, son grand regard noir illuminé de malice, observait avec satisfaction l'effet que son art faisait sur la toute-jolie. Quand il arrêta sa sérénade il l'en vit sortir avec un gros soupir, comme si on l'arrachait d'un bain de sirop vraiment délicieux.

— C'est à s'y méprendre, balbutia-t-elle après un temps, mal remise encore de sa surprise. Vous sifflez... Monsieur, vous sifflez comme un rossignol d'opéra !

— J'ai eu un bon maître, dit Fath-Ali. J'ai appris à siffler avec le premier rossignol de la Perse. Il habite le tombeau de notre poète Hâfiz. Le gardien vend ses leçons.

— Bah ! fit Louison. Quelle fable !

— Ce n'est point une fable. Les Persans vendent tout ce qui leur tombe sous la main. Le gardien du tombeau de Hâfiz n'a que le talent de son rossignol a vendre. Il fait ses affaires. Il prend des élèves en pension à la semaine, du vendredi au vendredi.

Qu'elle ne le croyait pas, pas du tout ! était visible. Une Française ne sait pas croire à un beau conte, même s'il est vrai. Une nouvelle fois Fath-Ali arrondit sa bouche et siffla une puissante giclée de notes.

— Qui d'autre qu'un rossignol aurait pu m'apprendre cela ? demanda-t-il ensuite.

Un silence passa, que Louison fit crisser sous sa chaussure en écrasant du sable.

— Pourquoi ? jeta-t-elle soudain. Pourquoi, quand on a de la voix, apprendre à chanter comme un oiseau plutôt que comme un homme ?

— Quand j'avais quinze ans, ma bien-aimée préférait le chant du rossignol de Hâfiz à mes plus belles chansons, et j'en étais jaloux, dit Fath-Ali. J'ai voulu l'emporter sur le rossignol.

— Voilà au moins une bonne raison, murmura-t-elle. Monsieur, vous savez aimer.

Fallait-il être persan pour savoir aimer ainsi ? Elle ne se souvenait pas avoir jamais entendu parler d'un amant de Paris assez subtil pour offrir à sa maîtresse d'autres gages d'amour que des soupirs et des baisers, des diamants ou des chevaux, ou au plus un duel en son honneur — mais là, vraiment, dans le plus passionné des cas ! L'amant de Chirâz avait plus d'imagination. Louison eut un nouveau soupir, de désir. Toute son envie d'être princièrement aimée lui remontait à la peau. Très consciente de se donner à respirer, sournoisement elle agitait ses mousselines parfumées à la giroflée de Florence dans le petit vent qui soufflait vers son voisin. C'était la première fois que jouer à ce jeu la troublait autant qu'elle espérait troubler l'autre. La première fois qu'en donnant à un homme sa beauté, son parfum, ses grands coups d'œil bleus, son rire de coquette précoce, lui venait le désir de lui donner aussi ses mains, ses bras nus, les frôlements de ses cheveux... Il lui fallut faire un effort, déplaisant, pour se tirer de la douceur oppressante d'être assise là sans plus rien dire, sous le large regard grave et tendre du Persan, qui savait si bien choyer ce qu'il contemplait. Une question banale lui vint enfin, qui ne se rattachait pas mal à leurs derniers propos :

— Je pense bien, monsieur, que pour mériter le chant le plus beau, la bien-aimée de vos quinze ans était la plus belle jeune fille de Chirâz ?

— Ah ! sûrement ! dit Fath-Ali en riant. Si vous me demandez aujourd'hui de vous faire son portrait, il sera celui de la fiancée du Shâh. La mémoire persane est la plus flatteuse que je connaisse.

— Et comment doit être la fiancée du Shâh ?

— Parfaite. Élancée comme un cyprès, avec les mains fines et le pied petit, de longs yeux bordés de longs cils dans un doux visage rond, et une lourde chevelure ondulée.

— De longs yeux noirs, je pense ? À Chirâz, les miens ne vaudraient rien ? demanda-t-elle sans la moindre inquiétude.

D'un geste vif le Persan tira de sa poche un mouchoir de

soie bleu-vert à dessins noirs, dont il lui masqua le visage jusqu'au bord des yeux. Isolé du charme moins rare du visage, le regard de Louison — cette grande clarté troublée — prenait tout son pouvoir d'ensorcellement. Fath-Ali pensa qu'il aimerait s'asseoir longtemps devant ce courant d'eau claire où la lente dérive des bleus et des gris, fascinante, berceuse, ne cessait jamais. Elle avait un regard qui lui faisait l'âme fraîche, prête à goûter comme à une nouveauté à la vieille douceur d'aimer.

— Bibi*, vous avez le regard d'une fille de roi, finit-il par lui dire avec tendresse. À Chirâz vous marcheriez sur des chemins de roses et les perles vous sauteraient au cou. Vous auriez les tapis les plus légers, les chats les plus bleus, et on nourrirait aux pilules de joie** l'ânesse blanche qui vous porterait.

— Monsieur le Persan, vous vous entendez à faire rêver, murmura Louison. Vous devriez écrire la mille et deuxième nuit.

Elle attrapa le mouchoir de soie que Fath-Ali lui avait ôté du visage pour le laisser retomber sur son genou.

— Je vous prends ce gage, dit-elle en se levant. Vous n'avez pas du tout rassasié ma curiosité de votre pays. Ainsi, voyez : je place votre turquoise dans votre mouchoir, et j'entends que vous me veniez bientôt reprendre le tout.

Lui aussi s'était levé.

— Je vais attendre le moment de vous revoir jusqu'à en oublier ma faim et ma soif, dit-il en s'inclinant.

La réplique plut beaucoup à Louison. La galanterie à l'orientale avait décidément un goût de friandise auquel on a envie de revenir. Il lui rappelait celui, suave, du rahat-loukoum qu'on trouvait dans une confiserie du Temple. Les moralistes auront beau dire, les hommes les plus menteurs resteront toujours les plus agréables.

— Revenez avant que de tomber en poussière ! dit-elle en se moquant. Et tenez, pour plus de sûreté, venez demain.

C'est en disant « demain » qu'elle se souvint du mar-

---

* Noble dame.
** Les boulettes d'opium.

quis de Roquefeuille, et du souper qui se donnerait pour lui.

— Venez demain avant midi, précisa-t-elle.

Et comme si, déjà, elle se sentait des droits sur cet homme, elle se permit de l'interroger :

— Que ferez-vous, d'ici là ?

— Je vous rêverai en répétant votre nom.

— Vous ne savez pas mon nom.

— Monsieur de Beaumarchais le saura.

— Je m'appelle Louise.

Pour la saluer à la persane, d'un vol rapide, la main droite de Fath-Ali toucha son cœur, son front, ses lèvres :

— Bibi Louise, puisse votre ombre ne raccourcir jamais, dit-il de sa plus douce voix de basse.

4

Arrivée devant la porte de sa chambre, Louison changea d'avis et retourna sur ses pas pour aller chez sa mère. Mme Marais ne serait pas encore rentrée mais, justement, Louison recherchait les occasions de vagabonder seule dans le luxe de sa mère. Elle jouait avec ses images dans le cabinet des glaces, s'enveloppait dans ses châles, essayait ses bijoux, ses souliers, ses plumes d'autruche, fouillait ses tiroirs pour lui chiper ses plus beaux mouchoirs et ses bas de soie blancs à coins brodés, ou s'enfouissait dans les coussins dorés de sa grande ottomane pour y vivre une insomnie délicieuse, pleine de joies interdites aux jeunes filles.

L'appartement de Mme Marais, somptueux, occupait toute une moitié du premier étage de l'hôtel, et c'était celui d'une sensuelle aux mains pleines. Entièrement tendu d'un lumineux damas de soie bouton d'or il vous pétillait dans les yeux, vous ensoleillait l'âme et la peau, vous donnait le désir du plaisir. Marianne n'avait pas choisi ce damas par hasard. Du temps du vieux Conti il y avait eu deux chambres d'amour au palais du Temple. La chambre d'azur recevait les passantes blondes, la chambre bouton d'or, les passantes brunes : Conti avait l'œil exigeant. Marianne la brune, il l'avait aimée dans le jaune d'or. Les draps étaient de soie safranée et sa chemise aussi. Un vaste feu qui sentait bon le pin mettait, dans l'alcôve proche de la cheminée, une chaleur de serre. Pour leur souper de minuit ils avaient mangé du homard et des fraises en buvant d'un vin de Jura aux reflets de topaze, dont le puissant parfum emplissait la bouche d'un bouquet de fleurs où dominait le jasmin...

Marianne n'avait rien oublié, aucune des sensations qu'elle avait connues dans les bras de Conti, pas même l'égratignure au sein que lui avait faite la broderie d'argent de son habit avant qu'il ne l'ôtât. Pour peu qu'il s'y mette dans tout son décorum un prince laisse, sur un corps de bourgeoise, un souvenir de fête extraordinaire. « J'ai eu un prince », se redisait souvent Marianne en se rencontrant dans un de ses miroirs. Et de se voir passer, belle encore, brune encore, sur un fond de soie bouton d'or, lui rendait plus vrai le rêve si court de ses vingt ans. Elle continuait au moins d'en ressentir le voluptueux climat solaire, couleur du prince perdu.

L'éblouissant damas n'était pas seul, autour d'elle, à lui rappeler son prince. Elle vivait dans un petit musée Conti. Avec complaisance, pour installer sa femme, Marais avait beaucoup acheté à la vente Conti de 1777. Il faut dire qu'à cette vente il n'y avait eu que des affaires à faire, assez fabuleuses. Les créanciers du prince avaient moins gagné après sa mort qu'à lui prêter de son vivant. Quand on peut s'offrir des chefs-d'œuvre pour une bouchée de pain, une paire de Watteau pour 500 livres, un Le Nain pour 100 livres, un Titien et un Véronèse accouplés pour 271 livres, un clavecin peint par Boucher pour 254 francs et 8 sous, et le tout à l'avenant, ridiculement déprécié par l'absence des amateurs et la coalition des marchands, on ne prive pas sa femme du bonheur de vivre dans les meubles de celui qui fut le favori de ses amants. Et puis, sa chère Louison en profitait aussi.

La jeune fille se trouvait à l'aise dans l'appartement-musée de Marianne. Elle s'y sentait une Conti chez les Conti. Elle s'asseyait dans leurs bergères, allumait les bougies de leurs girandoles, caressait leurs vases de la Chine. En dépit de tout et de tous elle était devenue l'héritière de son père. Autour de la bâtarde méconnue Marais avait réuni plus de trésors venus de chez Conti que le fils légitime n'en avait gardé pour lui. Il avait même fait copier, par un bon peintre, les deux charmants tableautins d'Ollivier qui n'avaient pas paru à la vente : *Le Thé à l'anglaise au palais du Temple* et *La Fête à L'Isle-Adam* — une fête, retenue parmi toutes celles que le prince avait données dans sa belle campagne boisée de L'Isle-Adam, au bord de la rivière d'Oise.

La scène du thé à l'anglaise ne disait rien de plus à Louison que ce qu'en racontaient et le peintre et le monde mais, quand elle s'arrêtait devant la représentation de la fête à L'Isle-Adam, ses rages d'enfant oubliée chez le concierge du château, loin du joyeux festin sur l'herbe, lui tordaient encore le cœur.

Il y avait huit ou dix ans de cela. C'était au temps où les gens de qualité — la fleur des pois — mendiaient et se jalousaient les invitations aux parties de campagne du prince de Conti.

Il recevait fastueusement. Il logeait quarante-cinq chevaux dans ses écuries, cinquante et une voitures dans ses remises et il semblait, les grands jours, que tout fût dehors. La cohue des attelages emplissait la cour d'un grand mouvement de bruits et de couleurs avant que tout ne s'alignât à la queue leu leu dans la longue allée des marronniers, pour se mettre bientôt à trotter vers le bois de Carnelle. En tête allait toujours, emportée comme plume par l'Effrontée et la Paysanne aux robes de jais, la fine calèche garnie de calmande cramoisie qu'on appelait « la demoiselle noire » et que menait la comtesse de Boufflers, éternelle maîtresse de maison chez le prince bien qu'elle n'y fût plus maîtresse au lit.

De la fenêtre du concierge, Louison, les poings serrés, regardait s'enfuir la fête. Elle n'en serait pas. Elle était la fille du prince et n'attraperait pas une seule miette du plaisir des autres, des étrangers. Les yeux secs, la bouche pincée comme une huître, elle entendait la femme du concierge ressasser ses souvenirs de jeune servante du château : la belle promenade en forêt, les mille bonnes choses offertes au dîner dans la clairière de Carnelle, la descente de l'Oise en petits bateaux, le goûter de lait mousseux et de pain bis à la ferme de Boulonville. Louison ne réagissait à rien, mais son cœur se bourrait de larmes corrosives. Elle tombait dans un de ses moments de haine universelle, haïssait tout et jusqu'à sa mère, surtout sa mère, parce qu'elle suivait la compagnie de quelle façon, grands dieux ! Comment pouvait-elle se réjouir d'être des simples figurantes de la fête, de celles qu'on n'invitait que pour leur beauté et leur belle humeur, et qu'on entassait dans des chars à bancs pour les décharger aux bas bouts des nappes étalées sur le pré, là où elles feraient de jolies taches vives et pousseraient de contagieux éclats de rire ? Louison trempait la brioche du concierge dans le chocolat du concierge en se jurant de ne plus jamais aimer sa mère, qui acceptait de manger le pain et le lait du prince à une place de bouffonne. Et puis la fête à L'Isle-Adam s'achevait, Louison boudait pendant deux jours et se retrouvait, le troisième, dans les jupes de Marianne.

Sa mère lui faisait une vie si amusante !

La fille d'une courtisane, surtout si la nature l'a dotée de grâce et d'esprit, débute sur la terre avec une destinée fort douteuse devant elle, mais son enfance est joyeuse. Élevée par une mère distraite et tendre éparpillée dans ses plaisirs, au milieu d'un va-et-vient « d'oncles » de bonne race ou de grand prix, tous gais comme la goguette dès qu'ils mettaient le pied chez la Couperin, et tous charmants pour la poupée de la dame, Louison, entre ses coups de chagrin, trouvait sa vie fort bonne. Arrivée à neuf ans elle ignorait encore à peu près tout de ce qui s'apprend à l'école, mais savait beaucoup du reste. C'est alors que sa mère avait choisi de rentrer dans la respectabilité, et la plus dorée, en épousant son dernier amant. Du même coup, la fille de la courtisane et du prince devenait une jeune fille de bonne famille. Louise-Françoise-Marie-Joséphine avait été baptisée, et son parrain, l'abbé de Véri, avait conseillé de la mettre au couvent, pour qu'elle y apprît et désapprît tout ce qu'il lui fallait et ne lui fallait plus savoir pour être désormais la belle-fille d'un fermier général.

À peine le mot « couvent » avait-il été prononcé que Marais parlait de l'Abbaye-au-Bois. Pour sa Louison il voulait l'Abbaye-au-Bois. Le couvent des petites Rohan et des petites Mortemart, des Choiseul, des Barbentane, des Montmorency et tutti quanti. Quelle ambition ! Dans la vieille maison de la rue de Sèvres, ces dames n'avaient pas encore lu les philosophes de l'égalité. Les couvents s'appauvrissaient en même temps que les châteaux, comme toutes les abbesses celle de l'Abbaye-au-Bois tirait le diable par la queue et, pourtant, l'or du financier n'avait pas réussi à acheter une place pour Louison dans la célèbre classe bleue de la mère Quatre-Temps, où se retrouvaient coude à coude les rejetons de la plus haute noblesse. Mme de Chabrillan avait fait comprendre à M. Marais que le souci même du bien de sa belle-fille l'obligeait à la lui refuser : « Comment la présenterais-je à ses compagnes ? Je leur amènerais mademoiselle Couperin, et c'est un nom qui serait bien difficile à porter chez nous. » Peut-être, si le prince de Conti avouait implicitement sa fille en demandant lui-même qu'elle fût reçue à l'Abbaye-au-Bois sous le simple nom de « Mademoiselle Louise »... Dans certains lieux la plus discrète bâtardise princière se sent plus à l'aise que la bourgeoisie la mieux établie, Mme de Chabrillan l'avait suggéré du bout de la langue : renoncer à la pension de la petite Couperin, une pension chère — qui serait payée — la chagrinait un peu. Le prince, hélas, n'avait pas jugé bon d'importuner ces dames de l'Abbaye-au-Bois en leur imposant la présence de sa bâtarde parmi leurs pur-sang. A l'abbé de Véri, venu plaider pour sa filleule, il avait répondu par une de ces boutades dont il était friand : « Monsieur l'abbé, la démocratie est une très belle idée et vous savez combien je la défends, mais quel fol l'oserait mettre en pratique ? Elle serait invivable ! Nous trouverons pour Louison un couvent moins clos, qui fera aussi bien l'affaire. Tenez, je suis certain qu'on vous la prendra à Saint-Cloud... »

Les paroles de l'abbesse et du prince, répétées à voix trop haute dans la chambre de Marianne, étaient tombées sur Louison comme une douche glacée. Sa mère mariée, elle avait cru que l'or de son beau-père lui procurerait toutes les entrées auxquelles la fille de Conti devait avoir droit. Et voilà que non. L'injustice persévérait. Elle se savait jolie et point sotte, elle serait riche, et pourtant elle aurait besoin d'indulgence pour pouvoir exister dans un certain monde. Humiliée, enragée plus que jamais elle ne l'avait été quand on l'oubliait chez le concierge du château de L'Isle-Adam, elle avait couru jusqu'au cabinet de M. Marais pour lui dire d'une voix ferme : « Monsieur, je préfère continuer d'être mal élevée chez vous qui m'aimez, que bien élevée par charité chez les dames de Saint-Cloud. Gardez-moi ici, je vous prie. » Le discours avait plu au fermier, qui ne s'aimait pas du tout dans un rôle de quémandeur. Il avait aussitôt chargé

Mme de Treille, la gouvernante de sa maison, de trouver une institutrice et des maîtres pour Louison, ainsi qu'une compagne d'étude et de jeux.

La compagne s'était trouvée tout de suite. Mme de Treille avait choisi l'une de ses nièces, la sixième fille d'une famille qui ne savait qu'en faire, n'ayant pas même de quoi la fournir d'un trousseau pour s'en aller la perdre dans un couvent de province. Raisonnable, docile et réservée, fine et distinguée par nature, Solange de Raimbault serait un excellent modèle pour l'impétueuse Louison, voire pour sa mère ! Car Mme de Treille avait bien compris que M. Marais lui demandait d'endiguer, raboter, lisser l'exubérance un peu peuple de sa femme comme de sa belle-fille. Elle endiguait donc, rabotait, lissait autant que faire se pouvait. La tâche lui allait, Treille avait professé chez les dames de Saint-Cyr et ne voulait pas savoir que le siècle avait beaucoup rajeuni depuis la mort de Mme de Maintenon. Entre ses mains Marianne avait pris un bon vernis, et quant à Louison, elle en sortait assez bien apprêtée pour épouser un nom. Pour qui la voyait d'assez loin, et pas tous les jours, elle avait à peu près les charmes, les talents et les carences d'une demoiselle bien née. Ses manières étaient exquises au salon et sa conversation plaisante, elle dansait à ravir et montait bien, tapotait le clavecin, chantait et dessinait passablement mal, écrivait avec agrément et sans orthographe. Elle écoutait la messe d'un air pieux et savait même faire semblant de broder. Du reste des arts et des sciences elle ignorait tout. De ce qu'elle avait appris dans les jupes de sa mère elle n'avait rien oublié, et Mme de Treille s'en doutait.

La scène qu'elle venait d'apercevoir dans le jardin ne lui plaisait pas du tout. D'où, diable, Louise avait-elle sorti ce Turc ? Encore une trouvaille de M. de Beaumarchais, probablement. Les sourcils joints, Treille s'apprêta à savonner d'importance la tête légère de Mademoiselle...

Elle n'était pas chez elle. Comme trop souvent elle devait être chez sa mère, en train de se déguiser en fille d'Opéra. Jamais la gouvernante n'avait rien pu contre la tendre complicité de Marianne et de Louison, par où la jeune fille échappait à son dressage dès qu'elle le voulait.

Treille allait faire irruption chez Mme Marais qu'elle croyait toujours absente quand elle entendit, à l'intérieur, les voix mêlées de la mère et de la fille. Elle hésita, eut un geste d'agacement et s'éloigna.

— Maman, vous n'êtes pas gentille, disait Louison d'une voix boudeuse. Que vous font deux invités de plus ou de moins ?

— Je veux bien Beaumarchais s'il promet de tenir un peu sa langue, mais je ne veux pas de son Persan, dit Marianne. Es-tu folle ? Un Persan de rien du tout. Treille me ferait une scène affreuse.

— Maman, il est très beau, insista Louison. Il ferait un effet superbe. Ce n'est pas tout le monde, qui peut offrir un Persan à ses invités. Je suis sûre qu'il viendrait avec un habit magnifique. Ce matin déjà, où il allait en simple fraque, il portait des turquoises d'un bleu, d'un bleu ! Des turquoises de sultan. Et il dit des choses ravissantes, tellement exotiques. Oh ! maman, je vois à vos yeux que vous avez envie de me dire oui. Oui ?

— N...on, protesta Marianne, d'un ton mou.

Ses yeux brillaient. Marianne n'avait pas le regard très rare de sa fille mais elle avait de fort beaux yeux tout de même, très vivants, rieurs, couleur de noisette. Pour le reste c'était une Louison de plein été, avec le même teint blanc de lait, la même chevelure brune mordorée, une chair de Vénus qui s'était épanouie sous son juste dû d'hommages. Beaucoup d'amours avaient passé sur elle, lui laissant comme une patine précieuse, qui témoignait de son irrésistible pouvoir sur les hommes. Même les amateurs de fruits verts en étaient troublés. Elle tentait encore, par ce qu'elle avait été, ceux qu'elle ne tentait plus par ce qu'elle était.

— Maman, vous me dites oui, n'est-ce pas ? quémandait Louison, obstinée.

— Non, je te dis non, répéta Marianne. Et je ne te comprends pas. Que t'importe ce Persan puisque, demain, tu auras ton marquis ? Garde ta curiosité pour lui.

— Je n'ai pas à ménager ma curiosité, j'en ai à revendre

et vous le savez bien, dit Louison. D'ailleurs, surtout pour monsieur de Roquefeuille, un Oriental serait sûrement un meilleur régal encore que vos langoustes. Le Berri ne doit pas regorger de Persans ?

Pendant toute une minute Marianne observa sa fille. Louison s'était laissée aller à plat ventre sur l'ottomane, la tête rejetée en arrière et soutenue par ses deux poings coincés sous le menton. Une pose de « grisette vautrée », dont Treille l'aurait tirée sans douceur ! Mais Marianne aussi avait adoré cette pose, du temps que s'en relever ne lui donnait pas un tour de reins.

— Dis-moi, Louison, lança-t-elle d'un ton amusé, tu n'aurais pas pris, par hasard, un peu d'amour pour ce turban ?

Du pied, violemment, Louison frappa le velours de l'ottomane :

— Maman, voyons, il est marchand de tapis !

Marianne cacha, sous un coup de houppe à poudre, son sourire de femme avertie de toutes les surprises de l'amour.

— Bien, bien, dit-elle vite, ne te fâche pas, princesse. Et ne me parle plus de ton Persan. Demain, tu n'aurais pas une seconde à lui donner. Tu as à te faire aimer du marquis. Se faire aimer est un jeu qui prend au moins tout le temps d'une soirée, tu verras.

— Maman, le marquis m'aimera en un rien de temps ! s'écria Louison. Il a quarante ans, et voyez ce qu'on lui offre...

D'un seul bond elle s'était remise debout et se présentait dans la lumière blonde, délicieuse en vérité dans sa longue robe de mousseline blanche ceinturée de bleu. Avec ses boucles lâchées en beau désordre sur son cou, le fantôme d'un sourire dans les yeux et sur sa bouche close, elle avait pris sa mine de couventine ambiguë, pure mais prête au péché, telle que Greuze l'avait peinte. Marianne ne put retenir un rire de contentement :

— J'admets ne pas t'avoir trop mal réussie, dit-elle.

— Un peu trop ronde, regretta Louison. Mais Suzanne assure que le cœur de l'homme est faible devant la chair ronde.

— Le cœur de l'homme est faible, répéta Marianne en écho. Oui, les femmes entre elles, quand elles se sentent belles, se bercent volontiers de cet espoir-là. Ne t'y fie pas trop. Ce n'est pas si vrai.

Au temps de sa beauté glorieuse Marianne avait eu un prince, mais jamais le cœur du prince. Et depuis, au milieu de sa cour d'hommes elle avait toujours su, parfois jusqu'à la douleur, que le plus violent désir d'être aimée ne suffit pas à faire tomber sur vous le moindre souffle d'amour, même au plus chaud d'un lit. Le corps de l'homme est faible. Son cœur...

— Ne t'y fie pas trop, redit-elle tout haut.

Louison ne l'écoutait plus. Elle aussi s'était mise à rêvasser de son côté, à cent lieues de leur dernier propos.

— Maman, mon parrain ne vous a-t-il pas dit que le marquis était blond? demanda-t-elle brusquement. Je voudrais qu'il soit blond. Quand j'étais petite et que je me rêvais un mari, il était toujours blond. Blond avec des yeux clairs, et très beau. Et il portait un grand air, avec beaucoup de naturel.

— Ah, celui-là, je le reconnais, dit doucement Marianne. Il est à la ressemblance du prince sur le pastel que garde la vieille Boufflers.

Sa main fondante trouée de fossettes se posa sur les cheveux de Louison, qui s'était assise à ses pieds. Longtemps elles restèrent ainsi, muettes, baignées dans leur tendresse, à se préparer pour leur jeu favori. Elles allaient jouer à se souvenir d'un prince merveilleux, bon amant et bon père, qui n'avait jamais existé. Avec leurs maigres points de repère, leurs images dépareillées, espacées dans le temps, elles savaient se faire un beau prince continu de dix années, un bon passé sur lequel seul le sucre affleurait, comme sur une bonne confiture. Et plus elles se racontaient leur fausse belle histoire plus toutes les deux embellissaient, peut-être pour mieux se convaincre qu'elles méritaient d'avoir eu l'amour d'un prince.

— Je voudrais te montrer quelque chose, chuchota Marianne, au bout d'un bon moment de fausses confidences.

Elle se leva, pour aller prendre un bijou dans le tiroir

secret de son bonheur-du-jour. Quand elle revint vers sa fille, un magnifique papillon d'or aux ailes coloriées de saphirs, de rubis et de diamants étincelait sur sa paume ouverte :

— C'est à toi, dit-elle. Je dois ne te le remettre qu'au jour de ton mariage, mais il y a si longtemps que j'avais envie que tu le voies...

Louison avança vers le papillon, sans oser s'en saisir encore, une main qui tremblait :

— Maman... Oh! maman, est-ce... de lui? balbutia-t-elle d'une voix à peine audible.

— C'est de lui, pour toi. Il me l'a remis le jour de tes sept ans. Te souviens-tu qu'alors il m'avait fait demander de te conduire au Temple? Il voulait te voir. Il t'avait trouvée belle.

Louison pleurait sans bruit, des larmes de miel. Quand elle put reprendre la parole, ce fut d'une voix de mendiante :

— Pensez-vous qu'il m'ait aimée, maman? Depuis sa mort je joue à le rêver mais, de son vivant, je n'ai jamais vraiment réussi à le croire.

Maintenant elle tenait le papillon d'or prisonnier dans sa main, qu'elle rouvrit pour l'embrasser, pieusement :

— C'est une preuve d'amour, n'est-ce pas? implora-t-elle en relevant les yeux sur sa mère.

— Les femmes ont toujours tenu les bijoux pour des preuves d'amour, dit Marianne.

— Je peux le garder?

— Honey, je viens de te dire...

— Maman, c'est ma preuve d'amour. Ma seule preuve d'amour. Ne voulez-vous pas que je la puisse toucher de temps en temps? J'en ai besoin.

— Bon, céda Marianne dans un soupir. Range-le au secret, et ne t'avise pas de le porter sans ma permission. Je me fâcherais.

— Non, dit Louison en l'embrassant. Vous ne vous fâcheriez pas. La fâcherie donne des rides.

5

Mme de Treille entra chez Louison.

— C'est l'heure ? demanda l'impatiente aussitôt.

— Non, dit la gouvernante. Monsieur de Véri n'est même pas là. Il y a très peu de monde encore. Ce n'est pas temps.

Louison ne descendrait qu'au dernier moment, quand les invités se dirigeraient vers la salle à manger. Treille en avait ainsi décidé, pour que l'arrivée de la jeune fille au salon passât presque inaperçue. Ce soir plus que tout autre, il convenait que Mlle Louise oubliât de se faire remarquer. Bien évidemment, le marquis de Roquefeuille la remarquerait puisqu'il venait pour cela, mais on pouvait compter qu'il y mettrait la discrétion d'usage dans ce cas. Car rien encore n'avait été clairement dit. M. de Véri amenait un ami de province à souper, et voilà tout. Mlle Louise était donc priée de ne point entretenir le marquis en aparté, de ne point le questionner, et de ne point non plus le dévorer à grands yeux et sur toutes ses tailles, comme s'il était un étalon en montre à la foire aux chevaux qu'elle se proposât d'acheter...

« Louise, sois bêtement belle et tais-toi, ton mariage ne te regarde pas », résumait Louison en se fignolant devant son miroir, un coin de sourire crispé aux lèvres. Chaque fois que les conseils gothiques de Treille ruisselaient sur elle ils semblaient vouloir lui rappeler qu'elle était née en porte à faux entre un prince et une mercière, qu'elle n'avait donc pas le sang assez bleu pour prendre d'instinct « le grand ton » en toute circonstance.

— Louise, vous m'écoutez ?

— Madame, comment faire autrement ? Vous avez la voix fort bonne. Soyez tranquille, je vous promets de ne lorgner le marquis que par en dessous, en vraie bécasse. Je vous promets de n'avoir d'yeux que pour les autres hommes, les beaux.

— Louise !

La jeune fille pouffa de rire. Treille, au fond, elle l'aimait bien, surtout quand elle pouvait lui damer le pion.

Treille voulut bien rire aussi. L'insolente en disait plus qu'elle n'en faisait, Dieu merci ! Tout de même, ses yeux... Dès que l'intérêt de Louison se posait sur un homme, ses yeux semblaient faire quelque chose de plus que de le regarder. Et qu'est-ce que Treille aurait pu leur reprocher ? Leur couleur ? Leur lumière ? Leur magie ? Rien. Treille ne pouvait rien leur reprocher, mais elle savait. Elle savait que Louison, encore à son insu, avait des yeux pleins de péché.

— Louise, ce n'est pas l'heure de me faire enrager. Je compte que vous serez parfaite. Marquise de Roquefeuille, c'est un fort beau nom à porter, n'allez pas le manquer.

L'ancienne dame de Saint-Cyr avait gardé l'habitude de penser qu'une éducation n'était vraiment réussie qu'à sa conclusion par un beau mariage. Aussi donna-t-elle à son élève un dernier mot d'encouragement :

— Votre robe est très bien. Gaie, gracieuse, point trop riche... Très bien.

Louison remercia d'une révérence de très bon style.

— Et maintenant, ne bougez, dit la gouvernante. Quand il sera temps, je vous enverrai chercher par Solange.

La jeune fille sortit sur les talons de Mme de Treille, pour aller se poster à la fenêtre de l'antichambre : de là, elle pouvait voir la cour. Une voiture arriva, une deuxième, une troisième, il y eut un temps mort, puis Louison vit paraître l'attelage de son parrain, qui allait toujours grand train, à quatre chevaux. Instinctivement elle se plaça sur le côté de la fenêtre, à l'abri du rideau. En bas le carrosse s'arrêta devant le perron, un valet s'approcha de la portière... Précipitamment Louison ferma les yeux et se rejeta en arrière : tout à coup, elle ne voulait plus voir. Pas déjà. Sottement, son cœur battait la chamade. Elle s'appuya contre le mur, essayant, à deux mains, d'apaiser sa poitrine. Dans la cour la porte du carrosse claqua en se refermant sous la poussée du valet. Pour un instant l'abbé et le marquis devaient être bien en vue au pied des marches, mais Louison demeurait collée au mur, figée dans ce sursis, dans ce moment de grâce où tous les marquis du monde étaient encore possibles, étaient encore aimables. Elle finit par aspirer un grand bol d'air et retourna chez elle.

Elle tira l'un des tiroirs de sa coiffeuse, celui où reposait la belle turquoise du Persan. Sur le bleu vif soyeux du gainage elle était devenue très mate, d'une épaisse couleur unie, presque verte, superbe. Fath-Ali n'avait pas voulu reprendre sa pierre, et Louison n'avait jamais cru qu'il la reprendrait. Elle la regarda longtemps et sentit, de nouveau, son cœur battre trop fort. « Je m'agace ! » grogna-t-elle en repoussant le tiroir. C'était agaçant de ne pas très bien savoir pour quoi, pour qui son cœur s'énervait. Le troublant souvenir du Persan se mêlait à l'attrait inconnu du marquis dans l'attente fébrile qui faisait trembler ses mains. Elle se piqua avec une épingle et faillit renverser le flacon d'eau de giroflée. « Seigneur, faites que Solange arrive ! » L'impatience lui mettait trop de rouge aux joues.

Ce fut Suzanne qui entra dans la chambre, en coup de vent :

— Mademoiselle, votre marquis est arrivé ! Je l'ai vu, je le trouve...

— Taisez-vous, je vous prie ! coupa Louison. Je ne veux pas connaître le marquis par ouï-dire.

— Bien, bien, fit Suzanne, vexée. Eh bien alors, mis à part mon ouï-dire à ne pas dire, je venais vous prévenir que Monsieur vous attend chez lui. Il demande que vous l'alliez voir avant que de passer au salon.

— Chez lui ? Est-il donc encore chez lui ? s'étonna Louison.

Un laquais maladroit avait aspergé de punch l'habit de son maître. M. Marais était retourné se changer chez lui. Debout dans son cabinet de toilette il jetait un dernier coup d'œil sur sa nouvelle tenue. Constantin venait de lui passer un long habit de velours cannelé marron glacé brodé en camaïeu, qui s'ouvrait largement sur un gilet de satin blanc tout fleuri de soie polychrome. Jean-Etienne Marais était grand et fort, avec un visage carré au regard gris, et cette bonne mine bien colorée que prend la cinquantaine quand elle est à la fois heureuse dans ses affaires, dans son ménage et dans ses digestions.

— C'est bon, Constantin, tu peux aller, dit-il à son valet. Et ne veille pas pour m'attendre, nous finirons tard. Je me déshabillerai seul.

Franc-maçon, nourricier prodigue des philosophes, Marais professait hautement l'égalité entre tous les hommes, avec assez de bonté pour s'en souvenir parfois devant ses gens.

— Encore un mot, Constantin. As-tu fait prévenir Mademoiselle que je la demandais ?

— Oui, monsieur.

— Tout à l'heure, était-elle descendue voir la décoration ?

— Oui, monsieur. Elle l'a trouvée magnifique, et surtout l'arrangement de magnolias que monsieur Mimi a mis en centre de table. Le goût d'aujourd'hui est meilleur que celui d'hier. Les plus beaux surtouts d'argent ne faisaient pas si plaisant à l'œil que de simples fleurs bien agencées.

Le visage de Marais prit l'air content. Pour cette soirée, si importante pour sa chère Louison, il avait demandé un présent de fleurs fraîches à son ami Baudard de Sainte-James. Cet autre opulent fermier possédait à Neuilly, en face du Bagatelle d'Artois, une folie dont les serres grandioses, à l'espace dessiné comme un parc à l'anglaise, foisonnaient à longueur d'année d'un perpétuel printemps tropical. Fastueux comme à son ordinaire, Sainte-James avait envoyé chez Marais une pleine carrossée de merveilles végétales dont Mimi, le fleuriste à la mode du quartier Saint-Honoré, était venu faire une symphonie grisante pour l'œil et le nez.

— Ce soir Mimi s'est en effet surpassé, convint Marais.

En tant que maître de maison il en était satisfait, quoiqu'il n'eût pas très envie de voir ce souper réussir, et le hobereau berrichon emmener Louison au fond de sa province. Ce ne serait certes que pour un temps — le mariage d'une marquise n'est pas une prison —, mais ce temps de l'absence de Louison lui pesait déjà. Il se demandait de reste, et pas pour la première fois, si, en 1782, un mariage de bienséance était toujours indispensable pour que la belle-fille d'un financier se gagnât ses entrées chez la Reine ? Déjà, tant d'hommes douteux s'y rendaient en polisson * pour s'asseoir à son jeu, et les mœurs des femmes de 1782 couraient si vite après celles des hommes...

Contrairement à ce que s'imaginait M. de Véri, tout naturellement imbu de sa caste même en se croyant démo- crate, Marais n'était pas anxieux d'allier sa belle-fille à un marquis pour se rapprocher lui-même de la noblesse. Voyant bien que, désormais, l'argent autant que la naissance fixait la place d'un individu dans la société en attendant que l'argent seul en décidât, le financier n'avait pas hâte de beaucoup dépenser pour s'acheter une valeur bientôt périmée. Ce n'était pas la noblesse, c'était le pouvoir qu'il aimait, et le pouvoir du jour ne se conquérait plus comme celui d'hier. Le pouvoir devenait vénal. Un duc miséreux n'attrapait plus très facilement une bonne place au soleil, alors qu'un roturier pur-sang habillé de millions s'installait sans mal au beau milieu de la classe dirigeante. Conscient d'être l'une des quarante colonnes de l'État ** et non la moins solide, Marais s'asseyait sans embarras à côté des plus grands noms du royaume. Il se sentait d'autant plus à l'aise avec certains qu'ils se fréquentaient en frères à la loge des Amis réunis, ou bien qu'il les tenait assujettis dans ses livres, en l'état de débiteurs perpétuels. Bref, dans le présent, sa peau d'or suffisait au bien-être de Marais. Peut-être, sans doute, dans sa jeunesse en avait-il désiré une autre plus flatteuse, plus armoriée ? Depuis, il avait pris de plus en plus de sympathie pour le nom de ses père et grand-père, qui avaient commencé d'enrichir les Marais en spéculant sur les grains. Toutefois, si sa Louison voulait un marquisat il le lui offrirait, aussi volontiers qu'une autre nippe de luxe. Il veillerait seulement à ce que le marquis ne le privât pas trop de la marquise. Ce serait une clause à débattre au moment de la signature du

* Sans avoir été officiellement présenté.
** Les quarante fermiers généraux.

contrat. Marais ne s'en faisait pas un souci : ici-bas presque tout a un prix, certitude infiniment rassurante quand on peut presque tout se payer.

— Ah ! voyons la robe de la marquise, dit-il en se retournant, avec un grand sourire, vers sa porte qu'on ouvrait.

Il saisit les deux mains tendues de Louison, la maintint à bout de bras :

— Ravissante ! On vous mangerait.

Il ajouta avec conviction :

— Beaucoup trop belle pour la province.

— À la réflexion, dit Louison, je me demandais justement si j'avais envie de vous quitter pour suivre un mari ?

Le joli bruit excitant de la soirée commencée leur parvenait, assourdi par la tenture et les lourds rideaux de velours vert. De la gaieté légère flottait dans l'air calfeutré de la grande chambre très meublée, très ornée, aux murs surchargés de tableaux.

— J'aime tant les nuits de Paris, poursuivit Louison. À Paris, la nuit, il semble qu'on puisse tout espérer, tout le plus beau de la vie.

— On peut tout espérer, assura Marais en le confirmant de la tête. Les heures de la nuit parisienne appartiennent aux fous plutôt qu'aux sages, aux cigales plutôt qu'aux fourmis, et des fous et des cigales on peut tout espérer, surtout le plaisir.

— Et comment croyez-vous que sont les nuits berrichonnes ?

— Brrrr..., frissonna Marais. Louison... êtes-vous certaine d'ambitionner vraiment un titre de marquise ?

— Eh bien..., fit Louison, indécise, et elle se tut.

— Louison, ne vous faites pas marquise par ambition si vous ne vous en sentez pas le talent. Une ambition dont on n'a pas le talent devient un lourd fardeau à porter si elle se réalise.

Changeant de ton :

— Mais, ma chère, continua-t-il, je ne vous ai pas fait venir pour vous prêcher. De reste, je ne suis pas sûr d'avoir assez de sagesse pour en donner aux autres. Avec l'âge, j'ai surtout pris des cheveux blancs ! Approchez un peu...

D'une main habile — il avait été grand usager des dames — il lui ôta son tour de cou en roses de soie miniatures, ouvrit l'écrin posé sur une commode, en sortit une rivière de perles roses qu'il lui passa et dont il attacha avec soin le fermoir en petits brillants :

— Voilà qui complète mieux votre toilette. On vous avait donné un papillon que vous ne pouviez porter, j'étais jaloux de mieux faire, dit-il en lui tendant un miroir à main.

— Oh ! s'écria Louison, éblouie de plaisir.

Mais elle ne se fut pas plus tôt jetée dans les bras de son beau-père qu'elle s'inquiéta :

— Je peux le garder pour ce soir ? Vraiment ? N'est-ce point trop... Qu'en dira Treille ?

Le fermier eut un geste désinvolte :

— Des perles, cela va toujours, même pour une jeune fille.

— Cela va même joliment bien, murmura Louison, qui s'admirait toujours.

Le rang de perles roses lui ceinturait le cou à sa racine et les perles luisaient doucement, laiteuses, leur éclat rosé avivé par le blanc mat de la peau.

— Vous avez beau me rassurer, vos perles me vont si bien que Treille me les comptera pour un péché.

— N'en allez pas moins en paix avec elles. Dans ce monde, un joli péché de jolie fille est presque toujours récompensé.

Louison se mit à rire :

— Monsieur mon beau-papa, je crois que vous m'élevez très mal !

— Ma foi, je le crois aussi. C'est que, je l'ai remarqué, pour se trouver bien dans sa vie et ses affaires il se faut fier aux mauvais conseils autant qu'aux bons et, pour les bons, je vous ai donné Treille. Allons, ma toute belle...

Il lui prit familièrement le bras :

— Allons voir si notre marquis nous plaît.

6

Aimé de Roquefeuille ne se sentait pas au mieux de sa forme. Depuis qu'il avait mis le pied dans Paris il se voyait pâlir, rapetisser, s'éclipser. L'air de Paris le détériorait. Il se demandait sincèrement pourquoi sa couronne de marquis vaudrait encore un demi-million dans le Paris inconnu où l'abbé de Véri l'avait jeté. Elle lui semblait tout juste bonne à y faire un accessoire de théâtre dont on s'affuble pour aller à Versailles, ou pour séduire une lingère.

M. de Véri avait logé son ami chez lui, dans sa belle maison de la rue des Saints-Pères, au quartier Saint-Germain. Vivre là, rien que vivre là pouvait déjà faire perdre le sens de ses valeurs au châtelain berrichon. L'abbé n'avait sans doute pas fait vœu de pauvreté, ni même de modestie. Cuisinier, rôtisseur, saucier, marmiton, rien ne manquait dans ses cuisines, ni ailleurs, où tout domestique utile se doublait d'une inutilité décorative. Et pourtant le train de l'abbé n'était que raisonnable par rapport à ceux des maisons qu'il fréquentait. Comme pour le prouver au Berrichon, ou peut-être pour lui dégourdir les yeux afin qu'il n'allât pas jouer chez Marais l'étonné de campagne, l'après-midi même de son arrivée en ville l'abbé l'avait emmené sous un quelconque prétexte à l'hôtel d'Évreux *, visiter son bon ami Beaujon, le receveur général des Finances. Là, dans un palais des merveilles, Roquefeuille avait vu un petit gros vieillard perclus de douleurs roulé dans un fauteuil par quatre jeunes beautés bien nées, qu'il appelait « ses berceuses » parce qu'elles ne le quittaient le soir qu'après l'avoir endormi dans son lit, un lit célèbre dans tout Paris, sculpté d'une profusion de roses, orné, au chevet, de roses fraîches toujours nouvelles. La chair de rose était la dernière volupté

* L'actuel palais de l'Élysée.

que le vieux jouisseur pût encore mener au lit. Les autres plaisirs, il ne les trouvait plus que dans sa bonté sans bornes, en en gavant les passants. À l'abbé et au marquis il avait fait servir le plus délicat des dîners, tout en chipotant lui-même dans une purée d'épinards à l'eau. Et au dessert, comme l'abbé le priait de renouveler la créance de six mille écus qu'il avait sur un sien parent frappé d'impotence, M. de Beaujon s'était fait apporter l'obligation et l'avait brûlée à la flamme d'une bougie.

Roquefeuille avait regardé la fumée de six mille écus s'envoler aussi vite qu'une fumée de vieux papier. Venait-il de s'endormir dans un rêve de nabab ? Ou de s'éveiller d'un long sommeil blotti dans son château oublié par le temps ? Il fermait et rouvrait ses yeux, et les reliefs du festin de crèmes et d'ortolans étaient toujours là, traînant sur des plats de vermeil. Un valet harnaché en seigneur jetait du bois de cannelle dans le feu d'odeur, les berceuses vêtues en princesses recalaient leur maître dans ses coussins de soie, et le vieil homme avait vraiment brûlé six mille écus entre la poire et le fromage, en souriant, pour faire une politesse à son hôte. Un quatuor de musiciens s'était installé, qui jouait en sourdine, et dont l'abbé lui avait dit qu'il coûtait à Beaujon quarante mille livres l'an, soit cinq fois moins que son quatuor de dames. Avec son train de château à dix-sept mille livres tout compté, le marquis se sentait aussi démodé que la Belle au bois dormant le jour de son réveil ! Pendant son absence de quinze années les Parisiens avaient fabriqué des millions. Et maintenant, ils les jetaient par les fenêtres.

Avoir vu la demeure de M. de Beaujon et, peu après, dans la rue Saint-Lazare, l'hôtel d'apparat, le pavillon d'intimité et les romanesques jardins à la Tivoli du trésorier Boutin n'avait pas assez accoutumé Roquefeuille au Paris des financiers pour qu'il débarquât avec un regard blasé dans la cour de l'hôtel Marais.

Derrière le méli-mélo des attelages le spectacle commençait avec le ballet nonchalant des laquais en livrée prune galonnée d'or, bouillonnant de dentelle au jabot et aux manches — une livrée somptuaire, interdite par édit royal, mais que peuvent les édits royaux contre les banquiers du Roi ? En fond de décor le petit palais brillait de toutes ses fenêtres, incendié de l'intérieur par une fortune de bougies.

L'architecte de Jean-Étienne Marais avait dépensé à poignées, voluptueusement, pour bâtir un ensemble montrant avec superbe le luxe que se pouvait permettre son client. La demeure se composait d'un grand corps de logis élevé entre cour et jardin, à double façade à l'antique, avec doubles ailes en retour pour les remises et l'écurie, la sellerie, les greniers, les communs. L'aile gauche sur jardin formait l'appartement du financier, l'aile droite contenait l'appartement du maître d'hôtel, les chambres des grands domestiques, leur salle à manger, leur billard, l'infirmerie. Depuis un an que la famille Marais résidait au Faubourg on avait déjà tant parlé de l'hôtel, de son style dernier cri et de la richesse de sa décoration, que provinciaux ou étrangers de passage en ville demandaient à le visiter. Comme il n'était pas d'usage de tenir portes closes sur ses trésors le portier ouvrait aux curieux, qui entraient là comme dans un conte. Muets de respect ils parcouraient sur la pointe des pieds les antichambres en mosaïques de marbres clairs, l'enfilade des salons encombrés d'œuvres d'art, le cabinet des médailles et le cabinet des curiosités. Tout était à admirer, les panneaux peints des murs, les parquets en bois des Îles à demi recouverts par des tapis de la Savonnerie, les soies et les tapisseries des sièges, les tableaux, les terres cuites, les porcelaines précieuses et, partout, un mobilier d'acajou très moderne, d'une ligne sobre et pure, d'un doux éclat satiné relevé de bronzes à l'or d'une finesse jamais atteinte encore. Une folle abondance de beau, de riche, de rare. L'œil ne pouvait tout saisir et ne se reposait guère que dans le salon de musique.

Le marquis s'y était arrêté, charmé.

Le petit orchestre juché sur une estrade jouait du Vivaldi, dont la grâce se fondait dans la rumeur des voix, ajoutait son élégance à celle de la réunion. Vivaldi complétait parfaitement la délicatesse du décor. La pièce, ronde et boisée, était peinte d'un lumineux blanc crémé à discrets rehauts d'or, et toute sculptée de bouquets d'instruments de musique, d'une main aussi légère qu'habile. Dans cette claire ambiance où rien d'autre n'accrochait le regard on ne pouvait manquer de voir le beau clavecin, haut en couleur, que Boucher avait jadis peint pour le prince de Conti, et encore, placé au-dessus de la cheminée blanche, un frais paysage du Lorrain dans lequel Mercure endormait Argus au son de sa flûte, à l'ombre du plus vert et du plus savant des feuillus. Roquefeuille, amoureux du Lorrain, contempla longuement son œuvre :

— L'art purifie bien l'argent, finit-il par dire en se retournant vers M. de Véri.

— Voilà pourquoi je ne connais pas un financier qui ne sache se faire pardonner ses millions au moins par les artistes, dit l'abbé. Ceci dit, monsieur, ne soyez pas contre l'argent, le mépris de l'argent est une vieillerie. C'est un art aussi que de savoir en faire. Au mot « opulence » le Dictionnaire philosophique donne pour définition : « lot des financiers », mais je n'ai jamais rencontré un seul financier qui dût sa fortune à la loterie.

— Dame ! La volerie est tellement plus sûre ! lança une demi-voix joyeuse, qui s'efforçait d'adoucir son timbre.

— Marquis, je vous présente monsieur de Beaumarchais, la plus méchante langue de Paris, dit l'abbé.

— Oh ! disons la plus alerte, corrigea Beaumarchais, modeste. Et encore ! Vous verrez qu'elle aura de la peine à demeurer la plus bavarde ce soir, ajouta-t-il en posant son regard insolent sur la jeune femme qui venait d'entrer dans le salon et s'entourait aussitôt d'un grand papillonnage de courtisans.

— Qui est-ce ? s'informa Roquefeuille.

Ce fut l'abbé qui répondit :

— C'est madame de Genlis, le nouveau gouverneur des enfants du duc de Chartres.

— Le gouverneur ? répéta Roquefeuille.

— Hélas, les dames d'aujourd'hui commencent à savoir très bien s'asseoir aux places qui nous revenaient, dit l'abbé. Et il ne s'agirait pas d'aller féminiser leur charge ! On ne veut point être gouvernante, on veut être gouverneur. Je crois d'ailleurs que la comtesse n'usurpe pas son titre et mène les princes de mâle main.

— Oh! comment donc! ricana Beaumarchais. Les bambins triment dur. Ils sont au régime Jean-Jacques : du pain, du lait, des légumes, course et bain froid par tous les temps, des chambres sans feu et point de couverture, la menuiserie et le jardinage et Dieu sait quelles autres corvées ouvrières et puis encore, cela va de soi, tout ce qui s'apprend par la tête. Ces messeigneurs nos princes sont de parfaits petits Émile. Si rudement menés par leur gouverneur en jupons qu'on prête au duc l'envie d'adoucir leur sort en prenant monsieur de la Harpe pour sous-gouvernante.

— Le jour où j'entendrai monsieur de Beaumarchais dire du bien d'un autre auteur, je saurai qu'il n'est plus dans son assiette, remarqua l'abbé. Mais venez donc, que je vous présente, ajouta-t-il en s'adressant au marquis. Il vous faut connaître la comtesse. Pour se naturaliser parisien ce printemps-ci il faut avoir eu quelques mots de Genlis et quelques mots de La Fayette. Après cela mettez *Les Confessions* de Rousseau dans votre alcôve et *Les Liaisons dangereuses* du vaurien Laclos sur votre toilette, voyez une fois le bonhomme Franklin dans sa maison de Passy * pour en rapporter un peu d'américain à jeter dans vos propos, vous serez au point pour causer partout. Paris, au fond, n'est pas difficile à vivre. Il s'y passe toutes les choses du monde, mais nous n'en retenons qu'une ou deux par semaine.

Pour rejoindre la petite cour de Mme de Genlis ils frôlèrent celle où Mme d'Oberkirch, la gorge inondée de Valenciennes, régnait en grands paniers de poult-de-soie blancs. M. de Véri dit à voix basse :

— La baronne d'Oberkirch tient le haut de la vogue depuis que leurs altesses impériales de Russie voyagent en France. Elle est l'amie d'enfance de la grande-duchesse, faute d'avoir celle-ci on prend celle-là, qui raconte bien. Vous verrez qu'on se disputera son voisinage à table et pourtant, ce soir, elle sera dangereuse pour ses voisins.

— Dangereuse? releva le marquis, surpris.

_____
* Benjamin Franklin.

— Sa coiffure, jeta laconiquement l'abbé.

De l'extravagance que la baronne portait sur sa tête, un gros ballon truffé de fleurs fraîches, Roquefeuille ne voyait que la démesure, assez gracieuse d'ailleurs, et moins menaçante, à son avis, que les vingt folies instables ou pointues juchées sur quatre étages d'œufs à la neige, qu'il avait vues la veille au Théâtre-Français.

— C'est que vous ne songez pas à l'eau, dit l'abbé. Pour que les fleurs ne fanent pas, leurs queues trempent dans de petites bouteilles courbes cachées dans le ballon. Léonard, qui coiffe aussi la Reine, recommande bien qu'on tienne son invention toujours droite, mais on soupe, on papote, on oublie, et alors la confidence qu'on vous fait à l'oreille, en penchant vers vous la tête... Dieu merci, ce soir je n'en vois qu'une qui soit pluvieuse.

Les coiffeurs avaient été presque raisonnables. Peut-être leurs clientes commençaient-elles à se lasser de voyager à genoux dans leurs carrosses faute d'y pouvoir tenir assises ? La maîtresse de maison, qui n'avait pas à sortir de chez elle, promenait la coiffure la plus haute de la soirée. Comme on l'avait poudrée avec la toute nouvelle poudre d'iris blonde, la lourde chevelure crêpée de Marianne avait pris le ton chamoisé d'une meringue sortant du four. Du volumineux soufflé jaillissait un jet de plumes d'autruche, au pied duquel un oiseau du paradis brillait de tant de pierreries qu'on ne pouvait le regarder sans s'éblouir. Un invisible mécanisme balançait l'oiseau, qui piquait du bec dans une rose de diamants. D'autres diamants, en longues poires, pendaient aux oreilles de Marianne. En dépit de ses trente-huit ans et de ses rondeurs de gourmande paresseuse, elle était encore bien belle dans sa robe bleu lapis ouverte sur une jupe blanche volantée de Malines. Sa gorge très offerte et ses bras cerclés de perles aux poignets demeuraient magnifiques.

Le marquis n'avait jamais boudé les chairs de plein été, il en était même assez friand. Depuis qu'on l'avait présenté à Mme Marais il la suivait complaisamment de l'œil tout en bavardant, et elle aussi l'étudiait de plus ou moins loin, sans trop de discrétion.

— La belle-mère n'est pas vilaine ? Mais elle, est déjà casée, lui chuchota malicieusement l'abbé.

— Si je n'avais pas vu le portrait de Greuze je penserais que Mademoiselle Couperin est bien imprudente d'avoir une telle mère, avoua le marquis.

— Oui, la quarantaine des femmes a bien changé, dit l'abbé. Aujourd'hui, certaines s'en font une mode. J'en connais même qui tentent de lancer la cinquantaine.

— Voilà sans doute pourquoi on tient les jeunesses si longtemps cachées, dit Roquefeuille.

— Cela, c'est Treille, dit l'abbé. La gouvernante de Louison a ses idées sur l'étiquette d'une première entrevue de mariage.

— Est-ce donc une première entrevue de mariage ? Cela y ressemble si peu. Il est vrai que je débarque du Moyen Âge !

Avec ironie il revoyait une scène de sa province : une famille recevait la première visite du futur dans le huis clos d'un salon triste, pour un quart d'heure de temps que la future passait derrière une fenêtre du premier étage, épiant l'instant où elle pourrait revoir de dos, quand il sortirait, le mari qu'elle avait aperçu de face quand il entrait. « Et ce jour-là, le futur n'a pas même droit à un verre d'eau sucrée ! » pensa Roquefeuille en acceptant le verre de vin de Champagne que lui offrait un valet.

À peine commencée la soirée chez les Marais pétillait déjà.

Tout le monde avait fini par se retrouver dans le salon de musique, comme dans le creuset le plus propre à un agréable mélange. Les invités n'étaient guère plus d'une vingtaine, mais les beaux valets prune et or accroissaient de moitié le nombre des personnages en scène. Le marquis ne se souvenait pas avoir vu une assemblée d'un tel luxe, d'un tel charme, depuis bien longtemps. L'air dansait, illuminé a giorno, vibrant de notes légères bousculées par les voix et les rires. Des harmonies de couleurs se faisaient et se défaisaient dans le bruissement des soies qui se frôlaient, s'accrochaient, se quittaient à regret. Une fortune de dentelles s'envolait des gestes, en même temps qu'une mêlée de parfums. Les joyaux renvoyaient en éclats multicolores la lumière des bougies, le prune et l'or des valets chatoyaient partout, l'habit rouge de Beaumarchais voletait de groupe en groupe, tel un feu follet... Dans cette nuit du faubourg Saint-Honoré tout était volupté pour les sens. Même les hautes neiges emplumées des têtes, absurdes, y devenaient des œuvres d'art en parfaite harmonie avec le décor.

Roquefeuille eut une grimace moqueuse en secouant sa manchette de blonde, qui s'était repliée en deux. De la blonde, ici ! Où tout n'allait qu'en point d'Argentan et application d'Angleterre, Malines et Valenciennes !

Comme pour faire suite à sa pensée, une manchette en point des Flandres vint recouvrir à demi sa manchette de blonde : le comte de Lauraguais avait passé son bras sous celui du marquis.

— Permettez que je vous enlève de la cour de Genlis, dit-il à mi-voix. La Genlis m'agace. Elle illustre trop bien la race en crue des pédantes. Vous verrez qu'au dessert, elle nous jouera de la harpe.

— Et vous n'aimez point la harpe ?

— Hé si, justement !

— Lauraguais, je vois que vous n'avez pas changé depuis le temps que nous courions le plaisir ensemble, dit en souriant le marquis. Vous aimez toujours faire de l'esprit, et plutôt aux dépens des dames.

— Je vais bientôt me reposer d'en faire. Je me retire à la campagne.

— À la campagne ? Vous !

— Moi. J'ai changé, quoi que vous en disiez. Je suis finalement convaincu que la vie de fermier est la plus douce. Et en tout cas, la plus utile au pays. Croyez-moi, demain l'économie sera aux mains des physiocrates, et les fermiers — j'entends les fermiers modernes — seront les piliers de la prospérité de la France. Quoi, vous en doutez ?

— Hé ! c'est que j'arrive de ma campagne et ne sais comment c'est fait, un fermier physiocrate ! Dans les fermes on n'en voit pas, dit le marquis en riant.

L'air très excité soudain, Lauraguais entraîna Roquefeuille dans l'embrasure d'une porte-fenêtre, pour le catéchiser dans l'intimité :

— Mon ami, avez-vous des terres qu'on vous laisse en friche, ou qui vous rapportent mal ? N'importe ! Dès que vous avez des terres, je peux vous faire riche. Vous me connaissez, vous savez que j'ai toujours aimé suivre de près les recherches de nos gens de science. Je suis au mieux avec Adanson — voyez-vous de qui je parle ? Il n'est pas que naturaliste, il a du génie dès qu'il s'agit d'améliorer la nature. En y mettant de la chimie il produit des merveilles. Il m'a donné tout le détail de son plan pour le développement de l'agriculture chimique. Marquis, il faut nous saisir de ce plan avant que l'étranger ne nous l'enlève à prix d'or. Par chance Adanson est un patriote, jusqu'ici il a successivement refusé que l'empereur d'Autriche, et Catherine II et le roi d'Espagne lui fassent sa fortune mais, si la France continue à ne point se soucier de ses bonnes idées... Nos petits légumes imparfaits, demain plus personne n'en voudra. Les légumes qui pousseront grâce aux miracles de la chimie seront bien autre chose !

— Oh ! ils seront au moins sans prix, je vous assure ! lança la voix de Beaumarchais qui passait, et passa vite, pour échapper à la réplique de Lauraguais.

— Un jour, je ferai rosser Beaumarchais, dit le comte.

M. de Véri, qui venait de rejoindre le marquis, secoua la tête :

— Non, mon cher comte, vous ne le ferez pas. Vous suivez toujours la mode et nous ne rossons plus nos écrivains.

L'abbé ajouta dans un sourire :

— Je ne dis pas que nous ayons raison. Nous les environs si bien de notre indulgence que ce sont eux qui finiront par nous rosser !

Se rapprochant de Roquefeuille il lui pressa légèrement le bras pour l'obliger à se retourner.

— Regardez donc un peu par là, lui murmura-t-il en dirigeant son regard vers l'entrée du salon.

Louison se tenait sur le seuil de la porte, ayant déjà quitté le bras de son beau-père pour celui de son amie Solange. Unies dans la pétillante gaieté de leurs soies jaune, blanche et rose, les deux jeunes filles formaient un groupe ravissant à voir. Brune sans éclat, assez petite, non pas belle mais fine et racée, Solange de Raimbault semblait faite exprès pour souligner d'une ombre douce la vive séduction de Louison.

Roquefeuille eut un toc au cœur, un battement de collégien. Il était repris, plus fort, par le choc émotif qui l'avait surpris à Verte-Fontaine quand il avait dévoilé le portrait de Greuze, et son cœur, cette fois, ne se calmait pas vite. Sans doute l'ambiance du moment le rendait plus sensible, plus fragile encore devant la beauté qu'il ne l'était habituellement ? « Allons, marquis, tiens-toi en bride, se moqua-t-il. Rien n'est fait. Ne te prépare pas un nouveau chagrin d'amour, cette fois pour tes vieux jours. » Autour de lui la compagnie se défaisait dans une rumeur accrue : Mme Marais avait commencé d'entraîner ses hôtes vers la salle à manger. Le marquis hésita.

— Venez-vous ? dit l'abbé. Je crois qu'il faut aller.

Il avait à peine dit cela qu'il se figea sur place : Louison s'était détachée de Solange et venait à eux, un sourire aux lèvres... La jupe rose et blanche, en s'immobilisant, crépita contre l'habit du marquis. Avec une grâce familière la jeune fille s'appuya des deux mains sur le bras de l'abbé :

— Monsieur mon bon parrain, ne me présenterez-vous pas à ceux de vos amis qui ne me connaissent pas encore ? demanda-t-elle d'une voix de colombe.

L'abbé lui fit son œil noir. Il était furieux qu'elle l'obligeât sans façon, et à sa convenance, à faire la présentation. Ce n'était certes pas là le protocole que Treille devait avoir prévu ! Et que pouvait-il faire en la circonstance, hors la présentation ? Il la fit d'un ton rogue. Par chance, puisqu'il ne se souciait pas d'avoir l'air de protéger un tête-à-tête prématuré, deux dames que Lauraguais emmenait souper s'arrêtèrent près d'eux :

— Louise, ces perles ! s'exclama Mme d'Oberkirch. Ma chère enfant, elles vous vont à ravir. Nous avons pris la coutume d'abandonner les perles aux jeunes filles, je crois que nous avons tort. Elles flattent le teint bien mieux que nos diamants. Les dames du temps de Louis XIV le savaient bien, qui ne portaient que cela, voyez sur les portraits de

Mignard. Prenez-en bien soin, Louise. Savez-vous que, pour leur éviter de prendre la maladie, il faut les porter sur la peau, et nuit et jour dès qu'il s'agit de rendre la santé à une malade ? C'est un remède que le shâh de Perse a donné à l'impératrice de Russie, dont la plus belle perle se mourait.

— Le conseil est joli, mais a-t-il de la pertinence ? Et d'abord, les perles vivent-elles ?

Mme de Genlis semblait en douter beaucoup. Mme d'Oberkirch eut un rire très gai :

— Les perles vivent-elles ? Ne me posez pas, madame, une question pour savante, je n'ai jamais profité de vos leçons. Vérité ou mensonge l'idée me plaît, je veux que les perles vivent.

— Si elles vivent, je trouve dommage qu'elles ne parlent pas, dit Roquefeuille. Les sensations d'une perle pendue à un joli cou ne devraient pas manquer d'intérêt ?

— Hum ! toussa l'abbé, de plus en plus contrarié. Eh bien, ajouta-t-il avec trop d'impatience, n'irons-nous pas souper ?

Sa question n'eut pas d'écho. La baronne d'Oberkirch s'amusait de l'idée du marquis :

— Ma foi, oui, monsieur, on ferait un bien joli roman avec l'histoire d'une perle. Voyons, à quel auteur le demanderions-nous ?

— Vous avez le choix, ricana Lauraguais. L'auteur est un animal nuisible qui prolifère dans Paris.

— Essayons celui que nous avons sous la main ce soir, il sait tirer parti d'un rien, dit Mme de Genlis.

D'un ordre bref, elle expédia un valet à la recherche de Beaumarchais. L'habit rouge était loin, mais il fut là dans l'instant.

— Vos Excellences me réclament ?

— Nous avons besoin d'un auteur, dit Mme de Genlis.

— Contre qui ? demanda Beaumarchais, aussitôt plein d'appétit. Voyons, sera-ce pour un méchant coup de langue, ou pour un méchant coup de plume ?

— Vous verrez qu'un jour, ce sera pour un méchant coup de canne, lui dit Lauraguais, assez haut pour que la moitié du groupe entendît.

— Ah ! monsieur, pourvu que ce ne soit pas un coup de canne à la barmécide, je m'en remettrai toujours, dit joyeusement Beaumarchais.

Le petit cercle se mit à rire, à l'exception de Roquefeuille, qui n'avait pas compris. Louison lui sourit gentiment :

— Sans doute, monsieur, n'avez-vous pas encore vu *Les Barmécides,* la tragédie de La Harpe qui se donne en ce moment ? Tout exprès pour l'aller voir un mercier a inventé une canne à la barmécide, dont la pomme d'ivoire cache un gros sifflet.

Un nouveau rire secoua le cercle, qui se mit à déchiqueter à belles dents la persanerie du pauvre La Harpe. Louison en profita pour tirer sur la manche de Beaumarchais :

— Ami Charmant, ôtez-moi mon parrain, lui soufflat-elle. Emmenez-le loin de moi.

Beaumarchais regarda Louison tout animée, regarda le marquis quasi muet, regarda l'abbé renfrogné, ne comprit pas bien l'intrigue, mais très bien ce qu'on attendait de lui.

— Princesse, escomptez-vous qu'on vous fera l'amour tout de go, et au beau milieu du salon ? chuchota-t-il en retour, avant d'aussitôt entreprendre le parrain.

— À la fin, que me voulez-vous donc ? s'agaça celui-ci.

Beaumarchais lui bourdonnait dans l'oreille gauche, qu'il avait faible. Beaumarchais changea d'oreille :

— Monsieur de Vergennes s'attarde au petit salon avec les financiers, à discuter les articles de son traité avec l'Angleterre. Vous ne seriez point de trop dans la conversation. Il m'a paru que le ministre s'apprêtait à brader beaucoup de nos intérêts pour faire le bonheur de nos alliés plutôt que le nôtre.

— Je me demande quand nous aurons une politique étrangère autre que sottement chevaleresque ? gronda l'abbé. Je m'étonne toujours que notre diplomatie n'ait pris que de l'âge, en vieillissant. Vous verrez que monsieur de Vergennes se fera tourner par les Américains, si novices qu'ils soient dans le métier de diplomate. Nous avons été au feu pour eux, mais nous laisserons ramasser les marrons par qui les voudra. Nous ne...

L'abbé s'aperçut brusquement qu'il ne parlait que pour Beaumarchais. Lui tournant le dos sans façon, il s'en alla d'un pas pressé vers le petit salon. Quand M. de Véri pouvait avoir part aux Affaires étrangères, il oubliait tout le reste. « Voilà l'ouvrage ! » lança à Louison le coup d'œil de Beaumarchais.

Le climat du moment se prêtait bien au projet de la jeune fille. Puisqu'il ne restait plus une miette du malheureux La Harpe, la petite meute excitée par Beaumarchais s'occupait maintenant à étriper le marquis de Condorcet, qui venait d'assommer son monde avec un discours d'académie plus indigeste encore que la tragédie de La Harpe. Louison se tourna vers le marquis, lui dit à mi-voix :

— Tenez-vous, monsieur, à entendre tout le procès de Condorcet ? Après son jugement viendra sans doute celui de monsieur Necker, que madame d'Oberkirch n'aime pas du tout non plus, et vous aurez d'autres occasions d'entendre mal parler de monsieur Necker : mon beau-père n'en pense aucun bien. Ainsi donc, nous pourrions aller souper ?

Pour y consentir Roquefeuille s'inclina légèrement, mais n'osa pas offrir son bras. Elle n'osa pas le lui demander.

Les sourcils froncés, les yeux flambants, Mme de Treille, qui s'allait retirer, vit le couple passer devant elle en bavardant. Solange s'était mise tout près de sa tante, prête à la retenir. Ce n'était pas nécessaire. La gouvernante était pétrifiée de colère.

— Ai-je vraiment essayé de bien élever cette enfant ? dit-elle enfin, d'une voix blanchie par l'émotion. J'ai bien perdu ma peine ! Mademoiselle Couperin est restée la fille de sa mère, acheva-t-elle rageusement, et aussitôt une bouffée de honte l'empourpra, tant elle regrettait ses derniers mots.

— Ma tante, vous ne pensez pas ce que vous dites, murmura Solange, les larmes aux yeux.

Roquefeuille accompagnait Louison d'un pas d'automate. Il ne savait que croire. Les jeunes Parisiennes de 1782 se conduisaient-elles ordinairement avec la hardiesse de

Mlle Couperin? Ou bien Mlle Couperin montrait-elle une hardiesse peu commune, celle d'une fille de...

Précipitamment, le marquis retint le mot au seuil de sa pensée. De toute manière, déjà il excusait Louison de tout. Qu'elle existât, qu'elle existât seulement lui causait un plaisir immense, déraisonnable. Mais tout vrai plaisir est déraisonnable, en quarante années de vie il avait au moins appris cela, et qu'un plaisir fou est si rare qu'il faut toujours l'oser. Toute prudence l'avait d'ailleurs quitté. Il ne sentait plus en lui qu'une grande envie d'être stupide, d'être amoureux. C'était de la niaiserie douce à vivre, dans laquelle il s'enfonçait avec une lucidité qui renforçait sa jouissance.

Dans la salle à manger, presque vide encore, un valet refermait sans se presser les fenêtres qu'on avait laissées grandes ouvertes du côté du jardin. Cette nuit de mai sentait l'été. Une forte odeur de terre fraîchement arrosée et de verdures en pleine pousse masquait le parfum du lilas comme si, déjà, son temps était passé.

Ils s'arrêtèrent devant une fenêtre encore ouverte.

— On dirait que le printemps est en crue, constata le marquis. Il m'avait semblé moins avancé tantôt.

— Le vent est tombé, la nuit est plus tiède encore que n'a été le jour, dit Louison. Le vent a joliment bien fait de balayer le ciel...

Des milliers d'étoiles brillaient dans le bleu nuit sans voile. Les plus grosses palpitaient de vie lumineuse, il en jaillissait des feux aigus, couleur de soleil. C'était un ciel à sombrer dans la poésie, ce n'était pas un ciel, non ! à vous remettre les pieds sur terre, pensa le marquis et il en rit, content que tout, ce soir, sur la terre comme au ciel, s'accordât pour lui tourner la tête.

— Vous riez ? dit Louison. Moi aussi, souvent, un beau temps me donne envie de rire pour rien.

— Je ne ris pas pour rien, dit le marquis en rabaissant son regard sur elle, qui lui ouvrit le sien avec complaisance.

Le ciel était aussi dans les yeux de Louison, où dansaient les deux gros points d'or qu'y mettait le plus proche candélabre. Le marquis se dit que le moment n'était plus à l'hypocrisie mondaine :

— Je ne ris pas pour rien, répéta-t-il à mi-voix. Je ris parce que je suis amoureux.

Il rit encore, du bout des dents :

— Je suis amoureux avant même d'avoir pris le temps d'aimer ! C'est un plaisir de jeune homme, dont je ne me croyais plus capable. Prenez, je vous prie, ma sotte déclaration comme il se doit, en vous moquant. L'air de Paris peut bien griser un campagnard, je suis un peu gris sans doute, il faut me pardonner.

Louison lui sourit, enchantée de voir son affaire de mariage prendre un tour galant. Être aimée ne la prenait jamais au dépourvu. Ses danseurs l'avaient habituée aux douceurs chuchotées et, déjà, dans son enfance, les amants de sa mère l'avaient courtisée par jeu.

— Monsieur, le vin de Champagne est traître quand il est pris à jeun. Un peu de nourriture vous remettra, dit-elle avec aisance. Nous devrions, je crois, prendre nos places à table. Sinon on trouvera le moyen de me séparer de vous, et je n'ai pas envie d'aller m'ennuyer entre deux dames.

— Entre deux dames ? releva Roquefeuille, amusé.

— Oh ! oui, soupira Louison. On a beau raconter ce qu'on raconte sur les Parisiennes, dans une soirée il s'en trouve toujours au moins deux d'assez bonnes mœurs pour qu'on les charge d'une jeune fille à ennuyer pendant l'heure du souper.

— Dans ce cas, je vous remercie de me choisir pour vous sauver de l'ennui, dit le marquis. J'essaierai d'être drôle.

Ils s'installèrent à table dans l'indifférence de presque tous, qui se plaçaient aussi en continuant de bavarder. Seules Solange et Marianne les observaient, mais ils ne le sentirent pas. Le bruit ambiant les isolait dans leur tête-à-tête.

Être le prétexte oublié de cette fête plongeait Roquefeuille dans le bien-être. Il aimait jouir d'une fête en hôte invisible, cela convenait à son humeur de contemplatif indolent mais n'était pas souvent possible. Depuis quinze ans qu'il s'était renfermé dans son Berri il n'avait pris la société qu'à petites doses, à la provinciale, et dans un cercle d'intimes on ne peut pas se cacher, il faut tenir sa partie. Chez les Marais il était encore un passant, qui voit sans être vu.

Ce souper rayonnait. La vaste table ovale chargée de porcelaine, de cristal et d'argent flottait dans la brume d'or des bougies, telle une chatoyante oasis surgie dans la pénombre de la salle aux lumières murales soufflées tout exprès, et la pénombre était rosée comme le décor de marbre feint, avec d'opulentes taches de couleur là où Mimi du Faubourg avait dressé ses hauts bouquets. Les plus belles des fleurs venues de la folie Sainte-James, les plus rares, d'énormes fleurs de magnolier épanouies en larges coupes avaient été mises à l'honneur, au centre de la nappe, arrangées avec des bouffées de myosotis sur un chemin de petites feuilles rondes et lisses d'un vert très doux, très mat, voilé de gris.

Le marquis n'avait jamais vu les fleurs du magnolier, il ignorait jusqu'à leur nom. Louison le lui apprit, et que le magnolia était la fleur préférée de M. Baudard de Sainte-James :

— Ses magnoliers le ruinent presque autant que la Beauvoisin, sa danseuse. Pour les planter il a fait construire une île dans son parc, sur une rivière artificielle dérivée de la Seine. Il faut s'y promener au printemps, quand les magnoliers et les acacias fleurissent. Alors elle embaume, les jardiniers donnent l'eau aux fontaines, les vasques s'emplissent, les nymphes de marbre blanc recommencent à se baigner : c'est délicieux à voir, à sentir et à entendre.

Roquefeuille dévisagea avec sympathie ce fermier qui prodiguait son or pour une passion fragile. Vraiment, Baudard de Sainte-James ne ressemblait pas au dévot amant des fleurs qu'il était. Assez grand, gras, rouge, vêtu avec éclat, apparemment dilaté dans sa richesse avec béatitude, Sainte-James respirait le parvenu enchanté de ses millions, qui collectionne les choses d'art voyantes plutôt que des magnolias. Le marquis reporta son regard sur eux. Leur chair nacrée évoquait le satin d'une belle chair de femme si bien que, tout naturellement, son regard remonta vers sa voisine...

Les perles rosoyaient autour de son cou, ses épaules presque nues tentaient la bouche bien plus encore que les pétales des magnolias. Leur merveilleux blanc lacté semblait si profond qu'il se perdit dans l'envie d'y enfoncer ses lèvres, comme dans une crème. La jeune fille ne semblait pas s'effaroucher du désir qui se promenait sur elle, puisque, comme pour laisser tout le temps de vagabonder aux yeux du marquis, elle avait baissé les siens et se taisait, en jouant avec ses couverts d'argent. Mais sous la soie légère de sa robe ses seins en pomme respiraient trop vite, et son menton, presque imperceptiblement, tremblait. Ce rien, l'émoi de ce menton d'enfant si rond, si douillet, acheva d'enfiévrer le marquis. « Mon Dieu, c'est donc vrai, je l'aime ! » pensa-t-il sans retenue, et une tendresse de miel l'envahit. Il eut un mal fou à demeurer assis à table et à s'y comporter avec son aisance coutumière. S'il avait été chez lui il aurait sauté à cheval et pris le galop pour aller savourer son coup de jeunesse au fond des bois, où le silence permet de ne pas perdre une miette de soi, où l'espace fait résonner les bruits du cœur. Quand le potage arriva dans la traînée d'un parfum lourd, lui si gourmand se servit machinalement d'un bouillon épais de homard qui méritait pourtant l'attention, et c'est à cet instant que Louison releva les yeux pour lui parler :

— Et vous, monsieur, vous déclarez-vous pour, ou contre les idées de Rousseau ?

— C'est-à-dire que..., ânonna-t-il, la tête encore perdue et cherchant désespérément, des deux oreilles, où pouvait bien en être la conversation.

Par bonheur, M. de Véri avait une opinion haute et ferme sur la question en cours :

— Tout ce brouillement dans les idées finira mal, disait-il. À Sparte on s'attachait à former des Spartiates, à Rome, des Romains, à Athènes, des Athéniens, mais en France, depuis quelque temps on ne tient plus à former des Français, on voudrait former des citoyens du monde, et s'ils ne valent rien pour la France, tant pis ! Notre Jean-Jacques se déguisait en Turc pour nous prêcher la vertu suisse et l'excellence de la sauvagerie, monsieur Franklin nous enseigne à juger des choses en bons Américains et nos penseurs font chorus avec lui, nous somment de préférer la république américaine à la monarchie française, ou bien alors la constitution de nos ennemis les Anglais, ou encore le savoir-bien-gouverner de Frédéric de Prusse. Si vous prétendez demeurer tranquillement dans votre assiette, Français comme devant, vous passez pour un conservateur, ce qui est bien la pire injure du jour ! Eh bien, je le prédis, tant de mépris pour nous finira mal.

— Oh ! la mode des Anglais au moins passera vite, dit Lauraguais. Nous allons facilement faire un tour dans leur pays, et une fois suffit pour le savoir invivable. Leur agriculture fait pitié. En Angleterre, de fruits mûrs vous ne trouvez que des pommes cuites ! Ils n'ont pas de soleil, ils n'ont pas d'été. Pour jouir de l'été anglais il faut le faire peindre par un Italien et l'accrocher dans son salon, au-dessus d'un bon feu.

Un rire salua le trait de Lauraguais, puis M. Marais, d'un ton débonnaire, revint sur le propos de M. de Véri :

— Je crois, monsieur, que vos craintes sont vaines. À Paris au moins le Français sera toujours français. Nous accueillons avec fougue ce qui nous vient d'ailleurs, mais jamais pour longtemps. Nous sommes doués d'autant d'indifférence profonde que d'enthousiasme superficiel, le moindre arrivant nous amuse, aucun partant ne nous manque. Avec constance, au fond nous n'aimons que nous. Si nos philosophes nous échauffent trop nous ferons peut-être un peu la révolution, un peu, pas trop, trop nous dérangerait de nos habitudes.

— Monsieur, je pense comme vous, appuya M. de Vergennes. Notre ami Franklin aura beau nous vanter la république, nous ne la ferons jamais. Nous sommes convaincus depuis longtemps qu'un roi est fort commode, au moins pour s'en plaindre. Si le peuple faisait ses affaires lui-même elles n'iraient certes pas mieux, et il ne pourrait même plus s'en consoler en chansonnant méchamment Versailles.

Bergeret de Grancourt, un banquier qui ne parlait guère à table parce qu'il avait la voix grêle, réussit à placer son mot :

— Il est bien vrai que nous tenons à nos habitudes plus

qu'à tout. La république est un régime instable, qui ne nous irait pas. Peut-on s'imaginer vivant dans un pays où l'on ne serait pas sûr de posséder demain ce qu'on a aujourd'hui?

— Je vous accorde que cela ne va qu'aux Turcs, dit M. de Vergennes en riant. Eux sont faits à n'être assurés de rien pour le lendemain, pas même de leur tête!

— J'espère en tout cas que nous ne ferons jamais que des révolutions philosophiques, dit Sainte-James. Les révolutions populaires sont très dangereuses pour les verrières.

La boutade du possesseur des plus belles serres de France dévia la conversation sur une bande d'émeutiers qui venait de piller quelques grosses boutiques au nom des pauvres. Le lieutenant de Police les avait expédiés prêcher la fraternité des bourses au Petit-Châtelet.

Beaumarchais, par extraordinaire, ne prenait pas part à la discussion. Il s'attachait tout à courtiser Mme de Vergennes. Sachant le ministre assez bien disposé envers sa comédie, il travaillait sa femme pour qu'elle le lui rappelât — pour Beaumarchais les femmes avaient toujours été d'un bon service. Il lui jouait à l'oreille les meilleurs morceaux de son *Mariage* et Mme de Vergennes riait, elle en oubliait de manger son ragoût de queues d'écrevisses. Il faut croire pourtant que le bavard ne perdait pas trop des propos des autres, puisqu'il se jeta soudain à travers:

— Ces brigands beaux parleurs sont, paraît-il, enchantés du logement que Le Noir leur a donné: ils y discourent enfin sous les applaudissements, qui consolent un auteur de tout. Le Petit-Châtelet est le seul endroit de France où l'on puisse prêcher sous les applaudissements l'abolition de la propriété privée. Si l'on nous donne une constitution, pour qu'elle soit de notre goût il faudra que l'article un nous déclare sacré le droit de propriété.

La baronne d'Oberkirch l'apostropha d'un ton railleur:

— Quoi, monsieur, vous parlez comme un bourgeois? Chez les auteurs d'aujourd'hui la mode est pourtant à la réhabilitation du brigand, il était né bon, s'il a failli la faute en va à la société. Figaro ne peut être d'un autre avis? Car enfin on chuchote partout que Figaro est de retour, et toujours plus insolent envers l'ordre établi?

Beaumarchais lorgna de biais la baronne. Il savait très bien que l'Alsacienne forte en gueule le tenait pour un coquin que le Roi ferait bien d'embastiller, mais qu'en même temps elle lui trouvait un si bel œil et tant d'esprit qu'elle ne pouvait se retenir, dès qu'elle le croisait, de le provoquer pour en obtenir des impertinences. Cette fois, l'Alsacienne en serait pour ses frais, il ne compromettrait pas les chances de faire jouer son *Mariage* en laissant passer Figaro pour le factieux qu'il était. Benoîtement, il sourit à la dame :

— Madame, on calomnie mon Figaro et ensuite on l'accuse de la mauvaise réputation qu'on lui a inventée. Croyez-moi, Figaro n'est jamais qu'un homme gai, qui amuse son monde en sachant que rien ne nous amuse autant que de nous entendre brocarder. Et quant à son père, quant à moi je ne suis plus d'aucun parti ou, plutôt, je suis désormais du seul parti de l'insouciance. Ce que j'aimerais, c'est qu'on me gouvernât le moins possible, hélas, je demande la lune ! Car il faudrait assurément s'expatrier sur une autre planète pour trouver un gouvernement qui ne s'occupât pas trop des auteurs. Mourir ne suffit pas : on censure encore Voltaire.

— C'est très heureux pour vous, dit Marais. Pour avoir l'intégrale nous serons tous obligés d'acheter l'édition que vous en faites hors frontières.

— Oh ! que vous voilà donc optimiste ! s'exclama Beaumarchais. Pour l'instant, monsieur, mon Voltaire est en panne. En imprimant à Kehl je croyais bien être tranquille, et point du tout ! Le margrave de Bade me refuse *Candide,* à moins que je n'en récrive à sa mode les passages qui le gênent. Il n'y a pas que chez nous qu'on soit libre de tout imprimer à condition de ne parler de rien !

— Monsieur de Beaumarchais, je ne puis rien pour Candide mais, pour votre Figaro, je l'accueillerai sur mon théâtre dès que vous le voudrez, dit Sainte-James. Venez le faire jouer à Boulogne, à cette soirée je convie déjà tous ceux qui sont ici.

— Et tous viendront, soyez-en sûr, une pièce interdite est un tel régal ! jeta Mme de Genlis d'un ton moqueur.

La gouverneur aurait préféré blâmer plutôt qu'ironiser,

mais la compagnie ne s'y serait pas prêtée, ce n'était pas partout qu'on pouvait médire de Beaumarchais et de ses complaisants sans avoir les rieurs contre soi. Déjà tous les convives de ce soir semblaient pressés de se pendre à ses lèvres, avec une gourmandise qui faisait tort aux entrées de poissons. Les charmes de la marée fraîche artistement apprêtée s'effaçaient sous le charme de Beaumarchais. Sa forte voix chaude et ronde, sa verve et sa passion savaient accrocher son public et le garder jusqu'au bout des plus longues tirades. Il aurait fait un comédien magnifique.

— Mon ami Beaumarchais est parti pour nous donner un bon spectacle mais n'en oubliez pas de souper pour autant, à présent qu'il tient la parole il ne la rendra pas vite, dit Louison à son voisin. Ne vous servirez-vous pas de saumon ? Ne l'aimez-vous pas ? Il est arrivé ce matin de l'estuaire de la Loire.

Roquefeuille prit du saumon, contrarié d'avoir encore oublié le valet qui lui présentait les plats sur sa gauche. Chez les Marais on servait à la russe et c'était une nouveauté pour lui ; en Berri on posait encore tous les mets sur la table.

— Et de la sauce, vous n'en désirez pas ? dit encore Louison, gentiment.

Confus, Roquefeuille se retourna vers le second valet qui, à la suite du premier, offrait des saucières sur un plateau d'argent. Il prit au hasard, de toute manière il ne savait pas très bien ce qu'il mangeait, il mangeait surtout sa voisine ! Le lait de ses épaules, les châtaignes mordorées de ses cheveux, l'eau bleue de ses yeux, l'odeur chaude de sa peau et celle plus discrète (Mme de Treille y avait veillé) de son eau de Cologne. En se forçant le nez il percevait même le parfum ténu, rose et blanc, crissant, joyeux, de la soie neuve qui l'enrobait. Son odorat n'avait que faire de la mousseline au cerfeuil dont il avait nappé son poisson. Mme de Sennesse, qu'il avait à sa gauche, le fit sursauter quand elle lui en parla :

— Vous avez pris de la sauce au cerfeuil, vous avez bien fait, pour le saumon poché c'est la meilleure. Il faut dire que ces petits saumons de Loire...

Roquefeuille se résigna à échanger quelques mots sur les saumons.

De l'autre côté de la table, Marais s'efforçait de les écouter. Il s'était tout exprès placé en face du marquis, mais s'entretenir avec lui n'était pas commode pour autant. Mme de Sennesse lui en fournissait l'occasion, pendant que Beaumarchais distrayait la plupart des oreilles. Élevant la voix il s'adressa à son vis-à-vis :

— Votre voisine, monsieur, pense trop de bien des saumons de ce soir. Ils ne sont plus aussi bons qu'au début du printemps, leur chair est plus sèche, moins fine après le frai qu'avant mais, n'est-ce pas, je ne puis rien contre les mœurs des saumons ?

D'instinct, Roquefeuille sut que son hôte attendait de lui autre chose qu'une réplique. Leurs regards se croisèrent, puis celui du marquis se rabaissa pour envelopper Louison d'une caresse précautionneuse avant de revenir à Marais. Alors un sourire monta aux yeux du fermier, auquel répondit un sourire du marquis. Spontanée, une complicité d'hommes de bonne volonté naissait entre eux, pour le bonheur de cette jeune fille. Ils n'en furent bien sûr pas conscients mais se sentirent soudain mieux accordés à la gaieté de la soirée. Marais recommença de s'intéresser au vin qu'on apportait pour le rôti, Roquefeuille goûta du baron d'agneau avec plaisir et ne bouda pas les entremets. Il subit même avec patience le bavardage un peu écœurant de Mme de Sennesse, qui mangeait ses bons souvenirs en même temps que les bonnes choses de son assiette. Enfin les desserts arrivèrent, qu'on grignota.

« Dieu, faites qu'on serve du café et qu'il soit fort ! » pria mentalement le marquis en tirant la chaise de Louison pour qu'elle pût se lever de table commodément.

Le café embaumait toute la pièce. On le prenait dans un petit salon attenant à la salle à manger et peint comme elle en marbre rose. Une profusion de tables volantes et de sièges recouverts de tapisserie le rendait très accueillant. Au sortir de la longue pause autour de la table on s'y retrouvait avec plaisir dans une intimité resserrée, agréablement mouvante.

Lauraguais s'était rapproché du marquis, glissé entre lui et Louison, qui s'accoudait à une bergère dans laquelle vint s'engloutir Mme de Sennesse au bord du sommeil.

— Ouf! fit à mi-voix le comte. Le moment du café est un bon moment quand on avait Vergennes pour voisin de table : je ne le supporte pas.

— Tonton Lauraguais, dit familièrement Louison, monsieur de Vergennes est ministre, et un ministre est toujours supportable.

— Il est ministre mais il est nul, dit Lauraguais. Il est nul et n'a pas la frivolité qui peut rendre la nullité plaisante. Je vais prendre deux doigts de liqueur de prune, ajouta-t-il sans transition. Marquis, je vous recommande la prune de monsieur Marais : elle ne brûle pas, on n'en sent que le fruit.

Mme d'Oberkirch intervint :

— Vous conseillez mal votre ami, mon cher comte. Monsieur, choisissez la framboise. Elle vient de mon pays, et la framboise d'Alsace fait un pousse-café digne des dieux. Je m'y laisse aller, c'est tout dire !

Le maître de maison accompagnait les deux valets qui passaient les alcools. Il eut un grand sourire pour la baronne :

— Madame ne vous dit pas tout, elle ne vous dit pas que je lui dois cette merveille. Je la reçois d'un de ses parents, qui n'en donne pas à tout le monde. Toulouse, servez de la framboise à monsieur le Marquis.

— Une telle liqueur ne se doit pas gaspiller chez n'importe qui, dit la baronne. Madame Necker s'est mise en colère parce qu'elle n'en avait pas, du temps que son mari était encore ministre et qu'elle se croyait pour cela toute chose due. Mais le froid nuit aux alcools, je n'allais certes pas faire donner de notre framboise à une pisse-froid.

Elle ne put se retenir d'ajouter :

— Et penser que cette dame est née Cuchod! Cuchod, quel nom moqueur pour une banquise* !

Bien qu'elle eût pris soin de parler bas pour ses seuls proches on entendit sonner le rire de Beaumarchais, pour-

---

* Constante malice du temps. Au vrai, elle était née Curchod.

tant dos à dos avec la baronne. Le rieur pirouetta pour changer de groupe :

— Madame, tenez bon contre madame Necker, chez elle c'est La Harpe qui boirait votre framboise, et je sais que vous ne l'aimez pas.

— Ma foi, non, je ne l'aime pas, dit l'Alsacienne. Ce n'est pas nécessaire, il s'aime lui-même bien assez, une once d'amour en sus le noierait.

— Et de toute manière, le bien-boire ne lui inspire que de mauvais quatrains, dit Beaumarchais.

— Tandis qu'à vous ? interrogea la baronne en le fixant avec une très visible sympathie. Voyons, monsieur, si je vous promets que vous trouverez la même framboise chez moi, viendrez-vous y chanter votre chanson de Chérubin ? La grande-duchesse en a eu des échos, elle a envie de l'entendre et le disait encore hier chez madame Elisabeth*.

Beaumarchais y alla d'une grande révérence de scène :

— Je suis flatté, vraiment, qu'on ait parlé de moi chez madame Elisabeth. Et...

Il éleva la voix :

— ... si vous n'êtes pas seule à le souhaiter, madame, je chanterai volontiers ma chanson pour vous ce soir.

— Dès que Madame le désire, moi, monsieur, je vous l'ordonne, dit aussitôt Marianne d'un ton gracieux. J'ai une surprise pour tout à l'heure, qui plaira je suppose, mais je ne serais pas fâchée que vous chantiez d'abord. Je vais faire venir une harpe.

— Ami Charmant, bravo ! vous avez réussi, souffla Louison à Beaumarchais.

— Quelle sera la surprise ? demanda Lauraguais.

— Une surprise, dit Louison.

Elle se rapprocha de Roquefeuille, lui désigna deux fauteuils qui demeuraient isolés maintenant que le cercle des invités s'était rétréci autour de Beaumarchais :

— Asseyons-nous ici, si vous le voulez bien ? Je connais déjà la chanson de Chérubin et... Oh ! pardon, dit-elle,

---

* La plus jeune sœur de Louis XVI.

brusquement confuse. Je ne songeais pas que vous, serez mieux plus près pour l'entendre.

— J'entends fort bien et j'ai deux oreilles, dit en souriant le marquis. J'en prêterai une à monsieur de Beaumarchais et je vous donnerai l'autre. Ainsi, votre choix me va.

Elle hésita avant de prendre un fauteuil. Si sa mère l'oubliait, il lui suffisait de regarder Solange pour voir à sa mine qu'elle se conduisait mal et, d'ailleurs, elle le savait! Mais le marquis avait l'air si bon, sa voix était si pleine de gentillesse... Pour s'échapper tout à fait du peu d'inquiétude que lui donnaient les coups d'œil répétés de Solange elle eut vers lui un élan de confiance naïve :

— Je ne voudrais pas, monsieur, que vous pensiez mal de ma gouvernante, elle m'avait tout à fait défendu de vous entretenir en aparté, mais elle a tant de retard sur le siècle qu'il me faut bien lui désobéir? dit-elle avec une franchise d'enfant quêtant de la complaisance.

Pour ce mot ingénu le marquis eut envie de la prendre dans ses bras.

— Je ne pense jamais mal de la sincérité, dit-il. Je vis avec des gens simples.

— Oh! fit-elle, avant de se taire un moment.

Elle n'osa sa première question qu'au milieu du petit remue-ménage provoqué par les valets apportant la harpe :

— Verte-Fontaine, c'est un joli nom. D'où vient-il?

— D'une très ancienne cressonnière, qui existe toujours. Tout le village vient cueillir son cresson chez moi.

— Est-ce très loin de Châteauroux?

— Un courrier bien pressé y galope en trois heures. En carrosse, cela dépend du temps. Nos chemins berrichons deviennent vite des fondrières.

— Mon parrain m'a dit...

Elle mettait des pauses entre ses mots, comme pour glisser un peu de bienséante timidité dans son indiscrétion :

— Mon parrain m'a dit que vos sœurs, que les demoiselles Roquefeuille vivaient encore à Verte-Fontaine, et qu'elles étaient fort gaies, la plus jeune surtout.

De l'amusement monta au visage du marquis. « Gaie » lui semblait un adjectif léger pour qualifier l'aimable fantaisie de sa sœur Nini. La benjamine des Roquefeuille avait hérité de la nature, un brin fantasque, du vieux marquis son père. L'âge l'avait tout juste pacifiée, sans doute parce que les occasions de folie lui manquaient. Il dit en souriant :

— Monsieur de Véri ne vous a pas trompée, mes sœurs sont plutôt de belle humeur. L'aînée a pourtant perdu un peu de son heureux caractère pendant ses deux mariages ; elle ne nous est revenue qu'après son second veuvage.

Un temps passa, fleuri de notes claires : Beaumarchais accordait la harpe, puis Louison reprit plus bas :

— Est-ce que... Les châteaux... donnent-ils des fêtes, en Berri ?

— Ni plus ni moins qu'ailleurs, je suppose ? Les Berrichons sont gens de tradition, nous avons déjà nos fêtes traditionnelles, celles des maîtres et celles des paysans.

— Est-ce que...

La voix de Beaumarchais entamant sa romance la fit s'interrompre :

— Je vous laisse écouter, dit-elle vite.

Il se pencha vers elle :

— N'alliez-vous pas me demander si certaines de ces fêtes se donnaient à Verte-Fontaine ?

— Si, lui avoua-t-elle, ravie d'être devinée.

— On a donné beaucoup de fêtes à Verte-Fontaine, du temps que mes sœurs étaient jeunes, chuchota-t-il, et dans sa mémoire flottait une grande maison en couleurs d'été, pleine d'un bruyant débordement de joie. On a donné beaucoup de fêtes à Verte-Fontaine, répéta-t-il. Maintenant...

Elle attendit la suite avec ses yeux grands ouverts sur lui, et dans ce grand appel bleu il laissa fondre son cœur :

— Maintenant, à Verte-Fontaine il manque une marquise de Roquefeuille, acheva-t-il, la voix tout près de son oreille.

Louison frissonna. Depuis que l'abbé de Véri avait formé le projet de l'unir à son ami Roquefeuille, souvent son beau-père jouait à l'appeler « marquise » et elle-même se parait du titre devant son miroir, mais c'était la première fois qu'une voix lui donnait le poids de la réalité. Le nom du marquis s'était posé comme un châle de soie sur son cou nu.

M. de Roquefeuille venait de lui demander sa main, elle n'en doutait pas et mourait d'envie de la lui donner, pour devenir dans l'instant presque marquise. Enfin rassuré le sang des Conti lui gazouillait dans les veines, pressé de retrouver son rang.

Roquefeuille l'avait vue frissonner. Il comprit par grâce, divine peut-être, que le froid ou la romance n'y était pour rien. Un geste lui vint, irrésistible parce qu'il avait trop souvent caressé de sa loupe les boucles brunes du portrait de Greuze : d'une main pieuse il effleura le lourd paquet d'anglaises qui tombait dans le dos de la jeune fille. Louison ne sentit pas le toucher mais perçut le geste et leva de nouveau sur lui son regard, qui acceptait l'hommage. Le marquis en fut au bord des larmes. Bouleversé, il se traitait en vain de triple sot pour tenter de se remettre dans son assiette ordinaire ; au fond, il n'aurait renoncé pour rien au monde à son émotion du moment, et surtout pas pour sa paix d'hier. Beaumarchais, là-bas, dans une brume dorée, filait sa chanson en se servant de ses arpèges, qu'il tirait avec de grands effets de mains, pour faire scintiller le diamant de son auriculaire.

La complainte de Chérubin eut le succès qu'elle méritait. Le public environna l'auteur, l'applaudit, l'encensa, le sucra de louanges. Beaumarchais, épanoui dans un sourire immense, buvait du lait.

Louison et le marquis s'étaient aussi rapprochés de l'artiste.

— Maintenant, me direz-vous quelle sera la surprise ? redemanda Lauraguais à Louison.

— Écoutez donc ma mère, dit-elle.

Les « chut ! » arrivés de plusieurs côtés avaient fini par isoler Marianne dans un rond de silence. Alors elle dit, d'un ton religieux :

— Garat va venir chanter.

Elle ajouta, par-dessus le pépiement de plaisir qui saluait son annonce :

— Il ne tardera pas, car je sais que plus tard il doit aller se faire entendre au Palais-Royal.

— Et il n'a pas encore tout à fait assez de fatuité pour

oser faire attendre Monseigneur *, compléta Mme de Genlis.

— Cela viendra vite, assura Lauraguais. Notre adoration le pourrira vite.

Roquefeuille s'agaçait un peu chaque fois qu'un propos lui rappelait qu'il débarquait de sa province.

— Le renom de monsieur Garat n'est pas encore venu jusqu'en Berri, dit-il un peu sèchement.

— N'en soyez pas surpris, nous venons à peine de l'inventer, dit Lauraguais. Garat a vingt ans et ne fait qu'arriver de Bordeaux. Il ne lui a fallu qu'un soir pour nous griser. La Reine l'a déjà demandé à Trianon, et toutes ces dames en sont folles : il n'a qu'à jeter le mouchoir. Il faut dire que sa voix tient du miracle, c'est la voix d'un ange, elle ensorcelle.

— Ces dames, alors, doivent être déçues, la voix d'un ange sort assez couramment du gosier d'un castrat, lui murmura plaisamment le marquis.

— Non, lui, c'est pour une autre raison qu'il ne ramasse pas les mouchoirs, dit Lauraguais bien haut, sans souci des oreilles de Louison. Il étudie chez la Dugazon et elle l'épuise. Dès qu'un beau garçon fait du solfège chez la Dugazon elle lui enseigne les soupirs, rien que les soupirs et jamais les pauses ! Allons donc, mon cher, suivons la foule, vous voyez qu'elle court toute au salon de musique. Garat n'y est pas encore mais c'est à nous de l'y attendre, aujourd'hui les artistes sont nos rois et nous sommes à leur botte !

Dans un gros bruit de voix, de soies et de chaises remuées, la petite société bien nourrie et bien abreuvée prenait place devant l'estrade. Un des deux plus jeunes hommes de l'assemblée grimpa les trois marches pour s'asseoir au clavecin, où il commença d'essayer des gammes avec une remarquable vélocité.

— Qui est-ce ? demanda Roquefeuille. On ne me l'a pas présenté.

— Oh ! ce n'est personne, dit Lauraguais. Il s'appelle Meyras, le chevalier de Meyras. Ce n'est personne que vous

* Le duc de Chartres.

94

verrez partout. Provençal. Pauvre et sans intérêt, mais avec une si belle figure qu'il est toujours pris pour greluchon, et ses dames le promènent. Il sait se rendre utile, il touche le clavecin à ravir, et les dames aussi, à ce qu'il paraît. Pour le moment il est à la grosse Sennesse.

Le regard de Roquefeuille quitta le jeune officier pour la grasse Bruxelloise dont le trop-plein passait largement les bords de sa petite chaise blanche à rechampis d'or. Un valet lui avait avancé un guéridon et posé dessus un drageoir plein, dans lequel la comtesse picorait sans répit. Le marquis fit la moue :

— La dame n'est pas fort tentante, dit-il.

— Que si ! dit Lauraguais. Elle passe pour la plus riche des Bruxelloises. Veuve et joyeuse. Avec son fils unique elle brasse d'énormes affaires de finance, à cheval sur plusieurs pays. Notre hôte de ce soir la tient pour un génie dans l'art de manier l'argent, il est d'ailleurs de ses intimes — j'entends pour les jeux de bourse. La dame est certes un gros morceau, mais d'or massif.

Lauraguais eut un coup de menton vers la scène où le second jeune homme, grimpé lui aussi sur l'estrade, se penchait sur l'épaule du chevalier pour l'entretenir tout bas :

— Quand on veut Meyras pour greluchon il faut prendre avec le giton du greluchon et il coûte cher, il joue sans retenue, poursuivit-il. Le comte de Silly a son charme, c'est un ancien page de la Reine, très peu discret. À l'occasion, il ne refuse pas de servir au lit hors de ses goûts. Il est à madame Prévost depuis bientôt six mois. Un joueur ne boude pas la femme d'un trésorier général.

Roquefeuille soupira et reprit de l'air, longuement, comme pour se rincer. Un peu d'écœurement flottait en lui. Avec ses potins et ses anecdotes volontiers salaces, Lauraguais lui gâtait le climat d'idylle où l'avait plongé la jeune fille de Greuze. Il jeta un coup d'œil sans aménité à Mme Prévost parce qu'elle se conduisait en Parisienne de son temps. « Je suis vraiment devenu un vieux provincial, voilà que je ne supporte plus le ton de Paris », pensa-t-il, mécontent de lui. Se découvrir bégueule et s'en agacer lui donnait l'envie d'emmener Louison, vite, loin du faubourg

Saint-Honoré. Pendant toute une minute il l'imagina dans la robe de simplicité blanche de son portrait, marchant à son côté dans la grande allée des tilleuls, sous le ronflement des abeilles, au beau temps où les fleurs lâchent leur parfum sur les promeneurs. Saurait-il lui apprendre, à cette citadine, les bonheurs discrets de sa campagne ? Ces plaisirs qui n'ont pas de prix mais seulement des couleurs, des senteurs, des musiques de printemps ou d'été, d'automne ou d'hiver.

— Pardon, monsieur le Marquis, lui dit une voix respectueuse.

Il lâcha le dossier de la chaise où il s'appuyait, s'écarta pour ne plus gêner le valet qui arrangeait les sièges et se retrouva ainsi près de Louison, trop près pour pouvoir continuer de la rêver autrement qu'elle n'était cette nuit, rose et blanche, toute pétillante dans sa robe de soie au milieu d'un décor de fête. Pour l'instant elle riait avec Solange et Beaumarchais, tous les trois pouffaient de joie parce qu'ils venaient d'apprendre, de Mme de Genlis, qu'elle avait pris un danseur de corde pour faire enseigner l'équilibre à ses élèves afin qu'ils pussent, à l'occasion, emprunter des sentiers de montagne sans s'y rompre le cou.

— Elle est folle à mettre aux Petites-Maisons, dit Beaumarchais.

— Elle est folle d'être femme puisqu'elle a des idées nouvelles, dit Louison. Femme, moderniste, et gouverneur des princes par-dessus le marché ! c'est trop pour qu'on lui pardonne !

— Princesse, après avoir bien ri vous n'allez pas vous mettre à défendre une femme qui ne m'aime pas ? dit Beaumarchais.

— Ami Charmant, je ne suis pas sûre qu'elle ne vous aime pas de temps en temps, dans vos meilleurs moments.

— Elle me déteste ! Elle me déteste par ricochet, pour complaire au duc son maître, dit Beaumarchais en s'adressant surtout au marquis. Le duc m'en veut mortellement de le contrer chaque fois qu'il fait courir des infamies contre la Reine. Je lui rends chanson pour chanson, pamphlet pour pamphlet, et comme ma plume est meilleure que la sienne... Ah ! mais voici notre phénix...

Une traînée de murmures accueillait l'entrée du jeune Garat. Le Bordelais sauta lestement sur l'estrade, salua son public et commença de s'accorder à mi-voix avec le chevalier de Meyras, qui l'accompagnerait. Le public, lui, achevait de s'installer comme pour entendre une messe, avec des chuchotis et des airs d'attendre une pâture céleste.

Roquefeuille et les deux jeunes filles s'étaient assis là où ils se trouvaient. Devant eux, Mme d'Oberkirch et Mme de Vergennes baissèrent le ton et pressèrent la parole pour terminer vite leur conversation.

— Ainsi, à ma place, vous déconseilleriez ce mariage ? disait Mme de Vergennes. Il aurait pourtant ses avantages. Mademoiselle Rochemont est fort riche et mon neveu fort gueux.

— Madame, je vous ai donné mon sentiment, dit Mme d'Oberkirch. J'ai la faiblesse, si c'en est une, de priser ce que nos esprits forts d'aujourd'hui appellent des niaiseries. J'ai une fille, et si la Providence m'accorde un gendre j'exigerai d'abord de lui une haute naissance, et sans tache, car il y a remède à tout, sauf au manque de naissance. Que l'argent puisse désormais remplacer la naissance, croyez-moi c'est une idée de Paris, qui n'a plus cours dès qu'on en sort.

Louison s'était figée contre son dossier, les yeux fixes, les mâchoires serrées, les mains soudain lourdes sur sa robe. Une rage sans force, molle et moite, l'avait envahie. D'un mouvement brusque qui faillit renverser sa chaise elle se dégagea d'entre ses voisins et, sans un mot pour eux, se sauva du salon presque en courant.

Solange n'osait pas regarder le marquis. Tous deux avaient parfaitement entendu le propos de l'Alsacienne.

— Je vais voir, murmura la jeune fille sans tourner la tête. Je l'ai vue prendre un peu de vin à table alors que, d'ordinaire...

— Demeurez, mademoiselle, je vous en prie, coupa Roquefeuille en l'empêchant de se lever. Demeurez. J'irai voir moi-même.

De valet en valet il suivit la fuite de Louison jusqu'au premier étage, jusqu'au seuil de son boudoir.

Elle s'appuyait du front contre une vitre de sa fenêtre, une main posée sur l'espagnolette, l'autre bras abandonné le long de sa jupe. On avait laissé un bougeoir allumé sur le plateau de porcelaine d'une table à déjeuner, mais c'était dans la grande blancheur froide de la lune qu'il la voyait, découpée en sombre soyeux sur la nuit claire. Il entra dans le boudoir, prit le bougeoir et ralluma les candélabres de la cheminée. Les belles couleurs de la tenture parurent, se mirent à chatoyer.

— Voilà de la lumière plus gaie. Le clair de lune ne vaut rien contre les maux de cœur, dit Roquefeuille de sa paisible voix mélodieuse.

Il la vit porter un mouchoir à son visage, l'entendit prendre une vaste inspiration avant de se retourner. Le bleu de ses yeux étincelait.

— Monsieur, il ne fallait pas vous déranger, dit-elle sans aménité. Redescendez écouter Garat, il en vaut la peine et je n'ai besoin de rien. Simplement, tout à coup je ne me suis pas sentie bien, je ne sais pourquoi.

— Moi, je le sais, dit le marquis.

Une bourrasque de colère secoua la jeune fille. Elle se doutait bien que le marquis avait entendu Mme d'Oberkirch, mais ne supportait pas qu'il semblât vouloir l'en consoler. Certes il avait l'air bon, mais l'Alsacienne avait aussi l'air bon, sans pour autant se priver du droit de piétiner l'orgueil des autres, de ceux qui n'avaient pas eu la chance de naître comme il le fallait. Des larmes jaillirent en force des yeux bleus, qu'elle ne chercha pas à masquer, et elle cria presque :

— Je le sais aussi, monsieur, et je préfère le dire moi-même ! Je sais que vous n'êtes pas venu pour m'épouser, mais pour épouser la belle-fille de monsieur Marais. Je sais que je suis une bâtarde et qu'il faut beaucoup d'or pour effacer cette tache, et que monsieur Marais vous le donnera pour que vous me fassiez marquise, je le sais ! Mais je ne suis pas prête, en sus, à m'en excuser ! Je ne suis pas prête à porter votre nom avec humilité et une reconnaissance de tous les instants, comme si je devais remercier le ciel et vous d'avoir consenti à me faire marquise de Roquefeuille en dépit de mon indignité! Et je vous prie, monsieur, de ne pas sourire, je ne suis pas en train de vous donner un divertissement. Mon franc-parler vous choque assurément. S'il vous déplaît par trop repartez au galop pour Verte-Fontaine, mon beau-père m'achètera un autre marquis!

Accoudé à la cheminée, Roquefeuille n'avait pas bougé pendant la tirade et continuait de l'envelopper dans son bon sourire.

— Ai-je maintenant la parole? demanda-t-il quand elle s'arrêta hors d'haleine, étouffée par ses larmes de rage.

Elle fit oui d'un coup de tête et se moucha sans aucun souci d'élégance. Il se rapprocha d'elle un peu, lui tendit son mouchoir à bout de bras:

— Le mien est plus grand...

Égoïstement, il éprouvait une joie profonde: son gros chagrin d'enfant les jetait dès le premier soir dans une intimité sans apprêt.

Elle acheva de se tamponner les yeux.

— Pardonnez-moi, dit-elle enfin en torturant à deux mains ses mouchoirs mouillés. Je me suis énervée.

— Bien inutilement. Mais sans dommage. Les pleurs vont bien au bleu de vos yeux, ils en font de la soie.

Le compliment la calma un peu.

— Je... Ne m'avez-vous pas demandé la parole? Pour quoi me dire?

— Ah, soupira-t-il.

Il prit un long temps pour chercher des mots qui pourraient exprimer l'inexprimable, et bien sûr il n'y en avait pas, il devrait se contenter de parler intelligiblement:

— J'ai vécu trois mois avec votre portrait, commença-t-il, et chaque jour il me donnait une espérance plus douce et un peu plus d'angoisse. Croyez-moi, la crainte de me mésallier ne m'a jamais effleuré mais la peur d'être refusé m'était constante. Vous êtes si belle, et d'une beauté qui me touche tant... Peut-être savez-vous par monsieur de Véri que je suis un grand amoureux de la beauté? Qui peut se flatter de mériter la possession d'un objet de beauté? On a plus de chances de le manquer que de l'avoir. Votre parrain me pressait de venir à Paris et je ne m'y décidais pas. Tant que vous n'aviez pas dit non je demeurais dans l'anxiété mais je gardais mon rêve.

Il s'interrompit d'un petit rire avant de poursuivre :

— Je prends, je l'avoue, grand soin de mes rêves, ils m'ont souvent rendu plus heureux que la réalité, et rêver de vous me comblait de bonheur. Votre image avait trouvé sa place dans ma bibliothèque, où je me tiens le plus souvent. Elle l'habite très bien. Chaque fois que j'ouvre la porte mon regard tombe sur votre robe blanche qui vole au vent. Je m'approche, je vous souris, je cherche vos yeux, et une fois de plus je prends ma loupe pour tenter d'en démêler les bleus et les gris, ou pour rendre plus vifs les fils d'or que vous avez aux tempes. Un jour...

— Un jour ?

— Un jour je me suis amusé à vous chercher une autre place, dans le grand salon, parmi les dames de Roquefeuille. Quelques-unes ne sont pas vilaines, mais vous étiez sans peine la plus belle. Ce matin-là je vous ai rêvé chez moi un avenir plus sûr que d'ordinaire. Pourtant je ne vous ai pas laissée dans le grand salon. On est superstitieux en Berri, et vous n'aviez pas encore dit que vous vouliez être une dame de Roquefeuille.

Il ajouta très bas :

— Vous ne l'avez toujours pas dit.

Il y eut un silence, puis elle murmura, méfiante encore parce que encore humiliée :

— Vous me dites tout cela, toutes ces choses aimables, parce que j'ai pleuré et que vous êtes bon.

— Non, puisque tout à l'heure déjà, je vous en ai dit l'essentiel. Souvenez-vous. Avant souper, quand nous regardions ensemble les étoiles vous ne pleuriez pas, et ne vous ai-je pas dit que j'étais amoureux ?

Un petit sourire fragile naquit à Louison. Elle dit :

— J'ai pris cela comme je l'entendais, pour une galanterie polie. Votre ton était celui du marivaudage.

— C'est qu'à mon âge, mademoiselle, on ne se risque

pas à dire sérieusement je vous aime avant d'être sûr qu'on n'en rira pas.

Toute son impatience de femme en fleur revint d'un bond à la coquette :

— Je n'en rirai pas, dit-elle.

Il lui tendit sa main grande ouverte sans pouvoir croire qu'elle y placerait la sienne, et elle le fit.

Dans sa main refermée la main légère au toucher de satin tremblait aussi fort qu'un petit corps d'oiseau prisonnier, et le marquis ne valait guère mieux que la petite main troublée. Il n'était plus nulle part, sauf devant la jeune fille de Greuze devenue la seule réalité du monde. Il n'avait plus de voix, plus de jambes, plus de tête, il n'était plus qu'un cœur battant et une main brûlante qui serrait un trésor. Enfin il réussit à retrouver assez de salive pour articuler « Je vous aime », et assez d'esprit pour lui baiser la main.

La passion mise dans le baiser fit frémir Louison. Elle ne se dégagea pas vite, retira sa main très doucement, comme à regret, et Roquefeuille dut résister violemment à son désir de la prendre dans ses bras.

— Peut-être voulez-vous vous asseoir ? finit-elle par demander, ne sachant que dire.

Le marquis avait changé de place sans nécessité, comme pour sortir d'un cercle magique.

— Je crois que nous devrions plutôt redescendre, dit-il. Monsieur Garat sans doute n'a pas fini de chanter, notre absence sera passée inaperçue.

— Redescendez donc d'abord, dit-elle. Je dois m'arranger un peu. Suis-je très abîmée ?

— Vous êtes affreuse, lui dit-il avec une infinie tendresse.

— Monsieur...

Il s'arrêta de marcher vers la porte.

— Je sais que vous avez mon portrait, mais comptons-le pour rien. Et dans ce cas, se peut-il vraiment que vous ayez pris de l'amour pour moi au premier regard ? Est-ce une chose possible ?

— Je ne sais pas. C'est une chose qui m'est arrivée.

— Monsieur...

Il s'arrêta encore.

— Je suis certaine que mon beau-père refusera que je sois mariée avant mes dix-sept ans, et je ne les aurai qu'en septembre.

Cette fois il se mit à rire :

— Je vais adorer vous attendre, dit-il, sa bonne voix mélodieuse retrouvée.

— Ah oui ? fit-elle, étonnée. Vous aimez au premier regard et ensuite vous adorez attendre ?

— Oui. Mais je ne pense pas qu'on puisse le comprendre à seize ans.

— Seize ans et demi, corrigea-t-elle vivement. J'ai seize ans et demi.

— Mon Dieu ! soupira-t-il, ne me le répétez pas trop !

Il était près de deux heures du matin quand l'abbé de Véri et le marquis se retrouvèrent dans la cour de l'hôtel Marais. Il n'y restait plus que trois voitures.

— Si vous le voulez bien, plutôt que de rentrer avec vous je marcherai un peu, dit le marquis.

D'un ordre bref l'abbé signifia à son cocher qu'il eût à aller les attendre plus loin, à l'entrée du pont Royal.

— J'irai avec vous jusque-là, dit-il en revenant à son ami. Une marche me sera bonne aussi. La nuit est claire et douce, et nous avons beaucoup mangé. Aviez-vous jamais goûté d'aussi succulents plats de poissons ?

— Le souper de notre hôte n'est pas ce qui me pèse, mon estomac se porte au mieux, dit le marquis. C'est ma tête, que j'ai fort besoin d'aérer !

— Vous avez décidément perdu votre endurance, dit l'abbé. Trop de bruit ?

— Trop de charme, dit le marquis à voix tendre.

— Ah, fit l'abbé.

Il avait un sourire content.

— Elle est bien belle, n'est-ce pas ? Autant que son portrait ?

— Monsieur, je ne sais déjà plus ce qu'elle est pour d'autres yeux que les miens.

Il aurait voulu ne rien dire de plus mais son compagnon était un prêtre, et l'amour le dilatait, le poussait vers les délices de la confession sentimentale.

— Savez-vous, monsieur, que voilà le second printemps de ma vie qui me démange le cœur? commença-t-il en ralentissant son pas. La première fois j'ai vécu ma fièvre à Bourges, j'avais vingt ans, ma folie était brune avec des yeux vert de mousse, et elle m'a laissé dans l'âme, une fois estompée la douleur de l'avoir perdue, une cicatrice douce à toucher, et même plutôt gaie. Comme tout à l'heure j'avais alors senti ma vie basculer dans un autre monde en la regardant, un monde neuf, couleur de rose. Hélas mon père m'avait remis les pieds sur terre à force de bourrades et, avec le temps, je ne m'en suis pas trouvé mal : j'avais ma vie devant moi, pleine de possibles revanches, et je ne savais pas encore que l'amour fou est un oiseau rare. Aujourd'hui j'ai presque l'âge qu'avait mon père quand il me ramena à la raison, mais je ne lui ressemble pas, je ne ferai rien pour me priver de mon second printemps. Je retombe amoureux sur le tard, fort bien, au lieu de fuir je courrai la belle aventure, je vois bien que j'y cours déjà sans peur, sans même la peur de n'avoir pas peur — c'est terrifiant !

— Vous me faites rire, dit l'abbé. Enfin, je ris de bon cœur, et je vous absous. Aimer la beauté qui vous apportera un demi-million de dot ne mérite pas pénitence. Votre père même, cette fois, trouverait votre idée bonne. Pour ma filleule aussi vous faites bien d'aimer, elle n'a pas une mine à vouloir bouder l'amour.

— Ah! monsieur, une fille aussi jeune ne cherche pas l'amour, elle cherche un roman. Ai-je l'air d'un héros de roman ?

— Je vous vois, en tout cas, tout à fait capable de romanesque ! De reste, il m'a paru que Louison vous regardait de temps en temps avec des yeux qui ne disaient pas non ?

Roquefeuille n'hésita qu'une seconde, l'heure n'était pas aux cachotteries :

— Elle a dit oui, murmura-t-il, si bas que l'abbé entendit mal et le pria de répéter.

— Elle consent, dit le marquis plus haut.

— Elle consent à quoi ?

— Elle m'a donné sa main.

— Elle vous a... quoi ?! s'exclama l'abbé, suffoqué.

— Pardonnez-moi, dit le marquis. J'ai eu l'occasion de me déclarer, je me suis déclaré et elle m'a donné sa main. Si je vous disais que je m'en repens je vous mentirais.

— Enfin, monsieur, dit l'abbé vraiment fâché, enfin, monsieur, passer ainsi par-dessus ma tête, par-dessus celle du beau-père, et celle de la mère !

— Monsieur, je vous en ai demandé pardon, dit le marquis. J'ai tort, ma conduite m'a... échappé. Et pis est, j'en suis heureux.

— Je suis bien forcé de vous pardonner, grommela l'abbé. L'idée de ce mariage vient de moi, je ne vais pas vous en vouloir de la faire réussir au galop. J'espère seulement que Louison n'ira pas rapporter la chose à monsieur Marais avant que je l'aie revu pour engager plus convenablement l'affaire.

Il se tut un instant, reprit brusquement, avec un regain de véhémence :

— J'ai tout de même grand-peine à excuser votre hâte. Pouvais-je imaginer qu'à votre âge, et tranquille comme je vous connais, vous alliez prendre feu comme un étourdi de vingt ans ?

— Monsieur, j'ai plaidé coupable, ne m'accablez pas, je me sens innocent, dit le marquis avec un sourire désarmant.

L'abbé le contempla et secoua la tête :

— Vous avez vraiment pris un coup de lune, dit-il avec une indulgence retrouvée. Ces pleines lunes de printemps sont dangereuses. Ce sont les lunes des alchimistes, elles ont des vertus excitantes. Le lapin le plus casanier sort de son terrier pour courir batifoler, et le vieux garçon aussi, apparemment. Et moi qui pensais que les mœurs amoureuses de notre époque avaient fini par démoder l'amour !

Le marquis ne répondit que par un rire léger. Maintenant qu'il avait avoué il s'occupait tout à promener son amour de Louison dans la nuit de Paris. Bien qu'elle fût presque blanche, un valet de l'abbé avait lâché le carrosse pour marcher devant eux avec un falot, qu'il balançait au rythme guilleret de sa chanson. Le falot, parfois, faisait un grand tour au bout de son bras, et sa lumière, un instant, allumait des chandelles fleuries dans la sombre verdure des marronniers des Tuileries. La fraîcheur du serein était tombée sur le jardin, l'air un peu humide se déposait sur les joues avec le poids glissant d'un velours. Par bouffées, des buis des massifs montait vers eux la bonne odeur amère que le soleil du jour renfonce dans leurs feuilles. La nuit aussi avait de la sensualité, comme exprès pour s'accorder aux rêves du marquis.

Ils allèrent jusqu'au pont Royal sans plus échanger un seul mot.

— Eh bien, dit l'abbé en s'asseyant dans son carrosse, j'irai parler pour vous demain. C'est trop précipité, mais il le faut bien.

— Merci, dit Roquefeuille.

Il retomba dans son silence enchanté et l'abbé dans son plan de négociation.

Ils arrivèrent rue des Saints-Pères, montèrent le grand escalier qui menait à leurs chambres.

— À propos, dit l'abbé, comment verriez-vous la chose?

— La chose?

— Votre mariage! Quand le verriez-vous?

— Quand elle le voudra.

— Naturellement, ironisa l'abbé. Et je suppose qu'au train où vous allez, la nuit de demain vous irait?

— Peut-être pas? Peut-être ai-je envie de la désirer plus longtemps? De toute façon mes nuits prochaines seront délicieuses, j'aurai des insomnies et beaucoup d'imagination pour les meubler.

L'abbé leva les yeux au ciel:

— Vous délirez d'un ton si paisible que la maladie doit être grave: un fou à l'air sage inquiète toujours beaucoup les médecins. Je vais vous faire porter du tilleul, vous en avez besoin.

— Je vous assure, monsieur, que votre tilleul ne me servira de rien contre Louison, dit en souriant le marquis. Je la vois mieux encore les yeux fermés que les yeux ouverts. Croyez-vous qu'elle ne m'ait pas laissé son image sous les paupières ?

7

Louison dormait encore. Mme de Treille entra chez elle et tira les rideaux. La lumière déjà vive envahit la chambre, une tache de soleil s'étendit sur la courtepointe, monta lécher les mains de la dormeuse.

— Nooon..., gémit-elle en se retournant vers le mur, ses mains brusquement retirées sous le drap.

— Allons, Louise, allons, paresseuse, debout! dit Treille en lui secouant l'épaule. Il est très tard, il est huit heures.

— Madame, votre voix me fend la tête, vous savez bien que je ne l'ai pas solide le matin, grogna Louison en se calant à regret contre ses oreillers, les paupières encore crispées sur la douceur de la nuit. Ce n'est pas dimanche?

— Même si c'était dimanche... Il est huit heures, répéta Treille. Madame de Maintenon, quoique reine ou presque, entendait chaque jour la messe de six heures.

Suzanne offrait à sa maîtresse son déshabillé de coton blanc:

— Réveillez-vous, mademoiselle, j'ai hâte que vous me racontiez le marquis, chuchota-t-elle en enfilant les bras de Louison dans la mousseline.

— Le marquis, murmura Louison, la mine déchiffonnée soudain.

Elle ouvrit les yeux. Sa gouvernante s'était posée en face d'elle sur un tabouret, le dos raidi, les sourcils joints, s'apprêtant sans nul doute à lui faire un sermon. Louison lui décocha un grand sourire:

— Puisque les presque reines se lèvent à six heures, madame, je me réglerai donc sur les marquises. J'en connais qui se lèvent tard.

— Encore faudrait-il d'abord qu'on vous fît marquise et je doute que vous en preniez le chemin, dit rudement Treille.

Les Roquefeuille, mademoiselle, ne sont pas de petite noblesse. Il y a des os de plus de quatre siècles dans leurs tombeaux, alors je ne sais trop comment leur descendant aura jugé les manières d'étourdie que...

— Rassurez-vous, madame, ses grands os n'ont point tremblé de dégoût à ma vue, coupa Louison d'un bec suave. Croyez-moi, madame, la chose est faite, je l'épouse dans six mois.

— Quoi! s'exclama Suzanne, quoi, c'est conclu, décidé, arran...

— Suzanne, ne vous mêlez pas de cela! trancha Treille. Et vous, Louise, ne dites pas n'importe quoi dicté par votre vanité, comme trop souvent. Et levez-vous.

Son ton demeurait net, mais elle observait Louison d'un œil indécis. La faisait-elle enrager? Devait-elle la croire un peu?

Assise au bord de son lit, les mains accrochées à sa couche défaite, Louison balançait dans le vide ses pieds encore nus. Elle avait perdu son bonnet de nuit, le chatoyant torrent de ses boucles emmêlées lui mangeait la moitié du visage et roulait dans son cou avant de se séparer en gros ruisseaux noueux sur sa poitrine et son dos. Suzanne n'avait pas bien fermé le déshabillé, la fine chemise bâillait par en dessous, ses rubans à l'abandon, une épaule tombée qui dénudait un sein, dont on apercevait la framboise pâle piquée dans la peau de lait.

— Levez-vous, redit Treille. Et arrangez-vous convenablement. Vous êtes en plein désordre.

Elle ajouta, volontairement caustique :

— Puisque vous vous voyez déjà marquise de Roquefeuille, prenez-en déjà les façons. Vous laisserez-vous aller ainsi devant vos gens, ou devant votre époux ?

— Oh! madame, vous savez très bien que l'époux au moins en serait charmé, dit la voix encore sommeillante mais déjà rieuse de Marianne. Le tableau est exquis, on croirait un Frago.

— Monsieur Fragonard n'est pas mon peintre favori, dit Treille en regardant l'arrivante sans indulgence.

Marianne appuyait sa nonchalance au chambranle de la

porte ouverte, et elle non plus n'était pas tellement bien nouée dans son grand manteau de lit rose mourant écumant de blonde. Du soleil, joyeusement, se concentrait dans le cœur d'or qu'elle portait au cou.

— Maman, vous aussi êtes très belle encore le matin, dit tendrement Louison.

— Ma foi, oui, encore, décida Marianne qui s'était souri en passant devant le miroir de la cheminée. Grâce au rose nous pouvons encore nous montrer le matin. Le rose débrouille le teint. Suzanne, je prendrai mon chocolat ici. Et faites-moi d'abord monter une tasse de café. Dieu que j'ai mal dormi!

— La tante Prévost? interrogea Louison.

— Naturellement, dit Marianne. Je la couche volontiers quand la soirée se termine tard, mais elle est si mauvaise coucheuse que je finis toujours dans la ruelle, alors autant sortir du lit qu'en tomber.

Mme de Treille pinça les lèvres. Elle détestait que Mme Prévost restât passer la nuit chez Mme Marais. Que deux femmes de financiers fussent des amies intimes n'était pas étonnant, mais l'amitié de celles-ci datait du temps où leurs hommes ne les épousaient qu'à la petite semaine. Et Treille n'aimait pas savoir que sa maîtresse trouvait sans doute du plaisir à ressasser sa vie de courtisane au creux de son lit chaque fois que la Prévost s'y glissait. Cela ressemblait à une trahison envers le bon M. Marais, qui la payait si bien pour bien gouverner ses femmes.

— Ainsi, madame Prévost est demeurée? jeta-t-elle sèchement. Devrai-je me préoccuper de son déjeuner... sur le coup de midi?

— N'en faites rien, je suis sûre qu'elle nous rejoindra dès l'œil ouvert, la solitude la tue, dit Marianne. Suzanne, vous demanderez du chocolat pour trois, avec une chaufferette et de la brioche.

— J'ai à descendre un moment, je demanderai cela moi-même, dit Treille. Aussi bien, je suppose que Louise ne sera pas fâchée d'entretenir Madame dans l'intimité? ajouta-t-elle d'un ton amer, et elle sortit sans daigner attendre la réponse ni tourner la tête.

Louison sauta au cou de sa mère :

— Maman, je vous adore ! J'échappe au caillé pour un matin.

Marianne embrassa sa fille comme on prend une grosse goulée d'une bonne chose quand on a très faim. Cette chair-là aussi était la sienne et elle avait encore seize ans et un bon goût d'enfance tiède à peine échappée de ses draps, cette bonne odeur spontanée, savoureuse, légère, que le temps surit.

— Voilà que nous avons encore mis Treille de mauvaise humeur, soupira-t-elle d'une voix résignée.

— Le matin, c'est sa faute, dit Louison. Elle est vraiment rêche, le matin.

— Que veux-tu, c'est une femme qui se lève tôt et qui se lave tout de suite, dit Marianne.

— Une femme honnête se lève tôt, récita Suzanne.

— Bien, c'est vrai, oui, dit Marianne comme si elle y croyait. Tout de même, chez une femme l'honnêteté peut bien être un peu... un peu souple.

Elle répéta :

— Il faut un peu de souplesse dans l'honnêteté d'une femme, comme pour se faire confirmer la chose par Mme Prévost, qui entrait dans la chambre au même instant.

— Si c'est pour moi que vous prêchez, vous prêchez une convertie, dit la dame en s'asseyant. Ma douce, vous m'avez réveillée en me laissant seule pour dormir. J'adore prendre tout le lit, mais seulement quand je peux le prendre à quelqu'un. De quoi parliez-vous ?

— De Treille, dit Marianne. Nous sommes fâchées de ne pas toujours lui plaire.

— Ma douce, vous ne le pourrez jamais, et ni moi ni personne, dit Mme Prévost. Voilà une femme qui n'a jamais résisté à la tentation de se refuser un plaisir : comment n'en voudrait-elle pas à la terre entière ?

Marianne sourit :

— Il faut bien qu'il y ait des vertus. Il faut bien des gouvernantes pour nos filles.

— Je suis comme Lauraguais, le mot vertu me fait rire

et je ne lui connais que trois francs usages : vertubleu, vertuchou, vertugadin ! dit Mme Prévost.

Louison et Suzanne se mirent à rire, et Marianne contempla son amie avec bonne humeur.

Marie-Madeleine Prévost était un boute-en-train très agréable à vivre. Moins grande, moins sculpturale, moins belle que Marianne et dans son passé et dans son présent, elle gardait encore beaucoup de la joliesse gaie, blonde et piquante qu'elle montrait naguère aux abonnés de la Comédie-Italienne. Ses clairs cheveux vaporeux, ses yeux bleu vif un peu saillants, son nez retroussé, sa petite bouche de poupée au rire facile, sa vivacité, sa voix ronde enjouée, son corps amène de soubrette de comédie aux mains soyeuses, tout cela avait beaucoup plu, et sur le théâtre et dans la coulisse. Ses charmes et les beautés de Marianne s'étaient rarement disputé les mêmes amateurs, si bien qu'elles ne se haïssaient pas même au temps où leurs équipages guerroyaient aux courses de Longchamp à quel serait le mieux doré, harnaché, empanaché, le plus scandaleusement princier, bref, le plus ruineux pour le payeur du jour. Et maintenant elles s'aimaient bien. Elles étaient l'une à l'autre leur jeunesse folle. À oublier certes, et à faire oublier, mais si bonne à ressentir, l'espace d'un clin d'œil, dans le huis clos de leur complicité.

— Mado, je suis toujours contente de vous voir, pourtant, cette fois, vous arrivez trop tôt, dit Marianne sans façon. Retournez-vous-en au lit.

— Point, dit Mado en s'installant mieux sur le canapé. J'ai porté cette enfant à ondoyer, l'oubliez-vous ? Je veux être aux confidences.

— En tout cas, moi, je ne puis quitter, dit vivement Suzanne, qui s'était mise à démêler les cheveux de sa maîtresse.

— Bien, bon, fit Marianne. Alors, Louison, ce marquis ?

Dans le miroir de la coiffeuse l'image de Louison baissa les yeux sur son sourire clos.

— Ah ! non ! s'impatienta Marianne. Ne continue pas tes mystères. Déjà, quand je suis venue te voir avant de me coucher tu as fait semblant de dormir. Pourquoi ? Monsieur de Roquefeuille te déplaît, tu n'en veux pas ? C'est cela ?

L'image de Louison releva un regard brillant :

— Il me plaît et je le prends, dit-elle.

Elle avait réussi son effet : ses visiteuses, saisies, perdirent deux pleines secondes avant d'ouvrir le feu croisé de leurs questions. Suzanne dut presque crier la sienne une seconde fois pour qu'on voulût bien l'entendre :

— Vous le prenez, fort bien. Mais lui, mademoiselle, vous prend-il aussi ?

— Suzon, ma mie, regardez mieux qui vous coiffez : l'a-t-on faite pour être refusée ! s'exclama Mado.

— Allez, va, raconte, dit Marianne.

— Maman, si je pouvais placer un mot...

— Qu'il se soit déclaré ainsi, c'est charmant pour Louison, dit Marianne.

La jeune fille n'avait pas avoué toute la vérité, rien que la vérité. Le propos de la baronne d'Oberkirch l'avait trop blessée pour qu'elle le répétât, elle avait transformé l'histoire à son goût.

— Oui, c'est charmant. Cela laisse bien augurer de la suite, dit Mado en se recoupant une tranche de brioche.

Les deux dames déjeunaient sans Louison, qui venait de passer avec Suzanne dans son cabinet de toilette.

— J'espère, souhaita Marianne, qu'elle ne s'ennuiera pas avec lui. Il est un peu âgé, évidemment.

— Voyons, ma douce, vous savez très bien qu'à la longue, un homme rassis ennuie moins qu'un jeune homme.

— Vous me faites rire, dit Marianne en riant vraiment. Vous avez chez vous un homme rassis, mais vous prenez le petit Silly pour vous en distraire.

— Ne jouez pas à confondre exprès le ménage et le lit, dit Mado. D'ailleurs j'ai Silly surtout pour sa méchante langue. Et aussi pour ses jolies manières. J'ai tôt pris des habitudes dont je ne veux pas me priver. Pour me sentir bien il me faut à la fois vivre dans l'intimité de l'argent et dans l'intimité de la noblesse. J'ai épousé un trésorier, voilà qui va pour l'argent ; mais je n'ai point de fille, moi, pour m'allier à un marquis. La banque et la noblesse, je dois me les donner toutes en une.

— Oh ! Mado, murmura Marianne, assez choquée.

— Ma douce, Treille n'a pas manqué son coup, elle vous a rendue prude, dit Mado, amusée.

Elle ajouta après réflexion :

— Non, je suis injuste, vous avez toujours été prude. On est comme on naît, n'est-ce pas ? Je viens de chez une lingère en mansarde, et vous de chez les gros merciers. Je suis contente que Louison s'en aille du meilleur côté de sa naissance. Les nouveaux philosophes ont beau nous rebattre les oreilles avec leur invention de l'égalité, je vois bien que l'argent ou la noblesse restent le meilleur moyen qu'ait une femme d'être encore quelque chose après sa jeunesse. Si elle peut avoir légitimement les deux en ne s'étant donné que la peine de naître...

Un long silence s'établit entre leurs pensées vagabondes, voguant dans la douillette odeur du chocolat chaud et de la brioche au beurre.

— Je mange trop de brioche, dit soudain Mado. Je me revanche trop du pain sec de mon enfance.

Ses gros yeux bleus firent le tour du délicat décor de soie fleurie sur lequel perlait le soleil.

— Savez-vous, Marianne, que j'ai parfois du mal à croire que je suis moi quand je me réveille le matin dans la maison de monsieur Prévost, entourée de tous les luxes comme une féerie ? Je me demande si je réussirai à me sentir vraiment riche un jour ? Je veux dire : solidement riche ? Si souvent je me sens vivre dans une richesse fragile, affreusement précaire, comme autrefois. Comme si mon beau logis, mes robes, mes bijoux, mes chevaux, mes laquais. tout cela m'était prêté à la journée, jusqu'à minuit.

— Le théâtre vous reprend, dit Marianne en souriant. Vous voilà en train de me jouer le rôle de Cendrillon.

— Je suis une Cendrillon, dit Mado. Une miraculée. Avec moins de chance, ou moins de talent, je pourrais être en passe de finir à la Salpêtrière. Vous aussi.

— Cette fois, vous m'exaspérez ! dit Marianne, fâchée.

Allez-vous-en bêtiser chez vous. Pourquoi, de naturel si gai, trouvez-vous plaisir à vous inventer des malheurs ?

— Hé ! je vous l'ai dit vingt fois déjà : je souffre assurément d'une incurable pauvreté de naissance, qui me remonte parfois du fond des os. Se remet-on jamais d'avoir été pauvre, pauvre au point de savoir, à l'aube de chaque matin, qu'il faudra trouver quelques sous à gagner pour vivre jusqu'au soir ?

Là-dessus elle éclata de rire, sans transition. Son rire efficace de rieuse de métier, prolongé à belles dents, avait une rondeur contagieuse. Marianne se détendit :

— J'oublie toujours que vous jouez, dit-elle.

— Peut-être est-ce quand je ris que je joue ? Il faut bien que je ressemble à Mado Prévost, une femme heureuse.

Sans gêne elle s'étira les bras de jolie façon, renversa sa tête contre le canapé et reprit à voix légère, comme on songe :

— Marianne, je crois que voir entrer une jeunesse dans sa carrière de femme me rend mélancolique. Toute regretteuse. Je n'ai pas eu d'histoires d'amour quand j'en aurais pu jouir, j'avais des affaires d'amour, ce n'est pas la même chose. Maintenant il m'arrive d'avoir des fantaisies d'amour, ce n'est pas non plus la même chose. Mais quoi ? Je n'ai pas eu à hésiter. Pour une belle fille pauvre le cœur mène au pire et la tête au mieux, j'ai choisi le mieux, j'ai bien fait.

— Vous êtes riche aujourd'hui, et vous avez toujours un cœur, dit Marianne.

— Tant pis ! Avec la figure que j'aurai bientôt que voulez-vous que j'en fasse ?

— Seigneur ! soupira Marianne. Elle va me dire à présent qu'une femme est finie à trente ans. Le temps est pourtant au gai ?

Mado envoya une roulade de son rire cogner le plafond :

— Pardonnez-moi, ma douce, et parlons de la mariée, c'est un sujet couleur du temps. Je vous en préviens : de gré ou de force il vous faudra me mettre de la préparation du trousseau. Je veux ma part de ce plaisir. Pour sa Louison monsieur Marais va faire des folies, et je ne me lasse jamais de voir dépenser dans les boutiques. Tenez, commençons ce tantôt. Je viendrai vous enlever sur les quatre heures. Je vais chez le Persan de Beaumarchais, voir des tapis. Il paraît qu'il en a de merveilleux, j'en voudrais pour ma chambre, que je fais redécorer à l'orientale. Dans le trousseau de Louison, deux ou trois tapis de soie ne feraient pas mal ?

— Mado, vous courez la poste ! Le mariage n'est pas même arrangé, j'ai tout mon temps pour meubler la mariée. Mais j'irai chez votre Persan. Figurez-vous que Louison le connaît : Beaumarchais l'a promené dans notre jardin l'autre matin.

— Attendez-moi donc à quatre heures, dit Mado. Il loge derrière l'hôtel d'Uzès, dans la rue des Jeux-Neufs.

— Au diable !

— Ce n'est pas si loin du Palais-Royal ? Les d'Uzès lui louent là un rez-de-chaussée dont ils ne faisaient rien. Beaumarchais assure qu'il en a fait un vrai petit palais de l'Orient.

— J'irai, j'irai, répéta Marianne. Je me demande pourquoi je n'avais pas encore entendu parler de ce Persan ?

— Parce que vous ne touchez plus une carte depuis des années, et que monsieur Marais ne donne pas à jouer, dit Mado.

— Jean-Étienne tient le jeu pour un fléau, dit Marianne. Payer parfois les dettes de Lauraguais ou d'un autre lui suffit. Le Persan est donc un joueur ? Chez qui joue-t-il ?

— Par exemple, chez la Reine, dit Mado. On l'a vu tailler au pharaon de la Reine.

— Vraiment ? souffla Marianne, stupéfiée. Un marchand oriental, au jeu de la Reine ?

— Bah ! fit Mado, vous savez bien qu'on s'y mêle de plus en plus. La Reine et Artois mènent un jeu d'enfer, il leur faut des banquiers. Ils prennent ceux qu'ils trouvent, et tous les gros joueurs font de même. Je ne crois pas que la philosophie rapprochera jamais les castes, mais qu'importe, le jeu l'a déjà fait. Allez voir jouer chez le duc de Duras, aller chez la Balbi ou chez le cardinal de Rohan, une nuit ou l'autre vous y verrez monsieur Khazem à la banque.

— A la banque toujours ? Lui ne joue point ?

— Non, à ce qu'on dit. Depuis que quasiment tout Paris, et jusque chez les pauvres, passe ses nuits au jeu, il s'est fait des banquiers de métier. Monsieur Prévost les chiffre à soixante. Le Persan sera l'un d'eux, et point le seul étranger dans le métier.

— Le commerce des tapis l'a donc bien enrichi ?

— Bien plutôt le commerce du jeu ! On lui prête un calme de Bouddha et des yeux d'Argus. Autour de sa table on ne triche pas, aussi ne manque-t-il jamais de bailleurs de fonds. Mon mari en a été, trois ou quatre fois. Le profit du jeu est bon — du côté de la banque, évidemment. Le duc de Croÿ me disait l'autre soir qu'on n'oserait plus se vanter d'une perte de cent louis ; pour intéresser il faut aller à mille. Le temps est bon pour les banquiers ! Au moment de leur dernière affaire, Khazem a montré ses tablettes de jeu à mon mari : pendant l'hiver, vingt millions * lui sont passés par les mains. Une belle poignée d'or a dû lui en rester en poche, même une fois graissées les pattes de la police.

— Vingt millions ! releva Marianne, presque incrédule. Jean-Étienne me tient si loin du jeu depuis des années que je ne me doutais pas du point de folie auquel les joueurs en sont arrivés. On sait monsieur Marais si grand ennemi du jeu qu'on m'en parle très peu. Bon, j'irai chez ce Persan. Je suis curieuse de lui autant que de ses tapis. Il a beaucoup plu à Louison. Du moins son turban et ses turquoises lui ont-ils beaucoup plu !

La jeune fille réapparaissait justement, pimpante à croquer dans sa jupe et son pierrot du matin en toile peinte bleu sur bis, un fichu de gaze blanche jeté sur le cou.

— Maintenant que je suis belle, j'ai faim d'une tasse de chocolat, dit-elle en s'asseyant devant la table à déjeuner. Que disiez-vous de mon marquis ?

— C'est de ton Persan, que nous parlions, dit Marianne. Mado le connaît. Elle veut nous mener chez lui, pour y choisir des tapis à mettre dans ton trousseau.

— Oh ! oui ! s'écria Louison, enchantée et le cœur

---

* Le budget de l'État était alors d'environ 200 millions de livres. Une « belle fortune » variait entre 1 et 10 millions, un manœuvre gagnait environ 1 livre par jour, un bon ouvrier 2 à 3 livres. Le pain de 2 livres coûtait 4 sols. La livre ou franc valait 20 sols et le sol, 12 deniers. Il y avait 24 livres dans un louis, 3 francs dans un petit écu, 6 francs dans l'écu d'argent.

emballé soudain. Quelle bonne idée, tante Mado ! Quand irons-nous ?

— Ce tantôt, dit Mado. Je viendrai vous prendre. Je...

Elle s'interrompit :

— N'a-t-on pas gratté ? demanda-t-elle.

Constantin, le valet de M. Marais, ouvrait la porte.

— Entrez, lui dit Marianne.

Il lui remit un billet.

— Dieu ! s'exclama-t-elle dès qu'elle eut commencé sa lecture.

Rapidement elle acheva de lire des yeux, revint au début :

— Une désolante nouvelle, dit-elle en résumant la lettre de son mari. La grande flotte de monsieur de Grasse, qui devait faire sa jonction avec la flotte espagnole pour s'emparer de la Jamaïque, vient d'être défaite devant les îles des Saintes. Cela s'est passé le 12 avril, le Roi l'a su hier au soir. Il a fait chercher monsieur de Vergennes dans la nuit, que Jean-Etienne est parti rejoindre à Versailles, pour savoir les détails. Il croit que nous avons perdu cinq navires, dont le navire amiral.

— La *Ville de Paris* perdue ? C'est un désastre ! gémit Mado. Notre plus belle unité. Cinq vaisseaux perdus ! Une fortune perdue ! Il faut que je parte. Guillaume doit être sens dessus dessous.

Guillaume Prévost était trésorier général de la Marine.

— Je suppose que monsieur Marais en avait aussi payé sa bonne part, dit Marianne.

— Et avec cela, c'est la paix qui recule encore, dit Mado. Après cette victoire, l'Angleterre ne sera plus très pressée de la signer. Il faut que je parte.

— Chiens d'Anglais ! cracha Suzanne, ulcérée. C'est leur île tout entière qu'il faudrait envoyer par le fond !

— Si, déjà, nous avions gardé à Paris leur amiral Rodney, au lieu de le renvoyer at home, dit Mado d'un ton irrité. C'est lui, c'est sa flotte qui défendait la Jamaïque, c'est lui qui aura défait de Grasse.

— L'amiral Rodney ? dit Marianne. Je n'avais pas bien suivi cette histoire ?

117

— Oh ! une histoire très française, ma douce ! Elle s'est passée voilà quatre ans. Rodney était alors bouclé dans Paris, en prison pour dettes — il jouait comme un fou. Quand la guerre a éclaté, le maréchal de Biron a prié le Roi de le laisser payer les créanciers de Rodney, afin que l'amiral pût rejoindre ses marins. Cela tracassait Biron de savoir la flotte anglaise décapitée au moment qu'elle allait devoir affronter la nôtre ! Et le Roi a été du même avis, il a trouvé l'idée fort noble, bien française. Monsieur Prévost a enragé quand il a vu Rodney repartir à nos frais pour aller nous combattre, mais le monde était pour Biron : la France avait eu un beau geste. On voit aujourd'hui qu'il nous coûte plus cher encore que prévu. J'écoutais hier au soir l'abbé de Véri parler contre notre incurable lyrisme en politique étrangère. Je sais que Guillaume partage tout à fait ses vues. L'esprit chevaleresque des Biron et de leurs pairs, il l'appelle de la sottise.

— Mon Dieu, soupira Louison ennuyée, cette défaite ne paraît pas si grave ? La Jamaïque est loin, et qu'avions-nous à en faire ? De toute façon, nous ne savons rien de très sûr, il faut attendre. Nous étions en train de parler des tapis du Persan et...

Les deux dames ne l'écoutaient pas. Mado avalait une dernière gorgée de chocolat refroidi :

— Il faut que je parte, redit-elle pour la troisième fois, et elle se dirigea enfin vers la porte pour aller s'habiller.

— Tante Mado, n'oubliez pas de venir nous prendre à quatre heures, lui cria Louison, quand elle était déjà dans l'antichambre.

Vers une heure Mme de Treille et Solange partirent pour Saint-Cyr. Une fois par mois Mme de Treille allait revoir son ancienne école, en y emmenant sa nièce. Toutes les deux entendaient le salut avec ces dames et leurs élèves et restaient partager leur souper frugal, tôt pris après l'office. Louison ne les accompagnait jamais, ayant une fois pour toutes décidé que « le grand air » de Saint-Cyr la glaçait. Mme de Treille n'avait pas insisté : aurait-elle été retenue à souper si une

demoiselle Couperin avait dû en être ? Qu'au fond Louise se
trouvât mal à l'aise parmi toutes ces jeunes filles de Saint-
Louis si nobles, si pauvres, si roidement dressées aux frais du
Roi, c'était dans l'ordre, donc c'était bien.

La gouvernante ne pouvait guère rentrer de Saint-Cyr
avant dix heures du soir. Sa pieuse récréation procurait à
Louison un long bon temps d'errance. Dès que seule elle
s'était jetée à plat ventre sur son lit, avec un livre tiré de sa
cachette. C'était par pur plaisir de pécher qu'elle relisait *Les
Liaisons dangereuses*. Même en première lecture, le roman ne
lui avait paru ni aussi scandaleux ni aussi dangereux que les
chuchotis de salon le promettaient. Certes, les personnages
de Laclos n'étaient pas tous des gentils ni des anges de vertu,
mais bien des personnages du monde qu'elle côtoyait depuis
son enfance lui semblaient tout à fait capables, et de la même
débauche, et de la même perfidie. Le parfum sulfureux de la
prose défendue ne lui sautait pas au nez, elle en ressentait
plutôt la séduction. Se laisser glisser au fil de ce dévergon-
dage élégant était un passe-temps autrement plus agréable
que de peiner sur une œuvre bien-pensante. Cette fois,
pourtant, Louison rejeta vite le livre. Elle n'avait envie de
rien ce tantôt, sauf de bouder.

Mme Prévost avait fait savoir qu'elle reportait de deux
jours la visite au Persan. Et le marquis, assurément, n'oserait
pas venir la voir. Il était hors de question qu'il se montrât à
l'hôtel Marais avant que certaines choses eussent été dites
entre l'abbé de Véri et le fermier général, et le fermier était
toujours à Versailles. Même sa mère l'avait lâchée, pour
courir chez ses amies papoter des mauvaises nouvelles de la
guerre. « Que les Parisiens sont donc badauds ! » pensait
Louison, enragée d'impatience. Fallait-il vraiment que tout
fût bousculé parce que l'amiral de Grasse, quelque part au
bout du monde, avait baissé pavillon devant les Anglais ?

Les rumeurs du dehors, rapportées par les domestiques,
faisaient état d'une vive agitation de la ville. Une feuille
imprimée à la hâte courait les cafés et les rues, portant
partout l'annonce de la cuisante défaite essuyée par la
Royale devant les îles des Saintes. Le peuple larmoyait,
s'indignait, injuriait les Anglais et s'enflammait pour la

revanche, comme si le plus paisible boutiquier se sentait soudain l'âme et le pied assez marins pour s'en aller courser la Royal Navy à travers l'Atlantique. On racontait que le Roi, malade de chagrin, s'était alité, et déjà on parlait de lui refaire une marine, on organisait des collectes. Constantin, qui s'était aventuré aux nouvelles jusqu'au Palais-Royal, disait y avoir vu circuler une première feuille de souscription sur laquelle M. de Beaumarchais s'était inscrit en tête — et en très gros caractères — pour un don de cent louis. A tout moment un valet ou Suzanne entrait chez Louison pour lui détailler un morceau de la fête patriotique qui échauffait Paris, mais Louison ne prenait pas feu, et continuait de bâiller son ennui.

Elle alla rouvrir sa fenêtre, que Suzanne avait fermée en voyant disparaître le soleil. Le ciel prenait la couleur de ses pensées. Une vraie lumière de Paris, grise et nacrée comme l'intérieur d'une coquille d'huître. L'air du printemps mûr n'en était pas moins tiède sur sa peau, velouté de pollens, nourri de senteurs végétales. Elle poussa un gros soupir de cœur en peine, en peine de rien, en peine de tout.

Toupinet, le fils du cocher Toupin — un grand garçon de dix-sept ans qui travaillait aux écuries — traversa le jardin en longeant l'hôtel.

— Psitt! Toupinet! cria-t-elle à demi.

— Mademoiselle? fit le garçon en levant la tête.

— Monte.

— J'imagine, reprit-elle quand il eut obéi, que Monsieur a pris le carrosse pour aller à Versailles, madame de Treille, la chaise, et Madame, sa calèche?

— Dame, oui, mademoiselle. Il n'y a plus là que la berline de voyage.

— La désobligeante* est sortie aussi?

— Ah, celle-là, non. Je l'oubliais.

— Attelle-la. Tu vas me conduire rue des Jeux-Neufs. Vois-tu où c'est?

— Dame, oui, mademoiselle. Ce n'est pas si loin de notre ancien chez-nous. Après la place des Victoires il faut

---

* Voiture étroite, à deux places pour maigres.

120

passer le long des Petits-Pères et s'en aller vers l'hôtel d'Uzès.

— Bon, dit Louison. Alors, va. Je descendrai dans cinq minutes.

Comme le garçon franchissait le seuil elle le rappela :

— Toupinet... Pas un mot de ma sortie à personne, je te prie. A personne ! Je vais là... acheter une surprise pour ma mère. Si tu me trahis je ne te parlerai plus de ma vie, et je ne te passerai plus de livres.

Il la fixa avec des yeux d'adorateur :

— Mademoiselle, vous ai-je jamais trahie ?

Elle étudia un instant son simple pierrot de toile d'Orange, décida de ne se point changer, chaussa des souliers blancs à talons hauts, s'inonda d'eau de giroflée, hésita trois minutes devant ses bonnets, pour enfin choisir son chapeau de paille bise garni sur la nuque d'un joli nœud de ruban bleu.

8

Mélick fit entrer les deux visiteurs dans le petit salon meublé à la française, s'absenta un moment, revint leur apporter la bienvenue. Le thé, versé de haut, brûla les verres fins gravés d'une arabesque d'or, les enflamma d'une belle couleur de topaze un peu sombre. Sur le plateau d'argent, entre les verres de thé, Mélick avait posé deux roses rouges et un bol de faïence bleue rempli de bonbons. Quand il se retira après une courbette, le plus vieux des visiteurs — c'était M. Gombault, le bras droit du lieutenant Le Noir chargé de la police des jeux — soupira en s'abandonnant à la mollesse de sa bergère :

— Prenez vos aises, chevalier. Monsieur Khazem ne sait pas ce que c'est que se presser, surtout chez lui. Dès qu'on nous a donné la bienvenue... Il nous laissera languir seuls un bout de temps, c'est une sorte de politesse persane que de faire comme s'il nous abandonnait sa maison. Je vous recommande son thé, un sirop délicieux. Et goûtez donc aussi ses pâtes de fruits... Prenez, chevalier. Jeûner n'arrangerait pas vos affaires, et le sucré adoucit les peines.

Mélick avait refermé la porte sans un bruit. Sans un bruit il traversa le salon bleu, vit, en passant devant sa chambre ouverte, l'oncle Mirza qui fumait avec une savoureuse lenteur sa pipe de trois heures, assis, les jambes croisées, sur un chatoyant tapis de Chirâz. La mince tige du kalian coupait en deux sa barbe teinte au henné, son turban blanc prenait toute la lumière de la chambre obscurcie à dessein. Mélick glissa comme une ombre devant le fumeur, alla jusqu'au seuil du jardin.

Son maître y rêvait, posé à la turque sur un amas de coussins. Il écoutait le silence à travers le gazouillis de l'eau du bassin. Le maigre bouquet d'eau bruissait sans éclat, l'architecte n'avait pas su faire mieux. Mais Fath-Ali se

122

contentait avec bonheur de son clos carré. Le camaïeu bleu
des faïences du bassin rendait l'eau plus limpide, plus fraîche
aux yeux, plus désirable et, pour la musique d'un courant
d'eau vive, ne fût-elle que chuchotée, il avait l'ouïe fine. Où
que se posât son regard errant il trouvait au moins une fleur.
En cette saison c'était une rose double, ou la branche, lourde
d'étoiles, d'une églantine blanche. La rouille rongeait déjà
les thyrses légers du lilas de Perse, bientôt ce serait le temps
des lis blancs, et puis des lis rouges. Un jardin est toujours
assez grand quand le jardinier sait choisir ses semences, et
qu'on peut y prendre un bain d'ombre à toute heure du jour.
L'ombre tournait bien dans le jardin de Fath-Ali, tapi,
comme un jardin de cloître, entre les ouvertures de la maison
bâtie sur un angle droit et deux murs aveugles appartenant
aux communs de l'hôtel d'Uzès.

Le rêveur, d'un coup de poignet, sépara des autres
quelques grains du chapelet d'ambre enroulé autour de sa
main droite et se mit à égrener le reste, sans hâte, entre le
pouce et l'index. Mélick voyait remuer ses lèvres, et savait
qu'il murmurait : « Mauvais, incertain, bon, très bon, excellent... » Il égrenait son chapelet comme on effeuille une
marguerite pour qu'elle réponde à votre cœur. Mélick avait
rarement vu son maître questionner son chapelet aussi
souvent que depuis les deux derniers jours. Il devait être
amoureux. Comme on ne dérange pas un homme en train de
faire istékhara, Mélick s'assit sans mot dire sur le pas d'une
porte-fenêtre, pour attendre qu'on prît garde à lui.

Le petit salon à la française, dans lequel on enfermait les
passants, ne donnait pas sur le jardin. Du rez-de-chaussée à
l'orientale, béant sur la tiédeur du clos, ne sortait pas un
bruit. Comme chaque jour, l'heure de l'après-dîner s'y
écoulait paresseusement. Bien qu'habitant Paris depuis plus
de vingt ans, ni la femme ni la concubine de l'oncle Mirza
n'avaient perdu la moelleuse habitude de longuement digérer au creux d'un sofa en suçant des pastilles à la rose, sans
même caqueter parce qu'elles n'avaient plus guère à se dire.
La vieille Zaïnab somnolait dans sa cuisine, et Léïlé, la douce
petite sœur de Fath-Ali, se privait de jouer de sa flûte pour ne
pas troubler le songe de son frère. Elle tenait un tambour à

broder mais ne brodait pas, regardait la main d'Ali interroger patiemment son chapelet — pour qui? Léïlé espéra qu'elle aurait quinze ans comme elle, qu'elle serait belle et tendre et enjouée et viendrait bientôt rire et chanter dans la maison. Depuis que les enfants de Fatimah et de Sofana s'étaient évadés de leurs jupons pour s'établir ailleurs en ville ou retourner en Perse, depuis qu'il n'en restait, rue des Jeux-Neufs, que la très sage petite Mariam, Léïlé manquait de chansons et de rires; les siens mouraient trop vite, faute d'écho. Ali n'était certes pas triste, riait et chantait volontiers, mais beaucoup d'affaires l'occupaient. C'était un homme, il ne pouvait pas s'attarder longtemps chez les femmes. Et jamais, hélas, il n'avait amené une jeune Française dans la maison. Il s'absentait parfois des jours entiers, ou vivait pendant quelques semaines en fantôme taciturne, le corps au logis et l'âme ailleurs, sans faire de confidences. Un beau matin il reprenait son visage et son allant naturels, et Léïlé n'avait rien su. Aussi, chaque fois que son frère promenait un air distrait en tripotant plus qu'à l'accoutumée l'ambre rouge de son chapelet, Léïlé, à la fois jalouse, curieuse et alléchée, priait Allah pour qu'enfin, la jeune fille dont l'image tourmentait Ali vînt vivre dans l'enderoun *.

— Très bon! dit soudain Ali à voix haute, en laissant retomber son chapelet sur la soie d'un coussin.

L'istékhara finissait bien, comme il se devait. Rien n'était plus aisé, pour un familier de la chose, que de tomber sur le bon grain, et pourquoi aurait-il voulu tomber sur un mauvais? Chercher la malchance est un plaisir de chrétien.

Mélick s'était remis sur pied :

— Maître, monsieur des Jeux est ici, avec un gentilhomme que je n'ai jamais vu, dit-il dès que le regard d'Ali se leva vers lui.

Ali poussa un soupir. S'ôter, si tôt après dîner, de la douceur de ne rien faire le contrariait infiniment. Le Prophète avait eu bien raison de dire que la destinée de l'homme est d'aimer les parfums, les femmes et la prière.

* L'appartement des femmes.

L'ennui était que pour avoir cela il fallût d'abord se donner de l'or.

— Bâli, bâli*, j'y vais, se résigna-t-il.

Il prit le temps, avant de rentrer dans la maison, de se cueillir une grappe de lilas dont le mauve rosé délicat, pâli mais encore intact, lui réjouissait l'œil. Le sieur Gombault, petit, replet, rougeaud, ne lui rendait pas l'œil content.

Ali écouta avec l'air qu'il fallait les malheurs du chevalier de Lespugue. On avait, le matin même, repêché dans la Seine le corps de son frère Jacques-Henri. M. de Tolosan avait cru bon de plonger dans l'oubli après avoir perdu près d'un million au jeu.

— Que Dieu lui pardonne et le reçoive, dit pieusement Ali. Il n'avait pas perdu si gros que vous le dites. Monsieur de Tolosan me devait six cent mille francs. Sa perte d'une semaine.

— Vous n'êtes pas son seul créancier, dit tristement le chevalier. Pour se refaire, pour vous payer il a été jouer chez madame de La Bretonnière, où l'avait mené l'abbé Lefort. Et là...

— Votre frère aimait le jeu à la fureur, aveuglément, dit Ali. On ne gagne pas chez madame de La Bretonnière quand le chanoine Lefort y tient la banque. Il a la main exquise**.

— Oh! il est même doué d'ambidextérité! s'exclama Gombault. Mais c'est le chanoine de la cathédrale de Tours. Monsieur Le Noir hésite à le faire prendre sur le fait, d'autant que ce n'est point aisé, et qu'il taille chez une dame dont le mari est intouchable. Un conseiller du Grand Conseil, vous pensez!

Il se tourna vers le chevalier :

— Toutefois, pour l'affaire qui nous occupe, je ferai lâcher prise à madame de La Bretonnière. Elle me chantera pouilles effrontément, mais elle cédera.

* Bien, bien.
** Il triche avec art.

125

Il refit face au Persan :

— Pour ce qui vous est dû, monsieur, la décision vous appartient. Nous ne doutons pas de la vérité de votre créance.

— Du temps m'arrangerait, dit le chevalier. En fait, j'en ai un pressant besoin. Il me faut requérir des aides.

— Monsieur, je vous donnerai ce temps, dit Ali. Trois mois vous suffiraient-ils ?

— J'essaierai de m'en contenter, dit le chevalier.

Il ajouta avec amertume :

— Je me suis toujours tenu loin du jeu, et ne m'en voilà pas moins chargé d'une dette d'honneur qui me ruinera. Pourquoi donc cette rage de jouer à se ruiner puisqu'on voit bien, au bout du compte, qu'aucun joueur ne gagne ?

— Un joueur ne joue pas pour gagner. Il joue pour vivre passionnément dans l'espérance d'un million. Les cent louis qu'il a en poche ne font que l'ennuyer, dit Ali.

Le chevalier s'était déjà levé, pour prendre congé. Il ne tenait pas à demeurer longtemps chez un banquier de jeu.

— Je vous demande la permission de me retirer, dit-il. Mon temps est devenu précieux. En fait il vaut de l'or, et monsieur, c'est le vôtre, acheva-t-il avec sarcasme.

Mû par l'un de ses rares élans de pitié, Gombault le retint :

— Chevalier... Si vous voulez refaire votre fortune après avoir payé les dettes de votre frère, je vous obtiendrai l'agrément d'un pharaon, ou d'un biribi. Votre famille s'en retrouvera plus vite à l'aise. Croyez-moi. Une académie bien tenue vous donnera facilement dix mille écus de revenu annuel après tous vos frais payés. Une place de petit fermier général de province ne vaut quasiment pas davantage.

— Merci, refusa sèchement le chevalier. Je n'ai jamais aimé ni le jeu ni les joueurs, mais je les abhorre aujourd'hui. Quand j'aurai fait mon devoir je retournerai cultiver mes terres... s'il m'en reste.

— Et vous prétendez n'être point joueur ? feignit de s'étonner Ali. Ma foi, monsieur, l'agriculteur est le joueur le plus obstinément confiant que je connaisse. Vous jetez en terre l'or de vos semences, du labour et du travail de vos gens, et puis vous espérez, pendant que le ciel tient la banque.

— Au moins, monsieur, puis-je sans honte prier le ciel, dit le chevalier.

Ali le raccompagna lui-même jusqu'au seuil de son logis :

— Mach'Allah * ! et qu'Il vous fasse heureux demain, dit-il en le saluant à la persane, cérémonieusement.

Bien que Gombault ne pût l'entendre, il baissa la voix pour ajouter :

— Pour la dette, faites-moi la grâce de compter rond. Il s'en fallait de quelques francs pour atteindre six cent mille livres, nous mettrons donc à cinq cents, si vous m'y autorisez.

D'un geste amène il empêcha le remerciement du chevalier, acheva vite et plus bas encore :

— Évitez de tenir monsieur Gombault au courant de notre arrangement, il vous réclamerait la part de ses bons offices.

Pour la première fois, le visage du chevalier prit un pâle sourire :

— On m'avait dit, monsieur, que vous obligiez volontiers les chevaliers de Saint-Louis dans l'embarras, mais je n'avais trop osé le croire.

— Chevalier, cela ne prouve qu'une chose, c'est que les cordons bleus sont aussi joueurs que les petits abbés et les gros chanoines, et qu'ils sont moins... chanceux, dit Ali. Adieu, monsieur. Mach'Allah !

Dans le salon, Gombault avait attendu sans se bouger le retour du Persan. Mélick était venu rapporter du thé chaud et de fines pastilles de menthe glacées au sucre.

Les petits yeux malins du policier se cognèrent un instant contre le regard noir d'Ali avant de se détourner, vite, sur les pastilles de menthe. Ali retint son sourire et patienta sans mot dire. Il n'aurait pas à longtemps patienter : même quand il s'efforçait, pour aller à son but, d'emprunter des

---

* Dieu vous garde.

détours persans, M. Gombault le faisait sans quitter ses gros sabots français, qu'on entendait arriver de loin.

Le gros homme toussa pour chasser une poussière de sucre :

— La mort de monsieur de Tolosan n'est pas le seul drame du moment, vous le savez sans doute, commença-t-il. Le jeu devient vraiment mortel à Paris. Mes aubes de ces derniers quinze jours n'ont pas été bonnes. En comptant celui de ce matin j'ai quatre suicides sur les bras, plus un assassinat. L'assassiné sortait de l'ambassade de Russie, mais deux des suicidés sortaient de l'ambassade de Venise... dont vous tenez souvent la banque.

— Assez souvent, et pas forcément quand on s'y suicide, rectifia paisiblement Ali.

— Je sais, je sais, dit Gombault. Il n'empêche qu'on joue gros jeu à l'hôtel de Venise. On y joue trop gros jeu, surtout depuis quelque temps.

— Depuis quelque temps le marquis de Genlis et son frère Sillery y viennent jouer. Ce sont les plus gros joueurs de Paris. La banque doit suivre.

— Je sais, je sais, redit Gombault. Je sais aussi que les familles des joueurs se désespèrent. Elles nous supplient d'intervenir. Hélas, l'hôtel de Venise est territoire vénitien. Nous ne pouvons y entrer.

Il marqua un temps, pour se mouiller les lèvres du bout de la langue : l'instant venait, de la perfidie.

— Nous ne pouvons intervenir directement, reprit-il. Mais, indirectement... Poussé à bout par les familles, monsieur Le Noir n'aurait qu'une solution. Il ne pourrait que priver l'ambassadeur de ses meilleurs banquiers... en les exilant.

— Une solution injuste, et qui lui déplairait fort, dit Ali dans un grand sourire.

Soulagé, Gombault rendit le sourire :

— Oh ! fit-il, s'il ne tenait qu'à lui ! Et à moi... Hélas, les familles rebattent aussi les oreilles de nos commis, et ces rustauds s'en vont remuer l'opinion.

— Le zèle de rustaud se calme aisément, dit Ali toujours souriant. Quelques poulardes et quelques bouteilles de plus... Voyons. Je crois que je vous remettais chaque mois deux cents louis pour leurs frais d'auberge ? Que diriez-vous de hausser à trois cents ?

— Monsieur, cela serait prudent, dit Gombault, sobrement.

À la réflexion, il ne put se retenir d'ajouter :

— Vous comprenez, monsieur, ces gredins n'entendent pas moins bien que moi, et moi, j'entends souvent parler d'un gain pour la banque de mille louis par nuit !

— Monsieur, c'est fait, dit Ali. Je vous compterai les trois cents louis dès ce mois-ci.

— Monsieur, je crois pouvoir vous garantir leur reconnaissance, dit Gombault.

— Et moi, monsieur, je n'en doute pas. Allah inspire toujours de l'indulgence à l'inspecteur content de son bakchich, dit le Persan en regardant Gombault avec une insolence infiniment suave.

— La police française est aussi pourrie que la persane, et elle est bien plus chère, dit-il d'un ton léger en souriant à Léïlé.

En quittant le policier il avait rencontré sa sœur qui le guettait, et la vue de la jeune fille lui redonnait ses yeux tendres. Léïlé était gaie à voir. Bien qu'elle fût née en France elle avait pris, de ses tantes, l'habitude persane de vivre en jupons dans la maison. La corolle de ses quatre jupons de quatre couleurs enfilés l'un sur l'autre dansait autour de ses jambes nues avec la grâce des gazes d'une ballerine. Une simple camisole flottante, en mousseline blanche, lui voilait la poitrine.

Ali la contemplait, comme toujours, avec un doux plaisir de l'œil et du cœur. Léïlé était sa chose précieuse, presque son enfant, bien qu'il n'eût que vingt-six ans et qu'elle en eût déjà quinze. Leur mère, dès que veuve, avait laissé ses deux enfants chez l'oncle Mirza pour aller revoir Chirâz, mais jamais n'en était revenue parce qu'elle avait péri en mer, au large de la Turquie. L'orpheline de cinq ans était devenue la protégée d'Ali, et puis sa chaste bien-aimée, sa douceur d'âme. Avec les mêmes magnifiques cheveux noirs brillants et bouclés elle avait aussi le regard d'Ali, ce large regard sombre reflétant l'intelligence et la curiosité malicieuse, sachant se faire caresse et toucher comme un regard de biche aux abois dès qu'il se liquéfiait dans la mélancolie. Cet après-midi-là, il flamboyait d'excitation.

— Chirine, tu portes un visage à savoir une chose passionnante que j'ignore encore, dit Ali, prêt à s'amuser.

— Au contraire, je sais enfin le nouveau secret que tu nous cachais, dit Léïlé. J'en suis folle de joie ! Enfin, pour une fois, je connais un de tes secrets.

— Et tu le connais même avant moi ! dit Ali en riant. Fais-m'en part, que je m'en réjouisse aussi.

— La jeune fille est ici, dit-elle avec bonheur, et d'un air entendu. Oh ! Ali, c'est une beauté ! Elle est aussi belle qu'une princesse de conte.

Il commença d'être intrigué.

— Léïlé, dit-il, je donne tout de suite ma langue au chat. De quoi, de qui me parles-tu ?

— Maître, intervint Mélick qui venait de surgir devant Ali, maître, pardonne-moi. J'ai osé faire entrer la jeune fille dans ton halvette *, parce qu'elle est arrivée pendant que tu étais avec tes visiteurs. Je n'ai pas voulu la laisser dans le salon bleu, où tout le monde passe.

— Me jouez-vous une charade à deux ? demanda Ali.

Avec un peu d'irritation il ajouta :

— Ne me dis pas, Mélick, que tu as fait entrer chez moi la dame qui doit venir voir les tapis ?

— Je ne sais pas pourquoi elle est venue, maître, mais je l'ai trouvée trop belle pour la laisser à la vue dans le salon bleu, voilà, dit Mélick. Si j'ai mal fait, pardonne-moi.

Belle, Mme Prévost ? Ali en demeurait ébahi. Lui n'avait pas pour habitude de considérer les femmes bletties comme des objets de beauté !

— Mélick, et toi aussi, Léïlé, vous avez le goût perverti, dit-il avec dédain. Mais je me doute que vous me jouez plutôt. Je suis de bonne humeur, je me prêterai au jeu. Et ainsi donc, maintenant, je dois entrer dans mon halvette ?

— Oh ! oui ! s'écrièrent-ils ensemble avant de s'enfuir

* Le coin privé de tranquillité, de repos de l'âme.

en riant pour épier, du bon côté du jardin, la suite de la belle histoire.

Ils en auraient pour un bon moment de plaisir à commenter la nouvelle, à la répandre dans la maisonnée pendant qu'Ali ferait l'amour à sa belle. « Pour une fois, pour une fois qu'il en amène une ici ! » répétait Léïlé, radieuse.

Ali poussa la porte de son salon privé et se figea sur le seuil, saisi. Dans la petite pièce capitonnée d'une indienne précieuse, dont Mélick avait fermé les rideaux et allumé les bougies, les yeux de Louison s'attachaient aux siens sans ciller, avec la douce force d'un aimant.

— Vous, ici ! souffla-t-il, et il vit que le son rauque de sa voix la faisait frissonner.

9

Depuis que le serviteur l'avait laissée dans cette cage de luxe elle n'avait fait que se gorger du chatoiement de ses couleurs, sans oser se lever du grand sofa dont le flot des coussins s'était refermé sur elle. Devant le sofa, posé sur un guéridon, le verre de thé, intact, refroidissait.

D'un coup d'œil Ali nota que Mélick avait donné la bienvenue avec le faste réservé aux hôtes qu'on choie : auprès du thé et des fondants multicolores il y avait un bol de caillé planté d'une cuiller d'argent, et tout un bouquet de roses dans un pichet en terre de Kachan. Sans un mot, attentif à sa lenteur, il s'approcha d'elle comme s'il craignait de faire fuir, devant ses pas, le mirage qu'on n'atteint jamais. Mais elle ne bougeait pas, le regardait venir à elle avec un sourire émerveillé.

Elle le trouvait beau, si beau ! Quand il attendait du monde pour ses tapis il se vêtait en Oriental qu'on surprendra chez lui, cela faisait partie de sa mise en scène. Pour Mme Prévost il s'était royalement paré d'un manteau de chambre en épais satin turquoise doublé d'un tussah tramé d'or, qui s'entrouvrait sur un large pantalon de soie blanche. Et comme ce Persan de Paris ne se rasait pas la tête, chez lui ses cheveux lui servaient de turban : du kolâ de soie ils avaient le profond noir luisant et l'ample volume, renflé en bourse sur la nuque. Oui il était beau, de la romanesque beauté du prince d'un conte arabe. Irrésistiblement, une femme espérait de lui le choc du barbare parfumé, la découverte d'une volupté venue d'ailleurs, subie dans la soie et pansée à l'or. Quand il fut tout près d'elle :

— Vous êtes beau, murmura-t-elle avant d'avoir pu s'en empêcher.

Le reflet d'un sourire intérieur tendit les lèvres du Persan, accusa le creux sous ses pommettes au relief un peu mongol. Avec des gestes doux il lui ôta son chapeau, lui prit la tête entre ses deux mains et lui baisa la bouche, longuement, sans qu'elle s'effarouchât. Elle avait fermé les yeux, mais c'était pour savourer.

— Bibi, tu as le visage enchanteur de la lune blanche et, dans tes yeux, je vois le ciel de mon pays, dit-il enfin. Le ciel bleu léger de la Perse donne, à celui qui le contemple, un sentiment de joie éternelle.

— Et mes yeux aussi, vous donnent la joie ?

— Oui.

— Dites-moi. Racontez-moi... des choses. Mille et une choses...

La voix basse et feutrée d'Ali passait sur les nerfs de sa peau comme l'archet passe sur les cordes d'un violon. Et pour l'instant elle n'était qu'une envie : que cette voix continuât de lui hérisser la peau de frissons.

— J'aime que vous me parliez, dit-elle encore.

— Depuis que je t'ai vue pour la première fois je n'ai jamais cessé de te parler, dit-il. Je ne pensais qu'à toi, à répéter ton nom, à faire bouger ton image autour de moi, à te faire sourire dans mes bras. Comment aurais-je pu cesser de te parler ?

De nouveau sa bouche brûla la bouche de Louison, prit tout son temps pour lui forcer doucement les lèvres...

— Je suis venue voir vos tapis, à la place de madame Prévost qui ne le pouvait, dit-elle abruptement, soudain pressée de se raccrocher à de la réalité quand il la laissa aller. Ma mère a besoin de tapis, pour mettre dans mon trousseau.

En disant cela, son regard tomba sur le sol jonché de poèmes tissés et elle vit ses pieds. Chaussés de leurs seuls bas blancs ils reposaient sur le rouge onctueux, semé de fleurs du paradis, d'un tapis d'Ispahan :

— Votre serviteur m'a ôté mes souliers.

— Il aurait aussi dû vous retirer vos bas, dit Ali.

Lui avait les pieds gantés de fine peau blanche. Il posa un genou en terre, lui prit un pied qu'il baisa, après quoi, le plus naturellement du monde, ses mains se glissèrent sous les jupes de Louison dans l'espoir de remonter jusqu'à la jarretière.

— Oh! Mais vous perdez la tête! s'écria-t-elle en se levant d'un bond, enflammée de honte.

Il eut l'air fort surpris, ou l'imita bien :

— Je ne voulais, mademoiselle, que me conduire en humble valet, dit-il sans rire. Après l'œil, c'est le pied nu qui doit goûter l'excellence d'un tapis. S'il a, au pied, la douceur d'un mouchoir fin, achetez-le. Vous pourrez sans dommage le plier et l'emporter partout où vous le souhaiterez.

La voyant calmée, mais pas assez rassurée, il poursuivit avec malice :

— Je conseille toujours aux dames qui viennent voir mes tapis de se déchausser pour tâter la bonté des soies ou des laines, mais je ne l'obtiens que de peu d'entre elles. Les Françaises n'ont pas les beaux petits pieds des Persanes, qu'elles exposent aussi volontiers que vous exposez vos mains quand elles ont de la grâce.

— Sortez un moment, je vous prie, dit Louison piquée au vif.

Du geste il lui désigna le paravent dont les nacres palpitaient sous la lumière des bougies, mais il n'en sortit pas moins.

Quand il revint elle foulait ses tapis à deux pieds nus ravis, et lui revenait, ô surprise charmante, avec Leïlé.

— Ma sœur a craint que, sans vos bas, vous ne preniez froid, dit-il.

Prestement Leïlé s'était accroupie devant la cheminée, au milieu de sa gaie corolle de jupons. Elle craqua une allumette, murmura : « Anges, pardonnez-moi », fit partir le feu et renversa dessus le plein bol d'écorces d'oranges sèches qu'elle avait apporté. Alors, rieuse, elle se retourna vers l'invitée de son frère.

Louison lui souriait, charmée de sa grâce, rassérénée par sa présence. En deux bonds Leïlé fut près d'elle, l'embrassa sur la joue, lui prit les deux mains et la fit se rasseoir. Après quoi elle saisit la théière et se sauva.

— Elle va vous rapporter du thé chaud, dit Ali, en lui tendant la bonbonnière.

— Non merci, dit Louison. Je ne veux plus manger de sucré. Le sucré me rondit. Et c'est bien dommage, parce que j'ai très faim.

A son aise maintenant elle se sentait toute prête à bavarder longtemps, pour longtemps profiter de son coup de folie :

— Je n'ai pas dîné, j'étais de trop méchante humeur. La défaite de notre marine devant les îles des Saintes était partie pour me gâter mon après-midi, j'en avais l'appétit coupé.

Leïlé reparaissait avec la théière. Une volute de thé, très odorante, s'envolait du bec d'argent. Sur quelques mots persans que lui dit son frère, Leïlé repartit en courant, après avoir battu des mains comme une enfant contente.

— Je lui ai demandé de vous apporter un goûter salé, dit Ali. L'idée lui plaît beaucoup.

— Elle me plaît aussi, dit Louison en se laissant aller contre les coussins. Goûter ici, ce sera...

Les mots lui manquèrent. Son regard, avec enchantement, se remit en promenade dans le petit salon. Pour son halvette Ali avait voulu une toile de Perse blanche peinte de grands oiseaux bleus stylisés, empanachés de jets d'aigrettes, dont les pattes fines et les becs d'ibis ponctuaient de rouge l'harmonie blanche et bleue. Pour sièges il n'y avait que le grand sofa, des poufs et des coussins recouverts de la même toile, pour seuls meubles le paravent, deux coffres et des guéridons en bois de cèdre incrusté de nacre et d'ivoire. Au sol, c'était la fête des couleurs. Des bleus, des jaunes, des verts, des dorés et des fauves, et des rouges surtout. Des rouges aussi beaux que les rouges des joyaux. Rouge liqueur du bon vin de Chirâz. Rouge orangé du même vin vieilli. Rouge vif du sang pur. Rouge doré du sang chatoyant sur un poignard damasquiné. Rouge-rose ardent de la boue persane. Rouge pourpre du rubis. Rouge profond du grenat cramoisi, le rouge de la sagesse divine, le rouge bien-aimé du grand shâh Abbas, ce Louis XIV persan qui n'aimait pas les rouges clairs, Ali venait de l'apprendre à Louison. Elle demanda pourquoi.

— Il n'aimait aucune couleur claire, dit Ali. Ses palais scintillaient d'or et d'émaux, lui resplendissait de pierreries, il voulait pouvoir reposer ses yeux sur des tapis sombres.

— Je suis ici comme au creux d'un rêve, murmura-t-elle.

Elle eut un joli rire de plaisir :

— Je suis Schéhérazade pour une heure !

Son pied nu caressa, sur le tapis d'Ispahan, toutes les fleurs du paradis qu'il pouvait atteindre.

— Schéhérazade, n'est-ce pas, devait avoir de ces mêmes tapis sous ses pas ?

— Oh ! de bien plus beaux, j'imagine. Les plus beaux tapis sont toujours dans les contes. Quoique je n'aie pas gardé pour moi les plus vilains. C'est mon père, qui m'a appris à aimer et à choisir les tapis. Il en était fou. Il se ruinait pour avoir les laines les plus légères, les soies les plus brillantes, les points les plus fins. Et lui aussi tenait de son père le goût des tapis. Mon grand-père, lui, avait eu besoin de tapis moins fragiles, qui puissent supporter l'aventure.

— Pourquoi ?

— Parce qu'il pensait que la place d'un homme libre est sous une tente mobile. Pour bien vivre comme chez soi sous la tente il y faut beaucoup de tapis et de coussins.

Presque incrédule, elle demanda en hésitant :

— Voulez-vous me faire croire... que votre grand-père était un nomade ?

— Ma foi, oui. Et que cela ne vous effraie pas. Chez nous, même les rois sont souvent des fils de bergers ou de brigands des grands chemins. Ne faut-il pas qu'une dynastie commence ?

Il la regardait avec une ironie gentille tandis qu'elle contemplait encore une fois, autour d'elle, le luxe raffiné de ce petit-fils de berger nomade.

— Ainsi donc, dit-elle, la fortune de votre famille a commencé sous une tente ?

— Elle a surtout commencé quand le père de mon père, las d'être trop souvent pauvre, a dérobé la selle d'un seigneur à l'étalage d'un sellier. Il l'a vendue un bon prix à un autre seigneur, et avec ses premiers tomans* d'or il a acheté sa première marchandise de marchand honnête.

---

* Le louis d'or persan.

— Mummm, fit-elle, moqueuse, je vois qu'en Perse bien mal acquis profite !

— Il n'y a pas qu'en Perse.

— Et Allah pardonne cela ?

— Allah est le Grand Pardonneur. Tu dis « Allah ! » et ton remords te quitte.

— Allah ! dit Louison. J'ai sûrement un remords à quitter. Vous avez un dieu très commode. Chirâz doit être une ville peuplée de pécheurs merveilleusement gais.

— Elle l'était. Aujourd'hui...

Une ride profonde avait soudain barré le front du Persan :

— Les nouvelles de Chirâz ne sont plus très gaies, dit-il avec mélancolie. Le souverain que j'ai connu est mort voilà trois ans. Kérim Khan était bon, simple et droit. Il pensait que le but de la vie est la joie de vivre, et que la tâche d'un roi est de la permettre à ses sujets. Il donnait la paix et l'ordre, embellissait la ville et plantait des rosiers. Sous son règne Chirâz a vécu le temps des roses au son des flûtes et des tambourins. Ses fils, à ce qu'il paraît, n'ont pas hérité la sagesse du père. Ils sont frivoles et vaniteux, se disputent le trône, et l'anarchie ne vaut rien à vivre. Déjà un autre prétendant court l'empire dans l'espoir de se faire sacrer Roi des rois, et j'ai connu aussi ce prétendant. C'est un Ghadjar, un Turcoman au cœur sombre. S'il parvient à se saisir du pouvoir son bon plaisir sera la cruauté, et il détestera Chirâz, sa vie molle et dorée, ses coutumes courtoises, ses amateurs de vin, de femmes et de poésie. Si Âgha Mohammad doit régner sur la Perse je n'aurai plus envie de retourner à Chirâz, sauf pour y mourir.

D'un sourire il chassa son souci :

— Pardonnez-moi ce moment de chagrin. De toute manière demain est un autre jour, qui ne m'appartient pas. Mon roi d'aujourd'hui est votre roi Louis XVI, dont je fais mon bonheur. Lui ressemble à notre Kérim Khan. Il est bon, simple et droit, il aime son peuple et lui veut du bien.

Louison avait la tête des Conti, frondeuse par principe :

— Notre roi a pourtant quelques défauts, quoique le

plus grand soit la reine qu'on lui a donnée, dit-elle avec vivacité. Lui-même, pourtant...

Ali l'interrompit en se levant pour approcher du sofa le plus large des guéridons :

— Bibi, laissons la politique, dit-il. Voici venir plus amusant. Voici le goûter de Schéhérazade...

Léïlé et la vieille Zaïnab entrèrent à petits pas. Elles portaient à deux un grand plateau d'argent ciselé, qu'elles déposèrent sur le guéridon.

Le matelas de ses jupons bariolés et la camisole informe ajoutaient assez d'ampleur aux amples arrondis de Zaïnab pour en faire une fatma-ballon, que Louison découvrait avec sympathie. Et la fatma, de son côté, dévorait la belle jeune fille à gros yeux, toute sa face illuminée de contentement sous le flamboiement rose indien d'un voile à cheveux.

— Âgha Ali veut pas sucré, mais je mets, dit-elle avec autorité en montrant deux des bols de la dînette. Goûter sans sucré, ça va pas.

— C'est très bien, Zaza, dit Ali. Active le feu.

Zaza remit du petit bois et tisonna le feu qui s'étiolait, en criant aux anges de faire attention.

— Fille sans homme, pour faire feu ça va pas, dit-elle en lorgnant vers Léïlé.

— Viens me parler de cela ailleurs, dit Léïlé en la relevant par un bras.

Zaza se retourna d'abord vers le sofa :

— Bibi Altesse mon âme, chachin, tu manges le sucré ! ordonna-t-elle. Sucré, c'est bon. Sucré te faire grasse, encore plus belle.

— Zaza, je t'ai mille fois dit déjà qu'à Paris on n'avait pas besoin d'être grasse pour être belle. Ton mari turc est mort, oublie enfin ses goûts, dit Léïlé. Et viens. Allons !

— Khodâ hâfez*, Zaza, dit Ali, et alors la fatma suivit enfin sa maîtresse, à reculons et à regret.

— Voyons ce que je mangerai, dit aussitôt Louison avec une curiosité gourmande.

Pour l'aider Ali écarta les bols de confiture et de riz au

---

* Au revoir.

lait, poussa devant elle une coupe en turquoise remplie de petits grains brillants presque noirs, et une assiettée de petites crêpes blondes, gonflées, dorées, succulentes à l'œil.

— Goûtez de ceci, proposa-t-il.

— Ne serait-ce point du kaviar ? demanda-t-elle après une minute d'indécision.

— Oui, dit Ali. Je suis fâché que vous connaissiez déjà ce plaisir-là.

— Je ne le connais pas. J'en ai tout juste entendu parler.

Elle ramassa, sur le plateau, la longue cuiller d'argent.

— Non, dit Ali. Je vais vous montrer.

Il posa une petite crêpe sur une assiette et commença d'étaler le kaviar dessus.

— J'ai appris cela des Russes. Je hais les Russes, ce sont des envahisseurs barbares, mais j'aime leur kaviar, leurs icônes, leurs fourrures... et beaucoup d'autres choses encore. S'ils voulaient bien demeurer chez eux...

Il avait coupé un citron, dont il fit gicler quelques gouttes sur la tartine.

— A présent, goûtez, dit-il en lui donnant l'assiette.

Comme il la vit chercher une fourchette du regard, en souriant il lui désigna l'aspersoir et le bassin d'argent destiné à se rincer les doigts.

— Ah bon, fit-elle, et elle plia sa crêpe à la main avant d'y planter les dents. C'est salé ! s'exclama-t-elle après la première bouchée. Et ce n'est pas mauvais, ajouta-t-elle après la seconde.

— Persévérez, dit Ali. Après le bon et le très bon vous arriverez au délicieux. Je n'ai jamais vu une beauté ne pas s'habituer au kaviar. Elle s'y fait d'ordinaire aussi vite qu'aux perles et aux tapis de soie.

Il lui tartina une autre crêpe, qu'elle sembla déguster avec volupté.

— Vous avez raison, dit-elle. Je crois que je vais adorer le kaviar. Mais cela donne soif !

On avait posé deux carafes de cristal sur le plateau : une grande, et une petite en verre épais de Baccarat taillé en pointes de diamant, auxquelles s'accrochaient des gouttes de lumière. Ali prit la petite pour servir son invitée. La présence de deux carafes d'eau claire trompa Louison :

— Ne me servez point de l'eau sucrée, je vous prie. Je préfère l'eau fraîche.

— Ce n'est ni de l'eau sucrée ni de l'eau fraîche, dit Ali. C'est de l'eau russe, très parfumée, qu'on boit avec le kaviar.

— Ah ? Bon.

L'eau russe lui inonda la bouche d'une saveur à la fois brûlante et douce, glissa dans sa gorge en lui laissant le palais tout embaumé.

— Cette eau est un délice, jugea-t-elle, conquise au premier essai. On en sent le goût jusqu'à l'estomac. Vous pouvez m'en verser, je l'aime, ajouta-t-elle après un coup d'œil au petit fond de verre qu'il lui avait donné.

Il lui en redonna trois dés à coudre.

— Exquis. Exquis, vraiment, confirma-t-elle après avoir bu de nouveau. On ne s'en lasse pas. C'est une eau forte, la bouche ne s'en défait pas. Quelles herbes y mettent-ils, pour l'avoir aussi tenace ?

Soudain un soupçon l'effleura, qui lui fit reposer son verre :

— N'y mettraient-ils pas de l'alcool ? Je ne bois pas d'alcool.

— C'est une eau de grain, dit succinctement Ali, et il pensa « Allah ! » quoique, après tout, il ne mentît pas.

— Les Russes ont vraiment de bon grain, dit Louison, sincèrement enthousiaste. Comment disent-ils : de l'eau ?

— Voda. Voda, c'est l'eau pure. Celle-ci est de la vodka.

— La voda vodka me plaît décidément beaucoup, dit Louison, tout à fait tranquillisée.

Elle sirota les yeux clos son reste de vodka, voulut se préparer elle-même une troisième crêpe au kaviar.

— Ce sera ma dernière tartine, dit-elle raisonnablement, à regret. Puis-je avoir encore un peu de vodka pour elle ?

Un fin sourire vint au Persan tandis qu'il la resservait. Louison eut un nouveau regard étonné pour la chétive portion qu'il lui accordait.

— Ne sert-on jamais de cette eau qu'à tout petits traits ?
Est-elle donc si précieuse ?

Ali se mit franchement à rire :

— La vodka n'est nullement précieuse quand on connaît aussi bien que je les connais les gens de l'hôtel de Russie.
Elle n'est point précieuse, mais elle est grisante, dit-il en se
repentant de le dire.

— Grisante ? Une eau si douce ? Elle se boit comme du
petit-lait !

Il ne résista plus à la malice de lui en faire boire un peu
trop, et puis il lui ôta son verre et l'embrassa. Sa bouche était
chaude, tout épicée par le parfum de la vodka, et infiniment
complaisante. Alors il dénoua son fichu et commença de lui
baiser et de lui mordiller le cou en ouvrant son corsage...

— Non, dit-elle sans bouger, sans même tenter de lui
saisir la main.

Les mots humides de baisers qu'Ali murmurait sur sa
peau l'érotisaient plus encore que ses mains légères, à la
patience de plus en plus exaspérante. La sourde voix râpeuse
passait et repassait à petits coups sur ses épaules, ses bras,
ses seins et son ventre de lait avec l'obstination savante d'une
langue de chat qui vous veut du bien. Il la dénudait comme
sous opium, en mêlant, aux chuchotements de son cœur, des
vers de Saadi — qui a tant fait pour l'éloquence des amants
persans ! Quand un frisson plus long la secoua tout entière il
releva la tête pour retrouver son visage, plongea ses yeux
noirs dans les yeux bleus dont la pensée s'était diluée et
s'enfuyait en fumée. « Je t'aime », soupira-t-elle, et il vit que
son soupir lui sortait du corps. C'était bien. La bien-aimée
doit avoir l'âme sur la peau et ne pas même savoir l'en séparer.

— Tu es ma bien-aimée, dit-il passionnément. Tu es
mon amie, ma sœur. Tu es ma princesse, ma tulipe blanche,
ma perle rare. Ta chevelure est une caresse de soie, ta bouche
est un fruit exquis et dans tes yeux je vois le Paradis, sa
source limpide et tous les bonheurs qu'il promet. Tu es ma
joie promise...

Il continua longtemps de la couvrir de ses mains, de ses
lèvres et de sa voix magique, jusqu'au dernier « Non ! » sans
force qu'elle lui jeta.

Il jouait à lui vêtir les épaules et les seins de ses cheveux dénoués comme il l'aurait fait d'un châle, dont les franges bouclées glissaient, échappaient sans cesse à sa volonté. Les paupières à peine closes elle reposait sur les coussins de soie qu'il avait accumulés sous elle, avec la grâce immobile, faussement endormie, d'une beauté qui s'offre au regard d'un amant. Sous la main d'Ali son corps ne frémissait plus, se laissait caresser avec l'indifférence paisible, douce et tiède au toucher, d'un vallonnement de sable blanc. Quand il la sentit bouger :

— Non, murmura-t-il dans ses cheveux. Ne te réveille pas encore. J'aime l'ombre de tes cils sur tes joues.

Elle sourit sans ouvrir les yeux :

— Les cils auraient donc une ombre ?

— Aveugle ! Tout a une ombre ici-bas, même le lilas blanc.

— Tant mieux. Je voudrais ne plus jamais sortir de l'ombre.

De toute façon, le monde visible n'avait plus de réalité. Heureusement ! La réalité aurait été incroyable, tellement saugrenue ! Pour l'essayer elle dit, brusquement :

— J'étais venue pour voir vos tapis.

— Non, dit Ali.

— Si !... Non. Ah, je ne sais plus...

Elle se releva sur un coude, vit, sur la couche bleue soyeuse, la coulée blanche de son corps nu.

— J'ai froid, mentit-elle en saisissant deux coussins pour se cacher.

— Non, dit encore Ali. N'es-tu pas belle ? C'est la laideur, qui donne froid à une femme nue.

Pendant qu'il disait cela il l'enveloppait dans son royal manteau de chambre turquoise doublé d'or, avant de se lever pour aller tisonner le feu. Les deux morceaux de bois de cade, que Mélick posait de chaque côté du foyer, s'étaient fortement échauffés et répandaient autour de la cheminée la fine odeur, délectable, d'un buisson de genévrier cuit par le soleil.

— Le feu sent bon, dit Louison.

Elle aussi s'était levée et approchée de la cheminée, pour le bonheur de s'appuyer des deux mains au dos nu d'Ali, qui ne portait que son pantalon de soie blanche. Il se redressa, l'entoura de ses bras, attira sa tête contre lui.

— Je ne voulais pas t'aimer, dit-elle, la bouche enfouie dans la chair de son épaule. Il ne fallait pas que je t'aime.

— C'est ainsi, dit-il. Le cœur est un oiseau rebelle à la raison.

— J'ai cédé à ta voix. Tu m'as dit des choses trop douces, que j'avais trop envie d'entendre.

— Je n'ai pourtant pas triché. Ne t'avais-je pas prévenue que la parole était l'art de la Perse le mieux récompensé?

Il avait voulu la faire sourire, mais sentit soudain, sur son épaule, comme une goutte d'eau. L'écartant de lui il lui releva le visage, but les deux larmes accrochées à ses cils.

— Pourquoi, ma chirine? Pourquoi, ma fleur de grenade? Ce jour n'est-il pas beau?

— Je dois partir, souffla-t-elle, et deux larmes plus grosses lui jaillirent des yeux.

— Pourquoi? redemanda-t-il. Tu es ma perle précieuse, tu n'as plus rien à faire hors d'ici, tu n'as plus rien à faire dans le monde. Le monde est insouciant et la perle, fragile. Au printemps la joie de vivre est dans le jardin. Reste ici. Où tu devrais aller j'irai pour toi.

À ce propos, qu'elle prit pour une nouvelle gracieuseté de l'amour à la persane, elle ne répondit pas. Au contraire elle répéta d'un ton morne:

— Je dois partir. Le soir ne tombe-t-il pas déjà?

Il alla tirer les rideaux. Le clos fleuri parut, refermé sur sa paix, touché par un rayon de soleil oblique qui avait réussi à percer les nuages. Le soir descendait mais n'était pas encore là. Revenant à elle il lui saisit les deux mains, les garda dans les siennes et s'expliqua mieux:

— Bibi Louise, tu m'as donné ton âme, c'est à moi d'aller chez ton père. Le veux-tu? Si tu le veux, je t'épouserai à la mode de ton pays.

Une telle expression d'affolement se peignit sur le visage

de Louison qu'Ali, choqué, lui lâcha les mains, et alors elle se recula de lui comme s'il était devenu Satan :

— Vous n'y songez pas ! s'écria-t-elle, la voix blanche de peur. Vous n'imaginiez pas que je pourrais... que vous et moi ?

Elle s'arrêta, le souffle court, retrouva juste assez de force dans la gorge pour lui lancer comme un défi :

— Je suis fiancée au marquis de Roquefeuille.

Un silence se creusa entre eux, de plus en plus douloureux pour Louison jusqu'à ce qu'enfin, Ali le rompît :

— Bibi Louise, je ne veux que ce que vous voudrez, dit-il froidement, mais la contraction de ses mâchoires et la colère de ses yeux démentaient sa parole calme. Je ne souhaitais que vous prouver mon amour, et non vous offenser. Sans doute, après tout, ne suis-je pas aussi parisien que je le croyais ? Sans doute suis-je resté persan, et les Persanes aimées aiment qu'on les épouse. Mais je connais aussi vos coutumes et je m'y plierai pour vous.

Son ton se durcit :

— Je sais qu'en France toutes les dames sont des sultanes, qui s'achètent avec leur dot un mari flatteur et prennent ensuite des favoris pour s'en consoler. Je serais volontiers votre premier favori, s'il vous plaisait de m'offrir l'emploi.

Une infinie tristesse s'était emparée de Louison. Elle tendit ses mains vers lui :

— Ali, ne sois pas méchant. Je ne me dédis pas : je t'aime. Mais...

— Mais quoi ? questionna-t-il en redevenant tendre.

— C'est impossible ! dit-elle avec désespoir. Ali, je ne suis pas arrivée ici en venant de nulle part. J'ai une famille, j'ai... un passé, j'ai, j'avais un avenir déjà tracé...

— Viens près de moi, ma douceur, que je commence de t'apprendre à vivre, dit-il en la tirant vers lui par les deux mains qu'elle lui offrait. Belle de mon cœur, pourquoi veux-tu appartenir à ton passé puisque c'est aujourd'hui qui t'apporte le bonheur ? Tu ne dois rien à ton passé, tu ne dois rien à ta famille, tu ne dois rien au monde, tu ne dois qu'à toi. Et toi, tu es faite comme toutes les femmes jeunes et belles, pour trouver ta joie dans l'amour.

À l'entendre lui si bien prêcher ce qui ne pouvait être, une bouffée de rage la souleva :

— Vous me bercez, dit-elle avec colère. Vous me bercez avec des mots, mais au bout des mots la réalité demeure, et l'heure a tourné et je dois partir. Je dois partir, répéta-t-elle en se soudant à lui de tout son corps, qui refusait la douleur de la déchirure.

Il eut un soupir :

— Je ne t'apprendrai pas à vivre en un jour, dit-il avec résignation. Pars, puisque tu le veux. Pars. J'attendrai que tu me reviennes.

— Ah, dit-elle, je me sens déjà sans toi. Je me sens déjà perdue.

— Reviens tout de suite.

— Laisse-moi, dit-elle en se dégageant. Laisse-moi seule un moment. Je dois me rajuster.

— Veux-tu que je t'envoie Lëïlé ?

— Dieu, non !

Son refus effarouché tira un sourire au Persan :

— Les Persanes ne sont pas pudiques entre elles, dit-il. Préfères-tu la vieille Zaza ?

— Non, personne, personne ! dit-elle avec irritation.

Soudain, comme il sortait, la pensée de Louison fit un brusque retour en arrière :

— Ali, dit-elle, vous parliez de m'épouser : n'êtes-vous donc point marié chez vous, à Chirâz ? J'exige la vérité.

— Je n'ai pas à mentir. Depuis que je vis à Paris je suis retourné deux fois à Chirâz. La première fois j'avais quinze ans, et envie d'aimer toutes les femmes aimables. La seconde fois j'avais vingt ans, alors on m'a marié. Ma femme m'a vite ennuyé, je l'ai renvoyée à son père, qui l'a remariée. Les Persanes, je te l'ai dit, aiment se faire épouser, elles se marient et se remarient sans faire de façons. On m'a offert d'autres femmes, je les ai toutes refusées.

— Elles étaient laides ?

— Je ne le crois pas. Elles n'étaient pas toi. Aucune femme, avant toi, ne m'avait donné le désir de la garder dans ma maison.

Il la vit amorcer un sourire.

— Ma réponse te satisfait?

— Oui, dit-elle.

— Tu es jalouse?

— Oui.

— Tu es jalouse et tu t'en vas?

— Je reviendrai.

— Ne tarde pas trop.

Elle le mordit au bras, sans douceur.

— Oserais-tu m'être infidèle si je tardais?

— Hélas, l'infidélité m'ennuierait. Alors je pécherai, je serai chaste : un jour sans amour est un péché.

— Les musulmans ont de curieux péchés, dit-elle après un temps de surprise. Ils pèchent à l'envers des chrétiens.

Les bras vides et le cœur inquiet il se retrouva seul au seuil de son halvette, au bord du jardin, contemplant sans la voir une branche d'églantines.

L'oncle Mirza l'observa un bon moment avant de manifester sa présence en parlant au chat. Le vieil homme devait s'apprêter à sortir. Il avait échangé sa longue robe noire contre un habit de drap gris un peu démodé, qui lui ôtait de sa noblesse sans le rendre parisien pour autant, à cause de sa belle barbe rousse. Ali, enfin, tourna ses yeux vers lui :

— Monsieur mon oncle, je te saurais gré d'envoyer Mélick chez l'abbé des Solins, avec un billet le priant d'aller tenir la banque pour moi ce soir, sur le coup de dix heures, chez la comtesse Radziminska. Je lui ferai les fonds, et si tu voulais bien t'en occuper aussi... Je n'ai pas envie d'aller perdre ma nuit prochaine chez les joueurs et je n'ai pas, non plus, envie d'écrire le billet pour l'abbé.

L'oncle Mirza acquiesça de la tête sans mot dire. Ses yeux, plissés par le soleil, ne lâchaient pas le visage de son neveu. Alors Ali soupira :

— Monsieur mon oncle, je suis un fou. Je l'aime et je l'ai laissée partir.

— Tu ne pouvais pas retenir dans notre maison la fille d'un fermier du Roi. Nous sommes ici des étrangers, mon fils. La prison et l'exil suivraient bientôt une faute contre les lois de ce pays.

— Comment sais-tu qui elle est ? s'étonna Ali.

— Un petit fiacre privé capitonné de calmande cramoisie est demeuré pendant trois heures devant notre porte. Mélick a parlé au jeune garçon qui servait de cocher.

Il prit un temps avant d'oser se montrer indiscret :

— Cette jeune fille a donc touché ton cœur ?

— Depuis que je l'ai vue elle fait toute la joie de mon âme, dit Ali d'une voix fervente.

— Ta réponse me chagrine, mon fils. L'amour est bon quand il est facile. Les Françaises ne sont pas douces pour l'homme, et moins encore celles qui sont bien nées. La fille du financier compliquera ta vie au lieu de l'alléger.

Un souvenir de miel fit rayonner les yeux d'Ali :

— Oncle Mirza, pour celle-ci tu te trompes, dit-il. Celle-ci, mes bras l'ont trouvée très douce.

— Oui, oui, dit l'oncle Mirza, je sais, j'ai su. Quand la peau d'une jeune fille est douce aux mains on croit sans peine à la douceur de son cœur. Mais penses-tu vraiment que ta belle chrétienne se contentera du tapis de soie que tu étendras pour elle à l'ombre de ton cerisier quand tu voudras la reposer de tes caresses et du chant de ta flûte, de tes poèmes et de tes perles ? Penses-tu vraiment qu'elle se contentera de la vie parfaite ? Non, elle voudra aussi son monde, et les plaisirs de son monde. Mon fils, pour l'amour de Dieu, pour l'âme de ta mère, si tu as enfin envie d'une femme dans ta maison, va-t'en la chercher à Chirâz. Seule une musulmane sait qu'après l'amour il fait bon dormir, et bon dormir encore chaque fois que tu dois décider de quelque chose.

La longue tirade avait plus amusé que troublé Ali.

— Oncle Mirza, dit-il, tu ne réussiras pas à me faire peur de l'infidèle : elle est trop belle.

Le vieil homme s'obstina pourtant, et maintenant c'était surtout pour la volupté de parler, dont il ne se lassait jamais.

— Ali, mon fils, écoute-moi encore, tu sais, toi, que sous le henné j'ai la barbe blanche. Il est bref, pour une femme, le temps d'être belle, le temps d'être aimée. Faut-il risquer le pire pour jouir du meilleur pendant si peu de temps ? Quand le corps de l'homme ressent les élancements du printemps, le bon peut lui suffire. Prends une aimable épouse temporaire, et si tu veux en tirer la même ivresse que de ta bien-aimée, débouche un flacon de vin de Chirâz en la caressant.

— Monsieur mon oncle, tu es un vieux soufi païen et jouisseur, dit Ali en souriant tout à fait. Je ne suis pas encore parvenu à ton haut degré de sagesse. Permets-moi donc de me rendre malheureux avec ma folie. Puisqu'elle a voulu s'absenter, jusqu'à son retour mon bonheur sera de me tourmenter à l'attendre.

L'oncle Mirza le regarda s'asseoir auprès du chant de l'eau, tirer son chapelet de sa poche et commencer de l'égrener. Il attendit que l'istékhara fût achevée et quand Ali, avec un clin d'œil malicieux, lui lança bien haut : « Excellent ! Elle sera là demain ! » :

— Inch'Allah ! dit-il. Trois choses ne laissent pas de trace derrière elles : le bateau sur l'eau, le serpent sur la roche, et un bon conseil dans un cœur amoureux.

10

Tard dans la soirée — il était huit heures passées —, Marianne rentra difficilement chez elle. Après la grisaille du début de l'après-midi le printemps redevenait beau, les Parisiens jouissaient dans les rues de la longue clarté de mai. Des quartiers excentrés, où le désastre des Saintes n'était encore qu'une rumeur floue, les gens affluaient aux nouvelles. En arrivant au Palais-Royal, où les vastes travaux du duc de Chartres* n'arrangeaient pas la circulation, la calèche de Marianne fut complètement bloquée, pour un grand moment, au milieu d'une confiture d'attelages et de piétons. Des ruisselets de badauds s'infiltraient entre les voitures, frôlaient dangereusement les chevaux, zigzaguaient autour des trous du chantier pour gagner l'arbre de Cracovie** sous lequel péroraient les nouvellistes, à demi étouffés par un cercle d'auditeurs cinq fois plus dense que d'ordinaire. Leurs propos ricochaient du premier rang aux derniers en se déformant à chaque passage, si bien que les garçons des cafés, qui n'en attrapaient que la queue en portant des sorbets aux portières, transmettaient à leurs clients les échos les plus variés de la bataille navale. Les colporteurs de feuilles imprimées leur vendaient d'autres vérités encore, mais qu'importait ? L'essentiel était de participer à la rage collective contre les Anglais en commençant, plus bas, à douter de la valeur et du courage des officiers de la Royale.

Voyant que la pause durait, Marianne, qui se trouvait coincée juste devant la boutique de *La Civette*, descendit pour y acheter de la poudre de tabac, dont elle usait contre ses maux de tête : elle sentait venir sa migraine. Comme toujours il y avait beaucoup de monde chez le célèbre

* La construction des galeries à pavillons.
** Ainsi nommé à cause des « craques » que les nouvellistes débitaient à son ombre.

marchand de tabac, et elle y rencontra Lauraguais. Le comte était en train d'assurer son public qu'aux Indes, le bailli de Suffren avait déjà commencé de faire payer aux Anglais leur victoire des Saintes et, comme à peu près personne ne savait rien des affaires indiennes, le bavard se taillait un succès en portraiturant, à gros traits picaresques, M. de Suffren de Saint-Tropez. Marianne lui toucha le bras, enchantée de pouvoir s'y accrocher pour ressortir dans la cohue.

— Féfé, je vous trouve là à point nommé, dit-elle, en lui montrant son équipage immobilisé. Vous si habile à mener, si vous pouviez aider mon cocher à se tirer de là...

Quand ils se retrouvaient seuls, souvent elle l'appelait Féfé comme au temps de leurs amours, et alors la tendresse resurgissait entre eux, à fleur de leurs peaux jadis unies.

Lauraguais secoua la tête :

— Ma douce, pour enlever votre Toupin de là il me faudrait le vaisseau volant de monsieur Blanchard* et, la dernière fois que je l'ai vu, il ne m'a pas paru au point. J'ai abandonné mon carrosse pour aller à pied. Laissez là votre calèche, je vous reconduirai jusque chez vous.

Il la conduisit d'abord jusqu'au café de *La Régence*, sachant que, pour enrayer sa migraine, elle avait besoin de café autant que de tabac.

À *La Régence*, comme dans tous les autres cafés du Palais-Royal, c'étaient la foule et le bruit des grands jours. Ils y connaissaient beaucoup de gens, mais tous si animés, si distraits par leur nombre qu'ils purent s'isoler à une petite table.

— Ouf! fit Lauraguais en s'asseyant. Paris me lasse. J'aspire de plus en plus au calme de la campagne. Ah! Marianne! Vivre en sabots au milieu de mes vaches et de mes cochons, quel rêve! Je ferai mon beurre et mes fromages, j'aurai des œufs frais, de la salade et des radis brillants de rosée... Je me gaverai de bon lait et de bon air... Marianne, s'il vous reste un bout de cœur pour moi, priez le ciel que je trouve assez d'argent pour m'en aller mener une vie de pauvre.

* Un des premiers aéronautes.

Marianne riait, soulevait du doigt les dentelles parfumées du comte, lui passait sous les yeux le pommeau d'or et d'argent de sa canne d'ébène.

— Guenilles, ma douce, guenilles que tout ceci, dont je me déferais sans peine, dit-il d'un ton désabusé. Riez, Marianne. Riez, mais ne respirez point : notre air est infect. Si je parviens à m'établir en Normandie, vous verrez combien de poitrinaires j'y sauverai en leur offrant un séjour chez moi. Vous ne me croyez point ?

— Oh ! si, dit Marianne. Et je suis sûre que vous penserez d'abord aux poitrinaires de l'Opéra, et en tout premier à la petite Herbin, dont les gracieux seize ans sont fort pâlots.

— Vilaine, dit-il. Vous croyez me bien connaître mais ne connaissez que mon personnage.

D'une piécette il se défit d'un quêteur, montra, du bout de sa canne, le saute-ruisseau qui galopait d'un café à l'autre, agitant une affiche et criant : « Souscription, souscription ! Imitez monsieur de Beaumarchais, inscrivez-vous pour aider à refaire une marine au Roi ! »

— Ce diable d'homme a trouvé le moyen de faire courir son nom par la ville sous couvert de patriotisme, maugréa le comte.

Ayant porté son regard plus loin il ajouta, souriant malgré lui :

— Et voyez donc ce coquin courir lui-même derrière sa renommée afin de n'en point perdre une syllabe.

En fait, Beaumarchais ne courait pas, il se laissa même arrêter par une connaissance.

— Comte, envoyez-lui dire que nous sommes ici, pria Marianne. Je sais que vous êtes en froid, mais pas quand je suis entre vous, et je veux vous réconcilier.

Le comte, en soupirant, envoya chercher Beaumarchais.

— Ami Charmant, dit Marianne dès que l'arrivant s'assit près d'eux, je vous vois la mine affairée et mystérieuse que vous prenez quand vous renfermez une nouvelle encore secrète. La saurons-nous ?

— Madame, ne cherchez point, la chose va de soi, ironisa Lauraguais. Ému aux larmes par la souscription, monsieur de Vergennes vient de faire nommer ministre de la Marine votre Ami Charmant.

— Mon cher comte, je n'ai pas à m'occuper que de la Marine, dit Beaumarchais. J'ai aussi les Auteurs sur les bras, dont les malheurs sont quotidiens.

Il baissa la voix :

— L'abbé Pézana a voulu se tuer ce tantôt, parce qu'on lui vole ses droits d'auteur. La veuve Hérissant, son libraire, prétend tout garder pour elle, sous prétexte qu'elle a avancé les frais d'impression de l'ouvrage. Le pauvre abbé, poussé au désespoir...

Il acheva pianissimo :

— Il se l'est tranchée net, pour mourir d'hémorragie. Voilà jusqu'à quelle extrémité nos lois scélérates réduisent les auteurs !

— Que s'est-il tranché? demanda Marianne, naïvement.

Lauraguais riait déjà comme un fou.

— Ma foi, dit-il entre deux rires, puisque la veuve Hérissant veut tout, qu'on lui porte aussi l'objet sacrifié, elle aura en main le meilleur de l'homme : il se servait de cela mieux que de sa plume.

— L'ogresse ne recevrait pas l'article; aujourd'hui il n'est plus commercial, dit Beaumarchais.

— Voyez comme nous autres Français avons l'humeur heureuse, dit un peu plus tard Lauraguais, comme il raccompagnait Marianne, à petits pas d'ancien amoureux peu pressé d'arriver au but. Demain, c'est l'infortune de l'abbé qu'on chansonnera sous l'arbre de Cracovie et sur la terrasse des Feuillants. Le public séchera ses larmes, oubliera les cinq vaisseaux qu'on nous a ôtés, la Jamaïque que nous n'avons pas eue, et il réclamera cent fois plus de détails sur la petite affaire Pézana que sur la grande affaire des Saintes. Enfin, bon. Nous voilà avec un nouvel Abélard et, comme il est aussi dans la littérature, souhaitons qu'il se trouve une Héloïse, afin qu'ensemble ils nous écrivent un beau roman par lettres, puisque Laclos en a lancé la mode. A propos, ma douce — à propos d'autre chose —, vers où trottait donc notre Louison, tôt dans l'après-dîner ? Je lui ai cédé le pas au carrefour des Petits-Pères, son cocher a claqué son cheval et la belle a filé sans même un sourire pour moi.

— Que diable me racontez-vous là ? s'étonna Marianne, très surprise. Louison n'est certes pas sortie de la journée. Treille est à Saint-Cyr avec Solange, et elle a refusé de venir avec moi. De reste, je sais pourquoi. Dès que Treille lui tourne le dos elle dévore les romans qu'elle me vole. Vous n'avez pas dû la voir dehors aujourd'hui.

« Je l'ai vue, bel et bien vue », pensa Lauraguais, qui dit, prudemment :

— J'avais cru reconnaître Toupinet, mais je me serai trompé. Je ne garde pas en tête la figure des cochers.

— Vous savez qu'elle épouse le marquis de Roquefeuille, décidément. Qu'en pensez-vous ?

— Roquefeuille est le meilleur homme du monde, mais renfermé dans sa campagne. Louison s'ennuiera en Berri. Et moi, je m'ennuierai d'elle.

— Vous serez en Normandie.

Le comte eut un rire joyeux :

— Justement, dit-il. J'espérais qu'une fois installé dans ma ferme, je pourrais l'avoir chaque été près de moi.

— Féfé ! dit seulement Marianne en lui coulant un regard de biais.

— Bon, fit le comte, n'est-elle point comme ma nièce ? Ne me donne-t-elle point du « tonton Lauraguais » à tout bout de champ ?

— Certes, dit Marianne. Mais après ce que nous avons su de tonton Voltaire et de sa nièce Denis...

— Ah ! Marianne, soupira-t-il, Marianne, Louison ressemble tellement à vos vingt ans !

Tendrement, il serra contre lui le bras qu'elle avait passé sous le sien, lui souleva la main pour déposer un baiser sur son gant :

— Marianne, ma douce, qui a bien aimé tard oublie. Et n'oublie plus du tout, quand l'image de son beau passé ressuscite sous ses yeux, plus belle que jamais. Pourquoi n'ai-je point, moi aussi, pris soin de me donner un doublon ? Nous aurions marié nos doublons ensemble et refait l'amour par procuration. Et comme j'aurais moi-même appris l'amour à mon fils, votre Louison serait bien servie.

Il lorgna Marianne, vit qu'elle souriait sans mot dire et lui secoua le bras :

— N'est-ce pas ? N'est-ce pas qu'avec un jeune Lauraguais votre Louison serait contente ? insista-t-il, avec une traînée d'anxiété au fond de sa voix moqueuse.

— Oui, dit enfin Marianne après avoir fait mine de réfléchir.

Et elle lui fit bonne mesure :

— Féfé, vous saviez être le plus délicieux des amants. Pas un jour sans caresses, pas un jour sans rires, et jamais une heure d'ennui.

— Voilà ce qu'il fallait me dire, approuva Lauraguais, épanoui de plaisir. Je veux certes devenir un sage au fond d'une campagne, mais j'entends bien qu'ici on regrette un peu le fou que je fus. Et seule une femme sait vous regretter comme il faut. D'un mot elle peut vous ôter vingt ans.

— N'exagérez pas, Féfé, dit Marianne. Je puis tout au plus vous ôter quinze ans. C'était il y a quinze ans, mon cher. Et je trouve cela bien assez lointain !

Ils arrivaient devant l'hôtel Marais. Avant d'entrer dans la cour Marianne se tira un gant, jeta un coup d'œil circulaire et baisa le bout de ses doigts, qui porta le baiser sur les lèvres du comte.

« Je me demande bien ce que Louison aurait eu à faire ce tantôt du côté de chez les Petits-Pères ? » se demandait Marianne en traversant la cour.

La remarque de Lauraguais lui revenait, si bien qu'elle interrogea tout de suite sa femme de chambre, avant même de se laisser déshabiller :

— Colette, Mademoiselle est-elle dans sa chambre ?

— Mademoiselle est dans un bain, dit Colette.

— Comment, elle se baigne à cette heure-ci ?

— Mademoiselle se baigne pour un oui, pour un non, elle tient cela de Madame. Elle ne se baigne pas par propreté, elle se baigne par plaisir — madame la Gouvernante le lui reprochait encore l'autre matin. Et encore madame la Gouvernante n'a-t-elle pas tout vu ! Elle ne sait pas que Mademoiselle profite de ses absences pour se baigner toute nue !

— Quelle horreur ! plaisanta Marianne.

Elle alla chez sa fille, traversa le boudoir et passa dans la chambre. Par la porte du cabinet des bains, demeurée ouverte, elle entendit Louison bavarder avec Suzanne. Il était question d'onguents pour adoucir la peau sortant de l'eau.

Marianne haussa le ton habituel de sa voix :

— Louison, presse-toi un peu, dit-elle. Je t'attends. Nous allons souper toutes les deux. Monsieur Marais n'est pas encore rentré de Versailles.

La réponse de Louison mit un temps bizarrement long à lui parvenir, bien qu'elle fût toute simple :

— Je me dépêche, maman. Je suis contente de vous avoir pour moi seule, ce soir.

Un coin de reliure dépassait de sous l'oreiller du lit, que Marianne aperçut. Elle alla tirer le livre, leva les yeux au ciel en lisant son titre, mais remit *Les Liaisons dangereuses* sous l'oreiller, en les cachant mieux. En matière d'éducation elle n'était pas pour les châtiments inutiles : le mal fait est fait. Et tant qu'il n'est fait qu'en rêve...

Elle se posa sur une chaise devant la table à écrire et commença de s'amuser à tailler les plumes en parlant haut, de manière à se faire entendre dans la salle de bains :

— J'ai rencontré l'abbé de Véri qui courait aussi après les nouvelles de la Marine. Il croyait que nous allions à la Comédie-Française demain soir et voulait nous y amener ton marquis. Je lui ai appris ce que nous avons décidé. La nouvelle salle est décidément trop manquée. Tant que l'architecte n'aura pas changé la couleur blanche de sa décoration, aucune dame de la coalition — et nous en sommes toutes — n'y remettra les pieds. A-t-on idée de faire des loges en blanc ? Aucun teint n'y résiste. Nous emmènerons monsieur de Roquefeuille chez la Montansier. En ce moment elle a l'Opéra chez elle, qui joue l'*Iphigénie*. Ton

155

marquis n'a pas encore vu monsieur de La Fayette. Il faut qu'il le voie et, dès l'instant qu'on joue l'*Iphigénie* chez la Montansier...

Elle acheva sa phrase par un rire et attendit la réplique de Louison.

Depuis que le parterre avait pris l'habitude, pour contrarier les talons rouges des loges, de battre des mains en se tournant vers le héros de la guerre d'Amérique quand le chœur entonnait : « Achille couronné des mains de la Victoire », M. de La Fayette manquait rarement une représentation d'*Iphigénie*. Marianne riait du goût des applaudissements que cachait mal le fringant général, mais toutes les jeunesses adoraient le héros, et Louison n'était pas la dernière à le défendre contre les railleurs. Cette fois, pourtant, elle ne fit pas écho au rire de sa mère. Celle-ci s'apercevait enfin qu'elle papotait seule, comme dans le vide, depuis dix minutes. Elle lança, un ton plus haut :

— M'entends-tu, honey ?

— Oui, maman, dit Louison en paraissant sur le seuil de la porte.

Marianne se dressa debout, presque angoissée soudain, Dieu savait pourquoi. Sa petite fille lui semblait pourtant plus resplendissante que jamais dans son grand peignoir de coton blanc. Une fraîcheur embaumée émanait d'elle, et elle souriait à sa mère, mais d'un tout petit sourire, presque timide. Leurs regards se rencontrèrent et, sous le choc, le cœur de Marianne eut un sursaut. Cherchant chez sa fille elle ne savait quoi de changé, ce fut son instinct qui lui dicta la phrase à dire :

— Monsieur de Lauraguais prétend qu'il t'a vue, après dîner, devant les Petits-Pères.

— Il m'avait donc vue ? releva simplement Louison. Je le pensais bien.

La petite gêne, dans la gorge de Marianne, devenait une boule.

— Que faisais-tu par là, Louison, et seule j'imagine, et sans ma permission ?

— Maman, je crois que je dois vous parler, dit Louison en battant des cils.

— Et de quoi donc mon Dieu? murmura Marianne d'une voix atone, et elle se demandait toujours pourquoi, sans raison, la peur la prenait.

Une heure plus tard elle caressait à deux mains la luxueuse chevelure répandue sur ses genoux. Comme naguère elle jouait à en rouler les boucles à contresens autour de ses doigts pour les laisser se détordre dès qu'elle les relâchait, avec la brusquerie des indociles qu'on a contraints. Ce jeu, c'était le câlin favori de Louison quand elle était encore sa petite fille. Ce qui alors récompensait sa sagesse, endormait ses colères, consolait ses chagrins. Mais ce soir la tête abandonnée pesait trop lourd dans le giron de Marianne et ne lui apportait pas la douce joie d'autrefois en même temps que l'apaisement à l'enfant. Noyée encore dans l'amertume et le chagrin elle ne trouvait pas vite les mots de blâme qu'une mère doit à sa fille coupable, ni les mots de secours qu'il lui faudrait bien trouver pour la sortir de sa folie, la panser, la restaurer dans son insouciance d'hier, lui rendre son bel avenir. Sans y parvenir elle tentait de se replonger dans l'élan étourdi qui l'avait jetée à dix-huit ans dans les bras d'un joli dragon vert et blanc casqué d'argent, juste avant qu'on la mariât au mercier Couperin. Mais Marianne n'avait jamais connu pour parents que des commerçants lointains et froids. Comment se pouvait-il que la même chose — cette foucade romantique, ce coup de lune —, arrivât aussi aux filles qui ont des mères pour en souffrir jusqu'au fond de leur chair trahie, dépossédée soudain sans façon, par un passant, d'un morceau d'elle-même?

« Et que vais-je lui dire contre l'amour? Depuis le berceau je l'ai fait vivre dans l'amour. Je lui ai montré que l'amour apportait tout. Effaçait les soucis, comblait les manques. Mettait de l'espace et des meubles autour de nous, du linge et de la vaisselle dans les armoires, du bois dans les cheminées, des chevaux dans l'écurie, de la soie et des diamants sur sa mère, des jouets dans sa chambre. Parce que j'ai eu de la chance elle a vu que l'amour emplissait la maison d'amis, de rires et de tous les plaisirs, elle a vu

157

qu'être aimée fabriquait du bonheur. Pardonnez-moi, mon Dieu, de l'avoir élevée dans cette croyance puisque pour moi elle était vérité, elle est vérité. Jamais je n'ai connu le regret d'aimer, même quand on a oublié de m'aimer en retour. Et je pense toujours qu'une femme vit mal sans la féerie dont peuvent l'entourer ses amants, dût-elle s'en inventer elle-même la moitié que l'or n'achète pas. » Et puis, bon. Le mal fait est fait. Elle n'allait pas regretter d'avoir gardé sa fille bien au chaud au creux de sa bonne vie, plutôt que de lui en avoir infligé une mauvaise, vertueuse, au fond d'un couvent ? D'autant qu'après tout... Paris est grand, et un chaos de bruits. Le soupir d'un péché s'y perd à coup sûr.

Fidèle à sa nature gaie vivante, ne trouvant en elle ni vaines paroles de colère, ni dures paroles de châtiment, Marianne opta pour des paroles utiles. Avant de s'y lancer elle respira de tout son besoin, si profondément que la tête de Louison bougea sur ses genoux. La jeune fille lovée à ses pieds leva vers elle son grand regard clair embué d'un rêve tout brillant :

— Ai-je changé, maman ? Mon visage a-t-il changé ? Je me sens l'âme toute nue, exposée sur mon front...

— Ah non ! Ôte-toi cela de la tête, dit Marianne avec vivacité. Treille t'a répété que les fautes d'une certaine sorte s'inscrivent sur le front d'une femme, mais l'heure n'est plus aux racontars de croquemitaine. Crois-moi plutôt qu'elle. Les... chutes d'une femme ne sont pas plus visibles sur son front que les cornes sur le front d'un homme, et c'est justice.

Du bout des doigts elle lissa le front crispé de sa fille, pria très fort que sa bêtise ne devînt pas visible un jour, dit enfin :

— Rassure-toi, rien ne paraît à l'œil. C'est par-dessous le front, qu'il te faut guérir. Je voudrais connaître la recette d'une eau d'oubli, pour t'en faire une compresse.

— Maman, je ne veux rien oublier !

— Chut ! commanda Marianne. C'est mon tour de parler.

— Oh, maman, pourquoi ? Que me pourriez-vous dire ? Mon destin n'est-il pas scellé ?

— Sottise ! gronda Marianne. Je te défends de t'exprimer comme une héroïne de Richardson ou de Rousseau. Je ne t'ai appelée ni Héloïse ni Paméla, je t'ai appelée Louise, et c'est un nom de princesse. Tu n'es pas une grisette, Louise. Tu es la fille d'un prince et la belle-fille d'un financier. Le cœur d'une princesse n'a pas moins de fragilité que celui d'une grisette, mais ce n'est point au gré de ses coups de cœur qu'une princesse choisit sa vie. Je veux — tu m'écoutes ? —, je veux que tu t'en tiennes à nos projets. Je veux que tu épouses le marquis de Roquefeuille.

Louison redressa la tête, fixa longuement sa mère avant de lui jeter du bout des dents, avec un dédain affiché :

— Vous voulez donc, maman, que je mente au marquis ? Souhaitez-vous vraiment pour moi une solution à la Du Barry : un mari en province, un amant à Paris ?

D'un geste coléreux Marianne balaya la question inopportune :

— Ne fabule pas, je te prie ! Je te parle de ton mariage, et de rien d'autre. Le marquis t'aime. T'épouser sera son bonheur. Qui te demande de lui mentir ? Très souvent le bonheur d'un homme est fait des silences d'une femme.

— Oui, il m'aime, je le sais, dit Louison après un temps. Vous le savez aussi, et voulez pourtant que je sois ingrate envers lui ? Ingrate, et perfide, et parjure ?

— Non, non et non ! s'exaspéra Marianne. Ne recommence pas à me sortir des mots empruntés à tes romans. La vie ne doit pas copier le roman. Louison...

Tendrement, elle lui cala le visage entre ses deux mains :

— ... tu apprendras vite qu'en amour, tout fait partie du jeu. Qu'on s'y montre parfois ingrate, et perfide, et parjure sans encourir l'indignité, dès l'instant que c'est pour rendre un homme heureux.

Coite un grand moment, Louison finit par dire, d'une voix redevenue calme :

— Quand on aime, peut-être. Peut-être quand on aime a-t-on le droit d'être menteuse, perfide, ingrate et parjure sans encourir l'indignité. Mais je n'aime pas le marquis. C'est...

Elle n'osa pas prononcer son nom :

— C'est l'autre que j'aime, acheva-t-elle, et sa phrase lui mouilla les yeux.

— Bon, eh bien alors, sois ingrate et parjure avec celui-ci, dit Marianne, logique.

D'une main appliquée sur sa bouche elle coupa net le cri d'horreur de Louison.

— Lève-toi, ordonna-t-elle. Lève-toi et va te voir dans ton grand miroir... À ton avis, ne feras-tu pas une bien jolie marquise, que l'on verra danser avec plaisir aux bals de la Reine ? Et te plairais-tu vraiment mieux en épouse cloîtrée d'un marchand de tapis arabe ?

Cette fois, Marianne avait réussi au-delà de son espérance. Louison s'abattit sur le canapé, le corps secoué d'énormes sanglots. Elle hoquetait de douleur et de rage quand elle retrouva assez d'air pour exhaler son dépit :

— Je ne rêve pas un instant d'épouser Ali, je sais ce que je dois à ma naissance, fût-elle bâtarde. Rassurez-vous, ma mère, je n'ai que l'intention d'aimer, d'aimer, d'aimer ! D'aimer tout mon soûl qui j'aime, sans avoir à me partager !

Elle se remit assise, poursuivit avec impétuosité :

— Ne m'avez-vous pas souvent dit que mon père n'avait pas l'échine souple ? Que jamais il ne s'abaissait à cacher ses opinions, ni ses goûts, ni ses fantaisies ? Ne vous a-t-il pas aimée dans son palais, fait servir par ses gens ? Ne vous a-t-il point logée dans son château et promenée dans ses carrosses, vous qui n'étiez qu'une mercière de la rue Saint-Denis ?

Marianne eut un très triste sourire :

— Louison, ton père était un homme, et un grand seigneur. Le monde lui comptait pour droits ses caprices.

— Mais la princesse sa mère n'était qu'une femme, et ne se privait pas de bien autant de caprices, à ce qu'on raconte.

— Louison, tu n'as pas le titre de princesse, dit doucement Marianne, le cœur serré. Ton père ne te l'a pas donné.

— Eh bien, je m'en passerai, dit Louison avec une hauteur soudaine. Nous sommes en 1782, maman. L'oncle Lauraguais prétend qu'aujourd'hui la liberté est à tout le monde, et je le crois.

Brusquement, la question de sa mère lui repassa par la tête en lui empourprant les joues :

— D'ailleurs, pourquoi rabaisser monsieur Khazem en le traitant de marchand de tapis arabe? D'abord il est persan, ensuite vous ne le connaissez point. Je vous promets que vous n'aurez jamais vu un marchand de cette sorte, et il serait un prince incognito, un envoyé secret du shâh de Perse que cela me surprendrait moins.

Malgré l'air d'ironie que prit le visage de sa mère elle continua un bon moment d'extravaguer sur sa lancée, pressée d'inventer du romanesque, d'embellir son fol amour de tout le fabuleux de l'Orient. Qu'Ali fût un prince déguisé eût si bien arrangé ses affaires !

Marianne, résignée, laissait couler ce flot de lyrisme sans trop y prêter l'oreille. Gagner du temps, il fallait gagner du temps. Une jeune fille met du temps à se remettre de ses premiers émois. Parfois, au milieu de son conte oriental plein d'images de convention Louison trouvait soudain des mots ingénus, d'une saveur fraîche, pour exprimer le bouleversement de sa chair. Ces mots-là, Marianne les captait sans joie : que ce maudit Persan eût le talent d'aimer en plus de son fascinant turban ne l'enchantait pas. Oh ! oh ! oh ! si elle avait tenu là, tout de suite, entre ses mains, le cou de cette fripouille de Beaumarchais par qui le mal était venu !

Dans un presque sourire Louison arrivait tout de même à bout de souffle :

— Maman, il m'aime tant, murmura-t-elle pour conclure. Je vous assure qu'il m'aime comme jamais, jamais personne ne m'a aimée.

Marianne sentit s'enfoncer dans son cœur le dard brûlant de l'injustice. « Chérie, pensa-t-elle, chérie, quand on désire une femme, pour l'avoir il faut bien lui dire qu'on l'aime, c'est la moindre des politesses. » Elle soupira, alla s'asseoir près de sa fille sur le canapé, la reprit dans ses bras :

— Ne débattons plus de tout cela ce soir, veux-tu ? Tu es fatiguée, tu dois dormir. Je vais sonner Suzanne pour qu'elle te prépare, tu te coucheras, et je te ferai porter dans ton lit un bouillon et un blanc de poulet. Et puis demain... Demain, il fera jour. Demain, nous verrons.

Louison ne répondit rien : elle s'endormait. Marianne resserra son étreinte autour d'elle et continua de la bercer.

Pendant deux longues journées — l'éternité ! — Louison tint la promesse que lui avait arrachée sa mère, ne sortit de sa chambre que pour descendre au jardin promener nonchalamment son corps mol, engourdi dans la douce nostalgie d'un autre corps au parfum de cade, à la couleur et au toucher d'ivoire satiné que ses mains n'oubliaient pas. Et la nuit n'apaisait pas son désir d'Ali. Rien qu'en lui passant sa chemise Suzanne levait des frissons sur sa peau à vif. Elle s'endormait et s'éveillait dans les bras du beau Persan, le chant de sa voix était dans son oreille, ses baisers étaient dans sa bouche. La femme éclose d'hier avait à peine plus que l'âge de Juliette et découvrait, avec l'éblouissement de Juliette, l'absolue nécessité de Roméo et le tourment de tout un jour sans lui.

Depuis que M. Marais était rentré de Versailles il y avait eu du va-et-vient dans l'hôtel. Louison avait aperçu plusieurs fois le carrosse de M. de Véri, et le comte de Lauraguais. On l'avait tenue à l'écart de toutes les conversations, on ne lui en avait encore rien rapporté, et elle n'était pas fâchée qu'on l'eût mise comme en quarantaine. Si sa mère pouvait arranger sans drame son affaire avec le marquis, tant mieux. Vaguement, dans le lointain d'elle-même, elle n'avait pas très envie que le marquis ne l'aimât plus. Et puis, ce silence dans lequel on l'isolait contraignait Mme de Treille à se taire aussi. La gouvernante l'observait sans mot dire, sauf pour la diriger et lui imposer les mêmes leçons qu'à l'ordinaire. Pour confidente, depuis deux jours Louison n'avait plus que Solange.

La tendre Solange savait écouter l'amoureuse avec son cœur, et n'y trouvait en réponse que des paroles de crainte ou de compassion. Souvent elle allait vers son amie redevenue muette et rêveuse, pour lui presser la main ou poser une caresse sur ses cheveux. L'aveu sans fard de Louison l'avait effrayée, affolée, émerveillée aussi parce qu'elle, la timide, la trop sage, se sentait à jamais incapable d'un tel emportement et se demandait soudain si elle s'en devait réjouir. L'amour qu'irradiait Louison enfiévrait d'envie la jeune vierge de dix-neuf ans sans dot et sans audace, que ses parents laisseraient vieillir sans homme plutôt que de lui permettre de déroger. Autant que pour la soulager, elle faisait parler Louison pour entendre parler d'amour.

Vers la fin du second jour Marianne vint remettre à sa fille une lettre du marquis, un pli fermé qu'elle ne demanda pas à lire. Peut-être en connaissait-elle déjà le contenu ?

La lettre d'Aimé de Roquefeuille était presque une lettre d'amant :

« Mademoiselle,

Jusqu'ici je n'avais mis d'importance à rien. Aucun projet ne me tentait assez pour me fixer à lui. Craignant que ce fût par indolence je voulais croire que c'était par sagesse, je sais aujourd'hui que c'était par indifférence. Dès que vous m'êtes apparue vous m'avez apporté la tentation, et le constant bonheur de vous désirer. Il paraît, mademoiselle, que je n'en ai pas fini avec ce bonheur-là.

Puisque vous avez l'âge des incertitudes je vais quitter Paris en ne remportant chez moi que mon songe de vous. Comme on me permet de continuer d'espérer, mon songe aura de douces couleurs. Le Berri est un pays bien clos, plein d'un temps immobile. Tout y dure mieux qu'ailleurs, les habitudes, les idées, les rêves, les souvenirs. L'espérance d'une femme ne s'y use pas. Si vous devez y venir un jour vous vous y serez vous-même devancée, car déjà vous habitez ma maison et mon paysage. Votre portrait, qu'on me laisse, éclaire ma bibliothèque. L'aube qui annonce un matin mouillé a juste le ton laiteux de votre teint, le bleu du ciel berrichon est aussi fluide, aussi instable que le bleu de vos yeux, et je ne respirerai pas une rose de mon jardin sans penser à la rose que j'ai vue dans vos cheveux. Vous voyez que j'aurai beaucoup à faire en vous attendant, j'aurai à vous découvrir partout où je ne vous ai point encore mise. Je regrette de ne connaître que deux robes de votre trousseau, celle de mousseline blanche qu'a peinte Greuze, celle de soie rose et blanche que vous portiez l'autre nuit ; mais je viens de passer à travers la mode de Paris et je saurai vous en inventer d'autres, assorties au temps qu'il fera dans ma rêverie.

Riez-vous ? Riez du vieux jeune homme qui vous écrit des fadaises, mais croyez bien qu'il ne s'en repent point. Du bout de sa plume on ose penser des sottises, et parfois même les dire. Puis un vieux jeune homme sait que l'amour est un pays en grande partie imaginaire. Le vrai, le faux, en matière de sentiment, qu'est-ce ? En vous espérant j'aurai pour votre mirage les mêmes attentions, les mêmes douceurs que je veux avoir pour votre réalité, et peut-être ainsi commencerai-je à prendre, même loin de vous, la bonne habitude de vous rendre heureuse.

Maintenant puis-je, avant de vous quitter au bas de la page, vous faire une prière ? Mademoiselle, ne me prenez pas trop au mot ! Le plus obstiné rêveur aime avoir le mot et la chose. Si vous pensez que mon épreuve doit se finir un jour ne me laissez pas trop longtemps dans l'exil de vous. Non que je me lasserais de vivre avec votre fantôme, je ne suis pas de ceux qu'un beau roman lasse. Mais je baigne dans une campagne si verte qu'à la longue tout ce vert me pourrait bien recouvrir sans bruit d'une patine vert-de-grisée, et j'aurais pris, quand vous me reverriez, le ton moussu d'un sous-bois. Pour l'habit d'un jeune marié quel fâcheux ton ce serait là !

Je vous baise les mains, mademoiselle, je crois que madame Marais m'en donnerait permission comme elle m'a donné celle de vous écrire. Pardonnez-moi de vous aimer un peu trop tôt pour votre goût, dès qu'on vous voit on n'est plus maître de son cœur.

Roquefeuille »

Louison eut un soupir de vanité contente, replia la lettre et puis, réflexion faite, la tendit à Solange...

— Ma chérie, tu quittes un charmant mariage, dit bientôt celle-ci, tout émue après avoir lu.

Elle ajouta :

— Il semble que ta mère lui ait laissé bien de l'espoir ?

— Je connais maman par cœur, j'ai grandi dans ses

jupes. Elle ne désespère jamais un amoureux, cela irait contre son amour de l'amour. Elle pense que celui dont on ne veut pas finira, de guerre lasse, par se dire non à lui-même, ce qui lui sera moins douloureux que de l'entendre.

Elle marqua un temps avant de reprendre :

— De reste, moi non plus n'avais pas envie de désespérer monsieur de Roquefeuille. Il m'aime si agréablement... Je trouve plaisant qu'on ne m'oublie pas vite. En tout cas, voilà réglée mon affaire avec lui, du moins pour l'instant. Demain...

Un grand sourire l'illumina, fit scintiller ses yeux :

— Demain je verrai Ali. Il faut que je le voie. L'ennui me cuit. Je veux le voir ! Solange, m'aideras-tu ?

— Comment ?

— Je trouverai.

Solange entrouvrit les lèvres comme pour dire quelque chose, ne dit rien et se leva :

— Je vais chercher ma broderie. Si ma tante venait... Elle tient les mains vides pour un péché mortel.

À peine dehors elle fit demi-tour et rentra, sans son tambour.

— Louison, dit-elle, tu ne verras pas Ali demain.

Le regard de Louison flamba :

— Et pourquoi, je te prie ? demanda-t-elle agressivement. Suis-je en prison sans le savoir ? Et dois-je te compter au nombre de mes gardiens.

— Louison, je ne serai jamais contre toi, dit Solange en luttant contre une brusque crue de larmes. Souviens-toi. J'avais onze ans, et toi neuf, quand ma tante Treille m'a présentée à toi, et je savais qu'il me fallait te plaire, ou m'en aller finir ma vie à peine entamée au fond d'un couvent de l'Auvergne où l'abbesse, ma parente, me recevrait sans dot, par charité, pour me mettre au travail de la dentelle. Oh ! comme je t'ai regardée, Louison ! J'avais peur. On m'avait dit que tu étais une enfant trop gâtée, et c'est vrai que tu semblais si sûre de toi, si sûre d'avoir le droit de me garder ou de me refuser... Tu étais ma dernière chance de joie, et je tremblais si fort que je ne pouvais rien faire de plus, pour te séduire, que te dévorer des yeux. Alors tu m'as souri, tu t'es jetée à mon cou et tu as dit : « Elle me plaît, je l'aime tout de suite, je la veux, c'est mon amie. » Louison, ma chérie, moi aussi je t'ai aimée tout de suite. Je ne serai jamais contre toi.

— Viens que je t'embrasse, dit Louison, remuée mais ébahie par cette explosion de tendresse inopinée. Et maintenant, raconte pourquoi tu devrais être contre moi ? Te l'a-t-on demandé ? Que me caches-tu ? Que me cache-t-on ?

Solange baissa la tête pour se moucher et gagner une minute.

— Ne fais pas de projets pour demain, dit-elle en relevant les yeux. Ta mère compte t'emmener passer quelques jours en Normandie, chez le comte de Lauraguais. Je serai du voyage.

— Ah bah ! En Normandie. Pour quoi faire ? Et d'où tiens-tu cela ?

— Ma tante a confiance en moi, murmura Solange en rougissant de honte.

Elle ajouta vite :

— Louison, ce voyage est peut-être une bonne idée ? Prendre le temps de réfléchir au calme, c'est toujours une bonne idée. En ce moment la campagne est jolie, nous pourrions...

— Je me demande, coupa Louison avec ironie, si maman croit que la vue des pommiers en fleur me fera oublier Ali ? La fleur du pommier ne sent point l'opium. Je n'irai pas en Normandie.

— Mon Dieu, gémit Solange, et elle laissa couler ses larmes, des larmes sans bruit, de vrai chagrin, qui lui brûlaient les joues.

— Cesse de pleurer, cela ne m'est d'aucun secours, dit Louison avec impatience. Rassure-toi, je ne ferai pas de scandale. Après tout, il faudra bien revenir de la campagne, maman n'y tient jamais plus de trois jours. Je vais faire porter une lettre rue des Jeux-Neufs.

— Non, dit Solange en l'arrêtant par le bras.

— Voyons, tu sais très bien que Toupinet m'est fidèle.

— Oui. Mais je ne voudrais pas qu'un exempt de police trouvât ta lettre chez monsieur Khazem.

— Pourquoi me dis-tu cela ? Qu'entends-tu me dire ?

demanda Louison en plongeant son regard dans celui de Solange.

— Pendant que nous serons en Normandie le lieutenant de Police fera saisir monsieur Khazem pour l'expulser de France, c'est arrangé avec monsieur Le Noir, dit Solange d'un trait, d'une voix tout juste audible.

Un long silence vibra entre elles.

— Ma mère ne fera pas cela, dit enfin Louison d'un ton rauque. Et d'abord, il faut un prétexte pour arrêter les gens ?

— À ce que je sais, monsieur Khazem a des intérêts dans les jeux. Il paraît qu'on trouve toujours une bonne raison pour faire condamner un banquier de jeu.

— Ma mère ne me fera pas cela ! redit Louison.

Tout le rose s'était retiré de ses joues, et sa poitrine l'étouffait. La trahison imprévue de sa mère lui tordait le cœur plus encore que sa peur pour Ali.

— Je ne laisserai pas faire cela ! Solange, seras-tu de mon côté ?

La jeune fille eut un geste d'impuissance :

— Je le voudrais, Louison, mais...

Et soudain la trop sage s'anima :

— Louison, je suis à ton côté. Bonne à rien sans doute, mais à ton côté. J'ai vu marier ma sœur Isabelle à un répugnant barbon sans qu'elle eût rien à dire. J'ai vu mes autres sœurs partir pour des couvents, en sanglotant mais sans rien dire. Et si moi-même on m'avait cloîtrée en Auvergne, assurément je n'aurais rien dit. Les filles obéissantes ne prennent pas assez de droits sur leur vie.

— Dieu merci, je ne suis pas obéissante ! Ma vie est ma vie. Je n'en ferai présent à personne d'autre qu'à moi-même.

La nuit venue, dès que dans l'hôtel tout fut endormi elle se rhabilla, s'enveloppa dans un grand châle, fourra quelques pièces dans sa poche de jupon et sortit de sa chambre sur la pointe des pieds.

La cour était déserte, inondée de lune. Elle longea vite l'aile des écuries, se baissa pour passer devant la loge du portier de garde qui, d'ailleurs, ronflait de bon cœur.

Toupinet n'avait pas oublié l'ordre qu'elle lui avait donné ; les deux verrous de la petite porte de service étaient tirés. Elle gagna sans peine la rue et n'eut pas le temps de ressentir la peur qui lui tomba dessus quand elle se retrouva seule, pour la première fois, dans la nuit vide du Faubourg : Toupinet se détacha du mur de l'hôtel, un falot inutile pendu à sa main gauche, la main droite armée d'un gourdin.

— Toupinet, murmura-t-elle dans une bouffée d'affection. Tu as bien fait de m'attendre. Maintenant, va, rentre avant qu'on ne s'avise de ton absence.

Le grand garçon secoua la tête :

— Où vous allez, je vais, dit-il fermement.

— Non, Toupinet. Ta place est ici. Si tu m'accompagnais...

— Ma place, c'est là où vous êtes, s'entêta Toupinet. Il y a longtemps déjà que j'ai choisi de servir Mademoiselle par préférence.

Louison renonça tout de suite à discuter :

— Bien, dit-elle, le cœur plus léger soudain. Alors, trouve-nous un fiacre. Nous allons rue des Jeux-Neufs.

— Je sais, mademoiselle, dit Toupinet. J'ai laissé le fiacre au coin de la rue d'Anjou.

II.

Un goût de pavot

11

Bleu lisse et poudré d'or ce premier matin de juin rayonnait. L'oiseau du cerisier s'égosillait à le chanter, et tout autant Sofana, qui repassait dans la lingerie.

« Quel beau jour, pensa l'oncle Mirza. Juin s'annonce bien. » Il se sentait l'âme verte comme chaque matin de joli temps à la même heure après sa première tasse de café et sa première pipe — la meilleure. Il regarda Mélick tirer au-dehors l'ottomane de soie jaune, la plus légère, étendre devant un étroit tapis d'Ispahan fleuri de tulipes, apporter un guéridon de cèdre. Dès que l'air annonçait une journée douce, Mélick meublait le coin d'ombre du jardin pour que bibi Louise pût venir s'y allonger. Et chaque fois que l'oncle Mirza le voyait faire il se demandait combien de temps encore la jeune Française se plairait à tourner en rond autour de la cour au même rythme que l'ombre. Une femme grosse se replie volontiers sur son nombril. Mais quand elle serait délivrée de son fardeau... M. de Beaumarchais venait la voir très souvent, et aussi son amie Solange, et encore une tante Prévost et le comte de Lauraguais, que Mme Marais lui amenait. Avec toutes ces visites la vie parisienne envahissait la maison du Persan, y faisait entrer la tentation d'en sortir, et l'oncle Mirza n'en attendait rien de bon pour son bien-aimé neveu. L'épouse ou l'amante doit apprendre à cueillir ses joies dans l'enclos en donnant aux choses quotidiennes tout leur poids de saveur et de sensualité, leurs nuances jusqu'aux plus subtiles, et il devinait que bibi Louise n'apprendrait pas facilement l'art de vivre comblée dans un décor immobile, en réinventant chaque nuit la fraîcheur du plaisir, chaque jour les bonheurs simples de la veille.

Mirza-Abdullah Vaïz, l'oncle d'Ali, le frère de sa mère, était un lettré aux sens aiguisés, un penseur d'une grande finesse et un homme bienveillant, mais sans œillères. Très tôt il avait commencé d'étudier et de jauger le monde en s'accrochant à la longue robe noire de son grand-père, qui l'adorait et le traînait partout. Ayatollah de peu de foi mais d'éloquente piété, érudit, poète et peintre et franche canaille, Mohammed Vaïz trafiquait de tout et d'abord de sa bouche d'or. Affamé de biens précieux il s'était fait le receleur favori des pilleurs de caravanes, et s'assurait d'autres rentrées, plus régulières, en commanditant une dizaine de bordels légaux où l'on mariait pieusement les clients, pour une heure au moins, à des épouses temporaires garanties musulmanes. Pour encourager la fidélité l'ayatollah taxait fortement les unions courtes, les plus demandées par les riches voyageurs.

De ce grand-père peu banal Mirza-Abdullah avait pris le goût des livres, le dégoût du chi'isme, de la curiosité pour ces soufis que l'ayatollah Vaïz persécutait, et une vive fascination de l'Occident, puisée dans les marchandises volées aux caravaniers et les récits rapportés des caravansérails. À vingt ans le jeune homme s'était embarqué pour le mirage, pour l'Occident, avec un bagage de turquoises, de tapis de soie et de bijoux d'or. À Paris il avait découvert les temps modernes, une liberté et une impertinence de pensée merveilleusement accordées aux siennes, il avait découvert des femmes rares, blondes et blanches, aussi commodément temporaires que les plus banales brunes de son pays, il avait découvert la douceur de vivre en France. Après plusieurs navettes entre la France et la Perse il s'était enfin fixé à Paris, en y amenant pour associé son beau-frère Khazem. Quand Khazem était mort prématurément, et son unique veuve peu de mois après lui, l'oncle Mirza avait gardé les orphelins. Lui à qui ses deux femmes n'avaient su donner que des filles héritait enfin d'un héritier, son neveu Fath-Ali. Après des lustres de malchance — Tu as des filles tu n'as rien, elles sont pour leurs maris —, la volonté d'Allah lui livrait un fils tout fait, et il était selon son cœur.

Plus Fath-Ali mûrissait plus il devenait le vivant souvenir de son arrière-grand-père maternel, l'ayatollah Vaïz. Il en avait la beauté, l'élégance, la bouche d'or, l'amour des arts, du luxe et des femmes. Il avait aussi son grand sens des affaires, mais comme lui faisait les siennes à la française, il y mettait ni plus ni moins d'honnêteté que le commun des Français. Sa foi légère s'était naturellement accommodée du soufisme de son parent, souriant et païen plutôt que mystique, si bien qu'à vingt-six ans Fath-Ali représentait le fils idéal pour l'oncle Mirza. Il était la joie de sa vieillesse et serait le gardien de son tombeau. Sereinement heureux et conscient de son bonheur, l'oncle Mirza cheminait sans hâte et sans peur vers son dernier jour, aube de l'éternité des justes dont les fils continuent la prière perpétuelle.

Il en fallait beaucoup pour troubler l'âme de ce sage, si bien exercée au calme de la joie profonde infinie. Pourtant, comme il avait tremblé en voyant arriver rue des Jeux-Neufs, en pleine nuit, la jeune fugitive qui s'était jetée dans les bras d'Ali en lui promettant le malheur pour le prochain matin ! Le vieil homme avait supplié Ali de s'enfuir, de mettre au moins quelques lieues entre lui et la vengeance du fermier du Roi. Mais la jeune fille avait dit qu'elle ne se cacherait pas, qu'elle était venue pour montrer son droit d'aimer, et Ali n'avait pas voulu partir sans elle. Inch'Allah ! Ensemble ils avaient attendu le lieutenant de Police en buvant du thé. Les hommes égrenaient machinalement leurs chapelets, les femmes se lamentaient, Louison feignait la tranquillité, Léïlé pleurait. Quand son frère l'avait priée de sécher ses yeux elle avait pris sa flûte, et la longue plainte du roseau avait accompagné le lever du jour...

M. Le Noir n'avait pas paru avec le jour, ni le lendemain, ni jamais.

Chez les Marais, à la violence et au scandale on avait préféré le chagrin et l'impatience. Faire embastiller l'amant et ramener la jeune fille par le lieutenant de Police, c'était facile. Mais après ? Le Persan expulsé, qu'aurait-on pu faire d'une Louison humiliée, meurtrie et sans aucun doute enflammée de rage ? La boucler dans sa chambre ? L'envoyer se gorger d'amertume dans un couvent de force ? Sachant l'amour de A à Z, Marianne avait plutôt choisi de croire qu'à dix-sept ans le goût d'un amant vous passe vite quand l'amant vous complique la vie. Et la chère Mado Prévost avait été du même avis : « Patience, ma douce, l'exotisme en amour ne dure pas longtemps, je le sais, j'en ai tâté avec un Espagnol à demi maure et un Irlandais à demi rustre. On revient vite aux Français. Ils sont tellement plus commodes à vivre ! Demain, après-demain, qui se souviendra de la passade de votre étourdie ? Ma douce, regardez-nous... Je vous parie un beau mariage pour la repentie, avec Roque-feuille ou avec un autre. Nos hommes d'aujourd'hui, Dieu merci, ne portent pas leur honneur entre nos jambes. »

M. Marais s'était incliné devant la décision de la mère, d'autant plus volontiers que lui-même n'appréciait pas les règlements de comptes bruyants. Contraindre une jeune fille n'était d'ailleurs pas de mode chez les penseurs libéraux. Il n'aurait pas joué sans gêne le rôle du beau-père fouettard prêchant la morale petite-bourgeoise, lui qui avait si longue-ment, joyeusement, fastueusement abusé des danseuses avant d'épouser une courtisane devant le Tout-Paris plein de complaisance. Tout de même, à tout hasard et parce qu'il avait coutume de résoudre à l'amiable, argent comptant, les affaires les plus délicates, le fermier avait voulu voir le Persan. L'entrevue n'avait pas tourné à son idée. Il n'en avait tiré que de l'estime pour Fath-Ali Khazem et de l'indulgence pour le coup de cœur de sa belle-fille. L'Orien-tal beau et riche aux manières courtoises, au doux parler, apparemment fin lettré et si visiblement épris de sa conquête était rien de moins qu'aimable, fort aimable. Fallait-il donc s'étonner qu'on l'aimât ? On pouvait tout juste souhaiter que ce ne fût pas Louison qui l'aimât longtemps. Marais lui aussi rongeait donc son frein en attendant le retour de la vaga-bonde, quasi certain que le désir lui reviendrait vite, d'être marquise pour s'en aller danser aux bals de la Reine. Pour bien montrer sa tolérance il avait fait porter, rue des Jeux-Neufs, le linge et les robes de Louison, avec son beau collier de perles roses et quelques rouleaux d'or.

C'était l'abbé de Véri qui acceptait le plus mal la clémence dont on usait envers sa filleule. Quelques mois de purge au fond d'un couvent lui semblaient toujours être le bon remède au péché d'amour d'une jeune fille, que cela s'accordât ou non avec sa parole moderniste. Il ne se fâchait pas avec les Marais, mais il leur battait froid. Toutefois se chargeait-il quand même de correspondre avec M. de Roquefeuille en se gardant de couper les ponts. Ce mariage lui plaisait, il essaierait de le faire envers et contre tout. Diplomate plus que prêtre, il savait taire les vérités inutiles et créer les illusions utiles à la réussite de son projet tout en ne faisant que flotter, jésuitiquement, à la surface du mensonge.

Marianne ne demandait jamais compte à l'abbé de ce qu'il écrivait en Berri : qu'il fît pour le mieux, elle n'en doutait pas. Elle évitait de lui parler de Louison, comme elle évitait d'en parler à qui que ce fût. Dans le brillant petit monde qui fréquentait sa table et son salon l'escapade de Mlle Couperin était évidemment un secret de polichinelle et le prétexte à quelques rosseries : « Que voulez-vous, mon cher, elle est la fille de sa mère et, ma foi, tant mieux ! Si vraiment elle prend la relève, je m'inscrirai volontiers sur sa liste dès qu'elle en aura fini avec son Persan. » Mais les plus méchantes langues se tenaient coites devant les Marais : on ne se brouille pas avec les meilleurs soupers de poissons qui se servent dans Paris. Les plus tartufes faisaient si bien semblant d'ignorer, que Marianne se berçait de l'espoir de voir sa fille reparaître bientôt dans ses soirées, tout naturellement, dès qu'elle aurait repris sa taille fine. Elle envoyait Beaumarchais lui raconter les plus belles nuits du Faubourg, elle lui expédiait le talentueux bavard comme Satan avait expédié le serpent à Ève pour lui rendre monotone le paradis à deux. Et chaque fois que Beaumarchais lui revenait avec des soupirs, un regret échappé à sa fille à propos d'une fête où elle n'avait pas dansé, d'un opéra qu'elle n'avait pas vu, Marianne espérait plus fort.

Et l'oncle Mirza craignait plus fort.

Le jeu de Mme Marais ne lui échappait pas. Mieux qu'elle, qui agissait d'instinct avec sa ruse de séductrice, il en mesurait l'habileté sournoise. Quand il entendait bibi Louise rire à pleine gorge pendant les visites de son Ami Charmant et, plus tard, épancher sa nostalgie du gai Tout-Paris dans les oreilles émerveillées de Léïlé et de la petite Mariam, il se disait que l'heure de souffrir viendrait vite pour Ali. Il ne s'en étonnait pas — la fidélité habite rarement la beauté —, et n'y pouvait rien faire. En Perse, pour tenter de remédier aux vices de la beauté on l'enferme, et cela réussit parfois. Mais on était en France. Ali devrait pleurer, puisqu'il aimait immodérément sa belle princesse. Mais demain n'est pas, et seul un sot se prive de jouir aujourd'hui de la belle princesse sous le prétexte qu'elle se fanera ou s'enfuira demain. Ce matin l'oncle Mirza souriait de bonne grâce à son beau souci, qui s'installait dans le jardin.

Comme elle mettait chaque jour une bonne heure à se décorer avec l'aide de sa Suzanne, Louison offrait toujours un spectacle charmant, environnée des jupons multicolores de la maisonnée, qui venaient tournoyer autour d'elle comme papillons autour d'une lumière. Et ce petit monde jacassait, jacassait! Depuis beau temps l'oncle Mirza ne s'ébahissait plus que des femmes réunies dans un perpétuel huis clos eussent toujours tant à se dire, mais il le remarquait encore. Il aimait ce bruit de volière. Un bruit de vie apprivoisée, préservée des souillures et des dangers du dehors, ayant pour seul horizon le ciel.

— Leïlé, tu as mis trop de rose sur tes joues, disait Louison. C'est démodé. C'est pour les vieilles dames qui se croient encore sous Louis XV. Suzanne, arrangez-lui cela.

— Je ne sais comment tu fais, dit Léïlé. Toi, tu es toujours parfaite, à tout moment.

Du seuil de sa porte, l'oncle Mirza intervint :

— Une femme n'est jamais assez parée pour plaire à un seul homme, dit-il en souriant.

— Mais à quel homme? demanda Louison d'un ton vif. Serait-ce à vous, oncle Mirza? Car pour Ali, ces temps-ci je le trouve fort occupé d'autres choses que de moi.

— Il a quelques affaires difficiles à débrouiller, dit l'oncle Mirza.

— Je ne le sais pas, il ne m'en parle pas, dit Louison. Il se conduit dans sa maison comme un invité. Comme si ses affaires du dehors ne nous regardaient pas, comme si celles dont nous nous mêlons ne le concernaient pas.

— Loué en soit Dieu ! s'écria Fatimah. Ma nièce, nos affaires sont nos affaires. Les hommes n'ont pas à y fourrer leur nez.

Elle se mit à défendre son point de vue avec une telle volubilité que l'oncle Mirza, prudemment, rentra chez lui.

— Fatimah, vous avez trop bon bec, vous avez fait fuir votre époux, dit Louison.

— Ma nièce, vous comprendrez en son temps l'avantage d'avoir un bon bec, dit Fatimah. Une femme doit avoir trois choses : de belles cuisses, de bons bras et une bonne langue. Elle se sert d'abord de ses cuisses pour encercler son époux, ensuite de ses bras pour bercer ses enfants. Quand elle n'a plus l'usage ni de ses cuisses ni de ses bras, par chance elle a encore sa langue. Une bonne langue te redonne l'autorité dans la maison. Des trois choses utiles, c'est elle qui te dure le plus longtemps.

Louison eut un éclat de rire. Fatimah la faisait rire souvent. L'oncle Mirza l'avait épousée à quatorze ans pour ses grands yeux verts et sa taille de cyprès. Trente-six années plus tard il lui restait ses grands yeux verts. Quand elle faisait autre chose que parler, elle pâtissait. Elle avait choisi un jour de se réfugier dans le miel, le jour où son époux avait amené dans l'enderoun la ravissante danseuse de treize ans dont il était fou. Alors ils habitaient encore Chirâz, la ville ne manquait ni de mollahs, ni de sorciers, ni de juifs prêts à vendre leurs services à une première épouse délaissée pour lui « rouvrir le bonheur », mais Fatimah n'était pas née jalouse. Elle n'avait pas brûlé ses cheveux pour en faire boire les cendres à l'infidèle, elle n'avait pas noué de maléfice au jupon de Sofana, elle avait mangé des gâteaux de miel et bu du sirop de thé. Allah, sans doute, avait aimé ce doux fatalisme puisqu'il n'avait pas donné de fils à Sofana, sans que la magie noire du juif y fût pour rien. Quand Louison était arrivée rue des Jeux-Neufs, depuis longtemps les rivales d'hier s'étaient alliées pour faire la loi aux hommes de la maison.

Elles tyrannisaient tendrement l'oncle Mirza et chérissaient avec dévotion Fath-Ali, le précieux fils unique qu'une autre avait légué à leur époux. L'oncle Mirza jouissait de la tendresse et laissait la tyrannie glisser sur lui, glisser de lui. À peine s'il grommelait parfois : « Pây-em bè-koun-è mard-è do-zènè, mon pied au postérieur de l'homme à deux épouses, c'est un âne ! » avant d'aller se refaire l'âme verte dans le silence de sa chambre. Ali, lui, n'avait besoin que d'un froncement des sourcils pour faire taire ses tantes, une heure au moins, le temps pour elles de trouver une nouvelle manière plus feutrée, plus sucrée, de lui faire accepter leur idée, manger du riz au lait, acheter du velours rose ou boire d'une potion souveraine contre le coryza.

Dans leur passion pour Ali, Louison était entrée par effraction, avec ce bruit de caillou tombant dans la mare que fait la favorite neuve introduite dans l'enderoun. Curieuses mais intimidées, indécises, les tantes l'avaient pourtant caressée d'emblée, pour plaire à Ali. Et puis Louison les avait vite rassurées en ne se mêlant pas du ménage. Elle ne mettait pas le pied dans la cuisine, ne réclamait pas la clef du garde-manger, n'ouvrait pas un coffre à linge. Elle ne voulait régner que sur Ali et, cela, il fallait bien l'endurer. De toute façon, maintenant qu'elle allait être mère, maintenant qu'elle portait le premier fils d'Ali toute la maisonnée la traitait comme une amphore précieuse et fragile remplie de nectar, avec amour et un constant abus de soins. Couverte d'amulettes d'or et d'argent, des talismans cousus à ses jupons, encensée de prières et gavée de fruits, la future mère du fils d'Ali se prêtait à l'adoration servile des femmes avec la molle condescendance d'une reine des abeilles, troublée pourtant de quelques impatiences.

— Bibi Louise, mangez votre pomme, commanda Fatimah.

— Non, dit Louison. Vous aurez beau crier, je ne mangerai plus une seule de vos vieilles pommes rabougries.

— Allah ! Pour une petite pomme de plus ou de moins elle va rompre le charme ! s'exclama Fatimah, outrée.

Léïlé prit la pomme sur le guéridon, souffla le vœu dessus et la tendit à Louison :

— La dernière, pria-t-elle. C'est la dernière. Tu en as déjà mangé trente-neuf.

— Bon, se résigna Louison, et elle commença de croquer la pomme.

Desséchée, attendrie par son long séjour dans le fruitier elle avait presque le bon goût d'une pâte de fruit.

— J'espère bien que mon fils sera quarante fois beau, dit Louison quand elle jeta le trognon.

Léïlé lui sourit :

— Celui qui a créé les cieux et la terre ne serait-il pas capable de créer un nouvel être pareil à toi ? Oui, sans doute, car il est le créateur savant. Lorsqu'il veut qu'une chose soit faite, il dit : Sois. Et elle est. Demande que ton fils te ressemble, et il te ressemblera.

— Oh ! mais alors je demande une fille, tant de beauté ne doit pas s'aller perdre dans un garçon ! s'écria Louison, consciente de proférer une énormité.

— Allah ! hurla presque Fatimah, horrifiée.

— Allah ! dirent en écho Léïlé et la petite Mariam.

La vieille Zaza, venue puiser de l'eau dans la citerne, s'était mise à gémir :

— Bibi Louise, mon âme, mes yeux, c'est pas possible que tu veux mettre la honte comme ça sur sa tête à l'âgha Ali ? Tu as le mal dans ta tête à toi, hein ? ajouta-t-elle en lui jetant trois fois de l'eau sur les cheveux, avant que Louison, gênée par son ventre, n'eût eu le temps de se sauver.

— Zaza, je te déteste, lui dit-elle un peu fâchée, tandis que Suzanne chassait les gouttes d'eau des boucles de sa maîtresse. Tu es tout le temps à m'asperger, pour un oui, pour un non.

— Je te fais partir le mauvais esprit, dit Zaza, sûre de son bon droit. Marque un grain de beauté sur ta langue, qu'elle dit plus rien pour faire la honte de l'âgha Ali, sans quoi il t'apporte une concubine dans son halvette.

— Zaza, tais-toi et va-t'en ! dit impérieusement Fatimah.

Louison riait de bon cœur. Les familiarités de la vieille servante turco-persane l'amusaient bien plus qu'elles ne la choquaient.

— Elle est bornée, gronda Fatimah en se levant pour arranger, elle aussi, la coiffure de Louison qui n'en avait pas besoin. Elle est bornée, têtue, criarde et pleine de vieilles superstitions d'avant le Prophète.

En disant cela Fatimah réussit à arracher un cheveu de la tête de Louison. Elle le coudrait à l'ourlet d'un vêtement d'Ali pour préserver sa bien-aimée d'une concubine. On ne sait jamais.

Un court moment de silence s'établit dans la cour. Le murmure de l'eau ressuscita. Dans le cerisier, l'oiseau se remit à chanter juin et l'espoir des cerises.

— Je me demande si le vrai plaisir n'est pas le plaisir de rien ? soupira enfin Fatimah en laissant tomber sa main dans l'eau bleue du bassin.

— Mais la flûte accompagne bien le plaisir de rien, dit Louison. Léïlé, ne me jouerais-tu pas un air ?

— Si tu veux, dit Léïlé. La flûte est le meilleur compagnon du cœur séparé de son ami. Elle l'appelle d'un ton si mélancolique qu'elle l'oblige à vite revenir.

La flûte commença doucement de pleurer le roseau dont on l'avait coupée, et Louison ferma les yeux pour mieux rêvasser.

Ce fut Mélick qui vint la tirer de son engourdissement :

— Maîtresse, j'ai mis un monsieur dans le salon français. Il vient pour voir âgha Ali. Je lui ai dit qu'il ne serait pas là avant l'heure du dîner, mais il veut attendre. Dois-je lui porter à bien manger ? Il m'a dit qu'il est roi.

— Un roi !

Le cri avait fusé de toutes les bouches. Louison demanda :

— Âgha Mirza n'est plus là non plus ?

Mélick secoua la tête :

— Il est parti pour la boutique du Temple.

— Eh bien alors, puisque notre visiteur est un roi, je vais aller le saluer et voir ce qu'il veut, dit Louison en se levant.

Le parfait silence qui répondit seul à ses mots arrêta Louison debout sur son tapis de tulipes. Son regard bleu fit le tour des visages médusés. Bien par hasard, c'était la première fois que Mélick avait l'occasion de lui annoncer une visite pour Ali. C'était donc la première fois qu'en son absence elle décidait de recevoir le visiteur — un homme !

Son impudeur, elle la lisait dans l'immobilité des Persanes, stupéfaites au point que même Fatimah semblait manquer de salive pour crier « Allah » ! Enfin la tante réagit, d'un ton d'autorité :

— Ma nièce, dit-elle, je sais bien qu'Ali vous permet de voir seule monsieur de Beaumarchais, mais là, cet homme inconnu, cette Excellence qui vient pour lui...

— Madame ma tante, je vois mon ami Beaumarchais à mon gré, sans en demander permission, coupa Louison. Je vois qui je veux, et certes je verrai ce faux roi, car assurément Mélick l'aura mal compris, et je m'en vais tomber sur un monsieur Leroy. Suzanne, suis-je bien ?

— Parfaite, dit Suzanne. N'est-ce point moi qui vous ai habillée ?

Les Persanes regardèrent s'en aller l'audacieuse comme si elle partait pour la guerre.

— J'aurais dû savoir l'empêcher de faire cela, dit enfin Fatimah. Ali m'en voudra.

— Ali ne t'en voudra pas, dit Léïlé. Ali ne nous défend rien. Nous nous cloîtrons parce que vous avez gardé vos habitudes de Chirâz et que je les ai prises de vous. Mais aujourd'hui que Louison nous montre comment vivre à la française nous devrions l'imiter, prendre de l'assurance et des façons moins sottes.

— Bravo ! dit Suzanne. Il ne faut surtout pas laisser croire aux hommes qu'ils sont nos maîtres. À comparer nos charmes aux leurs on voit bien que la nature a voulu tout le contraire.

Léïlé se leva d'un bond léger, esquissa trois pas de danse pour se faire valoir :

— Suzanne, que dites-vous de mes charmes à moi ? Auront-ils de l'empire sur leurs amoureux ?

— Aïe ! ça va pas, ça va pas ! C'est pas possible ma Léïlé parler comme ça, se mit à pleurnicher Zaza. Ma Léïlé, elle parle comme une possédée du Démon ! Je dis à l'âgha Mirza, je dis : « Tu entres l'infidèle dans la maison, tu entres le Démon ! » Regarde le chat, regarde le chat ! Regarde le chat, il dit quelque chose, il dit un malheur, c'est sûr !

Narm-Azizam — Doux-Chéri — s'était assis devant la

porte-fenêtre par où Louison venait de disparaître. Avec une insistance sans nul doute savoureuse il se léchait la patte droite à grands coups de râpe rose, la passait lestement sur les longues soies noires de son pelage et puis recommençait de la lécher, avec une fureur accrue.

La petite Mariam alla s'accroupir près du chat pour lui gratter la tête et dit en riant :

— Zaza, je sais ce qu'il raconte. Il raconte que ton caillé était très bon. Tu as laissé le bol sur la table de la cuisine.

Un petit homme à face cuivrée, portant habit noir à brandebourgs, le chapeau sous le bras, l'épée au côté, talons rouges à ses souliers, nageait entre les bras d'une vaste marquise Louis XV habillée de damas cerise. Il se leva d'un bond à l'entrée de la dame pour la saluer avec grandiloquence, à grands coups de tricorne.

— Monsieur Khazem est absent pour la matinée, lui dit aimablement Louison. Je suis...

Elle sentit que la suite allait lui érafler la gorge, lui enflammer les joues d'une gêne intense, mais comment autrement se présenter ?

— Je suis madame Khazem, poursuivit-elle vite, bousculant les syllabes au point de les rendre inintelligibles. À qui parlé-je ?

— Madame, vous voyez devant vous Balthasar Pascal Celse, roi de Timor et Solor, dit le petit homme avec une nouvelle courbette et un nouveau rond de chapeau.

— Timor et Solor ?

— Vers les Moluques, précisa le petit roi.

Enchantée de pouvoir s'entretenir avec un bon sauvage, Louison pria le petit bout de majesté de se rasseoir et de lui exposer l'objet de sa visite.

— Je rencontre parfois monsieur Khazem à l'hôtel de Venise, et il m'a promis de me faire passer un placet, que j'ai préparé pour monsieur Amelot. Comme vous le savez sans doute, monsieur Khazem est fort intime avec le secrétaire de la Maison du Roi.

« Non, je ne le savais pas », pensa Louison, dépitée.

— J'ai apporté le placet, dit encore le petit roi, en sortant un rouleau de sa poche d'habit.

— Me le voulez-vous confier ?

Le petit roi lui tendit l'écrit avec empressement. Jamais il n'avait refusé l'un de ses placets à personne, il en était prodigue. Sait-on qui connaît qui, et par quelle main une supplique touchera au but ?

— J'espère beaucoup en monsieur Amelot, dit-il. On le prétend très puissant sur l'esprit du Roi.

— C'est donc du Roi lui-même que vous attendez quelque chose ?

Louison avait jeté sa question à tout hasard, pour retenir un peu son divertissement. Le petit roi la reçut comme une occasion de raconter une fois de plus son histoire, dont il n'était pas plus avare que de ses placets :

— Madame, j'attends que le roi de France, mon cousin, me donne une armée et un vaisseau pour que je m'en aille reconquérir mes États.

— Ah, bah ?

— Le roi mon père, madame, avait accueilli des révérends dominicains sur ses terres. L'un d'eux, le révérend Ignace, a voulu me conduire à Macao, pour m'y faire sacrer chrétien par son évêque. Mon père m'a donné une escorte d'esclaves portant des anneaux d'or, des habits magnifiques et une grande richesse en perles et en écaille, en épices et en bois précieux pour que je puisse faire des présents à mes hôtes. Mais le révérend m'a conduit à Canton, là, il a vendu mes esclaves et il m'a embarqué avec mes richesses sur un navire français, pour m'offrir une promenade en mer. La promenade a duré jusqu'à Lorient. À Lorient le père Ignace a débarqué avec mes bagages, en me demandant de l'attendre pendant qu'il ferait préparer ma réception par la ville. Il n'est jamais revenu, madame ! Quand l'affreuse vérité s'est découverte que le dominicain m'avait trompé, je n'avais plus que mes yeux pour pleurer. Le médecin du bord, un bon homme, m'a conduit à Versailles réclamer justice au roi de France. C'était le roi Louis XV.

— Louis XV ! Mais il est mort depuis neuf ans !

Le petit roi eut un grand sourire indulgent :

— Les rois de France ont beaucoup à faire. Et ils savent que la vie est plaisante dans leurs États, l'attente y passe vite. Voyez-vous, madame, à défaut d'obtenir une armée et un vaisseau pour rentrer chez moi je me contenterais d'une pension pour vivre ici. Dix mille livres par an me feraient prendre une meilleure patience. J'espère que monsieur Amelot pourra décider Louis XVI à me les donner. Depuis que mon père est mort je suis devenu roi, et en France, n'est-ce pas, tous les rois sont cousins.

— En tout cas, monsieur, en tout cas, sire, je remettrai votre placet à monsieur Khazem, dit Louison en se levant.

— Madame, vous êtes très bonne, dit le petit roi en se levant aussi. Et vous êtes très belle aussi, ajouta-t-il avec élan. Si le dominicain m'avait laissé des perles, je vous offrirais la plus grosse.

— Sire, je reçois votre perle avec le plus grand plaisir, dit gentiment Louison. À propos, monsieur Khazem sait-il où vous trouver ?

— Madame, au Palais-Royal tout le monde connaît le roi de Timor et Solor, dit le petit homme en se haussant sur ses talons rouges.

Il ajouta plus bas, en rapetissant soudain :

— Provisoirement je suis logé rue Croix-des-Petits-Champs, entre un cordonnier et un marchand de vin, la maison du fond de l'allée, au troisième au-dessus de l'entre-sol.

Ainsi, Ali était au mieux avec M. Amelot ? Depuis le départ du petit roi Louison ne cessait plus d'y penser. M. Amelot, l'homme puissant de la Maison du Roi, pouvait obtenir bien des faveurs royales, dont les brevets de dame.

Le brevet de dame, créé à la fin du règne de Louis XV, permettait à une jeune fille de fréquenter la cour avant qu'un mariage l'y eût rendue présentable. Inventé pour plaire au vieux roi avide de chairs fraîches, l'usage du brevet de dame durait sous Louis XVI pour le plaisir de la Reine, qui n'aimait voir que des jeunesses autour d'elle. Louison avait une grosse envie de ce brevet. À défaut d'être marquise, être au moins dame, avoir ses entrées chez Marie-Antoinette et même peut-être à Trianon, dans son intimité ? Beaumarchais lui avait mis cette idée dans la tête, en l'assurant que M. Amelot ne serait sans doute pas insensible aux arguments de M. Marais. Mais Louison, après son coup d'éclat, n'osait plus faire payer au financier ses caprices d'enfant gâtée, n'ignorant pas qu'il n'attendait que cela pour tenter de la reprendre dans son filet aux mailles d'or. Découvrir que son amant, qui n'avait rien à lui refuser, disposait d'un bon crédit chez M. Amelot, lui mettait soudain son désir à portée de la main, et elle cuisait d'impatience en guettant le retour d'Ali.

12

La main d'Ali, pacifiante, se posa sur les boucles de Louison.

— Non, ne me touche pas, je boude, dit-elle en secouant la tête.

Sans un mot il ôta sa main, ramassa le livre qui traînait sur un guéridon, tira un pouf au bord du jardin et s'installa pour lire. Le reste de la pièce commençait de s'obscurcir et il ne voulait pas encore allumer les bougies. Il n'était pas content des vieux chandeliers de style Louis XV, et l'orfèvre n'en finissait pas de ciseler les fines appliques en forme de lyre qu'il avait commandées.

Malgré l'absence d'un luminaire à la mode, l'appartement de Louison était déjà un séjour d'une gaieté raffinée. Bien qu'il fût assez vaste, le rez-de-chaussée de la rue des Jeux-Neufs ne permettait pas de loger grandement chacun de ses occupants. Pour donner ses aises à Louison, Ali avait dû se replier dans son halvette en lui laissant sa chambre, et un petit cabinet où dormait Suzanne. Dans la chambre, retapissée et arrangée au goût de la jeune femme, les murs et le lit étaient tendus d'une grosse soie de Shantung jaune paille galonnée de gris perle à rehauts blancs, les poufs drapés à la reine, les coussins multipliés dans un camaïeu de jaunes et de gris. Sous peu de meubles en bois de cèdre ou de citronnier une jonchée de précieux tapis à fond doré couvrait le sol. Dès qu'il faisait beau ou dès qu'on allumait assez de bougies Louison se sentait vivre dans un bain de soleil. Mais pour le moment, elle non plus n'avait pas envie de se bouger pour éclairer.

Comme il ne pouvait plus lire qu'à peine Ali regarda s'installer la nuit. Elle semblait naître de la cour déjà envahie par les ombres pour s'élancer vers le ciel encore clair. Une odeur de pâte d'amandes nappée de miel chaud traversa le jardin en même temps que Fatimah, pour aller de la cuisine

186

au salon bleu qui servait de salle à manger. Léïlé et la petite Mariam devaient être en train d'y dresser la table, des cliquetis de vaisselle en venaient, sous les bribes d'une rengaine qu'elles avaient apprise de Beaumarchais :

La Trinité se passe,
Mironton, mironton, mirontaine,
La Trinité se passe,
Malbrough ne revient pas.
Malbrough ne revient pas,
Malbrough ne revient pas !

Madame à sa tour monte,
Mironton, mironton, mirontaine...

Des fusées de rire interrompaient la chanson, et Ali savait qu'elles riaient pour des riens et même pour rien, parce que le plaisir de rire faisait partie de leur plaisir d'exister. Il soupira, de bien-être. Il aimait cette heure paisible prise entre chien et loup quand, après le mercantilisme du jour et avant la fièvre du jeu il revenait s'abriter dans sa maison, derrière le sûr rempart des jupons des femmes. Il se demandait comment les Occidentaux supportaient de vivre dans des moulins à vent, où les bruits et les bises du monde s'engouffraient comme chez eux parce que les femmes n'y étaient le plus souvent que des absences dispersées dans leurs distractions. Ils devaient vieillir trop vite : d'une maison béante le temps s'envole à tire-d'aile. Rue des Jeux-Neufs le temps prisonnier du charmant jardin cloîtré n'avait pas de date mais seulement une saison, dont la moindre variation s'imposait aux yeux, à l'âme. En ce début de juin l'âme d'Ali y prenait la couleur rose intense et le parfum musqué des rosiers de Damas en pleine exubérance, ses yeux y épiaient les progrès des lis. Leurs tiges gagnaient chaque jour un peu de hauteur, les bourgeons verts des épis s'allongeaient, gonflaient, se striaient de fins lisérés clairs qui promettaient pour la mi-juin l'explosion de leur blancheur exquise. Jamais Ali ne se lassait de ce champ clos dans lequel il vivait le meilleur de sa vie, où il pouvait savourer sans hâte les joies et les tristesses de sa pensée, les abandons de son corps sur des coussins de soie. Aujourd'hui, ô bonheur, sa halte chez lui ne s'achèverait pas avant le lendemain matin.

Il ne tiendrait pas de banque tout à l'heure, il s'en était dispensé. Toute la veillée s'étendait devant lui. Après le souper l'oncle Mirza fumerait sa troisième pipe de la journée, Léïlé sortirait sa flûte de son jupon, et lui prendrait son târ. La tante Sofana, au pied toujours leste en dépit de ses bientôt quarante ans, saisirait son tambour de basque et se mettrait à trémousser son ventre et ses grelots, Mariam entrerait dans la danse en y poussant Suzanne avec de grands éclats de rire, sous la pluie perçante des youyous glapis par la vieille Zaza. Mélick rapporterait du thé frais et Fatimah des gâteaux, mais le chat ne viendrait réclamer sa part de feuilleté qu'après le retour du calme. Alors ce serait l'heure pour Ali de prendre Louison par la main et de l'emporter pour l'aimer dans un grand déploiement de douceur, parce qu'il n'est jamais trop tôt pour apprendre à son fils le rythme de l'amour.

La voix impatientée de la bien-aimée, brusquement, fit irruption dans la rêverie d'Ali :

— Tu m'oublies, disait-elle d'un ton fâché. Je déteste ce pouvoir que tu as de te retirer derrière un livre, ou même derrière ton regard ouvert, sans plus me voir. C'est insupportable. Je boude, mais tu t'en moques.

— Je ne me moque pas, j'attends que ton humeur change. Je sais que l'humeur d'une femme grosse est aussi instable qu'une goutte d'eau sur une feuille de nénuphar. Tu es jalouse de mes affaires du dehors, mais je ne pensais pas que tu pouvais l'être aussi de mes livres.

— Cela dépend. Que lis-tu ? Lis-moi...

Il eut un sourire de malice et feignit de lire :

— Pourquoi tant de douceur, de tendresse, au début de notre amour ? Pourquoi tant de caresses, tant de délices, après ? Et maintenant, ton seul désir serait de me fermer ton cœur ? Pourquoi ?

— Tu n'as pas lu cela, tu viens de l'inventer, dit Louison.

— Non, dit Ali. Un autre l'a inventé pour moi. Je ne

suis pas le seul homme sur lequel sa chatte bien-aimée fasse ses griffes de temps en temps.

— Les chattes ne supportent pas la contrariété, dit Louison. Obtiens-moi un brevet de dame et je ronronnerai. Je trouve odieux que tu acceptes de prier monsieur Amelot pour un roi nègre et que tu refuses de le prier pour moi.

Ali posa son livre :

— Chérie, je n'ai pas envie de voir ma perle précieuse confondue avec les demoiselles brevetées dames que je croise au jeu de la Reine.

— Parce que ?

— Parce qu'elles ont autant d'amants que les vraies dames, et des enfants dont elles attendent de percer la ressemblance pour connaître le nom du père. Louis XV l'a voulu ainsi. En instituant le brevet de dame il entendait bien instituer un brevet de libertinage.

Louison demeura silencieuse.

— Beaumarchais ne m'a pas dit cela, jeta-t-elle enfin d'un ton sec. Les demoiselles en question sont toutes fort bien nées.

— Versailles est un lieu rempli de putains bien nées.

— Il en était ainsi du temps de Louis XV. Mais on sait que Louis XVI veut de la vertu.

— Certes. Hélas, l'excellent homme est fort myope !

Il y eut un autre silence, puis Louison lança, dans une bouffée de rancœur agressive :

— Après tout, moi aussi j'ai un amant ! Moi aussi, je vais accoucher bientôt !

Ali vint à elle, pour la lever par les deux mains et l'attirer contre lui.

— Non, protesta-t-elle. Tu es un tyran. Un sultan. Un Turc. Tu ne veux pas que je m'amuse. Tu veux que je t'aime, et un point c'est tout.

— Non, dit Ali. Je veux aussi que tu me laisses t'aimer.

Il la força à s'allonger sur le lit, poussa les oreillers sous sa tête, disposa joliment l'ampleur de la grande robe vague, de fine indienne fleurie, qu'elle portait souvent depuis que l'enfant grossissait dans son sein. Alors il s'assit près d'elle, le dos appuyé au capitonnage, prit l'une de ses mains entre les siennes et, sans mot dire, se mit à la choyer des yeux. Elle se détendit malgré elle, abaissa ses paupières.

— Passe-moi de l'eau de giroflée derrière les oreilles et sur les poignets, pria-t-elle. Suzanne a oublié de m'en mettre.

Obéissant, il inonda son mouchoir d'eau de giroflée, souleva les lourdes anglaises pour lui bassiner le cou, releva les manches de la robe et lui parfuma les bras avant de commencer à les respirer, en traînant sur eux ses lèvres et les soies de sa barbe.

— Tu fais cela plutôt mieux que Suzanne, soupira-t-elle.

— Il faut bien que j'aie quelques qualités, dit-il en riant.

— Oh ! tu en as. Mais pas encore assez pour remplacer toutes mes idées. Tes baisers ne me feront pas oublier le brevet. Il faudra bien que j'essaie de l'avoir. Au besoin, mon beau-père me l'achètera.

— C'est ma foi possible. Le château de Versailles est un immense caravansérail où, comme dans un caravansérail, on trafique de tout. Mais, ma chirine, tu m'attristes. Je vois que je ne parviens pas vite à t'enseigner que la vie est brève, qu'il en faut peu pour la remplir et que la dissipation nuit à l'amour. Belle de mon cœur, nous n'avons rien de commun avec les plantes, qui repoussent dans tout leur éclat après s'être fanées. Nous, quand une fois nous sommes tombés en poussière...

Sa paume flatta le beau flanc du pichet en terre de Kachan où Louison tenait constamment un bouquet :

— Regarde, dit-il. Autrefois, ce vase était peut-être un amant malmené, qui gémissait de la dureté de sa princesse. Et où donc est la princesse, aujourd'hui ?

— Cherche-la dans un autre vase de Kachan, plaisanta Louison. Si tu t'en crois, tu as assurément acheté la paire, pour ne pas risquer de séparer deux amants.

— Tu es une impertinente, dit Ali. Mes efforts poétiques ne t'inspirent que raillerie.

— Je me défends, dit-elle en installant sa tête au creux de son épaule. L'oncle Mirza pense fort justement que ta bouche est d'or. Si je t'écoutais trop, mon bel amour, je finirais comme Fatimah, assise plutôt que debout, couchée plutôt qu'assise et prête à la mollesse avant toute chose.

— La mollesse a du bon. C'est quand le fruit est mol que le soleil peut le sucrer jusqu'au cœur.

— Je n'ai pas envie de devenir aussi bonne qu'une friandise, tu en profiterais pour me croquer tout entière. Pour le moment je paresse à ta guise, mais attends que j'aie repris ma taille fine et mon pied léger : je t'apprendrai la frivolité. Tonton Lauraguais assure que la frivolité aussi est un art de vivre, sans doute même le plus sage. Si tu m'aimes, tu m'accompagneras à Bagnoles-de-l'Orne cet été. Maman voudrait m'y emmener après mes couches, quand j'aurai besoin d'un peu de campagne. Bagnoles est une charmante campagne pendant la saison, on y court de plaisir en plaisir.

— Pendant la season, rectifia Ali avec ironie. Ne doit-on pas dire la season depuis que les Américaines de Paris ont découvert le chemin des eaux normandes ?

— Season ou saison, le prochain été de Bagnoles sera un temps de délices, dit Louison. Il y aura un monde fou ! Madame Prévost y dispose d'un grand manoir plein de chambres à donner, avec encore une petite maison d'ami logée au fond de son parc, qu'elle nous prêtera. Nous pourrons voisiner tous les jours avec les autres Parisiens du village, improviser des fêtes, des jeux, faire venir des comédiens, des musiciens, des chanteurs... Même Garat viendra quelques jours ! Madame Dugazon a promis à tante Mado de le lui amener. Ali, oserais-tu bien refuser de vivre un si bel été ? Nous emmènerons Léïlé.

Sans lui répondre encore, pendant une longue pause il lui caressa les cheveux. Enfin il soupira :

— Chirine, mon cœur, pourquoi croire si fort que tous ces gens te feront un bel été ? Les gens, d'où les tiens-tu pour meilleurs à vivre que les choses, que tes choses ?

Elle fronça les sourcils, fâchée qu'il l'obligeât à réfléchir inutilement, sur une question oiseuse.

— Voilà que tu cherches encore à me changer mes idées, dit-elle enfin. Tout le monde sait que sortir de ses habitudes est agréable.

— Je suis donc un original. Je me trouve mieux là où les choses de ma vie me connaissent. Je suis un original.

— Tu es un Persan, dit Louison. Et comment peut-on être persan ?

— Je suis persan, voilà, dit Ali en riant. Mais je connais plus persan que moi.

— L'oncle Mirza, dit Louison. Il m'a donné la recette de sa parfaite félicité : fumer les trois tabacs de Chirâz, de Suse et de Damas dans sa pipe du matin, après avoir bu une tasse d'un bon café chaud amer.

— Ne t'y trompe pas, l'oncle Mirza n'a pas toujours eu si bon goût, il faut du temps pour en arriver là. Sa jeunesse a été plus aventureuse. Je ne songeais pas à l'oncle Mirza mais à Hâfiz, notre poète. Il a vécu quatre-vingts ans. Eh bien, au cours de sa si longue vie il n'a quitté Chirâz qu'une seule fois, et c'était pour se rendre à Jezd, un village tout proche. Mais, écoute bien la suite. Entre Chirâz et Jezd il y avait alors deux routes : un raccourci de terre et une sorte de grande allée, bordée de peupliers. Pour s'exiler un seul jour de Chirâz, Hâfiz a choisi un temps de grand vent et il a pris par l'allée des peupliers, pour être sûr d'emporter avec lui, tout le long du chemin, le chuchotement de sa ville.

— C'était vraiment un poète, murmura Louison, ravie. Ton histoire me plaît. Toutes tes histoires me plaisent. Je t'en veux parfois de tant me plaire, mais tu ne m'en plais pas moins !

Elle s'était soulevée et calée sur son coude, pour le regarder. Il portait un manteau de chambre d'été, léger, de soie grège brodée au fil d'or, sur une large culotte unie de même ton. Le manteau bâillait sur le cou, un long triangle de peau veloutée de soie noire s'enfonçait dans l'échancrure. Louison dénoua la ceinture du vêtement, passa sa main sous le tissu relâché, la remonta doucement vers le visage pour atteindre le fin collier de courtes boucles brillantes aplaties autour du menton à l'ovale parfait :

— Je n'aurais jamais cru que j'aimerais un jour un visage barbu, dit-elle.

— C'est pourtant plus naturel que d'aimer un visage d'eunuque !

— Toutes les barbes persanes sont-elles aussi bien bouclées ?

Il soupesa une pleine poignée des anglaises de Louison :

— Toutes les chevelures des Françaises ont-elles la même splendeur ?

— J'en serais furieuse, dit Louison.

— Je tiens aussi à la rare beauté de ma barbe, dit Ali. Je la dois à mon arrière-grand-père, l'ayatollah Vaïz. Entre autres choses il vendait des peaux de mouton d'Astrakan. Pour les avoir bien souples, le poil bien frisé, roulé et lustré, il les faisait mettre à macérer dans l'eau de la source de Saadi, qui coule d'une haute montagne rouge, au-dessus de Chirâz. Quand je suis retourné là-bas pour mes quinze ans ma barbe poussait dru, alors ma mère...

— Ta mère s'est souvenue du savoir-faire de son grand-père, elle t'a pris par le talon et t'a trempé dans l'eau de Saadi, acheva Louison.

— Elle m'a envoyé m'y baigner. Tu avais presque deviné.

— Je commence à te bien connaître. Dès que tu peux trouver sur le bout de ta langue l'occasion d'un beau conte... Nous réinventons les *Mille et Une Nuits* à l'envers : ici le sultan parle et Schéhérazade écoute. Et, ma foi...

Elle lui piqua un baiser à la racine du cou :

— Ma foi, cela marche aussi bien, conclut-elle.

Elle avait ouvert tout à fait le manteau de soie et jouait à lui chatouiller la peau avec l'une de ses anglaises :

— Caresser ton cou me donne l'envie de caresser tes épaules..., et puis tes bras..., et puis ta poitrine..., et puis tout, dit-elle avant d'enfoncer sa bouche dans un morceau de chair nue, à l'orée du ventre, là où le velours sombre se changeait en un lisse ivoire au goût d'ambre et de rose.

— Tu te parfumes autant qu'une courtisane, ajouta-t-elle en palpitant des narines.

— Encore un conseil de ma mère. Elle me disait : « Puisque tu es fait de glaise sans valeur, prends soin de fréquenter les roses. Les jeunes filles ont le nez fin. »

— Ta mère avait raison.

Ils demeurèrent muets très longtemps, la joue de

Louison reposant sur le flanc d'Ali. La moiteur s'installait entre les deux peaux accolées, exaltait leurs senteurs emmêlées de giroflée, de rose et d'ambre gris.

Les femmes devaient être toutes reparties s'affairer dans la cuisine, à l'autre bout de la cour : du salon bleu ne venait plus que du silence, toute la maison n'était plus qu'un soudain silence, que Louison se mit à écouter. Écouter le silence, cela au moins Ali avait réussi à le lui apprendre. Elle commençait à savoir s'en envelopper comme d'un suaire, pour une halte dans la paix, corps et âme engourdis, abandonnés au rythme monotone du friselis d'eau du bassin. Car c'était pendant les temps de silence que le doux bruissement de l'eau vive, qui ne cessait ni de jour ni de nuit, retrouvait des oreilles pour l'entendre. Le fin ruissellement accompagnait les pensées secrètes, berçait l'amour et l'enlisement dans le sommeil, avant de mettre, dans les rêves, un murmure de cascade.

— Ali, pourquoi ne se lasse-t-on jamais du bruit de l'eau ?

— Chirine, parce que le cœur n'a jamais assez bu. Les cœurs sont toujours trop secs. Ils ne se rafraîchissent à satiété qu'au bord du Kaouçar, dans l'eau du fleuve qu'Allah fait couler pour les purs.

Dehors, un tambour de basque, joyeusement, agita ses grelots. Léïlé les appelait pour le souper. Elle avait trouvé ce moyen de prévenir les amants sans faire irruption chez eux.

Louison passa par le jardin, y retrouva l'oncle Mirza, qui s'était immobilisé un moment dans le coin aux pavots. Comme chaque soir le vieil homme avait repris sa longue robe noire, qui lui donnait tant d'élégante dignité. Il sourit à la jeune femme :

— Je fais ma cour aux grands pavots pour qu'ils blanchissent bientôt. Plus je prends de l'âge plus j'ai hâte de les revoir encore, en me disant que ce sera peut-être pour la dernière fois, et que je ne voudrais pas les manquer de peu de jours. Les grands pavots sont un peu de mon enfance. Quand, autour de Chirâz, les champs de pavots de mon grand-père fleurissaient, c'était une joie pour moi que d'entrer à plein corps dans l'immense houle blanche, où je disparaissais un peu moins chaque été. Par-delà tant d'années je sens encore sur mes joues et sur mes mains leur glissement de soie molle, j'entends le sifflement des tiges battues par le vent du désert, je vois leur blancheur changer avec la lumière, passer du grisé de l'aube au rosé du soir en s'arrêtant longtemps à leur couleur pure, l'éblouissant blanc de midi, qui vous aveugle autant que neige au soleil.

Il marqua un temps avant de dire encore :

— Je me suis fait une fête des grands pavots blancs bien avant de connaître la magie de leur sève.

— Avez-vous parfois fumé de l'opium ?

Elle avait posé sa question à voix basse, en Occidentale pour qui l'opium a le goût du rêve défendu.

— Je n'en ai pas fumé longtemps, du moins avec constance. Paris m'en a fait perdre l'habitude. Mais je ne serais pas persan si je n'en fumais jamais quelques perles, ne fût-ce que pour plaire au chat. Toutes les bêtes adorent l'opium. En Perse on en donne toujours un peu à son cheval, pour le rendre vif et léger. Il faudra qu'un jour je vous montre Narm-Azizam en train de se griser de ma fumée, cela vous amusera. Mais bibi Louise, allons souper. Je vous tiens là debout, quand je sais qu'une femme grosse se trouve mieux d'être assise, et qu'elle a deux fois faim.

D'un bon coup de narines il huma l'air venu de la cuisine :

— Ne sentez-vous pas grésiller une bonne chair de mouton ? Zaza nous a fait du kabâb.

Il l'avait prise si familièrement par la main pour l'emmener à table qu'elle osa lui faire la remarque qu'elle retenait depuis longtemps :

— Monsieur mon oncle, pourquoi donc teindre votre barbe au henné ? Elle serait tellement plus belle, si elle restait blanche. Selon moi, votre désir de vous rajeunir vous coûte un peu de votre beauté.

Il s'arrêta pour lui mieux sourire, de face, en lui répondant :

— Ma nièce bien-aimée, je ne teins point ma barbe pour me rajeunir. Je la teins... ma foi, sans doute parce qu'en Perse nul ne garde sa barbe blanche. On la teint par humilité. Pour ne point tromper celui qui croirait parler à un sage en parlant à une barbe blanche.

Ses yeux et toutes ses rides se plissèrent de malice avant qu'il ne reprît :

— Je vous dis cela parce que c'est ce qui se dit chez nous, où l'on n'aime pas raconter simplement ses faits et gestes. Mais en toute franchise, ma nièce, je crois bien que je me teins la barbe comme je fais beaucoup d'autres choses : pour avoir la paix chez moi. Ni Fatimah ni Sofana ne supporteraient ma barbe blanche. Elles ont gardé leurs idées de là-bas, Allah merci ! J'y gagne plus que je n'y perds.

13

Les pavots les plus mûrs choisirent le 21 juin, le premier jour de l'été, pour se mettre en fleur. Ils ressemblèrent d'abord à de petits lampions chinois de soie fripée, puis la brise matinale les gonfla, les enfla jusqu'à les forcer doucement à s'ouvrir, pétale par pétale. Les plus pressés de boire le soleil de midi s'étaleraient bientôt en larges coupes blanches.

Comme si, un jour, une fumée grisante de l'oncle Mirza lui avait fait comprendre le secret caché dans le pavot, Narm-Azizam s'en alla flairer les hautes tiges en tournant autour du bouquet. Il passait et repassait entre les plantes avec délicatesse, la queue dressée, le dos parcouru parfois d'un lent frisson. Visiblement, il était en plein exercice de volupté, et, du seuil de sa chambre, Louison le regardait faire.

La beauté de ce chat la ravissait. Un voyageur venu de Chirâz l'avait apporté à l'oncle Mirza trois ans plus tôt. Sa fourrure à longues soies d'un noir de jais s'animait d'éclairs d'argent dès qu'il se déplaçait. Parfaitement conscient de sa splendeur, entre ses siestes il s'asseyait volontiers en face d'un admirateur, à l'égyptienne, pour se laisser contempler et caresser de la voix, encourageant de temps en temps son vis-à-vis par un regard irrésistible, d'un orange profond, lustré, charriant du sable d'or. Ce matin-là, délaissant les pavots, ce fut devant Louison qu'il vint se poser pour attendre le régal d'un compliment.

— Doux-Chéri, je t'aime, lui dit tout de suite la jeune femme. Mais je ne jouerai pas ce matin. Je suis encore mal réveillée. Viens. Allons voir s'il y a du bon sur la table aux offrandes...

Elle allait se courber pour ramasser le chat quand la petite Mariam, accourant du jardin, la devança et lui tendit l'animal :

197

— Il ne faut pas te baisser, bibi Louise. Il faut m'appeler, pour que je te serve, dit-elle avec gentillesse.

Voluptueusement, Narm-Azizam se fit pesant et passif dans les bras de Louison. Déposé sur la table aux offrandes il se mit à errer, avec dédain, entre les plats bleus et les bols remplis de choses immangeables.

Depuis trois jours, depuis qu'elles espéraient l'enfant avec de plus en plus de certitude, les femmes dressaient une table d'offrandes à l'entrée du salon. Sur la nappe blanche, éclairée à ses quatre coins par quatre lampes à huile constamment allumées, elles avaient placé sept assiettées de sept fruits, et sept pincées de sept graines aromatiques dans leurs plus jolis petits bols de Kachan. Dans l'un des plats, ce matin elles avaient remplacé les vieilles poires tapées par une grosse poignée de cerises feuillues. Louison chercha des jumelles pour les accrocher aux oreilles de Mariam, croqua une cerise avant d'en présenter une à la bouche de la petite fille.

— Ce n'est pas pour manger, dit celle-ci avec respect, en se reculant un peu.

— Ouvre le bec et mange sans crainte, dit Louison. Si tu pèches je prends ton péché sur moi. Il ne me pèsera pas longtemps, puisque tes mères prétendent que tous mes péchés me seront remis quand l'enfant naîtra.

— C'est vrai, tu dois le croire, dit gravement Mariam.

Louison lui fourra une autre cerise dans la bouche et la prit par le menton. Les yeux de Mariam, longs, bien ouverts, frangés de cils immenses, brillaient d'une magnifique lumière noire :

— Mariam, je prévois que tu feras bientôt fondre beaucoup de cœurs. Ali souhaite que son fils ait mes yeux mais, s'il avait plutôt les tiens, je ne l'en plaindrais pas.

— Je pense comme Ali, qu'il sera plus beau avec tes yeux, dit Mariam. L'œil noir, c'est banal.

Sa voix changea brusquement de ton, s'inquiéta :

— Qu'as-tu, bibi Louise ? Te sens-tu mal ?

Louison avait grimacé, sous l'effet d'un spasme.

— Ce n'est rien, dit-elle. C'est déjà passé.

La petite posa sa joue contre le ventre rond et se mit à chantonner la berceuse favorite de sa poupée :

> *Dodo, fleur de pouliot,*
> *Dodo, tu es ma fleur,*
> *Un baume pour mon cœur.*
> *Dors donc, fleur de noisette,*
> *Dodo, fleur de pistache...*

Un grand cri, jailli des entrailles bouleversées de Louison, coupa net la chanson sur les lèvres de Mariam. Le chat s'enfuit, d'un bond si hâtif qu'il bouscula une coupe, dont les noix roulèrent jusqu'au sol.

Comme si, tout près, à l'affût, les femmes avaient guetté la venue de ce premier cri, Louison se retrouva en un clin d'œil environnée de jupons, entraînée vers sa chambre au milieu d'un tourbillon de voix et de mains caressantes. Quoique pour l'instant elle ressentît plus d'angoisse que de mal elle se mit à gémir une mélopée, de plus en plus aiguë :

— Je veux maman, je veux maman et le docteur Bordenave, je veux maman, je veux maman et le docteur Bordenave, je veux maman...

L'oncle Mirza se montra au seuil de la chambre, un grand sourire heureux étalé sur tout le visage :

— Ma nièce bien-aimée, soyez rassurée, je vais envoyer Mélick au faubourg Saint-Honoré et le garçon de l'épicier au Temple, pour y chercher Ali, dit-il, avant d'aussitôt se retirer.

En passant devant la table aux offrandes il ramassa les noix dispersées et les remit dans leur plat. Il se moquait bien des superstitions des femmes, mais si leurs petites manies les tranquillisaient... Il jeta un coup d'œil au-dehors et vit Zaza mettre une poignée de la terre du jardin sur un grand plateau de cuivre. Cela, non, il ne le permettrait pas. Ouvrant la porte-fenêtre, il apostropha la servante :

— Non, Zaza. Remporte ton plateau dans ta cuisine. La mère de bibi Louise et son médecin décideront de ce qu'ils veulent pour l'accouchement, selon leurs coutumes à eux.

Zaza laissa retomber le plateau, dont la terre s'écoula sur ses pieds. Elle avait l'air très malheureux :

— Maître, ça va pas, ça va pas du tout. Tu veux que le fils à l'âgha Ali, il touche pas la terre à sa naissance ?

— Je te ferai donner le cordon à enterrer, promit l'oncle Mirza. Cela suffira.

— C'est pas sûr.

— Zaza, tu sais fort bien que mon grand-père était un ayatollah vénéré. Je connais la loi et les règles mieux que toi.

Comme elle continuait de le fixer avec rancune il poursuivit, patiemment :

— Je ne te trompe pas, Zaza. Tu penses bien que je tiens au premier fils de l'âgha Ali comme à la prunelle de mon meilleur œil. Comment pourrais-je vouloir lui causer du tort ?

Elle consentit à soupirer, sans lui répondre encore.

— Bien, reprit-il, je vois que tu as envie de me croire. Alors va-t'en préparer tes chirini pour le festin de l'accouchée, et ton halvâ-yè-zèndègâni*. Quand les visites arriveront tu n'auras pas de sucreries fraîches à leur mettre dans la main, et tu perdras la face.

Elle réagit avec véhémence :

— Tu te caches sous ta langue, ou tu crois pour vrai que les chirini et le halvâ pas prêts déjà ? La vieille Zaza elle voit encore clair, elle voit encore quand l'enfant il va sortir. J'ai sorti de leurs mères la moitié des tiens : j'ai pas fait tout bien ?

Un nouveau cri, perçant, leur arriva de la maison. Zaza jeta son plateau à terre :

— Chérie, princesse, mes yeux, mon âme, courage ! La vieille Zaza elle arrive ! cria-t-elle en empoignant à deux mains la houle de ses jupons.

Elle se retourna à l'instant de passer la porte.

— Ça ! dit-elle seulement, en pointant un index accusateur sur la longue robe noire matinale de son maître.

— J'y pensais, Zaza. Je vais aller me changer, dit l'oncle Mirza.

Les femmes avaient refoulé la petite Mariam hors de la

---

* Le halva-de-longue-vie.

chambre de Louison. L'oncle Mirza la trouva assise devant la porte, désemparée, les yeux rougis de larmes. Il s'arrêta pour lui sourire :

— Pourquoi pleurer, Mariam ? Un jour de naissance est un jour de fête.

— Monsieur mon papa, je pleure parce que je ne suis bonne à rien, dit la petite. Tout le monde fait quelque chose pour bibi Louise, et moi je ne peux rien.

— Si. Tu vas garder sa porte. Et fais bonne garde, car Ali sera là bientôt. Il voudra se précipiter dans la chambre pour voir bibi Louise, il oubliera d'ôter son turban noir avant, et Zaza lui fera une scène terrible. Aussi vois-tu, ma beauté, ta charge est importante : veille bien, ne laisse pas entrer du noir chez bibi Louise.

A midi Zaza ressortit de la chambre la première et baissa la tête en rencontrant le regard de l'oncle Mirza. Le vieil homme comprit.

— Dieu donne ce qu'il veut, dit-il. Va. Âgha Ali est dans le salon français. Va, répéta-t-il en la poussant dans le dos.

Ali s'était réfugié dans la pièce la plus isolée du reste de la maison, pour ne plus entendre les cris qui lui poignardaient le cœur. Mariam lui avait fait remplacer son turban de soie noire par un de soie blanche, brodé d'une arabesque d'or. Bien qu'il fît très chaud dans le salon il portait encore son habit de fin drap prune. La sueur perlait à son front mais il ne sentait plus son corps qu'au creux de ses entrailles angoissées. Les mains moites, la mâchoire crispée, il marchait d'un mur à l'autre, sans fin, en triturant son chapelet. Le bruit de la porte s'ouvrant le fit sursauter si fort que le chapelet cassa et perdit ses grains sur le tapis. Il lâcha le reste, fonça sur la servante qui ne parlait pas vite et l'empoigna, la secoua pour lui faire cracher ses mots. Deux larmes jaillirent des gros yeux ronds de Zaza, qui renifla et se mit à pleurnicher :

— Âgha Ali, mon chéri, pardonne ta vieille servante

apporter la mauvaise nouvelle. Allah te donne une fille, tu dois résigner à sa volonté.

Il la serra contre lui à l'étouffer, et Dieu sait pourtant que la masse de Zaza résistait à l'étreinte aussi fermement qu'une balle de coton! Quand il la relâcha elle le vit fou de joie, le visage ébloui de son plus grand sourire, qui s'arrachait son beau turban et continuait de se dépouiller de son habit, de son gilet, de sa cravate de mousseline, de ses souliers, de ses jarretières précieuses, pour lui tout jeter dans les bras avec une fiévreuse allégresse. Il ne s'arrêta qu'en se voyant en culotte et en chemise. Alors il s'ôta du doigt une bague de turquoise et la tendit à Zaza :

— Tiens, dit-il. Je te rachète ma culotte et ma chemise.

Zaza, ébaubie, les bras refermés sur les dépouilles de son maître, hasarda en tremblant :

— Mon âgha chéri, mon âme, il entend pas bien la vieille Zaza? C'est une fille.

— Non, dit Ali d'un ton extasié. C'est *ma* fille. La princesse de ma princesse. Ma seconde favorite.

Il regarda vers la porte comme s'il l'interrogeait.

— Est-ce temps pour moi? Puis-je aller?

— Tiens tranquille, tiens tranquille, dit Zaza en lui barrant le chemin. On les prépare belles. Faut le temps.

Elle ajouta après un court silence :

— Ta bourse, dans ta poche de la culotte. Tu fais la fête comme pour un fils. Tu peux pas garder la bourse.

— Ah! c'est juste, dit Ali, je ne t'ai racheté que la culotte.

Il lui passa sa bourse, et son mouchoir de soie par-dessus le marché.

— Voilà. Me voilà tout nu, dit-il béatement. Maintenant, tu peux aller faire le riz au lait.

Zaza prit un air apitoyé :

— Ça va pas, non ça va pas dans la maison. Quand je suis morte, tout va aller travers. C'est une fille! Une fille. Je fais pas le riz au lait. Je fais le hâgine.

— Oh! tant mieux! s'écria Ali, dont tout accroissait le bonheur. J'aime bien mieux l'omelette au sucre que le riz au lait.

— Tu aimes, tu aimes pas, tu as une fille, tu manges le hâgine, dit Zaza d'un ton sans réplique.

Dès qu'elle fut partie, Ali se risqua jusqu'au salon bleu en évitant de se montrer. Il ne voulait pas qu'on le félicitât déjà, pour déjà l'obliger à répondre par des mots joyeux à la joie des autres. Sa joie à lui, immense, intense, le remplissait à ras bord, et il serrait ses lèvres sur elle pour n'en pas perdre une goutte, pas encore. De là où il était il pouvait voir, reflétées dans le miroir de la cheminée, Mariam et Léïlé qui disposaient des roses et des friandises sur la table débarrassée des offrandes, et entendre les bruits confus venus de la chambre de l'accouchée. La survenue de l'oncle Mirza le surprit, il heurta un fauteuil, et l'oncle l'aperçut. Les deux hommes s'étreignirent, longuement, silencieusement. Enfin l'oncle Mirza se recula, montra le Coran qu'il tenait à la main :

— J'allais te voir. J'allais te porter le Livre...

Il y avait une petite table à écrire dans un des coins de la pièce. Ali tira la chaise pour s'y asseoir, et prit la plume. L'oncle posa le Coran devant lui, ouvert à la page de garde :

— Nous sommes à Paris le 21 juin 1783, et il était 11 heures et 47 minutes, dit-il. Les femmes ont bien regardé l'horloge.

Il ajouta en souriant :

— Elles n'auront de cesse que tu n'envoies un courrier à Chirâz, pour demander qu'on tire l'horoscope de la nouveau-née.

Ali eut un geste d'indifférence :

— Si cela les amuse...

L'oncle Mirza approuva de la tête :

— Pour moi, dit-il, je sais déjà quelque chose de ta fille, et c'est que tu devras lui trouver un riche époux : elle est née avec les mains ouvertes.

— Je ne suis pas pressé de la donner, dit Ali. Je veux demeurer longtemps son premier amoureux. Elle ne s'en trouvera pas mal. J'ai l'âme d'un shâh, j'adore ramasser de l'or et de l'argent pour les répandre sur mes favorites.

— Mon fils, tu n'as pas tort. Il faut aimer faire de l'argent. Ce qu'on fait d'autre pour le bonheur d'une femme se voit moins bien et se détruit si vite !

Ce fut Fatimah qui lui mit sa fille dans les bras. Il la reçut avec un émerveillement sans bornes et de longtemps n'osa plus bouger, de peur de la réveiller. Dans le berceau de ses bras reposait, en chair et en os, son bel amour pour la bien-aimée. Il avait la douce odeur tiède de la vie nouvelle et un poids d'oiseau, un poids céleste. Ali tenait contre sa poitrine un ange, un songe, une espérance, une infinité d'années, la radieuse aurore d'une destinée qu'il était encore maître de façonner à son gré, en n'utilisant que sa tendresse et tous les miels du monde. Dieu n'avait pas connu meilleur instant au temps de ses créations, quand il se croyait tout-puissant pour le bonheur d'Ève.

— Je t'appelle Soraya, lui chuchota-t-il, avant de reporter son regard sur Louison. Si ce nom ne déplaît pas à ta mère, je t'appelle Soraya, répéta-t-il plus haut. Soraya.

— C'est joli, murmura Louison. C'est soyeux*.

Elle somnolait, abandonnée contre un mur d'oreillers. Les femmes l'avaient lavée, coiffée, poudrée, parfumée, elles lui avaient rosi les lèvres et peint le grain de beauté de l'accouchée au-dessus du sourcil gauche. La mousseline et les dentelles de sa chemise, mêlées aux dentelles du lit, l'environnaient d'une préciosité de neige. Jamais Ali ne l'avait trouvée plus belle, jamais il ne l'avait tant aimée, au point de ne trouver que du silence pour lui dire son adoration. Il finit par aller déposer le bébé tout contre elle, s'assit précautionneusement sur le bord du lit et les contempla toutes les deux, penché sur elles, appuyé sur ses deux bras tendus qui les faisaient ses prisonnières.

— Ah ! je voudrais avoir deux cœurs, soupira-t-il enfin. Chacune de vous mérite tout l'amour que je peux donner avec un seul.

Louison souleva ses paupières, offrit ses lèvres... Il lui trouva la bouche à la fois amère et sucrée : Sofana lui avait fait boire de la tisane au tariok** et manger des pâtes de

* Soraya signifie Étoile.
** L'opium.

fleurs. Quand il la quitta elle s'était presque rendormie sous son baiser. Il lui effleura la joue d'une caresse :

— N'as-tu pas trop sommeil, ma chirine ? Peux-tu m'entendre encore ?

Elle fit oui de la tête.

Il chercha dans sa poche une petite boule de papier qu'il ouvrit pour en sortir un rubis d'Orient, pas très gros mais superbe, d'un rouge vermeil de sang frais.

— Ouvre les yeux...

— Oh ! fit-elle.

Le plaisir l'avait réveillée. Elle présenta le rubis à un rai de soleil, qui le fit aussitôt flamber de tous ses feux.

— C'est une pierre joyeuse, dit-elle en lui souriant.

— C'est la pierre de vie, dit Ali. Où gardes-tu les deux autres pierres que je t'ai données ?

— Dans mon bonheur-du-jour. Le tiroir secret...

Il y prit le saphir femelle bleu d'azur avec lequel il avait marqué l'arrivée de sa bien-aimée dans sa maison, et l'émeraude de Muso * marquant l'annonce de l'enfant. Il lui rapporta les deux pierres dans sa paume tendue, où elle déposa d'instinct le rubis. Du bout de l'index elle toucha les pierres une à une, le saphir, l'émeraude, le rubis.

— Le ciel... L'espérance... La vie, récita-t-elle.

— Tu sais très bien ta leçon. Alors maintenant, regarde...

Il referma sa main sur les trois pierres, la passa derrière son dos où elle rejoignit l'autre main, la ramena sous les yeux de Louison et l'ouvrit : elle contenait maintenant une main de fatma en or, enluminée de minuscules perles de rubis, d'émeraude et de saphir.

— Pour Soraya, dit-il. Son premier bijou.

— Quelle belle jonglerie ! s'exclama-t-elle, enchantée.

Après un temps elle ajouta, malicieuse :

— Tu dois avoir de la pierre de reste, surtout ne la perds pas. Peut-être un jour pourrais-tu me faire voir un autre tour, qui serait à mon profit ?

— A vos ordres, princesse...

* En Nouvelle-Grenade (Colombie).

Il fouilla sa poche, en tira un fin tour de cou en éclats de diamant, orné de petites fleurs rondes aux pétales bleus, rouges et verts :

— Fait avec le reste, dit-il modestement.

— Oh! oh! oh! oh! une merveille! Ali, c'est une merveille! dit-elle avec transport.

Il s'amusa à la voir jouir de sa nouvelle parure. Le grand goût qu'il avait pour les œuvres d'art de la mode s'achevait parfaitement bien dans la passion boulimique que Louison montrait pour les bijoux plus encore que pour les chiffons. Elle tripotait sa rivière de fleurs précieuses avec jubilation, l'essayait sur son cou, sur ses bras, sur son front, la passait entre ses lèvres pour en lécher la saveur de luxe, la secouait dans le soleil pour en faire jaillir des feux de couleurs.

— J'aime, j'aime, j'aime! dit-elle de sa voix d'amante.

— Il faut heureusement beaucoup de mois pour faire un enfant, car il en a fallu beaucoup aussi pour faire ce collier, dit Ali. Sais-tu qui m'a trouvé un assez habile ouvrier? C'est ton Ami Charmant, c'est Beaumarchais. Lui-même a mis la main aux dessins et aux essais. Pour toi il a bien voulu se souvenir de son talent de fin horloger.

— Vraiment? Raconte-moi, Ali. Raconte-moi toute l'histoire de mon beau collier...

La tête retombée dans ses dentelles elle l'écouta les yeux clos, un sourire flottant sur le visage. Elle s'endormit d'un coup, comme une bougie soufflée, en serrant le joyau contre son cœur. Le tariok avait repris sa proie.

Depuis quelques instants Fatimah, sans bruit, était rentrée dans la chambre. Sa main vint peser sur l'épaule d'Ali :

— Maintenant, mon neveu, tu dois la laisser reposer. Je vais remettre ta fille dans son berceau. Comment l'as-tu nommée?

— Soraya.

— Viens, Soraya ma beauté, dit tendrement Fatimah en l'ôtant du lit.

Soraya se mit à pleurer dès que Fatimah l'eut recouchée dans son nid.

La petite Mariam ne devait pas être loin car elle se précipita, tira un pouf pour s'asseoir près de la nacelle de bois, qu'elle se mit à balancer du pied en fredonnant sa berceuse :

> *Dodo, fleur de pouliot,*
> *Dodo, tu es ma fleur...*

— Mariam fera une excellente remueuse, en attendant la nourrice que madame Marais doit envoyer, dit Fatimah en souriant. Allons viens, ajouta-t-elle à l'adresse d'Ali, va rejoindre les autres. Zaza les a installés de force devant ses plats de fête.

— Moi aussi, je connais cette chanson, dit Ali dans un élan de jalousie.

Au lieu de sortir il alla s'agenouiller de l'autre côté du berceau, pour accompagner Mariam en sourdine :

> *Dors donc, fleur de noisette,*
> *Dodo, fleur de pistache,*
> *Dodo, fleur de cumin.*
> *Pourquoi ne dors-tu pas,*
> *Quand ton papa*
> *Mourrait pour toi ?*

Du seuil de la porte, que Fatimath avait laissée ouverte, Marianne regardait Ali endormir sa fille, et ses yeux luisaient de larmes.

— C'était un joli spectacle, Féfé, je vous l'assure, dit-elle une heure plus tard, dans la calèche qui les reconduisait à l'hôtel Marais. Quand je me souviens de la naissance de Louison...

Familièrement, Lauraguais glissa son bras sous celui de sa voisine :

— Ma douce, vous n'êtes point très juste. A cette naissance, n'y suis-je point venu ?

— Vous êtes venu voir la mère. La fille, elle, n'a pas eu un père penché gentiment sur elle pour calmer son premier chagrin.

Il n'y avait pas grand-chose à dire pour consoler Marianne d'avoir mis au monde une bâtarde, dont Conti s'était soucié comme d'une guigne. Le comte essaya pourtant :

— Si le Prince voyait sa fille aujourd'hui, soyez sûre qu'il l'adorerait. Mais un homme ne peut s'intéresser à une nourrissonne.

— Je viens d'en voir un s'y passionner.

— C'est un Persan ! lança Lauraguais sur un ton de boutade.

Marianne avait pris l'air songeur.

— Je me demande si nous faisons bien, en essayant de les séparer ? Avez-vous souvent vu une femme mieux choyée par son amant que Louison ? Monsieur Khazem donne l'impression de ne vivre que pour aimer sa maîtresse.

— Hélas, l'amour vieillit un jour ou l'autre, mais cela tombe bien : une jolie femme se lasse de se faire toujours faire l'amour par le même amant. Et seul un sauvage lui en voudrait. Un Français comprend à merveille que la beauté mérite plus d'un courtisan. Un seul homme à jamais dans le lit de votre Louison, ce serait du gâchis !

Il lui sourit, un regain de gourmandise à l'œil.

— M'oseriez-vous dire le contraire ? Vous lui avez ressemblé si fort... Ne pensiez-vous pas alors que votre beauté valait plus d'hommages en chair... et en or qu'un seul pauvre homme en peut donner ?

Elle lui tapa sur la main :

— Féfé, vous êtes un libertin.

— C'est Dieu merci, qui m'a fait ainsi au goût des dames de mon pays. Mais je ne suis point un vrai libertin : j'en ai bien trop l'air.

Il marqua un temps avant de reprendre :

— Sérieusement, Marianne, maintenant que l'enfant est née, il nous faut vite sortir Louison de son cloître de la rue des Jeux-Neufs.

— Elle y rit beaucoup.

— Peut-être. Mais nous savons, vous et moi, qu'elle préfère le sourire au rire. C'est une Parisienne des beaux quartiers. Et puis, vous n'allez point lui permettre de continuer la série des petits Khazem ?

— Pour cela non ! dit vivement Marianne. Non et non !

Mais une bouffée d'attendrissement lui revint :

— La petite Soraya m'a paru fort belle. La trouvez-vous trop foncée de peau ?

Lauraguais eut un geste d'indifférence :

— La Normande que je vous ai eue dans mon village vous rendra une fillette aux bonnes joues. Vous déciderez d'elle alors. Faire des projets sur la tête d'une enfant d'un jour, c'est bâtir sur du verre.

— Si elle vit, dit Marianne, monsieur Marais lui donnera son nom et une dot. Il me l'a déjà promis. Mais vous avez raison, aujourd'hui, c'est Louison seule qui importe. J'espère encore qu'elle épousera le marquis de Roquefeuille.

Son regard interrogea le visage du comte :

— Vous, qui l'avez bien connu dans sa jeunesse...

Il la coupa tout de suite :

— Dans sa jeunesse, répéta-t-il. Depuis, je n'en sais guère sur lui. C'est un homme de mérite, qui respecte son nom. Mais c'est aussi un homme d'esprit. Alors... Louison est aussi belle aujourd'hui qu'hier, et il y a toujours un demi-million qui la suit.

Marianne rêva un moment, avant de soupirer :

— De toute manière, Roquefeuille n'est pas le premier à convaincre. Khazem n'a pas encore accepté de partir pour la Perse. Êtes-vous certain que le comte de Ferrière lui demandera de se joindre à son ambassade avec assez d'insistance ?

— C'est un diplomate, il est beau parleur. Et monsieur Marais a fait ce qu'il fallait pour lui donner un surcroît d'éloquence. Un ambassadeur n'a jamais assez reçu de son roi pour faire bonne figure là où on l'envoie ; l'offre d'un autre crédit à bon marché le met de bonne humeur. De toute manière, si Ferrière échouait à convaincre Khazem, il nous resterait le Roi. Louis XVI tient beaucoup à la réussite de cette ambassade. Il serait facile, pour Ferrière, de le persuader qu'il a besoin d'emmener un Persan avec lui, et ce Persan-là. Le Roi n'est jamais fâché de voir un gros banquier quitter le jeu de la Reine. Il poussera de bon cœur Khazem en Perse.

— Espérons donc, dit Marianne. Je n'imaginais pas que cette chance se présenterait, de l'éloigner de Paris sans violence. Envoyer une ambassade en Perse : n'est-ce point une idée saugrenue ?

— Non, ma mie. Garder la Perse pour alliée est une idée de très bon sens, dont Louis XV et même Louis XIV se souciaient déjà. Les Persans sont amoureux de nous, la France est donc bien placée pour maintenir une présence occidentale en Perse. L'équilibre de l'Europe en dépend et, justement, il branle assez fort ces temps-ci. L'Autriche et la Russie se sont rapprochées dans l'espoir de se partager bientôt l'Empire ottoman, et la Perse a quasiment promis de laisser passer l'armée russe, moyennant un pot-de-vin d'une ou deux provinces turques. Cela ne fait pas les affaires de la France, ni celles de l'Europe, même si tous les États d'Occident n'en sont pas encore conscients. Le comte de Ferrière s'en va là-bas pour détruire l'entente de la Perse avec Vienne et Moscou, remettre bien ensemble les Persans et les Turcs afin de les coaliser contre la Russie. En somme, pour réussir sa mission, le comte devra retourner les Persans tête-bêche. À ce qu'on sait, Fath-Ali Khazem déteste les Russes. L'idée pourrait lui plaire, de suivre un homme chargé de les contenir hors de son pays.

— Espérons, redit Marianne. Je vous sais déjà gré, en tout cas, d'avoir mis monsieur de Ferrière dans notre jeu. Serez-vous présent quand il rencontrera Khazem ?

— Non, car il doit le voir dans trois jours et, dans trois jours, je serai à Arras. Il s'y plaidera un procès qui m'intéresse.

— Et qui vous concerne ?

— Par curiosité. Mon ami Vézery de Boisvalé avait fait poser un paratonnerre sur son manoir de Saint-Omer, que les échevins lui ont fait ôter sur la plainte de ses voisins. Ces demeurés refusent le paratonnerre comme d'autres obtus refusaient l'inoculation, faute de concevoir pourquoi et comment on s'attire le mal pour s'en protéger. Je me suis battu pour la vaccine du docteur Jenner, je me battrai pour le paratonnerre de Franklin. Boisvalé en a appelé de la décision des échevins de Saint-Omer devant la cour d'Arras. Je veux être aux plaidoiries. Le paratonnerre sera défendu par un jeune avocat de là-bas, un monsieur de Robespierre dont on dit qu'il plaide lumineusement, au point que même les juges comprennent ce qu'il leur explique. Je serai content d'entendre ses arguments en faveur de l'accusé, je m'en servirai quand on attaquera devant moi l'invention de Franklin.

— C'est bon, soupira Marianne. Allez à Arras, mais revenez-en vite. J'ai besoin que vous soyez vite là pour chanter à Louison les charmes de l'été à Bagnoles.

— Je ne ferai que l'aller-retour. Je ne voudrais pas manquer la première représentation de *Philoctète*. La Harpe m'a fait une lecture de sa tragédie : elle est franchement mauvaise. J'appointerai une claque pour la soutenir.

— Bah ! quelle lubie ? s'exclama Marianne, doutant d'avoir bien entendu. Vous jugez la pièce mauvaise et vous la soutiendrez de vos deniers ?

— J'ai envie de contrarier Beaumarchais. Il ne m'avancera pas un franc, décidément, pour moderniser ma terre normande. Il me chagrine, je le chagrinerai, et je ne connais pas meilleur moyen de chagriner un auteur que d'en faire applaudir un autre.

14

Mélick avait offert la bienvenue dans la plus fine porcelaine chinoise de la maison. M. de Ferrière but une gorgée de thé, en vanta le parfum, revint aussitôt à son préambule à peine entamé :

— ... et donc, mon ami, le comte de Lauraguais, m'a dit que je tirerais grand profit d'un entretien avec vous.

Se tournant vers le plus âgé de ses hôtes il ajouta :

— Vous êtes un mirza*, monsieur, et je sais que c'est aux mirzas que je dois m'adresser pour commencer de pénétrer l'âme de la Perse.

Les deux Persans remercièrent d'une inclinaison de tête. L'oncle Mirza dit ensuite :

— Le comte de Lauraguais m'accorde trop de crédit. Il y a longtemps que je ne vis plus en Perse. Mais si mon neveu et moi pouvons répondre à vos questions...

Ali se permit une remarque :

— Je m'étonne, Votre Excellence, qu'on vous envoie en Perse pour y travailler contre le cabinet de Vienne autant que contre celui de Moscou. Je croyais Vienne et Paris liées par le mariage d'une archiduchesse avec le roi de France.

Le comte de Ferrière eut un sourire :

— Monsieur, les bons sentiments familiaux ne troublent pas l'appétit des rois. Dès que, de Vienne ou de Moscou, un morceau de Pologne ou de Turquie semble accessible... L'Autriche comprendra trop tard qu'elle a eu tort d'encourager la Russie à la voracité. Le danger qui menace aujourd'hui l'Europe n'est plus l'invasion arabe, c'est l'invasion russe, mais la France demeure encore seule à s'en inquiéter.

— Elle devrait pouvoir trouver de l'écho en Perse, à

---

* Un lettré.

Chirâz au moins, dit l'oncle Mirza. Les Chirâzi se sont toujours méfiés des infidèles à la barbe jaune. Les Russes ne rendent jamais les passages qu'ils empruntent. Ils sont restés en Crimée malgré leurs promesses. On m'a écrit que maintenant ils pénétraient en Géorgie : ils ne nous la rendront pas.

— Je savais trouver en vous des ennemis des Russes, nota l'ambassadeur avec satisfaction. Les purs Persans de la province du Fars ont toujours été des amis de l'Occident. Que dites-vous donc du subit glissement de votre pays vers la Russie ? Que dites-vous de sa politique actuelle ?

Les deux Persans échangèrent un coup d'œil allumé d'ironie, et Ali répondit :

— Votre Excellence, il n'y a pas de politique persane. Il y a... un imbroglio. Les affaires persanes, voyez-vous, ne sont comparables à rien de connu en Occident.

— Mais encore ? jeta M. de Ferrière.

— Chaque ville, chaque village se fait sa petite politique coiffée de sa petite religion, dit l'oncle Mirza. Le chef religieux le plus rusé arrive un jour ou l'autre à s'asseoir sur le trône de sa province, voire même sur le trône du pays. Dès qu'un grand chef est assis là, les autres petits chefs essaient de le détrôner, en mettant chacun Dieu et le sabre de son côté. Quand le grand chef dure, c'est que beaucoup de révoltes se sont enlisées dans les sables ou étouffées dans leur sang. La Perse, monsieur, est une vaste anarchie éparpillée autour d'un roi absolu, sans pouvoir sur tout ce que sa main ne peut atteindre.

L'ambassadeur soupira, avant de dire :

— J'espère que le roi de cette année aura le bras long ! Avez-vous connu ce Sadek Khan ?

— Monsieur, Sadek Khan n'est plus, dit Ali. Il n'a pas duré. C'est aujourd'hui Ali Morad Khan qui règne, et non plus de Chirâz, mais d'Ispahan. Je le regrette pour Votre Excellence : le vin y est moins bon qu'à Chirâz.

— J'aurai peut-être de la chance, plaisanta l'ambassadeur. D'ici en Perse la route est longue. Quand j'y arriverai la royauté sera peut-être de retour à Chirâz ?

Il marqua un temps, reprit du même ton badin :

— Qui et où que soit le roi, j'aurai un critère au moins pour le reconnaître, qui vaut dans tout pays : le roi est celui qui lève l'impôt. Pour l'instant donc, c'est à Ali Morad Khan que le peuple persan doit l'impôt ?

Une grande joie plissa tout le visage de l'oncle Mirza :

— Le peuple persan ne doit rien à César, dit-il. Dieu lui prend déjà bien assez. L'idéal politique d'un Persan tient en une phrase : le roi lui doit tout, lui ne doit rien au roi.

— Ah ! fit l'ambassadeur. Et ce tout que doit le roi, c'est quoi ?

— Ce qui est utile au marchand, dit l'oncle Mirza. De bonnes routes bien gardées, pourvues d'eau et de caravansérails là où il en faut ; une bonne poste pour acheminer le courrier ; une bonne police dans le bazar. Le bon droit persan, c'est le bon droit du marchand.

— Même nos poètes sermonnent nos rois pour qu'ils donnent le bonheur aux marchands, compléta Ali. Voyez ce qu'écrivit Saadi...

Il se leva pour aller prendre un livre, revint en cherchant le passage qu'il voulait lire.

— Voilà, dit-il : « Un roi qui ne donne pas ses aises aux marchands ferme à son peuple les sources de la richesse, donc il gouverne mal. »

Il répéta la phrase, ajouta :

— Cette recommandation enchante mon ami Beaumarchais. Il souffre de ce que les Français n'honorent point assez leurs gens d'affaires. Et il est vrai qu'on ne voit jamais ici ce qu'on voit souvent là-bas : le siège du gouvernement se tenir dans le bazar.

— Si je vous en crois, dit en souriant l'ambassadeur, je devrais commencer mes visites là-bas par celle du bazar ?

— Votre Excellence se trouvera toujours bien d'avoir fait amitié avec le Malek-el-toudjdjar, le Prévôt des marchands, lui confirma Ali. En toute ville c'est un homme puissant.

— Et comment se met-on dans les bonnes grâces du Prévôt ?

— Monsieur, tout comme vous le pensez : en achetant beau et gros, et en payant ses achats comptant, dit Ali en lui rendant son sourire.

— Je pensais pire, dit M. de Ferrière. Payer pour acheter de belles choses, c'est presque agréable.

— Tant mieux pour nous, dit gaiement Ali. Hélas, monsieur, quoi qu'on en dise la Perse n'est pas peuplée que de marchands.

L'oncle Mirza ôta la parole à son neveu :

— Vous aurez aussi affaire aux courtiers, dit-il. La Perse est peuplée de marchands et de courtiers. Même un marchand malhonnête vous donnera quelque chose en échange de votre argent. Les courtiers sont des hommes moins sûrs, mais vous ne sauriez vous en passer. Certains tiennent boutique de tout ce qu'il vous faudra, de l'amitié des mollahs ou de la copie d'un traité secret, de la faveur d'un khan, des potins de la cour ou même de l'oreille du Shâh.

— Monsieur, il n'y a pas qu'en Perse que les pots-de-vin font partie de la langue diplomatique, remarqua l'ambassadeur, avec une moue désabusée.

— Nous les appelons moins crûment des pesh-keshs, des cadeaux, précisa l'oncle Mirza. Aussi est-il bon d'en soigner l'emballage : un joli mouchoir de cachemire va bien. Pour le contenu, il sera toujours le même : des tomans d'or, plus ou moins. Pas un Persan qui n'aime en faire collection, surtout le Shâh. La fiscalité persane étant chose... persane, et l'impôt refusé, le Shâh fait sa trésorerie comme il peut, en quêtant, plus ou moins gentiment.

— Je m'en souviendrai, dit M. de Ferrière. La vénalité de ceux que je dois convaincre de s'allier à moi m'est agréable. L'or est de l'éloquence facile.

Ali prit un air narquois, et il intervint :

— Monsieur, il est vrai qu'avec de l'or rien n'est impossible en Perse, mais point toujours facilement. L'or doit tomber à bon escient, sur le pouvoir, et le pouvoir est si volage ! Jamais les Persans ne se sont même mis d'accord sur qui devait l'exercer, ou la royauté, ou l'Église. Pour tenter de régner les shâhs ont la violence, les ayatollahs ont la Loi, et ainsi passent-ils les siècles à se disputer le pays tandis que les marchands, dans le bazar, font avec moins de bruit et plus de ruse la politique de leur argent, au jour le jour, soutenant les uns ou les autres au gré de leurs intérêts.

Depuis le début de l'entretien, le diplomate guettait l'occasion d'en venir avec à propos au but réel de sa visite. Il vit passer l'instant de s'en rapprocher :

— J'ai déjà bien compris, dit-il, l'importance que je devrai donner aux échos du bazar. Je n'oublie pas qu'en 1708, c'est un marchand de Marseille qui a su persuader Hussein shâh de signer un premier traité avec la France. Louis XIV fut bien inspiré de l'envoyer là-bas. Les gens de commerce savent se donner la main par-dessus les frontières.

— C'est, dit Ali, que les gens de commerce savent se comprendre en dépit des frontières. Car hélas, pour achever d'être un pays d'humeur changeante la Perse parle un triple langage : le persan pour charmer, l'arabe pour convaincre, le turc pour menacer. Puis-je demander à Votre Excellence de quelles langues elle dispose ?

— Ma foi, je parle le français, dit l'ambassadeur, sans vergogne. Et j'ai toujours trouvé partout à qui le parler.

Il ajouta rapidement, dans un grand sourire :

— Bien que je sois sûr d'entendre là-bas la fleur des Persans user du français aussi bien que vous-mêmes, il est déjà convenu, avec le Roi, que j'emmènerai un truchement dans ma suite. Et non point un truchement ordinaire, mais un homme dont je me pourrai faire un conseiller. Monsieur...

Son regard s'était fixé sur le visage d'Ali :

— ... votre nom a été prononcé devant le Roi, et il a eu son agrément.

Un long silence stagna entre les trois hommes. Ali le rompit enfin :

— Monsieur, vous m'étonnez, dit-il sans hausser d'un seul ton sa douce voix feutrée. Avant ce jour vous ne me connaissiez point et, quoiqu'il ait pu m'apercevoir au jeu de la Reine, le Roi m'ignore.

— Le Roi dispose pour s'informer de beaucoup plus d'oreilles et d'yeux que les siens, dit M. de Ferrière. Et vous avez des amis soucieux de faire votre fortune autant que le bien de la France. Tenez-moi dès à présent pour l'un d'eux.

Un lent sourire étira la bouche d'Ali, qui se fit une langue de pur velours pour lâcher une insolence :

— Monsieur, nous autres Persans avons toujours eu la chance de ne recevoir que des visiteurs qui nous veulent du bien. Tous, Chinois, Anglais, Russes, Turcs ou Français arrivent chez nous avec l'ardent désir de faire notre bonheur, fût-ce en prenant la peine de lutter contre notre air boudeur.

Il marqua une respiration, acheva avec une grâce infinie :

— Votre Excellence me pardonnera de lui refuser d'emblée ma fortune, pour lui éviter le chagrin de traîner un ingrat dans ses bagages.

Comme l'ambassadeur, immobile, ne lui répliquait pas du tac au tac, Ali dit encore, plus vite :

— Ma vie privée et mes affaires me retiennent ici.

M. de Ferrière n'avait nulle intention de s'avouer battu. Il avait apprécié à leur juste valeur ses conversations avec M. Marais. Ce jeune Persan valait très cher pour le financier, à condition qu'on l'ôtât de Paris. L'ambassadeur revint sans humeur à la charge :

— Je pensais, dit-il, que vos affaires aussi se trouveraient bien d'un court voyage en Perse — il avait appuyé sur l'adjectif.

— J'ai en Perse des correspondants fidèles, qui sont de ma famille. Ils font nos affaires là-bas, je les fais ici, c'est ainsi que tout va bien, dit Ali.

— Mais n'avez-vous point envie de revoir un peu Chirâz ?

— On a toujours envie de revoir Chirâz, et je veux la revoir un jour. À mon heure.

— Peut-être, hasarda M. de Ferrière, peut-être est-ce l'idée de vous joindre à une ambassade officielle qui vous inquiète ? Soyez assuré que vos frais ne surpasseraient pas vos profits. Pour votre bourse de voyage le Roi sera très généreux.

« Ne lésinez point, offrez ce qu'il faudra pour qu'il vous suive », avait dit M. Marais. Pour la première fois de sa vie le diplomate pouvait jouir d'un divin bien-être, celui de paraître rouler sans frein sur l'or de son roi. Il n'allait pas s'en priver ! Avec un rien de faconde en trop il promit au jeune marchand persan un traitement de prince.

Très surpris, vaguement soupçonneux d'il ne savait quoi, Ali demeura sur sa position, mal à l'aise, pressé maintenant de se délivrer de cet excès d'honneur qu'on lui voulait faire. Et puisque son visiteur refusait toujours de le prendre au mot il dut se dégager avec une fermeté plus rude :

— Monsieur, ne me tentez plus, je vous en prie pour la dernière fois. Si vous insistiez je devrais me retirer pour ne plus vous entendre. Je ne puis accepter vos bienfaits et cela me couvre de confusion. Prenez pitié de mon embarras, et veuillez bien porter mes regrets et mes humbles excuses aux pieds du Roi où, assurément, je n'oserais aller me jeter moi-même.

M. de Ferrière le contempla un long instant, et puis reprit sa négociation par un autre côté :

— Les rois, monsieur, ne pardonnent pas aisément qu'on ait dédaigné leur faveur. Et peut-être repoussez-vous plus que vous ne pensez ?

M. de Ferrière allait prendre la suite sous son bonnet, mais les promesses aventurées font partie des armes de la diplomatie.

— Sa Majesté Louis XVI tient fort à la réussite de mon ambassade, poursuivit-il. Si vous y preniez part je ne m'en attribuerais pas tout le mérite au retour. Et je sais comment le Roi récompenserait alors vos services envers la couronne. Ils ne mériteraient pas moins que des lettres de noblesse.

« Cela s'achète aussi et Marais peut tout acheter », pensait l'ambassadeur. De toute manière, on ne l'avait chargé que de provoquer le départ de Khazem. Son retour ne le concernait pas.

Après un échange de regards avec son oncle, Ali demeurait muet, les paupières abaissées. Son trouble était profond. Jamais Louis XVI ne lui avait montré le moindre intérêt quand il l'avait croisé au pharaon de la Reine. Et même, il le soupçonnait de n'avoir qu'aversion pour les banquiers qui permettaient à sa femme de jouer gros jeu. Il murmura :

— Je ne sais plus que dire à Votre Excellence. J'ai tant de peine à croire...

Il releva le ton :

— Ceci ne ressemblerait-il pas à un ordre d'exil... bien enrubanné ?

— Plaisantez-vous ? jeta sèchement l'ambassadeur, la mine offensée. Prenez la peine de dire oui, et je vous ferai tenir dès demain une bourse de voyage qui vous ôtera vos craintes. Il est assez rare qu'un banni soit lesté d'or pour quitter le pays ! De reste votre ami Beaumarchais pourrait aussi vous rassurer. Il connaît nos projets.

— Vraiment ? Serait-il aussi du voyage ?

— Non pas. Mais il sait que la Perse a grand besoin d'armes modernes. Si vous m'y accompagnez, à coup sûr il vous demandera de lui trouver là-bas des acheteurs de fusils et de canons, qui soient meilleurs payeurs que ses clients américains.

Ainsi, pensa Ali, Beaumarchais était dans le secret ? Pourquoi ne lui en avait-il pas parlé ?

Vêtu gaiement de soie saumon que le soleil lustrait de reflets dorés, Beaumarchais, le genou ployé sur un coussin, faisait sa cour à Louison en grattant le târ d'Ali.

Louison n'avait pas encore retrouvé sa taille la plus fine, mais une charmante toilette rose faussement désuète, à la Watteau, au grand manteau fluide, lui avait déjà rendu au moins son élégance. Entre deux de ses couplets Beaumarchais devait potiner sur la ville et la cour, car la jeune femme riait souvent. Elle semblait au mieux de sa santé et de son humeur. Elle n'était accouchée que de quatre jours, mais le Dr Bordenave avait ses idées sur la médecine, que ses pairs jugeaient folles, et ses patients, miraculeuses. Émule du célèbre Dr Tronchin mort depuis peu, le Dr Bordenave soignait surtout avec de l'air et du soleil, la marche et la sobriété à table. Il dénonçait le danger de trop de saignées, faisait courir ses cardiaques autour de leur jardin, envoyait ses pulmonaires à la montagne et ses chlorotiques aux bains de mer, et commençait de lever les jeunes mères au lendemain de leurs couches. Ses audaces réussissaient au moins à Louison, se disait Ali en la contemplant à travers la porte-fenêtre du salon bleu. Telle qu'elle était en ce moment, tout embuée de rose, assise sous le feuillage rond du cerisier illuminé d'une foison de perles rouges, un peintre l'aurait choisie pour représenter la joie radieuse de l'été, celui de la nature et celui de la femme. À la droite du groupe clair qu'elle formait avec Beaumarchais les grands pavots blancs demeuraient immobiles dans l'air cloîtré de la cour, la nourrice remuait le berceau de Soraya, Leïlé et Mariam, accroupies dans un bouillonnant fouillis rose, lilas, bleu, violet, jaune, regardaient s'endormir l'enfant.

Ali eut un élan de tendresse en voyant revenu le temps de la grande exubérance des jupons. Au fur et à mesure que le printemps s'avançait les femmes empilaient des jupons de plus en plus vifs, finissaient par mettre, dans la maison de la rue des Jeux-Neufs, toutes les couleurs qui crient sur un marché persan, les jours où le vent du désert soulève trop haut les tchadors. « Elles ont, d'instinct aussi, les mœurs des oiseaux, pensa Ali. Elles se bariolent à la saison des amours. » Un gros soupir le gonfla. Le bonheur était dans le clos. Il n'avait pas envie, non, pas envie de suivre le comte de Ferrière en Perse. Pourrait-il s'y dérober ? La visite qui venait de s'achever le laissait dans le malaise. Permettrait-on, à un étranger de Paris, de refuser l'honneur de servir le roi de France ? Il chercha dans sa mémoire le regard bleu flou de Louis XVI et n'y trouva pas même de l'indifférence. C'eût été peu, de dire que Khazem avait toujours été transparent pour ce myope : il avait toujours été absent. Et voilà qu'aujourd'hui il le faisait soudainement accabler de ses bontés ?

Ali redressa ses épaules à l'excès, comme pour se débarrasser du poids d'un filet.

— Monsieur mon oncle, je suis plein de crainte, dit-il tout bas.

Bien qu'il fût loin d'être rassuré, l'oncle Mirza se voulut rassurant :

— Si nous étions à Chirâz je serais inquiet moi aussi, dit-il. Là-bas, recevoir la visite d'un envoyé du Shâh coûte toujours fort cher. Mais nous sommes à Paris. Je ne crois pas que des officiers du Roi viendront tout à l'heure ramasser les tapis qu'aura foulés l'auguste pied, ni se saisir de tous les objets précieux qu'aura frôlés son œil.

— Je préférerais cela, dit Ali. Au moins le but de la visite serait-il clair. Tandis que le but de celle-ci...

— Dois-tu t'étonner que le roi Louis XVI veuille rapprocher la France et la Perse ? La Perse est à l'Orient ce que la France est à l'Occident : le nombril de la civilisation. Les deux peuples sont faits pour s'entendre. Et mieux vaudrait, pour l'unité de l'empire persan, que l'alliance réussît et durât. Songe à la Géorgie. Si les Géorgiens pouvaient compter sur l'appui du roi très chrétien de la France ils ne seraient pas tentés d'ouvrir leurs portes aux infidèles à la barbe jaune, qui les asserviront au nom de la croix.

L'oncle ajouta, en regardant vers le jardin :

— Et puis, je connais, en tout cas, une bien-aimée qui ne serait pas mécontente de te voir recevoir tes lettres de noblesse.

Ali se sentit tressaillir. L'oncle venait de toucher une corde sensible. L'amant n'oubliait jamais que sa maîtresse était la bâtarde d'un prince, parce que Louison ne l'oublierait jamais.

— Des lettres de noblesse... Cette carotte qu'on me tend me paraît si haut, si loin placée ! C'est un conte. La France aussi a de bons conteurs.

— Les rois de France ont souvent employé des étrangers, qu'ils ont honorés. Même les aventuriers réussissent à se mettre bien en cour. J'ai connu le chevalier de Casanova au temps où il organisait des loteries pour la couronne et, aujourd'hui, le docteur Cagliostro se donne du « comte », et hante les grands seigneurs sans que nul ne se soucie de son passé. Tu n'es pas né dans la plèbe, mon fils. Tu es un lettré, et tu es riche. Veuille-le et tu te feras, à Versailles, une place plus flatteuse que celle de banquier de la Reine.

— Je te sais gré de vouloir me tranquilliser. Mais tu y parviens mal, regretta Ali.

— Ah ! c'est que nous autres Persans nous méfions toujours des gouvernants parce que nous n'aimons pas être gouvernés. Mais un roi, parfois, peut être un homme de bonne volonté ? Cela arrive. Kérim Khan a donné à ses sujets vingt-neuf années de bonheur dans la paix des cœurs et le parfum des roses. Louis XVI est peut-être le Kérim de la France. Peut-être dois-tu croire en lui ?

Il pointa le menton vers la cour :

— Monsieur de Ferrière ne t'a-t-il point conseillé de te rassurer auprès de ton ami Beaumarchais ?

— Viens vite ! s'écria Louison dès qu'elle aperçut Ali. Tu as manqué déjà plusieurs pages de la gazette. Je veux te redire la plus savoureuse. Monsieur de La Reynière, l'avocat des pauvres *, le fils du fermier général, a donné hier au soir un gueuleton de cochonnailles dans sa maison des Champs-Élysées. Il traitait des gens de lettres. L'Ami Charmant y était, il assure que ce fut rabelaisien ! Le plus réussi a été une entrée solennelle de dix petits cochons de lait rôtis à la broche, couchés sur des plats de vermeil et entourés de toutes les sortes de saucisses et de boudins qui se fabriquent avec le porc.

— Allah ! Un repas immonde, un repas de pourceaux ! hoqueta Ali, violemment écœuré, le mouchoir aux lèvres.

— Oh ! c'est vrai, pardon, pardon, dit précipitamment Louison, confuse. Pardonne-moi, j'oublie toujours que le Coran défend le plaisir de manger du saucisson.

— Ali, je vous porterai un jour de bon saucisson d'Arles : il est fait avec de la viande de mulet, dit Beaumarchais. Et ne pensez pas trop mal de La Reynière. Il est fou mais il a du talent, et comme amphytrion et comme auteur. Il écrit des billets gourmands dans un journal suisse, dont la verve, tirée de son estomac, en vaut bien une autre.

— S'inspirer d'un estomac qui digère du cochon ! Comment peut-on être français ? soupira Ali.

— Ne mésestimez pas notre cuisine, c'est un de nos beaux-arts, dit Beaumarchais. Et si j'en crois le comte d'Artois, c'est aussi l'une de nos bonnes armes. Au siège de Gibraltar d'où il revient, il paraît que nos batteries flottantes n'ont guère entamé le moral de l'ennemi, alors que la

---

* Il plaidait souvent gratis.

batterie de cuisine du comte a fait les plus grands ravages parmi les officiers étrangers mangeant à sa table. Hélas, comme c'étaient nos alliés espagnols qu'Artois régalait, c'étaient eux qu'il mettait sur le flanc. Nous n'avons donc point repris Gibraltar aux Anglais, mais au moins les Espagnols ont-ils, grâce aux cuisiniers français, un succulent souvenir de notre commune défaite.

Le bavard, tout en cancanant, avait observé Ali du coin de l'œil.

— Mon ami, qu'avez-vous ? jeta-t-il en interrompant soudain sa gazette. Je vous vois soucieux.

Après un regard à Louison Ali n'hésita qu'un instant, posa sa question sans préambule :

— Je songeais... Êtes-vous au courant de cette ambassade qui se prépare à partir pour la Perse ?

Beaumarchais réagit vivement :

— L'ambassade du comte de Ferrière ? Pardieu, mon ami, j'en voudrais être ! Enfin, je voudrais qu'il en résultât un traité de commerce, dont je ferais mon profit.

— Je vous croyais fatigué de livrer des armes ?

— Je ne suis fatigué que de n'en point toucher le prix. Mais si d'honnêtes Persans...

— Ah ! non ! s'exclama Louison. Vous n'allez pas vous mettre à parler de commerce ? Tenez, je vous boude. Je vais voir ma fille.

— Un instant de patience, mon cœur. Je ne t'emprunterai ta gazette qu'un seul instant, dit Ali en entraînant Beaumarchais à l'écart.

Il dévisagea son ami en l'interrogeant de nouveau :

— Vous êtes au courant de l'ambassade. Saviez-vous aussi qu'on m'offrirait de m'y joindre ?

— Ma foi, oui, avoua Beaumarchais.

— Pierre-Augustin, dit Ali en usant à dessein de l'intimité du prénom, pourquoi cette offre ? Elle me surprend trop fort pour que je ne lui soupçonne point un motif caché.

— Je ne vois pas lequel ? Le comte de Ferrière recherchait un familier de la Perse à mettre dans son bagage, Lauraguais lui a parlé de vous, et voilà tout.

Beaumarchais était presque sincère. Ceux qui complotaient l'éloignement de Khazem avaient pris soin de ne point confier leur secret à un moulin à paroles. Et Beaumarchais n'avait pas envie de le deviner, même si sa prompte cervelle lui chuchotait qu'on ne voulait pas que le bien du Persan en cherchant à l'expédier loin de Paris. Il reprit de bon cœur :

— Il est évident, mon ami, que rendre service au Roi ne vous nuirait pas. Je prêche que le métier d'homme d'affaires est honorable, mais la France est une vieille monarchie. Elle a ses habitudes de pensée. Pouvoir se flatter de fournir au Roi, n'importe quoi, donne du lustre à un commerçant.

— Le comte de Ferrière m'a presque promis des lettres de noblesse, laissa tomber Ali.

— Ah oui ? fit Beaumarchais, frappé. Ali, ne manquez pas cela.

Il ajouta d'un ton rieur :

— Voyez-moi, mon ami. De l'avis de tous je suis un libertin, un fat, un fripon. Croyez-vous que je jouirais avec la même aisance de ma réputation si je m'appelais toujours Caron comme devant, au lieu d'être monsieur de Beaumarchais ?

— Eh bien ? Vos messes basses sont-elles finies ? leur lança Louison en élevant la voix.

Ils s'avancèrent à sa rencontre. Elle marchait en paraissant jouir de chacun de ses pas, assurément ravie d'être délestée.

— Je me sens l'accouchée la plus alerte qu'ait jamais portée la terre, leur dit-elle en arrivant près d'eux. J'ai presque envie de danser. Ami Charmant, parlez-moi du dernier bal de la Reine.

— Je n'y étais pas, dit Beaumarchais.

Étourdiment, il oublia pour une fois les consignes de Mme Marais et se mit à médire de Versailles :

— Franchement, princesse, vous vous faites trop d'illusions sur les charmes de la cour. Le plus souvent on y bâille ferme. Savez-vous ce qu'y faisait le bon duc de Penthièvre pendant ses visites obligées ? Il s'était commandé un habit dont on avait remplacé tous les boutons par des montres, moyennes, petites ou minuscules. Ainsi pouvait-il se distraire à remonter ses montres en faisant sa cour au Roi. Contraindre beaucoup de cadrans à vous donner la même heure est un jeu très prenant. Je vous certifie l'histoire : c'est mon père qui avait fourni les montres.

— Obtenez-moi un brevet de dame, je demanderai à mademoiselle Bertin d'inventer une robe à boutons et à vous, de me trouver les montres, dit Louison. En attendant, puisque vous allez au Faubourg, rappelez à maman qu'elle me fasse prendre assez tôt demain soir. Je veux être au premier acte. Je ne voudrais pas manquer les cloches.

— Les cloches ? répéta Ali.

Louison et Beaumarchais se mirent à rire, avant que celui-ci n'expliquât :

— Le curé de Saint-Sulpice est si fier des deux tours de son église neuve qu'il vient d'y faire placer des cloches de bronze énormes. S'il leur donne le branle pendant que les comédiens-français sont en scène, les meilleures voix de la troupe n'ont plus qu'à se tenir coites jusqu'à la fin du vacarme *. Ce curé est une vraie mule : quand il vénère bien fort un saint il n'y a pas moyen de le faire céder sur le tapage vespéral qu'il lui doit et demain, le saint est de ses bons amis.

— C'est un bien petit régal, que d'aller là-bas pour les cloches plutôt que pour la pièce, remarqua Ali.

— Ali, fais-toi à l'idée que je suis un peu frivole et souffre-le, je te prie, dit Louison en lui tendant gentiment ses deux mains. Je t'ai fait une très jolie fille, maintenant je veux m'amuser de tout et de rien, pendant tout un temps. Maman assure que c'est naturel, et le docteur Bordenave aussi. C'est un tel délice de se sentir légère qu'on ne se lasse pas de remuer. Puis, j'ai une meilleure raison que les cloches pour aller à la comédie demain : nous serons dans la loge de monseigneur le duc de Chartres !

— Ah ? fit Ali, surpris.

— Monseigneur n'est pas encore rentré d'Italie, dit Beaumarchais. Il s'attarde sous les arcades de Rome. J'imagine qu'il en prend le modèle pour celles de son Palais-Royal. Pendant son absence madame de Genlis dispose de sa loge, et elle y a convié madame Marais demain.

---

* La troupe jouait alors dans l'actuel théâtre de l'Odéon.

— Je me fais une fête de reparaître à la Comédie-Française, et surtout dans une loge aussi bien placée, dit Louison.

Elle marqua un temps, ajouta avec un soupçon de hauteur :

— Après tout, le duc est à moitié mon cousin.

— Oui, bien sûr, dit Ali.

— Monsieur mon oncle, je crois que j'accepterai de partir avec le comte de Ferrière.

L'oncle Mirza hocha la tête. Il fallait qu'Ali se sentît bien tourmenté pour venir lui parler si tôt après le dîner, à l'heure de sa seconde pipe du jour. Un long silence s'écoula, où chaque seconde dura son plein temps. Puis le vieil homme demanda :

— Existe-t-il une comtesse de Ferrière ? Si oui, serait-elle de l'ambassade ? Parce que, dans ce cas... Bibi Louise se porte à merveille, et les villes persanes sont de bien beaux rêves à vivre pour une fervente lectrice des *Mille et Une Nuits*.

— Non, dit Ali. Je ne veux pas l'emmener. La province de Chirâz est paisible pour l'instant et Ali Morad Khan fait régner l'ordre à Ispahan, du moins en était-il ainsi dans la dernière lettre de Mostapha. Mais le Ghadjar court toujours le pays, en égorgeant tout ce qui lui barre son chemin vers le trône. Je ne risquerai pas de voir Louison enfermée dans une ville soudainement assiégée par Âgha Mohammad. Quand il veut une ville il la prend, et ensuite il répare ses murailles avec les têtes coupées de ses habitants.

— Mon fils, refuse de voir ce voyage en noir, ou je ne te reconnaîtrai plus, dit l'oncle Mirza. La Perse est colorée. Le bleu pur de l'air y rend toutes les choses plus vives encore et plus belles qu'elles sont. Tu vas revoir Chirâz. Si j'avais encore l'âge de courir les routes... Tu vas revoir Chirâz.

— Oui. Je vais revoir Chirâz...

Fermant les yeux, Ali tenta de ressusciter en lui le désir de Chirâz. Chirâz, rose et bleue, couchée au pied de ses montagnes rouges. La boue rose des hauts murs et des rues et, par-dessus les bouquets de palmes vertes dépassant des clôtures, la floraison des bulbes et des minarets d'émail bleu trempant dans l'azur du ciel. Le fauve, le lilas, le carmin étagés sur la montagne, sous la crête de neige qui donne, aux sorbets des Chirâzi, leur saveur de rose ou de jasmin glacé. L'or de l'été sur les vignes des collines, chauffant ardemment le vin. Le bazar des soies, chatoyant, multicolore. Le beau jardin de son frère Hossein. Ses orangers, ses citronniers, ses grenadiers, tous les fruits du paradis d'Allah à portée de main. La forêt de dattiers du cousin Mostapha Chakki, avec ce dernier arbre planté à l'orée du sable brûlant, celui sous lequel on s'assoit pour jouir de l'ombre en se gavant le regard de soleil et le cœur de dénuement...

En vain essayait-il de se redonner la tentation de tout cela. Il ne ressentait rien. Les images étaient belles, mais sans pouvoir. Belles mais froides. De belles mortes. Un seul être vous est donné, et tout le reste devient terne et sans goût.

— Mektoub !* soupira-t-il. Je partirai. Crois-tu, mon oncle, que je reviendrai de là-bas assez grand seigneur pour offrir ma main à une princesse ?

Il rêva encore un instant, avant d'ajouter :

— Si Louison ne m'avait pas été donnée, monsieur de Lauraguais ne se serait pas soucié de me vouloir du bien malgré moi. Mais je n'aurais pas eu Louison.

L'oncle Mirza posa sa pipe et dit de sa voix sereine :

— Souviens-toi, mon fils, que dans un jardin persan on plante toujours un cyprès auprès d'un oranger. Leur mélange est la vie. De la douceur sucrée, de la résine amère.

Ali sortit de la chambre sans lui répondre.

La maison s'éveillait doucement du calme de l'après-dîner. Dans la cour, Zaza houspillait Mélick à mi-voix, pour tenter de lui faire porter les vases de nuit dans les chambres. Ces commodités à la française avaient été la grande découverte de Zaza quand l'oncle Mirza l'avait amenée à Paris. Elle y voyait la marque d'un raffinement à l'occidentale dont elle ne se lassait pas. Et elle admettait mal que Mélick jugeât indigne de lui la tâche d'aller remettre chaque jour de si jolis pots de faïence dans les tables de chevet.

---

* C'était écrit.

— Zaza, je ne suis pas n'importe quel petit serviteur turc pouilleux du bazar, finit par glapir Mélick, outré. Je suis né pauvre, mais j'ai un aïeul Mansouri de la province Nedjed dans l'Arabie heureuse, et je ne m'occuperai jamais des pots de chambre !

Ali eut un vrai sourire : cette phrase-là, il l'avait si souvent entendue à Chirâz, de la bouche de petites gens pressées de se trouver du « beau sang » pour s'éviter une corvée ou des coups de bâton ! La noblesse n'est pas inutile, décidément, puisque le monde est sot. Les yeux du marchand s'emplirent de buée. Il se moucha avant d'entrer chez Louison.

Elle s'amusait à s'inventer des ombres au bord des yeux. Une dizaine de petits pots de fard étaient ouverts sur sa coiffeuse.

— Es-tu visible ? As-tu fini de t'abîmer ? demanda-t-il en s'arrêtant sur le seuil.

Soigneusement, elle effaça son ouvrage.

— Je m'essayais de beaux yeux, que j'aimerais montrer demain dans la loge du duc de Chartres.

— Je te conseille de mettre les tiens. Ils te vont à merveille.

Elle lui saisit la main dès qu'il fut près d'elle, pour s'y frotter doucement une joue, puis l'autre. Quand elle releva la tête :

— Je suis bien réussie, dit-elle à son miroir. Je me suis mis le bon rose aux joues, juste celui qu'il me fallait.

— C'est que l'amour te farde très bien, dit Ali en se penchant vers les lèvres offertes.

— Mummm, quelle chance pour toi ! dit-elle d'un ton taquin en retardant le baiser. Je suis si coquette, que je te promets bien d'être amoureuse toujours, ne fût-ce que pour le bien de ma beauté.

— Oui, essaie, je t'en prie, dit-il avec une gravité soudaine.

M. de Ferrière et sa suite quittèrent Paris le 22 juillet 1783. Fath-Ali Khazem était dans la berline du comte.

La semaine précédente le Roi l'avait fait venir à Versailles, deux fois, pour l'interroger sur son pays. Le second entretien, en présence de l'ambassadeur, avait duré près de deux heures ! Ali était un autre homme en en sortant, du moins s'il en avait pu croire les seigneurs encombrant l'antichambre royale, soudain pressés de l'approcher, de lui parler, d'en obtenir un mot.

Il était au service du Roi.

À son retour de Perse, Louison consentirait-elle enfin à l'épouser ?

La pensée d'Ali était bonne pour lui, son cœur prompt à choisir toujours l'espérance la plus douce. Pendant que l'ambassadeur, déjà, somnolait, il regarda grandir Soraya sur la vitre de la portière. Elle était aussi belle qu'une fiancée du Shâh. La lumière noire de ses yeux riait, du vent jouait dans les longues boucles sombres de ses cheveux et dans les plis de sa jupe en mousseline. Elle portait la robe de simplicité blanche, à ceinture bleue, dans laquelle Ali avait vu sa mère pour la première fois, dans le jardin de l'hôtel Marais. Parmi d'autres nobles demoiselles blanches elle marchait dans une allée de Trianon, en réglant son pas sur celui de la Reine.

Un hoquet de la voiture réveilla un instant M. de Ferrière qui, amusé, haussa les sourcils en remarquant l'air de songerie heureuse de son nouveau secrétaire.

— J'espère, monsieur, que vous étiez en train de rêver à notre mission ? demanda-t-il avec jovialité. Car dans ce cas, pour le quart d'heure elle me paraît réussir fort bien.

— Votre Excellence ne se trompe pas, dit Ali en souriant. Je m'occupais à me bâtir des châteaux... en Perse.

III.

Les eaux de Bagnoles

15

L'été de Bagnoles se noyait dans l'eau. Les Parisiens venus pour estiver, l'âme spongieuse, n'osaient même plus espérer le retour du soleil. Il y a des pays où la pluie ne vous décourage pas : elle tombe violemment, en trombe, comme pour débarrasser d'une corvée d'arrosage les jardiniers du coin ; puis aussitôt le ciel remonte haut, redevient lisse et bleu. Mais là, dans ce bocage normand la pluie s'était installée, fine et têtue, et on voyait bien qu'elle en aurait pour longtemps. Quand par hasard elle cessait le ciel restait plafonné bas, charriait des troupeaux de nuages sales, montrait qu'il ne fallait pas se réjouir, qu'il lui restait encore de quoi fabriquer de la morosité. Le vert luisant du paysage dégouttait de larmes, de la brume demeurait accrochée tout le jour aux sapins des pentes rocheuses de la rivière, flottait au-dessus du lac et de la Vée, une poussière d'eau veloutait la peau et s'infiltrait dessous. Les eaux de Bagnoles, cette année, ne faisaient pas que laver les veines malades : elles rinçaient aussi les méninges ! Une morne apathie s'abattait sur les dames de Valjoli quand, au matin, leurs soubrettes tiraient les rideaux en découvrant le même temps que la veille. Ce n'était pas encore le jour où elles porteraient les jolies robes légères dont elles avaient bourré leurs malles. Et leurs grands beaux chapeaux de paille empanachés de ruban, pourraient-elles enfin les risquer à la prochaine messe ? Marianne et Mado faisaient craquer leurs « vieux os » en gémissant de douleur, les femmes de chambre pestaient contre la campagne, Louison dépensait une heure à se choisir un châle avant de s'enfouir dans un roman d'amour, Solange, patiemment, prenait son tambour à broder.

Il n'y avait que la nourrice de Soraya, pour s'accommoder sans humeur de l'été normand. C'était son climat.

Lauraguais l'avait trouvée dans son domaine de La Tuilerie, chez un de ses fermiers, où elle pleurait la mort subite du nourrisson qu'un chemineau beau parleur lui avait fait un jour de fenaison, histoire d'étrenner le foin neuf. Une mère de souche poitevine et férue de sorcellerie l'avait baptisée Mélusine, mais Louison l'appelait dame Pomme. Le surnom lui allait à merveille. D'abord elle venait du pays des pommiers, et puis son gentil visage montrait deux joues de pomme, bien rebondies, fermes et vermeilles. Elle était d'ailleurs ronde de partout, avec, dans son corsage, des seins si dodus qu'elle semblait avoir passé les vingt ans de son âge à brouter de la prairie, tout exprès pour que Soraya disposât d'un flot de bon lait. Depuis qu'elle avait retrouvé une bouche à nourrir dame Pomme redevenait gaie avec constance, si bien qu'au moins une servante, à Valjoli, continuait de chanter sous la pluie.

Par beau temps, le grand manoir au bord de la Vée que louaient les Prévost aurait été un plaisant séjour pour tous, plein de charme. Il montrait un superbe colombage à grosse frise travaillée en losanges, un vaste toit à poivrières aux tuiles patinées, moussues par endroits, et beaucoup de fenêtres étroites à petits carreaux, qui semblaient refermer douillettement la maison sur elle-même plutôt que l'ouvrir au monde. Au-dedans les cheminées du salon et de la salle à manger ronflaient comme en hiver, dévoraient des monceaux de bûches. Mais les chambres restaient glacées, on y montait le soir en emportant un moine pour réchauffer son lit. Dans la petite maison basse du fond du parc, si joliment déguisée en chaumière et que Mado avait promise à Marianne, régnait une humidité de cave, qui la rendait inhabitable. Tous les invités de Valjoli s'étaient donc resserrés dans le manoir. Et comme ils n'en pouvaient que peu sortir, ils jouaient beaucoup. Mais, d'un commun accord, on avait écarté les jeux d'argent.

M. Palteau de Weymerange, le financier lorrain riche à millions que M. Prévost avait amené aux eaux dans l'espoir de lui tirer un peu d'or pour sa Marine, avait pour poches des cornes d'abondance, et un passé de joueur de métier. Le trésorier général de la Marine répugnait à se mesurer à lui devant un tapis vert, et aucune des dames présentes n'aurait aimé perdre au jeu, surtout pas la petite Colombe, la très chère chérie du Lorrain.

Mlle Adeline, la dernière des sœurs Colombe de la Comédie-Italienne, avait compris, depuis ses débuts à douze ans, que pour gagner sûrement contre un millionnaire il ne faut miser que soi. Déjà elle avait mis à mal plusieurs de ses amateurs mais, celui-ci, elle espérait bien le faire durer. D'abord il semblait avoir de quoi durer, ensuite il était tendre comme un pigeon avec sa Colombe. Contente de lui jusqu'à l'imprudence elle avait donné son congé au duc de Fronsac, bien qu'il fût le fils du surintendant des Théâtres royaux. De ses caprices elle ne gardait que ceux d'une heure et, de ses amours, M. de Sennectaire, un colonel du régiment de Hainaut dont elle ne pouvait se passer : il l'adorait trop vaillamment. Des passades fugaces et un officier dont la troupe casernait à Grenoble, pour Colombe c'était de la fidélité, et Weymerange ne se donnait pas le ridicule d'en douter. Il dépensait pour elle comme si Sennectaire ne se ruinait pas. Il lui faisait construire aux Porcherons, dans la rue Royale*, un palais en miniature, et lui avait permis d'arriver à Bagnoles dans un carrosse à six chevaux, garni de laquais mieux harnachés que ceux de la Reine et précédé du molosse danois à la mode, qui gambadait devant pour lui faire place.

Marianne n'était pas ravie de voir sa fille et Solange voisiner de si près avec la déjà trop célèbre Adeline Colombe. Mais jamais Mado n'avait pu se déprendre des filles de théâtre, et il faut avouer que cette Colombe-là n'était pas la moins aimable. Pas vraiment jolie, plutôt piquante en diable, c'était une blonde ardente au minois mobile, avec un front bombé, un mignon nez court et un sourire d'ange espiègle, de grands yeux bleus, un long cou royal et de la grâce à revendre, une voix claire et beaucoup d'esprit, à commencer par celui de tous les auteurs qu'elle avait dans la tête. Bref « elle agaçait », on pouvait s'en distraire longtemps. M. Frago l'avait peinte quatre fois déjà, tant elle représentait

---

* L'actuelle rue Pigalle.

bien l'idéal fripon de ce grand connaisseur de petites femmes légères. Bien sûr elle pétillait d'histoires de coulisses, alors, ma foi, autant la compagnie de la Colombe et de son pigeon lorrain que pas de compagnie du tout.

Les autres amis de Paris se faisaient désirer, même Beaumarchais, même Mme Dugazon, qui avait tant promis aux Prévost de leur amener Garat. Les gens de Valjoli ne parlaient jamais de la pluie dans leurs lettres mais, sans doute, certains Parisiens de leurs voisins devaient-ils se montrer moins prudents !

— Si le mois d'août continue d'aller comme il va, je crains que nous ne voyions personne avant que de refaire nos malles, dit un jour Mado, avec une moue dépitée.

— Je me demandais, justement, si nous n'aurions pas raison de les refaire bientôt ? dit Marianne.

— Oh non ! lança Colombe. Pas déjà. J'aime, moi, mener la vie de famille au coin du feu. Je n'ai pas envie du tout de voir débarquer ici l'Opéra, ni même trop d'amuseurs. M'ennuyer, je n'en ai jamais eu le temps. Je trouve cela délicieux. Même la pluie me plaît. Je m'en suis avisée cette nuit, quand l'orage m'a réveillée. J'entendais l'averse cingler les fenêtres, le vent bousculer les arbres, il y avait autour de la maison un grand bruit de feuilles affolées... À Paris, on n'écoute pas la pluie. Elle fait pourtant une belle musique, changeante, berceuse...

— Que vous voilà donc romantique ! s'exclama Mado. Je ne vous connaissais pas cette humeur-là. Aimer les orages !

— Les orages d'ici, précisa Colombe. Ils jonchent de pommes vertes l'herbe du verger. J'en ai croqué une ce matin, acide et dure en diable. Elle m'a rappelé mon enfance, quand je n'avais que des fruits dérobés à me mettre sous la dent.

— Je suis sûre que le père Riggieri prenait soin de voler les récoltes mûres, dit Mado.

— Mado, vous vous trompez, dit Colombe. On a faim tous les jours, et on n'est pas tous les jours en automne.

Elle se leva pour s'en aller, d'un pas dansant, vers le côté de la pièce où reposait Soraya. C'était l'heure où la nourrice faisait son tour de promenade pour « aérer son lait », selon le conseil du Dr Bordenave. Louison, un roman à la main, s'était assise auprès du berceau. Colombe essaya, sur le cou du bébé endormi, la rivière de diamants qu'elle tripotait depuis une heure : son jouet neuf, le présent d'anniversaire qu'elle venait de trouver en dépliant sa serviette pour déjeuner.

— Votre Soraya est déjà belle, murmura-t-elle avec tendresse. Les bijoux d'amour lui iront bien.

— La Reine même se contenterait de cette parure, dit Louison en ramassant le collier. Toutes les pierres en sont parfaites. Monsieur de Weymerange vous aime très fort. Êtes-vous heureuse ?

Colombe ne répondit pas. Elle s'était mise à remuer doucement le berceau et regardait Louison. L'air normand lui avait donné comme un surcroît de beauté. Gorgée de vapeur d'eau sa peau de lait resplendissait, plus que jamais.

— C'est vous, qui irradiez le bonheur, dit enfin Colombe. Votre teint est celui de la joie de vivre.

— Je viens d'accoucher. Je me sens légère.

Colombe hésita, demanda très bas :

— Personne ne vous manque ?

— Si, dit Louison en rosissant un peu.

Elle réfléchissait. Plusieurs fois déjà elle s'était étonnée de se sentir si bien en dépit du temps, en dépit de l'ennui. Le désir d'Ali lui cuisait parfois la peau mais, plus souvent, en paressant le matin dans son lit elle jouissait de la douceur d'aimer un absent dont elle ne doutait pas, et dont l'éloignement, encore faible, lui rendait des aises de jeune fille. Inconsciemment, elle éprouvait la double volupté d'être à la fois une femme pleine de possibles délices et pleine de liberté.

Ses yeux flottants se reposèrent sur Colombe. La comédienne attendait, d'un air si accueillant que Louison eut une bouffée d'affection pour elle. Elle avait besoin de parler pour se comprendre, et parler à qui ? Solange avait un cœur, mais pas de chair. Et quant à sa mère... Elle ne se confierait pas à sa mère. Elle savait qu'elle aurait péché contre Ali en avouant à sa mère son étrange bien-être de veuve passagère.

Dans les oreilles de Colombe, on devait pouvoir tout confesser.

— Il est vrai qu'en ce moment je me sens très bien, dit-elle enfin. Je le dois, sans nul doute, à la venue de ma fille, sinon je n'en verrais pas la raison ? Son père est au loin.

— Vous l'aimez en souvenir et en espérance, dit Colombe en souriant. Tout le bonheur d'une amoureuse est dans son imagination. Un amant a trop peu de goût s'il n'est que vrai.

Elle grimaça drôlement avant d'ajouter vite :

— Oubliez cela, je vous prie. Ma philosophie ne vaut que pour moi, qui joue les impertinentes à longueur d'année.

Comme Louison la vit, de nouveau, poser son beau collier sur le minuscule poing nu de Soraya :

— Vous n'avez pas d'enfants ? demanda-t-elle.

Colombe secoua la tête :

— Au théâtre il n'y a pas d'enfants, ou alors dans la coulisse, au loin. On ne les voit jamais. Il y a quelques années, la Guimard a mené une grande révolte à l'Opéra, parce qu'on voulait y interdire la maternité aux danseuses. Elles lui doivent de ne point devoir avorter sur commande.

Elle eut un rire avant de poursuivre :

— En fait, je crois qu'on tentait de leur recommander la chasteté plutôt que l'infanticide, mais qui l'aurait permise ? Pas même le directeur ! Quand un directeur veut vous donner des rôles il veut vous donner son cœur avec, et il faut bien prendre le cœur en surplus.

— Et pourtant, n'est-ce pas, vous n'abandonneriez point la scène, pour rien au monde ?

— On ne peut manquer à sa destinée. Mes parents étaient des ambulants, qui exhibaient leurs bêtes savantes dans les foires. Quand ils se sont vus riches de trois filles aussi ils sont venus de Venise à Paris, dans l'espoir de nous exposer sur un vrai théâtre plutôt que sur des tréteaux. Nous avons mieux réussi que leurs animaux. Et voilà toute l'histoire des trois sœurs Colombe.

— Racontez-moi comment...

— Non, coupa Colombe. Ne parlons plus de mon passé. Qu'en dirait votre mère, si elle nous écoutait ?

— Maman ne nous surveille pas, dit vivement Louison, en rougissant de mentir.

— Oh! si, dit Colombe sans aigreur. Elle croit que je ne vous vaux rien. Mais elle se trompe. Vous n'irez point vous perdre au théâtre, au lieu que moi, je me perdrais si je vous suivais dans le sentiment. De nous deux, c'est moi qui suis en danger. Imaginez qu'à vous voir, j'aille prendre l'envie de me faire un enfant? Ou le chagrin de n'en point avoir fait?

— Vous avez encore tout le temps de vous y mettre.

— J'ai vingt-trois ans. Déjà.

— Demandez à dame Pomme de tirer votre avenir dans ses tarots. Elle s'y connaît à merveille. Elle vous y trouvera un bon mari qui vous fera un bel enfant.

— Foin de cela! s'exclama Colombe à mi-voix, avec un effroi de comédie. C'est toujours un tapissier ou un régisseur qui vous épouse. Quand on a mal vécu avec des ducs et des financiers, on n'a plus le courage de s'atteler avec un tapissier pour bien vivre.

Une nouvelle fois elle fit sa drôle de petite grimace, qui lui fronçait le nez :

— Je vous dis vraiment n'importe quoi. Mon naturel m'emporte. Pardonnez-moi.

— Votre naturel me plaît, dit Louison.

— Vraiment? Oh! Louison...

Elle avait saisi l'une des mains de Louison, qu'elle serrait très fort.

— Louison, permettez-moi de vous donner votre petit nom, et soyez mon amie. Avoir une amie me semblerait si doux... Je n'ai jamais connu que des amitiés d'hommes.

— Vous avez une mère, et deux sœurs.

— Bah! Madame Riggieri avait trois comédiennes à faire valoir, cela ne laisse pas le temps d'avoir aussi des filles. Pour mes sœurs... Elles sont mes aînées, elles l'étaient sur la scène. Au théâtre on n'a que des rivales. La tendresse n'y tient guère de place. La tendresse...

Elle prit un temps avant d'achever très bas :

— Je crois bien n'en découvrir le besoin qu'aujourd'hui, en vous regardant.

— Alors soyons amies, Colombe, je le demande aussi,

dit Louison en lui rendant sa pression de main. Et tenez, puisque là-bas on s'installe pour un boston*, que tante Mado oublie sa promesse, c'est moi qui vous ferai répéter ce matin votre prochain rôle. Allez donc m'en chercher le texte. Auparavant...

Louison se pencha sur le berceau de Soraya, pour y reprendre la rivière de diamants :

— Serrez d'abord cela. On ne laisse pas traîner si belle chose.

— Oh! je ne manque point de diamants et il m'en viendra d'autres, jeta Colombe avec négligence. C'est surtout Weymerange, que me voir constellée de diamants amuse. Imaginez qu'il voulait en faire incruster un, de bonne taille, dans l'oreille de chacun de mes chevaux! J'ai eu peur pour mes bêtes, les voleurs leur auraient coupé les oreilles. J'ai prié Weymerange de se contenter de strass, alors ce fou a fait faire des harnais tout en strass!

Louison avait tiqué :

— Osez-vous bien faire harnacher avec?

Colombe, aussitôt, se sentit un peu malheureuse.

— Je les ai promenés à la dernière course de Longchamp, avoua-t-elle à regret.

Et elle ajouta vite, d'une voix qui plaidait sa grâce :

— Ne faut-il point, là-bas, être la plus brillante? Ou la plus folle? Aujourd'hui, les parties de Longchamp sont autant des concours d'attelages que des courses de chevaux et, ma foi, il devient difficile d'y surpasser les autres.

Elle reprit son ton espiègle :

— Cette fois, pourtant, je crois avoir réussi à étonner même la Reine!

— Je le crois aussi, dit Louison. Je ne pense pas que le Roi lui offrira jamais des diamants pour ses chevaux, ni même des strass.

— Mais qu'importe? Elle n'a pas besoin de gaspiller les diamants pour se sentir reine, dit Colombe avec mélancolie.

Longuement, elle fit tourner des anneaux de la lumineuse rivière autour de son poignet, en ayant l'air de penser à

---

* Nouveau jeu à la mode, importé de l'Amérique.

cent lieues de son jeu. Enfin elle dit, en retrouvant son sourire moqueur :

— Quand on peut dépenser tout l'or d'un financier, quel dommage, n'est-ce pas, que le bonheur ne soit pas à vendre.

Le surlendemain, enfin, une lettre de Paris vint par la diligence, qui annonçait l'arrivée de Mme Dugazon. Elle profiterait de la berline des Crawford : le Dr Seiffert avait ordonné les eaux de Bagnoles à lady Éléonore.

— Doit-on vraiment donner du lady Éléonore à madame Crawford ? demanda Marianne, interrompant la lecture de Mado.

— C'est aux Italiens qu'on l'appelle ainsi, dit Colombe. Elle est très bonne pour nos débutantes, en souvenir du temps où elle aussi jouait la comédie pour trois liards. En fait, on n'a jamais su si sir Quentin l'avait épousée de la main droite ou de la main gauche. Elle l'a trouvé aux Indes. Un jour elle est partie là-bas sous le nom de Sullivan qu'elle devait à un négociant irlandais, pour en revenir deux ans plus tard sous le nom de Crawford, avec un Écossais richissime à son bras. Sir Quentin est châtelain en Écosse, planteur à Manille, nabab en Inde et follement riche partout, et par-dessus le marché le meilleur homme du monde. Au reste, vous savez tout cela.

— À peine, dit Marianne. Sir Quentin est en affaires avec monsieur Marais, pourtant nous ne fréquentons pas le couple, je ne sais trop pourquoi.

— Je le sais, moi : madame Crawford est trop belle, dit malicieusement Mado.

— Ah ! c'est une superbe Italienne de plein été, acquiesça Weymerange.

— Elle est de Lucques, compléta Colombe. Mais elle a dansé à Venise dans sa prime jeunesse. Mes parents l'ont connue quand elle courait les routes avec des ambulants, comme nous.

— Elle était trop belle pour rester pauvre, dit Weymerange. Les hommes n'ont fait que leur devoir. Elle méritait son nabab écossais.

— Oh ! elle avait déjà eu mieux, dit Colombe. Elle a été duchesse de Wurtemberg, mais le duc est changeant, un jour il a répudié son épouse. Dieu sait qui l'a recueillie, emmenée de Stuttgart à Vienne, où elle a bouleversé la tête du prince Joseph II. Il l'aurait faite reine et impératrice si sa mère, Marie-Thérèse, qui vivait encore, ne lui avait arraché sa foucade de vive force.

— Lady Crawford a vraiment beaucoup voyagé, dit Marianne. Comment ne le sait-on pas davantage ?

— Je crois que lady Éléonore n'a pas de passé, dit Colombe. Elle le perd au jour le jour, sans regret. Elle s'arrange pour que le présent fasse son bonheur.

— Elle me plaira, dit Louison, impulsivement. J'aime qu'on aime les bonheurs du jour. Le passé a peu de saveur.

Colombe lui jeta un coup d'œil pénétrant. Si le Persan tenait à sa place il avait eu tort de la quitter !

— J'ai beau relire sa lettre, je n'y vois pas que madame Dugazon nous amènera Garat, dit Mado d'un ton désolé.

— Elle ne l'amènera pas, dit Colombe. Monsieur Garat est désormais une coqueluche, il ne veut plus jouer les utilités, et Dugazon est encore folle de son Janot.

— Ne se lassera-t-elle jamais de ce niais ? demanda Mado.

— Le public s'en lasse-t-il ? Janot est niais, il est fat, il est rustre, mais il fait rire. Dugazon en rit à gorge déployée, et elle prétend que c'est là le plus grand bien qu'un homme lui puisse faire, dit Colombe.

— Monsieur Dugazon est un comique aussi*, plus fin que le pitre de la Folie-Saint-Laurent, et il ne l'a pas fait rire longtemps, observa Weymerange.

— Dame ! fit Colombe, Dugazon est aussi jaloux que drôle. Et comme, en plus, il tire à l'épée comme un mousquetaire, il lui saignait ses bons amis. Elle a bien fait de le quitter. On peut penser ce qu'on veut de sa femme, mais on n'a pas le droit d'en dégoûter les autres.

— Colombe, votre morale me réjouit, apprécia Mado.

---

* Il jouait les valets à la Comédie-Française.

Je regrette que monsieur Prévost soit en train de baigner ses jambes.

— Pour en revenir aux Crawford, logeront-ils ici ? demanda Louison.

— Dieu, non ! J'espère bien que non, s'écria Mado, inquiète soudain. Les chambres que j'ai de reste sont si médiocres...

— Rassurez-vous, madame, sir Quentin n'est pas homme à n'avoir point prévu son logement, dit Weymerange. Vous verrez qu'au lendemain de son arrivée il nous recevra, somptueusement, dans un château des environs. Il n'aime que les grandes demeures, et sa femme en a besoin ; elle traîne toujours quelques habitués dans ses jupes.

— Va-t-elle nous amener qui vous savez ? lança Mado d'une voix gourmande.

— Cela m'étonnerait, dit Weymerange, en se gardant d'éclaircir la question. Qui-vous-savez a autant de fatuité que de charme, il pardonne mal à la belle Crawford de ne point vouloir s'afficher franchement avec lui.

Mado eut un coin de sourire, plein de sous-entendus :

— Rêverait-il de rendre l'Autre un peu jalouse ?

— Mais à la fin, de qui parlez-vous donc ? s'impatienta Louison, juste avant que sa mère ne s'énervât aussi.

— Mon amie, voyons, il s'agit du beau Suédois, du beau comte Axel de Fersen, dit Colombe.

— Bon ! fit Louison, je ne puis vous croire. Quand on est l'amant de la Reine on ne court pas après une autre.

— Louison ! Ne répétez pas des ragots qui sortent tout droit du Palais-Royal, dit sévèrement Colombe. Le Suédois n'a jamais été l'amant de la Reine, et c'est bien dommage. Le Roi lui fait un mari si épais qu'on lui voudrait des consolations.

— Tiens ! Vous êtes du parti de l'Autrichienne ? jeta Louison, l'air amusé.

— Oui, dit sérieusement Colombe. Et j'aimerais vous convaincre d'en être aussi.

Elle se rapprocha de Louison pour un aparté :

— Mon amie, vous n'êtes une Conti que pour moitié, ne frondez que pour moitié. Pour l'autre part soyez femme, soyez pour la Reine. C'est une bonne personne, je vous l'assure. J'ai souvent joué à Versailles, chez la Montansier, et là, plus d'une fois, j'ai connu son bon cœur et sa simplicité. Vous pourrez, de reste, demander l'opinion des Crawford : ils l'adorent. Sir Quentin se ferait hacher menu pour elle. L'autre jour...

En l'apostrophant, Mado empêcha la comédienne de poursuivre :

— Colombe, faites-nous, je vous prie, le portrait du baron de Boston. Monsieur de Weymerange croit, qu'à défaut de Fersen votre belle lady nous amènera un baron de Boston, dont vous avez le tort d'être entichée vous aussi.

— Ah ! c'est qu'il est beau ! s'écria Colombe. Dix fois plus beau encore que le Suédois. Et puis, c'est un exotique aussi, à peine revenu de l'Amérique. Pour le quart d'heure, à ce qu'on sait il est assez gueux, mais je prévois que ses dents longues lui tailleront bientôt une fortune, plutôt là-bas qu'ici. Né français, il le regrette autant que monsieur de La Fayette. À ce qu'il dit, il n'est en France que de passage. Sa mère essaie tant qu'elle peut de le retenir au fond de sa province, dont il s'échappe tout le temps. Les Crawford lui offrent à son gré, à Paris, la plus luxueuse et la moins chère des auberges.

— Sir Quentin est bien complaisant, dit Marianne.

— Sir Quentin écrit beaucoup, et il sait qu'un mariage trop prenant détruit les hommes de lettres, dit Weymerange. Une femme infidèle est plus légère à porter. Et puis sir Quentin est l'Écossais le plus français qui soit, alors il connaît le dicton : Quand on l'ignore, ce n'est rien, quand on le sait, c'est peu de chose.

Solange sortit de son mutisme :

— Il faudrait que ma tante Treille fût ici, pour entendre le complément d'éducation qu'on donne à ses jeunes filles, dit-elle en riant.

— Cette bonne Treille, dit Louison, presque attendrie. Dans sept ans je lui confierai Soraya. A propos du beau baron de Boston, ajouta-t-elle en rehaussant le ton, nous a-t-on dit son nom ? Je ne l'ai point entendu.

— Lady Eléonore se donne le plaisir de l'appeler

familièrement Matt, à l'américaine, dit Colombe. Il doit se prénommer Matthieu. C'est un monsieur de Chauvigné, baron, et normand je crois.

— Normand ? releva Louison. Il est alors à parier que lady Crawford nous l'amènera plutôt qu'un autre. Il doit aimer voir la pluie tomber sur des pommiers.

16

Dès qu'elle eut quitté la grand-route la grosse berline cahota affreusement sur le chemin de campagne défoncé qui descendait vers Valjoli.

— Dieu! que les approches de Valjoli sont donc sauvages! s'exclama lady Crawford. Croyez-vous qu'une voiture soit déjà passée par ici?

— Quoi, madame, vous qui vous tenez toujours à la mode n'aimez point la nature brute? s'étonna faussement la Dugazon, en se retenant au capitonnage.

— Si mauvaise passe ne conduit jamais loin. Je crois, monsieur, qu'il sera bientôt temps de vous redemander mon bras gauche, dit plaisamment sir Quentin à son voisin. Nos voitures sont plus douillettes qu'autrefois, mais guère plus larges.

— Pour moi, je ne m'en plains point, dit galamment le marquis de Courtray.

Du vieux marquis on ne voyait qu'un buste fluet, tout le reste était sous les jupes de ces dames.

— En Frrance, les trrajets sont si courrts qu'on n'a pas le temps d'en souffrrrir. On n'y courrt d'autrre rrisque que celui de tomber surr un grrec *, au hasarrd d'une auberrge d'étape, dit le comte Boris.

Boris Markoff roulait aussi terriblement les « r » que lors de son arrivée en France, huit ans plus tôt. Il semblait penser que sa voix éclatante complétait bien son charme slave.

— Si vous tombiez sur un grec, monsieur, assurément c'est lui qui s'en trouverait mal. Votre fortune au jeu est légendaire, dit Matthieu de Chauvigné.

Le comte Boris regarda le baron normand sans ten-

* Un grec, un tricheur.

dresse. Il n'appréciait pas qu'on lui rappelât ses débuts à Paris. Markoff passait pour avoir gagné ses culottes, une maison meublée, un carrosse, son nom et ses dix mille premiers louis en une seule nuit, à l'hôtel de Russie. Après quoi il s'était arrêté de jouer pour arrondir autrement son magot, ce qui prouvait au moins son bon sens. Il n'avait plus qu'un seul vice pour se nuire, c'était d'adorer les femmes et de séduire plutôt les comédiennes — qui coûtent — que les dames de qualité — qui régalent. Pour le moment il se divertissait de la Dugazon, dès qu'elle avait le bon goût d'oublier un peu son Janot. Mais comme il n'en courtisait pas moins la très belle et très riche Éléonore Crawford, Chauvigné l'agaçait : le vrai baron plaisait sans effort là où le faux comte échouait à grands frais. Il lui répliqua d'un ton rude :

— On voit, monsieur, que vous vivez plus souvent dans votrre prrovince qu'à Parris. Vos tablettes ne sont point à jourr. On vous dirra, dans tous les salons, que le comte Marrkoff ne sait plus même tenirr une carrte.

Mme Dugazon se hâta de faire diversion :

— Admirez donc le paysage, dit-elle avec enjouement. N'est-il pas joli à peindre ?

— Et il sent bon, dit lady Crawford en abaissant la glace de sa portière.

Une forte odeur de nature humide s'était engouffrée dans la berline. Par l'autre portière Matthieu de Chauvigné regardait défiler le bocage planté de pommiers, sous lesquels paissaient des vaches noires et blanches aux pis lourds. Il n'avait accompagné les Crawford à Bagnoles que par désœuvrement, parce qu'Éléonore lui faisait une cour flatteuse, que sir Quentin était un causeur de talent, et enfin qu'au mois d'août, à moins de n'être rien il faut aller s'ennuyer ailleurs qu'à Paris. Et voilà qu'il découvrait une autre raison à son voyage, plus douce. Ce vallonnement léger qui descendait jusqu'à la Vée, c'était la longue prairie qui s'en allait en pente prudente vers la Risle, le tapis vert déroulé devant la façade du château, que la négligence des jardiniers laissait se fleurir de hautes herbes à la grande pousse de printemps. Les gros pommiers ronds aux branches arquées par le poids d'une foison de pommes vertes, les troupeaux bicolores au pas lent, la campagne morcelée par les haies aux jaillissements griffus, au loin la tache sombre d'une forêt... Comme tout cela ressemblait à ses plus vieilles images ! Il sentait ses jambes rapetisser, se revoyait galopant après les papillons dans les prés de Bois-Chauvigné. Soudain le détestable chemin s'élargit, grimpa un peu avant de plonger sur la vue du lac de Bagnoles. Une nasse d'eau grise avec un bateau plat au milieu et, brusquement, au bout du fil du pêcheur, l'éclair d'argent d'un poisson qui meurt. La barque du père Guilloux, figée des heures durant sur la Risle, surtout les jours où la terre réclamait des bras ! Chauvigné sourit, en réécoutant la mère Guilloux crier son indignation au bord de la Risle.

— On a beau ne pas aimer la vie aux champs, on aime malgré soi les champs de son enfance, dit-il, sans prendre garde qu'il pensait tout haut.

— Oh ! mais oui, c'est vrai, votre mère est normande, dit aussitôt Éléonore. Normande de par ici ?

— Ma mère est berrichonne, corrigea Chauvigné. Mon père, était normand. Il ne me reste aucune terre de lui, mais elle pourrait être ici, au bord de cette rivière : je m'y reconnais. Voyons si je ne reconnaîtrais pas aussi la demeure...

Ce n'était pas le château de Bois-Chauvigné. C'était, à peu de chose près, la grande maison d'été de sa tante Francheville, à Honfleur. Autour d'elle, le jardin brillait sous un coup de beau temps providentiel.

— Ce manoirr n'est pas laid. Mais au-dedans, combien de jolies femmes y trrouverrons-nous ? lança le comte Boris en sautant à terre le premier.

Au même moment un vol de silhouettes claires s'échappa de Valjoli, s'éparpilla sur la pelouse, autour des arrivants. Voyant durer l'accalmie ces dames avaient sorti leurs toilettes légères et leurs chapeaux de paille pour s'en aller goûter dans la forêt d'Andaine. La compagnie tombait à merveille : elles étaient belles pour la recevoir.

Dans sa robe de pékiné jaune et blanche, son chapeau encore à la main, ses boucles pleines de soleil, Louison accrochait si bien la lumière qu'elle attira le premier regard précis de Chauvigné. « Good Heavens ! Le Greuze de mon oncle ! » pensa-t-il en sursautant.

La rencontre l'amusait. Il se demanda si le marquis de Roquefeuille avait jamais eu le temps de parler de son neveu à Mlle Couperin, et de lui dire son nom.

Avec l'arrivée des Crawford la vie de Bagnoles s'anima tout de suite, d'autant que le soleil consentait enfin à de pâles sourires, une ou deux fois par jour.

Mme Prévost logeait Rose Dugazon et son comte russe, les Crawford s'étaient installés à la sortie de la ville, dans le charmant château de La Madeleine, avec Chauvigné et le marquis de Courtray. Comme ils avaient pris soin d'y expédier avant eux une pleine voiturée de leurs domestiques, ils purent, d'emblée, faire de La Madeleine le lieu de rencontre de tous les Parisiens du pays : « le Club ». Car les Parisiens, si longtemps retenus chez eux par les fâcheuses nouvelles du temps, commençaient d'affluer. Bientôt l'*Hôtel des Bains*, les auberges de Tessé, du Gué-aux-Biches et du Capucin, les petites maisons à louer, tout fut comble. Une vie mondaine de plein été s'établit, familière, élégante sans apparat, impromptue souvent. On cousinait, gaiement. Le matin on allait respirer l'air résineux sous les sapins des pentes de la Vée, et s'il faisait sec on poussait jusqu'à la première maison forestière d'Andaine, où l'accorte Mme Dieu servait de si bon lait mousseux, avec des beignets aux pommes ou de la galette. Vers une heure, chez l'un ou chez l'autre ou bien à l'auberge on retrouvait les curistes qui revenaient des bains, on dînait, après quoi l'après-dîner se flânait, en brodant et papotant, en jouant au loto ou au boston, en répétant un proverbe ou un opéra-comique, en s'inventant des costumes de scène avec les moyens du bord. Après le thé — qu'au Club on prenait à l'écossaise, avec du cake et des scones tartinés de marmelade —, quand Colombe et la Dugazon en avaient assez de chanter ou d'entendre mal jouer la comédie on passait aux charades. On s'y donnait jusqu'à l'heure de souper, passionnément. Depuis assez longtemps déjà le jeu des charades faisait fureur, à la cour comme à la ville comme aux champs. Celui ou celle qui savait imaginer les définitions les plus tortueuses ou les mieux rimées pouvait se faire en un jour une réputation de bel esprit, et donc avoir son couvert mis partout.

L'été de Bagnoles ne manquait pas de pique-assiette. Des jeunes hommes de compagnie, qu'il fallait loger et nourrir, étaient arrivés dans les jupes des dames, de celles, surtout, qui ne faisaient qu'accompagner aux eaux leurs vieux maris variqueux. Ces jeunes gens ne se cloîtraient pas chez leurs dames. Complaisamment ils servaient aussi aux beautés solitaires, portaient les parasols, les châles et le panier du goûter, tournaient les pages des partitions, poussaient l'escarpolette et marchaient à côté des ânes en leur tenant la bride dès que le sentier s'escarpait. Ils acceptaient de jouer au volant ou aux grâces, et de fleureter sans y mettre les mains. Louison s'en était fait toute une petite cour. Mais, comme les autres coquettes de tous les âges, elle préférait les visites du Russe et de l'Américain.

Le comte Boris et Matthieu de Chauvigné avaient un succès fou. Les Bagnolaises les moins sages les criblaient d'œillades, certaines Parisiennes les aguichaient à peine plus discrètement. Ils étaient trop beaux pour qu'on leur permît la fidélité à leurs logeuses.

Jeune géant bien fait, blond maïs aux yeux bleus, remuant et sonore, le Russe achevait de se rendre voyant en portant moustache courte et petit bouc pointu. Ces ornements convenaient bien à la forme et au teint de son visage, et leur rudesse procurait à ses maîtresses des baisers piquants, cosaques. L'écho de sa fougue amoureuse le précédait de l'une à l'autre, si bien qu'il ne cessait de plaire aux curieuses, non pas aux plus raffinées, mais aux plus sensuelles.

Matthieu de Chauvigné avait une autre séduction. Comme disait Colombe, lui était « né », cela se sentait. Presque aussi grand que le Russe, il l'était plus élégamment. Sa haute stature de cinq pieds sept pouces, son torse bien musclé par les exercices, ses longues jambes, ses beaux cheveux clairs qu'il nouait en queue avec un simple ruban, son masque viril, ses yeux couleur de mer indécise, tout cela lui venait trait pour trait de son père normand, et, avant lui, d'un envahisseur viking que les demoiselles franques n'avaient pas dû repousser. Devant son descendant, en tout cas, les portes des boudoirs s'ouvraient volontiers.

À Louison, le beau Chauvigné inspirait des sentiments mêlés. Certes elle le trouvait plein d'attraits, elle aimait ses visites mais, en même temps, les redoutait un peu. S'étant aperçue qu'il l'observait avec acuité lorsqu'il la croyait distraite elle se demandait pourquoi, puisqu'il ne lui faisait pas la cour.

Il ne lui faisait pas la cour ! Rien que cela, peut-être, la mettait mal à l'aise ? Les hommes ne l'avaient pas habituée à l'indifférence. Et d'ailleurs, ce n'était pas de l'indifférence que Chauvigné lui montrait, c'était de la réserve. Une constante réserve, étonnante au milieu de la familiarité ambiante, et d'autant plus qu'elle se combinait avec beaucoup d'attentions. Il la complimentait pour une jolie robe ou pour le rôle qu'elle avait bien joué, lui cassait ses noisettes, n'oubliait jamais de la mettre en voiture ou de l'installer au mieux à l'auberge, la promenait pendant une heure à son bras, et tout cela sans jamais lui conter fleurette ! Elle n'avait pas le pouvoir de troubler cet homme-là et s'en dépitait, surtout quand elle le voyait dépenser du charme ailleurs. Il froissait sa vanité. Bien qu'elle n'eût rien à lui donner il aurait dû demander. Un soir, il la fâcha vraiment.

On jouait aux charades, et c'était au tour du vieux marquis de Courtray à faire le charadiste. Pour définir son mot le marquis avait préparé un quatrain galant qu'il destinait à Mlle de Raimbault. Solange venant à s'absenter mal à propos, ce fut devant Louison qu'il alla réciter ses vers :

> *Mon premier est cruel quand il est solitaire,*
> *Mon second, moins honnête est plus tendre que vous,*
> *Mon tout à votre cœur dès l'enfance a su plaire,*
> *Et parmi vos attraits est le plus beau de tous.*

— Ver-tu. Vertu, dit aussitôt Chauvigné, en décochant à Louison un sourire d'une ironie si aiguë qu'elle, toujours si pleine d'aisance et de repartie, se sentit devenir cramoisie.

Elle ne put que murmurer, en tendant au marquis sa main à baiser :

— Votre jugement, monsieur, est peut-être aventuré, et vous me voyez en peintre de cour, tout en beau.

Après quoi, furieuse contre son trouble, furieuse contre ce Chauvigné qui ne la connaissait qu'à peine et se permettait de la faire rougir sans qu'elle comprît pourquoi, elle décida de l'oublier pour le reste de l'été. Au souper qui suivit, comme le baron, à son ordinaire, s'était placé entre elle et Colombe, elle se dérangea sous couleur de dire un mot à sa mère et demeura de son côté. Elle agit de même au dîner du lendemain, mais comme ils étaient alors attablés sans façon à la ferme des Buards, Chauvigné la rejoignit, enjamba le banc pour se mettre près d'elle.

— Me bouderiez-vous ? lui demanda-t-il tout de go.

Elle afficha de l'étonnement :

— Pourquoi penser cela ? Je m'assieds au hasard.

— Jusqu'ici le hasard m'avait donc bien servi. Je veillerai à retrouver ma chance, dit-il.

L'ayant observé un instant, elle ne put s'empêcher de lâcher :

— Je n'avais pas remarqué que vous me préfériez à un autre voisinage.

Comme il allait lui répondre elle ajouta vite, sur un autre ton :

— Comment sont les Bostoniennes ?

— Les Bostoniennes ? Jeunes ou vieilles, belles ou laides.

Elle ficha son regard dans le sien, articula exagérément sa question d'un mot :

— Ver-tu-euses ?

— Pu-ri-taines, répliqua-t-il de même.

— Hum ! Sur ce pied-là, elles doivent assez mal penser des Françaises ?

— Tout à fait mal.

— Et vous ? Vous qui ne revenez qu'à peine de chez elles et n'étiez qu'un enfant à votre départ, que dites-vous de nous ?

Il eut un sourire sincère :

— Je vous adore toutes, dit-il.

— Monsieur, vous êtes trop poli.

— Mais honnête pourtant. Les Françaises sont délicieuses. Pimpantes, mousseuses, légères... Elles s'habillent à ravir avec des couleurs claires, se plaisent mieux avec leurs amants qu'avec leurs amies, et leur compagnie est agréable, même quand elles parlent.

— Mousseuses, légères et bien pourvues d'amants : assurément pensez-vous d'abord aux demoiselles de l'Opéra ?

— Non pas. Je me tiens plus qu'à demi pour un Américain, et les danseuses ne sont point pour les Américains. Leur monnaie ne vaut rien.

— Vous êtes un insolent, dit Louison, mais ses yeux riaient. Et seriez-vous avare aussi ?

— Franchement, dit Chauvigné, vu de l'Amérique se ruiner pour une femme paraît tout à fait démodé. Ce monsieur Bouret qui vient de mourir, et qui nourrissait une vache de primeurs à deux louis la mesure pour offrir à sa maîtresse un lait de fine saveur, à Boston nous l'aurions mis dans un hôpital.

Il approcha le plat de matelote à la crème :

— Encore un peu ?

— Merci non. Je n'ai plus faim, dit-elle.

— Alors, sortons nous promener au bord de l'étang ?

Du regard, elle lui désigna le veau rôti que la fermière posait sur la table.

— J'ai fait la guerre. Je sais me contenter d'un seul ragoût, dit-il en l'aidant à se dégager du banc.

Ils longèrent l'étang des Buards, poussèrent plus loin, jusqu'à trouver la lumière verte, apaisante, d'une allée forestière. Dès qu'ils entrèrent sous le couvert :

— Ne faudrait-il pas maintenant retourner ? demanda aussitôt Chauvigné.

— Personne ne nous cherche encore, dit-elle en répondant à son sous-entendu. Ces dîners à la ferme se font dans un grand désordre, c'est leur charme.

Le tronc d'un grand arbre abattu, couché dans une

coupe claire, leur offrit une halte, et un moment de silence. Ils étaient arrivés au bout de leurs paroles à ne rien dire. Louison osa une question plus intime :

— Retournerez-vous à Boston bientôt ?

— Je l'espère.

— Les Françaises vous séduisent, mais les Français ne vous retiendront point. Vous ne les aimez plus, décidément ?

— Disons que je préfère l'Amérique à la France. J'ai retrouvé ma France si petite... Et vieillie.

— Vieillie ? releva-t-elle avec surprise. Le règne nouveau a pourtant changé tant de choses ! Nous aurons bientôt une constitution à l'imitation de l'anglaise, tout le monde le sent. Les germes en ont traversé la mer.

— C'est vrai. Mais notre constitution ne créera pas de grands espaces, ni un peuple jeune.

— Ainsi, en bref, vivre parmi nous vous ennuie ?

Il secoua la tête :

— Ce n'est pas cela. La France est douce à vivre. Trop douce. Je craindrais de m'y endormir avant d'en avoir l'âge. J'ai vingt-cinq ans, et je crois que l'avenir du monde est de l'autre côté de l'Atlantique.

— Vous parlez comme mon parrain, l'abbé de Véri. Lui aussi pense que l'Europe, un jour, sera bien resserrée entre le géant américain et le géant russe. Cela me paraît si impossible...

— Bien trop lointain, en tout cas, pour que nous en discutions aujourd'hui, par un beau jour d'été, sous des chants d'oiseaux qui n'encouragent pas aux propos sérieux, dit Chauvigné en se levant.

Souriant, il lui tendit ses deux mains :

— Rentrons. Nous arriverons juste à temps pour attraper les derniers mirlitons *. Je ne m'en lasse pas.

— Au moins regretterez-vous une chose de chez nous quand vous nous quitterez, dit-elle.

Elle s'était remise debout et lui offrait son visage levé, tout proche du sien. Les deux grands regards bleus se

---

* Tartelettes à la crème d'œufs vanillée.

pénétrèrent, profondément, pour la première fois. « Enfin ! »
pensa Louison, au bord du triomphe. Elle sentait déjà le
baiser toucher ses lèvres. Le désirait-elle, elle n'en savait
rien, c'était la chute de l'indifférent qu'elle voulait. Chauvigné, pris dans ses yeux, pris dans son parfum, pris de
vertige, dut s'arracher du corps un grand pas en arrière, qui
le sauva de la sirène.

— Allons, dit-il avec brusquerie. Il ne restera plus de
mirlitons.

Il ne songea à l'attendre, pour lui redonner son bras,
qu'après une fuite de plusieurs enjambées. Morbleu ! Cette
Louison embaumée lui aurait fait une tante fort difficile à
vivre honnêtement ! C'était une chance que le mariage de
l'oncle Roquefeuille eût manqué.

Mais l'oncle l'aimait toujours. Il passait des heures dans
sa bibliothèque, à lire et à travailler sous la claire lumière du
regard que Greuze avait peint. Greuze avait donné à son
modèle un regard de Joconde, qui vous poursuivait partout,
pour vous forcer le cœur.

Le pinceau de l'artiste n'avait pas inventé. Même hors
de son portrait, Louison avait des yeux de sorcière. Il ne
fallait pas les fixer de près. Plus jamais ! se jura Chauvigné.

Il y avait du nouveau à la ferme quand ils y revinrent.
M. Marais venait d'arriver de Paris, avec Beaumarchais.

— Princesse, votre cher tonton Lauraguais nous suit,
dit Beaumarchais à Louison. Nous sommes passés par
L'Aigle pour lui donner le bonjour, nous l'avons trouvé en
sabots dans un carré de choux, épanoui de plaisir, et
pourtant nous l'avons quand même décidé à venir faire un
tour dans une Normandie plus civilisée.

— C'est que son hôte s'ennuyait si fort à le contempler !
dit M. Marais. L'abbé de Véri a regardé notre chaise
s'arrêter dans la cour de La Tuilerie comme à peu près, sans
doute, Robinson Crusoé a vu un navire aborder son île !
Assurément, ils seront ici demain. L'abbé au moins. Un
naufragé a vite fait ses bagages.

— Ouf! soupira l'abbé en se déployant hors de son carrosse. Les chemins qui conduisent jusqu'à vous, mes amis, ne sont point bons.

— Dame! Vous nous avez fait mener un train d'enfer, grommela Lauraguais. On ne galope pas plus vite après une jolie femme que vous après la compagnie!

— Mon cher comte, les jolies femmes sont au rendez-vous, dit Marianne en s'avançant, ses deux bras passés sous ceux de Colombe et de la Dugazon.

— Non, s'il vous plaît, moi d'abord! s'écria Louison.

Elle sortait de la maison en courant et se jeta au cou de Lauraguais. Il l'embrassa à bouche-que-veux-tu, la souleva et la fit tournoyer autour de lui, plusieurs fois, avant de la reposer à terre, devant M. de Véri. Elle ouvrit de grands yeux anxieux sur son parrain, attendit...

C'était la première fois qu'ils se revoyaient depuis qu'elle avait brutalement mis fin, par un scandale, au projet de mariage de l'abbé.

— Mon parrain, balbutia-t-elle, et sa voix mourut.

Une onde d'indulgence détendit le visage de l'abbé. Il soupira entre ses dents :

— Joli buste, mais de cervelle point!

Et il lui posa un baiser sur le front.

Soulagée, Louison amorça un sourire qu'elle souhaitait contrit et baissa les yeux.

— Ne faites point dépense de repentir, je n'y croirais qu'à demi, dit-il en passant son bras sous le sien. Soutenez plutôt mes premiers pas. Quand je me suis tenu assis trop longtemps, ma jambe droite boitille avant de reprendre son habitude de marcher.

Comme ils passaient, bras dessus, bras dessous, devant Marianne, celle-ci remercia l'abbé d'un grand sourire heureux.

— La campagne rend bon, dit M. de Véri en réponse au sourire. Demandez à monsieur de Lauraguais.

— La campagne rend bon et sain, confirma aussitôt Lauraguais, d'un ton sans réplique.

— Songez à m'en reparler cet hiver, au coin d'un bon

feu de Paris, dit M. de Véri. Vous le savez, c'est quand je suis douillettement à l'abri, à regarder grisailler l'hiver parisien, que je crois volontiers aux plaisirs de la campagne.

Il haussa un peu la voix pour poursuivre à la cantonade :

— Les physiocrates sont de merveilleux peintres de bergeries. Ils vous font voir la vie à la ferme sous les couleurs de leurs rêves. À leur écoute vous vous promenez, béat, dans les pages de *L'Heureux Paysan* de Marmontel, vous goûtez toutes les pures délices du paradis perdu. Alors vous finissez par les suivre aux champs et là, vous tombez hors de la physiocratie, les pieds dans la boue et le nez dans le fumier. L'heureux paysan avait oublié de vous raconter la pluie, la bouse et le crottin, les odeurs puissantes et les mille bestioles taquines qui vont avec les bons œufs à la coque, le boudin frais et le lait mousseux.

— Ah ! monsieur, l'amour d'une campagne est pareil à l'amour d'une femme : il vit de gros mensonges et de petits oublis, dit Beaumarchais.

— Riez, riez, maugréa Lauraguais, riez, mais le paysan moderne n'en est pas moins l'homme de demain. Je parierais une fortune là-dessus.

— Une fortune ? releva vivement Beaumarchais. Hé, monsieur, pariez plutôt la vôtre !

Mme Prévost jugea prudent de faire changer de propos :

— Monsieur l'abbé, dit-elle, nous vous montrerons qu'ici les journées normandes ne sont pas longues, ni les nuits désertes. Nous voilà si bien établis dans Bagnoles que le temps y file à merveille.

— Ne promettez point cela à monsieur de Véri, ce n'est pas là non plus ce qu'il désire, intervint Lauraguais. En fait, il se voudrait ennuyer aussi bien qu'à La Tuilerie, mais à mi-temps seulement.

— J'ai apporté mon écritoire, expliqua l'abbé.

— Un peu de campagne est bon pour un auteur, cela est vrai, observa M. Prévost. Un peu de campagne ou un peu de Bastille permet de finir son manuscrit au calme et, comme le Roi n'embastille presque plus...

— L'époque est aux économies, soupira Beaumarchais.

Les hommes de lettres étant plutôt gueux, quand le Roi les embastille il doit payer leur pension. Louis XVI est ladre, il n'en veut plus nourrir que huit ou dix par an. Pourtant, je vous le demande, tout plumitif se peut-il offrir un voyage aux eaux quand il a besoin de refaire sa santé ?

— Pour moi, dans ma jeunesse, c'est à la Bastille que je regonflais ma provision d'épigrammes contre la cour et la ville, dit Lauraguais. Dieu merci, le roi d'alors m'accordait assez volontiers une lettre de cachet.

— Si nous achevions les présentations ? lança Palteau de Weymerange.

Il avait pris sa Colombe au poing pour se rapprocher des nouveaux venus.

— Monsieur, vous n'espérez point, j'imagine, me présenter d'aujourd'hui à mademoiselle Adeline ? demanda Lauraguais avant de baiser la main de la comédienne.

— Mais moi n'ai point encore le plaisir de la connaître, dit aimablement M. de Véri. J'ai grand tort, assurément, de ne plus guère aller au spectacle. J'ai surtout connu votre sœur aînée, la première des demoiselles Colombe qui nous ait charmés. Que devient-elle ?

— Oh ! elle s'est presque retirée de la scène... du reste déjà bien après sa vogue, dit Colombe.

— Au théâtre, on n'a pas l'esprit de famille ! s'esclaffa Beaumarchais.

— On n'y est pas encouragé, dit la Dugazon. Le public préfère une méchante qui amuse à une bonne fille qui ennuie.

Sur un signe de Mme Prévost, familièrement, M. Marais s'empara du bras de Lauraguais :

— Eh bien, fit-il, n'entrerez-vous pas ? N'êtes-vous point encore assez dégourdis de votre galopade ?

— Ma foi, dit M. de Véri en leur emboîtant le pas, j'avoue qu'une bonne tasse de thé...

— Avec une bonne part de tarte, enchaîna gaiement Louison. La tarte à la crème du pâtissier de Bagnoles est une merveille qu'il vous faut goûter.

L'abbé la contempla de biais, d'un œil aigu.

— Et après la tarte, lui demanda-t-il à mi-voix, n'aurez-vous point une autre nouveauté à me montrer ?

— Si vous le voulez bien ? dit-elle en le fixant avec courage. Mais mon parrain, je vous en préviens, de cette nouveauté-là j'ai de la vanité plutôt que de la honte.

— Je ne tiens pas la tendresse maternelle pour un péché, dit l'abbé.

Les plus proches du manoir allaient y entrer quand un cheval en nage, débouchant à fond de train du chemin de Tessé, retint tout le monde au seuil de la porte. Le chevalier sauta à terre, salua à la ronde d'un grand coup de chapeau. Matthieu de Chauvigné venait de La Madeleine, prier les gens de Valjoli à une soirée impromptue : lady Crawford avait retenu au château une troupe d'ambulants de bonne mine, qui promettait des proverbes de Carmontelle.

— Voyez, monsieur, le théâtre que vous fuyez en ville vous rattrape aux champs, dit Colombe à l'abbé de Véri.

— Car vous y viendrez, n'est-ce pas ? lui demanda Marianne.

Elle avait amené le survenant devant l'abbé.

— Matthieu de Chauvigné, dit le jeune homme en s'inclinant.

— Monsieur l'abbé de Véri est le parrain de ma fille, dit Marianne, achevant la présentation.

Les deux hommes s'entre-regardèrent, avec la même intensité. L'abbé dévia un coup d'œil vers Marianne, un autre vers Louison, comprit qu'elles ne savaient rien, revint à son vis-à-vis et dit simplement :

— Votre nom m'était bien connu. Je suis heureux de vous rencontrer.

Chauvigné ne répondit que d'une nouvelle inclinaison légère.

Lauraguais, retourné vers lui, attendait. Dès qu'à son tour il eut entendu le nom de Chauvigné, étourdi comme à son ordinaire le comte s'exclama haut :

— Chauvigné ! Matthieu de Chauvigné ? Voyons, n'était-ce point votre père, ou votre oncle, que j'avais pour voisin, à Bois-Chauvigné, voilà quelque vingt ans ?

— Monsieur, c'était mon père, dit Matthieu.

— Votre père, bien sûr, dit Lauraguais en se plantant devant le jeune baron pour le saisir aux deux épaules. Votre père. Richard de Chauvigné. Vous vous ressemblez comme deux gouttes d'eau ! Et votre oncle, c'est mon vieil ami Roquefeuille. Votre père, n'est-ce pas, s'était marié avec l'aînée des demoiselles Roquefeuille, Alix ? Celle qui a épousé un Américain en secondes noces ?

— Oui, dit Matthieu dans un souffle.

Il s'efforçait de ne pas voir Louison.

Elle et sa mère s'étaient pétrifiées, leurs yeux cloués sur le visage de Chauvigné pendant que le bavard, tout content, continuait de piétiner dans sa gaffe. Enfin le nom de Roquefeuille, qu'il venait de répéter, le réveilla. Il s'arrêta court au milieu d'une phrase, enchaîna sur un autre ton :

— Mais du diable, mon jeune ami, si ne me voilà pas en train de vous conter vos souvenirs d'enfance ! C'est un travers de vieux monsieur, on voit que je frise ma cinquantaine. Allons prendre cette tasse de thé...

— Bravo, mon cher, c'était fort réussi ! jeta tout bas Marianne quand le comte passa près d'elle.

L'abbé de Véri pressa la main de Louison, qui s'était crispée sur son bras.

— Allons aussi, dit-il.

Elle fit oui de la tête. Il la voyait toute contractée, les lèvres et les sourcils serrés. Que le nom du marquis lui causât tant d'émotion ne déplaisait pas à l'abbé. En mai, quand il était allé à Bourges régler quelques affaires il avait poussé jusqu'à Verte-Fontaine, pour voir Roquefeuille. Il avait vu un rêveur patient, qui espérait un signe de l'infidèle en en couvant la belle image.

17

Elle laissa retomber la lettre sur ses genoux, où elle se mit à chuchoter sous le vent, qui entrait en rafales par la fenêtre ouverte.

— Prends garde, dit Solange. Sinon, la lettre de monsieur Khazem va faire un cerf-volant. Le vent souffle fort, ce matin.

— L'ambassade s'embarquera pour la Turquie après-demain, murmura Louison. Ainsi, le sort en est jeté. Même si je décidais dans l'instant de courir après elle, je n'arriverais pas même à temps pour agiter mon mouchoir sur la rive.

Solange tiqua, dit avec un peu d'ironie :

— En as-tu jamais eu l'intention ?

Le ton de Solange irrita Louison.

— Pouvais-je vraiment suivre Ali jusqu'en Perse en abandonnant ici sa fille ? demanda-t-elle agressivement.

Comme Solange, cette fois, ne lui répondait rien, Louison recommença de lire.

— J'aime les lettres d'Ali, dit-elle. Il m'écrit les choses les plus tendres du monde. Sais-tu qu'il est fort bon poète ? Meilleur que ceux dont nous faisons si grand cas. La nature est plus finement peinte dans un seul de ses quatrains que dans toute une élégie de l'abbé Delille, et le sentiment y sonne plus vrai.

— C'est que monsieur Khazem t'aime vraiment, dit Solange.

— Tout comme je l'aime, dit Louison.

Solange releva brusquement la tête de sur son ouvrage, frappée de l'intonation que Louison avait mise dans son aveu. Comme sa voix avait changé, pour parler de son amour ! Solange avait encore, dans les oreilles, la voix passionnée qui lui racontait le beau Persan et les éblouissements d'une jeune maîtresse comblée. Aujourd'hui, elle venait de dire « Je l'aime » comme si elle avait débouché dans un amour paisible, bien différent de celui qui l'avait jetée dans un fiacre en pleine nuit pour l'emporter vers son amant.

« Je fabule, pensa Solange. Elle est préoccupée par ce départ proche, elle a parlé machinalement. » La belle histoire de Louison était aussi la sienne, puisqu'elle n'en avait pas une à elle. La belle histoire de Louison ne devait donc pas finir, jamais : Solange avait un cœur fidèle. « Je fabule », se répéta-t-elle. Pour faire diversion, elle posa une question maladroite :

— Penses-tu que monsieur de Chauvigné nous évitera, maintenant que tu connais sa parenté avec le marquis de Roquefeuille ? Je trouve que ce serait bien.

— Et pourquoi serait-ce bien ? lança Louison, tout à fait agacée. Tu as vraiment parfois les idées de ta tante, qui sont celles d'un autre âge. Viens donc faire une partie de grâces, ajouta-t-elle sans transition, en se levant.

Elle repliait la lettre d'Ali, qu'elle mit dans la poche de son jupon.

— Si tu te pouvais trouver une autre partenaire ? suggéra Solange. Excuse-moi, j'aimerais terminer mon motif. Je voudrais que ma tante eût ces pantoufles pour sa fête, et je n'en finis pas. Ici, à force de tuer le temps on n'en a plus assez !

— Colombe voudra bien jouer, dit Louison.

Avant de sortir elle s'arrêta devant son amie :

— Naturellement, tu désapprouves mon intimité avec une comédienne ?

— Je n'ai rien dit de cela, protesta Solange.

— Colombe m'amuse. Mais ma sœur, c'est toi, dit Louison en lui plantant un baiser sur la joue.

— J'ai reçu le modèle de la prochaine nouvelle livrée de mes gens, dit Colombe. Le dessin de Perrochon est très bien. C'est tout à fait ce que je voulais. Voyez donc...

Louison examina l'aquarelle du tailleur.

— Mais, observa-t-elle, c'est la couleur des gens de Monsieur * ?

— Ma foi, oui, dit Colombe. J'adore ce ton de prune depuis que mon danois a mis en loques un valet de Monsieur dans la rue Tiquetonne. La police s'est mise sur l'affaire, finalement monsieur de Sennectaire a dû payer l'habit mordu, j'en ai eu les morceaux et j'en ai pris le goût de prune dans l'œil.

— Mais, objecta encore Louison, vos gens ne peuvent pas prendre une livrée à la couleur de Monsieur ?

— Et pourquoi non ? dit Colombe. Fera-t-on un édit pour m'interdire cela ? On n'oserait pas. La mode est à la liberté comme à l'égalité.

— Demain ! dit Louison. La révolution n'est pas faite.

— Si, dit Colombe. Dans les mœurs, elle est faite. Weymerange affirme que le respect des princes s'est tout à fait perdu dans la culbute financière du prince de Guémenée. Qu'un Rohan, grand chambellan de France, nanti d'une épouse gouvernante des Enfants de France, se permette une faillite de trente millions, cela aurait pu passer s'il n'avait ruiné que des riches. Mais il a mangé les économies de trois mille valets, perruquiers et artisans, cela ne passera pas. Ces petites gens plaçaient chez un prince plutôt que chez un banquier parce qu'un prince a de l'honneur, et voilà que celui-ci s'offre la plus fabuleuse banqueroute de l'Histoire, il fait mieux que n'osa jamais un aventurier de la Bourse ! Et vous voudriez qu'après cela, je me gêne avec un prince ? J'aurai une livrée prune-de-Monsieur.

Elle ajouta en changeant de ton :

— Ne veniez-vous point me chercher pour une partie de grâces ?

— Si, dit Louison.

— Attendez que je passe une robe plus légère...

Elle se glissa derrière son paravent en continuant de babiller. Louison ne lui donnait pas la réplique. L'air songeur, elle jouait machinalement avec les fichus de cou que la comédienne avait jetés sur le dos d'un fauteuil.

* Titre du frère cadet du Roi.

— Vous voilà bien silencieuse, remarqua Colombe en sortant de son abri. La poste vous aurait-elle apporté de fâcheuses nouvelles ?

— Non pas, dit Louison. Des nouvelles, simplement.

— Qui vous donnent de la nostalgie ?

— Un peu.

Il y eut un silence avant que Louison n'ajoutât, malgré elle :

— Mon mal d'âme m'ennuie, Colombe. Il me semble si emmêlé...

Elle s'arrêta brusquement en s'apercevant qu'elle divaguait tout haut. Secouant ses boucles à la volée comme un cheval secoue sa crinière pour s'aérer la tête :

— J'ai des idées folles, dit-elle encore. L'air de la Normandie ne me vaut rien, sans doute.

— La folie n'est pas toujours à rejeter, dit Colombe. Cela dépend si elle vous rend gaie, ou si elle vous rend triste.

— Je me le demande ? Elle me rend... la cervelle comme à vau-l'eau...

Colombe se posa avec grâce sur le bras d'un fauteuil, attendit la suite des confidences.

— *L'Intrépide* lèvera l'ancre dans deux jours, reprit Louison. Je n'aurai plus d'autre lettre avant longtemps. Ils pensent mettre cinq mois pour atteindre Bagdad. Ensuite il leur faudra encore gagner Ispahan, accomplir leur mission, revenir... Je ne sais pourquoi j'ai supporté que ce voyage se fît sans moi ? Mais je n'avais point envie de le faire. Il ne fallait pas qu'il se fît, voilà tout. Je m'en avise trop tard. Colombe...

Elle pensa qu'elle devrait maintenant se taire, et continua de parler :

— Colombe, croyez-vous que j'aie aimé trop jeune ? Je ne sais peut-être pas encore aimer ?

La comédienne roucoula un rire très doux, tendit la main pour attirer son amie près d'elle, au creux du fauteuil :

— Louison, vous aurez dix-huit ans bientôt. C'est grandement l'heure d'aimer. On aime trop jeune seulement quand on n'a pas eu le temps d'en rêver avant.

— Vous, Colombe ?

— Seigneur, non ! coupa Colombe. Je vous l'ai dit déjà, ma jeunesse ne saurait servir à juger de la vôtre. Je suis montée sur la scène à douze ans. À cet âge, c'est toujours votre mère qui choisit... votre vie.

« Et elle choisit le plus offrant », se souvenait Colombe, sans amertume — la vie de fille pauvre ambitieuse a ses lois. Grâce à l'expérience de Mme Rombocoli-Riggieri, qui en était à la vente de sa troisième enfant, Adeline n'avait pas traîné parmi les débutantes à 33 livres, 10 sols, 8 deniers ! À moins de quatorze ans elle faisait déjà les délices friponnes du pinceau de M. Fragonard et, dès l'instant que Frago l'avait lancée, jupons au vent, sur une escarpolette...

— Ma mère aussi, a voulu me bien choisir ma vie, disait Louison. J'ai eu le cœur trop prompt. Et peu sûr aussi, peut-être ?

Elle précisa d'un ton désolé :

— Je crains d'avoir le cœur trop peu sûr, Colombe, et cela me navre.

« Mignonne, pensa Colombe attendrie, à ton âge je faisais déjà quatre cocus par jour ! » Elle dit en lui caressant les cheveux :

— Louison, un cœur prompt est peu sûr, mais qui ne l'a point prompt n'a pas de cœur du tout. Alors, ma mie, riez d'avoir un cœur d'amoureuse, c'est encore le meilleur, même pour les autres.

— Ah, soupira Louison, je vous explique mal ce que je ressens. Je ne regrette pas d'aimer qui j'aime, je regrette peut-être qui je n'ai point aimé ? Colombe, vous arrive-t-il de songer parfois, avec une sorte de mélancolie, à un homme dont vous n'avez point voulu ?

— Mon Dieu..., fit Colombe, pour gagner du temps.

Mlle Adeline des Italiens n'avait certes jamais eu la cruauté de se refuser un homme tentant, ni la bêtise de refuser un homme utile ! Elle finit par dire :

— À votre âge, ma mie, et avec votre mine, on rattrape aisément un homme.

— Ce n'est pas du tout ce à quoi je prétends ! s'écria Louison, effarouchée.

Colombe eut une petite moue, dubitative.

— Si, je vous l'assure, je sais que ma vie n'ira plus jamais d'un certain côté... qui ne me déplaisait pas, dit Louison. Mon cœur m'a dérangée de mon projet, et voilà qu'à nouveau je n'en suis point contente. Mon cœur me déçoit, décidément. Et il n'en a pas le droit, après le tour qu'il m'a déjà joué l'an dernier !

Cette fois le rire de la comédienne roula haut et clair.

— Louison, ma belle ingénue, n'allez point vous gâter l'humeur en vous inventant des péchés ! Le cœur a tous les droits, et point n'est besoin de lui en vouloir tant que la figure ne le ridiculise pas. Il n'est pas temps, madame, comme on sait, d'être sage à vingt ans !

— Je ne tiens pas à jouer la Célimène. Je n'en aurais pas le talent, dit Louison un peu sèchement.

— Détrompez-vous, dit Colombe en lui relevant le menton pour la contempler mieux. Vous feriez une très bonne Célimène, du moins pour ce que vous montrez. Quittez votre sérieux, Louison. Le sérieux vous va moins bien que la gaieté, et vous n'êtes point coupable, de rien. Une nature amoureuse ne sait pas vivre sans amour, il fallait que vous le découvriez un jour. Ce n'est point votre faute si le père de votre fille est au loin, et si le beau Chauvigné a tant de charme.

Saisie, Louison sursauta et jeta un coup d'œil inquiet sur le jardin, comme si sa mère et Mado, qui s'y promenaient, pouvaient avoir entendu les mots de Colombe et perçu l'écho qu'ils trouvaient en elle.

— Vraiment, Colombe, vous extravaguez ! lança-t-elle avec colère. Je me soucie de Chauvigné comme d'une guigne ! D'ailleurs, pour achever de me le rendre indifférent je viens d'apprendre qu'il est le neveu d'un homme auquel mon parrain me destinait. Me voyez-vous acceptant la cour du neveu après avoir refusé la main de l'oncle ?

Le visage de Colombe exprima clairement qu'elle ne verrait rien là que de très banal, mais elle dit seulement :

— Chauvigné n'a point une mine à devenir le neveu d'une tante telle que vous. Qui devait jouer le rôle périlleux de l'oncle ?

— Vous ne pouvez pas le connaître, dit Louison d'un

ton qui refusait toute autre question sur le même sujet.

Le front plissé, Colombe l'observa attentivement, une longue minute.

— Son oncle est le marquis de Roquefeuille, un gentilhomme du Berri, dit Louison malgré elle. Il m'aimait, je crois.

Elle avait parlé d'une voix apaisée, un peu lointaine, dans laquelle traînait le sourire d'un joli souvenir.

— Vous savez, ma mie, dit Colombe en la prenant par le bras pour l'entraîner vers la porte, il y a une seule chose qu'un homme épris ne pardonne pas à une traîtresse : sa première ride ou son premier cheveu blanc.

18

La femme de chambre montra le corsage à sa maîtresse :

— Vous avez beau l'adorer, madame, vous ne pouvez plus porter cela, même à la campagne. Le jaune a passé par endroits. Voyez donc...

Mme Prévost, avec un soin d'artiste, tentait de repeindre sur ses lèvres la bouche rose et pulpeuse de ses vingt ans. Elle eut un coup d'œil pour la robe jaune :

— Décidément, il n'y a que les philosophes et les vins, qui se bonifient en vieillissant, soupira-t-elle. Je mettrai mon pierrot d'indienne. Non ! Donnez-moi ma robe la plus gaie, celle à rayures vert pomme. Je la porterai avec ma grande paille à la Newmarket, elle ombrage merveilleusement le visage. La rampe ne m'éclaire plus, je n'ai pas besoin que le soleil la remplace.

— Je mettrai une grande paille aussi, dit Marianne.

— Dans ce cas, dit Louison, moi, pour me démarquer je sortirai, voyons...

— Sors ton chiffon de chapeau à la polonaise, intervint Marianne. Tu n'as pas encore à te cacher du grand jour.

— Hé non. J'ai même mille ans d'audace devant moi ! s'écria Louison avec une cruauté radieuse.

Plantée devant le trumeau en glace de la cheminée, elle s'éblouissait d'un grand sourire. Vraiment, elle n'était pas vilaine dans sa robe à l'anglaise de coton rose vif, sans tournure, sans poids, au décolleté très estival ennuagé d'un fichu de mousseline blanche.

— Suzanne, n'oubliez pas d'ajuster une rose à mon bout de chapeau, une rose rose, dit-elle.

Elle ajouta en se tournant vers Colombe :

— Je me demande toujours si c'est le rose ou le jaune qui me va le mieux. Selon vous ?

— Selon moi tout vous va, et je crois bien que selon

vous aussi ! plaisanta Colombe. Tenez, essayez donc ma paille fleurie de jardinière d'opéra-comique...

Sauf Mme Dugazon, à laquelle son Russe tenait à servir de chambrière, les dames de Valjoli s'étaient réunies chez la maîtresse de maison, pour achever de se préparer à leur beau dimanche. Pour la mi-août, les Crawford donnaient une fête au château de La Madeleine. Après la grand-messe et un court dîner au château on pourrait se divertir dans le parc où des attractions de foire s'étaient installées, pêle-mêle avec des marchands de gourmandises, de cidre et de sucres de pomme, de fouaces, de galettes et de mirlitons. Ensuite il y aurait le thé à l'écossaise, et la comédie. Des camarades de la Comédie-Italienne rejoindraient Mlles Colombe et Dugazon pour jouer du Goldoni, chanter des couplets de Favart, danser du Grétry. Le souper aux flambeaux aurait lieu à dix heures, sous des tentes dressées sur l'herbe. Depuis trois jours déjà, dans le village on chuchotait la liste de toutes les nourritures normandes qu'on y servirait, à foison, avant le bal de minuit. Ce serait la plus belle fête de la saison. Pour la vivre avec élégance les invités devraient plusieurs fois changer de toilette. Pour l'instant, alors qu'il n'était pas encore neuf heures, les dames de Valjoli s'étaient mises avec une simplicité recherchée, qui irait pour la messe une fois enveloppée d'un châle, et pourrait durer jusqu'au dîner.

— Le chapeau de Colombe te convient tout à fait, tu l'enjolives, dit Mado en regardant Louison faire son essayage. Nos modistes vantent leur talent pour en tirer de l'or, mais la tête fait plus ou moins pour leur chapeau que leur chapeau pour la tête ! Marianne, votre fille a une tête à chapeaux, comme la Reine. En sus, elle est plus en beauté que jamais. Louison, tu nous gênes. Tu éclates de beauté, ce n'est pas de jeu, acheva-t-elle sans rancune.

— Ah ! c'est que j'éclate de plaisir ! s'exclama Louison. Je ne sais ce que m'apportera cette journée, mais elle me doit assurément du bon, le pressentiment m'en fourmille de la pointe des pieds à la racine des cheveux !

Mado soupira, de toute son âme.

— Il y a une qualité de joie, comme une qualité

d'amour, qu'on ne ressent plus passé vingt ans, dit-elle avec mélancolie.

— Tante Mado ! Entendez-vous me dire que, passé vingt ans, on ne connaît que de petites joies et des amours médiocres ? jeta vivement Louison, d'un ton de doute absolu.

— Non, chère petite. Je dis seulement que passé vingt ans on est une femme. On tombe folle d'un plaisir plutôt que de la joie, d'un homme plutôt que de l'amour. Et c'est un sentiment plus limité.

— N'écoute ta tante Mado que d'une oreille, ma chérie, intervint Marianne. C'est d'ordinaire à trente ans qu'elle fixe le seuil du dépérissement de la jeunesse, aujourd'hui c'est à vingt parce qu'elle a mal dormi, et prend sa lassitude pour de la philosophie.

— Par Dieu, il est vrai que ce matin je me bâille, reconnut Mado. Le café manquait de force.

Suzanne avait ôté le chapeau de paille de la tête de sa maîtresse pour équilibrer, sur l'opulente masse de ses cheveux bouclés, le petit nuage de mousseline rose formant un tricorne flou piqué d'une rose, qui plongeait vers l'œil droit.

— Ravissant, jugea la femme de chambre en se reculant.

— Un souffle, un rien, le point sur l'i, la perfection, enchaîna Colombe.

— C'est monsieur de Lauraguais qui m'avait rapporté le dessin de cette chose, dit Marianne. Il l'a volé à mademoiselle Arnould. Beaulard le lui avait proposé, mais elle avait trouvé ce modèle trop réduit pour la forme de son visage.

— Et peut-être aussi trop ingénu ? compléta Mado. Sophie a le goût sûr. Elle aussi est passée aux grands chapeaux flatteurs.

— Je n'avais pas entendu dire qu'elle et Lauraguais... ? Une nouvelle reprise ? demanda Colombe.

— Aujourd'hui, c'est entre eux pure amitié, dit Marianne, soulagée d'en être sûre.

Une jalousie larvée, nourrie par Lauraguais, la liait depuis longtemps à Sophie Arnould. Mais au moins le comte ne lui ôtait-il pas de sa chaste fidélité pour en donner à une rivale de peu, elle le reconnaissait :

— La quarantaine n'ôte pas tous ses charmes à une charmeuse, ni rien de son esprit ni, Dieu merci, le bon souvenir qu'en gardent les bonnes mémoires. Arnould aura des amis jusqu'à ses plus vieux jours, et pour le moment, elle a encore des amoureux. Sa langue assassine n'amuse pas moins aujourd'hui qu'hier, et elle sait se parer pour paraître en ville aussi bien que sur le théâtre.

— De qui parlez-vous ? demanda la Dugazon qui entrait sur ces derniers mots, son comte Boris sur les talons.

— De Sophie Arnould, répondit Mado.

— Quoi ? Encore ! s'exclama la Dugazon avec un excès d'étonnement. Dieu ! Depuis le temps que le Tout-Paris s'étend sur ce sujet-là, il devrait être épuisé !

Les rires fusèrent, couverts par le roulement sonore qui sortait de la gorge du Russe :

— Le théâtrre est l'école de la bonté ! jeta-t-il entre deux éclats de joie.

— J'étais venue voir les couleurs que vous porteriez, dit la Dugazon. J'ai vu, je m'en retourne à ma toilette. Par fortune, vous m'avez laissé le bleu, justement ce que je souhaitais. Venez, mon ami. J'ai besoin que vous me laciez...

— Elle est jalouse d'Arnould, et de moi aussi d'ailleurs. Dirait-on pas qu'un peu du Tout-Paris manque encore dans son antichambre ? Il est vrai que monsieur Dugazon a beaucoup ferraillé pour l'en désencombrer ! ironisa Colombe dès que la Dugazon et son Russe furent repartis.

— Je trouvais fort drôle qu'un drôle comme Dugazon fût jaloux. Le rôle n'était pas de son emploi, remarqua Mado.

— Pour être comique on n'en est pas moins jeune marié parfois, dit Colombe. Dugazon s'était alors mis en tête de garder la vertu et les appointements de sa femme grâce à son épée et, ma foi, pendant un petit temps il a sauvé ses appointements.

— Le théâtrre est l'école de la bonté ! s'exclama Suzanne en s'efforçant d'imiter le comte Boris.

— En tout cas, commença Marianne...

Un cri d'appel, venu du jardin, l'interrompit. Suzanne et Louison se précipitèrent à la fenêtre.

— Oh! ce n'est rien, dit Suzanne. C'est monsieur le marquis de Courtray qui s'est évanoui dans le verger, et mademoiselle Solange qui réclame de l'aide pour le ramasser. Hep! lança-t-elle au jardinier qu'elle voyait survenir, portez-nous ici monsieur le marquis. Il se remettra juste à temps pour le chocolat.

On vint déposer le marquis sur le canapé de Mme Prévost. Suzanne desserra sa cravate de mousseline, cala sa nuque sur un coussin et retourna à la coiffure de sa maîtresse.

Depuis la bataille de Fontenoy où une balle lui avait traversé le crâne d'une tempe à l'autre, le délicieux vieux marquis de Courtray avait une particularité à laquelle lui et ses amis s'étaient très bien faits : de temps en temps il s'éteignait comme une chandelle soufflée, tombait sans s'endommager avec la légèreté d'un page, et puis se réveillait et reprenait le monde là où il en était.

— Aujourd'hui, j'ai joliment bien choisi le moment de mon étourderie, dit-il soudain en se redressant, tout souriant. J'adore être à la toilette des dames, et on ne m'y invite plus guère. Je m'en dédommageais en regardant les demoiselles du régisseur jouer aux grâces dans l'allée du verger. Quand les corsages sont au plus bas et les gorges hautes, c'est un fort beau jeu pour les spectateurs. Les seins des petites La Celle sont sauteurs en diable!

— Voilà donc à quoi vous avez pris le tournis : à faire aller votre tête de l'une à l'autre, dit Mado en riant. Ne savez-vous pas encore que vous l'avez fragile?

— Un peu de chocolat vous la remettra tout à fait, dit gentiment Solange. Je le sens qui nous arrive...

— Autrefois, le chocolat me donnait d'affreuses migraines, dit le marquis. Tout, de reste, un oui et un non, me donnait la migraine. N'est-ce point par la grâce de Dieu que le fusil d'un Anglais m'en a parfaitement guéri? Comme quoi la philosophie de Candide va toujours : il n'est point de mauvaise cause sans au moins un bon effet, parce que tout est pour le mieux dans le meilleur des mondes.

Il se tourna vers Solange :

— Mademoiselle, ma mouche n'est-elle point tombée ?

Solange rassura le coquet sur le sort de l'énorme mouche à la mode qu'il posait sur la trace encore visible de l'une de ses cicatrices, et ponctuait d'une pointe en diamant les jours de fête.

— Et votre perruque non plus n'a pas bougé, pas même d'un cheveu, ajouta la jeune fille.

— Oh ! pouffa le marquis, à propos de perruque...

Ils prirent leur chocolat en potinant. Le marquis était un merveilleux conteur de Versailles. Page sous Louis XIV, cadet aux gardes pendant la Régence, mousquetaire du Bien-Aimé, courtisan du vieux Louis XV, sous Louis XVI il se voulait de nouveau page, au service de la Reine, qu'il idolâtrait. On pouvait lui demander de peindre par le menu les robes et les chapeaux que lui faisait Rose Bertin, et même les souliers, les bijoux avec lesquels Marie-Antoinette les portait. Autant dire que la conversation du marquis ne lassait jamais les dames.

— Monsieur, je ne vous quitte point, lui dit Colombe quand ils sortirent tous du manoir. Puisque je vous vois maintenant si solide, c'est votre bras que je choisis pour aller à l'église. Vous me devez finir la description de la maison de madame Du Barry à Luciennes *. J'aurai bientôt à meubler mon hôtel des Porcherons, toutes les belles décorations m'intéressent. Même dans le vieillot, on peut parfois prendre un détail.

— Le petit palais de Luciennes s'est enseveli dans le sommeil aussi profondément que sous la baguette d'une fée, et il faut hélas que cette fée cruelle soit ma Reine, soupira le marquis. La dame de là-bas commence à y devenir une légende, mais je fais partie des ombres de sa cour, j'y vais parfois prendre ma tasse de café avec Louis XV, dans le salon des marbres roses. Je rajeunis le temps d'un rêve, en essayant de réentendre les musiciens qui jouaient du Vivaldi dans la tribune, plutôt que d'écouter la triste plainte de la vieille machine détraquée de Marly. Ah ! Luciennes était un séjour enchanteur, quand il n'était pas que beau. Eh bien,

---

* Louveciennes. La Du Barry y avait été exilée après la mort de Louis XV.

c'est chose promise, demoiselle Colombe, je vous conterai dans le détail le décor précieux de la favorite oubliée. Mais pas ce matin, si vous le voulez bien?

Il baissa la voix, dit le plus vite possible et tout d'un trait :

— Ce matin, sur ce bout de chemin jusqu'à l'église j'aimerais conduire mademoiselle de Raimbault. Croyez-vous qu'elle ait déjà un projet d'établissement? Voyez-vous, jusqu'ici je n'ai pas pris le temps de faire l'expérience du mariage, et je le regrette. L'avenir se raccourcit devant moi, si je veux tâter le goût d'une marquise de Courtray je n'ai plus guère d'années à perdre. J'aurai mes quatre-vingts ans demain, mais mon bon ami le maréchal de Richelieu s'est remarié à quatre-vingt-quatre et ne s'en est point mal tiré du tout. J'ai quatre années de moins qu'il n'avait alors, il vient un âge où cela compte. Mes étourderies ne sont rien, j'ai la tête bonne, je suis ingambe et gai comme un pinson... Mademoiselle, franchement, puis-je encore, non point plaire, mais ne point déplaire?

D'abord ébahie et prête à rire, Colombe s'était reprise.

— Si j'étais que de vous, monsieur, je tenterais ma chance, dit-elle sérieusement. Confidence pour confidence, mademoiselle Solange n'a pas un liard. Comme, de surcroît, elle se tient cachée comme une violette dans son rôle de suivante, aucun marquis de vingt ans ne songera à lui offrir sa main, et je crois qu'elle le sait.

— À moi, son charme modeste plaît infiniment, murmura le marquis. Pour me faire longtemps compagnie j'ai toujours choisi des violettes.

— Alors, monsieur, quittez-moi vite! dit Colombe en riant. Je suis un tournesol!

Le vieux marquis se retrouva au bras de Solange, allant d'un bon pas sur le chemin herbu, une chanson de berger aux lèvres, qui célébrait une bergère. Depuis longtemps il ne s'était senti le corps aussi léger sur les jambes.

— Ma foi, monsieur, vous menez un train de mousquetaire, finit par dire Solange, qui s'en inquiétait un peu.

Elle ajouta avec élégance :

— Nos jolis souliers sont si bien faits pour l'œil plutôt que pour le pied que je peine à vous suivre.

Point dupe mais ravi d'en prendre l'air, le marquis la couva d'un regard gourmand en ralentissant son allure, avec soulagement.

— Mademoiselle, si je vous promettais d'accorder toujours mon pas au vôtre, me feriez-vous la faveur de devenir un jour ma veuve ? demanda-t-il sans préambule.

Saisie, Solange tressaillit de la tête aux pieds et demeura muette un long moment, ses yeux droit perdus devant elle, sur le lointain vert sombre du bocage. Elle dit enfin d'une voix nouée, en continuant de contempler l'horizon :

— Monsieur, si je vous répondais que je vais y songer sans déplaisir, me promettriez-vous, de votre côté, d'au moins finir ce siècle avec moi ?

Une seule fraction de seconde le marquis posa sa vieille main fine et parfumée sur la main tremblante de la jeune fille :

— Quel beau dimanche ! dit-il avec béatitude.

— Quel beau dimanche ! ronronna Louison en venant se suspendre au bras de son beau-père. Avec des moyens de fortune, lady Crawford sait réussir une fête champêtre presque aussi bien que, jadis, le prince de Conti à L'Isle-Adam. Et de celle-ci au moins ne suis-je pas privée, ajouta-t-elle d'une voix durcie.

— Voyons, ma Louison, dit Marais, ces chagrins d'enfance ne se peuvent-ils oublier ?

— Jamais ! jeta-t-elle farouchement.

Le financier la prit par la taille, l'entraîna :

— La nuit est trop claire pour nourrir de mauvais souvenirs. Allons un peu nous éparpiller à travers le souper...

Quatre îles rondes brillaient sur l'herbe noire de la grande pelouse. Quatre tentes de campagne, empruntées à un régiment de la province, servaient de salons à souper. Des buffets à l'anglaise, illuminés par les flambeaux et l'argenterie glanés chez les Parisiens de Bagnoles et les châtelains des environs, offraient une débauche de bonnes choses, un flot de cidre, des vins de Loire blancs et roses et des liqueurs de pomme. Les couleurs des habits et des robes et les insectes de la nuit tournoyaient autour de ces ronds de lumière bourrés d'odeurs et de voix rieuses.

— Monsieur mon beau-papa, vous me tirez à hue tandis que je vais à dia, protesta Louison. La tente aux laitages et aux gourmandises est de ce côté...

— Ma toute belle, ne vous en déplaise, j'irai d'abord aux cochonnailles, dit Marais. J'ai l'intention de commencer mon souper par un pied de mouton à la rouennaise, dont mon ami Prévost m'a chanté grand bien.

— Bon, soupira Louison. Je prendrai un peu de boudin blanc plutôt que de vous quitter pour un mirliton. Il me semble que je ne vous avais pas eu à moi depuis mille ans !

— Et à qui donc la faute, ma jolie ? Qui se terrait dans son jardin persan pour y respirer l'oubli de son vieux papa dans le parfum des pavots blancs ?

Elle rit et dit gaiement :

— Point de reproches, monsieur ! Nous sommes en lune de miel. C'est la première grande nuit de nos retrouvailles, et j'entends qu'il y en ait une ou deux autres de votre invention avant la fin de la saison, pour me consoler de celles du Faubourg que j'ai manquées l'hiver dernier.

— Au moins, prendrez-vous soin de ne point manquer celles de l'hiver prochain ? demanda-t-il, anxieux de la réponse.

— Dame, monsieur ! Je n'ai plus rien à cacher, dit-elle en serrant sa taille fine à deux mains.

Il insista, après une hésitation :

— Au retour de Bagnoles, logerez-vous un peu au Faubourg ?

— Un peu ? s'étonna-t-elle. Et après, ne m'y voudrez-vous plus ? Je n'ai pas qu'un peu à attendre. La Perse est loin.

— Je plaisantais, dit Marais très vite.

Le pied de mouton qu'il entamait lui sembla le meilleur qu'il eût jamais goûté.

— Vous avez raison, dit-il encore et à retardement, c'est un bien beau dimanche. Gardez-moi une gavotte.

La danse avait commencé en même temps que le souper. Sur la terrasse du château on dansait la ronde et la gaillarde au son nasillard de l'orchestre villageois, qui raclait et s'époumonait sans pause, avec un contagieux entrain. Des violons, une contrebasse et un clavecin jouaient des gavottes, des passe-pieds et des contredanses dans le grand salon, pour ceux qui venaient s'y reposer de sauter, ou digérer avec plus de grâce. Une fois sur deux la contredanse s'y dansait avec des figures « à la Dugazon », en hommage à la comédienne bien-aimée. Des bavards tapissaient le bas des murs, quêtant les verres de cidre, de limonade ou de sirop d'orgeat qu'apportaient les valets. Par la porte ouverte du petit salon on apercevait Beaumarchais, étincelant dans un habit de poult-de-soie cerise, qui lisait des morceaux choisis de son *Mariage de Figaro* aux châtelains du pays.

— Un auteur ne perd jamais une nouvelle oreille de passage, remarqua Lauraguais en désignant l'homme rouge du regard.

— C'est qu'ici il ne risque rien, dit M. Prévost. Les ministres sont loin, et leurs mouchards aussi.

— Bah ! Il ne risque plus rien nulle part, dit Lauraguais. Les ministres d'aujourd'hui passent si vite qu'ils n'ont plus le temps de gouverner, alors, brimer ! Ils ne s'occupent que de durer.

— Si je réussis à entraîner Beaumarchais avec moi jusqu'au Mont-Saint-Michel, je me demande s'il trouvera le moyen de réciter son *Mariage* aux Bretons sauvages de par là-bas ? dit Mado en souriant.

— Quoi ! s'exclama l'abbé de Véri, vous n'auriez point renoncé, madame, à tenter cette folle aventure, une expédition jusqu'au Mont-Saint-Michel ? Tant de fatigues, et de dangers peut-être, pour tomber au bout du compte devant une masse de pierraille gothique plantée dans une nature brute : quel beau régal !

— Je vous croyais, monsieur, un fervent lecteur de Bernardin de Saint-Pierre ? dit Mado.

— Lecteur, madame, lecteur, répéta l'abbé. Dans ses études, Saint-Pierre aménage très bien la nature vierge pour en faire une promenade agréable au curieux assis dans son fauteuil. Mais croyez-moi, son *Voyage à l'Isle-de-France* ressemble fort peu aux lettres qu'il nous écrivait quand il avait les pieds dans la réalité ! C'est un poète. Si vous souhaitez vous bien renseigner, lisez plutôt Buffon : c'est un naturaliste. Lui vous peindra la nature brute comme elle est, hideuse et causant l'effroi, et alors vous resterez chez vous. Toutefois, pour que vous n'en preniez pas moins une bouffée de sauvagerie à la mode, monsieur Prévost fera quérir Vernet et lui commandera pour votre boudoir le tableau d'une tempête bien horrible, avec des murailles d'eaux glauques, des arbres arrachés et un vaisseau en loques jeté sur les rochers d'une côte affreusement inhospitalière. Monsieur Vernet se fait une fortune de nos actuels besoins combinés de nature sauvage et de « comfort » à l'anglaise.

— Je viens justement de lui demander un beau naufrage, dit en souriant sir Quentin, qui les écoutait depuis un moment. C'est pour me rappeler ma côte écossaise, que je perds de vue : l'Écosse donne des rhumatismes à Madame. Les peintres de la grosse mer et les chantres du triste désert de la Sainte-Baume sont au goût du jour mais les dames aimables, qui sont toujours des Françaises ou des Italiennes, continueront de vouloir que nous les aimions dans les allées sablées de Trianon plutôt que sur la lande d'Écosse ou les garrigues de Provence. Rose Bertin leur défend absolument d'aller faire l'amour dans des lieux farouches. Et avons-nous envie que la Bertin nous les rende moins fragiles ? demanda-t-il en conclusion.

En même temps que celui de sir Quentin tous les regards se portèrent sur le ballet des soies et des dentelles qui se mouvaient au rythme des violons.

La pastourelle d'une contredanse s'achevait. Marianne, heureuse, ne quitta plus des yeux la silhouette dorée de Louison qui dansait avec son beau-père. Ils bavardaient et riaient chaque fois qu'ils se retrouvaient : c'était comme avant, avant le fâcheux intermède persan. Marianne avait eu bien raison de compter sur l'instabilité de l'amour. Un fol amour dure peu. De celui-ci ne resterait bientôt plus que Soraya, une mignonne petite chose dont les Marais s'arran-

278

geraient. Le marquis de Roquefeuille passerait-il aussi bien l'éponge ? Plus la mère contemplait sa fille, plus sa vanité lui répondait oui. Cette nuit comme souvent, de toutes les danseuses Louison était la plus belle, celle sur laquelle les yeux d'un nouveau venu se posaient d'abord. Son cavalier la mettait en valeur autant que faire se pouvait, et semblait aux anges. Il passa pourtant la main de sa cavalière à un autre danseur quand les musiciens attaquèrent le finale au galop. Marianne fut contrariée de voir que, des trois jeunes hommes qui s'étaient avancés pour relayer le financier, Louison choisissait Chauvigné.

— Ouf ! soupira Marais en prenant une chaise près de sa femme. Je n'ai plus vingt ans, décidément.

— Aussi, voilà deux fois que Louison vous fait danser ce soir. Deux fois, c'est une de trop, dit Marianne.

— Ah ! dit Marais, dès qu'il s'agit de lui faire plaisir, je deviens insatiable !

Il s'épongea le front, respira fort pour apaiser son cœur qui ne reprenait pas vite son rythme ordinaire.

— Savez-vous qu'elle revient s'installer chez nous ? chuchota-t-il en se penchant vers Marianne.

— Je le savais sans l'avoir demandé, dit-elle en souriant. La rue des Jeux-Neufs ayant perdu son attrait... Où voulez-vous qu'elle aille ?

— C'est ce qu'elle m'a laissé entendre, dit Marais, béat. Au fond, le père est l'homme le plus fortuné d'une jolie femme : pour peu que les autres aient de la malchance, lui ne la perd jamais pour longtemps.

Dehors, le ciel presque sans nuages brillait d'étoiles, comme rarement cet été-là. Des ombres colorées traversaient la nuit claire pour prendre un peu de fraîcheur de lune entre une gaillarde et une gavotte, boire un verre de cidre, grignoter une dernière sucrerie. Maintenant, peu de monde à la fois peuplait la pelouse et les tentes dont les flammes des torchères illuminaient des buffets dévastés, mais c'était un petit monde fort gai, dont le plaisir volait haut. Le traître vin de Loire avivait les rires des femmes et l'humeur galante des hommes, les méandres de la charmille ne restaient jamais longtemps déserts.

Chauvigné mena Louison sous la tente aux gourmandises :

— Prendrez-vous du cidre, ou un peu de vin rose ?

— Puisqu'il en reste je prendrai un mirliton, avec un doigt de vin blanc d'Anjou. J'ai la tête en fête, je ne veux pas que le soufflé retombe trop tôt.

Ils partagèrent un mirliton, et elle se mit à téter son vin d'Anjou à petits coups de langue, sans cesser de regarder Chauvigné avec des yeux gourmands.

— Venez, dit-il brusquement en lui reprenant son verre. Vous avez assez bu. Un tour de pelouse vous fera du bien.

— Vous me maltraitez, protesta-t-elle en le suivant. Vous m'empêchez de boire d'un vin que j'aime, et voilà qu'à présent vous courez la poste ! L'heure est lunaire, monsieur. Sous la lune, j'entends qu'on me promène à pas rêveurs.

— Et avec sentiment ? compléta-t-il d'un ton moqueur.

— Mon Dieu, vous pourriez en effet connaître quelques vers adaptés à la nuit et au moment ?

— Hélas, nous autres Américains sommes des barbares : nous parlons en prose.

— Par beau clair de lune j'accepte les douceurs mal tournées. La lune d'été donne du charme au plus banal des benêts.

Il mordit un sourire et la lorgna de biais. Dans sa robe jaune d'or que la lumière argentée transformait en un miroitement de lamé, elle étincelait comme une luciole. Chauvigné se dit qu'il serait temps pour eux de retourner danser, qu'il était en train de jouer avec le feu, mais il avait assez envie de se brûler. Le vin rose endormait sa prudence.

— Je sais que vous demeurez coi parce que vous ne m'aimez guère, dit-elle encore parce qu'il ne lui répondait pas vite. Vous m'en voulez d'avoir failli épouser le marquis de Roquefeuille. Vous n'aviez pas besoin d'une tante, évidemment, qui lui eût fait peut-être un héritier de son cru.

Presque brutalement il la fit pivoter vers lui en la manœuvrant par le bras :

— Vous êtes une petite sotte ! lui gronda-t-il en pleine face. La démocratie américaine donne à chaque homme le droit de s'enrichir, et je compte bien m'employer à faire ma fortune par moi-même plutôt qu'en enterrant mes parents. Ainsi, mademoiselle, s'il vous plaît toujours d'épouser mon oncle Roquefeuille et qu'il lui plaise aussi, ne vous gênez pas pour moi.

Les cinq premiers mots de Chauvigné l'avaient suffoquée, au point qu'elle n'avait qu'à peine entendu les suivants.

— Oh ! Vous êtes un... un... un..., bégaya-t-elle avec colère.

— Un malotru ? proposa Chauvigné. Un goujat ? Bref, un Huron. Dame ! On m'a élevé dans un pays où beaucoup d'hommes s'habillent encore de peaux et de plumes.

— Je vous déteste ! siffla-t-elle en reniflant ses larmes d'humiliation. Et ne vous y trompez pas : votre impolitesse ne me touche que parce qu'elle me gâte un beau dimanche. Adieu, monsieur. Oubliez-moi désormais comme je vous oublierai.

— Allons, pardonnez-moi, dit-il avant même de l'avoir décidé, et en la retenant. J'ai tous les torts. Vous marivaudiez et je répliquais en Huron, vraiment. Donnez-moi le temps de me remettre à la manière française...

Il l'enveloppa dans ses bras, chercha ses lèvres et l'embrassa, chastement. Elle le surprit en ne se défendant qu'en serrant les dents sous son baiser, aussi longtemps qu'il le voulut. Quand il la relâcha elle se recula de lui sans hâte, le fixa un instant et lui envoya une grande gifle, à la volée.

— Morbleu ! jura-t-il, abasourdi. Vous avez la main ferme ! Vos lèvres sont plus douces... et ne vous annonçaient pas si fâchée.

— J'avais envie d'être embrassée, ce n'est pas une raison pour qu'après coup je vous y autorise.

Il éclata d'un rire joyeux :

— Je vous aime mieux comme cela, dit-il. Capricieuse, injuste mais franche. On ne peut pas demander à une coquette d'être femme plus honnêtement. Finissons-nous notre tour d'herbage ?

— Naturellement, dit-elle. Aux lumières du salon, votre joue serait rouge encore.

Elle recommença de marcher sur l'herbe, en coupant sa marche d'un ou deux pas de danse quand le vent leur apportait un bout de musique irrésistible. Il lui offrait sa main pour une pirouette ou un petit jeté, puis ils reprenaient leur flânerie en chantonnant.

— Votre oncle a-t-il remisé mon portrait au grenier? demanda-t-elle soudain.

— Non, dit Chauvigné.

— Il est donc toujours dans sa bibliothèque?

— Il y était encore le mois dernier, quand j'ai quitté Verte-Fontaine.

— Ah, fit-elle, et il perçut son soupir de chatte satisfaite d'une bonne manière.

« Mon cœur, vous soupirez au nom du trop fidèle. Avez-vous oublié que vous ne l'aimez plus? » pensa-t-il avec ironie.

— On ne remise pas un Greuze dans un grenier, dit-il d'un ton persifleur. Sa peinture a beaucoup augmenté de prix, ces dernières années.

Il eut le plaisir de l'entendre souffler par le nez une petite bouffée de rage.

Quand les gens de Valjoli rentrèrent chez eux deux heures après minuit, M. Marais, au lieu d'aller dormir, s'installa entre deux flambeaux pour étudier les papiers qu'un courrier de M. de Vergennes, le ministre des Affaires étrangères, lui avait apportés au galop, juste avant le dîner.

Dans l'encadrement de la porte qui faisait communiquer leurs deux chambres Marianne apparut en lingerie de nuit, l'air surpris :

— Mon ami, il n'est tout de même pas assez tard pour qu'il soit déjà l'heure de vous remettre au travail. La fête a été longue. N'avez-vous point envie de vous reposer sur un oreiller plutôt que sur des chiffres?

— Ce ne sont point des chiffres. Je dois rédiger quelques remarques que monsieur de Véri veut emporter à

Paris, et il s'en va tout à l'heure. Il est maintenant presque sûr que la paix avec l'Angleterre sera signée le 3 septembre à Versailles, et, si j'en crois les articles prévus, ce nouveau traité sera loin de nous compenser des pertes subies lors du traité de Paris*! Le Roi et son ministre souffrent avec trop de patience que notre guerre pour l'indépendance de l'Amérique nous rapporte le moins possible. Le Roi a l'excuse de sa jeunesse et de sa bonté naïve, mais Vergennes, décidément, ne vaut pas la réputation que lui font ses amis. Nous obtenir Saint-Pierre-et-Miquelon, l'île de Tobago et nos vieux comptoirs du Sénégal en échange de nos très coûteux succès d'armes, c'est peu. Il ne sait pas même monnayer les victoires de Suffren dans la mer des Indes! Tout le génie du bailli nous vaudra de ravoir Pondichéry et Karikal — quelques boutiques! Je veux encore tenter de faire passer au ministre mes remontrances là-dessus, bien qu'il soit déjà trop tard, sans doute... Mais l'Inde, Marianne, l'Inde! Un continent énorme, un marché énorme pour y prendre et y expédier des marchandises! Il y a des millions à tirer de l'Inde, et je vois bien que nous nous apprêtons à les laisser à la merci des Anglais. Je le prédis, et l'abbé pense comme moi, si Vergennes ne se roidit pas, nous aurons guerroyé pour offrir demain l'hégémonie sur le monde à l'Angleterre, et faire venir d'Amérique des idées qui ne seront pas forcément bonnes pour la France. Pourquoi diable le Roi ne choisit-il pas ses négociateurs parmi des négociants plutôt que de les prendre parmi des mondains, qui font de l'élégance autour d'un tapis vert au lieu de faire sans honte tout le possible profit avec leur beau jeu?

Marianne ouvrait sur son mari de grands yeux étonnés. Il ne lui parlait à peu près jamais ni de ses affaires ni de politique et, en tout cas, pas sur ce ton d'énervement fébrile. Même au milieu d'une discussion un peu vive elle l'avait toujours vu garder son calme. Aussi pensa-t-elle que les prochains accords de Versailles le priveraient des gains d'un commerce qu'il avait espéré mais, comme elle avait sommeil,

* 1763. Fin de la guerre de Sept Ans et perte du premier empire colonial français.

elle ne lui demanda pas d'explications complémentaires et se contenta de dire, en bâillant :

— Couchez-vous bientôt, mon ami. Demain vous rassurera peut-être. Souvenez-vous que vous n'avez jamais perdu une bonne affaire pour toujours.

Elle bâilla encore avant d'ajouter, avec une gentillesse naïve :

— Après tout, il y aura peut-être du bon pour vous dans cette île de Tobago ?

C'était le seul nom qu'elle avait retenu parce qu'il lui était nouveau, et plein de mystère.

— Oui, oui, ricana Marais, en s'arrachant sa perruque. Nous y trouverons du bon tabac pour nos tabatières, et des bananes pour les ouistitis de vos amies. Allez dormir, Marianne. J'en aurai plus tôt fini.

Mais il resta longtemps à s'agacer sur ce qu'il lui fallait dire et ne pas dire au ministre.

Vers cinq heures du matin, à la pique de l'aube, sa porte s'ouvrit brutalement sur la chambre de Marianne, en cognant le mur sous la poussée. Réveillée en sursaut, à la lueur de sa veilleuse Marianne entrevit la haute stature de son mari, agrippée au bec-de-cane, à demi ployée vers l'avant.

— Appelez... Marianne, appelez... un médecin, dit-il d'une voix sans force, sans timbre.

Il s'écroula sur le parquet et demeura inerte, la main gauche crochée sur sa poitrine.

— Il est mort, dit le Dr Serès quand il arriva.

19

Louison passa le jour et la nuit qui suivirent à tenir la main de sa mère. Assises auprès du gisant, muettes, la tête envahie de vide, elles cherchaient leur douleur et ne trouvaient encore en elles que de la stupeur. Leurs larmes coulaient trop peu pour les soulager, parce que la mort de Marais ne parvenait pas à exister. Elle était impossible. On ne peut pas être mort, en une fraction d'instant, quand on était en train de vivre ? « Pourquoi, mon ami, pourquoi ? » demandait périodiquement Marianne d'une voix atone, incrédule. Les doigts de Louison se resserraient sur les siens, leurs pensées, à peine entrechoquées, repartaient pour l'irréel chacune de son côté, sortaient le vivant du mort et remontaient le temps jusqu'au prochain morne appel de la veuve : « Pourquoi, mon ami, pourquoi ? »

Louison, elle, ne disait rien. Rien du tout. Figée, les lèvres closes et les yeux vagues, elle attendait de souffrir, en essayant parfois de ressusciter dans son cœur la mort de son vrai père. Mais ce chagrin-là lui était demeuré si lointain... Elle avait dix ans quand, un soir d'été, sa mère lui avait appris la disparition du prince de Conti. De silhouette il lui était devenu légende, et voilà tout. Tandis que son beau-père, là, qui reposait avec tant de calme sur son lit de parade... Furtivement elle touchait sa main, recevait le choc d'un froid incomparable, retenait un cri et tremblait un moment, sans pouvoir ni avaler ni cracher la boule coincée dans sa gorge. Et puis le silence habité de la chambre, fait de frôlements et de chuchotements et du bourdon des prières lui rendait son apathie, l'engourdissait pendant de longues minutes. Même au-dehors, derrière la porte fermée et les rideaux tirés on n'entendait bruire qu'une vie étouffée, comme si la mort était un sommeil fragile qu'il faut prendre bien garde de ne pas réveiller.

Jean-Étienne Marais ne se réveilla pas, même quand on le cloua dans son cercueil. Il avait conservé intact son grand et fort visage à la mâchoire de chef, et l'on s'étonnait qu'un tel homme, au masque si plein d'énergie, continuât de dormir alors qu'on disposait de lui. « Non ! » protesta impulsivement Marianne à la seconde où le couvercle de chêne allait se poser sur lui pour mettre fin à toute folle espérance. Mado Prévost et Colombe l'écartèrent doucement du cercueil et l'entraînèrent dans le salon, où sa femme de chambre lui fit avaler un peu de thé.

Seules, Louison et Solange étaient demeurées en arrière, dans la chambre mortuaire où les servantes remettaient silencieusement de l'ordre avant la levée du corps.

— Allons, viens, murmura Solange en enlaçant son amie. Nous partirons bientôt. Il faut te préparer.

— Je l'aimais, dit Louison d'un ton sourd, en résistant à l'appel du bras de Solange. Je l'aimais très fort, et il ne l'a pas su. Il croyait que je lui préférais le souvenir du Prince parce que, moi aussi, je le croyais, même en sachant que mon prince était un mensonge. Et maintenant...

En se laissant pousser vers la porte elle effleura de la main, en passant, le flanc du long coffre aux poignées d'argent, et son geste, de façon inattendue, mouilla enfin ses yeux trop secs.

— ... maintenant je ne puis plus rien lui donner, que des larmes inutiles, acheva-t-elle avec amertume. J'ai le cœur mal fait, Solange, j'ai le cœur mal fait. Il s'emballe, ou alors il retarde.

— Viens, répéta Solange.

Le salon était plein d'une rumeur tamisée. Des gens s'empressaient autour de Marianne, acceptaient la tasse de thé ou le verre de limonade que leur offrait un valet, restaient dans un coin à chuchoter du mort et des autres morts qu'il leur rappelait.

Louison traversa le monde sans se laisser arrêter, gagna l'escalier pour monter à sa chambre. Et ce fut là, au pied des marches, que brusquement elle se retrouva petite fille dans l'hôtel Marais de la place des Victoires. Depuis bien longtemps elle avait oublié ce soir-là, et voilà que soudain elle le revivait avec une précision aiguë, si douloureuse... C'était soir de souper chez les Marais et, alors comme aujourd'hui, des gens tournaient autour de la maîtresse de maison, prenaient un verre de vin de Champagne et se retiraient dans un coin pour papoter à mi-voix du grand mort de la semaine, le prince de Conti. Sa fille oubliée musardait entre leurs jambes, récoltait dans ses oreilles leurs propos scabreux obscurs, leurs potins et leurs rires. Elle avait fui avant même de savoir qu'elle les détestait, qu'elle avait envie de les griffer, de lacérer leurs dentelles, d'arracher leurs perruques ! Pendant longtemps certains de leurs mots lui étaient restés fichés dans la tête, qu'elle ne comprenait pas mais devinait méchants, comme cette épitaphe sibylline troussée par un colonel et que les invités s'étaient repassée en pouffant :

Passant, si de Conti tu veux savoir le sort,
La moitié de son nom a mis ce prince à mort.

Ces deux vers et d'autres ressurgirent de la mémoire de Louison avec une vivacité si crue qu'elle ferma les yeux, s'accrocha plus fort à la boule cuivrée de la rampe, posa son front sur son bras, attendit le retour de l'oubli.

Une main d'homme, soudain, pesa sur ses cheveux.

— Louison, ma belle, allons faire quelques pas dehors, dit la voix de Lauraguais. Nous avons encore une heure à perdre avant le départ, et on pleure avec plus de douceur sur une épaule amie que sur la sienne.

— Je ne pleure pas, dit Louison en relevant la tête. Je ne pleure même pas. Déjà, la première fois que j'ai perdu mon père je n'ai pas pleuré. Mais peut-être, cette fois-là, n'était-ce pas ma faute ? Peut-être ce père-là ne méritait-il pas mes larmes ?

Elle avait parlé comme pour se faire mal, avec une dureté qu'on sentait tournée contre elle, ou alors contre le monde entier. Lauraguais était bien trop fin, et connaissait trop bien son enfance pour ne pas lui répondre comme il le fallait :

— Louison, dit-il en passant son bras sous le sien et en

commençant de marcher, que veux-tu savoir de ton père ?

— Parlez-moi de sa mort, dit-elle aussitôt. Elle fut scandaleuse, n'est-ce pas ?

— Scandaleuse ? releva Lauraguais, étonné. Ma foi, Conti aimait assez la vie pour que l'obligation de mourir lui parût scandaleuse. Toi, qu'entends-tu par ce mot ?

— Avec qui se trouvait-il à l'instant de sa mort ? demanda-t-elle âprement. Une boutiquière du Temple ? Une demoiselle de l'Opéra ?

« C'est donc cela », pensa Lauraguais.

— Il était avec son valet de chambre, dit-il. Conti avait de bonnes manières. Sauf par inadvertance il ne pouvait mourir qu'en présence de son fils ou de son valet de chambre, et il n'était pas très intime avec son fils. Pendant les derniers jours de sa vie il se faisait porter assis dans son jardin, au bord du bassin où il s'amusait à pêcher ses cyprins à la ligne. Un après-dîner — c'était un vendredi — il fut pris là d'un malaise que perçut son valet. Le domestique se précipita, fut rembarré d'un bon coup de coude et d'un impérieux : « Je meurs ! » Louis-François de Bourbon-Conti avait de bonnes manières. Il est mort sans quémander de l'aide, ni un sursis.

Louison demeura silencieuse longtemps. Le comte la promenait à pas lents dans le climat vert apaisant du verger. Elle dit enfin :

— Si le Prince est mort ainsi, de quel scandale parlaient donc les gens ?

— Oh ! Une histoire de curés. Conti était un mécréant, et ne l'avait jamais caché. Pour aumônier de sa maison il avait un jour recueilli l'abbé Prévost, qui se trouvait fort mal d'avoir écrit *Manon Lescaut*. L'accord s'était fait entre eux parce que l'abbé ne disait jamais la messe que le Prince n'entendait jamais. Mais quand la cour eut vent que ce païen était perdu, qu'il pourrait bien mourir sans confession, les âmes pieuses lui dépêchèrent des soutanes de toutes les couleurs, chargées de le convertir in extremis. Las ! Jusqu'au bout les suisses du Temple empêchèrent les soutanes de s'y infiltrer : au plaisir de Dieu ils préféraient celui de leur maître. Les saintes huiles n'entrèrent dans le palais qu'après sa mort, pour en faire le tour avant d'en ressortir en grande pompe, devant le petit peuple agenouillé. Le curé Cloud avait réussi à sauver les apparences. Il ne pouvait imposer à tous les malicieux d'y croire.

— Je suis contente de savoir tout cela, dit Louison. Je n'avais jamais osé vous interroger là-dessus, ni ma mère, ni mon parrain. Je craignais...

Elle s'interrompit, fixa sur Lauraguais un regard encore plein d'attente.

— Louison, votre père était un grand seigneur, dit doucement le comte en reprenant le vouvoiement d'usage. D'un grand seigneur, la canaille et les salons n'aiment à colporter que les vices. Mais les vices ne sont que de l'écume dans la vie d'un prince qui tient son rang comme feu Conti a tenu le sien. Pour le mieux connaître d'une seule comparaison songez à Rohan-Guémenée qui vient de laisser des milliers de pauvres sans le sou, et souvenez-vous que Conti est mort à peu près ruiné, sans avoir jamais compté ses pensionnés, ni ce qu'on lui mangeait, ni ce qu'on lui volait. Vous étiez-vous jamais demandé pourquoi ses petits peuples du Temple et de L'Isle-Adam l'appelaient « le père Prince » ?

— Je ne savais pas que les petites gens lui donnaient ce nom, dit-elle.

Elle ajouta d'une voix tremblée :

— À moi on avait recommandé de l'appeler monseigneur.

Elle arrêta Lauraguais d'une question vibrante :

— Monsieur, pourquoi ne m'a-t-il pas aimée ? Pourquoi ?

— Parce qu'il ne vous a pas connue. Louison...

Il la fit asseoir sur le banc devant lequel ils passaient, reprit en lui tenant les deux mains dans les siennes :

— Si j'avais une fille de moins de dix ans, m'y intéresserais-je ? Si peu ! Tout juste pour payer sa pension au couvent, et encore, après trois rappels ! Mais si je la voyais soudain paraître devant moi dans l'âge où vous êtes... Pardieu ! j'en tomberais amoureux fou ! Surtout si elle me regardait avec ces yeux-là... Il vient un âge où ce doit être le plus grand bonheur du monde que de revoir à nouveau ses vieux yeux éclairer un visage de vingt ans. Ce bonheur-là serait arrivé à Conti, et il ne se privait jamais d'un bonheur qui s'offrait.

— Ainsi, pour me faire aimer de lui il ne m'aura donc manqué qu'un peu de temps ? dit-elle avec désespoir.

— Un peu de temps, ma belle, c'est ce qui finit par nous manquer à tous, un jour ou l'autre.

— C'est bête. Du temps m'a manqué pour me faire aimer de mon père, et j'ai manqué le temps de mieux aimer mon beau-père. Oh ! tonton Lauraguais, pourquoi ? Pourquoi ?

Elle jeta sa tête contre la poitrine du comte en même temps qu'un flot de sanglots lui remontait enfin des entrailles, lui inondait les poumons et la gorge, lui crevait les lèvres...

Il la laissa pleurer tout son soûl, jusqu'au moment où le mouvement des valets et des cochers l'avertit que l'heure du départ était venue.

Jean-Étienne Marais fut enterré à côté des siens, dans un cimetière champêtre de la vallée de la Clérette. Depuis que le grand-père Constant, le premier millionnaire de la famille, s'était logé, l'hiver dans un charmant hôtel Renaissance de Rouen, l'été dans une belle campagne de ses environs, les Marais venaient passer leur éternité au bord de la Clérette, à l'ombre des ormeaux géants qui délimitaient leur coin de terre bénite, un peu à l'écart des tombes paysannes, au bout de leur parc dont ne les séparait qu'une haie de buis.

Le dîner d'après la cérémonie fut servi à Rouen, chez les Grosville. La seule proche parente de Marais, sa sœur Lucile, avait épousé un comte de Grosville pour se hisser hors de la bourgeoisie. Grosville, lui, avait épousé une dot. La dot mangée, et mangé aussi, dix années plus tard, l'héritage du beau-père, les Grosville vivaient depuis d'une pension de Marais, dans l'hôtel et la campagne qu'il leur avait abandonnés.

Le mariage du fermier général avec une courtisane — sans nul doute affamée d'or ! — avait beaucoup déplu à

Rouen, M. de Grosville croyant, dur comme fer, que la noblesse a seule, de par Dieu, le droit de gaspiller l'argent de la finance. Aussi était-ce la première fois que Marianne entrait dans la maison natale de son mari. C'était aussi la première fois qu'elle rencontrait sa belle-sœur, et elle fut surprise de la trouver presque aimable avec elle, assez apitoyée, en tout cas, pour lui offrir de demeurer quelques jours à Rouen avant de reprendre la route de Paris.

— Je crois, oui, puisqu'on me l'offre, que je resterai deux ou trois jours ici pour me remettre avant le voyage, dit Marianne quand elle se retrouva, le soir, dans la belle chambre mise à sa disposition.

Ceux qui avaient voulu accompagner Marais jusqu'à sa dernière demeure étaient presque tous repartis, l'un après l'autre, pour Bagnoles ou pour Paris. Mais autour d'elle, de Louison et de Solange il y avait encore trois fidèles bien-aimants, Lauraguais et les Prévost. En écoutant Marianne, tous les trois s'entre-regardèrent.

— Ma douce amie, reposez-vous jusqu'à demain matin, dit enfin Lauraguais. Mais demain de bonne heure, mettez-vous en route.

— Pourquoi me tant presser? se plaignit Marianne, dont les grands yeux rougis ne voulaient pas sécher. Je suis épuisée, et chez moi rien ne m'attend. Rien, rien, plus rien.

— Si, dit Lauraguais. Votre époux, madame, a laissé ses affaires en plan. Il va vous falloir les régler.

— Moi? dit Marianne avec stupéfaction. Jamais je ne me suis même occupée de payer les gages d'un domestique!

Sur un signe du trésorier Prévost, Mado brusqua les explications:

— Marianne, dit-elle, fiez-vous à nous, qui vous aiderons. Savez-vous en quelles mains se trouve le testament de monsieur Marais, et ce qu'il contient?

Prévost précisa:

— Marais avait pour notaires les messieurs Arnaud de la rue Quincampoix. Vous a-t-il jamais parlé d'eux?

— Je ne sais pas, balbutia Marianne. Je ne sais plus? Ces choses semblent si vaines, quand on vient de voir s'ouvrir le gouffre de la mort...

Mado soupira d'impatience, emplit d'eau un verre qu'elle tendit à son amie :

— Buvez, commanda-t-elle. Et reprenez vos esprits. Vous retrouver demain à la rue ne vous rendrait pas celui que vous pleurez et, ma foi, là-haut il en serait bien fâché.

Ce ne fut pas Marianne mais Louison, qui comprit d'abord :

— Je crois, maman, que tante Mado entend vous dire que vous n'héritez pas de droit de monsieur Marais. Qu'il faut pour cela qu'il ait testé en votre faveur, et que vous possédiez ce testament.

Lauraguais sourit à Louison.

— Voilà, dit-il à Marianne, c'est bien résumé. J'ajouterai que monsieur de Grosville n'est point ici. Où donc est-il ?

— Vous savez bien, dit Marianne, qu'il est au Havre pour ses affaires, et que madame de Grosville n'a pu le faire joindre à temps pour qu'il soit de retour avant la cérémonie.

Prévost secoua la tête :

— Grosville n'est pas à ses affaires, parce que c'est un homme qui n'a jamais eu d'affaires. Et il m'étonnerait qu'il fût au Havre, puisqu'il est parti en chaise pour Paris, aussi vite que s'il courait au feu quand, avant-hier, il a reçu par votre Toupinet la nouvelle de la mort de son beau-frère. Nous l'avons appris tôt ce matin, par Beaumarchais qui sait tout savoir. Depuis, Beaumarchais galope après lui, sans beaucoup d'espoir de le rattraper avant d'être au faubourg Saint-Honoré.

— C'est donc cela, murmura Marianne, comme rassérénée. Je me demandais pourquoi l'Ami Charmant nous avait quittés avant l'enterrement. J'ai eu peur de Dieu sait quoi, peut-être bien qu'il n'ait aimé, chez moi et chez Louison, que le reflet doré du fermier Marais ? Mais au fait, pourquoi ? Pourquoi galoper aux trousses de ce Grosville ? Qu'il soit ici ou là...

— Beaumarchais est un familier de l'hôtel Marais, dit Mado. Vos gens ont l'habitude de l'y voir aller venir. Puis, s'il lui faut passer sur le corps d'une servante pour parvenir jusqu'au cabinet de votre époux, soyez sûre qu'il y passera sans vergogne !

Voyant que Marianne ouvrait sur eux des yeux toujours plus étonnés, Lauraguais dit plus clairement :

— Mon amie, si Marais est mort intestat, sa fortune reviendra à sa sœur unique. Et quoi qu'il en soit, il sera réputé mort intestat, si votre beau-frère s'empare avant vous de son testament. Un papier qui vous déshérite flambe à merveille, pour peu qu'on l'atteigne à temps.

— Mon Dieu, gémit Marianne, croyez-vous que la mort ne soit pas une horreur suffisante, qu'il faille encore y rajouter l'horreur de tels soupçons ? S'il n'a pas d'affaires à courir voir hors de Rouen, monsieur de Grosville a peut-être une maîtresse, tout simplement ?

— Marianne, trop souvent vous vous laissez aller à une mollesse qui me fâche, gronda Mado sans douceur.

Elle se pencha sur elle pour achever entre ses dents :

— Vous n'avez point de bien propre, Marianne. Dans ce cas, je vous l'ai déjà dit, les trop bons sentiments ne conduisent qu'à la Salpêtrière !

— Tante Mado, nous serons prêtes à partir pour Paris dans une heure, intervint Louison, qui avait à peu près entendu. Maman dormira dans la voiture. Solange, je te prie, envoie Suzanne chez l'apothicaire, pour avoir un sirop d'opium.

Ils arrivèrent trop tard. La veille, à midi, le comte de Grosville avait fait apposer les scellés sur l'hôtel Marais. Les domestiques, qu'on avait regroupés dans les communs, pleurèrent en voyant Madame débarquer dans la cour : c'était tout ce qu'ils pouvaient pour elle. Mme de Treille s'en fut se reloger à Saint-Cyr, où ces dames lui offraient une chambre. Les Prévost recueillirent provisoirement les errantes, Marianne, Louison et Solange, leurs deux femmes de chambre, dame Pomme et Soraya. Le lendemain ils trouvèrent encore une mansarde, au-dessus de leur écurie, pour y fourrer le cocher Toupin et son Toupinet, qui ne voulaient pas quitter leurs maîtresses.

Comme un beau fruit mûr soudain maltraité Marianne s'était couverte de bleus et continuait de se cogner l'âme à tout, sans réagir. On la traînait de sa chambre à table, de la table au salon ou au jardin et de là à son lit, sans qu'elle amorçât un seul mouvement par elle-même. Du coup, Louison, pour prendre soin de sa mère secouait sa peine, et s'en remettait mieux.

Mme de Grosville arriva vite à Paris, pour le règlement de la succession. On n'avait pas trouvé, chez ses notaires, le testament de Jean-Étienne Marais. MM. Arnaud prétendirent que leur client l'avait repris, un mois plus tôt, pour le revoir, mais quand on ouvrit le cabinet de Marais, le document n'y était pas. Ni Marianne ni ses amis ne devaient jamais réussir à savoir si le testament avait été subtilisé par Grosville avant la mise sous scellés et grâce à la complicité vénale d'un serviteur, ou si le beau-frère et les notaires s'étaient entendus entre eux pour se partager la manne à leur idée en grugeant la veuve. Quoi qu'il en fût, à Mme Marais restaient, pour tout bien, les deux cent mille francs que Marais lui avait reconnus pour dot en l'épousant, plus « les hardes et bijoux offerts pendant la durée du mariage ».

Ce n'était pas rien. C'était même une petite fortune, mais pas aux yeux de la femme, hier comblée d'or, de l'un des plus opulents fermiers du royaume. Elle se retrouvait dans l'aisance d'une marchande enrichie, comme si elle venait de perdre le mercier Couperin après vingt ans de bonnes affaires dans le ruban, plutôt que le financier Marais. Mais elle ne ressentait pas encore le bouleversement matériel de sa vie. Aux Porcherons, chez les Prévost, on vivait sur un grand pied.

IV.

Rue Royale
sous Montmartre

20

Le trésorier général de la Marine possédait rue Royale un hôtel de ville à la campagne, délicieux, tout près de l'endroit où Palteau de Weymerange faisait bâtir pour sa bien-aimée Colombe.

Il était de bon ton que Mado, puisqu'elle venait du théâtre, habitât les Porcherons. Pour une célébrité des Italiens d'hier épousée par la finance d'aujourd'hui, c'était l'adresse « in fashion ». Le village parisien des artistes et de leurs banquiers, des duchesses en goguette et des courtisanes au pinacle, des Américains à la mode, des princes joyeux vivants, des écrivains pour rire, des chirurgiens qui ne taillaient que dans la chair dorée. Le quartier était si couru depuis le début du règne de Louis XVI, et si bien achalandé, que Ramponeau, le cabaretier le plus fameux de l'Île-de-France, avait lâché son *Tambour-Royal* pour descendre de la Courtille aux Porcherons, ouvrir *La Grande Pinte* * où les plus belles soies de l'Europe venaient se frotter aux culottes de peau des soldats, aux livrées des laquais, aux tabliers des poissardes et des harengères. Car le plaisir de vivre aux Porcherons c'était d'abord de rentrer chez soi comme dans un bain de peuple, entre la double rangée des guinguettes échelonnées des deux côtés de la rue Saint-Lazare, où bouillonnait, dès la tombée du jour, le vacarme des chansons et des querelles abreuvées de mauvaise musique et de gros vin. Mais, dépassée la rue de la fête canaille, on tombait chez les Parisiens les plus parisiens de Paris et d'ailleurs, on débouchait avec enchantement dans de larges allées provinciales aux maisons bordées de jardins fleuris, dans des sentiers grimpants où ne s'entendaient plus que le bourdon-

---

* À l'emplacement exact de l'actuel square de la Trinité. Le lieu dit « Les Porcherons » s'étendait entre les actuelles rue Cadet, rue de Provence, le haut de la Chaussée-d'Antin, l'avenue du Coq, la rue Saint-Lazare et la rue Lamartine.

nement des insectes de l'été et le bruit d'éventail, rafraîchissant, des feuillages remués par la brise venue du Mont-Martre. La rue Royale montait capricieusement jusqu'à l'abbaye et, plus elle s'élevait, plus elle hésitait entre l'aspect d'un nouveau beau quartier de Paris hors les murs et le charme odorant d'une colline fermière où se cachait çà et là, entre un champ de blé et un carré de choux, la folie d'un seigneur ou la fausse chaumière fourrée de luxe d'une demoiselle de l'Opéra.

L'hôtel Prévost était situé dans un tronçon bien maisonné, où un brillant petit méli-mélo de gens réunis là par le succès, la mode et l'or, voisinait à la bonne franquette. Bon gré mal gré Marianne s'en trouvait distraite de son chagrin, et Louison, en la voyant renaître, supportait plus patiemment ce qui lui déplaisait dans la vie aux Porcherons.

Les paroissiens les plus proches d'eux n'étaient pas les plus discrets de la rue! Mlles Mimi et Zizi des Italiens donnaient trop souvent, aux frais de leur financier Cournot, des soupers sur l'herbe qui éclaboussaient l'air de leur joie bruyante jusque fort avant dans la nuit. Ou bien alors c'étaient deux vieilles gloires de la tragédie, Grandval et la Dumesnil, qui s'attablaient devant leur perron pour boire et se battre après boire en se lardant d'insultes sonores parce que, sans doute, échanger leurs imprécations sans public leur eût semblé moins bon. Mlle Raucourt, l'autre voisine de la Comédie-Française, faisait jaser à mots plus couverts. Quand elle donnait une partie de dames, avant même l'arrivée des chaises aux rideaux tirés d'où sortaient des ombres, c'était son logeur, le prince de Hénin, qui annonçait l'imminence du scandale en quittant la place. Pour ces nuits-là et pour les jours de brouille il s'était réservé un pavillon au fond de son parc, mais il s'y ennuyait et finissait toujours par venir passer chez les Prévost les heures que sa Raucourt consacrait à l'éducation sentimentale des jeunes filles. Le marquis de Bièvre traversait la rue pour le rejoindre, et tous les deux — l'ancien cocu et le nouveau — s'ingéniaient à rivaliser de calembours sur leur sort. Un soir, l'élégant marquis aborda d'emblée par un bon mot le prince en exil :

— Mon bon ami, ne cherchons plus à nous venger,

Fragonard vient de s'y employer : il a fait de notre mie une croûte !

Par-dessus les rires complaisants qui saluaient la boutade monta la voix de Louison :

— Voilà, monsieur, une bonne nouvelle. J'étais impatiente de vous entendre improviser sur un autre sujet que mademoiselle Raucourt.

— Ah ! mademoiselle, c'est qu'aux dires des critiques je ne serais bon qu'au calembour, qui rime si bien avec Raucourt, répliqua vivement le marquis, qui enchaîna sans pause :

> *Pour s'attaquer à vous il faudrait que ma lyre,*
> *Hélas accoutumée aux accords trop faciles,*
> *Retrouvât la fraîcheur de celle de Virgile.*

— Eh bien voyez, monsieur, elle ne prélude pas mal dans le madrigal, dit Louison. Un peu d'exercice encore, et vous entrerez à l'Académie dès que l'abbé Delille en sortira. Vous aurez tout le temps d'exceller, l'abbé se porte mieux que beaucoup ne l'espèrent.

Lauraguais rejoignit Louison sur son canapé, questionna tout bas :

— Était-ce une méchanceté de hasard, ou saviez-vous que Bièvre court à s'en rendre cul-de-jatte après un fauteuil d'académicien ?

— Les villageois des Porcherons ne se cachent rien, dit Louison. Ils n'ignorent pas que le marquis se remet à son discours de réception dès que l'abbé Delille s'alite.

— Louison, ma mie, dit Lauraguais réjoui, si j'avais jamais douté de votre filiation, votre insolence me rassurerait. Vous n'avez pas pris à Conti que ses jolis yeux.

— Vraiment ? Monsieur, vous m'enchantez. Ici, l'impertinence est une nécessité. Il faut bien garder ses distances.

Elle ne dit pas qu'un soir Mlle Raucourt lui avait pris le sein derrière un buisson du jardin, mais un regain de rage lui fit serrer les poings. La voyant soudain muette quoique l'air animé, le comte la relança :

— Racontez-moi, Louison. Vous n'aimez pas les Porcherons ?

Elle répondit par un détour :

— Le village est plaisant. Et bien moins cher à vivre que Paris, à ce qu'on dit. Nous sommes devenues presque pauvres.

— Les huissiers de la ville ne montent point jusqu'ici, dit Lauraguais.

— Ce n'est pas ce que je crains. Tonton Lauraguais...

Posant sa main sur le bras du comte, elle le pria du regard :

— Obtenez de maman qu'elle loue une petite maison dans le hameau des Américains. C'est un coin tranquille.

— Est-ce parce que le beau baron de Chauvigné fréquente davantage par là que par ici que vous souhaitez déménager ? demanda-t-il malicieusement.

— Croyez ce qu'il vous plaît, dit-elle avec humeur. Mais puisqu'il faut bien qu'un jour ou l'autre maman et moi nous retrouvions seules dans un chez-nous, faites que cela soit plus tôt que plus tard.

— Aurais-je, sur elle, plus d'influence que vous ?

— Tonton Lauraguais, vous le savez bien, dit Louison.

Elle poursuivit avec une raillerie tendre, résignée :

— Vous le savez bien, que maman a pris l'habitude de se fier, plutôt qu'à elle, aux hommes qui l'aiment. Sérieusement, aidez-nous à trouver une petite maison. Sinon...

— Sinon ?

— Sinon, en attendant que maman se lasse du théâtre à domicile je m'en retournerai rue des Jeux-Neufs. On m'avait appris à y écouter le silence à travers un bruit d'eau. Je n'imaginais pas qu'un jour, ce silence-là me pût manquer. J'adore tante Mado, mais chez elle le silence n'a vraiment aucune place !

Il l'observa pendant qu'elle rêvait longtemps, la tête appuyée à la soie rosée du canapé. Quand il l'interrogea ce fut d'une voix très douce, pour ne pas briser la chance d'une confidence :

— Est-ce le silence qui vous manque, ou l'ami du silence ?

— Je ne suis pas très sûre de le savoir, dit-elle aussitôt de la même voix feutrée. Je regrette... Je regrette mon cœur de ce temps-là. Je le sentais tout à la fois si calme, et si plein dans ma poitrine...

« Pardieu, ma belle, pensa Lauraguais, je t'empêcherai bien de retourner t'étioler dans le harem d'un marchand persan ! Je dois bien cela à Conti, pour lui avoir volé ta mère. »

Dès le lendemain, lui et Marianne, bras dessus, bras dessous, se mirent en quête d'une maison dans le haut de la rue Royale, sous les moulins de l'abbaye.

C'était un balcon sur Paris, encore plein de vraie campagne. Là, plusieurs Américains avaient racheté leurs petites maisons paysannes aux fermiers qui reculaient devant la grimpée de la ville. Restaurées, modernisées, embellies, encore entourées de leurs vergers et des potagers savamment replantés en carrés de couleurs par les jardiniers en vogue, elles donnaient au hameau un air de Trianon de la Reine, à la fois élégant et bonhomme. On pouvait jouer à s'y croire dans un village de fermiers cossus, du moins tant qu'on n'entrait pas dans ces fermes qui logeaient des fortunes de bien-être, d'art et d'ébénisterie entre des murs tendus comme il le fallait sans faute, de gourgouran et de musulmane * au rez-de-chaussée, de toiles de Jouy au premier. L'endroit avait tant de charme tant à la mode qu'en le visitant on avait envie de se poser partout pour y vivre un moment, mais pour la même raison tout y était occupé, ou presque tout, au moins le dimanche.

Marianne et Lauraguais n'eurent le choix qu'entre deux maisons à louer : un pavillon enfoui dans le parc de M. Chartraire de Montigny, et le pied-à-terre français du célèbre marin Tom Jones, qui s'apprêtait à gagner la Russie pour y servir comme vice-amiral dans la flotte de Catherine II — du côté de l'Occident la paix l'avait laissé sur le sable. Marianne choisit le pavillon, parce qu'il était grand

---

* Belles soies de l'Inde, la seconde étant rayée.

pour un petit loyer. M. de Montigny, un ami de Prévost, trésorier lui aussi de la Marine, estimait peu le coquet bâtiment moderne imité de l'antique qu'il avait racheté à un architecte. Ayant le goût gothique au siècle de Louis XVI, pour lui il s'était fait reconstruire à côté, pierre à pierre, une vieille église et son presbytère : il recevait dans l'église, couchait dans le presbytère et louait le pavillon pour être sûr de toujours rencontrer des promeneurs dans son vaste jardin de faux curé, dont les verdures s'enrubannaient l'été de cent lianes fleuries.

Montigny, sans passion fixée, s'enchantait à l'idée de bientôt prêter la main à l'emménagement de Mme Marais. Il déchanta avant même la signature du bail : l'avant-veille une troisième maison s'offrit à Marianne, qu'elle préféra. Un conseiller du Parlement, M. Mouet, venait d'y perdre sa Poupette. Mlle Camille Gasperi, surnommée Poupette aux Italiens, y était morte dans ses bras, le jour de ses seize ans. Inconsolable, Mouet la fit embaumer et ensevelir, selon le rite des Porcherons, dans l'humble église Saint-Pierre du Mont-Martre*. Après quoi, incapable de rentrer dans sa maison en deuil, quand Lauraguais la lui demanda pour ses protégées, il la lui céda pour le loyer que le comte voulut bien donner.

— La jolie folie ! s'écria Louison dès qu'elle y posa le pied. Maman, c'est une vraie folie** !

Une ravissante folie. Naguère, pour mettre le premier dans ses meubles sa vierge de quinze ans M. Mouet n'avait pas lésiné, et il avait un grand goût. La demeure, petite, était d'une simplicité coûteuse, et raffinée. Cuisine, office et cave occupaient le sous-sol. Le grand vestibule du rez-de-chaussée ouvrait, à droite sur un salon d'acajou égayé d'une musulmane rayée gris et blanc et rebrodée de bouquets rouges, à gauche sur la salle à manger à l'anglaise, garnie d'une belle vaisselle blanche à feston bleu et d'une lumineuse argenterie viennoise. Comme il se devait, les trois chambres de l'étage avaient été tendues et drapées de toiles pastorales imprimées

---

* Les comédiens étaient excommuniés par l'Église, sauf ceux de la Comédie-Italienne.
** Maison de plaisance luxueuse.

en rose, jaune ou gris, leurs parquets recouverts de moquette grise à mouches. Le comble servait au logement des domestiques. En y montant par l'escalier de service on trouvait, aménagés dans les entresols, la salle de bains et les « lieux » à l'anglaise.

Par-dessus tant d'agréments et de commodités, pour achever de charmer la Folie-Poupette offrait encore sa vue, qui plaisait de tous côtés. De la terrasse posée sur le comble on voyait, au nord les moulins, les vignobles, les potagers, les talus à chèvres de la butte ; à l'ouest le château de Monceaux et l'amorce de la plaine Saint-Denis ; à l'est les hauteurs boisées du clos Saint-Lazare ; au midi, derrière la tour des Dames et le scintillement des enseignes pendues aux guinguettes des Porcherons, la grande masse grise et bleutée et magique de Paris, à portée d'âme, à trois tours de roue.

— L'agréable paysage, murmura Louison. Comme il s'harmoniserait bien avec le bonheur d'être aimées par ceux qui nous ont quittées.

Lauraguais, qui se tenait entre elle et sa mère à la balustrade du midi, posa sa main sur la sienne. De l'autre côté du comte, ce fut Marianne qui chercha la première le réconfort d'un attouchement. Il la regarda, lut dans ses yeux tout l'infini d'une espérance floue. Alors il retourna la main qu'elle effleurait pour lui en offrir la paume plus sensible, et elle dit, dans un long soupir :

— Il est bien vrai que ce doux paysage irait, mieux qu'aux nôtres, à des cœurs souriants.

— Allons, mesdames, vous voyez bien qu'on vous aime encore. Faudrait-il mieux vous le montrer ? demanda Lauraguais, et il referma ses doigts sur ceux de Marianne.

Louison vit le geste, et la façon dont sa mère se penchait vers son voisin sous couleur de voir un détail du jardin : on ne pouvait décemment mieux faire pour donner à un homme le parfum de son corps. « Bon, pensa-t-elle crûment, puisque maman ne saurait vivre bien longtemps sans mari ni amant, ma foi, plutôt tonton Lauraguais qu'un autre, avec lui nous avons déjà nos habitudes. » Elle était soulagée. Pendant tout un temps elle avait craint le prince de Hénin, que l'apparition de la douce Mme Marais aux Porcherons semblait avoir dégoûté des mauvais traitements de Mlle Raucourt. Et puis elle avait eu de l'inquiétude à propos de Chartraire de Montigny, dont elle trouvait la courtoisie gluante. Tonton Lauraguais était de la famille. On pouvait, sans gêne, l'imaginer flânant en robe de chambre dans la maison, à l'heure du chocolat. En attendant, Louison décida qu'il occuperait déjà la place à l'heure du premier souper. M. de Montigny n'avait qu'environ deux cents pas à faire pour venir de chez lui, et il avait la jambe alerte.

— Tante Mado nous a envoyé deux paniers, dit-elle. N'avez-vous pas envie de voir ce qu'ils contiennent ? Et l'Ami Charmant nous aura peut-être trouvé à la cave une bonne surprise de reste ? Il prétend que monsieur Mouet sait trop bien vivre pour avoir déménagé toutes ses bouteilles...

Beaumarchais n'avait pas surestimé la galanterie du conseiller Mouet. Avec bien de l'élégance il avait oublié, chez ses locataires, de quoi leur faire voir en rose leur installation à la Folie-Poupette. Dans sa cave, Beaumarchais avait passé en revue des graves et des sauternes, des chambertins, du vin de Fontenille, des mousseux blancs, roses et rouges de la Champagne, du muscat de Frontignan et du malaga, des vins de Corinthe, de Livato et de Mavrodaphni, du marasquin et une demi-douzaine de liqueurs fortes.

— Dix fois, pour m'y attirer, on m'avait vanté la gaieté des soupers de la demoiselle Poupette et, pardieu ! la cave du conseiller devait bien y être pour quelque chose ! J'en ai les yeux gris. Je soupçonne le marquis de Bièvre d'avoir mis la main à si chatoyant assortiment. J'ai reconnu ses goûts et je sais, de reste, qu'il a composé les caves de tous les Américains de par ici. Le petit marquis a tous les défauts du monde, mais pour le vin il a les papilles sûres, on s'y peut fier.

— Tiens ! fit Lauraguais, il vous arrive donc parfois, monsieur Figaro, de dire un peu de bien de ceux que vous avez fâchés ? Car vous êtes à couteaux tirés avec Bièvre, n'est-il pas vrai ?

— C'est plutôt à coups de plume, monsieur le Comte,

que nous nous faisons la guerre, dit vivement Beaumarchais. Et où prenez-vous que je suis le fauteur de la brouille ? Comment, voilà un homme enrichi par naissance qui dénie aux auteurs dramatiques le droit de tirer quatre sous de leurs œuvres, et je devrais écouter cela sans piper ? Que nenni ! Je continuerai de clamer que si le petit marquis refuse qu'on me paie pour me jouer c'est jalousie pure, et parce qu'aucune troupe ne le paierait pour avoir son *Vercingétorixe* *, tragédie en calembours.

— Ma foi, sa tragédie n'est pas si mal : on y rit, dit Lauraguais pour le faire enrager. Les stances de Vercingétorixe sont plaisantes :

Il plut à verse *aux dieux de m'enlever ces biens.*
Hélas, sans eux, brouillés, *que peuvent les humains ?*
Dans ces lieux à l'anglaise *où le sort nous amène,*
Il faut, de nos malheurs, rompre le cours. La reine...

Les dames s'étaient mises à rire, et Beaumarchais y vint comme tout le monde.

— Bah, fit-il, après tout, il n'est pas sûr que rire bêtement soit moins bon pour la santé que rire avec esprit. Bon. Je redescends nous chercher deux bouteilles pour le souper. Lesquelles ? De quoi souperons-nous ?

— Je descends avec vous, dit Lauraguais.

Ils remontèrent avec un vin dont Beaumarchais avait oublié de leur parler. C'était du vin de Hautvillers, le vin préféré de Marianne qui en aimait la blancheur, la finesse, la fraîcheur et la pétillante nervosité.

Pendant qu'un peu tous, dans la salle à manger ouverte sur le jardin, s'occupaient à choisir la porcelaine, le linge et l'argenterie parmi les trésors de la Folie-Poupette pour arranger une belle table, Marianne, un peu heureuse pour la première fois depuis la mort de Marais, se laissait aller dans une bergère du salon, son regard errant, par-delà le vestibule, sur l'agréable agitation de la maisonnée. Solange qui venait de quitter les autres, la mine embarrassée, s'approcha

---

* Bièvre y mettait un « e », pour qu'on ne lui mange pas sa rime.

d'elle et, questionnée par un sourire, se mit à lui parler à mi-voix... Dix minutes plus tard Marianne la prenait gentiment par le bras et l'entraînait dans la salle à manger.

— Si vous le voulez bien, dit-elle, puisque c'est un repas froid qui nous attend, je retarderai notre souper d'une heure. Solange a invité le marquis de Courtray pour un peu plus tard.

— Ah ! jeta Louison, puis elle se tut.

— Je sais maintenant pourquoi ce charmant homme se donnait si souvent la peine de monter jusqu'aux Porcherons pour me visiter, poursuivait Marianne en souriant. Il a le bon goût de désirer notre Solange pour femme, et elle ne lui a pas dit non, ce qu'approuvent son père et sa tante Treille.

— Je le savais, je le savais ! s'écria Louison. Je l'ai su la première !

Elle se jeta au cou de son amie, lui chuchota dans l'oreille :

— C'est toi qui seras marquise, ma Solange, parce que tu es sage, et que je suis folle.

— Pour une jeune femme, le veuvage a des douceurs bien plus grandes que le célibat, murmura Beaumarchais au comte, avant de joindre sa voix à toutes celles qui environnaient Mlle de Raimbault.

Ils firent, en somme, un souper de fiançailles, simple et intime, comme cela se devait dans une maison en deuil. Mme Prévost avait envoyé deux poulardes à la gelée et un gros pâté rebondi couleur de soleil, qui croustillait dans l'œil, et dont l'intense parfum, longtemps mijoté sous sa croûte, jaillit et se rua dans les nez au premier coup de couteau qu'y porta Lauraguais. La pâte de cette merveille fondait dans la bouche en la tapissant d'un goût de beurre frais auquel venait aussitôt se mêler, exquisément, le bouquet des saveurs épicées du gibier de la garenne Saint-Denis.

— Pardieu, dit Beaumarchais, même s'il y avait, autour de ce pâté, mon pire ennemi intime, je l'aimerais pendant tout le temps de sa dégustation. Un tel fumet ne se peut bien partager qu'entre complices de belle humeur, comme la volupté.

— Vous me voyez ravi, monsieur, de retrouver votre amitié pour un moment, ironisa Lauraguais. Mangeons lentement.

À côté de lui, le marquis de Courtray, la tête bousculée par la trop vive odeur du plat, s'évanouit d'un coup, plouf! à son ordinaire. On le recala sur sa chaise, et il goûtait trop les bonnes choses de la vie pour ne pas ressusciter promptement, bien avant la mort du pâté. Quand il rouvrit les yeux ce fut sur le sourire de Solange, et il assura ne s'être jamais réveillé avec tant de plaisir.

Un bonheur grave ombré de mélancolie régnait dans la salle à manger. Le joli vin de Hautvillers mettait ses bulles dans les cœurs, la tendresse passait bien autour de la table ronde, mais le souvenir aussi passait, avec ses fantômes encore épais. Des envies de larmes pieuses venaient à la veuve et à Louison chaque fois qu'une bouchée ou un instant leur semblait trop bon pour des endeuillées. Dehors la nuit avait éteint les flamboyances de l'automne, un noir sans lune se pressait contre les fenêtres, et dans cette obscurité encore mal connue elles recréaient leur jardin familier d'hier, le paradis perdu du Faubourg. Leurs regards se croisaient parfois, alors elles savaient qu'elles n'oubliaient pas et pouvaient donc continuer de rire un peu, puisque leur chagrin tenait bon.

Ils en étaient au dessert et à croquer des noisettes quand Chartraire de Montigny survint à propos, avec un panier de ses dernières quetsches et de ses premières poires. Louison le vit sans plaisir se faire une place à table entre sa mère et Beaumarchais, et commencer de raconter son verger en en promettant les merveilles à sa nouvelle voisine. Elle se pencha vers Lauraguais :

— Tonton Lauraguais, dit-elle, pour nous aider à passer notre première nuit en maison inconnue, n'y dormiriez-vous pas aussi? Je prendrais Solange avec moi, et vous auriez sa chambre.

Il la contempla fixement et elle soutint son regard, avec des yeux d'eau pure, bien trop tranquilles pour être sans arrière-pensée.

— Ma foi, murmura-t-il enfin, pourvu que votre mère m'en prie autant que vous... Au petit matin, quand le soleil se lève, la vue qu'on a de la terrasse doit passer par toutes les couleurs des quatre coins du monde. Ce serait à voir.

— Et en plus, comme vous le savez, Suzanne fait de très bon chocolat, dit-elle en contrepoint, sur le même ton de confidence.

Ils s'étaient mêlés de nouveau à la conversation générale, et Louison lui offrait une tasse de café quand il lui demanda tout bas :

— Vous n'aimez guère monsieur de Montigny, Louison, n'est-il pas vrai ?

— Je ne l'aime pas du tout, répliqua-t-elle sans détour. Et d'abord, il a le teint jaune et de petites dents de rat.

Lauraguais se mit à rire :

— Je suis ravi, ma belle, que tu me donnes le rôle du chat, dit-il avant de humer son café.

21

Leur vie aux Porcherons prit un rythme de convalescence. Le petit train de sa maison n'ennuyait pas encore Marianne, il la reposait. De tous ses domestiques d'hier elle n'avait gardé que ceux qu'elle pouvait loger et paierait sans peine : Suzanne, dame Pomme et le jeune Toupinet. Avec le jardinier Poitevin et sa femme, loués avec la maison, ils suffisaient à tout. Retroussant ses manches de nourrice dame Pomme s'était mise à la cuisine et cuisinait bien, dans un flot de crème.

Pour des réfugiées de fraîche date, les dames de la Folie-Poupette étaient bien installées. M. Mouet, décidément, n'avait rien repris dans le charmant décor créé pour sa danseuse, sauf une pendule d'onyx au cadran d'émail bleu, dont il avait arrêté les aiguilles sur la minute où son bonheur était mort. Il avait pensé prendre aussi le miroir à manche d'argent de la coiffeuse, l'avait vite reposé après un seul coup d'œil jeté dessus. « Un miroir ne réfléchit pas assez avant de renvoyer une image, avait-il dit à Louison, tristement. S'il avait de l'esprit celui-ci m'eût montré un autre visage que le mien, qui ne me vaut rien. Mademoiselle, il est à vous désormais : vous saurez mieux que moi lui redonner un beau reflet. » Les locataires de M. Mouet avaient gardé le miroir, et tout le reste avec. De telle sorte que, dépouillées de tout par les Grosville, elles ne manquaient de rien. À la fin d'octobre, déjà elles avaient pris quelques habitudes dans la maison et dans le village.

Au petit matin Toupinet montait chercher le lait à la ferme la plus proche et en rapportait aussi le beurre, la crème, les œufs, une volaille, une couple de pigeons. Un peu plus tard, les crieuses de légumes et de fruits qui descendaient en ville entraient offrir leur marchandise à dame Pomme, ou bien alors le pipeau d'un chevrier ou les sonnailles d'un troupeau de moutons l'appelaient au-dehors, d'où elle revenait avec d'odorants fromages séchés sur paille, des chevrotins roulés dans des feuilles de vigne, du caillé tout frais tremblant encore dans sa faisselle. Marianne avait mis tout son monde aux verdures, aux œufs et aux laitages : avoir, dans son assiette, la campagne cueillie, traite et pondue du jour c'était sain, bon marché, et surtout c'était la mode. Comme c'était aussi la mode de faire gambader un mouton sur sa pelouse, qui la tondait l'été et la décorait l'hiver. Ayant pressenti que le goût des moutons propres passerait vite de la Reine aux élégantes, de Trianon aux Porcherons, une bergère maligne avait bichonné les siens pour les louer au mois ou à la journée. Louison avait voulu un mouton, Marianne louait un mouton, un beau frisé blanc comme neige.

Dans cette pastorale, les bruits de la grand-ville arrivaient feutrés. Non pas à cause de la distance puisque les plus grands bavards de Paris fréquentaient la rue Royale, mais sans doute à cause de l'espace. Entre deux salons les potins se perdaient dans l'air venteux de la butte, un scandale n'y résonnait pas si bien qu'entre les murs des rues de Paris. Peut-être aussi les nouvellistes les plus acerbes se sentaient-ils obligés, dès que franchie la barrière des guinguettes, de prendre un ton plus badin, assorti à la bonne franquette des Porcherons ? On n'y rencontrait jamais autant de compagnie à la fois qu'en ville. Souvent, en fin d'après-midi Marianne n'avait chez elle que Mado, venue en voisine tremper un sablé de dame Pomme dans sa tasse de thé, ou Lauraguais ou Beaumarchais, qui lui récitait la gazette du jour, nonchalamment, entre de longues pauses où l'on papotait de rien.

— Dame Pomme devrait mettre un peu de vanille dans ses galettes, je lui en apporterai quelques gousses, l'épicier de la rue des Poulies vient d'en recevoir de l'île Bourbon, disait Beaumarchais. Au fait, monsieur d'Alembert est mort.

— Quel dommage, un si grand philosophe, disait Marianne, qui n'en avait jamais rien lu.

— L'Église voulait qu'on jetât son corps à la voirie, mais le siècle a bien changé en peu de temps, décidément.

Un ordre est tombé du Roi, pour faire enterrer chrétienne-
ment ce grand athée mort dans l'impénitence. Il y a sept ans,
pour le prince de Conti, Louis XVI avait exigé qu'on jouât
devant son palais la comédie des saintes huiles. Je vois qu'il a
mis de l'indulgence dans son eau bénite. Il nous révolutionne
à petits pas. Vous verrez que demain il nous ôtera le plaisir
de lui arracher une constitution, en nous l'octroyant.

— Reprendrez-vous du thé ? demanda Solange.

— Volontiers, dit Beaumarchais. Et je reprendrai de la
galette aussi, avec un peu de confiture. Je ne devrais pas :
mes gilets me serrent, et je raffole du blanc brodé de mille
fleurs que m'a fait le tailleur de monsieur d'Ormesson, un
fort bon tailleur. A propos, il est tombé.

Marianne haussa un sourcil :

— Le tailleur est tombé ?

— D'Ormesson, rectifia Beaumarchais en piochant
dans la confiture. D'Ormesson vient de tomber. Le Roi
consomme vite ses ministres. Beaucoup de ces gens-là
s'entêtent à vouloir gouverner alors que la Reine ne leur
demande que de lui plaire, c'est-à-dire de la laisser dépenser.
D'Ormesson économisait. Le nouveau plaira mieux : c'est un
munificent aux mains percées. Avec cela beau parleur...

— Qui est-ce ? demanda Marianne.

— Monsieur de Calonne. Votre petit marquis de Bièvre
se frotte les mains : c'est un de ses bons amis. Le voilà pour
un temps avec l'oreille d'un ministre assurée.

Il lorgna vers Louison, qui rêvassait sans les écouter.

— Princesse, lança-t-il plus haut, je prévois que votre
amoureux, déjà bien en cour à Versailles, se retrouvera
demain en mesure d'y obtenir des grâces. Si vous n'avez
point renoncé à vous avoir un brevet de dame...

— Monsieur de Bièvre n'est mon amoureux que de son
côté, je vous l'ai déjà dit, protesta Louison avec humeur.
Pour moi, j'accepte sa cour pour l'amusement de compter ses
toilettes.

— Il est vrai que ce petit marquis est une poupée de
Paris, dit Beaumarchais. Il se ruine en chiffons. Mais c'est
une qualité pour faire un favori de la Reine et de Calonne.

— Tant mieux pour lui, mais il est trop tard pour moi,

dit Louison. Je n'aurais plus les moyens de paraître à la cour, ni de payer le brevet à monsieur Amelot, qui n'est point homme à brader ses grâces.

— Vous auriez affaire au baron de Breteuil, un homme intègre, dit Beaumarchais. Sot et fat à l'excès, mais intègre. Monsieur Amelot est démissionnaire. Il quitte son portefeuille de la Maison du Roi.

— Quoi ? s'étonna Marianne. Quitte-t-on de soi-même un si bon poste ? Où on reçoit les plus jolies solliciteuses de Paris et d'ailleurs ?

— Justement, dit Beaumarchais. Monsieur Amelot a besoin de repos.

Il baissa la voix :

— La vérole, murmura-t-il pour Marianne seule.

Relevant la voix il enchaîna gaiement :

— Que vous dire encore, mes belles dames, qui soit important ?

— L'Opéra ? proposa Marianne.

— Les piccinnistes s'apprêtent à applaudir, les gluckistes à siffler, dit Beaumarchais. On va bientôt donner *Didon,* de l'Italien.

— La Comédie-Française ? lança Louison.

— On achève d'y répéter une nouvelle comédie de cinq actes en vers, dit Beaumarchais. Elle s'appelle *Le Séducteur* et n'a point d'auteur encore. Plusieurs noms circulent dont celui de Monsieur, frère du Roi. La première est pour le prochain samedi.

— Ami Charmant, donnez-nous le nom de l'auteur. Je suis sûre que vous le savez, dit Louison.

Beaumarchais secoua la tête :

— Je sais seulement que le *Journal de Paris* dira grand bien de sa pièce.

— Pas avant la première, tout de même ? ironisa Louison. Vous autres auteurs, êtes des gredins.

— Hé, que voulez-vous ? dit Beaumarchais. Puisqu'il est défendu, dans ce pays-ci, d'acheter de la place dans un journal pour y annoncer élogieusement son ouvrage, il faut bien acheter les journalistes ?

— Monsieur, ne faites surtout point dépense pour cela,

dit gracieusement Solange. Les comédies que vous écrivez n'ont point besoin d'être annoncées pour qu'on y coure.

Beaumarchais bondit sur ses pieds, aussi leste que son Figaro, pour aller baiser la main de Solange.

Un moment plus tard, comme Louison, pendue à son bras, le reconduisait jusqu'à la rue, il la sentit ralentir son pas, jusqu'à s'arrêter.

— Oui ? fit-il avec un regard interrogateur.

— Ami Charmant, est-il vrai que le marquis de Bièvre passe pour mon amoureux ? demanda-t-elle sérieusement.

— Princesse, il l'est. Et vous vous prêtez au jeu.

— Ami Charmant, je m'ennuie, soupira-t-elle d'une voix presque mouillée. Bièvre n'est pas laid, il a de l'élégance et de la gaieté et puis, surtout, il est là.

— Ma foi, on n'en dit guère plus que cela.

— Mais encore ? Que dit-on ?

— Ce que vous avez dit. Que le petit marquis est joli garçon, qu'il vous amuse et ne vous déplaît pas.

— Et après ? Car on n'est certes pas assez gentil pour s'en tenir là ?

— Non.

D'emblée il choisissait la franchise, parce que Bièvre était dangereux pour la réputation d'une femme. Il aimait aimer avec la faconde d'un Don Juan de théâtre et ne pouvait se retenir de mettre en calembours ses secrets les plus doux.

— On parie pour ou contre les chances du marquis, et on parie plutôt pour, dit-il. Bièvre a pour habitude de ne jamais manquer la proie qu'il chasse.

— Eh bien, je lui ferai une brèche dans sa réputation, dit-elle d'un ton serein, et cela sans même me priver de le voir. On ne renvoie pas son bouffon pour impertinence. Il faut bien rire.

Beaumarchais lui jeta un sourire. Il lui semblait avoir entendu parler Louise de Conti, née princesse de Bourbon-Condé, la tumultueuse grand-mère de Louison, laquelle, orgueilleusement, ne s'était jamais privée de rien, et surtout pas d'un homme !

— Exagitat frondes immoto stipite ventus, dit-il*.

Elle eut un geste de tendresse familier à Marianne, qu'elle copiait avec une grâce plus hautaine : elle baisa le bout de ses doigts, avant de porter le baiser sur la joue de son grand ami.

En revenant vers la maison elle aperçut Toupinet sur le seuil de l'écurie, qui cirait ses bottes et le harnais de Coquin.

— Toupinet, fais-moi disparaître cela, dit-elle en portant le regard sur les quelques mots peints au haut de la porte. Une vieille plaisanterie n'amuse plus.

— Ma foi, mademoiselle, ce n'est pas de refus, grommela le jeune cocher. Les nouveaux venus me fâchaient, à ricaner là-devant, vu qu'il y a pas de quoi.

« Honni soit qui mal y *panse* », avait écrit le marquis de Bièvre sur la porte de l'écurie. Et Toupinet ne trouvait pas cela drôle.

Le samedi suivant, à la première du *Séducteur,* Louison se montra à la Comédie-Française dans la loge du marquis. Pour s'éviter un refus, il y avait aussi convié Mlle de Raimbault et son vieux fiancé. Bièvre n'était pas si étourdi qu'il travaillait à le paraître.

Louison voulut refuser la chaise qu'il lui offrait sur le devant de la loge :

— Merci, dit-elle. Je me tiendrai moins en vue. Mon deuil est encore récent.

— Oh ! fit Bièvre, exposez-vous sans crainte, on ne vous verra pas. Le lustre du dôme n'éclaire que lui-même. Ce théâtre a été si mal construit que les dames, si bien faites pour parer un spectacle, sont ici réduites au plaisir qui leur plaît le moins, celui de voir et d'écouter.

Il l'établit à l'aise au bord de l'appui de velours blanc, avec Solange à son côté, et il y eut tout de même quelques

---

* La devise du prince de Conti, que l'abbé Grimot lui avait traduite ainsi :

Le vent peut bien agiter son feuillage,
Mais, ferme et droit, son front brave l'orage.

échanges de bonsoirs avec les loges voisines. Solange était en jaune pâle, Louison avait sa robe de faille rose : on distinguait au moins leurs deux clartés, vaporeuses donc femelles, alors on voulait voir leurs visages. Dès le premier entracte Louison put constater qu'elle ne fleuretait pas avec un laissé-pour-compte. Beaucoup de curieuses ou de jalouses vinrent aux nouvelles, qui badinaient ensuite avec le marquis pour en tirer des calembours dont elles riaient derrière leurs éventails avant de céder la place à d'autres jupons : l'architecte avait lésiné sur l'espace plus encore que sur la lumière. Un peu agacée par ce défilé, Louison finit par dire :

— Tant de complaisance, monsieur, doit vous fatiguer ? Je vous promets, moi, de ne rire que si le mot que vous faites est bon.

Puisque Solange et son vieux marquis venaient de sortir, Bièvre alla fermer pour un moment la porte de sa loge, revint s'asseoir près de Louison, dit d'une voix simple et sincère, qu'elle ne lui connaissait pas encore :

— Voyez-vous, mademoiselle, je suis né triste, et me demandant pourquoi on me poussait au monde pour m'en ôter la jouissance un jour alors que, peut-être, j'y aurais pris goût ? C'est bien assez d'être désespéré ; s'il fallait encore être sérieux ! Étant né bonnet de nuit j'ai travaillé à me faire histrion, cela passe mieux dans les salons. En me voyant on rit de confiance et, puisque les autres sont dupes de moi je parviens parfois à l'être aussi. Pendant un instant je suis un homme qui amuse même moi !

— Monsieur, dit Louison, touchée de son abandon, il est bien vrai que vous avez de l'esprit, surtout quand vous n'en faites pas.

— Vous voilà tout juste de l'opinion de votre ami Beaumarchais, dit le marquis en riant. Lui aussi m'accorde de l'esprit, en ajoutant toujours qu'il est dommage que je me le tire par les cheveux ! Mais au moins ne ricane-t-il point de mon élégance, dont je suis plus content que de mon esprit.

Malgré la pénombre, elle pouvait apprécier la coupe et le tissu de son habit de gourgouran couleur cendre habillé de merveilleux boutons d'orfèvrerie et d'un gilet de soie blanche brodé au fil d'or. Elle dit en lui souriant :

— Pour votre élégance, monsieur, il n'y a rien à y reprendre.

Elle avait osé un compliment, il osa une audace, se pencha pour lui baiser le poignet. Elle retira si vite son bras qu'il baisa le velours blanc de sa loge. Il soupira, se mit à déclamer d'un ton ambigu, à demi tendre, à demi moqueur :

Louison me craint hélas et m'en plaît davantage.
Comment donc faire ? Elle est belle, cruelle et sage :
Si elle n'était cela je ne l'aimerais pas.
Je suis discret, dévot, je l'adore et soupire,
Et n'ai parlé encore que par mon embarras.
Louison m'entend pourtant, puisqu'elle semble me dire :
Ôtez-moi votre amour, je ne vous aime pas.
Ô ma Louison ! finissez mon martyre,
Empêchez que je meure en efforts superflus,
Laissez à mon amour le soin de vous instruire
Du bon moyen charmant de ne me craindre plus.

Un madrigal est toujours bon à prendre. Elle voulut bien approuver celui-ci :

— Ma foi, monsieur, à l'impromptu vous êtes bon.

Il avoua dans une moue :

— Je l'avais un peu préparé.

— Dans ce cas, dit-elle, à l'art poétique vous êtes passable.

Comme elle disait cela, quelques vers du *Séducteur*, qu'elle venait d'entendre, lui revinrent dans l'oreille. Prise d'une subite intuition elle fixa le marquis :

— La comédie qui se donne ce soir est de vous, n'est-ce pas ?

Un air béat envahit le visage du marquis.

— Vous me comblez, murmura-t-il, ravi jusqu'à la moelle des os. Que vous m'ayez deviné avant tout le monde, j'y vois le signe que vous ne me haïssez point. Mais je vous en prie, tenez-moi le secret pendant quelques jours encore.

— Quand vous découvrirez-vous ?

— Quand le succès sera franc. Demain, le *Mercure de France* annoncera l'auteur qu'il a choisi, ce sera Palissot, il aura la plus flatteuse des critiques. Après cela, je n'aurai plus que le mal de lui reprendre mon œuvre. J'y mettrai du temps car le *Mercure* ne publie que des paroles d'évangile — surtout depuis que d'Alembert est mort en le lisant —, mais moins de temps que pour me faire d'emblée applaudir sous mon nom. Mes compatriotes n'aiment point les talents mobiles, et les journalistes moins encore. Donner une comédie de caractères après avoir donné *Vercingétorixe* et *Les Amours de l'ange Lure,* on ne me l'aurait point passé !

Ouvrant sa bonbonnière de poche en écaille blonde piquée d'or :

— Une dragée ? proposa-t-il.

Il en prit une aussi.

— Et maintenant, dit-il en refermant la boîte d'un coup sec, répondez, je vous prie, à mes mauvais alexandrins. Je tiens plus au succès de cette petite pièce-là qu'à celui des cinq actes de ma comédie.

— Oh ! fit-elle. C'était donc plus qu'un jeu : une déclaration ?

— Oui, je vous l'assure. Et je puis la refaire en prose.

Il approcha si près d'elle sa voix soudain ardente qu'elle en sentit le souffle chaud sur son cou :

— Mademoiselle, acceptez-moi, et je saurai enfin pourquoi je vis. Je n'ai rien à vous offrir qui vous vaille, sauf mon art d'aimer quand j'aime et ce n'est pas peu : j'y passe tout mon temps. A part cela je n'ai qu'un peu de sel dans l'esprit, un peu de soie sur le corps, et puis ce qui me reste de jeunesse et de bien. Je veux vous donner le tout, prenez-le et ne me rendez jamais rien. Mon hôtel est l'un des plus plaisants de la rue Royale, vous y aurez sept domestiques pour vous servir, des chevaux et des voitures. Vous y pourrez recevoir à votre guise, je ferai de vous la maîtresse de maison la plus courue de Paris, et la plus belle à voir. J'ai loué mon château de la vallée de la Bièvre, qui m'encombrait, mais si vous le voulez ravoir pour vous en faire une campagne, je le reprendrai. En attendant, si vous avez soif de bon air nous irons chez Monsieur à Brunoy, ou bien à Chantilly chez le prince de Condé, ou bien à Trianon, chez la Reine...

Depuis le début du surprenant monologue Louison

n'avait pas bougé. Les yeux fixes, le cou raidi, les doigts crispés sur son éventail, elle écoutait en se corsetant dans le calme. Enfin, comme le marquis prenait une respiration, et cherchait sans doute un nouvel appât royal à lui jeter, elle demanda froidement :

— Vraiment, monsieur, vous permettriez-vous sans gêne d'emmener votre maîtresse chez Monsieur, ou chez la Reine ?

— Oui, je vous le promets. La Reine a mis l'étiquette hors cour à Trianon et, chez Monsieur comme à Chantilly on est friand de bièvreries. Ne point y aimer qui j'aime, on n'oserait.

— Voilà qui est parfait, dit Louison du même ton détaché. Si je vous comprends bien, je pourrais dès demain me trouver chez vous dans mes meubles, fort agréablement ?

Le marquis inclina la tête :

— Mademoiselle, mon plus grand bonheur serait d'être demain votre invité partout où je suis aujourd'hui le maître.

Il hésita avant de poursuivre mais, sachant d'expérience que leur fragilité inquiète les femmes, et qu'on n'en dit jamais trop ni trop clairement pour les rassurer, il ajouta en glissant vite sur ses mots :

— Il va sans dire qu'en même temps je vous ôterais tout le souci de votre avenir en vous assurant une rente viagère. Une autre dragée ?

Il avait rouvert sa bonbonnière, pour lui laisser le temps de choisir une contenance. Elle prit la dragée en s'efforçant de ne pas laisser trembler sa main, mais ne la porta pas à sa bouche : elle n'aurait pu desserrer les dents sans que sa rage explosât à la figure du marquis. Il lui sembla qu'une éternité s'écoulait avant qu'elle réussît à parler sans chevroter.

— Renseignez-moi encore, monsieur, cette situation m'est nouvelle, dit-elle très posément. Ce que vous m'offrez là, c'est bien ce que les filles d'Opéra, dans leur langage, appellent : un contrat ?

D'un geste vif elle lui posa son éventail refermé sur les lèvres :

— Ne me répondez pas. Et ne bougez pas, continua-t-elle en se levant. On ne vous propose pas tous les soirs

l'amour et la fortune et l'amitié des princes. Permettez que je
m'en aille y réfléchir chez moi. On y voit plus clair quand on
n'est point tentée de trop près. Ne bougez! répéta-t-elle
impérieusement, comme il s'apprêtait à la suivre. Et ne dites
plus rien! Rien. Vous avez tout très bien dit déjà. Non!

De son éventail, pointé sur lui comme un pistolet, elle le
figeait de nouveau sur place :

— Vous proposez, monsieur, que je sois votre maîtresse : commencez d'obéir, c'est le moindre gage de sincérité
que vous me puissiez donner. Je veux rentrer seule. Demeurez, pour dire à mon amie que j'avais pris mal à la tête.
Monsieur de Courtray nous la ramènera.

Peut-être serait-elle tombée en descendant trop vite l'escalier
trop raide, si son encombrement n'avait rendu la chute
impossible. On clochetait la fin de l'entracte, des remparts de
soies la maintenaient debout tandis qu'elle se poussait avec
effort, à contre-courant, vers l'air de la rue. Elle voulait de
l'air, de l'air! Un air froid qui lui calmerait les joues,
regonflerait sa poitrine étouffée dans un étau, gèlerait au
bord de ses yeux les larmes de honte qu'elle sentait près de
lui échapper. Prise de panique maintenant qu'elle n'avait
plus à faire face au marquis, elle se demandait si elle
parviendrait en bas avant de se donner en spectacle, avant de
se laisser glisser, évanouie, entre les soies qui l'oppressaient,
l'asphyxiaient d'odeurs... À un moment, son mantelet retenu
entre deux habits la tira en arrière, elle poussa un cri de peur
qui surprit son voisin. C'était M. de Vergennes, il la dégagea
en souriant puis haussa les sourcils, surpris qu'elle ne le
reconnût pas, ne le saluât pas. Elle se retrouva enfin dans le
vestibule, adossée à un mur, les paupières closes, le cœur
dans la gorge, avec, sous ses pieds, le sol qui se soulevait. « Je
vais tomber, mais tant pis, pensa-t-elle. Maintenant ils sont
tous remontés, les gardes me ramasseront... »

Un bras ferme lui enveloppa la taille et la voix du baron
de Chauvigné lui demanda ce qu'elle avait, tandis qu'un
flacon de sels passait sous son nez. Quand on l'eut assise sur
une banquette, dans un courant d'air, avant d'ouvrir les

yeux elle reconnut le délicieux parfum de roseraie en fleur que lady Crawford promenait toujours sur elle.

— Merci, murmura-t-elle.

— Elle revient, dit lady Crawford, en lui épongeant le front avec son mouchoir de dentelle — une fine perlée de sueur venait d'y paraître.

Elle revint, sans se hâter. Chauvigné lui soutenait le dos, ce n'était pas désagréable. À Bagnoles déjà elle avait dû se l'avouer : frôler le beau baron ne lui déplaisait pas.

— Buvez, lui disait lady Crawford, en approchant de ses lèvres un minuscule flacon d'argent. C'est le remède à tout de sir Quentin, j'en porte toujours un peu dans mon jupon.

La gorgée de whisky lui brûla la bouche, elle toussa, s'étrangla et se réveilla tout à fait.

— Merci, répéta-t-elle. Je me sens bien, maintenant. Montez vite, vous allez manquer le début de l'acte.

— Nous partions, dit lady Crawford. Je ne tiens pas cinq actes dans ma loge quand sir Quentin y a prié sa parente qui prend du tabac à outrance. Che puzza ! Elle sent la vieille pipe froide, l'odeur s'en prend à mes cheveux, je ne le puis souffrir. Je reviendrai un autre soir voir la fin de la pièce. Mais vous, ma pauvre petite...

Louison la coupa vite, avec une bonne raison que lady Éléonore venait juste de lui fournir :

— Je crois que ce sont les odeurs aussi, trop d'odeurs mêlées dans une trop petite loge. Tout comme vous, je partais. Monsieur, si vous vouliez bien me faire avancer une chaise...

La dame et Chauvigné échangèrent un regard. Ils étaient plus que surpris de voir le marquis de Bièvre laisser rentrer seule chez elle son invitée souffrante. Il y avait évidemment de la brouille dans l'air et, pour qu'il y eût brouille...

Plutôt que de remettre Louison aux soins d'un fiacre, lady Éléonore proposa sa voiture et d'emmener la jeune femme souper chez elle, à Clichy, puisqu'il était tôt.

— Madame, ce sera volontiers, dit spontanément Louison.

Dès que lady Éléonore l'eut laissée seule dans son boudoir
— un écrin de luxe bleu et or, encombré d'art, et dont l'air
fleurait la rose —, elle se mit à pleurer. De grosses larmes
rares roulaient sur ses joues. Ce bel hôtel plein de richesses,
comme il lui rappelait l'hôtel Marais ! Comme le bonheur
d'hier était loin déjà ! Qu'importait, aujourd'hui, qu'elle fût
née du caprice d'un prince et que son beau-père eût été l'un
des plus grands financiers du Royaume ? Elle était redevenue
la fille d'une courtisane. On pouvait se permettre de lui
proposer un contrat, ni plus ni moins qu'à une fraîcheur
nouvellement apparue sur le marché des danseuses.

Un chuchotis de soie se rapprochait de la porte ouverte.
Elle tamponna ses yeux et regarda revenir lady Éléonore.

Cette femme était vraiment superbe. Quel âge avait-
elle ? Louison lui donnait la trentaine épanouie. Sa beauté
sans discrétion grisait. C'était sur son rayonnement capiteux
qu'Éléonore avait bâti sa vie. Sur un corps de déesse Athéna
harmonieusement plein elle portait un visage heureux au
grand sourire facile, coiffé par la brillante masse de ses
cheveux roux vénitien, illuminé par la lumière fauve de ses
yeux, des yeux largement ouverts, brûlants, deux bijoux
d'ambre sombre taillés en amande, abrités sous des paupières magnifiques. Alors que les coquettes s'efforçaient,
quoi qu'il en fût, de montrer boucles blondes et bouche
mignonne, elle refusait de déguiser sa chevelure, d'amenuiser
au fard la pulpe charnue de sa bouche aux dents solides et
blanches de croqueuse de chair. Elle ne portait la mode que
dans sa toilette, royalement. Pour ce soir-là elle s'était parée
d'une merveilleuse robe de tussah blanc tout emperlée, à
grands paniers, dont les remous mettaient, autour d'elle, une
savoureuse senteur de roses rouges fleuries à profusion.
C'était un piège que ce parfum-là, mais toute la dame était
un piège à hommes, aucun ne passait près d'elle sans la
désirer ne fût-ce que le temps d'un élancement dans les reins.
Elle séduisait avec la sûreté d'un aimant, même une femme,
pour peu qu'elle fût plus sensuelle que jalouse. Louison lui
sourit :

— Je comprends que votre invitée vous ait chassée de votre loge ; le plus fluet des pages vous empêcherait d'y tenir sans vous froisser.

Lady Éléonore rendit le sourire en tapotant ses paniers, choisit le canapé pour s'y étaler à l'aise.

— J'ai donné son congé à monsieur de Chauvigné, qui en était furieux, mais j'avais envie que nous bavardions un peu seules. Vous me plaisez et je vous ai trop peu vue à Bagnoles. J'ai demandé un souper léger, pour une convalescente. Nous aurons un coulis de homard, des pigeonneaux à la gelée et des pannequets pralinés. Cela vous ira-t-il ?

— Madame, c'est bien aimable à vous de me préférer au baron de Chauvigné, dit Louison, avec un rien de perfidie.

— À vous voir souffrir la tendresse maternelle m'a prise. J'ai une fille, mais que je n'aurai sans doute jamais l'occasion de consoler d'un chagrin d'amour.

— Pourquoi ?

— La comtesse de Franquemont habite le palais de son père, à Stuttgart. Le duc de Wurtemberg a gardé les deux enfants que nous avons eus : c'était le mieux pour eux.

— Et pour vous ?

— Pour moi aussi. J'avais tout juste passé mes vingt ans quand je me suis séparée du duc, et j'avais le goût des voyages. Ah ! voici notre souper...

Deux valets déposèrent au milieu de la pièce une petite table ronde couverte d'une vaisselle de la Chine blanc et bleu et d'une argenterie de vermeil.

— Laissez, nous nous servirons, dit Éléonore en congédiant ses gens.

Elle découvrit la soupière... Louison regardait les pannequets, qu'un petit réchaud maintenait au tiède.

— J'adore les crêpes fourrées, dit-elle, et elle éclata en sanglots, que ses deux mains brusquement jetées devant son visage ne pouvaient maîtriser.

Éléonore recouvrit la soupière, tira une marquise près du fauteuil de Louison, lui prit les mains de force, qu'elle garda dans les siennes.

— Parlez-moi, dit-elle. Je suis sûre que vous pleurez

pour trois fois rien. Bièvre est étourdi, mais c'est un excellent homme.

— Le Faubourg, balbutia Louison. Je pense au Faubourg. Le faubourg Saint-Honoré, c'était mon chez-moi. Quand, par hasard, je devais garder la chambre, maman... maman m'envoyait des crêpes, et elle venait les manger avec moi.

— Vous n'étiez pas chez vous au Faubourg, dit Éléonore. Vous étiez chez votre beau-père. Le chez-soi d'une femme, c'est l'homme qu'elle aime. Autant dire qu'elle en peut changer !

Louison renifla :

— L'homme que j'aime, murmura-t-elle. Pour le moment, lui-même n'a plus de chez-lui. Il flotte.

— Pourquoi l'avoir laissé partir sans vous ?

— Je ne sais pas. Un si long voyage... Je relevais de couches. Et j'ignorais ce qu'était l'absence. C'est... mauvais.

« C'est mauvais, mais comme un bon remède quand on s'était trompée d'homme », pensa Éléonore. Chauvigné lui avait raconté la romanesque escapade de la jeune fille chez le Persan de la rue des Jeux-Neufs. Elle lança d'un ton de boutade :

— Que fait donc le marquis de Bièvre ? Faillirait-il à vous désennuyer ?

— Je ne le lui demande pas, dit Louison en retrouvant son agressivité.

Éléonore nota le frémissement de colère dans la voix, ôta de nouveau le couvercle de la soupière, servit du coulis de homard dans deux assiettes, versa du vin de Champagne dans les verres. Louison but un peu de vin, questionna nerveusement :

— Monsieur de Bièvre ferait-il courir le bruit qu'il me plaît ?

— Ne vous plaît-il pas ?

— Non.

— Il doit en être au désespoir.

— Baste ! Il est amoureux de tous les jupons.

— Oh ! non. Il court les jupons, mais habituellement d'un cœur indifférent. De vous il est amoureux, et cela se sait.

— Je lui donnerai son congé demain. J'espère que cela se saura aussi !

— Cela se saura, et vous aurez bientôt, autour de vous, une cohue d'autres prétendants.

Louison reposa sa cuillère, étonnée :

— Que voulez-vous dire ?

Éléonore lui sourit :

— Je veux dire, mademoiselle, qu'en ce moment, dans la bavarde confrérie des séducteurs on parle beaucoup de vous.

— De moi ?

— Cela vous fâche-t-il ? Vous auriez tort. Le guignon serait de ne point tenter. Seigneur ! Ce doit être un mal cuisant. À mourir !

Son assiette abandonnée, Louison continuait de fixer son hôtesse avec incrédulité.

— Je ne vois pas, madame, où vous prenez que je sois à ce point courtisée, dit-elle enfin. J'étais bien plus assiégée naguère, quand le chiffre de ma dot rehaussait ma beauté.

Éléonore pencha sa tête de côté pour lui coulisser un regard de biais, comme elle avait coutume de le faire quand elle se moquait.

— Bièvre est une fine lame, dit-elle, il a servi aux mousquetaires. Savez-vous qu'il en peut découdre avec deux ou trois bons bretteurs à la fois et les coucher tous sur le pré avant de s'en aller sans une égratignure ?

— Madame, je ne vous suis point du tout, dit Louison.

— Mademoiselle, Bièvre a juré de défendre par le fer le droit qu'il s'est donné de vous faire sa cour le premier, dit Éléonore. Soyez-en fière. Peu d'hommes aiment encore se faire trouer la peau pour une femme. L'âme mousquetaire se fait rare. Mangez votre coulis : il sera froid.

— Madame, voyons, tout cela est incroyable ! s'écria Louison. C'est une fable ! Vous voulez m'amuser ?

— Ma foi oui, dit Éléonore, puisqu'un duel dont elle est la cause fait toujours plaisir à une femme. Alors autant vous le dire : Bièvre s'est déjà battu pour vous.

— Quoi ! fit Louison, stupéfaite, les yeux aussi grands que possible.

— Je vous assure, dit Éléonore. Cela s'est passé une nuit dans mon jardin, sur la pelouse. J'ai dû envoyer chercher le docteur Seiffert pour soigner le blessé.

Louison en demeura muette, plusieurs longues secondes.

— Qui était-ce ? demanda-t-elle enfin.

— Un de vos anciens soupirants du Faubourg. Sans doute s'était-il trop vanté ?

— Son nom ?

Éléonore secoua la tête :

— Non. Je suis parfois discrète.

Un silence s'installa. Louison réfléchissait. Elle avait pris son verre entre ses deux mains pour y picorer du vin de Champagne comme un moineau picore du grain.

— Je n'aurais pas cru, finit-elle par murmurer. Je ne pouvais imaginer monsieur de Bièvre en train de ferrailler pour me venger d'un mot méchant. Et surtout sans s'en faire payer le prix d'un remerciement. Je ne le voyais pas aussi élégant d'âme qu'il l'est de corps.

Éléonore eut un grand sourire plein de malice, jeta d'un ton suave :

— Vous ne désirez pas des nouvelles du blessé ?

Louison dormit rue de Clichy. Lady Éléonore avait envoyé chez Mme Marais, prévenir qu'elle gardait Mlle Louise pour la nuit. Elle l'avait logée dans une vaste chambre de soie multicolore fleurie de gros bouquets, dans laquelle Louison s'éveilla comme d'un songe dans un autre. Il était tôt pour un matin d'automne, elle n'osa pas sonner encore, sauta seule à bas de son lit pour visiter son asile inconnu : à minuit, quand on l'avait couchée là, sa tête pétillait de bulles. Un chandelier à la main, elle se promena lentement dans Venise. Peints par Guardi, le Canaletto ou Longhi, une foison de tableautins lui montraient des amants en gondole et des palais flottants, des scènes de marché et de carnaval, des leçons d'amour ou de danse prises au fond d'un couvent. Sir Quentin était un amateur d'art éclairé, aux poches pleines.

Plus encore que l'hôtel Marais l'hôtel Crawford regorgeait d'art, et c'étaient plutôt des chefs-d'œuvre. Sa flânerie dans la ville des doges enchantait Louison. Elle ne se souvenait plus si lady Éléonore y était née, et regarda la pendule avec impatience.

Éléonore aussi s'était réveillée, et flânait aussi, mais dans sa tête. Elle recherchait toujours les sensations nouvelles et c'en était une, pour elle, que de se sentir pour un moment un cœur de mère. L'étrangère comtesse de Franquemont l'aurait sans doute déçue, tandis que cette Louison lui semblait faite comme pour elle. Sa beauté radieuse, l'impétuosité qu'elle devinait sous sa réserve apprise, cette charnelle et provocante envie d'amour qui l'offrait aux hommes sans qu'elle en fût consciente encore : c'était Leonora dans ses prémices, gorgée de désirs et de pouvoir. Sauf que Leonora l'avait plus tôt su.

« Le sot ! » dit-elle tout haut. Un homme amoureux risque plus qu'un autre de se conduire en sot. Surtout s'il a longtemps porté la casaque fleurdelisée. Quel que fût son tempérament de naissance il a appris à boire, jurer, jouer, aimer à la mousquetaire. À force de trousser des filles et de n'assiéger que des comédiennes, Bièvre, apparemment, ne faisait plus la différence entre une Lisette à peine sortie de la faim et cette fausse princesse gavée depuis le berceau. Et la princesse ne savait pas, bien sûr, que seul un homme sincèrement épris offre une rente viagère, au lieu de jeter dix louis sur la cheminée avant que de receindre son épée. « Le sot ! » redit-elle, avec un rire, en sonnant sa femme de chambre.

Elle lui demanda une tasse de café, de voir si Mlle Couperin était levée et de lui préparer un bain.

— Pas dans la salle de bains à donner ; dans la mienne, précisa-t-elle. Et vous mettrez dans le bain un flacon de mon huile de roses.

— De votre huile de roses ! s'exclama la chambrière, ébaubie. Et dans votre baignoire ?

Elle sortit en pinçant les lèvres.

« Elle est en train de se dire que me voilà penchant vers le goût des jeunes filles », pensa Éléonore, amusée. Et bien que le saphisme, si fort à la mode, ne la tentât pas, elle éprouva un plaisir sensuel en voyant entrer Louison, juste au moment où le pâle soleil de novembre commençait de raser les toits.

— Une aurore dans l'aurore, dit-elle en lui souriant.

— Tout le charme vient de votre chemise de nuit, dit Louison en faisant voleter, autour de ses jambes nues, la mousseline orangée d'un indiscret déshabillé.

— Croyez-vous ? Voyons ce qu'en diront les miroirs de ma salle de bains...

L'insolite beauté, la grandeur et la clarté, le luxe grandiose de la salle de bains stupéfiaient, éblouissaient tous les yeux neufs. Parce que sir Quentin avait rapporté, d'un voyage aux fouilles de Pompéi, une prescience de la commodité des thermes romains, que son imagination d'esthète avait enchéri là-dessus et qu'il avait raconté le tout à sa femme, lady Éléonore avait voulu des bains « dans le genre supposé de ceux de Poppée ». Alors, puisqu'elle habitait le rez-de-chaussée de l'hôtel, l'architecte lui avait creusé un vaste berceau de marbre blanc dans un sol en mosaïque blanche peuplé de poissons noirs. Des hauts murs vert d'eau descendaient des rinceaux de fines peintures païennes polychromes. Chaque objet de toilette était une merveille d'orfèvrerie et, au pied de la baignoire, regardant en demi-souriant la baigneuse, une antique déesse de marbre blanc, grandeur nature, splendide, couronnée de corymbes et de feuilles d'acanthe, soulevait à deux mains l'un des pans de sa robe empli de fruits.

— Pomone, présenta Éléonore. L'épouse de Vertumne, le dieu étrusque du printemps. C'est une belle trouvaille de sir Quentin.

Son invitée se prélassait déjà dans l'eau douce, qui satinait sa peau d'une senteur de roses rouges, la senteur de lady Éléonore.

— Laissez donc cela, dit la dame en retenant le drap que la femme de chambre, la voyant entrer, voulait poser sur la baignoire. Vous savez bien que la pudeur m'ennuie. Elle est triste. Et d'abord, avez-vous fini de savonner Mademoiselle ? Alors, allez. Nous avons à parler.

La chambrière, cette fois, prit une mine ironique en préparant deux grands linges de fine toile sur un tabouret :

— Pour essuyer Mademoiselle, dit-elle d'un ton railleur. L'huile de massage est dans le plus grand flacon...

Louison avait reposé sa nuque sur l'oreiller placé au bord de la baignoire, et jouait à se faire des vagues avec ses pieds, qui gonflaient toujours plus l'écume de savon.

— J'ai réfléchi, dit-elle soudain, comme si leur conversation de la veille avait continué pendant son sommeil. Je crois que, malgré votre plaidoirie, je donnerai son congé à monsieur de Bièvre.

— Vous aurez tort. Sauf péril urgent il ne faut pas se priver d'un courtisan qui vous fait rire.

La baigneuse prit un air sérieux, très mal posé sur sa mine réjouie.

— Je ne puis plus me laisser passer pour frivole, soupira-t-elle. Vous le savez, madame, j'ai déjà fait une folie avant mes dix-sept ans. J'en ai maintenant dix-huit. C'est l'âge de raison ?

L'éclat de joie d'Éléonore la fit rire aussi, par contagion. La dame déplia l'une des grandes toiles parfumées :

— Sortez de là, pécheresse. L'eau doit avoir refroidi.

Louison n'hésita qu'un instant, jaillit de l'eau mousseuse, ruisselante et la main cachant son sexe. Son corps de lait rayonnait la faim de vivre. Un sculpteur en aurait fait Vénus à l'aube de ses amours. En l'épongeant dans le plus fin lin des Flandres, Éléonore admirait à la main autant qu'à l'œil l'onctueuse fermeté de la chair aux pleins et aux déliés en parfaite harmonie, le soyeux exquis, au pli de l'aine, de la peau la plus douce, le fuselé des jambes faites comme pour servir de modèle, cuisses longues, genoux ronds, mollets hauts, chevilles minces, pieds délicats.

— Que disiez-vous donc, mademoiselle, que vous ne pouviez plus vous permettre à votre âge ? demanda-t-elle en lui tendant un peignoir de coton blanc.

— D'être un peu folle, dit Louison.

— J'avais donc bien entendu, dit Éléonore. Alors regardez-vous dans les miroirs, vous y verrez que vous pouvez tout vous permettre, sauf l'ennui. Dieu, qui vous a donné la beauté, n'a pas mérité que vous fassiez grise mine à la vie.

— C'est que le monde n'est point bon, dit Louison. Il bavarde méchamment.

— Par envie. Et ne fait-il pas bon inspirer l'envie ?

Louison soupira de nouveau.

— Vous ne pouvez comprendre, dit-elle. Le nom de sir Quentin vous protège. Et quand vous avez eu deux enfants c'était d'un duc souverain, qui vous avait épousée.

— Pour si peu de temps !

— C'est vrai, admit Louison. Vous aussi avez eu des malheurs.

— Oh ! non, dit Éléonore. J'ai eu des aventures, et le contraire m'eût fâchée.

Elle la fit asseoir avec elle sur la méridienne de repos :

— Voulez-vous que je vous en conte un peu, de mes aventures ? Je voudrais vous montrer que la gaieté triomphe de tout.

Les yeux de Louison s'étaient mis à briller.

— Commencez par votre naissance, pria-t-elle. Je me suis promenée ce matin dans Venise, et je l'ai aimée.

— Je suis née à Lucques, dit Éléonore. Une petite ville de province, dont la grande distraction est la procession de la Fête-Dieu. Mon père était tailleur, gai comme un pinson et, Dieu merci, peu sage. Un jour, las de son état il est parti pour Milan, il a trouvé du travail dans un conte de fées, au Grand-Théâtre. J'en ai profité pour devenir danseuse, et... et j'étais belle. Des ambulants m'ont fait danser en Lombardie, en Toscane, et puis à Venise. Venise, c'est la cité de la folie. Le duc de Wurtemberg y passait, il m'a aimée à la folie, et emmenée dans son royaume. Je n'avais pas encore mes dix-sept ans.

— Moi non plus, je n'avais pas mes dix-sept ans, murmura Louison.

— Mon enfant, nous n'avons pas été précoces, dit Éléonore. L'âge de Juliette, c'est quatorze ans.

— Après ? réclama Louison.

— Après j'ai habité Stuttgart, le délice et la splendeur. Une femme heureuse n'a pas d'histoire, j'ai vécu quatre ans sans histoire. Et puis le cœur du duc a changé, et une épouse morganatique est fragile. Un jour, à minuit, Cendrillon a dû quitter le beau château du prince, quasiment en chemise. Le gros défaut des bijoux de la Couronne, c'est que l'intendant vous les redemande à la sortie du palais.

— Quoi ! s'écria Louison, outrée, le duc vous a... Le pingre !

Son demi-sang de fille de courtisane n'avait fait qu'un tour.

— Je lui ai laissé aussi les deux enfants ! dit Éléonore.

— Et alors ?

— Alors, ce soir-là, j'ai été souper et coucher dans une bonne auberge, pour me remettre. Là il y avait un aimable voyageur qui repartait pour Vienne. Sa compagnie et sa berline m'étaient bonnes, je suis partie pour Vienne : autant aller à Vienne qu'à nulle part ? À Vienne il avait une parente abbesse, je me suis logée dans son couvent. Ah ! que je m'y suis plu !

— Vous ?

Louison la regardait avec soupçon :

— Vous vous plaisiez dans un couvent ?

— Mon Dieu oui ! Comme on rit, dans un couvent ! On y rit de tout, de rien. Dans ce couvent-là, les religieuses donnaient des spectacles, pour nourrir leurs pauvres. Naturellement, j'ai proposé d'y danser. Le prince Joseph II est venu à la fête où je dansais.

— Et vous avez quitté le couvent.

— Oui. L'empereur m'a offert en ville une demeure ravissante. La vie viennoise est grisante. Avec moi, l'empereur devenait gai. Ses amis ne le reconnaissaient plus. Mais sa mère non plus, et à elle, cela plaisait moins ! Marie-Thérèse était pourtant une impératrice très sensible : chaque fois qu'elle devait envahir un pays, punir un coupable ou chasser un gêneur, elle pleurait. Mais elle finissait toujours par se résigner à envahir, punir, chasser. Elle s'est résignée un jour à m'exiler. J'ai repris la route, avec des comédiens de passage à Vienne, qui recherchaient une ingénue. C'est ainsi qu'un jour je me suis retrouvée à Coblentz, fiancée à un diplomate de Louis XVI. Hélas, on l'a rappelé à Versailles, et il a oublié de revenir m'épouser. Alors, je suis partie pour Paris. De Paris, une jolie femme d'ailleurs espère... tout ! Moi, j'y ai trouvé un Irlandais.

— Qui, lui, vous a épousée ?

— Oui. Je n'y tenais pas, mais lui était d'humeur bourgeoise. Et puis il m'adorait et, surtout, il s'en allait aux Indes, visiter ses affaires. Aux Indes ! Le mot m'a éblouie. Je n'ai pas résisté à son attrait magique. J'ai bien fait. C'est aux Indes que j'ai connu sir Quentin.

— Pas si vite ! s'exclama Louison. Vous ne m'avez pas dit un mot du précédent.

— Monsieur Sullivan ? Il m'a duré si peu !

Éléonore rêva un peu, reprit en soupirant :

— C'était un très bon homme, jeune et riche, plutôt beau garçon, et j'avais cru que, puisqu'il aimait les voyages... Hélas, ma tante Sofia avait raison : un homme ennuyeux le reste, même quand il se déplace. C'est avec sir Quentin que je suis revenue à Paris.

— Votre tante Sofia la bien nommée avait souvent raison, remarqua Louison en souriant. À Bagnoles, dix fois je vous l'ai entendu citer.

— Zia Sofia avait déjà commencé d'être une vieille dame délicieuse quand j'avais dix ans, dit Éléonore. Et comme déjà l'ennui me tuait, elle m'a donné un conseil pour l'éviter : celui de choisir les hommes plutôt que mes désirs. On ne change pas un homme. Il est utile de le savoir de bonne heure, et qu'un désir assouvi ne vaut plus grand-chose si l'homme ne vaut pas mieux. Mais c'est assez bavarder. Il faut vous coiffer. Ou prendrons-nous d'abord notre chocolat ?

Pensive, Louison se mit machinalement à tirer la brosse tout le long de ses cheveux. Choisir un homme, plutôt que son désir. Le conseil de la vieille zia lui arrivait trop tard. Naguère elle avait choisi un homme, le marquis de Roquefeuille, mais lui avait aussitôt préféré son désir, le bel Ali Khazem. Le marquis de Bièvre était-il une nouvelle chance de bonheur gai qui passait, et qu'elle laisserait passer ?

Dès que Louison l'eut quittée pour rentrer chez sa mère, lady Crawford s'installa pour écrire. Elle devait une lettre au comte de Fersen, qui séjournait à Florence avec son roi et n'était pas près de rentrer de son tour d'Italie. Dès que sa tendresse pour le bel Axel reprenait Gustave II de Suède, il devenait dix fois plus accaparant que Marie-Antoinette. Et lady Éléonore n'aimait pas attendre. La gourmandise d'un péché passe si vite ! Surtout quand on a déjà entamé le gâteau. Si on vous l'ôte, ce qu'il en restait d'encore bon à croquer prend un goût de vieux.

Éléonore bâilla, posa sa plume et déchira la feuille où elle n'avait tracé que deux lignes. Faire l'amour par la poste, décidément, ne l'amuserait jamais. Prenant une autre feuille, elle griffonna un billet pour le marquis de Bièvre. Elle mourait d'envie d'entendre l'autre son de cloche.

— Mademoiselle Couperin serait-elle déjà repartie ?

Éléonore se retourna pour sourire à Matthieu de Chauvigné, qui venait d'entrer dans sa chambre, en négligé du matin, sans se faire annoncer. Elle lui tendit ses deux mains à baiser.

— Vous manque-t-elle ? demanda-t-elle d'un ton provocant.

Il sut ce qu'il avait à faire et posa sa bouche sur le cou de rose de sa maîtresse, en pensant à Louison. L'avoir vue dans la loge du marquis de Bièvre lui déplaisait tout à fait, et il se persuadait que c'était par esprit de famille : l'oncle Roquefeuille avait failli porter des cornes.

22

Bièvre se mit à genoux pour implorer son pardon et, l'ayant obtenu, sembla décidé à attendre jusqu'à la fin des temps, sans s'impatienter, que Louison consentît enfin à faire son bonheur. Tout Paris, pariant et chuchotant, attendait avec lui.

Marianne, avec un fatalisme nonchalant, se résignait à voir sa fille commencer une carrière de courtisane. Qu'aurait-elle pu, désormais, lui offrir de mieux? Un jour que, pendant un tête-à-tête avec M. de Véri, elle faisait une timide allusion au marquis de Roquefeuille, l'abbé lui avait fait comprendre, sans fioritures, qu'il n'y fallait plus songer. Marianne n'avait poussé qu'un seul petit soupir : elle connaissait le prix d'un vieux nom et d'une couronne de marquise, et il y en avait moins à vendre que les financiers et les grands bourgeois n'en désiraient acheter pour leurs filles. Alors, ma foi... Puisque Louison n'obtiendrait plus un marquis de la main droite autant lui en laisser prendre un de la main gauche plutôt que de la voir, demain, retourner se cloîtrer rue des Jeux-Neufs, ou s'allier à un amoureux demi-pauvre qui lui ferait auner du ruban et tenir ses comptes pendant trente ans après six mois de lune de miel. Marianne avait gardé un souvenir très gris de l'aunage du ruban, et un souvenir très rose du commerce des hommes. Pourquoi aurait-elle empêché sa fille de choisir la galanterie rose plutôt que la vertu grise ? Elle y songeait d'autant moins qu'une impure triomphante avait cent fois plus de chances qu'une rosière sans dot d'épouser, en fin de compte, un banquier las de ses amours errantes, elle le savait d'expérience. La tante Mado le savait aussi pour la même raison, et de même lady Crawford. Et comme ce ne serait pas Colombe la joyeuse, ni le libertin Lauraguais, ni certes Beaumarchais qui feraient mentir leurs vies en prêchant à Louison le refus du plaisir, la jeune femme s'amusait de plus en plus franchement avec le marquis de Bièvre, avec la bénédiction de tous ses intimes. Solange la fidèle n'était plus là pour lui redonner, par bouffées, la nostalgie d'Ali : mariée à la mi-novembre, elle demeurait maintenant près de l'Arsenal, dans le bel appartement parisien de son mari ; elle vivait dans un autre monde. Seul, s'il l'avait voulu, Matthieu de Chauvigné aurait pu faire perdre à la coquette le goût de jouer avec son marquis, en s'offrant à ses griffes, mais il n'y paraissait pas songer. L'écho du Faubourg racontait même que sa liaison flatteuse et commode avec lady Crawford se trouvait bien de l'absence prolongée du comte de Fersen. Alors, faute de la grive Louison mangeait son merle. Oh ! c'était encore en presque toute innocence, en marivaudage du bout des doigts, du bout des cils, du bout des lèvres. Cette comédie-là leur allait si bien, à tous les deux !

Ils se la donnaient dans un décor bien choisi, ne quittaient plus la Comédie-Française, ni les comédiens-français. En quelques jours, dans le tohu-bohu des paris et sous le feu croisé des critiques, Georges-François de Bièvre avait changé de célébrité. Le calembouriste était devenu auteur dramatique. Pas sans mal, d'ailleurs ! Comme prévu, au lendemain de la première le *Mercure de France* avait encensé Palissot qu'il tenait pour l'auteur du *Séducteur,* et il n'en avait point démordu. Ni le démenti de Palissot, ni les annonces de M. de Bièvre, ni les déclarations des acteurs dans le secret : rien n'entamait son opinion. Il avait fallu l'intervention du lieutenant de Police pour qu'enfin M. Panckoucke consentît à publier que son journal — la Bible, la dernière lecture de M. d'Alembert — avait imprimé une erreur ! Alors les autres journaux avaient redoublé d'éloges pour le mal-aimé du *Mercure,* les spectateurs d'applaudissements, les salons de flatteries. Bien qu'il y eût cinq autres bons spectacles dans Paris les élégants ne couraient qu'à la Comédie-Française, voir et revoir *Le Séducteur.* La Reine y avait ri et souri, le Roi en avait bien parlé, les Polignac en raffolaient, les maîtresses de maison en vue s'arrachaient Bièvre plus que jamais. La princesse de Lamballe lui fit lire chez elle des passages de son œuvre, lady

Crawford aussi, et encore Mme Vigée-Lebrun, qui lui réclama des séances de pose.

Très à l'aise dans son rôle de coqueluche du jour, Bièvre courait de dîner en souper, de souper en bal, de bal en fête improvisée pour lui. Lancée à son bras dans le plus gaiement huppé des mondes, éclaboussée par les bravos dont on couvrait son chevalier servant, Louison recommençait avec éclat de trouver la vie fort bonne. Elle n'aimait pas M. de Bièvre, mais de lui, sauf lui elle aimait tout le reste, et même son adoration voyante, qui la hissait au rang des reines dans le beau Paris doré des seigneurs. L'amuseur avait tourné à l'homme de lettres, pour Louison comme pour lui-même son succès n'avait plus le même goût. On ne riait plus de ses calembours sans ajouter aussitôt que le marquis valait mieux que son talent frivole, que le plaisantin masquait un vrai poète, de surcroît habile et spirituel dramaturge. Enfin ! Bièvre n'était plus le seul à se juger bon pour occuper le fauteuil du prochain mort de l'Académie. Quelques académiciens y songeaient aussi, d'autant plus volontiers que le marquis avait l'amitié du nouveau ministre des Finances, dont il faudrait l'accord pour mettre le jeton de présence à trois livres.

— Bref, mon cher marquis, vous voilà passé du côté des gloires sérieuses. L'abbé Delille devrait avoir la bonne idée de mourir maintenant, pendant que votre triomphe est encore chaud et votre ami Calonne encore aimé, lui dit un soir Lauraguais, alors qu'ils se retrouvaient aux Porcherons, chez Marianne.

— Je crois bien, oui, que vous seriez le prochain élu si l'abbé se dépêchait un peu de vous faire place, reconnut Beaumarchais, de mauvaise grâce. En voulez-vous la preuve ?

Il sortait une feuille littéraire de sa poche d'habit :

— La Harpe commence à vous démolir !

Beaumarchais leur lut l'article avec un plaisir sournois, bien qu'au fond il le trouvât injuste, mais pas tout à fait. Bièvre, tout de même, n'était pas un génie. Si, demain, *Le Mariage de Figaro* recevait enfin le cachet du censeur pour être affiché à la Comédie-Française, *Le Séducteur* perdrait beaucoup de ses clients. Toutefois La Harpe exagérait-il son mépris pour « l'œuvrette », comme chaque fois qu'une pièce était applaudie alors qu'on sifflait les siennes, et justement on venait encore de siffler *Les Brahmes,* sa dernière tragédie, qui tombait. La Harpe en avait le foie tout enfiellé. Au bout de sa critique du *Séducteur,* le lecteur avait compris que les charmes neufs de Mlle Olivier, la nouvelle ingénue de la troupe des comédiens-français, avait fait « toute la surprenante réussite d'une comédie comme il y en a tant d'autres ».

Beaumarchais replia la feuille.

— Eh bien ? lança-t-il, n'est-ce point écrit avec du venin d'envieux ?

— Tant de mauvaise foi confond, dit Marianne, outrée. N'en direz-vous rien, monsieur ?

— Je dis... que les bras me tombent, jeta de Bièvre en souriant.

Un rire général salua la jolie rosserie du calembouriste.

— Marquis, me voilà rassuré. Je craignais qu'ayant gagné un poète nous ayons perdu le plus adroit de nos bateleurs de mots, dit Lauraguais.

— Que nenni, dit Bièvre. Je tiens à tous mes petits talents, y compris à celui que j'ai depuis longtemps d'assez bien pincer de la harpe.

— Ah ! non, non ! s'écria Louison par-dessus le nouveau rire, en frappant du bout de son éventail le bras du marquis. Vous avez promis de ne plus donner que rarement du calembour. Deux de suite, c'est trop. Vous allez recommencer de vous fermer la porte de l'Académie, qui veut qu'on soit sérieux.

— Aujourd'hui, je puis beaucoup me permettre, dit Bièvre. Messieurs les académiciens veulent gagner trois livres par séance, mettre à mille écus le traitement de leur secrétaire perpétuel, et ils savent que monsieur de Calonne me donnera tout cela pour eux.

— Oh ! alors ! Si le ministre vous tient les académiciens par la bourse pendant que mademoiselle Contat vous tient dans l'intimité d'Artois et de quelques autres puissants, vraiment, j'en conviens, l'abbé Delille n'a plus qu'à mourir, se moqua Louison en offrant au marquis un sourire mi-figue, mi-raisin.

— De ce que Contat me fait les yeux doux m'en voudriez-vous, mademoiselle ? Un espoir si charmant me serait-il enfin permis ? lui chuchota le marquis pendant qu'autour d'eux, la conversation reprenait.

Mlle Louise Contat était aussi grande coquette à la ville qu'à la scène. La très célèbre, la délicieuse ne comptait pas trop ses amis-amants, et il était bien naturel qu'elle accordât un peu de ses multiples charmes à l'auteur de la pièce qu'elle jouait, comme il était naturel que Bièvre en profitât tant que sa bien-aimée Louison ne lui donnait que des désirs. Dans le cœur de la Célimène le marquis cousinait avec quelques grands seigneurs dont le comte d'Artois, l'amant en titre, qui pouvait être fort utile à un candidat de l'Académie. De reste, Contat n'aurait pas supporté qu'un auteur à succès lui résistât : le beau rôle du *Séducteur*, elle l'avait, mais de Bièvre écrirait d'autres comédies. Toutefois n'accaparait-elle jamais un auteur au point de l'encombrer, pour la raison qu'à côté de l'auteur du jour à caresser il y a l'auteur de demain à surveiller. Pour le moment, tout en remerciant Bièvre elle aguichait Beaumarchais, qui réussirait bien un jour à faire jouer son *Mariage,* et il y avait là-dedans deux rôles de coquettes, ah ! deux rôles à mettre d'urgence Beaumarchais dans son lit ! Bref, avec Artois qu'elle n'oubliait jamais — sang royal oblige —, Narbonne qui ne l'oubliait pas et les politesses qu'elle ne pouvait refuser, cela faisait bien du monde dans l'alcôve de Contat, assez, en tout cas, pour qu'elle n'y retînt pas chacun bien longtemps. C'était pour rire, d'ailleurs, que Louison affectait de s'en montrer jalouse. En fait, la comédienne la débarrassait des trop vives ardeurs du marquis. Puis Contat avait tant d'esprit, et d'abord celui d'aimer les amours de ses amants, que sa compagnie n'était jamais un poids mais toujours un régal, même pour ses rivales.

Sur le monde dans lequel vivait désormais Louison rien ne semblait peser, pas même une douleur, pas même les haines. Elle s'y sentait flotter sans peine, un sourire aux lèvres, comme dans la mousse dorée d'un vin de Champagne. Le Tout-Paris du marquis de Bièvre n'était pas le même que celui du fermier Marais. Chez Marais où fréquentaient beaucoup de grands bourgeois de finance et de robe, quand on parlait d'argent, de science, d'industrie, de politique, c'était assez souvent d'un ton sérieux. Là où l'entraînait Bièvre, le sérieux n'était de mise en rien. L'argent dont on parlait était celui de la France donc de M. de Calonne, et il ne fallait que savoir s'il en donnerait d'abord pour les bals de la Reine ou pour soutenir l'Opéra ? Les hommes de science qu'on choyait le plus étaient des maîtres du merveilleux. M. le faux comte de Saint-Germain, qui avait connu Jésus-Christ aux noces de Cana et vous contait si bien ses entretiens avec François Ier ou Henri VIII d'Angleterre, venait de lâcher la France pour l'Allemagne, mais restait M. le faux comte de Cagliostro, auquel les Égyptiens de Ptolémée avaient appris leur magie. Seul, le célèbre Dr Mesmer, quoique mortel, éblouissait le même public autant que les deux immortels, avec son fluide : son baquet à guérir tout et le reste ne désemplissait pas de malades zélés, surtout depuis que M. de La Fayette s'en trouvait à ravir, plus flamboyant que jamais.

Science légère, argent léger, plaisirs légers, mœurs légères, tout semblait légèreté dans la vie que Bièvre offrait à Louison, même la passion furieuse du jour puisque c'était celle des ballons qui volent, même la politique puisque c'était celle de Calonne, et Dieu sait le talent qu'avait Calonne pour gouverner la France sans paraître y toucher !

Tout le monde était content de lui. Grand bel homme élégant fabuleusement charmeur, le nouveau ministre emportait les cœurs, et d'autant plus qu'il se proclamait riche, et optimiste sur l'avenir du pays. Pour sauver la France de sa crise monétaire il avait voulu ramener la confiance, il y avait réussi d'emblée. À la cour comme à la ville, dans la rue et les salons, le petit et le gros commerce, et même chez les bien informés des provinces, tout, presque tout, frémissait du gai bonheur d'être français sous le ministère libéral de M. de Calonne. Depuis qu'il était là tout irait mieux, et la preuve : la Bourse montait. On n'était pas forcé de savoir que le gros banquier d'Harvelay la travaillait habilement pour soutenir l'amant de sa femme dans ses débuts aux Finances, mais l'aurait-on su... Que Calonne fût capable de faire de l'argent par tous les moyens, pour la France et pour les Français, c'était ce qu'on lui demandait. Eh bien, la fête commençait !

Dans les alentours du ministre elle fut tout de suite permanente, et Louison se retrouva avec un gros souci. Plus elle suivait le train du marquis de Bièvre plus sa garde-robe lui semblait pauvre, et sa mère n'était plus assez riche pour lui permettre de la regarnir comme il l'aurait fallu. Le remède à cela, elle l'avait à portée de sa main, mais refusait encore de le prendre. Deux ou trois fois déjà, d'un ton négligent et en parlant comme pour ne rien dire Bièvre lui avait offert les services de ses deux tailleurs et, une après-dînée, l'avait fait entrer dans la boutique de Rose Bertin, devant laquelle ils passaient « par hasard ». Avec ivresse Louison avait plongé dans les chiffons, respiré la fine odeur craquante des soies neuves, caressé les linons, les dentelles, les doux pelages à pelisser, les fourrures précieuses à border. Elle avait joué avec les fichus et les châles, essayé dix bonnets, dix chapeaux et même trois ébauches de robes de soirée... pour enfin ressortir du *Grand Mogol* sans avoir rien commandé, le cœur en loques. « Toi, ma belle, tu me reviendras bientôt, la mode te va trop bien pour que tu t'en prives », avait pensé Rose Bertin, en jetant au marquis un coup d'œil entendu. Et lui, d'expérience, lui faisait confiance : la Bertin savait à merveille endetter jusqu'au cou une jeune beauté pauvre recherchée par un gentilhomme solvable. Jusqu'ici, pourtant, Louison n'était pas retournée au *Grand Mogol*. En s'habillant avec ses nippes trop modestes ou trop vues elle serrait les dents, mais n'achetait rien. Les chiffons achetés à crédit se paient tout de même comptant hors de la boutique, elle avait appris cela au berceau. Et elle ne se sentait pas prête à payer le marquis. Quand trop de toilettes glorieuses avaient éclipsé la sienne et que l'envie la mordait elle courait au berceau de Soraya. Sa fille, serrée dans ses bras, lui rendait aussitôt plus réel le souvenir d'Ali. Elle réentendait sa voix de basse tendrement râpeuse glisser, humide, tout le long de son corps nu, et frissonnait... Le nez et la bouche enfouis dans le cou de Soraya elle y cherchait une moiteur et des parfums perdus d'ambre rouge et de rose musquée, tâtait la pousse des courts cheveux noirs brillants qui boucleraient bientôt. Alors la petite se mettait à grimacer des sourires et à gigoter, pour dire son plaisir à cette femme trop rare dont elle reconnaissait entre tous le son et la senteur. « Mon étoile », murmurait Louison, les larmes aux yeux parce que ni la toute petite main de Soraya qui se crispait sur son doigt, ni la bouche minuscule contortionnée par le désir de dire ne pouvaient rien pour elle, rien pour secourir, pour rafraîchir sa peau de veuve. Restait qu'après cette orgie de tendresse maternelle Louison retombait dans l'urgent besoin de plaire, et donc de se faire belle en n'ayant pas assez à se mettre.

Elle finit par emprunter à Colombe. Sa bonne amie des Italiens débordait plus que jamais d'un luxe insolent. Son cher Palteau de Weymerange avait toujours gagné gros, au jeu, dans la banque et comme fournisseur aux armées. Justement, c'étaient des gens habiles à faire de l'or que Calonne voulait dans ses bureaux, il y avait appelé Weymerange qui depuis, aux anges, tripotait avec frénésie dans la plus haute finance. Ayant définitivement relégué sa femme dans sa terre de Thionville il menait sa nouvelle bonne vie à grandes guides, puisque c'était Colombe qui les tenait. Le joyeux homme était d'autant plus heureux de la voir dépenser que, désormais, il était seul à payer. Son co-amant, M. de Sennectaire, avait enfin quitté la place, en mourant à la fin du mois d'août. Pendant huit jours sa mort avait fait scandale parce que le colonel s'était empoisonné avec son aphrodisiaque. Tenant à montrer, au lit, plus de vaillance que Weymerange, quand il accourait de Grenoble à Paris pour saluer son Adeline il prenait des mouches cantharides ; cette fois il en avait trop pris, ses intestins avaient flambé autant que lui et l'avaient tué dans d'horribles douleurs. La rue et les salons avaient traité Colombe de scélérate, de mante, de gueuse et de goule, le pauvre Weymerange, honteux, s'était caché toute une semaine, et puis l'histoire avait fini comme les autres du même genre, par une chanson obscène et l'oubli. De toute façon, maintenant que Calonne avait distingué Weymerange au point de ne s'en plus passer, mal chansonner sa maîtresse eût été sot. On la caressait au contraire, on l'invitait partout. Chez les Polignac on affectait d'en raffoler : ils étaient couverts de dettes que d'Ormesson, ce balourd, avait refusé de payer avec l'argent du Trésor. Pour fréquenter chez les Polignac où l'on risquait de frôler la Reine, Colombe ruinait Weymerange en nippes de luxe. Elle avait désormais une garde-robe d'impératrice, d'impératrice dépensière. Voir Louison y puiser l'amusait : « Prenez, prenez, ma chérie. Usez de tout à votre fantaisie, je n'aime rien tant que voir se faner vite mes robes pour faire place aux nouvelles », lui disait-elle avec sa gaieté de cigale croquant sans souci le magot d'un autre. Louison choisissait dans le plus discret, le moins vert de pomme, le moins déguisement de théâtre. Hélas Colombe était plus petite qu'elle de presque un pouce, et moins joliment ronde de gorge ; ses corsages la boudinaient un peu, ses jupes découvraient trop le soulier. S'habiller ainsi n'était pas l'idéal, pas plus que de s'aller fournir chez le fripier du quai des Morfondus, où la présidente Brissault * harnachait ses débutantes. Mais en attendant... un miracle, Louison sonnait Suzanne pour qu'elle la fît entrer dans le corsage, et chaussait ses plus beaux souliers à boucles d'argent niellé. Toutefois, quand elle voulait se plaire vraiment et sans gêne, elle remettait pour la dixième fois sa robe de faille rose.

C'était une ravissante toilette, que la tante Mado lui avait offerte pour ses dix-huit ans. Une robe fluide à l'anglaise dont le rose enchantait, un rose mordoré, changeant, qui s'alliait merveilleusement à son teint et au chatoiement de son collier de perles. Avec la robe allaient un mantelet et des souliers assortis, et un pouf de tête « à la roseraie butinée », fait d'un buisson de roses de faille baisées par des papillons. Louison ajoutait aux papillons de soie le grand papillon scintillant des Conti, tournait autour de son bras nu le ruisselet de fleurettes précieuses qui lui venait d'Ali, s'allait contempler en pied dans le grand miroir de sa

* Célèbre maquerelle.

mère et se trouvait... parfaite. Mais elle savait le monde moins indulgent qu'elle, le monde des femmes surtout, qui a si bonne mémoire du déjà vu. « Tant pis », pensait-elle encore ce matin-là, devant son armoire ouverte. Ce serait encore sa faille rose, sa peau de soie à elle, qu'elle porterait demain au bal que lady Crawford donnerait pour fêter l'envol du nouveau ballon, celui de MM. Charles et Robert. À une si belle fête, elle n'irait pas dans une peau d'emprunt. Le rose mordoré de sa robe, d'ailleurs, rappellerait comme tout exprès les couleurs du ballon.

Ce ballon ! Il était magnifique. Une grosse bulle de taffetas rose et or. Les couleurs d'un beau rêve, du rêve le plus long : être un homme, et s'envoler quand même. Par chance ce premier jour de décembre 1783 était clair, plus le ballon s'emplissait d'air léger plus la soie tendue miroitait sous le soleil de midi.

— Qu'il est beau, Dieu ! qu'il est beau ! s'écria Louison pour la troisième fois. Là-haut, qu'il sera beau ! Il s'irisera dans la lumière aussi bien qu'une bulle de savon ! Et le char des voyageurs ? Avez-vous bien vu sa décoration ? Un vrai petit palais flottant ! Personne, vraiment, ne me pourra jamais démontrer que *notre* ballon n'est pas le plus beau qu'on ait jamais vu. C'est le plus beau. Nous avons le plus bel aérostat !

Autour d'elle on souriait de sa jubilation bavarde, mais on la partageait.

— Calmez-vous, mademoiselle, nul ne vous dira du mal de notre aérostat, lui assura Bièvre en la retenant d'un geste prompt parce que, dans son impétuosité, elle allait courir se mêler aux maréchaux qui encerclaient la machine. Et demeurez avec nous : la garde ne vous laisserait point passer.

— N'est-ce pas injuste, dit-elle avec impatience, qu'il n'y ait là-bas, au plus près, que des gens qui n'auront pas le temps de voir le progrès des ballons ? Alors que vous et moi, c'est certain, dans dix ans nous irons par air de Calais à Douvres, et bien plus commodément que par mer ?

— Au contraire, c'est tout justement qu'ils doivent voir

de près le début de l'aventure, puisqu'ils ne seront point de la fin, dit Bièvre. Quoique je n'en jurerais pas ! J'aimerais finir maréchal de France : voyez comme ce titre-là vous conserve un homme !

Superbes, bien ajustés dans leur grand uniforme, les maréchaux de France, presque tous nés sous Louis XIV et même avant le début du siècle, se tenaient roide et ferme au bord du grand bassin des Tuileries mis à sec, dans lequel Charles et Robert surveillaient le gonflage de leur machine. Tout à l'heure, à l'instant du lâcher, ils tiendraient les cordes. En attendant, ils décoraient. Ils étaient aussi beaux que le ballon. Et tout, autour d'eux, offrait un éblouissant spectacle, inoubliable.

Toutes les fenêtres du palais s'étaient ornées de couleurs mouvantes, de têtes blondes et blanches pressées les unes contre les autres. Dans tout le jardin brillait un beau monde fou que gardaient, aux grilles, les soldats du régiment des Gardes en tenue de parade. Les élèves de l'École militaire, sur leur trente et un, encerclaient l'alentour du bassin. Et hors du jardin, partout où se portaient les yeux, vers la place Louis-XV, vers le Louvre, vers les berges ou les ponts de la Seine, ils voyaient palpiter, jusqu'à perte de vue, l'immense foule bigarrée des Parisiens. La ville entière s'était vidée dans son cœur.

— Cette fois, les nouvellistes pourront, sans outrer, dire que tout Paris était là, remarqua M. de Vaudreuil.

— Et si sage ! ajouta Mme de Polignac. Jamais je n'avais vu tant de gens réunis faire aussi peu de bruit !

La rumeur était bien légère, en effet, pour un tel concours de peuple, et le calme, étonnant. On attendait un miracle, et un miracle s'attend dans le silence de la piété. Depuis deux ou trois mois, depuis, surtout, que M. de Montgolfier avait fait s'envoler un mouton devant la famille royale, et plus encore depuis que M. Pilâtre de Rozier s'était élevé lui-même au-dessus du faubourg Saint-Antoine, la passion des ballons était à son comble. Le grand Léonard inventait des coiffures « au ballon », déjà on vendait des tabatières d'émail avec le portrait du mouton volant, et partout, en toute occasion la conversation en arrivait à la conquête des airs. L'enthousiasme avait même déjà formé deux clans rivaux parmi les zélés : il y avait ceux qui croyaient à l'avenir des montgolfières de Montgolfier, et ceux qui croyaient à l'avenir des aérostats de Charles et Robert. Louison était du parti des aérostats, furieusement. D'abord elle avait quêté pour celui-ci — il avait coûté une fortune : 15 000 francs ! —, ensuite elle connaissait M. Charles depuis son enfance, quand le savant fréquentait l'hôtel Marais de la place des Victoires. Cet aérostat, ce globe de soie énorme, somptueusement peint de fuseaux rose et or alternés, c'était *son* ballon. Et maintenant que gonflé à bloc il se balançait mollement au-dessus du grand bassin, encore en laisse mais comme pressé de s'échapper vers le haut large bleu, elle piaffait d'émotion.

— Ce n'est pas juste, répéta-t-elle à Bièvre. Dans le char il devrait y avoir une femme aussi. Qu'ils s'y mettent à deux hommes, ce n'est pas juste. Les femmes ont quêté plus que les hommes, et elles sont plus légères, donc elles seront plus propres à faire des aéronautes.

M. de Calonne, qui revenait de l'enceinte réservée, entendit et sourit.

— Je venais tout justement prendre une dame pour l'approcher de la machine, dit-il en offrant sa main droite à la duchesse de Polignac. Mais, ajouta-t-il en tendant l'autre main à Louison, on ne m'en voudra pas de conduire là-bas deux témoins du sexe plutôt qu'un. Le départ est imminent...

MM. Charles et Robert montèrent dans le char, et un presque complet silence tomba sur le jardin, comme si même les respirations se retenaient de troubler l'air. Les maréchaux lâchèrent les cordes à 1 h 40. Des livres de lest tombèrent et le ballon se mit à monter, radieux, dans le soleil. Avec une grâce étincelante, par-dessus les marronniers du jardin il escaladait le ciel, laissant sous lui la lourde stupeur muette, émerveillée, d'une multitude de têtes en l'air. Le silence était devenu si dense que les premiers cris d'allégresse qui s'entendirent furent les éclats de rire des deux hommes volants, grisés d'avoir largué la terre. De la terre une immense clameur d'exaltation leur répondit et se mit à courir sous eux, au fur et à mesure que le vent les poussait vers le

Cours-la-Reine. Maintenant Charles et Robert agitaient des banderoles d'allégresse dont les couleurs crues claquaient dans la lumière tandis que, d'en bas, une houle de mouchoirs et de fichus saluait leur joie. Alors le jeune mécanicien Robert leva à bout de bras une bouteille de vin de Champagne dont il fit sauter le bouchon, et tout Paris vit trinquer, là-haut, les deux Parisiens qui s'en allaient en Normandie comme y vont les oiseaux, portés par des courants d'air. Le pavillon qu'ils jetèrent à la foule de la place Louis-XV revint de main en main jusqu'au bassin, couvert de baisers.

— Je crois qu'il nous faudra le réduire en menus morceaux, pour les distribuer comme on fait des bouts de ruban d'une jarretière de mariée, dit M. Robert l'aîné, en recevant, du maréchal de Ségur, le pavillon jeté par Robert cadet.

— Si vous le faites, ne manquez pas d'en offrir un morceau à monsieur de Montgolfier, lui dit Lauraguais, qui parvenait seulement à rejoindre le groupe des personnalités protégées par le rempart des élèves de l'École militaire.

— Monsieur de Montgolfier est à Paris? demanda vivement Robert. Mais où cela donc? Où est-il?

— Grimpé sur une chaise à six sols, comme n'importe quel spectateur à trois livres le billet d'entrée, dit Lauraguais. Ces messieurs du cordon ne l'ont pas jugé assez bon pour lui permettre d'approcher le ballon.

Il ajouta sans baisser le ton :

— Je vous avoue, monsieur Robert, que certains jours je trouve la France bien vieillie par rapport à son temps. Dès que vous aurez mis au point le voyage au long cours par les airs, prévenez-moi, j'irai faire un tour dans la démocratie américaine. Je crains le mal de mer.

— Monsieur le Comte, je m'en vais réparer cette sottise, lui assura Robert. La querelle entre les amateurs de montgolfières ou d'aérostats n'est point du tout la nôtre. Où avez-vous laissé le savant?

— Dans la meule de foin! dit Lauraguais avec un grand rond de bras.

Maintenant que le ballon dérivait vers la basse Normandie, dans le bruyant remue-ménage du jardin où tout s'était mis à bouger, parler, rire et délirer d'un futur qui s'envolait jusqu'aux grandes plaines jaunes de la Lune, chercher quelqu'un eût été, en effet, comme chercher une aiguille dans une tempête de foin ! Nez en l'air les gens tentaient de courir après la vue fuyante du ballon et ne faisaient que se bousculer, s'enchevêtrer, se reconnaître et s'agglutiner pour mêler un instant leurs enthousiasmes, avant de se séparer pour s'aller engluer ailleurs, si possible plus près de la place Louis-XV dont la cohue s'étalait toujours plus loin sur la berge de la rivière, comme une pâte de guimauve sur laquelle on pousse... Les cavaliers qui voulaient suivre l'aérostat jusqu'à son retour sur la terre durent sortir du jardin par le côté du Louvre, le duc de Chartres en tête, devant lequel, tout de même, la multitude s'écartait.

Ce fut en voyant les cavaliers s'enfiler à la queue leu leu, au pas, dans le chemin bordé de foule qui s'était ouvert devant le duc, que Louison réalisa soudain où elle se trouvait, si bien à son aise. Elle était au cœur du Royaume. Dans l'enclos protégé, autour d'elle, elle ne voyait que des maréchaux, quelques savants de l'Académie des Sciences et le bonhomme Franklin, et puis les plus grands noms de la France, les ministres, et d'abord M. de Calonne avec ses créatures, ses protégés et leurs favorites. M. de Montgolfier n'avait pu pénétrer dans le cercle mais Mlle Adeline Colombe des Italiens y était, babillant avec son Weyme-range. Et Mlle Louise Couperin y était aussi, et se disait avec amertume que ce n'était pas par reconnaissance de sa bâtardise princière : c'était parce qu'elle passait déjà pour la maîtresse du marquis de Bièvre, l'auteur à la mode, l'ami de Calonne, l'actuel vrai roi du Royaume.

Juste comme elle pensait cela, le marquis se rapprocha d'elle, lui désigna du regard le nouvel astre rose et or qui s'amenuisait, pâlissait dans le ciel, emporté loin de Paris à l'allure douce d'un nuage :

— Si le vent ne tourne pas, nos voyageurs passeront bientôt par-dessus les bois de L'Isle-Adam et verront le château de monseigneur votre père comme vous ne l'avez jamais vu, dit-il à voix assez haute pour être entendu de son proche entourage. J'espère que vous avez demandé à votre vieil ami monsieur Charles de le saluer pour vous ?

De saisissement, Louison avait rougi avec une rare violence. Elle vit Calonne lui jeter un sourire en même temps qu'un coup d'œil, la duchesse de Polignac froncer les sourcils comme pour se souvenir d'un détail oublié et se tourner vers elle :

— Vraiment, mademoiselle, connaissez-vous bien monsieur Charles ? Quel grand génie ! S'il vous a parlé de ses machines, venez m'en tout redire sans faute. Je reçois dans mon appartement de Versailles chaque dimanche, à cinq heures. Monsieur de Bièvre en sait le chemin.

Louison inclina gracieusement la tête comme pour remercier d'une invitation toute naturelle, qui lui était due. Mais en même temps elle effleura du bout des doigts la manchette du marquis de Bièvre, pour bien s'assurer qu'elle n'entrait pas qu'en rêve dans le monde des vraies princesses.

La voix de Benjamin Franklin la rappela au présent :

— Je doute que cette découverte vaille celle de l'électricité, je doute que l'aérostat soit un jour plus utile aux hommes que le paratonnerre, mais il est encore plus amusant et puis, attendons la suite, lui disait le bonhomme.

— Monsieur Franklin doutera toujours de l'utilité d'une science ou d'une idée qui ne sera point partie de l'Amérique, et même de Boston ! glissa Lauraguais dans l'oreille de Louison. Oh ! ajouta-t-il tout haut. C'est fini pour nous...

La bulle rose et or venait de s'évanouir dans le bleu doré de l'horizon. Il y avait cinquante-neuf minutes qu'elle s'était envolée des Tuileries. Un coup de canon, tiré de l'Arsenal, annonça l'échappée du beau ballon hors de la vue des Parisiens.

— Fabuleux ! s'écria le duc de Richelieu. Fabuleux ! J'aurai donc encore vu cela : les hommes s'ouvrir l'empire des airs ! Pardieu ! Si j'avais eu cette machine à Port-Mahon pour me jouer de ses murailles, je prenais le fort à moi seul !

Le vieux petit maréchal sec comme une momie, peint à outrance et puant de parfum, ne tenait pas assis sur la chaise qu'on lui avait apportée. Avec une prestesse surprenante il contourna un quart du bassin pour rejoindre Bièvre et familièrement l'apostropher en pointant Louison du menton :

— Marquis, cette beauté qui vous semble proche, faites-moi la grâce de l'amener à mon prochain bal. Je comptais le donner pour le nouvel an, mais je l'avancerai. Ségur me laisse entendre que c'est la fameuse bâtarde de Conti ? La coquine qui s'est fait enlever par un Persan ? Ma foi, Conti a mieux réussi sa bâtarde que son héritier. Amenez-la-moi. Que fait-on, pour lui plaire ?

— Monsieur le maréchal, quand donc détellerez-vous ? demanda Bièvre en riant.

— Tudieu ! Seulement quand les pouliches n'auront plus de si beaux culs et de si belles mamelles ! Amenez-la-moi.

Et le duc répéta, l'œil paillard :

— Que fait-on, pour lui plaire ?

Le marquis, riant toujours, regarda du côté où Louison bavardait avec animation, dans le groupe entourant Robert l'aîné.

— Je crois, monsieur le maréchal, que pour lui plaire à coup sûr dans l'instant, il faudrait encore l'enlever, mais cette fois par-dessus les marronniers ! plaisanta-t-il.

— Marquis, j'aimerais bien mieux commettre l'autre exploit de lui faire voir la feuille à l'envers, dit Richelieu. Soyez à mon bal avec elle. Et... c'est un ordre, monsieur le colonel !

23

— Brrrr..., fit Mme Prévost en jetant son manchon pour approcher ses mains du feu, sans encore ôter son grand manteau pelissé. Le froid prend bien fort. La Seine gèle. Mon jardinier m'a montré des oignons vêtus de plus de pelures qu'ils n'en eurent jamais de son vivant. L'hiver sera rude pour les fiacres * et les Savoyards. Chartres a fait allumer des feux dans le Palais-Royal, il y en a un grand devant Notre-Dame et, devant les hôtels, cela commence aussi. Offrez-moi vite une tasse de thé bouillant. Calonne vient de réduire les droits sur les sucres et le café, pour que tout le monde puisse boire chaud. Nous avons enfin un bon ministre. Il réagit à tout vite et bien.

Comme en écho, du premier étage descendit la voix de Louison, qui fredonnait :

> *Qu'on aime tant qu'on voudra*
> *Les ballons et l'Opéra,*
> *Mais moi qui bonnement raisonne*
> *J'aime Calonne, j'aime Calonne !*

— Elle aime Calonne, dit Marianne en souriant. Elle en est entichée !

— Ma douce, tout le monde aime Calonne, tout le monde sauf la Reine et quelques grincheux jaloux de voir réussir au ministère un homme qui n'est ni triste, ni pompeux, ni reclus dans sa tour d'ivoire. Sous Necker et Turgot certains ont pris l'habitude de penser que plus un ministre est invisible, rustre et borné dans sa doctrine, plus il a de talent. La politesse, la gaieté et l'esprit de Calonne les inquiètent. Mais pour la Reine, nul ne sait pourquoi elle le

* Les cochers.

déteste tant. Sir Quentin, qui l'a tâtée là-dessus, n'en a pas tiré une seule bonne raison : elle le déteste, voilà tout. Il a pourtant payé les dettes de sa chère Polignac.

— Oui, mais la Polignac est-elle toujours aussi chère au cœur de la Reine ? demanda Marianne d'un ton de doute. Il paraît qu'elle va moins souvent chez elle : Louison a récolté ce potin dimanche.

— C'est vrai, dit Mado en souriant, notre Louison a désormais ses entrées à Versailles, chez la duchesse au moins. La voilà lancée dans le saint des saints. Comment a-t-elle trouvé la Polignac ?

— Elle reçoit avec beaucoup de grâce et, comme elle est jolie... Elle tient la cour d'une souveraine, au milieu d'une jeunesse follement élégante.

— Follement élégante, répéta Mado. Hum... Notre Louison s'habille toujours chez son amie Colombe ?

— Je sais que vous préféreriez la voir s'habiller chez Rose Bertin au compte du marquis de Bièvre, dit Marianne avec humeur.

Mado se mit à rire :

— Marianne ! Comme vous voilà redevenue bourgeoise ! Il n'est point encore temps, je vous assure, de retomber dans votre enfance.

— Mado, vous me surprenez. J'ai passé mes trente ans depuis beau temps, l'âge que vous tenez pour la frontière entre les femmes et les vieilles, ironisa Marianne. Je ne suis plus jeune, laissez-moi m'embourgeoiser.

— Aucune femme n'est jeune après trente ans, mais elle peut être irrésistible, et vous l'êtes, dit Mado. Vous n'avez point encore une mine à prêcher la vertu aux petites filles. Et moi non plus. Nous...

Dame Pomme l'interrompit, en entrant pour servir le thé.

— J'ai mis des mirlitons, dit la Normande en installant une petite table entre les dames. Ils sont tout frais. J'en ai fait pour ce soir, ajouta-t-elle à l'adresse de sa maîtresse.

— Oh ! très bien, dit Marianne. Le comte raffole des mirlitons frais. Le père Blanc vous a-t-il apporté la bécasse ?

— Non, madame. Mais il a donné des perdreaux

rouges, que vous aurez aux choux et, avec cela, un beau plat de truites à la crème d'amandes.

— Dame Pomme, ce sera parfait, dit Marianne, contente. N'oubliez pas de mettre le vin à fraîchir ; aujourd'hui, c'est facile !

Mado regarda sortir dame Pomme avant de lancer, railleusement :

— Le vin, ce sera du vin de Champagne, bien sûr ?

— Du vin de Tokaï, rectifia Marianne dans un grand sourire.

— Le comte en raffole, compléta Mado en accentuant sa raillerie.

— Oui, dit Marianne.

— Ma douce, vous êtes folle !

— Je sais. Je finirai à la Salpêtrière.

— Aux Petites-Maisons ! Ma douce, savez-vous ce que m'a dit ma mère, un matin que je pleurais pour avoir un beau jupon à dentelle que je comptais montrer à un joli page de la Reine toujours fourré dans nos coulisses ?

— Redites. Vous en mourez d'envie.

— Ah ! c'était un très joli page, rêva Mado. Il n'avait pas un sou. Pour tout régal il me pouvait payer un verre de limonade. Donc, je voulais ce jupon pour qu'il me l'ôtât, et ma mère m'a dit : « Ma fille, quand on est pauvre on ne montre pas son cul pour deux liards en usant pour un sou de chandelle. »

— Je ne suis plus très pauvre, dit simplement Marianne.

— Vous n'usez pas qu'un sou de chandelle.

Marianne acheva de boire son thé, reposa la tasse et releva le regard sur son amie. Ses grands yeux brun tendre miroitaient d'humidité.

— Mado, j'ai toujours aimé le comte, dit-elle avec une douceur précautionneuse, comme si elle prenait garde de ne pas froisser, en l'expliquant, la délicatesse de son sentiment. J'ai eu pour Marais une tendresse très grande et sa mort me laisse désolée, mais, d'amour, je n'ai jamais aimé que deux hommes parmi tous : le Prince, que j'ai aimé comme on aime un songe, et Lauraguais, que j'ai aimé... aussi longtemps que je l'ai pu sans m'endetter.

— À merveille ! Et aujourd'hui que le goût vous en revient sur le tard, vous l'aimerez jusqu'à vous endetter ? Le comte est ruiné, ou quasiment.

— Je ne suis plus très pauvre, redit Marianne. Je puis sans risque offrir un souper et du feu à l'homme que j'aime. Je sais qu'il est de bon ordre qu'une femme récompense plutôt que de donner par pur plaisir, mais je n'ai plus très envie de me rien gagner dans un lit, sauf le bonheur d'y être, seule ou avec qui me plaît. Chartraire de Montigny ne me plaît pas. Louison a raison : il a des dents de rat.

— Il vous épouserait, dit Mado.

— Sans doute. Mais je n'en veux pas. Je ne veux pas être choisie. Même Marais, c'était moi qui l'avais élu parmi mes prétendants d'alors. Quand j'étais dans tout l'éclat de ma beauté, pour vivre comme j'ai vécu, du plaisir des hommes, il ne m'a fallu que de la frivolité ; aujourd'hui il me faudrait du courage, et je n'en ai point. Et puis...

Elle se laissa mieux aller dans sa bergère avec un visible bien-être, perdit une mule pour tendre son pied vers la chaleur de l'âtre :

— Et puis je prends du goût pour mes propres habitudes ; me plier de nouveau à celles d'un inconnu m'ennuierait. Changer de caresses m'ennuierait plus encore, je n'ai plus la moindre curiosité de voir ou de mettre de la nouveauté dans cette chose-là. Bref, je me mets à mon aise pour me survivre à ma façon. Au fond, je me demande si je me serais mieux trouvée d'hériter l'hôtel du Faubourg et une grosse fortune à gérer ? Depuis que j'ai quitté ma boutique de la rue Saint-Denis je n'ai guère eu que de l'argent de poche à dépenser, à gaspiller. À part cela je vivais au train qu'on voulait, là où l'on m'avait logée, sans me soucier de tenir des livres. Je devais être une mercière bien mal avisée ? J'aurais fait, à n'en point douter, une banquière bientôt faillie ! En simple bourgeoise des Porcherons, je m'en tire : je compte comme je voyais compter ma mère, et cela va, me semble-t-il.

— Cela va tout doucement vers dix livres de plus ! s'exclama Mado en se levant comme pour s'ébrouer après trop de tranquillité. Je vous écoute et savez-vous qui j'entends ? Une Aspasie qui a commencé de grossir et

352

s'empresse de continuer pour accéder plus tôt au grade de matrone !

— Non, dit Marianne. Je ne puis grossir, je n'aurais pas de quoi renouveler mes robes, elles ne vont point à Louison, ce serait une fortune perdue. Et tenez : j'ai failli prendre Montigny, non pour moi mais pour Louison, pour avoir de quoi la mieux entretenir. C'est elle, qui m'a rejetée dans les bras du comte.

— Elle l'aime fort, dit Mado.

— C'est Lauraguais qu'elle a trouvé près de moi quand elle a voulu aimer un père. Oh ! elle s'entêtait bien à aimer Conti mais, sur lui, elle n'avait pas de prise. Le Prince n'était point fait pour être aimé ; hélas, il était assez aimable pour lui faire un chagrin d'amour, dont elle se consolait un peu sur les genoux du comte.

— Reste que le comte, aujourd'hui, ne lui peut plus suffire, dit Mado, et Marianne soupira.

— Pensez-vous vraiment, mon amie, que Bièvre la rendra plus heureuse que ne l'aurait fait son Persan ?

— Oui, dit fermement Mado. Il faut jouer sa partie dans le décor qui vous sied le mieux, et c'est le décor du marquis qui sied à Louison.

— Je ne sais encore quelle figure elle y fera ce soir, au grand bal du maréchal de Richelieu. J'ai vu tout à l'heure arriver une énorme panière qu'on a portée là-haut. Elle venait de chez Colombe, je suppose. On ne m'a pas permis d'y regarder, on me prépare la surprise. Si rien ne vous presse...

— Rien ne me presse quand j'ai envie de voir, dit Mado. Mais faites-moi ôter les mirlitons de sous le nez : je veux encore un peu tromper Prévost avant de me rabattre sur les gâteaux.

Elles entendirent le grincement de la grille, et claquer la portière d'un fiacre : le coiffeur de Mademoiselle repartait — c'était un garçon de chez Léonard. « Attendez ! criait la voix de Suzanne dans l'escalier. Attendez que j'aie frappé les trois coups et ouvert la porte à deux battants ! »

La femme de chambre pénétra dans le salon, sourit aux deux dames, eut un geste de la main pour encourager leur patience et jeta, autour d'elle, le coup d'œil du meneur de jeu préparant une grande entrée. Les dames la virent tapoter les coussins des canapés, déplacer deux bergères, changer de place le grand bouquet de fleurs séchées qu'elle posa sur le marbre de la commode, entre les deux fenêtres. De toute façon, le salon de la Folie-Poupette était un charmant décor, fait tout exprès pour flatteusement servir une jeune beauté. La musulmane blanche et grise fleurie de rouge tendue sur les murs et drapée aux sièges scintillait de gaieté aux flammes du feu et des chandelles et, ce soir, derrière les fenêtres, le jardin glacé de neige étendu sous la lune en rendait plus accueillant encore le climat de plein été.

— Bon. Voilà qui va bien, dit Suzanne, satisfaite de son arrangement.

Elle frappa trois coups avec le manche du balai qu'elle avait apporté, ouvrit à deux battants la porte donnant sur l'antichambre... Louison s'encadra dans le chambranle, qu'elle occupait avec l'ample volume éblouissant d'une reine.

— Oh! fit Marianne, et son cœur, à la fois battit d'orgueil et se serra, à voir sa fille si belle et si bien embellie, fatalement offerte à tous les désirs.

Le fermier Marais avait beaucoup gâté sa belle-fille, mais en y mettant la discrétion qui convenait à son âge : Mme de Treille y veillait. Ce soir, pour la première fois, la toilette de Louison était celle d'une jeune dame de haut parage, qu'on vient d'apprêter pour un bal. La robe de dessus en taffetas, très ouverte sur ses grands paniers, avec son corsage plongeant sa pointe sur le devant, enchantait l'œil par sa couleur, un cerise clair brillant, un peu instable, de bigarreau que la lumière orait par endroits. La robe de dessous moussait, toute blanche, elle écumait de Valenciennes étagée en volants godronnés. Le tour de gorge arrondi était en Valenciennes aussi, et, au creux des seins, une rose de taffetas, sur laquelle Suzanne avait piqué le papillon des Conti, fermait le corsage. Les cheveux n'avaient pas été poudrés. Haussés en coussin de boucles derrière la nuque et sur le haut du crâne ils étaient surmontés d'une petite toque plate de taffetas gommé cerise, d'où partait un jet d'aigrettes blanches et rouges. Une longue anglaise, laissée libre, descendait en ondulant le long du cou, pour s'en aller passer sur l'épaule et tomber le long de la poitrine.

— Ravissante ! s'écria Mado la première. Ma Louison, tu es ravissante ! C'est à la fois d'un grand luxe et d'un goût parfait... au point que je m'en étonne. Les jupes à grands paniers de Colombe, d'ordinaire, lui servent de vitrine à montrer une foison de babioles précieuses, sans compter les rubans. Aurait-elle pris la bonne idée de t'emmener à ses essayages ? Je vois que ce corsage-là ne t'étrangle pas, et que la jupe couvre le soulier...

— Cette robe n'est point à Colombe, Rose Bertin l'a faite pour moi, c'est un présent du marquis de Bièvre, débita Louison d'un trait, et alors elle respira, soulagée : elle avait réussi à dire sa phrase sans rougir ni ciller.

— Ah, fit simplement Marianne, et ce fut elle qui rougit.

— Nous avons une mante toute pelissée qui va dessus, dit joyeusement Suzanne, qui s'était éclipsée et venait de reparaître avec, sur le bras, une superbe mante assortie à la robe et fourrée de renard blanc.

Elle posa le manteau sur les épaules de sa maîtresse en ajoutant avec autorité :

— Il gèle à pierre fendre, mais nous ne mettrons pas le coqueluchon, il nous décoifferait. La voiture de monsieur le Marquis n'aura qu'à s'avancer jusque devant la porte. Je pense bien qu'il y aura fait placer des chaufferettes. Madame a remarqué les gants, et les souliers ? La finesse de la peau ?

— Tout cela est vraiment magnifique, murmura Marianne, sans joie.

Louison aurait voulu embrasser sa mère, s'asseoir sur son tabouret de pieds et rester là longtemps, la tête sur ses genoux, à se consoler toutes les deux d'être trop belles, et trop sensuelles pour n'en point profiter. Mais une femme mise en grands paniers de bal ne peut s'attendrir que de loin.

— Maman, j'ai dû la prendre, dit-elle d'une toute petite

voix, en touchant la mante. J'ai dû l'accepter, il faisait si froid...

— Bien sûr, ma chérie, dit Marianne.

— C'est comme pour la robe, continua Louison. Je ne la pouvais refuser. Monsieur de Bièvre est toujours si richement mis... Pour arriver à son bras chez le duc...

— Bien sûr, ma chérie, redit Marianne.

Elle avait très envie qu'il fût bientôt l'heure de boire du vin de Tokaï. Beaucoup de vin de Tokaï.

« C'est donc fait ? » se dit avec amusement lady Crawford en les voyant entrer. « Ma foi, l'assemblage est réussi. Il tiendra peut-être ? »

Beaucoup de têtes se tournèrent vers les arrivants : le couple était encore nouveau, il valait son dû de chuchotis, et le coup d'œil aussi. La radieuse beauté si bien parée de Louison provoquait des regards tenaces, et Bièvre, pour galamment s'assortir à elle, portait un habit de soie rouge jaspée sur un gilet tramé d'or, avec un flot de Valenciennes aux poignets et au col. Ils étaient superbes !

« Le plus beau couple de ma fête », pensa Richelieu, et il le répéta au marquis de Courtray, son vieux complice des guerres de Louis XV, qui s'attardait près de lui.

— L'amie de ma femme est souvent la plus belle d'une assemblée, dit Courtray. Mademoiselle Couperin est l'amie d'enfance de la marquise : le saviez-vous ?

— Ma foi non, dit Richelieu. Mais cela me va. Quand vous me ferez le plaisir de m'amener la marquise, amenez aussi son amie.

Il demanda, l'œil brillant :

— S'intéresse-t-elle aux curiosités ?

— Quoi ! s'exclama Courtray en baissant le ton, ne seriez-vous point las, monsieur le maréchal, d'emmener vos belles invitées visiter votre cabinet de curiosités ?

— Pourquoi diable m'en lasserais-je avant elles ?

Et comme Courtray lui répondait d'une mimique narquoise, le duc ajouta, toutes ses rides surplissées de malice :

— Mon cher, les dames sont vaniteuses, et les belles

surtout. Elles aiment à susciter la prouesse, et pouvoir se flatter d'avoir mis en branle un maréchal de quatre-vingt-sept printemps... Hé, hé !

Le vieux duc semblait si content de lui que le jeune marié de quatre-vingts printemps seulement ressentit le pinçon de la jalousie. Il contourna son voisin pour avoir sa meilleure oreille :

— Franchement, monsieur, quand le cœur vous en dit, vous en sortez-vous toujours ?

— Mon ami, la difficulté n'est point d'en sortir, dit sobrement Richelieu, et il alla vers les nouveaux venus.

Dans son habit de velours noir tout rebrodé de paillettes il pétillait de mille feux au sein d'un nuage de musc. Comme de coutume il avait mis trop de parfum, trop de rouge et de blanc, trop de bagues à ses doigts, et il était parfait pourtant, tant il montrait de grâce exquise et naturelle à être tout à tous, babillant des nouveautés comme des vieux souvenirs avec la même mémoire, sa gaieté toujours prête à fleurir, sa légendaire galanterie aiguillonnée par le murmure incessant des jupes. Il voletait de l'une à l'autre avec des compliments et des esquisses de baisers, ramassait un gant comme un jeune homme, cueillait, pour les offrir, des roses de soie aux bouquets dont Delorme, le fleuriste de la Reine, avait décoré cette fête d'hiver. Louison reçut une rose rouge.

— Pour ma rose, je réclame un tour de menuet, dit le duc. Un très petit tour me suffira.

Le vieux duc dansait bien en mesure et sans manquer un pas, avec une amusante raideur saccadée : ses articulations n'avaient plus leur moelleux, et sa toute-petitesse fluette accentuait encore sa ressemblance avec un automate savant de Vaucanson. Très vite, il ramena sa cavalière vers un canapé.

— À ma fête de l'an prochain, je crois que je donnerai une partie de ballon plutôt qu'un bal, dit-il en se casant sur le mince bout de tapisserie que la jupe de dentelle lui laissait. Je me crois désormais plus propre à faire un aéronaute qu'un danseur. Je ne pèse guère. Et j'aimerais bien m'envoyer en l'air de cette façon-là ; c'est la bonne pour monter au ciel sans en perdre la vue d'ici-bas. Et au moins, on s'y en va à deux, acheva-t-il en contemplant sa voisine avec gourmandise.

Elle ne s'y trompa pas :

— Monseigneur, si vous m'invitez je serai du voyage, dit-elle, et Richelieu en gloussa de plaisir.

Parce qu'il continuait de la dévisager, d'un coquet coup de poignet elle déploya son éventail et masqua tout le bas de son visage pour ne lui laisser que ses yeux.

— Vos yeux..., dit-il aussitôt. Votre regard, mademoiselle, m'a été longtemps familier, mais il vous va mieux encore qu'au feu prince.

Sa voix se teinta de mélancolie :

— Conti et moi ne nous entendions guère, mais nous avons en commun d'avoir réussi nos filles et manqué nos fils. Et par un sort funeste, aujourd'hui qu'il ne reste qu'un père et qu'une fille, ils ne sont point appariés.

Il moucha une larme, dit encore :

— Venez me voir de temps en temps. Je vous donnerai à dîner quand vous voudrez... si les fantômes ne vous effraient point.

— Les fantômes ?

Il lui sourit :

— Il y en a toujours un petit nombre autour de ma table, qui sentent fort leur vieux temps. Venez-y voir. Cela vous amusera. Parfois, dans ma salle à manger, on se croirait dans le cabinet des cires de monsieur Curtius. Vous y représenterez à merveille le siècle de Marie-Antoinette, un bien joli siècle : il a de l'avenir.

Se levant, il lui tendit sa petite main sèche et précieuse dont le moindre geste étincelait :

— Et maintenant, venez, que je vous ramène là où l'on danse. À votre âge, le pied vous démange. Bièvre est-il bon danseur ?

— Monseigneur, le meilleur danseur que je connaisse n'est point là ce soir : c'est monsieur de Beaumarchais, dit Louison.

Le duc parut frappé de son propos.

— Ah ? fit-il après un temps. Êtes-vous un peu amoureuse de ce joyeux coquin-là ?

Il marqua encore un silence avant d'ajouter :

— Ma fille aussi l'aimait... bien.

Il la laissa au bras du marquis de Bièvre, observa un bon moment leur ballet gracieux. Il s'efforçait de revoir danser sa fille, quand elle avait vingt ans. Pourquoi n'avait-il pas fait, de sa courte vie, une longue suite de bals ? On sait toujours trop tard quelle était la femme importante de votre vie.

La troisième duchesse de Richelieu fut à son côté soudain, qui lui disait aimablement :

— Comme à l'ordinaire votre soirée prend bien, monsieur. On en parlera. Vous n'avez point votre pareil pour réussir une fête.

Richelieu accommoda son regard sur la gavotte qui se dansait, dans le lumineux tournoiement des soies, au milieu du grand salon blanc et or illuminé a giorno, où n'étaient restés que les chefs-d'œuvre pendus aux murs et les meubles d'appui supportant les bouquets. Les lourds rideaux bien clos cachaient les marbres gelés du jardin ; on y perdait un Michel-Ange mais on y gagnait l'autre beauté blanche des peaux nues : les danseuses avaient toutes jeté leurs fichus, leur fouillis moussait sur un fauteuil, le vieux maréchal de Contades, assis à côté, s'en mettait plein les mains et même, furtivement, plein le nez.

« Le pauvre Contades a toujours manqué d'audace à l'attaque », pensa Richelieu, ravi de voir que « le gamin » des maréchaux, à soixante-dix-neuf ans seulement, n'osait déjà plus s'en prendre qu'à des chiffons vides. Il se roidit dans son bel habit de lumière noire et commença de promener, sur l'assemblée des gorges offertes, son œil de connaisseur.

— Vous y verriez plus exactement avec votre face-à-main, observa la duchesse.

Elle ajouta, après qu'il lui eut obéi :

— Eh bien, monsieur, à laquelle, ce soir, jetterez-vous le mouchoir ?

— Ah ! madame, soupira Richelieu, nos savants sont devenus des sorciers, et pourtant ils ont encore l'imagination trop courte. Tout le long de mon vivant ils ont découvert et inventé des merveilles, mais la plus grande merveille du monde — une jolie femme — reste due au hasard, et ils ne nous ont point donné le moyen d'en bien jouir jusqu'au bout.

Il se baisa les doigts pour répondre, de loin, au sourire d'une arrière-petite-cousine, acheva dans un nouveau soupir :

— Quelle disgrâce, madame, que d'en être réduit aux mains !

— Ah ! je pense comme vous, monsieur, que cette petite Couperin est une bien belle tentation, dit la duchesse, taquine.

— Oh ! pour celle-ci, elle est délicieuse, s'attendrit Richelieu. Délicieuse. Elle me donne un cœur de père.

De surprise la duchesse en demeura les yeux ronds, et coite un long instant.

— Je me demande si elle aimerait choisir une boîte à mouches ou une tabatière dans ma collection ? poursuivait le duc, tout à son jeu de père adoptif. Du même coup j'en offrirais une à son amie, la marquise de Courtray, pour présent de noces. Je vais les emmener voir mes boîtes.

— Bon ! je vous retrouve, dit la duchesse. Mais monsieur, deux d'un coup, après déjà la fatigue d'un menuet, serait-ce bien raisonnable ?

— Cette boîte est ravissante, n'est-ce pas ? Le duc a insisté pour que je l'accepte. Elle était à mademoiselle de Richelieu.

C'était une petite poulaine d'ivoire toute piquetée d'or, qui s'ouvrait par le dessus. Bièvre la prit pour la mieux regarder.

— Elle est fort belle, dit-il. J'en suis jaloux : c'est le présent d'un maréchal.

— Je ne sais comment il en va à la guerre mais, à l'amour, on voit les colonels l'emporter sur les maréchaux, dit Louison. De reste, j'ignorais que vous fussiez colonel. Où donc avez-vous perdu votre régiment ?

— Je suis de l'État-major.

— Ah ? Dans ce cas il nous faudrait une nouvelle guerre d'un jour, pour que j'aie la chance de vous voir en uniforme ?

— Je me déguiserai en colonel pour vous, quand vous le voudrez.

— Je le voudrai, je le voudrai. Êtes-vous bien doré sur toutes vos tranches ?

— Oui, je vous le promets, dit Bièvre en riant. Et si je vous sors ma tenue des dimanches, je vous éblouirai presque autant qu'un maréchal !

Elle rit aussi, en renversant sa tête contre le capiton de la berline.

— Oh ! mes boucles ! dit-elle aussitôt en y portant la main.

— Il est presque l'heure de les défaire, dit le marquis.

Elle ne lui répondit pas mais se laissa de nouveau aller contre le drap douillet, ferma ses paupières, et l'ombre d'un sourire étira ses lèvres. Le cœur du marquis cogna un grand coup, qui lui résonna jusqu'aux tempes. Elle ne l'avait encouragé ni d'un mot ni d'un geste, et pourtant il la sentait s'abandonner à la douceur du moment. Et comme pour faire écho à son espérance elle dit soudain tout bas, sans rouvrir les yeux :

— Ce bal et ce souper m'ont charmée. Je m'en trouve à merveille, l'âme légère comme un ballon !

— C'est la tisane de Richelieu*. La blanche surtout, dont vous avez bu, est des plus traîtres.

— Ma foi, non, monsieur, ce n'est point le vin mais le plaisir qui me rend légère, et ce soir, je suis heureuse. En savez-vous le pourquoi ?

— Dites-le vite !

Il avait saisi sa main gantée, qu'il dégantait sans qu'elle s'en défendît. Elle avoua sans vergogne :

— Je suis belle comme une princesse et on m'aime comme une princesse, c'est assez pour me faire un bonheur. Je suis frivole, monsieur, mes bonheurs n'ont pas souvent de grandes raisons.

— Cela me va, dit Bièvre, je ne suis point un grand homme.

Il lui couvrit la main de baisers chatouilleux, longue-

---

* Gouverneur de Guyenne et de Gascogne, Richelieu s'était fait le chantre des vins de Bordeaux, que les Parisiens appelaient : la tisane de Richelieu.

ment, avant de la remettre à l'abri, serrée entre les siennes, dans son propre manchon de vair. Elle dit, pour dire quelque chose :

— Je suis contente que vous ayez pris cette berline plutôt que l'autre. Par une telle nuit, sa couleur réchauffe mieux que le vert.

De fait, les deux lanternes miniatures fixées à l'intérieur de la caisse, sur la garniture de drap jaune, y maintenaient une pénombre dorée tiède à l'œil.

— Je l'ai choisie parce que l'or vous sied, dit le marquis, en repoussant du bout de sa canne, sous ses jupes, la chaufferette qui s'en était échappée.

Elle lui ôta sa main pour la poser sur la magnifique pomme d'or ciselée de la canne de soirée :

— Je vois, monsieur, que vous avez pris soin d'en mettre jusque dans les détails. Votre collection de cannes et d'épées m'émerveille, et je suis presque sûre de n'avoir point tout vu !

— Mademoiselle, si vous n'êtes point lasse ?

L'hameçon était gros, mais puisque la truite semblait vouloir jouer à l'étourdie...

Les chevaux peinèrent, dans la neige et le vent, pour les monter jusqu'aux Porcherons. Le village glacé à blanc dormait sous la lune, il ressemblait au décor, plein de sourde magie, d'un conte du Nord.

Rue Royale, à la porte de l'hôtel de Bièvre la grosse lanterne était demeurée allumée. Les chevaux s'arrêtèrent seuls sous la lumière. Avant que son cocher ne les relançât vers la Folie-Poupette, le marquis abaissa une vitre pour passer sa tête hors de la portière :

— Lalloz ! cria-t-il, nous entrons d'abord un moment ici.

« Un moment, grommela Lalloz entre ses dents. Un moment ! Et alors, moi, je dételle, ou je dételle pas ? » Les premières fois de l'amour, Lalloz ne les aimait pas, surtout quand elles survenaient en pleine nuit d'hiver. Rester sur le qui-vive par un temps de chien !

Le portier avait ouvert la porte cochère à deux battants. Lalloz rangea la berline au bas des marches du perron, rejeta sa couverture et sauta lourdement à terre sur ses jambes à demi gelées pour aider Charpentier à porter la dame jusque dans le vestibule.

Lallemand, le valet de chambre, ne se couchait jamais avant d'avoir mis son maître au lit. Plusieurs feux flambaient, au premier étage, dans l'appartement privé du marquis. Bièvre fit entrer Louison dans la bibliothèque, où il aimait à se tenir. C'était une pièce carrée très agréable donnant sur le petit jardin, tapissée jusqu'au plafond de livres desservis par une échelle roulante. Peu meublée, elle contenait seulement un grand bureau à cylindre, une table volante, deux chaises et deux bergères à oreilles, des cartons de dessins, une mappemonde et un pupitre à musique.

— *Le Séducteur* est né ici, dit le marquis en touchant le bureau.

Louison ne lui jeta qu'un coup d'œil distrait. Elle s'était arrêtée près du pupitre et relevait la flûte couchée dans un écrin de velours ouvert.

— Je ne vous connaissais point cet autre talent, monsieur. M'en jouerez-vous ? demanda-t-elle en lui tendant l'instrument, et elle s'installa dans une bergère.

— De la musique nouvelle ?

— S'il vous plaît.

Bièvre jouait de la flûte en virtuose. Il attaqua un air de la *Psyché* de Méhul et ce fut tout de suite comme s'il envoyait s'enrouler autour de Louison, pour la fixer là, le ruban clair et souple de sa mélodie.

— Monsieur, vous charmez. Encore, pria-t-elle après la dernière note, tout alanguie.

Dans la garde-robe, à tout hasard le valet sortait la plus belle robe de chambre de son maître, en taffetas de Florence blanc, ouaté et doublé de serge rouge, celle que les dames aimaient enfiler après un impromptu. La porte donnant sur le palier fut poussée, la tête du cocher se montra dans l'entrebâillement :

— Monsieur Lallemand, alors ? Je dételle, ou je dételle pas ?

Lallemand prit un air rogue :

— Comptes-tu le savoir avant monsieur le Marquis lui-même ? Nous en sommes au solo de flûte. Et n'entre pas ici avec tes bottes ! Descends m'attendre à la cuisine. Je dois aller faire du grog.

Quand Lallemand remonta avec son bol de grog fumant, le marquis montrait à Louison les plus belles des estampes qu'il avait rapportées de son tour d'Italie. Comme ils étaient debout elle avait passé un bras sous le sien et s'appuyait de la joue contre son épaule, et lui semblait en paradis, il récitait Venise et Rome sur le ton chuchoté d'un serment d'amour.

— Hum ! toussa Lallemand, avant d'entrer poser le grog sur la table.

Elle se retourna vers le valet, le regarda emplir les verres, revint au marquis :

— Monsieur, je crois que, même après ce coup de l'étrier, je n'aurai pas le cœur de ressortir au froid, dit-elle avec le plus grand naturel. Vous aurez bien une chambre à me donner pour que j'y attende le jour ?

Lallemand pensa que la bêtise à faire serait de demander quelle chambre il convenait de donner et, n'étant pas bête, il dit seulement : « Je vais réveiller Mariette et l'envoyer à Mademoiselle », en se pressant de sortir.

— Non ! jeta vivement Louison. N'éveillez personne, il est trop tard. Je me débrouillerai seule.

— Vous ne vous débrouillerez point seule, dit Bièvre dès que Lallemand fut ressorti. D'un tel encombrement, on ne se sort point seule !

Elle lui coulissa un regard moqueur :

— Mais n'avez-vous pas servi aux pages ? On dit que les pages font de bonnes chambrières.

— Je n'ai été qu'aux mousquetaires, mais on y apprend aussi à fort bien servir les dames. Voyons cela...

Ils passèrent dans le boudoir. Assise devant la grande coiffeuse en bois de rose elle se laissa ôter son panache et sa toque sans bouger un doigt. Alors il s'attaqua aux épingles pour faire retomber les boucles dans son cou une à une, il baisait chacune, et ses baisers glissaient à demi sur la peau du décolleté, dont Louison sentait se hérisser les papilles... Quand enfin il releva la tête pour juger de son ouvrage dans le miroir ils se virent sourire à leurs reflets, joue contre joue. Les bras du marquis enlacèrent leur proie, et puis ses mains ôtèrent du creux des seins, d'abord la rose de Richelieu, et puis la rose de taffetas cerise et son papillon. La gorge ronde aux tétins dressés jaillit du corsage dès les premières agrafes écartées, comme pressée d'aller aux caresses. Elle était aussi blanche que son nid de Valenciennes et bien plus douce aux doigts. Bièvre lui trouva une beauté parfaite, un toucher de satin, l'arôme de la giroflée, le goût tiède et lisse de la fleur de lait. Il pensa qu'avant d'en venir à la découverte du reste, cette gorge de Vénus méritait une longue, très longue pause... Louison parut s'en trouver très bien, jusqu'à ce qu'enfin, sans rouvrir les yeux, elle esquissât un geste vers la robe de chambre en soie fourrée que Lallemand avait complaisamment étalée sur le canapé :

— Je voudrais cela, dit-elle. En la passant sur sa peau nue, on doit y être comme dans un bain chaud...

Il continua de la dégrafer.

« Mon Dieu, pardon ! je suis légère. » Ce fut sa première pensée quand elle s'éveilla. Il faisait grand jour, un jour éblouissant. Le soleil baignait le jardin de neiges, qui scintillait. Dans la cheminée le feu ronronnait fort, on venait assurément d'y jeter de nouvelles bûches.

Elle était seule dans le grand lit de milieu placé face aux fenêtres. Sans doute pour qu'elle pût voir, en ouvrant les yeux, le beau paysage blanc vallonné jusqu'au château Monceaux, les rideaux de toile pleins de roses roses avaient été relevés. Soulevée sur ses coudes elle examina la chambre du marquis, passa la revue des meubles en bois de rose et des objets familiers posés sur le grand bureau d'acajou à l'anglaise : une écritoire et un portefeuille de maroquin noir, un petit trictrac d'ébène, un mortier en jade, un buste de Louis XV sous verre, un bilboquet d'ivoire. Des livres, dont plusieurs ouverts, encombraient le dessus de marbre blanc de la commode et l'abattant du secrétaire, et il y en avait encore trois autres sur la table de chevet. Le regard de Louison revint sur elle-même pour se découvrir dans une chemise de nuit trop vaste, de fine batiste, dont les manchettes tuyautées lui recouvraient les mains. « Je suis une femme légère dans une chemise d'homme. » Et l'homme n'était pas le père de Soraya. Hélas, elle avait beau s'efforcer au remords son âme dormait encore et, dans son corps, elle ne trouvait que du plaisir, le paisible plaisir du plaisir passé. Par la porte entrouverte du boudoir elle apercevait le floconnement rouge et blanc de sa robe de bal. Cette robe, quel bonheur ! Mais se la faire ôter achevait si bien la fête de l'avoir mise...

« Maman, ce n'est pas ma faute. Ce n'est pas ma faute, maman, j'aime l'amour ! » Elle redit tout haut « J'aime l'amour », d'un ton d'évidence, au buste de Louis XV, et se laissa retomber sur les oreillers en levant les bras pour s'étirer. Elle tirait fort et bâillait tout autant, avec une conviction de chatte. Les manches de batiste trop larges lui coulèrent jusqu'aux épaules et elle en profita pour se goûter les bras du bout de la langue : c'était vrai qu'elle avait la peau d'un lis, elle avait la peau délectable d'un lis qui sentirait la giroflée. Mais où donc était passé le marquis ? Elle n'entendait pas un bruit dans le boudoir, ni d'ailleurs dans la maison. Elle eut un nouveau coup d'œil pour les livres du chevet, qu'elle prit pour voir les titres, avant de les reposer avec une moue : c'étaient deux ouvrages sur la Rome antique et des églogues de Virgile. Elle s'apprêtait à sonner mais retint sa main, elle n'avait pas envie de voir entrer Lallemand. Au même moment le marquis se montra, déjà vêtu. Il portait un simple habit de velours d'hiver, mais du ton en vogue, gris-de-suie-de-Londres. Il déposa sur un fauteuil l'épée d'acier à poignée d'argent qu'il avait déjà ceinte, s'approcha en souriant de la belle paresseuse.

— J'avais à sortir tôt, et vous dormiez. Puis, au dernier moment je n'ai point eu le cœur de partir sans vous avoir éveillée d'un baiser, dit-il en s'asseyant sur le bord du lit.

Il se pencha sur elle pour l'embrasser.

— Je viens d'envoyer chez vous, pour y chercher votre Suzanne. Ai-je bien fait ?

— Fort bien. Elle aura l'idée, je pense, de m'apporter une robe du matin. Sinon, je vous emprunterai un habit. Je vous en ai vu qui donnent l'envie d'être un homme... pour un petit moment.

Il passa un instant dans son boudoir pour y prendre une brosse à manche d'ivoire sur sa coiffeuse, revint à elle et se mit à lui lisser les cheveux :

— Je ne veux pas laisser tous les plaisirs à Suzanne. Louison, je crois que je vous aime.

— Monsieur...

Elle se reprit :

— Georges, je crois que j'aime votre amour.

— C'est un bon début, dit-il. Reviendrez-vous ce soir ?

Elle demanda, taquine :

— Avez-vous une autre fête à me proposer ?

— Je vous en trouverai une.

— Dans ce cas, monsieur, cela m'ira, dit-elle en s'étirant de nouveau, avec volupté.

Cette fois ce fut lui qui lui picora les bras de baisers avant d'ouvrir la chemise... Elle sentait encore le parfum capiteux dont elle s'inondait, mais aussi un peu le serpolet dont Mariette semait tout le linge de la maison, un peu l'eau de Cologne ambrée du marquis, et aussi l'odorante tiédeur d'une nuit d'amour. Il s'arracha d'elle d'un bond :

— Vous avez une gorge à ne point voir quand on est pressé, dit-il. Monsieur m'attend. Il veut mon avis sur un paquet de gravures qu'il a reçues de Florence.

— Monsieur a toute une cour, et je n'ai que vous, dit Louison d'un ton boudeur. Je suis sûre que Monsieur ne s'apercevra même pas que vous le faites attendre.

— Certes, et c'est parce que je serai chez lui à l'heure, dit Bièvre en riant. Louison, oubliez-vous que je suis l'écuyer ordinaire de Monsieur ? Hélas, il me faut faire passer mon prince avant ma maîtresse. Mariette va vous apporter votre chocolat.

— Bon, bon, allez donc, fit-elle du bout des lèvres. Au fait, Monsieur reçoit-il souvent des paquets de Florence ? Mon eau de giroflée vient de là-bas, et si...

— J'y penserai, dit-il. J'en porte le souvenir.

— Merci.

Elle avait repoussé les couvertures et le drap pour sortir

un pied, dont elle faisait jouer les orteils dans une flaque de soleil. Comme elle l'avait voulu il ne résista pas et revint, avant de ceindre son épée, prendre le joli pied dans sa main pour un baiser d'adieu.

— N'aie pas honte de baiser les pieds de ta maîtresse, bien que ce soit honteux, récita-t-elle avec satisfaction.

Il releva brusquement la tête, pour la contempler avec une surprise enchantée :

— Vous avez lu Ovide ?

Louison revit la maison comblée de livres, la grande et la petite bibliothèque, les volumes traînant partout. Elle prit l'air contrit :

— N'ayez point de fausse joie, monsieur, j'ai fort peu lu, sauf quand un livre amusant, c'est-à-dire défendu, me tombait sous la main.

— Et *L'Art d'aimer,* bien sûr, vous était défendu ?

— Comme vous le pensez. Rien que son titre donnait une vapeur à ma gouvernante.

— Je ne vous défendrai, moi, que de ne point lire.

— Est-il vrai que vous sachiez beaucoup de grec et beaucoup de latin ?

— On n'en sait jamais assez, dit-il modestement.

Elle insista :

— On raconte que vous pouvez tenir la gageure, pendant toute une soirée, de répondre à tous les propos par un vers de Virgile ?

— Qui vous a rapporté cela ?

— Lady Crawford. Elle le tient de Monsieur. Alors ?

Bièvre contourna la question pour seulement remarquer :

— Je vois qu'en mon absence vous bavardiez de moi, et que lady Éléonore vous en disait du bien. Je lui en saurai gré.

— Vous savez, ce n'est point pour l'amour du grec et du latin que je me suis décidée, avoua-t-elle franchement, et Bièvre éclata de rire.

— Je vous adore, dit-il en reprenant son épée, pour de bon cette fois. Je vous quitte, mais je vous adore. Mumm... Je sens que je vais croiser votre chocolat. Mariette en fait de très bon, et goûtez aussi son pain d'épices, le sien est encore meilleur que celui de l'abbaye...

Mariette la servit au lit, sur une petite table d'accouchée à mécanique. Louison souleva la tasse du déjeuner en fine porcelaine de Chantilly, l'admira un instant avant de la porter à ses lèvres. La servante dit aussitôt :

— Monsieur le Marquis a voulu que je donne à Mademoiselle son propre déjeuner.

L'once de reproche avait été perceptible. Louison déchiffra tout haut les deux initiales d'or :

— A. E. ? fit-elle en y mettant un point d'interrogation.

— Il était à madame de Bièvre, dit Mariette. Sa mère. Monsieur le Marquis ne boit son chocolat que là-dedans, et pourtant, c'est fragile !

— Mariette, vous pouvez aller, je sais que vous êtes seule en cuisine, dit Louison en lui souriant. Allez, je ne casserai rien.

La servante s'en alla à regret, quasiment à reculons, l'œil sur sa porcelaine.

« Georges, merci », murmura Louison en reposant la tasse un instant. Le geste de son nouvel amant la touchait beaucoup. Le marquis était charmant, vraiment. Autant, sans doute, que ses meilleurs amis le disaient. Elle chercha dans son cœur, en pensant à Bièvre, le bondissement qu'y mettait naguère le seul nom d'Ali. Mais son cœur demeurait calme, tendrement calme. Sa chair même se trouvait bien de sa présente solitude. « Je ne l'aime pas », se dit-elle avec mélancolie. Même après leur belle nuit d'amour elle ne l'aimait pas, et n'y pouvait rien. Quel dommage ! Tout aimer d'un homme, sauf lui, quel dommage ! Enfin, le reste était déjà si bon...

Avec précaution elle se débarrassa de la précieuse porcelaine, sauta du lit, s'enroula dans la robe de chambre du marquis et s'en alla fureter dans la petite bibliothèque de l'étage, à la recherche d'un livre amusant.

24

Louison s'installa dans la vie de Bièvre sans éclat. Elle refusa d'habiter son hôtel, refusa qu'il lui louât la petite maison du marin Tom Jones, encore inoccupée. C'était à la Folie-Poupette qu'elle se sentait chez elle. Cela ne l'empêchait pas de jouer à la maîtresse de maison chez le marquis, mais elle en repartait toujours. Elle avait découvert le mâle bien-être d'être libre après l'amour ou la fête. Plus jamais elle ne vivrait chez un amant. La tante Mado la grondait d'ainsi laisser la bride sur le cou à un homme à la mode, mais Louison riait, sûre de ses yeux, de sa peau, de son sourire, de son parfum d'enchanteresse ; sûre, peut-être, d'être infidèle la première.

Dans les salons que fréquentaient les amants, leur romance plaisait. Le couple était beau, jeune, gai, il avait de l'esprit et d'abord celui d'être des familiers de Calonne, le roitelet du jour. Les plus méchantes langues s'attendrissaient sur lui. Au moment où il se formait elles avaient d'ailleurs à chansonner une aventure autrement croustillante : Artois venait de pincer sa femme sur les genoux du capitaine des cuirassiers, voilà qui valait de la verve ! Quand la mésaventure de la comtesse eut fini d'amuser et que le cuirassier fut à la Bastille, le duo de l'auteur du *Séducteur* avec la bâtarde de Conti n'était déjà plus une nouveauté. On les voyait partout ensemble, partout où se retrouvait la France qui comptait en ce début de l'année 1784 : autour de Calonne ou autour de la Polignac. La Reine était presque délaissée : elle n'aimait pas Calonne.

Pourquoi persistait-elle à le bouder ? Pour elle il usait sans lésiner son charme et son or, et n'en tirait pas un sourire. Seiffert, le médecin de tout ce monde, en offrit une raison : il devait s'agir d'un cas fort rare de « fluides animaux diamétralement opposés ». La Fayette s'étant fait confirmer, par le Dr Mesmer, que la chose pouvait arriver, en attendant mieux dans l'entourage du ministre l'explication de Seiffert prévalait. Elle donnait le goût de la fatalité à la haine royale, dont Calonne se trouvait un peu consolé, lui qui supportait si mal de déplaire. L'inimitié de ses trois autres grands ennemis le chagrinait moins. D'abord c'étaient des hommes, et puis il n'avait rêvé de plaire ni à Necker dont il « usurpait » la place, ni à l'archevêque de Toulouse* qui la guignait. Et quant à Monsieur... Monsieur détestait, persiflait, vilipendait Calonne, mais Monsieur s'était fait, par principe, « le tombeur » de tous les ministres de son frère, de n'importe quel ministre (mal) choisi par le Roi, cet imbécile né un an trop tôt**.

Monsieur, par chance, n'imposait pas trop ses rancœurs à ses gentilshommes. Il raillait Bièvre de son goût pour « le charlatan des Finances », Bièvre répondait par une bièvrerie, Monsieur riait, et son écuyer continuait de souper avec le charlatan. Louison était de tous ces soupers-là, elle était désormais de toutes les mondanités de Bièvre, et Dieu sait qu'il menait la belle vie ! Elle en était tout étourdie.

Calonne avait réveillé autour de lui la joie d'être riche ou d'au moins le paraître. Oubliés Turgot, Necker et d'Ormesson, oubliés le rustre, le prêcheur et le tatillon, défendue l'austérité, à quoi bon l'économie puisque c'est la dépense qui fait marcher le commerce, et que tout va quand le commerce va ? Ô le délicieux ministre ! Il prophétisait le bonheur par l'argent — au comptant ou à crédit. Obéissant, son petit monde s'agitait en dînant, soupant, dansant, pour faire de l'argent en faisant des affaires. Il allait à la chasse à l'or avec d'autant plus d'allégresse et moins de scrupules qu'il y allait par philosophie et patriotisme, pour entrer dans les temps modernes en sortant la France de sa crise. Le frémissement de la prospérité en marche égayait les sangs, les cœurs et la ville, la rue chantait plus que jamais, et des chansons gentilles ! Même le froid douloureux du plus cruel des hivers n'empêcha pas la rue de chanter gentiment sa

---

* Loménie de Brienne.
** Louis XVI était né en 1754 ; Monsieur, comte de Provence, en 1755.

misère. Il est vrai que Calonne, prompt comme à son ordinaire, donna toute son aide aux secours qui s'organisaient. L'hôtel de Police fut transformé en maison d'accueil, les riches ouvrirent leurs portes, des ateliers de charité se créèrent. Curés et commissaires couraient leurs quartiers pour y débusquer les pauvres honteux et, rue des Petits-Champs, à l'hôtel des Finances, Louison, au milieu d'autres belles dames, distribuait du pain et du lait, du bois et du charbon au nom du Roi, au nom de la Reine. Un matin qu'elle et sa mère, lady Éléonore et Solange servaient un dîner de soupe grasse dans un commun de l'hôtel transformé en réfectoire, à la fin du repas des femmes du peuple les prirent par la main pour les entraîner jusqu'à la place des Victoires. Un obélisque de neige y avait été érigé à la gloire du Roi, dont quatre vers célébraient la bonté. Sculpté de la base au sommet le monument était superbe. Le ministre vint l'admirer, applaudit les artistes, risqua, de sa voix la plus douce :

— Et pour la Reine ? La Reine aussi me donne sans compter pour les pauvres.

Un immense « Vive la Reine ! » lui répondit dans la seconde, les artistes se jetèrent à genoux et à pleines mains dans la neige, deux heures plus tard l'obélisque de la Reine était aussi beau que celui du Roi, et sur son cartouche on lisait :

> *Reine, dont la bonté surpasse les appas,*
> *Près d'un Roi bienfaisant occupe ici ta place.*
> *Si ce monument frêle est de neige et de glace,*
> *Nos cœurs, pour toi, ne le sont pas.*

— Mon Dieu, merci, la bataille est gagnée ! s'écria la Polignac quand elle apprit l'histoire, et elle courut chez la Reine pour la lui rapporter.

Marie-Antoinette pleura de bonheur en écoutant la duchesse lui réciter les mots d'amour de son petit peuple de Paris, d'ordinaire si méchant pour elle. Mais elle ne crut pas que Calonne y fût pour quelque chose, et ne le crut pas davantage quand sir Quentin tenta de l'en persuader.

— Il n'y a rien à faire, soupira lady Éléonore. La Reine veut penser que Calonne est son ennemi, parce qu'elle veut sa chute. Cela finira mal pour tout le monde. Si Calonne tombe, le Roi aura perdu le meilleur ministre qu'il se soit jamais donné, c'est l'avis de sir Quentin.

— Calonne ne tombera pas, dit Louison. C'est la mauvaise humeur de la Reine qui finira par fondre. Comment voulez-vous qu'un ministre tombe quand la Banque en est si contente ? Je sais cela de mon beau-père que, dans un pays moderne, la Banque, si elle le veut, peut tenir un ministre en place.

— Mais la France est-elle un pays moderne ? demanda lady Éléonore.

— Madame ! s'exclama Louison, nous venons d'inventer les ballons ! Et je vois bien qu'autour de nous tout se met à commercer, avec passion !

— Tout sauf monsieur de Bièvre, remarqua lady Éléonore en souriant.

Louison eut une moue :

— Il est vrai que Bièvre, là-dessus, sent son vieux temps. Le négoce ne l'intéresse pas. Je crois qu'il le trouve vulgaire. S'il a besoin d'argent frais il loue ses chasses, engage une terre ou coupe un de ses bois. Aujourd'hui que je le connais bien je sais qu'il n'aime vraiment qu'écrire et lire, jouer de la flûte, raconter les beautés de l'Italie, et puis m'aimer. D'abord, m'aimer.

— Son programme est charmant pour vous, dit lady Éléonore. Tant qu'il lui restera de la terre...

— Oh ! il en a beaucoup, dit Louison avec insouciance. Il n'empêche, cela m'amuserait qu'il se mît aux affaires, comme tout le monde.

L'esthète n'y songeait pas. Il ne faisait qu'observer, d'un œil ironique, l'affairisme qui s'emparait soudain des plus paresseux. Aux Porcherons même, chez les plus parisiens des Parisiens, on se mettait à rêver à de grandes choses sérieuses.

— Le bon ami de votre amie Colombe nous a apporté la gale au village, disait Bièvre à Louison. Voilà que chacun se gratte la tête pour deviner comment bien investir son argent, au lieu de bonnement le dépenser. Le pis est que cela tue la conversation parce que chacun veut me faire profiter de sa meilleure idée entre la poire et le fromage, comme si la tentation me pouvait jamais venir d'aller sottement jeter mes louis dans la gueule d'un haut fourneau ou dans les serres d'un agioteur ! Dieu, ma mie, que Weymerange était donc un joyeux drille quand il gagnait son argent sans mot dire, en friponnant l'armée !

— Il nous amène des gens nouveaux, disait Louison.

— Tous ennuyeux ! disait Bièvre. Avouez que son chevalier de Wendel est une triste figure ? Je comprends qu'il faille fabriquer des tuyaux de fonte pour la Compagnie des Eaux et que ce Wendel veuille les fabriquer au Creusot avec l'aide de Weymerange, c'est-à-dire avec l'argent de Calonne mais, à table, devant mes poulardes à la crème, qui cela peut-il intéresser, je vous le demande ?

— L'Ami Charmant, disait Louison.

— Oh ! lui ! Il aime se jeter dans les ennuis.

— Les malheurs lui vont si bien !

Il s'en trouvait même plus gai que jamais. Les Américains lui devaient toujours trois millions ; un corsaire anglais, juste avant la paix, lui avait raflé pour deux millions de cargaison ; son cher ami le prince de Nassau était reparti pour la Pologne en lui laissant, comme d'habitude, ses dettes à payer, mais, dans la tête de Beaumarchais, les promesses de l'avenir bouchaient déjà les trous du passé. Il ne désemplissait pas de projets dorés. De cœur il était déjà dans les eaux de Paris avec les frères Périer, dans les tuyaux de fonte avec Weymerange et Wendel, dans les importations anglaises avec Vergennes et Dupont de Nemours, dans un trafic de fourrage avec le Polonais Lazowski, dans les grands travaux portuaires que comptait lancer Calonne, dans la Nouvelle Compagnie des Indes française qui se concoctait chez le ministre et ses banquiers mais, aussi, dans la Nouvelle Compagnie des Indes franco-anglaise qui se rêvait chez sir Quentin, il était encore, grâce à lady Éléonore, dans l'exportation des modes et des vins vers la Suède avec Fersen et dans le lancement des habits de confection avec Chauvigné et le tailleur Dartilongue, et puis, bien sûr, il était dans les ballons. Véhémentement il patronnait « le meilleur », le gracieux navire volant d'un sieur Scott qui se flattait d'avoir inventé le moyen de le diriger à son gré. Comme en plus, tout en courant du four neuf au moulin neuf il s'efforçait de régler cinq ou six vieilles affaires pendantes et de répondre, trait pour trait, aux calembours de Bièvre qui ne lui pardonnait toujours pas de réclamer des droits d'auteur aux comédiens, aux persiflages de Lauraguais inconsolé de ne lui rien devoir, et aux pamphlets de Mirabeau furieux pour la même raison, sa vie, en vérité, était un imbroglio aussi bien noué que l'intrigue de son *Mariage de Figaro* !

Un matin d'avril, par un temps diluvien — au gel de l'hiver succédaient la pluie et les crues du printemps —, ce feu follet arriva à la Folie-Poupette sur le coup de midi. Sa nouvelle canne de bambou, enrichie d'une pomme d'or guilloché, attira tout de suite le regard de Louison :

— Granchez ?

— Oui, elle vient du quai de Conti, lâcha Beaumarchais d'un ton fat — on ne trouvait nulle part ailleurs de si belles cannes aussi chères.

— Joli présent. Une admiratrice ?

— Un bienfaiteur.

Il lui exhiba un bon du Trésor de cinq cent soixante-dix mille francs :

— Une avance sur ma créance américaine.

Lauraguais, qui se trouvait là et faisait mine de ne pas écouter, ne put cacher sa surprise :

— Une avance sur votre... Quoi, Calonne espère-t-il vraiment qu'un jour les Fédérés rembourseront la France ?

— Hé, monsieur, s'ils ne remboursent point, n'est-ce pas la France plutôt que Beaumarchais qui doit y perdre ? C'est vous, mon cher comte, qui m'aviez donné l'idée de ravitailler les Insurgents pour entraîner Louis XVI dans la guerre, et c'est Vergennes qui a négocié le traité de paix en oubliant généreusement ce qui m'était dû. Comment ? Voilà une guerre que vous avez suscitée, que la France a gagnée pour l'Amérique grâce à moi, et je serais le perdant de l'histoire ?

— Messieurs, non ! intervint Marianne. Chez moi vous êtes amis comme naguère, souvenez-vous-en.

— Madame, aujourd'hui je n'ai plus d'ennemis. Je suis au beau fixe, dit Beaumarchais.

— Et même pis que cela, ajouta Louison, qui le contemplait avec attention. Un autre bonheur encore ?

Beaumarchais ferma ses yeux à demi, souffla :

— Une marée de bonheur, d'une voix béate.

— C'est fait ! s'écria Louison en sautant sur ses pieds. Oh ! c'est fait ! On va jouer *Le Mariage* ! Parlez ! Mais parlez donc !

Il lui tendit une lettre du baron de Breteuil. Louison en releva tout haut la phrase importante : « Je crois, monsieur, que votre comédie pourra se jouer, car il est vrai que les gens gais ne sont pas dangereux. »

— L'Ami Charmant, quelle bonne nouvelle, dit Marianne.

Lauraguais avait levé les yeux au ciel :

— Seigneur ! Voilà Breteuil qui oublie que les gens fous, eux, sont dangereux. Breteuil est fou, de protéger votre Figaro. Ce barbier-là a toute l'insolence d'un républicain. Le Roi s'est fait, pour sa Maison, un ministre qui donne la parole aux républicains de tréteaux : il le perdra.

— Et vous qui teniez Breteuil pour un sot..., chuchota Louison à Beaumarchais.

— Le baron est un ministre de son temps, répondit Beaumarchais à la cantonade. Il a besoin, et envie, d'être populaire.

— Et donc de plaire à la canaille, glissa Lauraguais d'un ton méprisant.

— Et donc de plaire à l'opinion, corrigea Beaumarchais.

— Que vous faites à coups de plume, enchaîna Lauraguais, et ce sera pour le pire plutôt que pour le meilleur.

Beaumarchais négligea l'interruption :

— Le baron sait qu'on ne peut plus gouverner contre l'opinion, reprit-il. Dès qu'assis à sa place, il a fait supprimer les lettres de cachet, libérer les détenus politiques et transformer en grenier à blé la prison de Vincennes. Il lui reste à démolir la Bastille, et, en attendant, il donnera la parole à mon Figaro parce qu'il sait ne plus pouvoir la lui refuser. Les Parisiens veulent ma comédie. Depuis six mois ils intriguent et s'étouffent pour entrer au moins une oreille dans les maisons où on la joue déjà, la Reine a chanté ma chanson de Chérubin chez les Polignac et, qui mieux est, les blanchisseuses la chantent au lavoir. De reste, monsieur de Breteuil a demandé au lieutenant Le Noir ce que les Parisiens désiraient le plus dans le moment, et Le Noir a répondu : « *Le Mariage de Figaro*. Donnez-leur la folie de Beaumarchais, ils vous applaudiront; continuez de l'interdire, ils vous honniront. »

Visiblement, l'auteur du *Mariage* s'enchantait de pouvoir faire et défaire la popularité d'un ministre. Sa mine rayonnait. Il déployait toute sa taille en rentrant bien le ventre sous son beau gilet rouge pour se donner l'allure fringante de son Figaro. Il dit, en suçant les mots exquis :

— C'est Paris, c'est tout Paris qui exige ma comédie !

Il n'exagérait qu'à peine, et le soir de la première* Paris le montra bien.

Déjà, depuis l'annonce de la représentation, Beaumarchais nageait à travers un flot de quémandeurs qui mendiaient des places à prix d'or en promettant de faire la claque à tour de bras. Beaumarchais se cacha, les acteurs se barricadèrent dans le théâtre, alors des grappes de gens, dès la veille, vinrent camper devant les guichets. Il y avait là d'un peu tout, de jeunes seigneurs et des filles des rues, des collégiens, des militaires, des bourgeois petits et grands, des Savoyards, des cordons bleus et des laquais de toutes les couleurs, dont la cohue s'enfla démesurément à l'aube. Dès onze heures du matin, prudemment le lieutenant de Police fit doubler la garde, et la doubla encore sur le coup de trois heures. Une heure plus tard, à l'ouverture des guichets la garde fut balayée, dispersée, piétinée, les grilles arrachées, les portes enfoncées, la salle comblée, en un clin d'œil, presque au double de sa capacité ! Colonel ou perruquier,

* 27 avril 1784.

nobliaute ou lingère, venu du faubourg Saint-Germain ou venu du faubourg Saint-Marcel tout avait poussé, tiré, hurlé, insulté, rué des pieds et des coudes, tapé du bâton ou piqué de l'épée pour entrer, entrer, entrer là tant qu'était demeuré le quart d'une place ! À cinq heures on avait fini de dégager les pâmés, d'emporter les blessés et les morts, une vaste rumeur montait de la foule excitée, le beau monde se défroissait, s'installait du mieux qu'il le pouvait. Déjà le comte d'Artois, chef de file des « pour », faisait applaudir à ses voisins les meilleurs traits de la pièce, et déjà Monsieur, chef de file des « contre », bâillait ostensiblement, pour bien montrer que l'ennui le gagnait rien qu'à la pensée d'ouïr les grossièretés de « l'horloger de la rue Saint-Denis ». « Ce sera un succès scandaleux, mais ce sera un succès, grinçait La Harpe, jaune d'envie. Ce sera un succès, ce diable d'homme a déjà trois morts, c'est un de plus que ce qu'on a jamais vu pour une première. » Les belles encombrantes, celles qui avaient la chance de connaître des acteurs, revenaient des coulisses une à une, où leurs amis les avaient logées depuis bien avant l'ouverture pour leur éviter la bousculade. Louison rejoignit Bièvre dans la loge de Calonne ; il avait prêté la sienne à des amis.

Comme à son habitude le ministre s'était arrangé pour avoir autour de lui ses dames préférées du moment, pas les moins éclatantes de l'assemblée. Entre les jupes de Louison, de lady Éléonore, de la belle d'Harvelay et de Mme Vigée-Lebrun, Calonne et les trois autres hommes de sa loge, noyés dans le chatoiement des soies, ne pouvaient respirer que leurs parfums mêlés. Dans toute la salle il ne restait plus une seule bouffée d'air frais, on savait que le spectacle allait durer plus de quatre heures et on tâtait, dans sa poche, la présence du flacon de sels, mais nul ne quittait la place, sauf sur un brancard. Cependant l'air vicié augmentait toujours plus l'énervement du public, qui se mit à trépigner, claquer des mains, réclamer « les chandelles » à grands cris. L'impatience nourrie de malaise physique fut bientôt telle que les « pour » et les « contre » commencèrent d'échanger des injures avant même d'avoir entendu le premier mot du premier acte. Dans la coulisse les comédiens s'inquiétaient,

Dazincourt, qui jouait Figaro, craignait d'avoir à faire son entrée au milieu d'une bataille rangée, si bien que le gentilhomme de la Chambre en service fit lever le rideau dix minutes plus tôt que prévu.

L'effet fut magique. Dès la première minute la salle tomba dans le grand silence de l'enchantement. Beaumarchais avait voulu que les décors, les costumes fussent d'une beauté, d'un luxe jamais encore égalés. Et comme, au charme du décor s'ajoutèrent tout de suite le bondissement joyeux de l'intrigue et son étincelant dialogue, les rires, les exclamations, les bravos se mirent à ponctuer le jeu des acteurs : ils entraînaient leur public au rythme allègre de Beaumarchais mais en retour, le public, plein de talent ce soir-là, les portait. La fête était parfaite. Réfugié dans la coulisse l'auteur en frissonnait de bonheur, presque douloureusement, les entrailles spasmées. Et ce fut bien pis quand son Figaro, en scène, attaqua le grand monologue de l'acte III, bourré d'insolences contre la noblesse. Beaumarchais ressentit de la tête aux pieds le mouvement de houle qui soulevait la salle où les sifflets furent couverts, submergés par des applaudissements d'une telle violence que Dazincourt, après chaque flèche lancée, devait faire une pause pour laisser passer la tempête...

— Eh bien, voilà une bonne plaisanterie de foire, lança Monsieur de sa voix la plus dédaigneuse, en sortant du théâtre. Elle amusera les cochers. Demain ils y viendront en force avec les laquais et les perruquiers, et puis la pièce tombera.

— Ma foi oui, monseigneur, je crois qu'elle tombera... cent fois ! dit en souriant Sophie Arnould.

La foule s'écoulait dans la rue, encore rieuse, déjà pensive, remuée par le va-et-vient des porte-falots et des valets qui faisaient avancer les attelages. Les voix s'entrechoquaient si vivement qu'à coup sûr « la nuit de Figaro » ne faisait que commencer, et partait pour durer... huit jours !

— Je ne sais, madame, si cette comédie se jouera cent fois, mais je tiens le pari qu'elle se jouera aussi longtemps que les comédiens-français le voudront, et avec le même empressement du public, dit Mme d'Oberkirch.

— Quoi, madame, vous aussi ! jeta l'académicien Suard d'un ton ulcéré. Vous aussi, madame, pensez du bien de cette satire lourdaude, qui n'a que le mérite de soulever de gros rires en présentant des vices et des vicieux sur le théâtre ?

— Que voulez-vous, monsieur, j'ai ri, je n'ai jamais ri de si bon cœur et pendant quatre heures d'affilée, dit l'Alsacienne avec sa coutumière franchise. Je vous accorde que ce Beaumarchais est un impertinent, mais il a mis son impertinence en forme de chef-d'œuvre, et puis, reconnaissez-lui du courage aussi. Contre le courage qui fait rire, vous ne pourrez rien. La preuve en est que Figaro nous bastonnait, et que nous en redemandions !

— Ma foi, moi aussi, j'ai ri tout mon soûl, dit lady Éléonore. Comment faire autrement ?

— Oui, voilà : comment faire autrement ? répéta Bièvre. Figaro nous fera toujours rire, parce que nous aimons l'esprit bien plus que nous ne craignons son danger. Même quand, au bout du compte, Figaro réclamera la tête de son maître, ce sera par un si bon mot que nous l'applaudirons encore. Si Beaumarchais n'est pas à la Bastille, c'est parce que nous sommes bons à mettre aux Petites-Maisons.

Louison traîna un peu le pas pour pouvoir entendre La Harpe, qui discutait avec un autre académicien :

— Il y a là-dedans un ton très nouveau, disait le critique. Oui, cette pièce choque les bonnes mœurs et le bon goût, mais sa verve comique au moins fera date, je vous le prédis. Je n'avais pas remarqué, avant ce soir, à quel point on se languissait à la comédie, à force d'y toujours écouter le même air. Ce soir, pardieu ! que cela me plaise ou non, cet aventurier de Beaumarchais m'a mis l'oreille dans le dix-neuvième siècle !

Stupéfaite, Louison se retourna pour vérifier, à grands yeux, que c'était bien La Harpe, ce hargneux, qui venait de parler. « Mon Dieu, pria-t-elle, faites que, tout à l'heure, il écrive comme il pense ! » Au même moment elle sentit qu'on lui offrait de nouveau un bras pour la conduire vers les voitures et s'appuya de confiance à la manche de satin : c'était celle de Calonne.

Le ministre n'avait cessé de l'enrober d'attentions, toute la soirée. Apparemment, la présence de la belle d'Harvelay, sa maîtresse en titre, et de Mme Vigée-Lebrun que tout Paris lui donnait pour seconde favorite, n'empêchait pas le don Juan de faire sa cour à la bien-aimée de son ami Bièvre. Sa voix se veloutait dès qu'il l'approchait, ne fût-ce que pour prononcer la simple question qu'il lui posa :

— Eh bien, mademoiselle ? Vous seule n'auriez donc rien à dire du succès de votre grand ami ?

— J'écoute, dit-elle en lui souriant. Mon propre avis, il le connaît déjà. Mais je ne serais point fâchée de lui pouvoir rapporter l'avis du ministre.

Elle précisa :

— Celui qu'il affichera hors de son cabinet.

— Mon avis sur une comédie n'est point un secret d'État, dit Calonne. Tout haut comme tout bas je pense, mademoiselle, que nous venons d'assister à la naissance du théâtre moderne. Ces personnages taillés dans le vif, ce rythme endiablé, ce ton véhément, cette langue crue, ce fol esprit sans rubans... C'est du théâtre pour demain, du théâtre pour tout le monde.

— Et il ne vous effraye point ?

— Non. Je ne me serais point fait le ministre d'un jeune roi si je ne voulais pas voir entrer ce pays dans le monde de demain, qui sera libéral. Démocratique et libéral. Chacun y pourra dire son mot. Même en en disant un de trop Figaro ne s'y fera pas embastiller : Breteuil va démolir la Bastille.

— Monsieur, mon ami Beaumarchais sera content de vous, dit familièrement Louison.

— Cela m'ira, dit Calonne avec un petit rire. Aujourd'hui, pour gouverner tranquillement il faut être bien dans le cœur des vauriens qui ont de la plume. Tant de gens savent lire, en France !

Les valets ouvraient les portières des carrosses du ministre : il était venu avec plusieurs attelages, comme à son ordinaire, pour pouvoir obliger ses amis. Discrètement, il retint Louison qui s'avançait déjà vers la voiture de Bièvre, dit à celui-ci en se tournant vers lui :

— Permettez, mon cher, que je vous ramène Mademoiselle dans ma propre calèche. Nous avons commencé un dialogue sur le théâtre, que j'aimerais poursuivre.

— C'est que... nous devions souper à l'hôtel Richelieu, dit Bièvre, contrarié. Vous connaissez le maréchal : les comédiens du Roi sont sa chose, ceux du *Mariage* seront chez lui ce soir, avec leur auteur.

— J'y ferai donc un tour aussi, dit Calonne. Le maréchal me supporte, il n'a plus très envie du ministère. Ainsi, voyez, je ne vous priverai pas longtemps de Mademoiselle.

Bièvre inclina la tête, sans un sourire. Il aurait confié sa bourse à Calonne, mais sa maîtresse... Louison lui lança un coup d'œil taquin, lui murmura vite :

— Quittez-moi sans crainte, monsieur, personne ne me perdra, quand je me perds c'est de mon propre vouloir.

— Voilà qui me rassure tout à fait ! grommela Bièvre, de méchante humeur.

Il partit avec les Vaudreuil. Louison revint vers Calonne et aperçut, à quelques têtes derrière lui, les dominant toutes, le baron de Chauvigné. Cela faisait bien deux mois qu'elle ne l'avait vu, sans oser demander de ses nouvelles à lady Éléonore. C'était stupide, mais elle avait toujours l'impression, quand elle s'informait de lui, de rougir en prononçant son nom. Et même en sentant qu'elle ne rougissait pas elle ne pouvait se défaire de l'idée que les autres la voyaient rougir par-dedans. Ce soir encore, en le revoyant soudain elle avait tressailli. Décidément, entre elle et Chauvigné il devait y avoir... un fluide. Et comme pour l'en convaincre, Chauvigné la regarda dès qu'elle eut posé les yeux sur lui. Dieu ! que son regard était donc agaçant ! Pourquoi y voyait-elle toujours s'allumer de l'ironie légère, dès qu'il la contemplait ?

Comme il venait vers elle pour la saluer, elle demanda une minute à Calonne. Elle ne l'avait jamais vu qu'en fraque ou en négligé du matin et, pour la première de Beaumarchais, il s'était mis à la française, en habit et culotte de velours de Lyon vert, avec une veste de satin blanc brodée au fil de soie vert. « Le plus bel homme de la soirée » : elle le pensa sans se demander si elle avait autant détaillé les autres. Elle était contente de se savoir aussi belle que lui dans sa toilette neuve, un nouveau présent de Bièvre, une robe en poult-de-soie bleu de nuit ouverte sur une jupe de mousseline rosée plissée en bouillons. Au cou elle portait son collier de perles roses et, aux poignets, les deux bracelets, en perles assorties, que le marquis lui avait offerts pour le compléter. Elle lui tendit sa main à baiser, vit qu'il remarquait la perfection des perles du bracelet, ressentit sur son bras, sur ses soies, sur sa gorge, sur ses cheveux emplumés d'aigrettes rosées le lent passage du regard bleu.

— Comment avez-vous trouvé le spectacle ? demanda-t-elle.

— Joli. Je le trouve fort joli, dit-il en continuant de la passer en revue.

Cette fois elle rougit vraiment, un peu.

— Je vous parlais de la pièce.

— Croyez-vous ? Mais vous avez raison de le prétendre : l'hypocrisie vous sied.

Il ajouta, comme à regret :

— Tout vous sied.

— Vraiment ?

Heureusement surprise, elle le titilla :

— Voilà un bon début pour un compliment. Vous ne m'y aviez point accoutumée. Voyons, que dites-vous de ce mélange de rose pâle et de bleu sombre ? Rose Bertin appelle ma robe : L'aurore d'une belle nuit.

— J'en dis...

Il lança son œil moqueur vers Bièvre qui montait en carrosse, le reposa sur Louison, acheva avec insolence :

— J'en dis que vos péchés ont de bien belles couleurs, et que la Bertin a fort malicieusement mais fort justement baptisé sa robe.

Le sang de Louison lui bondit au visage, ses nerfs tremblèrent au point de l'empêcher d'agir, c'est ce qui la sauva de faire un esclandre en giflant Chauvigné. Le baron s'était incliné pour prendre congé et elle le laissa aller sans mot dire, le cœur blanc, avec une envie de vengeance qui l'envahissait vite, jusqu'à ras bord.

— Venez-vous ? lui demandait Calonne.

Il dut répéter sa question.

En l'installant dans sa calèche il l'enveloppa dans le grand châle qu'il tenait à la disposition de ses passagères. Il aimait faire ce geste : enrouler une femme dans de la soie. Il aimait le faire quand la femme sortait nue et chaude de ses bras et, comme il avait beaucoup d'imagination... « En espérant mieux », c'était la devise des Calonne.

Louison remercia d'un battement des cils. Le visage durci elle se taisait, et il savait pourquoi. Il avait entendu le baron. Les Américains étaient des butors. Les puritains sont des butors. Pourvu qu'en important de là-bas le goût du commerce et la liberté de penser, la vieille France, si agréablement amorale, n'allât point en importer le puritanisme ! « Si je pouvais mettre là-dessus de gros droits de douane... », pensa le ministre, amusé par l'idée.

Péniblement, le cocher frayait son passage dans la rue encore pleine d'animation.

— Doucement, Jaspar, n'écrasez personne, lui cria Calonne. De toute manière, au bout de la rue vous tomberez dans la queue. Nous mettrons un certain temps à gagner l'hôtel Richelieu, ajouta-t-il pour Louison.

Feignant de se tromper sur la raison de son mutisme il dit encore :

— Ne soyez point soucieuse : la critique sera bonne.

Elle fit un effort pour se détourner de sa colère :

— Celle de La Harpe devrait être bonne. Beaumarchais aura encore Meister et Grimm pour lui, mais Suard sera très méchant : je l'ai vu siffler, plusieurs fois.

— Dame ! Votre ami Beaumarchais clame partout que Suard est un honnête homme auquel ne manque qu'assez d'esprit pour ne point écrire. Un académicien peut-il pardonner à l'auteur d'un tel portrait de lui ?

— Que voulez-vous, les antipathies ne se raisonnent ni ne se guérissent, dit-elle, pensant toujours à Chauvigné. Certaines gens se plaisent à vous faire mal, sans qu'on sache pourquoi.

Sa dernière phrase avait été dite d'un ton si rageur qu'il lui prit la main, demanda, doucement :

— Est-ce un homme ? Est-ce une femme ? Donnez-moi seulement le sexe de votre tourmenteur et je vous donnerai le pourquoi de sa bile.

Comme, surprise, elle l'interrogeait du regard, il reprit en souriant :

— Si c'est une femme, elle trouve qu'on vous aime trop, si c'est un homme, il trouve que vous ne l'aimez pas assez.

— Croyez-vous ? fit-elle après un temps, l'air assez content.

— J'en suis sûr.

Un instant elle hésita, mais sa coquetterie l'emporta :

— Sur ce pied-là, monsieur, vous me devriez un peu persécuter car je vois bien que vous me courtisez et que je ne vous contente point. Pourquoi, s'il vous plaît, votre bile ne s'en échauffe-t-elle pas ?

— Ah ! dit-il en riant, c'est que je suis un homme de gouvernement, c'est-à-dire un homme d'espérance.

Elle se mit à rire aussi.

— Ne trouvez-vous pas bien difficile d'être une femme ? Si vous ne plaisez point on vous néglige ou on vous dénigre, si vous plaisez on vous assiège et, comme vous ne pouvez donner à tous, les autres vous déchirent.

— Et les uns sont ingrats, compléta Calonne. Vous me faites voir, mademoiselle, qu'un ministre et une jolie femme ont bien des points communs. Sans doute est-ce pour cela qu'ils s'accouplent si volontiers ?

Elle lui ôta sa main, se mit à fredonner :

> *Ô Français, mes bons amis,*
> *Trop aimables étourdis,*
> *Eh bien !*
> *Eh bien !*
> *Bénissez votre destin !*
> *Tout, jusqu'à la gent bretonne,*
> *Aim' Calonne, aime Calonne !*

— Nul ne vous déchire, tout vous louange, dit-elle. Vous ne me faites point pitié.

— Bah ! Belle chanson d'un beau début de règne, dit-il d'un ton désabusé. Hélas, les Français sont des girouettes. Et... Et puis, non ! Nous n'allons certes point nous mettre à philosopher sur la politique. Admirez plutôt cette lune d'avril : pour n'être qu'à demi pleine elle brille assez pour vous nimber d'argent, vous vêtir d'une robe couleur bleu de lune, comme la princesse du conte de Perrault.

Il lui avait repris la main.

— J'aimerais justement parler de la politique plutôt que de la lune, dit-elle en se dégageant de nouveau. Être dans les secrets de l'État, cela me plairait.

— Seigneur, non ! Oh ! Dieu, non ! s'écria-t-il avec un effroi simulé. Non, non ! Vous êtes une Conti, mademoiselle, et les Conti sont toujours dans l'opposition au pouvoir, quel qu'il soit. Or je tiens fort à ce que vous soyez de cœur avec moi.

— De cœur ? releva-t-elle, l'air narquois.

— Mademoiselle, osa-t-il dire, quand le cœur va, tout va.

— Je vois que, pour vous, le cœur vaut le commerce ? Je le dirai à ceux qui vous accusent de n'avoir que l'argent pour critère.

— Sérieusement, dit-il sans la suivre dans son badinage, vous ne comptez pas aimer sans fin mon ami Bièvre ?

Elle faillit répondre : « Qui vous dit que je l'aime ? », se mordit la lèvre à temps, répliqua autrement :

— Vous voici donc, monsieur, en train de me prêcher l'infidélité ?

— Je ne vous trouverais fidèle que si vous l'étiez à moi.

— Monsieur, vous me courtisez bien à la légère. Qu'en penserait madame d'Harvelay ? Vous ne songez pas qu'en m'aimant, vous feriez baisser la Bourse.

— Non, dit-il avec assurance. C'est trop tard, ou trop tôt, pour me faire chuter en Bourse. Trop de gens déjà ont intérêt à la hausse, et d'Harvelay tout le premier.

Il ajouta de sa voix la plus cajoleuse :

— Je vous offre mon amour, prenez-le, en ce moment c'est l'amour de la France et vous ne valez pas moins. Et puisque vous brûlez d'entrer dans les secrets de l'État... Ils sont fort bien logés, acheva-t-il d'un ton léger.

Irrésistiblement, elle se mit à penser au ministre comme elle n'y avait jamais pensé. Il portait un habit de satin gris de perle et du linge enrichi de point d'Angleterre, sa perruque blanche à gros rouleaux embaumait l'eau-de-vie de lavande. La calèche, les chevaux pomponnés, l'équipage en livrée grise et jaune, tout alliait son luxe discret à celui du maître. Le charme et la beauté de l'hôtel des Finances et des demeures privées de Calonne — sa maison de la rue Saint-Dominique, sa campagne d'Hannonville, son château de Berny — lui repassèrent devant les yeux : la décoration parfaite, le magnifique mobilier de Boulle, les collections de tapisseries, de bronzes, de marbres antiques et de porcelaines rares, la longue galerie des chefs-d'œuvre avec ses Rubens, ses Van Dyck, ses Titien, ses Véronèse, ses Watteau, ses Fragonard, ses Greuze, ses Boucher et cent tableautins de petits peintres, trouvailles de l'amateur jamais rassasié de bonne peinture. Son rêve la fit sourire quand elle revit danser les couleurs brillantes des poissons chinois et des oiseaux des Îles, les chats blancs et noirs s'enrouler sur leurs coussins de velours, un soir de fête s'étirer dans les beaux jardins paisibles brodés à la française, de buis, de fleurs et de choux d'art. En rêvassant elle avait enfin abandonné sa main à Calonne, qui la caressait du bout des doigts. Les hommes qui ne sont pas qu'eux-mêmes sont dangereux. Bièvre avait offert sa gloire, mais celui-ci offrait son pouvoir. Elle prit une goulée d'air à la lavande, voluptueusement, comme si elle respirait Versailles étalé à ses pieds.

Lui se taisait pour l'entendre mieux penser. Sa clairvoyance des êtres et son grand usage des femmes le faisaient cheminer, en même temps qu'elle, à travers sa propre magnificence. Il finit par dire, comme pour lui compléter le beau paysage :

— C'est de mes caves que je suis le plus orgueilleux. Je sais que vous préférez à tous le vin de Champagne, et je crois avoir le meilleur qui se puisse boire hors de Reims. Moutinet, mon sommelier, a les papilles les plus fines de Paris.

— Cela se dit. Mais qui vous a si bien renseigné sur mon goût ?

— Madame de Polignac. Vous en avez bu chez elle, l'autre dimanche.

— Un bien beau dimanche, dit Louison. La Reine y était. Mais elle n'a voulu qu'un verre de limonade.

— La Reine est sage, dit Calonne, qui jamais ne perdait l'occasion d'en dire du bien.

Il ajouta ce qu'il avait attendu de pouvoir placer :

— On m'a rapporté que Sa Majesté vous avait parlé ?

— C'est vrai, soupira Louison, rose de fierté. Sa Majesté avait chanté la chanson de Chérubin d'une voix si émue, avec tant de sentiment... J'ai osé lui dire qu'elle m'avait mis les larmes aux yeux, et qu'il fallait que son cœur eût connu la peine pour la si bien rendre. Alors Sa Majesté m'a pressé la main, en me disant que mon émotion la touchait. Quand je repense à mon audace...

— La Reine chante fort bien le triste, dit Calonne. Elle a si mal placé son cœur...

— Vraiment ?

— Monsieur de Fersen n'a guère, de romantique, que son allure de chevalier des neiges.

— Bah !

S'avisant qu'il parlait trop le ministre allait changer de sujet, mais Louison voulut savoir :

— Croyez-vous tout de bon, monsieur, que le comte de Fersen n'aime point la Reine ? Aimerait-il davantage lady Éléonore ?

Calonne pensa : « Fersen aime Fersen, et puis l'or de sir Quentin à travers Éléonore et, à travers la Reine, les vingt mille livres de rente qui vont avec ce brevet de colonel du Royal-Suédois, qu'elle finira bien par lui avoir. »

— Je plaisantais, dit-il. Je suis comme tous les sujets mal-aimés de la Reine : jaloux de Fersen.

— Je veux qu'il l'aime, dit Louison. Depuis que je l'ai entendue chanter, je sais qu'elle est assoiffée d'amour.

— L'amour, c'est ce qui manque le plus aux reines comme aux rois, et à leurs ministres aussi. Comme tout un chacun on voudrait des amis, mais on n'a que des clients. Alors on se rabat sur l'espérance la plus facile : l'amour d'un seul homme...

Il lui baisa la main avant d'achever :

— ... l'amour d'une seule femme.

Elle se moqua franchement :

— Monsieur, une seule femme : vous vous sentiriez soudain d'une pauvreté !

— Vous êtes Vénus, dit-il. Toutes les femmes en une.

Elle le contempla un moment sans rien dire. L'attelage traversait la Seine au pas, une queue de voitures devant, une queue de voitures derrière.

— Votre ami Bièvre m'a confiée à vous, dit-elle enfin. N'êtes-vous pas gêné de le tromper ?

— Je ne le trompe point encore, dit-il en souriant. Mais, avec votre permission, je le tromperais volontiers demain. Bièvre est un poète, et le chagrin d'amour rend service à un poète : il en fait un drame lyrique en cinq actes. Vous savez bien que je tiens à encourager les arts.

Il ne lui laissa pas le temps de trouver une réplique, ôta de son petit doigt une bague qu'il lui passa :

— Tenez, que dites-vous de la monture de cette pierre ? J'ai essayé un jeune orfèvre d'à peine dix-huit ans, qu'on me recommandait. Y a-t-il assez de lune pour que vous la puissiez voir ?

Elle attendit qu'ils fussent immobilisés sous une lanterne de rue pour admirer le bijou. C'était un magnifique rubis ponceau de l'Orient, enchâssé dans une fine couronne de petits diamants taillés en roses.

— Mon Dieu, s'extasia-t-elle, cette couleur ! Elle enchante sous cette pauvre lumière ; dans l'éclat du soleil elle doit éblouir. La taille est parfaite. La monture aussi.

La calèche s'était remise en marche. Elle fit encore miroiter le rubis dans un rai de lune, murmura dans un sourire, avec une sorte de tendresse :

— Quelle belle chose... Je suis très sensible à la beauté des pierres.

— Vraiment ? Dans ce cas, faites à mon jeune protégé la grâce de porter celle-ci, on la remarquera sur vous mieux que sur moi, dit-il d'un ton aussi indifférent que s'il lui abandonnait une dragée.

— Monsieur, non! dit-elle avec fermeté, en lui tendant sa bague. Vous régaleriez une ingrate.

— C'est mon métier. Je passe mon temps à régaler des ingrats, et le plus souvent sans en avoir tiré la moindre bouffée d'illusion avant la déception. Faites-moi la charité. Laissez-moi espérer que cette babiole vous fera ressouvenir de moi parfois, le temps d'une étincelle.

Il lui passa la bague au doigt, souleva sa main pour l'offrir au clair de lune :

— Avouez que la main et le bijou s'accordent merveilleusement ?

— Oh! sans doute, dit-elle. Mais avec tout ce qui me va, monsieur, et tout ce qui me tente, je pourrais ruiner bien du monde !

— Je travaille justement à enrichir bien du monde. C'est un bon temps pour les dépensières.

— Non, répéta-t-elle en lui rendant le joyau.

— C'est donc maintenant votre bague que je porte, dit-il en la remettant à son auriculaire. Redemandez-la-moi quand vous aurez votre robe couleur de cerise, celle dont la jupe est toute en Valenciennes...

— Quelle mémoire de moi ! murmura-t-elle, flattée, au moment où le ministre ajoutait :

— Demandez-moi ce que vous voudrez. Si c'est possible, c'est fait ; si c'est impossible, cela se fera.

Un soupir de vanité comblée échappa à Louison. La beauté, décidément, était la vertu la plus facile à vivre. Elle la sentait incrustée dans sa chair comme un pouvoir absolu, un aimant qui lui attrapait sans mal tous les bonheurs du monde.

— Je vous promets, monsieur, de m'inventer un jour un caprice difficile à satisfaire, dit-elle.

Il réagit dans l'instant :

— Un jour ? Aujourd'hui ?

— Aujourd'hui va bientôt finir.

— Demain ?

— Monsieur, qui sait ? Demain, je serai une autre femme.

Sa phrase la frappa d'abord elle-même, comme si un

écho venait de la lui renvoyer. Elle revit sa mère donnant son congé à un gentilhomme, sur le perron de son petit hôtel de la Chaussée-d'Antin. Éblouissante dans une robe de bal rose et or la belle Couperin s'apprêtait à changer d'amant. Penchée au-dessus du couple, à la fenêtre de sa chambre, la petite Louison, alertée par les mots familiers : « Monsieur, qui sait ? Demain, je serai une autre femme », s'efforçait de voir si le nouvel oncle avait bon air. Pour répondre à Calonne les mots de sa mère lui étaient venus seuls à la bouche et c'étaient des mots de courtisane, qui font patienter.

Dans l'antichambre aux quatre glaces de l'hôtel Richelieu, où les dames s'arrêtaient avant de passer au salon, elle tenta de se voir avec reproche. Mais sa belle image rayonnait le plaisir sans repentir.

— Eh bien, Louison, nous jugez-vous assez bien pour que nous allions ?

Lady Éléonore, dont c'était la voix, parut dans le miroir. La Vénus épanouie et la Vénus à peine ouverte formaient le plus séduisant des tableaux. « Si j'étais un homme, j'aurais du mal à choisir, pensa l'Italienne. Je prendrais les deux ! »

— Je crois être bien pour les autres ; c'est à moi, ce soir, que je ne plais pas trop, lui répondit Louison.

Éléonore l'avait vue arriver avec Calonne. Et puis, elle savait. Sir Quentin était très proche du ministre, et ils ne parlaient pas que des affaires de l'Inde. Elle eut l'air amusé, jeta légèrement :

— Le cœur ?

— Trop de cœurs, dit Louison.

— Non, non, jamais trop, dit Éléonore. Cara mia, vous êtes exquise, donc on vous empêchera de choisir la sagesse. Vous ne pourrez choisir que de descendre ou de monter, acheva-t-elle en ayant un regard vers la porte ouverte de la seconde antichambre, dans laquelle Calonne bavardait avec le baron de Talleyrand.

— Madame, madame ! Vous oubliez que la comtesse de Genlis a publié son *Cours de Morale* lundi dernier, et que la mode est plutôt à la leçon de vertu, pour la semaine au moins ! lança Mme de Vergennes, qui avait entendu et plaisantait volontiers.

— Vous pensez bien que je n'ai pas lu cela ! s'exclama Éléonore. De la morale à six francs le volume, et il y en a trois ! Comme tout renchérit ! Du temps que son poil valait mieux que sa plume, pour douze francs seulement on avait l'auteur.

Elles passèrent au salon dans un fou rire. Elles étaient dans le ton, l'assemblée bruissait déjà d'une joie fiévreuse, étalée en cour autour de Beaumarchais.

Dans le royal habit rouge galonné d'or de ses nuits de fête, planté au cœur de ses comédiens, le glorieux rayonnait le bonheur parfait. Pour l'instant il lisait et relisait, aux nouveaux arrivants, le bout de pamphlet rimé qui s'était distribué à la porte du théâtre :

> *On voit enfin, sortant de la coulisse,*
> *L'extravagante nouveauté*
> *Qui, triomphant de la police,*
> *Profane, des Français, le théâtre enchanté.*
> *Chaque acteur est un vice*
> *Et, pour voir, à la fin, tous les vices assemblés,*
> *Des badauds achetés ont demandé l'auteur.*

— De qui dit-on que sont ces vers ? demanda une voix haut perchée.

— Hé ! madame, de qui voulez que soient des vers boiteux ? Ils sont de Monsieur, pardine * ! s'écria Beaumarchais.

Sa cour s'esclaffa de plus belle, avec une longue complaisance.

— À table, tout à l'heure, quand Beaumarchais demandera le sel, au lieu de le lui passer on pouffera en cherchant le bon trait caché dans ses mots, remarqua Bièvre, qui venait de retrouver sa Louison.

— Ne soyez point jaloux de cela, monsieur le calembouriste, on en fait autant pour vous, lui dit en souriant Talleyrand. Ce soir, ici, on rira de tout parce que ce soir, ici,

---

* La goutte faisait souvent boiter Monsieur.

rire c'est fronder. Le Paris des seigneurs a toujours aimé fronder.

Bièvre eut un coup de menton vers Beaumarchais :

— Ce soir, monsieur, la fronde viendrait plutôt de la roture.

— Mon cher marquis, nous sommes en 1784. Il faudra bien nous faire à l'esprit du peuple aussi, dit Talleyrand.

Il ajouta après un temps :

— Je suis content de cette gaieté nouvelle qui court la ville. Elle a de l'insolence, mais de la santé aussi. La noblesse s'aigrissait dans ses maux, sans vouloir en chercher les remèdes. Le remède miracle, c'est le libéralisme. Dès que toutes les idées se peuvent exprimer, les bonnes jaillissent de partout. Quand j'ai vu Calonne s'installer au pouvoir j'ai prédit qu'il ferait le bien de l'État ; je ne croyais pas qu'il s'y mettrait aussi vite.

— Je me souviens, monsieur, de cette prédiction, dit La Fayette. C'est à moi que vous l'avez faite.

— Et c'est vous, général, qui n'y croyiez pas, dit Talleyrand. Vous vouliez absolument que le libéralisme nous vînt de l'Amérique...

« ... en même temps que vous au ministère ! » pensa-t-il, et il poursuivit haut :

— Je ne sais si le siècle prochain sera, comme vous l'annoncez, celui de l'Amérique, mais cette nuit l'Europe me semble encore assez brillante, et son centre est ici. Je ne crois pas, général, que Boston détrônera jamais Paris.

La Fayette survola d'un sourire la mêlée des soies d'où jaillissait, pépiant et pétillant, tout le plaisir d'être.

— Ma foi, monsieur, si vous pensez mode et frivolité, je vous accorde que nous resterons les premiers du monde dans les siècles des siècles, dit-il.

— Cela m'irait, dit Talleyrand. Gardons l'excellence dans la mode et le frivole ; en y ajoutant notre table et nos vins nous demeurerons le pays le plus doux à vivre.

— Et le plus riche, compléta sir Quentin, qui les écoutait depuis un moment. Car tout homme sensé, même s'il était parti gagner son or ailleurs, reviendra toujours le dépenser en France. Voyez-moi !

Avec un regard vers Beaumarchais il ajouta :

— J'espère que notre Figaro n'ira pas jusqu'à mettre le feu à la rue. L'Inde m'a lassé de la guerre des castes, l'Écosse est un pays bon pour les pauvres et, de reste, lady Éléonore n'y trouve rien de bon.

— Vous savez bien, monsieur, que notre ministre nous a mis en marche une révolution douce, qui nous sauvera des autres, dit Talleyrand.

— S'il tient ! dit sir Quentin.

— Oh ! il ne tombera pas de sitôt, il a les femmes et les plumes pour lui, dit La Fayette de ce ton mi-figue, mi-raisin qui lui venait pour parler des autres hommes à succès.

Il se mordit la langue pour ne pas ajouter : « Il paie bien. » Pour attaquer Calonne, l'heure n'était pas venue.

— Les femmes au moins, il les aura toujours, dit lady Éléonore. Il est avec nous d'une...

Elle cherchait le mot.

— ... d'une cajolerie qui vous enrobe ! dit étourdiment Louison.

— Et c'est parfait. Un homme irrésistible ne vous laisse pas le choix. En vous faisant chuter il se charge donc de votre péché, c'est galant, dit Éléonore en regardant Louison d'un œil si moqueur que celle-ci souffla un petit jet de rage par le nez — du dressage de Mme de Treille elle avait gardé ce tic pour se soulager poliment.

Au même moment elle vit Calonne revenir vers elle, craignit un aparté qui fît jaser et se laissa emporter par une farandole de jeunes gens qui passait et ramassait les belles pour les emmener dans le salon à café, où le vieux maréchal leur servait un verre de vin doux de Bordeaux. Louison n'eut pas le temps de boire le sien. À peine l'eut-elle reçu de la main de Richelieu qu'un bras se glissa sous le sien : c'était celui de Lauraguais.

— Quoi, railla-t-elle, venez-vous fêter le triomphe de votre plus intime ennemi ? Étiez-vous à la Comédie ?

— À peine. Et je ne suis ici que pour y avoir amené un vieil ami, qui est aussi un ancien gentilhomme du duc. Il est de passage à Paris et voulait le saluer. En outre, il a des nouvelles pour vous, et je vous savais ici.

Les yeux de Louison s'étaient agrandis :

— Qui donc m'apporte des nouvelles, et de qui ?

— Vous en aurez la surprise dans un instant. On vous attend au premier, dans l'antichambre privée du maréchal.

Il vit qu'elle hésitait à suivre le valet auquel il venait de faire signe.

— Je vous assure, Louison, qu'il y a là-haut des nouvelles pour vous... de quelqu'un qui ne vous fut pas indifférent.

Son cœur marqua le coup, et elle suivit le valet d'un pas d'automate.

Le comte était si absorbé à imaginer la suite de son intrigue qu'il ne vit la marquise de Courtray que lorsqu'elle fut devant lui.

— Pourquoi faites-vous cela ? lui demanda-t-elle sévèrement, d'une voix que trouait l'émotion.

Il haussa un sourcil :

— Vous nous avez donc vus arriver ?

— J'étais juste derrière vous. Et depuis, j'essaie de comprendre ce que vous tramez.

Lauraguais soutint sereinement le regard courroucé de Solange. Cette petite marquise, elle aussi il la connaissait depuis son enfance. Il l'avait fait sauter sur ses genoux en même temps que Louison.

— Solange..., commença-t-il en tentant de lui prendre la main.

Elle la retira vite, répéta plus sèchement :

— Pourquoi faites-vous cela ?

— Parce que je n'avais pas envie de voir demain votre sœur d'amitié se donner à Calonne. Je n'aime pas cet homme-là.

— Calonne ? Monsieur de Calonne ? répétait Solange, et elle parut douloureusement stupéfaite.

— Quoi ? Vous ne saviez pas ? dit Lauraguais, la mine hypocrite. Ma bonne amie, la main allait passer.

— Non, je ne savais pas, murmura Solange, et une crue de larmes lui monta aux yeux. Je pensais que cette fois... Je pensais que le marquis de Bièvre... elle l'aimait... un peu, au moins. Et je ne savais pas non plus que vous n'aimiez point Calonne, ajouta-t-elle machinalement.

Lauraguais se garda de lui répondre là-dessus. Pour haïr d'avant-hier la coqueluche de tout le monde il avait sa raison, et toujours la même : après Beaumarchais, après sir Quentin et deux ou trois autres le ministre venait de lui refuser un prêt de six cent mille francs pour moderniser son domaine de La Tuilerie ; il méritait qu'on lui ôtât Louison de la bouche. Certes, le comte n'était pas sûr d'y réussir, mais la bâtarde de Conti, il estimait la bien connaître, et avoir joué un bon atout contre Calonne.

— Elle est comme elle est, et je ne veux point la juger, disait Solange. Mais vous, comte, je vous jugerai. Si vous l'avez jetée dans le trouble, je vous en voudrai beaucoup !

Étonné, le valet s'arrêta sur le palier du demi-étage, pour attendre. Mlle Couperin, toujours si vive, semblait peiner pour monter les marches. Une main sur son cœur, l'autre cramponnée à la rampe, elle se hissait comme une vieille dame, hésitant avant chacun de ses pas.

Ali...

Les deux syllabes tournoyaient dans sa tête sans qu'elle pût les arrêter pour loger à leur place une pensée cohérente. Ali. Sa dernière lettre était datée du 31 janvier. Alors l'ambassade du comte de Ferrière était arrivée à Bagdad et s'apprêtait à s'enfoncer dans les terres pour gagner Ispahan. Ali racontait Bagdad, disait aussi que ses relations avec l'ambassadeur étaient devenues amicales, que désormais le comte se portait garant de la reconnaissance du Roi pour Khazem. En bref, le marchand de Chirâz promettait à sa bien-aimée de revenir gentilhomme. Louison avait lu la lettre d'Ali comme elle aurait lu la suite d'une belle histoire d'hier, avec la même curiosité et presque le même détachement. Son beau passé avec le Persan, si proche mais si court, lui était devenu une légende dorée, douce à évoquer, à laquelle même Soraya ne parvenait plus à rendre son juste poids de réalité. Sa vie avait galopé si fort, depuis quelques mois... Elle l'avait emportée loin de l'amour de ses seize ans, déposé une autre femme dans un autre monde. Ce gentilhomme, là-haut, revenait-il de là-bas ? Sans doute. Et il venait lui rappeler qu'elle appartenait à Fath-Ali Khazem parce que lui croyait en elle.

Elle frissonna, s'arrêta tout à fait de monter, saisie de l'envie de s'enfuir, de retourner se griser au vin de Bordeaux, dans la mousse de la fête. Ce serait bien, si Ali se découvrait plus heureux en Perse qu'en France. Si sa route croisait celle d'une « fiancée du Shâh », plus belle encore que Louison. Ce serait bien. La douce aventure de son printemps finirait joliment, sans bruit, sans larmes, en s'enlisant dans le grand lointain de l'Orient. Il n'en resterait que de bonnes choses. Le goût du silence qu'on écoute à travers le friselis de l'eau. Le balancement des grands pavots blancs sous la lumière de midi. La saveur pâle des confitures de fleurs. La soie des tapis de prière sous la plante des pieds nus. La tendresse des femmes. L'envol multicolore de leurs jupons de gaze au son de la flûte de Léïlé. La peau ambrée de Soraya, qu'il suffisait de parfumer à la rose musquée pour lui donner l'odorant souvenir d'un beau conte d'amour aux jeux parfaits.

— Mademoiselle ne se sent pas bien ?

Le valet s'était décidé à questionner. Louison sursauta.

— Mais si, dit-elle. Allons...

L'appartement privé de Richelieu s'ouvrait en face de l'escalier. Le valet la fit entrer dans l'antichambre, referma la porte sur elle.

— Vous !

Louison n'aurait su dire si son « Vous ! » avait été un cri ou un murmure. Ce dut être un cri car le valet, qui s'apprêtait à redescendre, revint sur ses pas et colla son oreille à la porte.

25

Le marquis de Roquefeuille lui souriait, l'air presque intimidé.

— Pardonnez-moi de vous surprendre ainsi. Je voulais vous revoir.

— Monsieur, j'en suis heureuse, dit-elle spontanément.

De fait elle s'était illuminée, tellement soulagée de n'avoir pas affaire à un envoyé d'Ali !

— Nous asseyons-nous ? proposa-t-elle.

Il la regardait si fort ! Il la contemplait avec un poignant bonheur. Comme on regarde ce qu'on aime et qu'on avait perdu, qu'on va reperdre dans un instant.

Oppressée par leur silence elle s'en sortit par une banalité :

— Êtes-vous à Paris pour longtemps ?

Avec un soupir il se secoua de son enchantement :

— Pardonnez-moi encore, et cette fois de me tenir muet comme un sot. J'ai pris, voyez-vous, l'habitude de vivre avec votre portrait, lui parlant sans mot dire. L'original me dépayse. J'ai quitté d'hier une très jeune fille en robe de simplicité blanche, je retrouve une dame en grands paniers, qui m'éblouit.

Elle ne put s'empêcher de réagir en coquette, elle ne le pouvait jamais :

— Ne vous déçoit-elle pas aussi ? J'ai vieilli.

— Je vous reconnais tout de même très bien, dit-il en lui souriant plus gaiement. Je ne vous demande pas de vos nouvelles, j'en ai ; j'en ai toujours eu, au fil des mois, ajouta-t-il pour la mettre tout de suite à l'aise.

Comme tout était simple, avec cet homme. Un soir elle avait pleuré d'humiliation devant lui, et d'un geste, d'une phrase, il lui avait rendu la paix. Cette nuit, il la sortait de sa gêne avec quelques mots. Maintenant elle se sentait bien. On oublie les voix, elle avait oublié le son particulièrement mélodieux de la voix du marquis et le retrouvait avec un plaisir certain. Comme il semblait lui laisser le soin de relancer l'entretien :

— Je me doutais bien, dit-elle, que votre neveu vous envoyait les potins de Paris.

— Votre parrain aussi, et il est un correspondancier plus fidèle que Chauvigné.

Elle eut l'air surpris :

— Mon parrain ? Je pensais que mon nom ne lui venait plus à la plume. Il est assez fâché contre moi.

Elle hésita avant d'achever vite :

— Vous savez bien pourquoi.

Il ne se méprit pas sur la réponse qu'elle attendait, dit paisiblement :

— Mademoiselle, vous n'aviez point promis de m'épouser, ni devant Dieu ni devant notaire. On change d'idée à votre âge et, au mien, on a appris à se contenter d'un rêve.

— Vraiment ? fit-elle en le noyant dans le bleu de ses yeux. Vraiment, vous ne m'avez point détestée ? Je ne vous ai point rendu... un peu malheureux ?

— Oh ! si ! Ma foi, si ! Et je vous en sais gré. Je vivais depuis bien trop longtemps avec un vieux chagrin d'amour décoloré, vous m'en avez donné un neuf, c'était une aubaine. Une belle folie. Verte-Fontaine est presque un ermitage. On n'y trouve que les folies qu'on s'y donne.

— Verte-Fontaine...

Elle avait répété le nom rêveusement.

— Verte-Fontaine...

— Je me souviens que ce nom vous plaisait, dit-il avec mélancolie.

— Il me plaît. Et puis, je ne l'entendrai jamais sans penser que tout ce qu'il contient a failli devenir ma vie.

Un silence passa, dura. Ce fut Roquefeuille qui le rompit.

— La fête est en bas, et vous êtes trop belle pour que j'ose vous retenir longtemps loin d'elle, dit-il en se levant à regret.

— N'y redescendrons-nous pas ensemble ?

Il eut un coup d'œil et une moue pour son simple habit de droguet de soie beige :

— Je ne me vois pas en état de paraître à un grand souper. Je saluerai mon vieux maître et je partirai. En revanche, si demain vous le vouliez bien... Je suis à Paris pour une semaine. Je n'ai pu entrer au théâtre tout à l'heure, j'aimerais que vous me racontiez le triomphe de votre ami Beaumarchais. On m'a dit que vous habitiez à présent une petite maison des Porcherons ? Si madame Marais consentait à m'y recevoir ? A quelle heure reçoit-elle volontiers ?

Louison ne répondit pas à cela. Un caprice lui venait, pressant, celui d'essayer le pouvoir qu'elle avait encore sur cet homme.

— Pour le principal, la fête de ce soir est finie, dit-elle. Le souper du maréchal ressemblera à tous ses soupers : grande chère et beaucoup de ses meilleures tisanes de Bordeaux. Après cela les joueurs s'assembleront autour de la duchesse, les cancaniers autour de Beaumarchais, les mendiants autour de Calonne, et le vieux duc s'arrangera pour organiser une partie de colin-maillard dans sa bibliothèque. Il aime deviner les dames à tâtons, et il a un nez ! Il n'attrape que les belles, il se guide à leur parfum.

— Je le reconnais bien là. Il ne se lassera jamais d'être jeune, dit Roquefeuille, amusé.

— Mais moi, je suis un peu lasse d'être devinée, dit Louison. Puisque vous voilà, monsieur, il me plairait de finir autrement la soirée. Quittons tout le monde. Vous demanderez un fiacre et vous me ramènerez chez moi. Chemin faisant, si le sommeil ne vous presse pas, nous nous arrêterions un moment dans une auberge ? Aux Porcherons j'en connais une qui nous servira un rôt passable et du gros vin de Montmartre.

Comme frappé d'émerveillement le marquis réagissait si peu vite qu'elle se mit à rire. Alors un grand sourire, de joie pure, vint à Roquefeuille :

— Ai-je bien entendu ? M'enlevez-vous, mademoiselle ? Je vous préviens que je m'en vais me laisser faire !

— Monsieur, je serais fâchée du contraire. Laissez-moi juste le temps d'écrire un billet. Je vous rejoindrai en bas.

Le cheval se mit au pas. Le fiacre attaquait la montée des Porcherons.

— Tenez-vous à votre auberge, ou puis-je vous emmener dans une autre, où j'eus jadis mes habitudes? Le tavernier était un Berrichon. J'allais chez lui manger la potée de mon village, de la tarte au lait l'hiver et du clafoutis l'été. Tout cela a dû changer. Ou peut-être pas?

— Allons-y voir, dit Louison. La tarte au lait m'irait bien. J'ai toujours envie d'avoir ce que je n'ai pas encore eu. Est-ce très bon?

— Moins bon, assurément, que le dessert de l'hôtel Richelieu. Mais ce n'est pas mauvais.

Roquefeuille se pencha à la portière :

— Dépose-nous à *La Treille Rouge,* si l'enseigne existe toujours! cria-t-il au cocher.

Ils y furent en quelques minutes.

Une forte odeur de mouton rôti les agressa dès que le marquis eut poussé la porte. La salle était à demi pleine de petit peuple bruyant, qui buvait et riait en jouant au tarot.

On était habitué, aux Porcherons, à côtoyer les seigneurs, puisque même les princes du sang venaient s'y encanailler. L'arrivée d'une belle dame provoquait quand même un moment de silence sur les bancs de bois. À l'entrée de Louison il y eut même un « Crénom! » qui s'échappa d'une poitrine enthousiaste : la robe de Mlle Bertin ne valait pas moins. La servante déposa au plus près d'elle les pintes qu'elle apportait, s'avança vers les beaux clients, mais déjà l'aubergiste était là, le bonnet à la main. C'était un bonhomme de bien soixante ans, la bedaine avenante et la face contente :

— Messeigneurs...

Il les dirigeait vers une table libre et propre, installée devant l'horloge. C'était sa « table aux seigneurs »; autour d'elle les bancs étaient remplacés par des chaises paillées. La servante y apporta même un coussin pour la dame.

— Ce sera pour souper? demandait l'aubergiste. Il est

tard, mais j'ai encore un beau gigot à la broche. Avec un morceau de tarte et de mon meilleur vin...

Roquefeuille ne s'était pas assis. Le pied sur un barreau de chaise, le coude sur le genou, en souriant il contemplait fixement le bonhomme étonné.

— Père Meunier, vous me désolez, finit-il par dire. Ai-je tant changé ? Ne me reconnaissez-vous pas du tout ?

Meunier fouilla sa poche pour en tirer ses lunettes :

— Je n'aime pas trop avoir ça sur le nez, alors... Monsieur le Marquis ! Monsieur le marquis de Roquefeuille !

— A la bonne heure ! Quand vous y voyez, je me ressemble encore un peu, dit Roquefeuille.

— Ma foi, monsieur le Marquis, vous vous êtes bien conservé, dit Meunier, complaisant. La figure un peu moins fraîche, bien sûr, bé dame ! ça fait des temps ! Combien, voir ? Douze ans ? Quinze ans ?

Il enchaîna sans attendre une réponse :

— Par exemple, ça me fait plaisir de voir qu'à la longue et après coup, ma bonne cuisine de chez nous elle vous a profité. Vous voilà aujourd'hui bien en chair, qu'autrefois vous étiez maigre comme un funambule, et...

— N'insistez pas là-dessus, père Meunier, coupa Roquefeuille. Je ne me déplaisais pas en maigre.

— Hé ! Faut avouer que ça va mieux pour courir les guinguettes et les alcôves. Monsieur le Marquis, le Bon Dieu fait bien les choses : il nous donne du maigre à vingt ans et du gras à quarante, de quoi faire leste quand il faut et prospère quand il faut. Là, monsieur, je vous vois prospère comme il faut. Vous...

La tape d'agacement que le marquis frappa sur la table fit taire le bonhomme et rire Louison.

— Père Meunier, nous mourons de faim, dit Roquefeuille.

Meunier s'était retourné vers l'éclat de rire et prenait la mine béate. Son regard fit l'aller et retour de la belle dame au marquis :

— Madame la Marquise ?

Avant que Roquefeuille ait pu dire : « Mademoiselle Couperin », Louison, d'un léger signe de tête, avait acquiescé. Le front plissé de surprise, Roquefeuille se mit à contempler le jeu. L'aubergiste, la voix jubilante, se confondait en excuses :

— ... et j'étais si content de revoir monsieur le Marquis que j'en oubliais mes devoirs. Et même là, maintenant, je suis tellement content de Madame aussi ! Si je peux me permettre de le dire : madame la Marquise est si belle !

— Père Meunier, intervint Roquefeuille pour abréger, votre compliment vaut quelque chose, je sais que vous vous connaissez en beautés, vos servantes n'avaient leurs pareilles dans aucune taverne. Qu'est devenue votre favorite, la Pervenche ?

— Bé dame ! la Pervenche c'est plus une fleur de l'année, mais en cuisine elle vaut mieux qu'avant, ça me console. Elle est couchée à cette heure, mais c'est de sa tarte que vous mangerez. Rose, le couvert ! Mets les belles assiettes...

Rose prit les belles assiettes à bouquets du dressoir, apporta aussi deux gobelets d'argent, deux fourchettes, deux cuillères et des couteaux à manche de corne noire. À l'autre table la plus proche les joueurs de tarot trinquèrent à la fin de leur partie, joyeusement.

— Trinquons ! proposa Louison en tendant sa timbale à Roquefeuille.

— Vous allez regretter la tisane de Richelieu, madame la Marquise, dit-il en lui servant du vin.

— C'était plus amusant, dit-elle, pour répondre à la question qu'il ne lui posait pas. Puisque, cette nuit, nous vivons une heure d'un passé qui n'a pas eu lieu...

— Moi, je l'ai vécu souvent.

— Logé-je toujours dans votre bibliothèque ?

— Oui. C'est là que j'aime à me tenir.

— Racontez-moi cette pièce, où je vis avec vous.

— Elle est fort sombre. C'est mon grand-père Bernard de Roquefeuille qui l'a construite, après avoir fait démolir l'ancienne. Les armoires sont sculptées en rocaille — c'était la mode d'alors —, dans un très vieux bois de chêne. On l'avait mouillé et laissé vieillir cent ans. Le Roquefeuille qui a fait couper la chênaie destinait son bois à la charpente et aux stalles d'une église qu'il voulait bâtir au lieu-dit La Madeleine, on n'a jamais su pourquoi. Il est mort avant d'avoir accompli son vœu, ses descendants ne s'en sont pas souciés, sans pourtant oser toucher au bois. Mon grand-père Bernard avait l'âme d'un moine de bibliothèque, il a pris le bois sacré pour la sienne. Il était devenu presque noir, et dur comme le fer. La cire le rend d'une beauté dont je ne me lasse pas. Sur ce fond obscur, la robe blanche de votre portrait ressort à merveille. On ne l'oublie pas un instant.

— Me parlez-vous parfois ?

— Souvent, je crois.

— Et que me dites-vous ?

Il secoua la tête en lui souriant :

— Non. Les mots du silence ne se peuvent traduire en sons.

— Maman prétend que, de toutes les couleurs, le blanc est la plus attristante quand on s'y expose trop. Ma robe blanche ne vous fatigue-t-elle jamais ?

Les yeux roux du marquis luirent de malice :

— Quand elle me fatigue, je vous l'ôte, dit-il tranquillement. Je sais très bien déshabiller un fantôme.

Il eut le plaisir de la voir s'empourprer. Toutefois dit-elle avec esprit :

— Ma peau est fort blanche aussi.

— Merci de ne pas vous être fâchée, remercia-t-il.

— Monsieur, je trouverais triste de ne point vous donner quelques arrière-pensées, dit-elle hardiment, et il en rit de bon cœur.

— Eh bien, ce n'est pourtant pas vrai, dit-il en reprenant son sérieux. Il n'est pas vrai que je m'amuse à vous lutiner en songe. Dieu merci, vous m'avez donné plus que du désir, vous m'avez rendu l'ingénuité, le temps où seul un visage compte et suffit à vous émouvoir jusqu'aux os, où tout le reste est un flou lointain, sans beaucoup d'importance. Et maintenant que je vous vois là, posée devant mes yeux, chaque fois que j'ose les en croire mon bonheur m'explose dans le cœur comme un paquet d'étoiles. Devrais-je espérer mieux ?

Un peu étonnée elle découvrait que ce provincial

quadragénaire parlait très bien l'amour, et chercha une douceur à lui répondre.

— Voilà le gigot !

Le père Meunier avait proclamé son rôt d'une voix triomphale.

— Il sent bien bon, dit bienveillamment Roquefeuille.

— Ça, monsieur le Marquis, c'est du mouton de chez nous, de la fine chair qui ne sent pas la laine, dit Meunier. Rose va vous apporter une salade pour avec. Une belle salade de pousses de printemps, à l'huile de noix comme vous l'aimez, sauf que cette fois j'y ai pas mis de croûtons aillés. J'ai pensé...

Il regarda vers Louison.

— ... que vous aimiez peut-être moins l'ail qu'avant ?

— Père Meunier, vous avez bien pensé, dit Roquefeuille. Servez une tranche de votre gigot à Madame. Et puis vous irez réveiller notre fiacre, qui doit s'être endormi sur son siège. Faites-le entrer et donnez-lui de quoi patienter plus gaiement. Ainsi pourrons-nous banqueter sans remords, en prenant notre temps, ajouta-t-il quand le bonhomme fut parti.

— Le gigot est très bon, dit Louison après sa première bouchée. Il croustille sous la dent.

— Oui, mais la chair du mouton est odorante, c'est bien dommage, dit Roquefeuille. J'essaie de ne sentir que votre parfum. Je voudrais m'en faire un souvenir, hélas, je ne le pourrai, les parfums les plus aimés s'envolent vite. Le nez n'a pas de mémoire. Où prenez-vous votre arôme ?

— C'est de la giroflée de Florence.

— De la giroflée de Florence. Il fallait que votre eau de fleurs vînt du Sud. Elle grise.

— Même quand j'étais encore une petite fille je l'aimais tant que j'en volais à maman. Elle me grondait. Aujourd'hui encore elle la trouve trop capiteuse pour une jeune femme. Elle me la chipote.

— Pas tant ! dit Roquefeuille en se penchant un instant vers elle pour la respirer mieux. De toute façon, vous rendriez capiteuse l'eau de Cologne la plus sage. Gardez votre eau de Florence. Son nom seul fait déjà rêver.

— Avez-vous fait un tour d'Italie ?

— Oui. Dans ma famille on y envoie au moins tous les aînés, entre leurs dix-huit et vingt ans.

Elle repensa aux images d'Italie que Bièvre lui avait montrées, à toutes les villes roses, blanches ou ocrées qu'il lui avait contées, aux jardins de palmes et de fruits d'or peuplés de statues, aux bleus et aux verts éblouissants de ses mers, à ses côtes et à ses îles enchanteresses...

— J'irai un jour, dit-elle. J'espère que j'irai un jour.

— Allez-y avec un amant plutôt qu'avec un mentor. L'Italie fait un beau décor pour l'amour.

— Voilà pourquoi mon eau de Florence vous séduit tant : elle vous rappelle une belle Florentine, dit-elle, taquine.

Il fit la moue, cette moue, d'ironie légère, qui lui venait souvent :

— La Toscane vit sous la botte autrichienne, et l'Autriche ne lui permet que d'être un vaste musée des beaux-arts. L'armée est autrichienne, l'administration autrichienne, les jeux sont interdits, le couvre-feu sonne à minuit... Les Florentines s'ennuient. Elles font l'amour pour se passer le temps, avec une facilité qui rend leurs grâces insipides, et sans même s'éveiller de leur endormissement. On ne s'en ressouvient pas le lendemain, comment s'en souviendrait-on plus tard !

— Vous parlez des Florentines avec autant d'impertinence que monsieur de Bièvre, dit-elle avec étourderie et elle sentit, furieuse, qu'elle rougissait de nouveau.

Qu'avait-elle eu besoin de jeter, comme une sotte, le nom de Bièvre entre eux ? Et le marquis, cette fois, ne semblait pas pressé de la sortir d'embarras. Le regard roux la parcourait nonchalamment, et c'était sa tendresse, plus encore que sa moquerie, qui la mortifiait. De quel droit se permettait-il l'indulgence, une indulgence amusée ? Elle s'enferra exprès dans sa maladresse :

— Monsieur de Bièvre me parle souvent de l'Italie, lança-t-elle d'un ton de défi.

— Comme moi, Bièvre a grappillé l'Italie et jugé des Florentines en passant, dit enfin Roquefeuille. Ni lui ni moi n'avons dû prendre le temps d'y conquérir celles qui ne se donnaient pas. Nous avions vingt ans, l'âge ingrat où l'on se flatte d'obtenir les faveurs d'une femme en ayant encore son chapeau sous le bras.

Rose vint poser un saladier sur la table :

— C'est de la pousse de laitue de notre potager. Y a pas plus tendre. M'sieur Meunier s'est permis de l'assaisonner à sa façon *.

— Voyons s'il connaît toujours aussi bien mon goût, et si mon goût vous plaît, dit Roquefeuille en servant Louison.

— Chez vous, j'imagine que l'on sert plutôt du cresson ? dit-elle sans se soucier de son assiette. Je n'ai jamais vu une cressonnière. Vous n'aviez pas fini de me raconter Verte-Fontaine. En fait, je n'en connais que la bibliothèque. Vous gardez le silence sur vos pensées, mais sur vos décors ? Un paysage se peint très bien avec des mots.

Il eut un vaste soupir, but un trait de vin.

— Mes pensées et mon paysage sont maintenant si emmêlés... Une âme solitaire n'est pas raisonnable. Elle met ensemble le réel et l'irréel, ses certitudes et les vérités, ses souvenirs, ses songes, ses envies, un coup de lune ou de soleil... Je ne m'en repens pas, le vague à l'âme a du bon. Entre autres choses il m'a permis de vivre plus heureux après vous avoir perdue qu'avant de vous avoir trouvée. Ma nostalgie de vous m'est devenue si précieuse que je n'accepterais d'en guérir que par votre présence.

Il lui parlait sans hâte, dans un sourire, et elle recevait sa voix comme la plus agréable des musiques. Machinalement, elle tournait sa fourchette dans son assiettée de salade, sans y piquer la moindre feuille. Le tavernier qui les épiait de loin, inquiet, finit par venir prendre des nouvelles de son ouvrage :

— Madame la Marquise n'aime pas ma façon de saucer ?

Louison sursauta presque :

— Oh ! si, dit-elle aussitôt.

Elle chercha plus longtemps la suite :

---

* L'habitude partout, même dans un grand souper, était que la salade fût assaisonnée à table, par l'un des convives.

— C'est que nous discutions... heu... des différentes salades et... À Verte-Fontaine, n'est-ce pas, nous avons le cresson et...

Elle et Meunier se mirent à bavarder des verdures et de leurs sauces, et Louison mit tant d'allègre fantaisie à donner les recettes d'assaisonnement dont on usait pour le cresson de Verte-Fontaine que le marquis lui dit en riant, quand Meunier les eut laissés de nouveau seuls :

— Madame la Marquise, il serait temps que vous rentriez au château pour y refaire la leçon à votre vieux cuisinier. Je crains qu'il n'ait oublié plus d'une moitié de vos recettes !

— C'est sans doute une chance pour vous ! dit-elle en riant aussi. Je parie que Meunier voudra essayer toutes les sauces de la marquise de Roquefeuille, et ce sera tant pis pour ses hôtes !

Il la regarda avec une tendresse accrue :

— Ce jeu vous amuse, décidément ?

— Oui. Enfin... Peut-être est-ce autre chose ?

Elle repoussa son assiette, continua en le fixant :

— Je veux être franche, monsieur. Le soir où je vous ai connu, au Faubourg, vous m'avez dit qu'il n'y avait plus de fêtes à Verte-Fontaine parce qu'une marquise de Roquefeuille y manquait. Beaumarchais chantait sa chanson de Chérubin, alors vous avez murmuré ce nom à mon oreille, il s'est posé sur mes épaules comme un châle de soie, et j'ai trouvé qu'il m'allait bien. Cette nuit j'ai voulu de nouveau me l'essayer et... Eh bien, tout à l'heure à ma porte, quand je vous le rendrai, j'aurai un peu froid... je crois.

Un long silence passa entre eux, peuplé par le bruit des joueurs. Les paupières de Louison s'étaient abaissées, et le marquis l'observait, sans oser poser un geste sur la main qu'elle avait abandonnée sur la table. Il s'en voulait de tarder à parler, et pourtant ne se décidait pas à risquer dans le jeu son espérance brusquement rallumée. Le lieu le gênait aussi, et les pauvres mots qu'il trouverait pour lui mal dire le frémissement de son cœur gonflé de prière et de peur. Enfin, puisqu'il fallait bien parler... Sa voix ne lui parut pas être la sienne :

— Mademoiselle, Verte-Fontaine attend toujours le bon vouloir de sa marquise, dit-il en lui offrant sa main droite ouverte pour qu'elle y plaçât la sienne, comme naguère elle l'avait fait au Faubourg.

Elle se contenta cette fois d'un « Non » de la tête :

— Vous savez bien que cela ne se peut plus. Je suis toujours une bâtarde non reconnue et je n'ai plus un franc de dot pour faire passer cela.

Ses yeux s'embuèrent, mais ce fut crûment, dans un grand sourire, qu'elle acheva :

— Qui pis est, monsieur, depuis deux ans je mène ma vie à la légère, et tout Paris le sait, et je ne suis prête ni à m'en repentir, ni à m'en confesser, ni à m'en excuser. Ne devions-nous pas avoir de la tarte au lait ?

— Louison, dit-il doucement, et elle tressaillit, perdit son sourire.

Il posa sa main sur la sienne :

— Louison, répéta-t-il, votre confession m'a été faite au fil des mois, je vous l'ai dit. Je ne vous demande que de répondre à une seule question : mon nom vous tente-t-il encore assez pour que vous l'acceptiez ?

— Oui, dit-elle.

Un bonheur si intense s'afficha sur le visage du marquis qu'elle ajouta précipitamment, honnêtement :

— Monsieur, ce n'est point fait ! Votre famille... Vos amis... On jasera. Et vous réfléchirez ?

Il lui pressa la main :

— Madame la Marquise, apprenez tout de suite la devise des Roquefeuille : « Dieu, le Roi, mon Vouloir, et du reste peu me chaut. »

« Ah ! oui, ce soir peu m'en chaut vraiment, mais qu'en diront demain vos marchands, le temps n'est plus aux créanciers timides », pensa-t-il dans un éclair de lucidité en rencontrant, sous ses doigts, le beau bracelet de perles roses. Mais dans une nuit à crier Noël on ne se met pas à compter le prix du miracle ?

— Et maintenant, dit-il, prendrons-nous de cette tarte au lait ?

En même temps que le gâteau de la Pervenche, Meunier leur apporta une bouteille de son vin de Sancerre.

— Par là-dessus, comme monsieur le Marquis le sait, il faut du blanc fin, dit-il en débouchant le flacon. Et je voudrais que madame la Marquise goûte à mon vin du Sancerrois. Sans me flatter, je reçois le meilleur qu'on puisse boire dans Paris. Voyez, madame, si c'est clair ? De l'eau pure à peine touchée de soleil. Sec comme une pierre à fusil et, en même temps, tout le fruit sur la langue. C'est un vin de fête. Je dis qu'en Champagne, pour arroser la gaieté, ils font pas mieux.

— Père Meunier, votre vin de fête nous arrive à propos, dit Roquefeuille. Madame et moi, nous avions à boire à une bonne nouvelle.

— Ah oui ? fit Meunier en s'illuminant de plaisir. Je suis bien content pour vous. Oui, bien content.

Il se pencha à l'oreille du marquis :

— Je mettrai un cierge à sainte Solange *, pour que ce soit un garçon !

Mme Prévost ne décoléra pas de deux jours, fut de méchante humeur tout le mois que durèrent les fiançailles et livra sa dernière bataille, désespérément, la veille du mariage.

— Marianne, arrêtez cela, arrêtez cette folie, je vous en conjure ! Pouvez-vous vraiment, sans que le cœur vous saigne, imaginer votre Louison enfouie dans une campagne, au fond d'un vieux château humide ?

— Pourquoi : humide ? releva seulement Marianne, résolue à la patience.

— N'essayez pas de me détourner du sujet, dit agressivement Mado. Je vous demande si vous supportez l'image de votre fille traînant dans les champs et les étables ses sabots de hobereaute sans le sou ? Votre fille faisant tailler ses robes de futaine à la maison, par une vachère baptisée femme de chambre ? Votre fille se nourrissant de soupe au lard et gelant, l'hiver, dans sa chambre sans feu ?

— Pourquoi : sans feu ? releva encore Marianne.

* La patronne du Berri.

410

— Oh ! vous m'exaspérez ! cria presque Mado, et c'était si vrai qu'elle lui jeta à la tête le mouchoir qu'elle triturait en s'agitant dans le salon.

Marianne se mit à rire, posa la chemise qu'elle faisait semblant de broder, tendit la main à son amie pour la faire asseoir près d'elle :

— N'outrez pas les choses, Mado, la tragédie n'est pas de votre emploi. J'ai toujours vu Roquefeuille proprement vêtu de drap ou de soie, sa table est bonne si j'en crois et sa mine et l'abbé de Véri, et une bonne table ne va pas sans un bon feu. Au surplus, vous savez bien que l'abbé tient le marquis pour le meilleur homme du monde, plaisant et fort érudit.

— À prendre ainsi l'affaire, ma douce, vous me désolez, soupira Mado. Ce mariage me semblait bon aussi quand la dot de Marais le consolidait, qui mettait la marquise en état de tenir maison à Paris si le Berri l'ennuyait. Sans la dot vous ne la mariez point, vous l'enterrez. Marianne, songez-y, elle tenait Bièvre par le bout du nez. Bièvre, un auteur à la mode, un marquis de Paris, de tous les salons de Paris ! Et elle avait Calonne à ses pieds, qui n'attendait qu'un signe. Calonne, Marianne, Calonne !

— Oui, je sais, dit assez sèchement Marianne. Elle pouvait avoir Calonne. Et s'étant élevée jusque-là, puisque assurément le Roi ne prendra pas de Pompadour elle n'aurait plus eu qu'à redescendre ?

— Redescendre ! s'exclama Mado. Elle ne serait pas tombée plus bas que chez un financier, et vous le savez bien. Il s'en serait trouvé dix pour offrir leurs mains et leurs fortunes à la favorite du contrôleur des Finances. On croirait vraiment, Marianne, que vous avez bu de l'eau d'oubli dans ce fleuve Machin qui coule aux Enfers. Ou bien est-ce la chance seule, sans votre tête, qui vous a guidée de Conti jusqu'à Marais ?

— La Gourdan * a plus fait pour moi que ma chance ou ma tête, vous ne l'ignorez pas, et c'est pour cela que vous êtes mon amie, l'amie de mon passé comme de mon présent, dit

---

* L'entremetteuse.

Marianne en s'animant. Il y a pourtant un de mes sentiments que vous ne pouvez partager : la tendresse inquiète de
ma chair pour la chair de Louison. Je ne veux pas qu'un jour
une Gourdan traverse la vie de Louison, fût-ce pour lui
fournir l'alliance la plus brillante et la plus honnête du
monde. Je ne veux pas que la Gourdan lui puisse sourire
comme elle me sourit.

D'un geste elle empêcha Mado de lui répliquer pour
dire encore :

— Je vous l'accorde d'avance, la dame est discrète et de
fort bonne tenue. Elle ne nous salue qu'imperceptiblement,
ne nous approche pas, ne nous parle point, mais elle a ce coin
de sourire... Sans doute suis-je seule à le voir, et peut-être
n'exprime-t-il qu'un reste d'amitié pour moi ? Hélas, je le
ressens comme un reste de complicité. Ce sourire-là contient
tant d'années de ma jeunesse !

— Tant d'années rose et or ! s'écria Mado. Marianne,
ma douce, ne me dites pas que la quarantaine va vous
tourner en remords ? Et que vous allez, si tôt, imiter la
maréchale de Luxembourg qui met de l'eau bénite dans l'eau
de lavande dont elle se baigne le derrière pour le laver de sa
gaieté passée ? Bon. Vous riez. Nous pouvons en revenir à
nos moutons. Ne laissez pas faire ce mariage. La vie rose et
or, plus belle encore que vous ne l'avez eue, votre Louison l'a
devant elle, déroulée comme un tapis sous ses pieds. Ne
l'envoyez pas vivre en province une vie couleur de moisi.
Une couronne de marquise ne vaut pas cette peine, plus
aujourd'hui. La noblesse est une valeur en baisse. Ce qui
compte aujourd'hui, c'est de savoir faire de l'argent, et l'on
voit des princes se cacher sous des noms bourgeois pour en
ramasser plus commodément. L'avenir est aux hommes
d'argent, Marianne ; point aux hommes d'épée. De ce point
de vue, Khazem valait encore mieux que Roquefeuille.

— Mado, Louison est la fille d'un prince du sang. Elle
ne peut penser ni comme vous, ni même selon moi. Elle a
toujours voulu un titre, des terres et un château. Lauraguais,
d'ailleurs, ne lui donne point tort. Lui ne raisonne pas
comme vous. Il croit que la terre restera la noblesse et la
richesse des hommes.

Le rire de Mado roula aux quatre coins du salon.

— Ah! que le comte nous la baille donc belle! railla-t-elle entre ses roulades. Il prêche le retour aux champs, mais quête six cent mille francs pour fourrer ses sabots, et à qui les mendie-t-il? Aux « vulgaires » faiseurs d'affaires! Selon Lauraguais, la vie aux champs serait délicieuse à condition d'y emporter l'argent de la ville. Ma douce, je ne vous disais point autre chose: le châtelain berrichon n'allait pas mal avec le million de Marais, sans le million, il ne va plus. Louison n'a même pas pris la rente viagère que Bièvre lui voulait assurer. La sotte! N'avoir pas un sou, et faire fi d'une rente!

Marianne amorça une protestation, que Mado lui coupa net:

— Non, non, je ne reviens pas là-dessus et, de reste, je me tais sur tout. Autant que Louison vous voulez que la bêtise se fasse, elle se fera. Je n'en suis point désespérée, la marquise nous reviendra vite, et bien avant d'être fanée. En dépit des apparences Bièvre est un cœur fidèle, il la reprendra peut-être? Et il y aura toujours Calonne. Il n'est pas homme à renoncer vite, surtout à ce qu'il n'a pas eu. Il la voudra même d'autant plus que lui, petit noble de robe, croit encore aux marquises venues des croisades.

Marianne levait les yeux au ciel, pour lui demander du calme.

— Ne voulez-vous point vous taire? explosa-t-elle enfin. Vous disposez vraiment avec trop d'arrogance de l'avenir des gens... et de la solidité d'un ministre.

— Calonne a l'espérance pour devise, dit Mado, en tirant un petit écrin de la poche de son jupon. Remettrez-vous ceci à Louison? C'est son présent de noces.

D'abord interdite pendant une minute, Marianne ouvrit enfin l'écrin. La magnifique couleur d'un rubis ponceau lui éclata dans les yeux. La pierre était sertie dans une fine couronne de roses de diamant qui en rehaussait encore la beauté.

— Un rubis de reine, murmura Marianne.

— De Pompadour, corrigea Mado, narquoise.

Aussitôt la voix de Marianne se fit dure, puis apeurée:

— Comment ose-t-il ? Mado, Louison m'aurait-elle menti ? Calonne la paye-t-il ainsi d'une faveur ?

Mado avait remis la main à son jupon :

— Ce billet accompagnait la bague. On me l'a prêté.

La lettre était adressée à lady Crawford. Marianne la lut tout haut :

« Madame, écrivait Calonne, sachant votre bienveillance pour moi et votre affection pour Mlle Couperin, j'ose vous prier de lui faire accepter mon modeste présent de noces. Je n'ai certes pas désiré la voir s'unir à M. de Roquefeuille mais, puisqu'elle a choisi ce mariage, je lui en souhaite tous les bonheurs. J'avoue avoir rêvé pour elle d'un autre destin, et acheté ce bijou pour en poser la première pierre à ses pieds. Bien qu'elle n'en ait jamais rien su le bijou ne saurait aller à une autre, et pourquoi chagriner mon orfèvre en le lui rendant ? Mlle Couperin nous obligerait tous les deux en le gardant dans un de ses tiroirs, en souvenir de mon secret d'hier et en gage de mon amitié d'aujourd'hui, qui lui sera fidèle. Je serai toujours prêt à rendre service à la marquise de Roquefeuille ou aux siens, pour peu qu'elle songe à me le demander. »

— Ma foi..., murmura Marianne, indécise.

Et elle relut la phrase qui lui plaisait : « Bien qu'elle n'en ait jamais rien su... »

— Calonne est un galant homme, dit Mado. Eh bien ? Remettrez-vous à Louison la bague et le billet ? L'amitié d'un ministre des Finances est bonne à garder. Pour peu que, demain, Roquefeuille se découvre physiocrate par contagion de Lauraguais, je vois assez bien Calonne se décider, pour une fois, à investir l'un de ses millions dans l'agriculture. Retrouver par ici un million qu'on avait perdu par là...

Marianne n'avait pas écouté.

— Pourquoi lady Crawford n'a-t-elle pas remis ce paquet directement à Louison ? demanda-t-elle. Elle l'a vue hier encore.

— Lady Crawford a une fille, qui ne lui pèse guère, mais dont elle se souvient parfois. Elle aura retrouvé en elle la solidarité des mères, et pensé que vous deviez savoir.

— Ah? C'est bien, dit Marianne. D'ailleurs, son influence sur Louison ne m'a jamais déplu. Au contraire de vous, elle approuve son mariage.

— Pour voir sans trop de peine sa chère Louison s'éloigner de Paris peut-être a-t-elle une bonne raison? La même inconsciente raison qui pousse peut-être Louison à se lier à l'oncle de Chauvigné? lança Mado, la voix acidulée.

Marianne eut un brusque sursaut, suivi d'un début de colère :

— Que voulez-vous dire encore, madame la potinière de coulisses? Quelle perfidie nouvelle inventez-vous pour tenter de troubler un mariage qui vous déplaît? Que vient faire le nom de Chauvigné dans les affaires de Louison? Ils se parlent à peine!

— C'est vrai. Ils s'appliquent à beaucoup d'indifférence. Il se pourrait même qu'ils se détestassent un peu, avec une constance qui me laisse rêveuse.

Soudain, elle abandonna le ton badin :

— En vérité, Marianne, je ne sais rien, rien du tout, avoua-t-elle. Je ne pourrais dire ce qui existe entre Louison et Chauvigné. Peut-être un incident que j'ignore? Peut-être une sympathie manquée? Peut-être un fruit de mon imagination? Mais... je dirais plutôt : un fruit de mon flair.

— Si ce n'est que cela! jeta Marianne avec dédain.

Elle se leva pour tirer la sonnette.

— Suzanne, priez Mademoiselle de descendre me voir, dit-elle à la femme de chambre qui s'était aussitôt montrée.

Mado l'observait, l'œil brillant.

— Parions-nous? Je tiens qu'elle prendra le rubis.

— Et alors? dit Marianne. Cela ne fera que me confirmer son innocence. On a le droit d'être désirée.

— Que c'est charmant! s'écria Louison. Ce billet est d'un ton charmant. Ne le pensez-vous pas aussi, maman?

— Garderas-tu la bague? demanda Marianne.

— Elle est d'une beauté! s'extasia Louison, qui se l'était déjà passée au doigt. Je ne savais pas que monsieur de

Calonne... m'estimait autant, ajouta-t-elle, sans qu'un seul cil lui battît. Vous en doutiez-vous, tante Mado?

— Louison, ma chérie, ne force pas ta candeur, dit Mado. L'ingénuité doit se jouer sans appuyer.

— Garderas-tu la bague? redemanda Marianne, d'une voix plus haute.

Louison mit un flot de cajolerie dans le regard qu'elle leva sur sa mère :

— En seriez-vous fâchée, maman?

— Je te permets de décider.

— Mon Dieu, dit Louison, je crois... qu'il serait bien discourtois de la renvoyer? Un ministre, tout comme le Roi, peut bien se permettre de déposer un présent dans une corbeille de mariage? Je ne vois pas un mot, dans sa lettre, dont monsieur de Roquefeuille se pourrait offenser. Que vous en semble-t-il? Maman? Tante Mado?

— La tante Mado pense qu'un rubis n'a jamais fait tort à une femme. C'est une pierre bénéfique, surtout quand elle ne sort pas de la sciure de la foire Saint-Ovide, dit Mme Prévost. Si tu ne veux pas la porter tu pourras en faire des vaches et des cochons pour ta campagne. Ou des ardoises. Les toits des vieux châteaux sont toujours troués.

26

Ils se marièrent à Saint-Pierre-de-Montmartre. Il était de mode, quand on habitait les Porcherons, de se faire baptiser, marier, enterrer dans cette vieille église, la plus vieille de Paris, dont la nef austère s'ornait seulement des boudins de pierre nue jaillis du sol pour monter s'épanouir en nervures de voûte à clefs sculptées. Pour un mariage, la coutume voulait qu'on la fît emplir d'une fortune de fleurs que les bouquetières de la ville se partageaient à la fin de la cérémonie, pendant que les enfants de la paroisse emportaient les brioches bénites ou se disputaient, sur le parvis, les gouttes d'une pluie de dragées mêlées à des sous de cuivre.

Ce n'était pas encore l'été mais la douceur de l'air nocturne l'annonçait, et aussi les roses qui fleurissaient sur la place du Tertre, dans le jardin du presbytère. La demi-lune de juin permettait d'y voir, si bien que des badauds s'étaient attroupés devant l'église dès l'arrivée des premiers carrosses, et il y en avait d'autant plus qu'il n'était que dix heures. D'ordinaire les mariages mondains se faisaient à minuit mais on disait que, cette fois, les Dames * chanteraient la messe, et elles devaient vouloir ne pas se coucher trop tard. Chanter la messe, c'était une grâce exceptionnelle que les Dames accordaient à ces mariés-là : une Marie-Alix-Aurore de Roquefeuille, morte abbesse de l'abbaye de Montmartre, reposait à Saint-Pierre, dans une absidiole du chœur.

La clarté de la nuit servait bien les curieux. Comme il eût été dommage qu'une nuit noire éteignît toutes les brillances de ce beau monde ! Au contraire on en devinait les couleurs et les élégances même quand elles n'accrochaient pas la lumière d'un porte-falot. Un murmure d'hommes bordait le passage des plus belles dames, un murmure de

* Les religieuses de l'abbaye de Montmartre.

femmes salua la splendeur dorée sur tranches d'un capitaine du régiment de Chabot-dragons, un cousin du marié, le plus bel éclat de ce défilé des modes. Même les visages connus pouvaient être reconnus, applaudis comme on les aimait. Calonne eut un bon succès, mais Beaumarchais fut ovationné. L'habit rouge du père de Figaro traversa le parvis et s'engouffra dans l'église sous une houle de bravos.

— De plaisante cette idolâtrie devient agaçante, grinça Lauraguais.

Lui était encore dehors avec le comte de Silly, tous deux marchant assez lentement pour accorder leurs pas à celui du vieux duc de Richelieu.

— Beaumarchais fait rire, dit le duc. Qu'un homme vous fasse rire, qu'une femme vous fasse envie : à mon âge, on s'est aperçu qu'en vous donnant cela les gens vous donnent le meilleur de la vie. Ils méritent d'en être applaudis.

— Il n'empêche que, si le Roi avait du bon sens, il cacherait Beaumarchais au For-l'Évêque* pendant un moment, dit Lauraguais. Car enfin, le parterre acclamant Figaro, c'est le peuple acclamant le peuple. Versailles s'en devrait choquer.

— Oh ! voyons, comte, le peuple a-t-il jamais eu de bonnes manières ? jeta du bout des lèvres le joli greluchon de Mme Prévost. Mais je vous accorde que cela empire. L'autre soir, à l'Opéra, il a claqué le bailli de Suffren vingt fois plus que la Reine.

Le maréchal eut un croassement de rire.

— En effet, messieurs, où allons-nous si le peuple se met à préférer ceux qui gagnent les batailles à ceux qui perdent les traités ? dit-il avec ironie.

— Il est clair, dit Silly, que nous allons au moins vers un monde où l'on voit un Roquefeuille épouser la fille d'une courtisane, et un duc de Richelieu, maréchal de France, venir signer à ce mariage.

— Hé oui ! gloussa Richelieu, enchanté de lui. Et je vais

---

* La prison où l'on envoyait le plus souvent les gens de théâtre coupables d'incartades.

même vous apprendre pire, messieurs : je ne suis ici que pour la belle bâtarde du prince et de la courtisane. Si le marquis s'était choisi un laideron à seize quartiers, je n'aurais pas grouillé d'un pied !

Le trio pénétra le dernier dans l'église, s'en alla rejoindre l'assemblée au bas du chœur, qu'illuminaient quatre buissons de cierges. Le vieux duc s'arrangea pour se retrouver coincé entre deux jolies femmes — à sa droite c'était lady Crawford. Hélas, elle ne lui prêta pas attention, parce qu'elle venait de se pencher vers l'oreille de Mme Prévost :

— Alors ? A-t-elle gardé le rubis ?

— Vous pensez bien, madame, que je n'aurais pas souffert qu'elle le renvoyât ! dit Mado à mi-voix. Ces gestes de théâtre, il ne faut les faire qu'avec des bijoux de théâtre !

Elle ajouta vite, sur le même ton :

— On n'entre pas en mariage aussi sûrement qu'au couvent, ce n'est pas la peine de se dépouiller de tout avant d'en passer la porte. Puis ne trouvez-vous pas qu'un cœur bien fait se doit de conserver le souvenir de tous ses amoureux ?

Un rire muet gonfla la gorge d'Éléonore. Depuis la veille tout la faisait rire. Le roi de Suède était enfin revenu de son tour d'Italie, avec le beau Fersen dans ses bagages. Éléonore avait ses trois hommes sous la main, son Écossais, son Suédois, son Bostonien. Elle en rayonnait d'aise.

— Je vous donne raison, chuchota-t-elle à Mado Prévost. Les hommes sont tellement distraits ! Il en faut beaucoup, et n'en rien perdre, pour réussir à se faire le souvenir d'un amant parfait pour ses vieux jours.

Ainsi, Fersen lui arrivait très à propos, quand Chauvigné l'ennuyait à force d'être maussade. Elle se retourna vers la porte pour voir s'il n'avait pas changé d'avis au dernier moment et ne se montrait pas ? Non. Le baron, décidément, boudait le mariage de son oncle. Il s'était déclaré indisposé, mais Éléonore ne croyait pas à cette angine subite. Elle croyait au dépit d'un neveu qui craint de voir naître un autre héritier chez son oncle. Ce dépit s'accordait mal avec les discours de Matthieu sur la fin des dynasties terriennes et l'avènement des homme de commerce, il lui gâtait un peu l'image du Bostonien aventureux, mais, elle venait de le dire à Mme Prévost, aucun amant n'est parfait à lui tout seul. Avec un soupir, elle reporta son regard vers le chœur.

Jugeant que tout son monde était là et pourvu d'une chaise, le bedeau s'en alla faire entrer dans le bout de la nef ceux de ses paroissiens qui voulaient entendre la messe des Dames, une rareté à Saint-Pierre depuis que les moniales s'étaient transportées à l'abbaye d'en bas. Au moment de refermer les portes il jeta un dernier coup d'œil intrigué sur le carrosse aux rideaux à demi tirés qui stationnait sur la place depuis un bon quart d'heure, juste en face de l'église. C'était une voiture brune sans armoiries, dont l'équipage portait une très simple livrée grise : une voiture commune des remises royales. Personne n'en était descendu, et le bedeau se demandait s'il y monterait quelqu'un à la sortie de la messe ? Les mariés, peut-être ? Le marié ? Le bedeau avait déjà vu cela une fois : la voiture du lieutenant de Police engouffrant le marié à sa sortie de l'église pour l'emmener à la Bastille. Mais M. Le Noir n'utilisait pas les carrosses du Roi. Le bedeau n'osa pas aller questionner le cocher ; on ne questionne pas un cocher revêtu de l'incognito royal. Il rentra dans l'église et le mystère demeura, immobile, sur la place.

À l'intérieur du carrosse, M. d'Angiviller, affectueusement, pressait Bièvre :

— Pouvons-nous maintenant retourner, mon cher ami ? Je vous ramène chez nous. Vous promènerez votre insomnie dans le parc et, au matin, vous ne boirez pas seul votre chocolat. Est-ce dit ? Allons-nous ? Madame d'Angiviller nous attend.

Bièvre secoua la tête :

— Encore un moment, je vous prie. Je veux la revoir encore une fois...

Le comte d'Angiviller poussa un soupir navré :

— Un amant douloureux ne sait qu'inventer pour se faire toujours plus de mal, dit-il. Vous l'avez vue arriver. Au moins pouviez-vous alors espérer un miracle de dernière heure, un sursaut de l'infidèle ? Mais à présent ? La voulez-vous vraiment voir repartir souriante au bras de son époux ? Quel bien cela vous fera-t-il ?

— Monsieur, croyez-moi, le plus grand malheur d'un amant malheureux est de perdre la vue de ce qui le fait souffrir, dit Bièvre. Cela m'adviendra bien assez tôt.

D'Angiviller bougea un peu la lanterne de la caisse pour mieux voir le marquis. Il le vit comme Bièvre était depuis l'annonce du mariage de sa Louison : très calme avec presque un sourire aux lèvres, mais pâli même sous sa poudre, et les yeux morts de chagrin. Il ne savait que lui dire, bien qu'il fût le plus vieux, le plus paternel et le plus intime ami du jeune marquis. Personne ne sait consoler personne et, en plus, Bièvre ne voulait pas l'être. Le surintendant des Bâtiments royaux était un homme bon, d'une grande finesse et très sensible. Lui-même avait attendu une femme pendant des lustres avant de pouvoir l'épouser veuve, et il en avait retenu qu'en cas d'amour défendu obstiné, un ménage à trois devient assez vite possible.

— Bièvre, mon ami, dit-il, vous savez bien qu'on s'ennuie en province. La marquise de Roquefeuille reviendra souvent visiter sa mère. Le cœur d'une femme est un miroir, il réfléchit volontiers l'amour qu'on lui présente assez souvent, même s'il l'avait un moment dédaigné.

— Son cœur n'est pas si docile, dit Bièvre. Elle ne m'aimait pas. Je savais qu'elle ne m'aimait pas, mais sa façon de ne point m'aimer m'était si douce... Alors je me croyais malheureux d'aimer tout seul, et que j'étais heureux !

— Allons, partons, dit d'Angiviller. Ce lieu ne vous vaut rien.

— Non, monsieur, non, je vous en prie. Laissez-moi la revoir une dernière fois. Regardez, le ciel est avec moi. La demi-lune brille autant que mille falots dans un ciel sans nuages. Je la verrai bien. De toute manière, ce que la pénombre me déroberait je pourrais l'inventer, je la connais si bien... C'est vrai que je n'ai pas besoin de sa présence pour la voir, mais j'ai besoin qu'au moins mes yeux la touchent encore une dernière fois...

Pourtant ce ne fut qu'un songe déjà, un fantôme clair noyé dans ses larmes, qui lui repassa dans les yeux.

La mariée était ravissante, et imprévue. Pour ses noces le marquis aurait voulu qu'elle portât la robe de simplicité blanche à ceinture bleue du portrait de Greuze. Mais à toutes ces dames la mousseline avait paru trop légère, trop « négligée » pour la saison et le moment. D'ailleurs, comme par chance, Paris venait de découvrir une nouvelle toilette délicieusement simple sur la scène de la Comédie-Française, celle de la soubrette du *Mariage de Figaro* : le juste à la Suzanne. Elle se composait d'un corsage très ajusté à décolleté rond presque sage, sous lequel bouffait sans excès une jupe sans paniers ni tournure, posée sur deux jupons souples. Celle de Louison avait été taillée dans un fin tussah d'un blanc flatteur, flottant entre l'ivoire et le rosé. La coiffure basse était « à l'enfant », tout en boucles souples traînant comme au hasard sur une épaule, sous un grand bonnet de tulle plissé, aussi vaporeux qu'un nuage. La mariée était campagnarde comme au théâtre, comme il faut l'être pour se marier à Saint-Pierre-de-Montmartre, par-dessus les guinguettes des Porcherons et sous les ailes des moulins.

— Mademoiselle... Madame restera le souvenir de la mariée la plus originale de l'année, dit Suzanne, quand elle vint, la soirée achevée, lui ôter son bonnet.

Louison se dédia un sourire.

— Oui, je n'étais pas mal du tout, dit-elle avec complaisance.

Dans son déshabillé de mousseline blanche, elle ne se trouva pas vilaine non plus. La lingère l'avait garni d'une fortune de point de Malines, repris à la plus belle des robes de nuit que possédât Marianne.

— Les boucles ? Je les brosse, ou je les laisse ?

— Laissez-les, dit Louison. Léonard les a si bien réussies... On croirait que seule, la nature s'y est mise. Passez-moi l'écrin...

Elle avait tendu la main vers l'écrin que le marquis avait

déposé dans sa corbeille de mariage. À la mort de la marquise sa mère, ses bijoux personnels avaient été dispersés entre ses trois filles, et le fils avait reçu ce qu'on appelait « la parure », un don d'Anne d'Autriche à une Anne de Roquefeuille, que les dames de cette maison se transmettaient depuis. C'étaient trois beaux diamants jonquille taillés en poires et montés sur or. Des deux pierres jumelles on avait fait des boucles d'oreilles ; la troisième, la plus grosse, se portait en sautoir ou en ferronnière. Ces bijoux vieillots qui ne s'étaient pas accordés avec le juste à la Suzanne allaient à merveille avec le précieux manteau de lit écumant de dentelle.

— Mademoiselle... Madame devrait essayer la grosse poire en ferronnière plutôt qu'en sautoir, dit Suzanne. Le charme en serait encore plus suranné. Surtout si je lissais vos cheveux ?

Louison porta la pierre à son front, tira le pouf pour se rasseoir devant sa coiffeuse :

— Suzanne, vous n'avez pas tort. Remettez mes boucles en vagues...

Quand le flot de ses cheveux retomba dans son dos et que la grosse larme de diamant étincela au milieu de son front Louison se contempla sans déplaisir, et Suzanne exulta :

— De tête, Madame ressemble à la Juliette du beau livre de l'auteur anglais que monsieur le Marquis — l'autre — a donné à Mademoiselle.

— Suzanne ! Croyez-vous l'heure bien choisie pour me parler de monsieur de Bièvre ? Vous êtes insupportable ! Allez-vous-en !

Elle était vraiment fâchée.

— Madame, ce n'est pas moi qui ai prononcé son nom, dit Suzanne, vexée.

— Non, en effet, vous avez inventé pire, dit Louison. Allez-vous-en, répéta-t-elle. Vous voyez bien que je suis prête.

Avant de sortir de méchante humeur Suzanne esquissa une révérence ; c'était sa façon de manifester contre l'injustice. Louison haussa les épaules et marcha jusqu'à la fenêtre.

Le jardin était devenu un jardin d'ombres. Par-delà son mur le ciel scintillait sur l'immense paysage enfoncé dans la nuit. Le mot maladroit de Suzanne — « Monsieur le Marquis, *l'autre* » ! — faisait un bon alibi à l'énervement de sa maîtresse, qui croissait depuis la fin du souper.

Tout avait été trop vite. Sa décision. Les fiançailles. La messe à Saint-Pierre. Le souper à la Folie-Poupette, où sa mère n'avait retenu qu'une heure une douzaine d'intimes autour d'un ambigu de viandes froides et de sucreries. Ah ! ce médianoche si gai avait fini trop tôt !

Elle regarda sa pendule. Une heure et demie. Le plus long de la nuit était à venir. Son cœur tremblait. Sa peau tremblait. Non qu'elle redoutât les caresses du marquis : pourquoi ses caresses seraient-elles moins douces que ses manières ? Elle regrettait d'avance la fin, trop précoce, de leurs commencements. Il savait si bien la cajoler des yeux, de la voix. Il savait si bien lui raconter Verte-Fontaine, ses prairies, ses bois, ses étangs, ses fermes... Ses demoiselles. Ses chevaux. Ses gens, ses chiens, son chat, et l'âne Stanislas. Le conte allait s'achever. La réalité serait-elle aussi bonne à vivre ? Elle arrivait trop tôt, en tout cas. Le temps, quel ennemi ! Il coule d'autant plus vite qu'on le voudrait ralentir. Elle retourna se voir. Se voir belle est une telle assurance contre tout...

Ce fut dans son miroir qu'elle vit s'entrouvrir sa porte et le marquis paraître, comme avec précaution. Un sourire lui vint, et il entra franchement quand il la vit debout devant son image.

— Vous ne m'avez pas entendu gratter, si bien que je vous croyais endormie déjà, dit-il. Je venais vous souhaiter la bonne nuit.

La surprise envahit si clairement le visage de Louison que les yeux de Roquefeuille brillèrent de malice quand il ajouta :

— Dormez bien, et dormez vite. Nous partirons tôt demain. J'ai prévu notre première nuitée à Étampes, et ce n'est pas tout près.

Désemparée, sans même pouvoir penser elle se contentait de le regarder, entre de furtifs coups d'œil à son miroir.

Sa provocante parure le laissait-il froid? Avant de s'incliner sur sa main il lui parla quelques instants du relais d'Étampes, où il avait ses habitudes.

— Ainsi, monsieur, vous mourez de sommeil? demanda-t-elle brusquement, et elle n'aurait su dire pourquoi elle le questionnait, puisqu'elle ne désirait pas le voir rester.

— Madame, je sais fort bien que vous avez épousé le marquisat de Roquefeuille, et non pas le marquis, dit-il d'un ton paisible.

— Est-ce à dire, monsieur...

Le tremblement de ses nerfs la fit si bien bafouiller qu'elle dut se reprendre :

— Entendez-vous par là me dire, monsieur, que vous renoncez à vos droits d'époux?

— À mes droits, certes oui, madame, mais non pas à mes désirs, dit-il en rapprochant de ses lèvres sa main, qu'il tenait toujours.

Et, comme pour l'en assurer, il lui baisa la paume et le poignet avec une éloquence d'amant.

— Merci de bien vouloir porter mes vieux diamants jaunes, dit-il encore avant de la quitter. Je ne les croyais plus guère bons à être montrés et voilà que, cette nuit, je leur découvre un charme fou, dont je m'en vais rêver.

« Ma foi, monsieur, vos manières ont aussi bien du charme », murmura-t-elle quand il l'eut laissée, en souriant à la porte qu'il venait de refermer sur lui.

Elle dormit comme un ange. Un sentiment d'urgence la réveilla avant l'aube, d'un seul coup. Plusieurs minutes elle demeura assise aux aguets dans son lit, le cœur serré, le sang aux oreilles. Puis le calme de la maison, peu à peu, lui rendit le sien. Et elle comprit que c'était l'approche de son départ qui l'avait tirée aussi brutalement du sommeil. Elle alluma sa veilleuse et se laissa retomber sur ses oreillers, en évitant de regarder du côté de sa pendule : elle ne voulait pas savoir combien de temps il lui restait à vivre à la Folie-Poupette, au milieu des bergers roses qui jouaient du pipeau sur ses murs pour y faire gambader leurs moutons et danser leurs bergères sur de l'herbe rose. Le jour était peut-être encore loin ? Elle se renfonça sous ses couvertures pour en retarder l'arrivée.

Un pas traversa le comble au-dessus de sa tête, qu'elle écouta s'éloigner vers la mansarde de Suzanne. C'était le pas pesant de dame Pomme, qui s'en allait secouer la femme de chambre avant de revenir préparer Soraya pour son premier voyage. C'était donc le jour, décidément. D'ailleurs, elle entendait maintenant des bruits venus de la chambre grise, l'ancienne chambre de Solange, qu'on avait donnée au marquis. Louison sentit une larme sur sa joue. Elle sauta de son lit, alluma deux autres bougies, tira ses rideaux. Le jardin était encore plein d'ombres, à peine colorées de vert aux cimes des arbres. Sur le bout de ses pieds nus elle sortit sur le palier, voir s'il y avait déjà du mouvement dans la cour ?

Toupinet, par commodité, y avait laissé la grosse berline de voyage que l'abbé de Véri prêtait aux Roquefeuille pour regagner leurs terres. Personne ne tournait encore autour, mais Louison aperçut Poitevin, le portier-jardinier, qui revenait de la ferme des Mathurins avec deux pots de lait. Ainsi, c'était bien un petit matin extraordinaire. D'habitude, c'était Toupinet qui montait chercher le lait à la ferme. Le garçon devait être occupé à préparer, à bichonner les beaux chevaux de l'abbé.

Un long moment Louison contempla la berline verte et grise aux armes de son parrain. Elle ne ressentait rien que de l'attente, et le froid des dalles du palier sous ses pieds nus.

— Vous pleurez ?

Elle n'avait pas entendu s'ouvrir la porte de la chambre grise. Le marquis était déjà vêtu et devait s'apprêter à descendre. Il prit chez lui sa douillette de voyage, qu'il vint lui poser sur les épaules.

— Je pleure ? demanda-t-elle en portant les mains à son visage.

— Oui. Partir avec moi vous cause tant de chagrin ?

— Non, oh ! non ! dit-elle aussitôt. C'est seulement partir, qui me fait de la peine.

— Je comprends, dit-il avec tendresse. Ne restez pas ici. Vous allez vous geler les pieds.

Elle retourna vite dans sa chambre. Avant que Suzanne ne vînt elle avait une chose à faire. Sans une hésitation elle ouvrit le tiroir de sa table à écrire, y prit les lettres d'Ali, serra les dents, jeta le paquet dans la cheminée, saisit le bougeoir le plus proche et se pencha pour mettre le feu à tout l'amour du Persan. Trois minutes plus tard, Suzanne trouvait sa maîtresse en train de sangloter, jetée en travers de son lit.

La fine mouche sentit la fumée, vit tout de suite les cornes de papier noirci qui restaient sur les cendres du foyer et aussi, grand ouvert, le tiroir habituellement fermé à clé de la table à écrire. « Bon. Voilà une bonne chose faite, pensa-t-elle. On ne jette jamais assez de ses vieilleries. » Elle se baissa pour rallumer ce qui n'avait pas brûlé, puis ramassa la douillette du marquis, tombée en tas au pied du lit. La présence de ce manteau l'intriguait, comme aussi le calme et l'ordre de cette chambre de mariée où elle quêtait vainement, des yeux et du nez, d'autres traces de son nouveau maître et l'odeur d'une nuit d'amour. La douillette toujours serrée entre ses bras elle reporta sur la pleureuse son regard aux sourcils froncés, cherchant que lui dire pour savoir. Au même instant sa maîtresse cessa de bruire et se retourna à plat dos sur son lit, lavée, rincée de son chagrin, presque sèche.

— Suzanne, quel temps fera-t-il ?

— Beau, dit Suzanne. Poitevin l'avait prédit. Sur le clos Saint-Lazare le bas du ciel est déjà rose.

Elle ajouta d'un ton plein d'inutiles sous-entendus, en rejetant la douillette sur un fauteuil :

— Madame n'aura certes pas besoin de cette... chose...

— Oh ! bien sûr ! dit seulement Louison.

Elle moucha sa dernière larme, médita une seconde sur le R couronné du mouchoir qu'elle avait dans la main, amorça un sourire.

— Suzon, dit-elle à voix douce, je crois que nous serons heureuses, à Verte-Fontaine.

Table

La composition de ce livre
a été effectuée par Bussière à Saint-Amand,
l'impression et le brochage ont été effectués
sur presse CAMERON
dans les ateliers de la S.E.P.C. à Saint-Amand-Montrond (Cher)
pour les Éditions Albin Michel

AM

Achevé d'imprimer en février 1987
Nº d'édition : 9592. Nº d'impression : 3521-2328.
Dépôt légal : mars 1987

Imprimé en France